Protection sous contrat

Péril dans l'ombre

Mission pour un garde du corps

ELLE JAMES

Protection sous contrat

Traduction française de
PASCALE DOMÉJEAN

BLACK ROSE

HARLEQUIN

Collection : BLACK ROSE

Titre original :
CLANDESTINE CHRISTMAS

Ce roman a déjà été publié en 2016

HARPERCOLLINS FRANCE
83-85, boulevard Vincent-Auriol, 75646 PARIS CEDEX 13
Service Lectrices — Tél. : 01 45 82 47 47 - www.harlequin.fr
ISBN 978-2-2804-8289-9 — ISSN 1950-2753

Composé et édité par HarperCollins France.
Imprimé en octobre 2022 par CPI Black Print (Barcelone)
en utilisant 100% d'électricité renouvelable.
Dépôt légal : novembre 2022.

FSC www.fsc.org
MIXTE
Papier issu de sources responsables
FSC® C159065

Pour limiter l'empreinte environnementale de ses livres, HarperCollins France s'engage à n'utiliser que du papier fabriqué à partir de bois provenant de forêts gérées durablement et de manière responsable.

1

Chase se laissa aller contre le dossier de sa chaise, ferma les yeux, et savoura son whisky tout en se laissant bercer par la voix sensuelle de Sadie Lovely.

Il était venu ce soir au Lucky Lady, le vieux saloon de la petite ville de Fool's Fortune, dans le Colorado, pour une célébration : ce jour marquait la fin des obligations posées par le testament de son grand-père. Pour pouvoir hériter de ses biens, il avait fallu qu'il vive pendant deux ans sur son ranch, lui aussi nommé le Lucky Lady, sans s'en éloigner plus d'un mois par an.

Il allait enfin pouvoir aller et venir à sa guise, faire ce qu'il voulait, avec qui il voulait… Même si ce n'était pas tout à fait vrai, puisqu'il se trouvait aujourd'hui lié par la promesse faite à Sadie : rester ici avec elle, jusqu'à ce qu'elle ait trouvé une solution à ses problèmes.

Sadie avait quinze ans de plus que lui. C'était la seule amie qu'il avait gardée de l'époque où il était un play-boy invétéré : elle l'avait sauvé alors qu'il se faisait agresser par une bande de voyous, et qu'il était trop soûl et trop stupide pour se sortir d'affaire tout seul.

Cette femme d'apparence dure mais au cœur d'or avait sorti le pistolet qu'elle portait toujours sous sa robe du soir dans un étui accroché à sa cuisse et avait menacé ces crapules. Elle l'avait recueilli chez elle le temps qu'il retrouve ses esprits, sans rien lui demander en retour.

Il lui avait offert son amitié, et avait fait la connaissance de son petit-fils, Jake, un garçon adorable aux étranges yeux verts qui vivait avec elle. Aujourd'hui la mère de Jake était morte — il savait seulement qu'il s'agissait d'un accident de voiture. Il n'avait pas posé de questions, et Sadie n'avait pas donné de précisions.

Lorsqu'elle était venue le voir, deux semaines plus tôt, apeurée, cherchant de l'aide, il lui avait ouvert la porte de sa maison et lui avait proposé un emploi dans un des établissements qu'il avait hérités de son grand-père. Elle avait emménagé avec son petit-fils dans l'immense bâtisse qu'il occupait sur le ranch, en attendant de trouver un endroit pour se loger.

Sadie termina sa chanson, descendit de scène, et vint s'asseoir en face de Chase. A presque cinquante ans, c'était encore une très belle femme à la silhouette élégante et au sourire sensuel.

— Je suis contente que tu sois là.

Chase se redressa, et la douce torpeur de l'alcool se dissipa.

— Je suis venu dès que j'ai eu ton message. Je dois tout de même reconnaître que je suis étonné que tu aies accepté de chanter ce soir !

Elle haussa les épaules.

— Je n'arrive jamais à déterminer si une menace est réelle ou non. Tout ce que je sais, c'est que je ne peux pas vivre en me cachant. Il faut que je travaille pour pouvoir subvenir aux besoins de mon petit-fils. A ce propos…

Elle se mordit la lèvre. Il remarqua que les petites rides qu'elle avait autour des yeux étaient plus marquées que d'habitude.

— Je voulais savoir si tu étais toujours prêt à assumer la responsabilité de Jake s'il m'arrivait quelque chose.

— Je suis son parrain maintenant. Je ferais tout pour lui.

Elle tendit la main vers lui et lui toucha le bras.

— Même l'élever comme ton enfant ? lui demanda-t-elle en le regardant droit dans les yeux.

Chase sentit son cœur se serrer.

— Je n'aurai pas à le faire : tu es là !

— Je suis sérieuse, Chase. J'ai un mauvais pressentiment.

— Tu as quitté Leadville et tu vas prendre un nouveau départ. Celui qui a mis le feu à ta maison ne t'a tout de même pas suivie jusqu'ici ! Tout devrait bien se passer.

Elle sourit tristement.

— J'ai un nombre limité de talents : je ne sais rien faire à part chanter et…

Chase lui prit la main.

— Ecoute, Sadie, tout ça, c'est du passé. Tu as un bon métier ici : on ne te demande rien d'autre que de chanter !

Il ne lui avait pas dit que c'était lui qui payait son salaire. Après tout, il lui devait la vie !

Elle hocha la tête.

— Grâce à toi. Je crains seulement que mon passé ne me rattrape…

— Pourquoi ? De quoi as-tu peur ?

— Quelqu'un a encore appelé sans laisser de message… Sur mon nouveau téléphone portable…

— C'est certainement une erreur… C'est tout ?

— J'ai l'impression qu'on me suit. Qu'on m'observe.

Elle tourna la tête et parcourut du regard la salle presque vide.

— Aujourd'hui tout particulièrement. Chaque fois que je me suis retournée, je n'ai rien vu, pourtant je jurerais qu'il y a quelqu'un ici qui m'épie, qui attend.

— Ecoute, je comprends que tu aies cette impression : après avoir été suivie par un homme pendant des semaines, tu as le droit d'être un peu paranoïaque…

Sadie retira sa main.

— C'est plus grave que ça… Quand j'ai quitté ma loge, tout à l'heure, j'ai fermé la porte à clé. J'y suis retournée un peu plus tard pour prendre une pastille pour la gorge, et la porte était ouverte… Je suis pourtant certaine de l'avoir verrouillée.

— C'est peut-être le gardien ?

— Il n'arrive qu'après minuit.

Chase fronça les sourcils. Sadie était son amie, et il n'aimait pas la voir si perturbée.

— J'ai contacté quelqu'un que je connais, dit-il, quelqu'un qui dirige une agence de gardes du corps spécialisés. J'ai demandé qu'on m'envoie une femme : elle passera plus facilement inaperçue dans le saloon.

Chase vit des larmes perler aux yeux de Sadie.

— Un garde du corps ?

Puis elle secoua la tête.

— Je ne peux pas te rembourser. Pas encore…

— C'est inutile. Je n'aime pas l'idée que Jake et toi êtes peut-être en danger. Au moins, tu es en sécurité au ranch, jusqu'à ce que tu trouves un endroit pour te loger. Et j'espère bien que nous aurons coincé le type qui t'importune avant que tu n'emménages.

Elle sourit.

— En attendant, j'ai besoin de savoir que si quelque chose m'arrive, tu seras là pour Jake. Tu es la seule personne en qui il ait confiance, à part moi et les Quaid.

Elle se pencha un peu plus vers lui.

— Chase ?

— Oui ?

— Je veux te donner ça, au cas où…

Elle posa un petit objet dur et froid dans sa main et lui referma les doigts dessus.

— Qu'est-ce que c'est ?

Il sentait qu'il s'agissait d'une clé, mais qu'ouvrait-elle ?

— C'est la clé d'un coffre qui se trouve au siège social de la Banque du Colorado, à Denver. Toi, moi, et mon avocat sommes les seules personnes à y avoir accès. Il a ordre de remettre son contenu à la police si nous disparaissons, toi et moi.

— Ce qui n'arrivera pas, lui assura-t-il.

Sadie prit une profonde inspiration.

— Je suis désolée : je ne t'ai pas tout révélé. Je ne peux pas dire que ma conduite ait toujours été exemplaire, loin de là… Il y a dans ce coffre tous les secrets concernant ma vie et celle de Melissa, la mère de Jake.

— Comme si j'avais le droit de te juger ! s'exclama Chase.

Sadie eut un de ses sourires si doux.

— Tu as beaucoup changé au cours des deux dernières années, Chase.

Elle fronça les sourcils.

— Je suis heureuse de constater que tu bois moins, mais j'ai aussi l'impression que tu as perdu un peu de ta fougue.

Ce fut au tour de Chase de sourire.

— La dernière fois que tu m'as donné un conseil, je l'ai suivi. Es-tu en train de me dire que je me suis un peu trop calmé ?

— Non, tu as bien fait de m'écouter. Tu avais une conduite totalement suicidaire. Mais c'est le testament de ton grand-père qui t'a aidé à revenir dans le droit chemin, pas moi.

— Je ne serais jamais retourné à Fool's Fortune si tu ne m'y avais pas encouragé.

Chase regarda Sadie. Même si les deux femmes étaient très différentes, elle lui rappelait la mère qu'il avait perdue six ans plus tôt. Il mit la clé dans sa poche, bien déterminé à garder ses secrets.

— Merci, Sadie. N'aie pas peur : je prendrai soin de Jake s'il t'arrive quoi que ce soit.

Elle hocha la tête.

— C'est tout ce que je te demande.

— Et maintenant, je vais te ramener au ranch, dit-il.

— Je suis venue ici avec ma voiture, rétorqua-t-elle. Je vais la reprendre pour rentrer.

Elle se leva, un sourire fatigué aux lèvres.

— Ça devrait aller.

Chase secoua la tête.

— J'insiste.

Il se leva, lui aussi.

— D'ailleurs, ça me ferait plaisir d'avoir de la compagnie pour le trajet.

— Tu es certain que ça ne t'embête pas de nous loger, Jake et moi ?

— La maison est trop grande pour les Quaid et moi.

Il ajouta avec un sourire :

— Jake doit être en train de dormir. Connaissant Frances, elle a dû le gaver de cookies fait maison et lui lire plusieurs livres. Et je suis certain qu'elle l'a laissé veiller un peu, même s'il est censé se coucher à 21 heures.

Sadie sourit.

— Je devrais lui en vouloir, mais elle est si gentille avec Jake. Il l'adore ! Le pauvre petit a besoin d'une maman.

— Il t'a.

— Et je l'aime de tout mon cœur. J'ai de la peine en pensant que Melissa ne le verra jamais devenir un homme. Je n'arrive toujours pas à croire que ça fait six mois qu'elle est morte !

— Ça fait toujours mal ?

Chase passa le bras autour des épaules de Sadie et l'attira vers lui. Ils se dirigèrent ensemble vers la petite pièce derrière la scène, là où Sadie avait laissé son manteau.

Alors que Chase l'aidait à enfiler son vêtement, elle déclara :

— Une mère ne devrait jamais avoir à enterrer son enfant.

Chase pressa légèrement les épaules de Sadie.

— Tu ne m'as jamais raconté ce qui était arrivé à Melissa.

— Elle conduisait et elle a loupé un virage. On a retrouvé sa voiture au bas d'une falaise. La police a conclu à un accident, mais ses amis ont tous dit que les derniers temps, elle était devenue étrange, presque paranoïaque.

— Tu penses qu'elle s'est suicidée ? demanda Chase en la regardant fixement.

— Je ne pourrais pas jurer que non. Elle était un peu instable.

Sadie se voûta. Soudain, elle fit tout à fait son âge.

— J'aurais dû passer plus de temps avec elle lorsqu'elle était adolescente.

— Si elle était comme les gens de son âge, elle préférait certainement que tu ne sois pas tout le temps sur son dos !

— Tu es certain de ne pas avoir d'enfants ? demanda Sadie en le regardant d'un air grave. Tu étais très imprudent à une époque…

— Non. J'ai toujours veillé à avoir des rapports protégés. Je ne voulais surtout pas qu'un enfant puisse avoir un père comme moi !

Il sortit les clés de sa voiture, et tint la porte pour laisser passer Sadie.

Elle lui caressa la joue.

— Tu ferais un très bon père.

— Je ne sais pas pourquoi tu dis ça… Et on ne peut pas dire que mon père m'ait donné le bon exemple : il n'était jamais à la maison. Ma mère et lui n'arrivaient pas à vivre ensemble !

Sadie sourit.

— J'en suis certaine, parce que je sais que tu as du cœur.

Ils sortirent par l'arrière du bâtiment et le contournèrent pour rejoindre l'artère principale. Le vent s'était levé, et semblait apporter la froideur des sommets enneigés. Chase se pencha et essaya de protéger Sadie de son mieux alors qu'ils traversaient la grand-rue. Leurs talons claquaient sur le sol gelé.

— Quand vas-tu te trouver une gentille femme et te fixer ? demanda Sadie.

— Encore une fois, mes parents n'étaient pas une publicité pour le mariage ! Je ne suis pas du tout pressé de trouver quelqu'un. J'aime la solitude, et je commence à apprécier le calme du ranch.

La lueur aveuglante de phares éclaira la chaussée. Chase leva la main pour se protéger les yeux.

— Viens vite, dit Chase en agrippant le bras de Sadie et en la guidant vers l'autre côté de la rue.

Avant qu'ils n'atteignent le trottoir, des pneus crissèrent, et le véhicule accéléra, fonçant droit sur eux.

— Cours ! cria Chase, en poussant Sadie vers le trottoir.

Puis il se retourna pour faire face au véhicule lancé sur eux à pleine vitesse.

Katherine Rivers cligna des yeux en entrant dans la coquette petite ville de Fool's Fortune, dans le Colorado. Il était plus de 23 heures, et après avoir conduit toute la journée, elle sentait le poids de la fatigue. Il lui tardait d'arriver au Lucky Lady, d'y louer une chambre et de dormir, avant la rencontre prévue le lendemain avec Chase Marsden, l'homme qui l'avait embauchée pour cette mission. Après une bonne nuit de sommeil, elle aurait toute l'énergie nécessaire pour aborder ce nouveau travail, le premier depuis qu'elle avait été recrutée par Hank Derringer pour étoffer son équipe d'agents de sécurité d'élite.

Des décorations de Noël étaient suspendues dans les rues de la jolie petite ville, déserte à cette heure de la nuit. Ce calme lui irait parfaitement après l'agitation de Houston.

Son GPS indiquait qu'elle était tout près du saloon situé sur la rue principale. Elle aperçut une enseigne lumineuse un peu plus loin : apparemment, elle était arrivée.

Deux silhouettes sortirent du bâtiment et s'engagèrent sur la chaussée. Bien : avec un peu de chance, le saloon serait vide, et elle n'aurait à parler à personne à part le réceptionniste.

Elle avait mal au dos, et la cicatrice qu'elle avait à l'abdomen la tiraillait après toutes ces heures d'inactivité forcée au volant. Il fallait qu'elle bouge, qu'elle fasse les étirements que le kinésithérapeute lui avait enseignés après son opération.

Elle poussa un soupir dépité : quel piètre garde du corps elle faisait ! Elle n'était qu'une ancienne des Texas Rangers, qui avait dû prendre une retraite anticipée après une fusillade qui avait mal tourné. Elle était sur le point de se résigner à l'idée de se retrouver assise derrière un bureau lorsque la proposition de Hank Derringer était arrivée. Elle n'avait pas hésité un instant et avait accepté ce poste dans son agence de protection, même si, en tant que femme, elle n'était pas certaine d'être physiquement à la hauteur. Certes, elle avait grandi dans un ranch au Texas, et était rompue à toutes sortes d'exercices physiques, comme monter à cheval et s'occuper du bétail. En cela, elle n'avait rien à envier à un homme. Elle était la quatrième fille d'un propriétaire de ranch, qui lui confiait les mêmes tâches qu'à ses cow-boys. Ses sœurs, elles, préféraient s'occuper de la maison. Son père disait souvent qu'elle avait toutes les qualités du fils qu'il aurait pu avoir. Quand elle avait quitté la maison familiale pour s'engager dans les Texas Rangers, elle n'avait peur de rien. Et tout avait changé en une nuit, après une fusillade.

Kate résista à la tentation d'appuyer sur l'accélérateur pour finir ce long voyage au plus vite. Elle essaya de ne pas penser à ce qui s'était passé huit mois auparavant, au cours de cette nuit fatale, et poursuivit sa route vers sa destination.

Un monospace de couleur foncée surgit devant elle d'une rue adjacente.

Kate écrasa la pédale de frein et s'arrêta en zigzaguant. Les pneus du monospace crissèrent en heurtant le bord du trottoir, puis le véhicule fonça à toute allure vers le saloon.

Kate pesta en appuyant sur l'accélérateur, le cœur battant, furieuse contre cet imbécile si irrespectueux des autres.

Mais son sang se glaça lorsqu'elle remarqua que les deux personnes qui avaient quitté le saloon couraient maintenant vers l'autre côté de la rue.

Le conducteur du monospace semblait foncer droit sur elles, et accélérait au lieu de freiner pour leur laisser le temps de traverser.

Non !

Kate démarra en trombe, la gorge serrée, alors qu'elle assistait à la scène, totalement impuissante.

L'une des deux silhouettes poussa l'autre vers le trottoir puis se retourna pour faire face au chauffard.

— Non ! hurla Kate dans sa voiture.

Elle abattit sa main sur le klaxon.

— Cours ! cria-t-elle.

Le monospace changea de trajectoire à la dernière minute, monta sur le trottoir, heurta l'homme sur le côté et fonça droit sur l'autre personne.

— Mon Dieu ! souffla Kate, le ventre noué par l'angoisse.

La personne fut lourdement projetée à terre, et son corps roula avant de s'arrêter près de la devanture d'un magasin.

Le monospace retourna alors sur la chaussée et accéléra, s'éloignant rapidement vers la sortie de la ville.

Le cœur battant, Kate arrêta son véhicule, attrapa son téléphone portable, et sortit.

Tout en appelant les secours, elle courut vers les deux

personnes allongées. Elle avait l'impression de revivre le cauchemar qu'elle avait déjà vécu huit mois plus tôt.

Quelqu'un répondit à la première sonnerie.

— Deux piétons ont été renversés par une voiture sur la rue principale, en face du saloon le Lucky Lady. Il faut envoyer une ambulance de suite ! cria Kate dans le téléphone.

Sans attendre de réponse, elle mit le portable dans sa poche et se pencha pour voir comment allait la victime la plus proche d'elle.

L'homme se redressa péniblement.

— Ne perdez pas de temps avec moi, bon sang ! Allez voir Sadie, dit-il d'une voix rauque.

Sans s'arrêter, Kate se dirigea vers le trottoir.

Une femme d'un certain âge, vêtue d'un long manteau, était allongée par terre. Son immobilité et sa position étrange ne présageaient rien de bon.

Kate se mit à genoux, et sentit l'angoisse monter en elle. Elle avait la gorge serrée, la vision brouillée. La dernière fois qu'elle s'était précipitée ainsi vers un corps allongé sur la chaussée, il s'agissait de son coéquipier.

Un court instant, elle resta immobile, comme paralysée par ses souvenirs.

Elle avait cru que les visions d'horreur ne reviendraient plus la hanter. Mais elle était éveillée et, devant elle, elle voyait le visage de Mac, les yeux ouverts, le visage figé dans la mort.

Kate ferma les yeux pendant une seconde et se força à revenir au présent, à la femme étendue en face d'elle. Lorsqu'elle les rouvrit, elle tendit la main et lui prit le pouls en posant les doigts à la base du cou.

Pendant un long moment, elle ne sentit rien, et l'espoir commença à l'abandonner. Puis soudain, elle perçut une pulsation infime, et une main se leva vers son poignet.

Kate tressaillit et eut un mouvement de recul, mais la femme ouvrit les yeux et la regarda.

— Jake…

L'homme qui avait été renversé s'avança et s'agenouilla lourdement à côté d'elle.

— Sadie ?

Il lui prit l'autre main.

— Je suis désolé. J'aurais dû les voir arriver…

Sadie secoua imperceptiblement la tête.

— Ce n'est… pas… ta faute.

Elle serra la main de Kate.

— Jake…

— Ne t'inquiète pas, dit l'homme en caressant la main de la femme. Je veillerai sur lui jusqu'à ce que tu ailles mieux.

Sadie secoua la tête, et ferma les yeux.

— Prends soin de Jake. Il a besoin d'une famille… pour l'aimer.

Elle prononça les derniers mots dans un souffle. Kate dut se pencher pour l'entendre. Elle sentit son cœur se serrer et les larmes lui monter aux yeux. Elle cligna des yeux, bien décidée à être forte.

On entendit une sirène au loin.

Kate prit de nouveau le pouls de la femme, priant pour sentir une pulsation, même imperceptible.

— Sadie, tiens bon ! L'ambulance arrive !

La femme lâcha son poignet, et sa main tomba sur le sol dur et froid.

— Non ! s'écria Kate en l'étendant sur le dos et en ouvrant son manteau.

Elle essaya de se souvenir de ses formations de premiers secours et, bras tendus, posa ses deux mains sur le torse de Sadie. Elle se mit à appuyer en rythme tandis que dans sa tête résonnait comme une incantation : *tu vas vivre. Tu vas vivre.*

L'homme était agenouillé auprès d'elle, et prenait le pouls de Sadie. Il secoua la tête.

— Laissez-moi vous remplacer.

— Non ! répliqua Kate, tout en continuant à appuyer.

Si quelqu'un d'autre mourait entre ses mains, jamais elle ne pourrait se le pardonner !

La voiture de la police arriva la première. Un policier en sortit précipitamment.

— Que s'est-il passé ? demanda-t-il en se dirigeant vers Kate.

Elle désigna l'autre homme d'un mouvement de la tête.

— Racontez-lui.

Elle continuait à faire des pressions sur le torse de la femme, refusant d'abandonner. Elle n'allait pas la laisser mourir devant elle. Pas le premier jour de sa première mission.

Le véhicule suivant était une ambulance. Kate sentit le soulagement l'envahir, mais elle se refusait à interrompre son massage cardiaque avant que les urgentistes ne soient sortis du véhicule avec leur matériel, prêts à prendre la suite.

— C'est bon, lui dit un homme en uniforme alors qu'un autre lui tirait le bras.

Mais Kate n'arrivait plus à s'arrêter : la vie de cette femme en dépendait.

— Madame, il faut que vous nous laissiez prendre le relais.

L'urgentiste lui saisit les mains et les retint avec force.

Elle sentit qu'on la prenait par les épaules et qu'on l'écartait du corps.

— Laissez-les faire leur travail, dit un homme.

Kate ne le vit pas, tant elle était concentrée sur sa tâche, mais elle sentit son souffle sur sa joue glacée.

Elle se redressa. Ses jambes la soutenaient à peine. Elle avait mal au dos, et ses bras pendaient, inertes. Elle n'arrivait pas à détourner le regard de Sadie. Elle avait l'impression que, si elle la quittait des yeux, elle allait mourir.

L'homme qui avait été heurté par la voiture passa le bras autour de sa taille.

— Vous pouvez vous appuyer sur moi. Les urgentistes vont s'occuper de Sadie.

— Je sens un pouls ! s'écria un des hommes tout en soufflant de l'air dans les poumons de la blessée.

— Dieu soit loué !

L'homme qui avait pris le relais de Kate et pratiquait le massage cardiaque se redressa.

— Mettez-la dans l'ambulance.

Les urgentistes installèrent Sadie sur un brancard, lui immobilisèrent le cou, et la déposèrent sur une civière.

L'homme contre lequel Kate s'appuyait la suivit vers l'ambulance.

Kate s'enveloppa dans ses bras. Pour la première fois depuis qu'elle était sortie précipitamment de sa voiture, elle prenait conscience du froid mordant et du fait qu'elle n'avait pas de veste. Elle frissonna, mais n'alla pas chercher son manteau : elle restait les yeux fixés sur la femme que l'on emmenait vers l'ambulance.

Alors qu'ils s'approchaient du coffre de la camionnette, Sadie souffla :

— Chase !

— Je suis là, dit-il en s'approchant d'elle et en lui prenant la main.

Sadie ouvrit les yeux et murmura :

— Jake…

— Ne t'inquiète pas, je vais prendre soin de lui, répondit celui qu'elle appelait Chase. Et toi, guéris vite. Jake t'aime tellement !

Kate restait à l'écart, les yeux fixés sur la femme. Elle avait mal pour elle et pour ce petit Jake qui semblait occuper toutes ses pensées.

Lorsque les portes de l'ambulance se fermèrent, les adjoints du shérif touchèrent le bras de Chase.

— Vous devriez aller avec elle aux urgences pour vous faire examiner, vous aussi…

— Je ne peux pas, répliqua l'homme. Il faut que je retourne au ranch.

— Vous voulez que quelqu'un vous y conduise ? demanda un des urgentistes.

— Non, je peux très bien me débrouiller seul.

Il se tourna vers Kate. Il avait le visage très pâle malgré sa voix assurée.

— Merci pour ce que vous avez fait pour Sadie.

Kate tremblait de froid. Elle haussa les épaules en répliquant :

— C'est normal.

— Si vous n'étiez pas arrivée à cet instant, je ne sais pas ce que le conducteur du monospace aurait fait !

Il fit un geste de la main, comme pour stopper ses protestations.

— Quoi qu'il en soit, merci d'avoir sauvé Sadie. C'est une amie très chère.

Lorsque Kate serra la main de l'homme, elle se sentit frissonner.

— Je suis heureuse d'avoir décidé de venir jusqu'ici ce soir, au lieu de m'arrêter à Albuquerque.

— Vous alliez où ?

Elle fit un signe de tête en direction du Lucky Lady et frappa le trottoir de sa semelle pour se réchauffer.

— J'espère trouver une chambre au Lucky Lady, ce soir. J'ai une réservation pour demain, mais comme je vous l'ai dit, j'ai décidé de faire le voyage d'une traite au lieu de m'arrêter sur la route.

L'homme fronça les sourcils.

— Vous êtes ici en vacances ?

Elle regarda les décorations de Noël suspendues dans la rue et sur les façades des maisons.

— Même si j'ai l'impression que Fool's Fortune est une très jolie petite ville, je suis là pour raisons professionnelles.

— Vous allez peut-être rencontrer quelqu'un que je connais…

Elle haussa les épaules : elle n'était pas certaine de vouloir lui en dire plus, et songea que plus vite elle endosserait son rôle de couverture, mieux ce serait.

— Je viens passer une audition pour chanter au Lucky Lady.

Il lui tenait encore la main, et elle sentit ses doigts se raidir.

— Vous allez passer une audition devant qui ?

Elle n'avait jamais chanté sur une scène de sa vie, mais elle se dit que les artistes se devaient d'être agréables et ouverts pour plaire au public. Elle se força à lui faire un sourire chaleureux alors qu'elle rêvait d'être dans sa chambre, dans son lit, prête à s'endormir.

— Je dois rencontrer le propriétaire, un certain M. Marsden. Vous le connaissez ?

— Oui.

L'homme lui serra la main et la lâcha. Son visage était sévère, ses lèvres serrées.

— Comment vous appelez-vous ?

— Kate Rivers, répondit-elle.

— Et votre agent artistique ne serait pas Hank Derringer, par hasard ?

Elle hocha la tête et fronça les sourcils. Combien de personnes à Fool's Fortune étaient au courant de sa venue et savaient que c'était Hank qui l'avait envoyée ?

Elle se mit tout de suite sur ses gardes, et examina l'homme en face d'elle. Il était grand, brun, un peu inquiétant… et très beau.

— Oui, Hank est mon agent.

Ou plutôt, elle était l'agent secret de Hank.

— Et vous ne seriez pas Chase…

— Chase Marsden, répondit l'homme.

Il eut un sourire en coin, et une lueur ironique dansa dans ses yeux bleus.

— C'est un plaisir de vous rencontrer, madame River.

Kate jeta un coup d'œil à l'adjoint du shérif qui prenait des notes sur une tablette électronique.

Elle baissa la voix.

— J'ai l'impression que vous aviez encore plus besoin… d'une chanteuse… que je ne le pensais.

— Ce n'est pas pour moi que je vous ai engagée. Je voulais que quelqu'un veille sur Sadie.

Kate écarquilla les yeux.

— Sadie, la femme qui vient de se faire renverser ?

Il hocha la tête.

— La situation a l'air beaucoup plus dangereuse que vous ne l'aviez suggéré !

Elle regarda autour d'elle et remarqua :

— Et il semblerait que je sois arrivée un peu tard…

2

Lorsque Chase avait demandé à Hank de lui envoyer un garde du corps, il avait précisé qu'il souhaitait une femme qui puisse se fondre dans le milieu que fréquentait Sadie. Celle qui se tenait devant lui ne correspondait pas tout à fait à cette définition.

Ses cheveux bruns étaient attachés en une simple queue-de-cheval et ses yeux d'un vert éclatant, frangés d'épais cils noirs, n'étaient pas maquillés. Cette femme l'intriguait : comment avait-elle pu choisir une profession aussi difficile que garde du corps dans une unité d'élite ? Elle avait plutôt l'air d'une adolescente prête à voler au secours du moindre animal blessé. Kate était belle, dans un style simple, naturel : pas du tout le genre de femmes avec lesquelles il sortait habituellement. Mais, à vrai dire, aucune de ses relations n'avait duré plus d'un mois, et c'était presque toujours lui qui y mettait un terme, lassé que ses conquêtes n'aient pas d'autre ambition que de rester à la pointe de la mode.

Chase se ressaisit et lui demanda :

— Vous savez chanter, au moins ?

Elle se raidit, releva le menton et le toisa du haut de son mètre soixante-quinze.

— Je chante tout le temps sous la douche.

Chase regarda le saloon où Kate pensait prendre une

chambre pour la nuit, et se dit que ce n'était peut-être pas la meilleure solution.

Il voulait retourner rapidement au ranch pour voir comment allait Jake.

— Laissez tomber l'hôtel. Je connais un endroit où vous serez beaucoup plus tranquille.

Il la prit par le bras et commença à l'entraîner, tout en vérifiant qu'il n'y avait pas de chauffards prêts à leur foncer dessus.

Mais Kate refusa d'avancer.

— D'abord, je ne vous connais pas. Vous me dites que vous êtes Chase Marsden, mais rien ne le prouve.

Chase sortit son portefeuille de sa poche arrière, et grimaça lorsque la peau de la paume de ses mains, à vif, frotta sur le tissu. Il l'ouvrit et lui montra son permis de conduire.

Kate se pencha pour lire le nom.

— Bon, d'accord, vous êtes bien Chase Marsden, l'homme avec lequel Hank m'a dit de me mettre en contact.

— En temps normal, je vous emmènerais au saloon et je vous mettrais au courant de tout, mais il faut vraiment que je retourne au ranch et que je voie Jake.

— Jake ? C'est le nom que Sadie a prononcé plusieurs fois.

— C'est son petit-fils. Il est avec la femme de mon contremaître en ce moment, et je veux être certain que celui qui a renversé Sadie n'a pas également essayé de s'en prendre à lui.

— Vous pensez que quelqu'un veut du mal à Sadie et à cet enfant ? demanda Kate.

— J'ai accueilli Sadie et Jake à Fool's Fortune il y a deux semaines, lorsque leur maison a brûlé. Ils ont échappé de peu à l'incendie.

— C'était un accident ?

Chase secoua la tête.

— Non. Le commandant de la brigade des pompiers est

certain que c'était un incendie criminel. Sadie ne savait plus où aller, alors je lui ai proposé de venir à Fool's Fortune.

— Et pourquoi quelqu'un s'en prendrait-il à Sadie et à son petit-fils ?

— J'aimerais bien le savoir. Cela nous permettrait peut-être de découvrir qui est derrière tout ça.

— Il va falloir enquêter… Mais vous avez raison : allons d'abord au ranch pour voir cet enfant, dit Kate. Nous pouvons prendre ma voiture : j'imagine que vous êtes un peu sonné après ce qui vient de se passer.

Chase regarda le gros monospace noir.

— C'est le vôtre ?

— C'est la voiture de fonction que Hank m'a prêtée, dit-elle en haussant les épaules.

— Ce n'est pas une mauvaise idée.

Il se passa la main dans les cheveux et grimaça.

— J'ai dû me cogner la tête plus fort que je ne le pensais.

— Venez, dit Kate.

Pendant qu'elle se glissait derrière le volant, Chase grimpa sur le siège du passager.

— Il faut faire attention le soir sur les petites routes des Rocheuses.

— Alors il va falloir que vous restiez éveillé assez longtemps pour me guider.

Elle démarra.

Chase lui indiqua le chemin. Puis il sortit son téléphone de sa poche et composa le numéro de l'hôpital. Il voulait appeler avant qu'ils ne soient sortis de la ville et n'aient plus de réseau.

Sadie était arrivée, et les médecins s'occupaient d'elle. Elle était en vie, mais n'avait pas repris conscience depuis qu'elle avait parlé à Chase. Comme elle était dans un état critique et qu'il y avait un risque de lésions internes, elle avait été intubée et placée en coma artificiel.

La connexion devenait de plus en plus mauvaise, et Chase remercia l'infirmière et raccrocha.

— Comment va Sadie ? demanda Kate.

Il serra les mâchoires et regarda devant lui.

— Elle est en coma artificiel.

— Je suis désolée, dit Kate en lui jeta un coup d'œil. Vous avez un lien de parenté avec elle ?

— Non. Pourquoi me demandez-vous ça ?

— La plupart des hôpitaux n'acceptent de donner des informations si détaillées qu'aux proches parents.

Chase haussa les épaules. Il avait donné une part non négligeable de la fortune qu'il avait héritée de son grand-père au petit hôpital local, afin que les gens du coin puissent recevoir des soins de qualité. Tout le monde le savait là-bas.

— Je suis la seule famille que Sadie ait.

— On a tous besoin de quelqu'un, murmura Kate.

— Pardon ? demanda Chase.

Il avait parfaitement entendu, mais il voulait qu'elle s'explique.

— Rien.

— Hank m'a dit qu'il m'envoyait un ancien Texas Ranger.

— C'est le cas.

Kate ne quittait pas la route des yeux. Elle était plutôt avare d'informations. S'il voulait en savoir plus, il allait falloir qu'il lui arrache les mots de la bouche.

Mais il ne s'avoua pas vaincu.

— Pourquoi avez-vous quitté les Texas Rangers ?

— Ce n'était pas mon choix, répondit-elle d'une voix égale.

— Vous avez été licenciée ?

Elle secoua la tête.

— Non.

— Alors que s'est-il passé ?

Elle poussa un long soupir.

— J'ai été déclarée inapte, pour blessure reçue en service.

Chase hocha la tête. Il avait remarqué qu'elle s'était redressée avec une certaine raideur lorsque les urgentistes étaient arrivés, mais il s'était dit qu'elle devait avoir les jambes engourdies.

Pour avoir subi plusieurs accidents de voiture pendant sa folle jeunesse, il savait ce qu'était la douleur physique.

Kate le regarda en plissant les paupières.

— Si vous craignez que je ne sois pas en mesure de faire mon travail, vous pouvez être rassuré. En combat à mains nues, je peux mettre à terre un homme deux fois plus lourd que moi et, avec une bonne arme, je ne rate jamais ma cible.

Il ne put s'empêcher de sourire.

— C'est bon à savoir. Vous avez déjà dû changer d'identité pour certaines missions ?

Elle resta un instant silencieuse, puis répondit :

— Non, mais j'ai déjà participé à des opérations avec des unités spéciales, pour infiltrer et neutraliser des laboratoires d'amphétamines.

Elle serrait le volant si fort que les articulations de ses doigts étaient blanches.

— C'est à cette occasion que vous avez été blessée ? demanda-t-il doucement.

Elle ne répondit pas immédiatement, mais elle pinçait si fort les lèvres que ce n'était pas nécessaire.

— Dans un peu plus d'un kilomètre, vous prendrez la route à droite. Il y aura un panneau en fer forgé soutenu par deux grandes colonnes.

Kate ralentit et entra dans le Lucky Lady.

Pour un portail qui avait certainement cent cinquante ans, il était en bon état, et semblait avoir été repeint récemment.

Le seul changement avait été l'ajout de battants qui s'ouvraient automatiquement.

Chase n'avait pas pensé à prendre la télécommande dans

son véhicule avant de monter dans la voiture de Kate. Il lui donna le code pour qu'elle puisse le composer sur le clavier.

Kate appuya sur les touches et attendit.

— Pour répondre à votre question, c'est oui. Ce coup de filet contre un laboratoire d'amphétamines a été ma dernière mission en tant que Texas Ranger.

Ils parcoururent le reste du chemin en silence. Lorsque, après avoir emprunté une route sinueuse, ils parvinrent au sommet d'une colline, ils virent, sous les rayons laiteux de la lune, la maison construite par l'arrière-arrière-grand-mère de Chase avec l'argent de sa mine d'or — la Lucky Lady. La vaste demeure de trois étages était bâtie sur le modèle des maisons du Sud, et une large galerie la ceignait sur ses quatre côtés. La seule concession aux hivers rigoureux et enneigés du Colorado était le toit pentu. A l'origine, il était fait de lamelles de bois durci, mais le grand-père de Chase l'avait remplacé par des plaques d'aluminium poli. La neige n'y adhérait pas et glissait dessus.

Frances Quaid ouvrit la porte d'entrée et Barkley, le saint-bernard, se précipita au dehors et courut jusqu'à la voiture.

Kate resta sur son siège, sans faire mine de descendre.

— C'est le vôtre ? demanda-t-elle.

— Il s'appelle Barkley. Il est très gentil tant que vous ne vous en prenez pas à moi, aux Quaid, ou à Jake.

Il descendit de voiture et se prépara à l'assaut de Barkley. Le chien se mit sur ses pattes arrière, posa les pattes sur les épaules de Chase, et lui lécha le visage.

— C'est bon, c'est bon, mon grand ! Tiens-toi bien maintenant, ou tu vas faire peur à Mlle Rivers.

Kate descendit du monospace et s'approcha de lui.

Barkley retomba sur ses pattes et vint s'asseoir devant elle. Il poussa un aboiement, grave et sonore. Puis il approcha sa truffe de sa main. D'abord sur ses gardes, Kate laissa le chien la sentir et lui caressa les oreilles en souriant.

Chase assista avec étonnement à la transformation de son visage : alors que jusque-là, elle lui avait semblé froide, presque sévère, tout son visage s'éclaira lorsqu'elle sourit au chien.

C'était la première fois qu'il la voyait se détendre, et soudain il ne la vit plus comme un agent envoyé par Hank, mais comme une très jolie femme.

— Il n'est pas sauvage ! remarqua-t-elle.

— Pas du tout. Et il sait très bien ce qu'il veut… On ne peut pas en dire autant de tout le monde !

Kate se baissa pour caresser l'épaisse fourrure du chien et pour lui gratter la tête.

— Tu n'es pas un chien de garde !

— Détrompez-vous. Barkley couvrirait de bave le moindre intrus avant qu'il n'ait atteint la porte d'entrée.

Et comme pour prouver ses dires, le gros chien donna un gros coup de langue sur la joue de Kate.

— Euh…

Kate se redressa et s'essuya le visage.

— Vous pouvez considérer que vous faites partie de la famille maintenant, dit Chase en se retournant vers le porche où était apparue Mme Quaid.

— Monsieur Marsden, Jake a refusé de s'endormir avant votre arrivée. Vous voulez bien aller lui dire bonne nuit pour qu'il puisse enfin fermer les yeux ?

Chase acquiesça.

— J'arrive. J'ai l'impression que Jake va rester avec nous plus longtemps que prévu.

Mme Quaid fronça les sourcils.

— Tout va bien ?

— Non. Mais nous en parlerons quand Jake sera endormi.

Chase prit Kate par le bras et se pencha vers elle.

— Je préférerais que personne d'autre que nous ne sache

pourquoi vous êtes ici. Il faut commencer à utiliser votre couverture dès maintenant.

Kate s'arrêta.

— Que voulez-vous dire ?

— Faites comme moi, c'est tout.

Il la tira par le bras, et l'escorta en haut de l'escalier.

— Frances, j'ai quelqu'un à vous présenter.

La femme se tourna vers Kate et lui sourit avec bienveillance.

Chase fit les présentations.

— Mme Quaid est ma gouvernante et elle est aux petits soins pour moi. Son mari est mon contremaître et mon bras droit pour tout ce qui concerne le ranch. Lorsque j'ai hérité du Lucky Lady, j'ai également hérité de Frances et William Quaid, et ils sont la meilleure part de ce que j'ai reçu. Sans eux, j'aurais probablement vendu le ranch !

Les joues de Frances rosirent.

— Oh ! Monsieur Marsden…

— Je préfère que vous m'appeliez Chase, je vous l'ai déjà dit. Vous faites partie de la famille pour moi.

Chase se tourna vers Kate.

— Et en parlant de famille… Frances, je vous présente Kate Rivers… Ma fiancée.

Kate, qui montait les marches conduisant à la galerie, faillit s'étaler par terre. Chase avait parlé d'une couverture, mais jouer un rôle devant ses propres employés semblait exagéré. Elle chercha désespérément quelque chose à dire, mais rien ne lui vint à l'esprit.

— Madame Quaid, je suis ravie de faire votre connaissance.

La gouvernante lui prit les deux mains et sourit.

— Mon Dieu ! Je ne savais pas que M. Marsden avait une amie ! Comment avez-vous réussi à nous cacher ça ?

Chase sourit, passa le bras autour de la taille de Kate, et l'attira vers lui.

— Vous vous souvenez de ces voyages que je faisais chaque mois à Denver ?

Il fit un signe de tête en direction de Kate.

— Disons… que je n'étais pas seul.

Mais pourquoi se conduisait-il ainsi ? Si ces gens étaient pour lui comme sa famille — ainsi qu'il venait de le dire — pourquoi leur mentait-il ?

— Quelle surprise ! Je n'arrive pas à croire que notre M. Marsden soit fiancé !

Frances pressa ses mains sur ses joues.

— Quand êtes-vous arrivée ?

Kate leva les yeux vers Chase.

— J'ai fait le voyage de Denver aujourd'hui, et me voilà.

Mme Quaid semblait être une femme charmante, pourtant Chase devait avoir une raison pour lui mentir.

— Je suis si heureuse pour vous deux ! s'exclama la gouvernante en touchant le bras de Chase. Mais vous feriez mieux d'aller voir Jake. Sa grand-mère lui manque. Je vais mettre de l'eau à chauffer pour un thé. Mme Sadie va arriver quand ?

— Elle a eu un accident. Elle est à l'hôpital.

Frances pressa la main sur sa joue.

— Mon Dieu ! Comment va-t-elle ? C'est grave ?

— J'espère que non, répondit Chase en lui posant la main sur le bras. Nous allons dire à Jake qu'elle doit rester quelques jours en ville.

Elle hocha la tête.

— C'est d'accord. Si je peux faire quelque chose pour elle…

— Il n'y a malheureusement pas grand-chose à faire… Nous pouvons seulement espérer qu'elle va vite se rétablir.

Chase regarda autour de lui.

— Où est William ?

— Il est allé à l'écurie. Il lui a semblé entendre quelque

chose. Il sera certainement revenu quand vous aurez dit bonne nuit à Jake.

— Bien. Il faut que je vous parle à tous les deux.

Il prit la main de Kate.

— Viens. Je voudrais te présenter quelqu'un.

Son cœur battit dans sa poitrine, et elle sentit son ventre se serrer. Elle eut l'impression que sa cicatrice se refermait sur une plaie qui ne guérirait jamais.

— Je vais attendre dans la cuisine, protesta-t-elle.

— Ça ne prendra qu'une minute, et ça vaut vraiment le coup, je t'assure.

La main forte et chaude qui la tenait l'entraîna vers l'escalier.

Lorsqu'ils furent à distance de Mme Quaid, Kate demanda :

— Etait-il vraiment nécessaire de faire croire que j'étais votre fiancée ?

Il ne la lâcha pas alors qu'ils montaient les marches.

— Je me suis dit que ça serait plus facile pour vous de rester ici avec moi, et ainsi les gens ne se poseront pas trop de questions.

Kate le suivit, le souffle court. Pour elle qui courait chaque matin, monter quelques marches n'aurait pas dû avoir un tel effet. Mais elle connaissait la véritable raison de son essoufflement : l'idée d'aller border un petit garçon dans son lit lui donnait des sueurs froides, et l'envie de s'enfuir en courant. Elle avait cru qu'elle était prête à affronter le monde, mais c'était trop tôt. Certes, elle était championne de tir et physiquement apte pour ce travail, mais devoir vivre quelques jours à côté d'un enfant était au-dessus de ses forces.

Lorsqu'ils arrivèrent en haut des marches, Chase s'engagea dans le couloir. Il ouvrit une porte et regarda à l'intérieur de la chambre plongée dans la pénombre.

— Jake, murmura-t-il. Tu dors ?

Il lâcha la main de Kate et ouvrit plus largement la porte. Un rayon de lumière éclaira le grand lit qui se trouvait au milieu de la pièce.

— Je suis réveillé, répondit une petite voix. J'attendais que tu reviennes avec grand-mère.

— Il ne faut pas faire ça ! Tu as besoin de dormir pour grandir.

Chase entra dans la chambre et s'assit sur le côté du lit. Il caressa le front de l'enfant, écartant une mèche de ses cheveux bruns.

Kate tripotait machinalement sa queue-de-cheval sur son épaule. Son cœur se serrait douloureusement. Elle avait l'impression que, si elle entrait dans la pièce, les murs allaient se refermer sur elle.

Barkley, le saint-bernard, passa à côté d'elle et alla s'étendre devant le lit.

— Où est grand-mère ?

Jake se redressa sur le coude et regarda Kate.

— C'est qui ? demanda-t-il.

Chase ignora sa première question et ne répondit qu'à la seconde. Il tendit la main vers Kate, l'invitant à entrer dans la chambre. Sans qu'elle sache comment, elle réussit à faire un pas, puis un autre, et à se retrouver près du lit. Elle regarda le petit garçon aux yeux verts, qui avait l'air perdu dans ce lit immense.

— Bonjour, dit-elle.

Chase lui prit la main et l'attira vers lui.

— C'est Kate Rivers. Elle va rester avec nous pendant quelques jours.

Jake sourit et reposa la tête sur l'oreiller avec un énorme bâillement.

— Elle sera là pour Noël ? demanda-t-il, alors que ses paupières se fermaient.

Kate secoua la tête, mais l'enfant ne la vit pas. Elle leva

les yeux vers Chase : elle ne voulait surtout pas qu'il la surprenne à fixer du regard ce petit garçon confortablement installé dans son lit, bien au chaud sous son duvet.

Même si, sur le ranch de son père, elle avait grandi en garçon manqué, Kate avait toujours pensé qu'elle aurait une grande famille.

Lorsque le coup de filet contre le laboratoire d'amphétamines avait échoué, elle avait non seulement perdu son coéquipier, mais elle avait été grièvement blessée : une balle l'avait touchée au ventre, et l'avait privée à jamais de l'espoir d'être mère.

Elle était rentrée chez les Texas Ranger juste après avoir obtenu son diplôme de criminologue et elle n'avait jamais eu le temps de se demander vraiment ce qu'elle attendait de la vie. Mais au fond d'elle-même, elle avait toujours su qu'elle voulait des enfants.

Elle savait maintenant qu'elle n'en aurait jamais.

— Kate sera là pour Noël, répondit Chase.

Il lâcha la main de Kate, caressa encore une fois le front de Jake, et se leva.

Jake ouvrit les yeux.

— Grand-mère vient toujours m'embrasser pour me dire bonne nuit. Pourquoi elle n'est pas là ?

— Elle doit rester en ville pour quelques jours.

Chase se pencha et embrassa l'enfant sur le front.

— Tu vas devoir te contenter de moi, ce soir.

Jake ouvrit de nouveau les yeux et se tourna vers Kate.

— Kate peut me faire un bisou ?

Chase se tourna vers elle.

— Demande-le lui.

Kate fit un pas en arrière, prête à s'enfuir.

Jake se tourna vers elle.

— Tu veux bien ?

Elle était pétrifiée. Impossible de partir lorsqu'il la regardait avec ses yeux pleins de confiance. Elle voulait fuir, mais ne le pouvait pas. Comme dans un rêve, elle s'approcha du lit et se pencha sur le petit garçon.

Il ferma les yeux, un sourire aux lèvres.

Le cœur battant, Kate s'exécuta, et lui effleura le front des lèvres.

— Tu es très jolie, dit Jake avec un soupir.

Kate se redressa. Elle sentait encore sur ses lèvres la douce chaleur de la peau de l'enfant. Comment un petit garçon pouvait-il avoir un tel effet sur elle ?

Elle ouvrit la bouche pour lui dire bonne nuit, mais elle ne put prononcer un mot : elle avait la gorge nouée, les larmes aux yeux.

Chase lui jeta un coup d'œil en coin.

Kate se détourna, en espérant qu'il n'avait pas remarqué son moment de faiblesse.

— Bonne nuit, mon petit, dit Chase en lui ébouriffant les cheveux.

Puis il éteignit la lampe de chevet.

Kate fut soulagée de pouvoir échapper à son regard. En reculant, elle trébucha sur un ours en peluche abandonné sur le sol. Elle se pencha pour le ramasser, et sentit un sanglot monter dans sa gorge.

Mais que se passait-il ? Elle n'avait pas pleuré lorsqu'elle avait vu le corps inerte de son coéquipier, lorsqu'elle lui avait fait un massage cardiaque malgré ses propres blessures. Elle n'avait pas pleuré non plus lorsque les médecins étaient entrés dans sa chambre d'hôpital, après son opération, et lui avaient annoncé que Mac était mort malgré tous leurs efforts. Et elle n'avait toujours pas pleuré lorsque le médecin lui avait annoncé qu'elle ne pourrait jamais avoir d'enfants.

Aveuglée par les larmes, elle avança au hasard et sentit Chase la prendre par les épaules pour la soutenir.

Il jeta un coup d'œil à Jake, puis lui passa le bras autour

de la taille et la guida hors de la chambre. Barkley se hissa sur ses pattes et les suivit.

— Reste, dit Chase, d'une voix douce mais ferme.

Le chien s'allongea sur un tapis, et posa la tête sur ses deux pattes avant.

Chase laissa la porte entrouverte. Sans dire un mot, il aida Kate à descendre l'escalier, prit leurs vestes et la fit sortir dans la galerie.

Lorsqu'ils furent dehors, elle se dégagea et commença à descendre l'escalier, en se demandant si elle allait réussir à rejoindre sa voiture sans qu'il s'interpose.

— Que se passe-t-il ? demanda Chase.

Sa voix était si proche qu'elle songea qu'il avait dû la suivre.

Elle secoua la tête et passa la main sur ses yeux. Ce ne fut qu'à cet instant qu'elle se rendit compte qu'elle tenait toujours le vieil ours en peluche. Elle avala sa salive et se retourna, en tendant le jouet à Chase.

— Vous pouvez aller rendre ça à Jake ? Il lui manque peut-être.

Sa propre voix sonnait étrangement à ses oreilles. Elle était furieuse contre elle de laisser ses émotions prendre le dessus : elle était là en tant que garde du corps, et elle se comportait comme une midinette. Elle aurait dû savoir qu'elle n'était pas encore prête à affronter certaines choses.

— Il était prêt à s'endormir lorsque nous l'avons laissé. Je le lui apporterai plus tard.

Chase lui prit l'autre main et la tint fermement.

— Vous voulez parler de ce qui vient de se passer ?

— Non.

Kate lui tourna le dos et regarda dans l'obscurité.

— Ecoutez, monsieur Marsden…

— Appelez-moi Chase.

— Chase… Je ne peux pas travailler pour vous.

— Pourquoi ?

Kate secoua la tête.

— Je ne suis pas celle qu'il faut pour ce travail.

Hank lui avait assuré qu'elle était prête, et qu'elle était parfaitement capable de remplir cette mission. Il se trompait. S'il lui avait dit qu'il y avait un enfant… Qu'aurait-elle fait ? Kate n'aurait jamais imaginé qu'elle réagirait de la sorte lorsque Jake lui avait demandé de l'embrasser. Mais c'était comme si elle avait reçu un coup de poing en pleine poitrine.

Jamais elle n'aurait d'enfants à elle, qui lui demanderaient de les câliner et de leur dire bonne nuit.

Elle sortit son téléphone portable de sa poche et s'éloigna. Elle essuya les larmes qui lui brouillaient la vue et composa le numéro de Hank.

Comme à son habitude, il lui répondit comme s'il poursuivait la conversation.

— Bien, tu es arrivée.

— Hank, la personne que je devais protéger est à l'hôpital.

— Que s'est-il passé ?

Elle lui expliqua rapidement la situation et ajouta :

— Marsden veut que je reste ici.

— Je pense que c'est préférable. Ça serait bien que tu puisses en savoir plus sur ce qui se passe.

— Oui mais…

Elle rassembla son courage, et se lança :

— Je ne pense pas être celle qu'il faut pour cette mission.

— Kate, je ne t'aurais jamais envoyée à Fool's Fortune si je ne te pensais pas parfaitement capable de la remplir. Tu es une tireuse d'élite et tu maîtrises tous les sports de combats.

— Tu m'as choisie pour cette mission parce que je suis une fille, corrigea-t-elle d'un ton sec. Tu n'as personne qui puisse prendre ma place ? Je préférerais de loin m'attaquer à un réseau de drogue ou à un tueur en série.

— En ce moment, je n'ai pas d'autre femme disponible parmi mes agents. Si tu me disais ce qui te pose un problème dans cette mission, nous pourrions peut-être trouver une solution.

Les mains de Kate tremblaient. Elle chercha désespérément les mots pour expliquer la situation à Hank, mais rien ne vint. Pourtant, les choses étaient très claires dans sa tête. Elle regarda l'ours en peluche qu'elle tenait toujours entre ses mains.

— Je ne peux pas. C'est tout.

— Bon. Dans ce cas, je te demanderai de m'aider en restant seulement deux ou trois jours de plus, le temps que je trouve quelqu'un pour te remplacer.

Elle avait envie de pleurer et de crier : deux ou trois jours lui semblaient une éternité ! En restant ici, elle serait constamment confrontée à tout ce qu'elle avait perdu.

— Kate, je compte sur toi, dit doucement Hank. Et eux aussi. Fais ça pour moi jusqu'à ce que j'arrive à trouver une solution.

Elle baissa la tête. Elle n'avait pas le choix : si elle voulait garder son job, il fallait qu'elle fasse ce que Hank lui demandait.

— OK. Je vais rester.

Elle poussa un soupir.

— Mais seulement jusqu'à ce que tu trouves quelqu'un pour me remplacer.

— Demandez-lui d'envoyer un agent pour garder Sadie, dit Chase derrière elle.

— J'ai entendu, répondit Hank. Je peux envoyer quelqu'un dès demain. Mais trouver une femme pour te remplacer sera beaucoup plus difficile.

— Fais de ton mieux.

Kate raccrocha et resta un instant à regarder les montagnes enneigées, les dents serrées.

Chase posa les mains sur ses épaules et la força à se retourner vers lui. La lune se reflétait dans ses yeux bleus.

— Vous nous quittez ?

Kate soupira et lui fit face. Alors que son instinct lui criait de partir d'ici aussi vite que possible, elle se força à répondre :

— Je reste. Pour le moment.

Elle n'avait pas le choix… Ou alors, elle démissionnait. Et elle ne voulait pas se comporter ainsi.

La proposition de Hank était la seule qu'elle ait reçue au cours de ces six derniers mois. Qui d'autre aurait eu envie d'engager une policière reformée pour blessure ?

Chase poussa un bref soupir.

— Bon. Tant que Sadie est à l'hôpital, je vais avoir besoin de toute l'aide que je peux trouver. Jake vient de perdre sa mère. Il faut qu'il sache que les gens qui sont autour de lui ne le quitteront pas.

Kate se sentit soudain coupable.

— Je vous ai dit que je restais, répondit-elle sèchement, en colère contre elle-même d'avoir tant envie de laisser Chase et l'enfant derrière elle.

— Merci.

Chase la tira par la main, l'attirant vers lui.

Kate trébucha en avant.

— Si vous le voulez bien, j'aimerais aller me coucher.

— Pas encore.

Chase essuya légèrement sa joue avec son pouce.

— Je donnerais cher pour savoir ce qui vous a fait pleurer.

Elle s'immobilisa. Elle avait l'impression de ressentir dans son corps tout entier la caresse de son pouce sur son visage et la chaleur de sa main autour de la sienne.

Ses yeux bleus avaient perdu leur lueur ironique et semblaient percer le mur qu'elle avait si soigneusement érigé pour contenir ses émotions.

Ce même mur qui avait déjà été ébranlé lorsqu'un petit

garçon lui avait demandé de l'embrasser pour lui dire bonne nuit.

Un gémissement qu'elle ne put retenir s'échappa de ses lèvres.

Elle essaya de retirer la main qu'il lui tenait fermement, mais il refusa de la laisser partir.

— Dites-moi : pourquoi êtes-vous si triste ?

Sa voix grave et sensuelle semblait l'envelopper de chaleur et de douceur.

Elle baissa les yeux vers sa bouche et sentit un feu nouveau brûler en elle. Chase Marsden avait des lèvres fermes, sensuelles, qui ne demandaient qu'à être embrassées.

— Laissez-moi vous aider.

— C'est moi qui suis censée être là pour vous aider, murmura-t-elle, alors qu'elle avait l'impression de se perdre dans le regard de cet homme.

Il se pencha et déposa un très léger baiser sur ses lèvres. C'était si furtif et si doux que Kate crut d'abord qu'elle avait rêvé.

Puis, la prenant par la taille, il l'attira brusquement vers lui et pressa ses lèvres sur elle.

La seconde fois, elle ne douta pas un seul instant qu'il l'embrassait.

Lorsqu'il glissa sa langue entre ses lèvres, elle s'ouvrit complètement à lui. Elle se laissa aller, les jambes soudain trop faibles pour la soutenir. Elle le prit par le cou et sentit son érection contre son ventre.

Pendant un instant, elle se perdit dans un baiser qui n'aurait jamais dû être.

Ils s'arrêtèrent enfin pour reprendre leur souffle. A cet instant, la réalité se rappela brutalement à elle, et elle essaya de se dégager.

— Je ne peux pas faire ça.

— Faire quoi ? demanda-t-il tout en lui caressant la bouche de ses lèvres.

Elle vacilla. Elle avait l'impression que tout son corps était attiré vers lui.

— Je ne peux pas.

Elle le repoussa.

— Ce n'est pas bien.

Il la laissa reculer, mais ne la lâcha pas complètement.

— Je vous en prie, restez. Je vous promets de ne pas vous poser de questions gênantes. Tout ce que je souhaite, c'est que vous protégiez mes amis. Ils ont besoin de vous.

Il la regardait avec intensité, et elle se sentit fondre.

— Je vous ai dit que j'allais rester.

Elle finit par se dégager et tint l'ours, qu'elle n'avait toujours pas lâché, contre elle, comme s'il pouvait la protéger de cet homme qui, elle en était sûre, allait lui briser le cœur.

— Maintenant, si vous avez une couverture, je peux m'installer sur le canapé.

— Certainement pas. Pour ma gouvernante et mon contremaître, vous êtes ma fiancée et mon invitée. J'ai plein de chambres : je vais demander à Mme Quaid d'en préparer une pour vous. Et maintenant, si vous le voulez bien, nous pouvons rentrer avant de nous transformer en glaçons.

Pour la première fois depuis qu'elle était sortie, Kate prit conscience du froid. Elle précéda Chase et entra dans la maison. Il avait la main posée sur son épaule, et cela lui rappela qu'il était dangereux pour elle : elle ne devait surtout pas le laisser gagner son cœur. Elle était un agent en mission, c'était tout.

Même si le contact de sa main lui envoyait des picotements sous la peau et lui gonflait le cœur d'espoir.

3

Chase se leva avant l'aube, une habitude qu'il avait prise depuis qu'il était venu vivre au ranch. Ici, dans la montagne, il y avait peu d'occasions de sortir le soir, et on se couchait tôt.

Avant, il avait vécu une vie de noceur, faisant la fête jusqu'à l'aube en compagnie de femmes superbes. Mais ce style de vie ne lui disait plus rien maintenant. Il n'avait pas tardé à s'habituer à ce rythme plus lent, et au bout de deux ans passés à respirer l'air frais de la montagne, il ne supportait plus de rester dans un bar enfumé.

Il avait commencé à se lever tôt lorsque William Quaid s'était foulé la cheville en sautant de la mezzanine de la grange. Il avait dû faire un choix : soit il engageait un autre employé, soit il faisait le travail lui-même. Comme il n'avait pas la moindre envie de faire entrer un étranger dans son intimité, il avait préféré s'atteler à la tâche. Il avait alors découvert qu'il aimait travailler auprès des bêtes. Même nettoyer les box des chevaux lui procurait un calme qu'il n'avait jamais trouvé jusque-là.

Pendant les deux ans qu'il avait été forcé de passer sur le ranch légué par son grand-père, il n'avait cessé de compter les jours, en se promettant de repartir dès qu'il le pourrait. Maintenant, il savait qu'il resterait : il aimait cet endroit. Il considérait William et Frances comme sa seule famille, et ne se voyait pas vivre ailleurs.

Il se leva, et sentit son corps tout ankylosé après le choc de la veille. Il avait appelé l'hôpital avant d'aller se coucher et avait appris que l'état de Sadie était stationnaire. Elle était toujours plongée dans le coma.

Il ne savait toujours pas comment il allait apprendre à Jake que sa grand-mère — sa seule parente — était à l'hôpital pour une durée indéterminée. Il verrait plus tard… Pour le moment, il fallait qu'il aille aider William à s'occuper des chevaux.

Il enfila un vieux jean, une chemise en chambray, un pull, une paire de bottes, et se passa la main dans les cheveux. Il avait vraiment besoin d'aller chez le coiffeur, mais il n'avait pas trouvé le temps de le faire. Sur le ranch, cela n'avait aucune importance, et les paparazzi avaient fini de rôder autour de lui. En fait, cette époque semblait révolue, et c'était pour lui une grande joie. Il était bien plus heureux aujourd'hui que lorsqu'on le voyait régulièrement dans la rubrique mondaine des magazines.

Il sortit de sa chambre et marqua un temps d'arrêt devant la porte en face.

Il n'y avait aucun bruit dans la chambre de Kate. Elle était probablement endormie dans son immense T-shirt et son short. Il n'arrivait toujours pas à comprendre comment une femme réussissait à rendre des vêtements informes aussi sexy. C'était un mystère sur lequel il aurait bien aimé se pencher.

Il l'avait aperçue dans le couloir, alors qu'elle revenait de la salle de bains. Il avait suffi qu'il voie ses longues jambes fines pour rester longtemps éveillé, à les imaginer serrées autour de sa taille.

La première impression qu'il avait eue d'elle était celle d'une femme énergique qui ne vivait que pour son métier.

Il n'était pas préparé à la voir craquer ainsi lorsque Jake lui avait demandé de l'embrasser. La façade qu'elle présentait au monde s'était lézardée, et il avait vu la véritable Kate. Il se demandait quelle souffrance la demande du petit garçon avait réveillée.

Du haut de l'escalier, il entendit des cliquetis de vaisselle et des bruits de voix.

Frances se levait toujours en même temps que William pour cuisiner aux deux hommes un solide petit déjeuner.

Chase descendit l'escalier et se dirigea vers la cuisine. Il eut la surprise d'y voir Kate en train de porter une pile d'assiettes pendant que Frances cassait des œufs dans une poêle. William était assis près de la grande table, et enfilait ses bottes.

Frances se tourna avec une spatule à la main, un large sourire aux lèvres.

— Ah, vous voilà ! Prenez une tasse de café, les œufs seront prêts dans une minute.

Elle reporta son attention sur la poêle où les œufs grésillaient.

— Nous étions en train de faire la connaissance de Kate. Elle nous a appris qu'elle avait grandi dans un ranch au Texas et qu'elle avait commencé à monter à cheval presque avant de savoir marcher. Elle va aimer vivre ici !

Chase fronça les sourcils. Frances en savait déjà beaucoup plus sur Kate que lui.

— Vous n'imaginez pas tous ses talents ! lança-t-il.

Et tous ses secrets. Il croisa le regard de Kate en allant se servir du café.

Frances lui lança un sourire par-dessus son épaule.

— Et maintenant que vous êtes là, dites-moi comment vous vous êtes rencontrés. Je suis sûre que c'est très romantique !

Chase s'immobilisa, la cafetière à la main. Lorsqu'il avait décidé qu'il valait mieux cacher la raison pour laquelle Kate se trouvait sur le ranch, il n'avait pas eu le temps d'élaborer une histoire plausible, et il n'avait pas pensé non plus que les Quaid pourraient le questionner.

Il savait que Frances adorait bavarder avec ses amies du club de patchwork de Fool's Fortune, et que la nouvelle de l'arrivée de Kate n'allait pas tarder à se propager.

— Alors ? demanda Frances en lui jetant un autre coup d'œil.

Kate rougit.

— Je préfère que ce soit Chase qui vous raconte l'histoire. Il le fait bien mieux que moi.

Elle le regarda d'un air de défi.

Chase prit son temps, et se servit une tasse de café tout en tâchant de trouver une histoire crédible.

— Nous nous sommes rencontrés dans un bar.

— Un bar ? répéta Frances avec une grimace. J'espère que c'était au moins un bar chic.

Chase haussa les épaules.

— Il n'était pas mal.

— Et comment avez-vous attiré l'attention de Kate ?

Chase eut un petit rire et s'assit à table avec sa tasse de café.

— Elle m'a à peine regardé au début. Elle était en train de parler à quelqu'un d'autre.

— Et qu'est-ce qui vous a attiré chez elle ? demanda Frances.

William fronça les sourcils.

— Frances, les jeunes n'ont peut-être pas envie de répondre à toutes tes questions !

— Tais-toi William ! J'adore entendre Chase nous raconter ses histoires : sa vie est tellement plus excitante que la nôtre !

Elle servit les œufs brouillés sur plusieurs assiettes et posa la poêle de côté. Puis elle prit deux assiettes garnies d'œufs, de toasts et de bacon, et les apporta à table.

— Alors, Chase ?

— Je suis tombé amoureux d'elle dès que je l'ai vue.

Chase sentait le regard de Kate fixé sur lui.

— Comment aurais-je pu résister ? Il suffit de la regarder pour comprendre : elle est belle, énergique, et elle sait tout faire.

— Et vous, Kate ? insista Frances.

Kate écoutait Chase avec un sourire ironique. Il dut se retenir pour ne pas éclater de rire en voyant son visage se décomposer lorsque Frances s'adressa à elle et qu'elle dut inventer une réponse.

Elle leva la tête, les sourcils froncés.

— Je ne savais pas trop quoi penser de lui. Il est quand même assez impressionnant, non ?

— C'est certain, dit Frances en lançant un regard affectueux à Chase.

Elle alla prendre les deux autres assiettes.

— Je pense qu'il peut avoir toutes les filles qu'il veut !

Elle sourit à Kate et apporta les assiettes à table.

— Je suis heureuse qu'il vous ait choisie. Vous avez l'air beaucoup plus agréable que toutes les femmes avec lesquelles on le voit dans les magazines. C'était un incorrigible séducteur avant qu'il ne vienne vivre au Lucky Lady, n'est-ce pas Chase ? Parlez-moi de la demande en mariage, poursuivit Frances en s'asseyant à côté de son mari.

— Ça suffit ! s'écria William. Maintenant, il faut que nous mangions et que nous allions nous occuper des bêtes. Gardez quelques histoires pour ce soir !

Frances sourit d'un air faussement désabusé.

— Quel rabat-joie !

Puis elle fit signe à Chase et à Kate.

— Je vous en prie, mangez ! Nous parlerons plus tard !

Chase s'employa ensuite à vider son assiette le plus rapidement possible. Plus vite il sortirait, mieux ce serait.

Il fallait que Kate et lui s'entendent sur une histoire s'ils voulaient qu'elle soit crédible.

Il se demanda s'il n'allait pas dire la vérité aux Quaid, mais il connaissait trop bien Frances : elle était incapable de garder un secret. Et il ne voulait pas la charger d'une responsabilité trop lourde pour elle.

En un temps record, il avala les œufs, le bacon et les toasts, repoussa sa chaise et se leva.

— Prenez votre temps, William. Je vais commencer, dit-il en s'apprêtant à sortir.

— Je viens t'aider, lança vivement Kate avant de se lever à son tour.

Elle avait terminé son petit déjeuner, elle aussi. Elle avait mangé avec un appétit que Chase n'avait vu chez aucune des femmes avec lesquelles il était sorti : elles chipotaient toutes, en laissaient plus dans leur assiette qu'elles n'en avalaient, et suivaient constamment un régime. Kate n'avait pas un gramme de graisse en trop : elle devait dépenser toutes les calories qu'elle mangeait.

— Inutile que vous vous salissiez, dit William en repoussant son assiette qu'il n'avait pas terminée. Chase et moi, nous nous débrouillerons bien tous seuls.

— Je sais m'occuper d'animaux, et Chase me dira ce que je dois faire. D'ailleurs, j'aimerais connaître un peu mieux le ranch.

Elle posa la main sur l'épaule de William.

— Terminez votre assiette, je vous en prie.

Le contremaître fronça les sourcils.

— Mais vous êtes l'invitée !

Frances gloussa.

— Laisse les deux jeunes. Tu ne vois pas qu'ils ont envie d'être seuls ?

Son mari écarquilla les yeux et se racla la gorge.

— Bon, dans ce cas, je pense que je vais prendre un autre toast.

Il tendit la main vers la corbeille de pain.

— J'ai l'impression de vous laisser faire tout le travail, marmonna-t-il en secouant la tête.

— Vous en faites bien plus que votre part, dit Chase. Prenez tout votre temps.

Il saisit une lourde veste qui était accrochée près de la porte et la tendit à Kate.

— Frances, ça vous ennuie si Kate met votre veste jusqu'à ce que je trouve quelque chose pour elle ?

— J'ai un manteau, protesta Kate. Je vais aller le chercher.

— Non, non, s'écria Frances, prenez le mien : il ne faut pas salir le vôtre. Et mettez aussi mes bottes en caoutchouc. Il y a de la boue autour de l'écurie quand il neige.

— Merci.

Kate enfila les bottes, et la veste que Chase lui tendait. Il lui donna également un bonnet et une écharpe, mit sa parka, et ils sortirent.

Le ciel était gris, et les nuages cachaient les sommets des montagnes. On avait annoncé les premières grosses chutes de neige. Il y avait eu quelques flocons les jours précédents mais ils avaient vite fondu. Dans les stations de ski, les commerçants, les moniteurs, les hôteliers s'activaient pour être prêts pour le début de la saison.

Lorsqu'elle fut sortie, Kate remonta le col de sa veste et noua l'écharpe autour de son cou.

— Il fait un peu plus froid ici qu'au Texas ! remarqua Chase.

Elle hocha la tête, et mit ses mains dans ses poches.

— Pourquoi ne voulez-vous pas que je dise qui je suis ? Surtout à vos employés ?

Chase s'attendait à cette question.

— J'aime beaucoup Frances et William, mais je ne veux

pas qu'ils soient obligés de garder un secret… Et je ne tiens pas à ce que toute la ville soit au courant.

— Et pourquoi faut-il cacher à toute la ville que je suis ici pour protéger Sadie ? D'ailleurs, à ce propos, je devrais être à côté d'elle, à l'hôpital.

— Ils ont des vigiles là-bas. Je suis certain que personne ne peut entrer dans le service de soins intensifs.

Chase poussa la porte de l'écurie, et la tint ouverte pour laisser entrer Kate.

Elle s'arrêta sur le seuil, et se tourna vers lui.

— Si quelqu'un veut s'en prendre à Sadie, cela ne l'arrêtera pas.

Chase sentit son cœur battre contre sa poitrine, et il dut faire un effort pour se concentrer sur ce qu'elle venait de lui dire.

— Nous ne savons pas si ce qui s'est passé hier soir était intentionnel ou pas. Lorsque nous nous serons occupés des chevaux, nous irons en ville voir comment va Sadie.

Kate entra dans l'écurie et tenta d'habituer son regard la pénombre.

— Elle vous a dit si elle savait qui la suivait et pourquoi ?

— Non. Elle m'a seulement confié qu'elle avait la sensation d'être constamment épiée.

Chase actionna l'interrupteur pour éclairer l'écurie, et prit un seau accroché au mur.

— J'ai proposé à Sadie et Jake de venir vivre ici quand leur maison a été détruite par un incendie. Ils étaient à la rue.

Il tendit le seau à Kate et désigna un grand container contre le mur.

— Un demi-seau de granulés par box.

Kate acquiesça, et se mit au travail.

Elle ouvrit la porte du premier box et vit une jument alezane. L'animal hennit, bougea la tête et frappa le sol de ses sabots lorsque Kate remplit sa mangeoire.

Kate tendit la main et caressa l'encolure de la jument. Elle ne semblait pas impressionnée par la taille, ni par la force de l'animal.

Chase sourit.

— D'habitude, Pénitence n'est pas très facile.

En levant les sourcils, Kate se retourna vers l'animal.

— Vous ne pouviez pas lui trouver un nom plus réjouissant ?

Elle caressa à nouveau la jument alors que la bête mangeait ses granulés.

— Ce n'est pas surprenant qu'elle soit aussi agressive !

— Elle a toujours été un peu nerveuse. Mais elle est très agréable à monter et elle se comporte très bien au milieu du bétail.

Kate étudia la jument.

— Elle est solidement bâtie, et elle semble assez robuste pour travailler sur un terrain montagneux et caillouteux.

— Je suis heureux que vous l'aimiez. Vous pourrez la monter autant que vous voudrez pendant votre séjour.

La main de Kate s'immobilisa sur l'encolure de la jument.

— Merci, mais je ne suis pas sûre de rester ici assez longtemps pour profiter de cette offre.

— Je vous l'ai dit : j'ai besoin de vous, au moins jusqu'à Noël…

Kate retourna vers le container et remplit un autre seau de granulés. Elle semblait concentrée sur ce qu'elle faisait.

— Même si nous arrivons à résoudre le problème avant ?

— Oui. En ce moment, moins il y a de perturbations dans la vie de Jake et Sadie, mieux c'est.

— A-t-on réussi à déterminer l'origine de l'incendie qui a détruit la maison de Sadie ?

— C'était une fuite de gaz. Heureusement, elle et Jake n'étaient pas à l'intérieur lorsque le feu a pris. Ce jour-là, ils avaient été retardés. Si ça n'avait pas été le cas, ils se seraient retrouvés au milieu d'une explosion terrible.

— Où est la mère du petit garçon ?

— Elle est morte dans un accident de voiture, il y a six mois.

— Est-ce que ça peut avoir un lien avec l'attaque d'hier soir ?

— Pas à ma connaissance.

Chase sortit un cheval de la deuxième stalle et l'attacha à un anneau fixé au mur. Il prit une fourche et entra dans le box vide.

— Vous étiez derrière la voiture qui nous a renversés hier soir, reprit-il. Qu'avez-vous vu ?

Il souleva la paille souillée qui se trouvait sur le sol du box et la mit dans une brouette.

— Si j'avais pu deviner que le véhicule allait vous foncer dessus, j'aurais relevé le numéro de la plaque minéralogique.

Tout en parlant, Kate continuait à remplir son seau.

— Tout s'est passé si vite. Je m'apprêtais à me garer pour aller dans le saloon, et juste à ce moment, une voiture est passée en trombe à côté de moi. Je pensais que le conducteur ferait un écart à la dernière minute pour vous éviter. Au lieu de cela, il est allé droit sur vous deux.

Chase enfonça la fourche dans la paille sur le sol. Il ressentait toujours des courbatures après le choc d'hier.

— Plutôt sur moi ou plutôt sur Sadie ?

Kate haussa les épaules.

— J'aurais tendance à dire que c'était sur Sadie, dans la mesure où c'est elle qui a été le plus grièvement blessée…

Chase se remit à nettoyer le box pendant que Kate continuait à distribuer des seaux de granulés aux chevaux.

— J'aimerais que vous veniez à l'hôpital avec moi, dit-il.

— Vous ne pensez pas que quelqu'un devrait rester pour surveiller le ranch ?

— William et Frances sont là, et je vais leur demander

d'être vigilants. J'aimerais ensuite aller vérifier quelque chose à Denver, et deux têtes valent mieux qu'une.

— De quoi s'agit-il ?

Avant que Chase ne puisse répondre, Barkley, le saint-bernard poussa une série d'aboiements pour les avertir que des visiteurs arrivaient.

Chase posa sa fourche contre le mur, s'essuya les mains sur son vieux jean et sortit de l'écurie dans la lumière grise du matin.

— Vous attendez quelqu'un ? demanda Kate en le suivant à l'extérieur.

— Non.

Et, après tout ce qui s'était passé la nuit précédente, Chase n'était pas tranquille. Il se dirigea à grandes enjambées vers la maison.

Kate essaya de le suivre, courant de temps à autre pour rester à sa hauteur.

Barkley arriva avant eux devant l'habitation principale. Une camionnette était garée devant l'entrée. Un homme portant un chapeau de cow-boy était descendu du véhicule et se dirigeait vers la portière arrière. Barkley cessa d'aboyer et courut faire la fête au visiteur.

Dès que l'homme eut ouvert la portière, un petit garçon sauta à terre. Il contourna le véhicule, un grand sourire aux lèvres.

— Bonjour monsieur Marsden ! Je suis venu jouer avec Jake. Mme Quaid m'a invité ! s'écria-t-il en courant vers Chase.

Chase s'accroupit et faillit tomber à la renverse lorsque l'enfant se jeta dans ses bras.

— Eh bien, Tad, dit-il en riant, on peut dire que tu as de l'énergie !

— Maman a dit que je pouvais rester toute la journée si vous le voulez bien ! Angus aussi va rester.

Chase se releva avec Tad dans les bras. Il se tourna vers le cow-boy et lui tendit la main.

— Bonjour, Angus. Je suis content de te voir.

Le cow-boy la serra.

— Un de nos amis communs m'a dit que tu avais besoin d'aide sur le ranch.

Il se tourna vers Kate et lui tendit la main.

— Angus Ketchum.

— Kate Rivers, répondit Kate en lui serrant la main.

— Ma fiancée, ajouta Chase.

Angus acquiesça avec un sourire.

— Félicitations ! Reggie va être tout heureuse de savoir qu'il y a une autre femme dans les environs.

Il se tourna vers Kate.

— Bienvenue dans nos montagnes. Vous allez voir : quand on a découvert cet endroit, on n'arrive plus à en repartir.

— Cet ami commun dont tu parles ne s'appellerait pas Hank ? demanda Chase.

— Hank m'a parlé de vous, renchérit Kate. C'est bon de voir un collègue ici.

Angus hocha la tête.

— C'est ça. Mais je ne vais pas rester longtemps : il faut que je rentre dès ce soir. J'ai un rendez-vous avec Reggie et l'entrepreneur qui va restaurer la maison.

— Tu sais que je peux vous héberger jusqu'à ce que les travaux soient terminés.

— Merci Chase, mais Reggie et moi ne voulons pas t'embêter. Nous avons trouvé une maison à louer. Nous allons emménager juste avant Noël, et nous y resterons jusqu'à la fin des travaux.

— Si jamais les choses ne se passent pas comme prévu, ma proposition tient toujours.

Angus pencha la tête sur le côté.

— En tout cas, depuis que Tad a appris qu'un garçon de son âge était arrivé, il meurt d'envie de le rencontrer !

Chase sourit.

— Les nouvelles vont vite par ici !

— Je suis certain que tout le monde est déjà au courant de tes fiançailles.

Le garçon se tortilla dans les bras de Chase.

— Je peux aller jouer ?

— Bien sûr, répondit Chase. Je parie que Jake est debout et qu'il est en train de prendre son petit déjeuner. S'il est encore endormi, réveille-le. Il sera content d'avoir un copain.

— Je pourrai caresser l'ours ? demanda Tad.

— Bien sûr !

Chase posa Tad à terre, et le petit garçon partit en courant.

Lorsqu'il fut entré dans la maison, Chase se retourna vers Angus.

— Merci d'être venu. Je n'aimais pas l'idée de laisser Jake ici. Les Quaid ne savent pas que Kate est garde du corps. J'ai prétendu qu'elle était ma fiancée. J'ai une entière confiance en eux, mais je sais que Frances a beaucoup de mal à garder un secret, et je ne voulais pas l'obliger à se surveiller constamment.

— J'ai compris.

Angus se tourna vers Kate.

— Hank veut que vous lui fassiez parvenir toutes les informations que vous pourrez trouver sur cette affaire. Brandon, qui fait des merveilles avec son ordinateur, essaiera de les exploiter. Hank lui a déjà demandé de faire des recherches sur le passé de Sadie et de sa fille Melissa pour voir s'il en sort quelque chose.

— Bien.

Chase poussa un long soupir.

— Pendant ce temps, Kate et moi irons voir Sadie à

l'hôpital. De là, nous partirons à Denver. J'ai quelque chose à voir là-bas.

— Je peux m'occuper des bêtes si vous voulez partir tout de suite à l'hôpital, proposa Angus.

— Merci. Nous avons commencé, mais nous n'avons pas encore nourri tous les chevaux. William va t'aider.

— Et quand j'aurai terminé, j'irai surveiller Jake et Tad, dit Angus.

Chase le conduisit dans l'écurie et lui expliqua ce qui restait à faire.

William les rejoignit.

— C'est bon. Nous allons nous débrouiller. Allez voir Sadie : Frances s'inquiète pour elle.

— Merci.

Chase croisa le regard de Kate qui hocha la tête.

Il la prit par la main, et ils sortirent de l'écurie. Elle était restée silencieuse. Lorsqu'ils furent seuls, elle retira sa main.

— Si Hank a envoyé Angus ici, il n'est pas nécessaire que je reste.

— Vous avez entendu Angus : il n'est disponible que pour la journée.

Elle hésita.

— D'accord, mais je ne pense tout de même pas que je sois la bonne personne pour ce travail.

Lorsqu'elle se remit en marche, Chase se mit devant elle, lui barrant le chemin.

— Pourquoi dites-vous ça ? Tout allait bien jusqu'à ce que nous disions bonne nuit à Jake. Que s'est-il passé là-bas ?

— Rien, répondit Kate en essayant de continuer à avancer.

Mais il refusa de la laisser passer.

— J'ai de la peine à le croire quand je vois à quel point vous avez envie de fuir. Je me demande bien ce qui a pu vous faire réagir ainsi !

— Je n’ai pas envie de fuir, répondit-elle en élevant la voix. Et nous sommes en train de perdre du temps !

Elle se détourna, toute tremblante.

Il la prit par les épaules et la força à le regarder.

— Ce n’est pas une perte de temps si j’arrive à savoir ce qui vous ronge. Je pourrai peut-être vous aider ?

— Non, vous ne pouvez pas, répondit-elle en baissant la tête. Personne ne peut m’aider.

Ses yeux s’emplirent de larmes.

— Je vous en prie, laissez-moi, murmura-t-elle.

— Dites-moi au moins ce qui se passe…

Il lui prit le menton en lui caressant la joue de son pouce. Il voyait ses lèvres trembler et il dut faire appel à toute sa volonté pour ne pas se pencher et les embrasser.

— Ça ne vous regarde pas.

Une larme roula sur sa joue.

— Et de toute façon, ça n’a pas d’importance.

Il pinça les lèvres, et dut se retenir pour ne pas la serrer dans ses bras.

— Laissez-moi en juger.

— Je n’aime pas être avec des enfants.

Elle dégagea son menton d’un coup de tête.

— Voilà. Vous êtes content ?

Chase secoua la tête. Elle refusait de lui dire quelque chose d’important, mais il ne la laisserait pas en paix tant qu’elle ne lui aurait pas révélé ce qui la perturbait autant… Quitte à lui arracher la vérité par des baisers.

4

Kate n'avait qu'une envie : s'enfuir loin, très loin d'ici. Il aurait suffi de dire la vérité à Chase, et ils n'auraient plus jamais parlé de tout cela. Mais elle n'y arrivait pas. D'ailleurs, évoquer sa souffrance à voix haute aurait rendu les choses trop définitives, trop réelles.

Elle essaya de se dégager, mais Chase tint bon. A moins d'utiliser des techniques de combat, elle était prisonnière.

— Pourquoi ? insista-t-il. Jake a dit quelque chose qui vous a contrariée ? Bon sang, Kate, ce n'est qu'un enfant. Il ne l'a pas fait exprès !

— Ce n'est pas Jake en particulier : il est adorable. Ce sont tous les enfants. Je ne supporte pas d'être en leur présence, parce que je n'en aurai jamais.

Elle se dégagea violemment et se mit à courir vers sa voiture.

— Hank s'est trompé, marmonna-t-elle.

Elle devait partir d'ici. Sur le champ. Et si elle perdait son travail, eh bien, tant pis !

Elle entendit des bruits de pas derrière elle.

— A propos de quoi ?

Chase l'attrapa par le bras et la força à s'arrêter.

— Pourquoi Hank s'est-il trompé ?

— Quand il a dit que j'étais prête à retravailler.

Visiblement, ce n'est pas le cas. J'ai besoin de me remettre les idées en place.

— Et depuis quand elles ne le sont plus ?

— Depuis que j'ai reçu une balle dans l'abdomen. Tout mon monde s'est écroulé…

Elle le regarda dans les yeux.

— Vous voulez bien me laisser partir ? Je ne vous suis d'aucune utilité.

— Quand vous vous comportez comme ça, c'est certain ! Mais maintenant, vous êtes ici. Pour tout le monde, vous êtes ma fiancée, et je ne vais pas vous laisser vous dégonfler. Vous comprenez ?

Kate aurait voulu lui dire qu'elle n'admettait pas qu'il lui donne des ordres, mais elle n'y arrivait pas. Elle resta longtemps immobile, silencieuse, puis elle finit par admettre :

— Vous avez raison.

— Bien sûr que j'ai raison. Et je compte sur vous.

Il la serra un peu plus fort.

— J'ai besoin que vous retrouviez ceux qui ont envoyé mon amie à l'hôpital… Et Jake ne partira pas d'ici, poursuivit-il d'un air mécontent. C'est à nous deux de veiller sur lui et sur Sadie.

Il secoua la tête et poussa un long soupir.

— Bon sang, ne me regardez pas comme ça !

Elle renifla.

— Comme quoi ?

— Comme une petite fille qui vient de se faire gronder !

— Je n'y peux rien…

Il écrasa sa bouche sur la sienne.

De surprise, elle entrouvrit les lèvres, et elle sentit la langue de Chase s'y glisser.

Toute la tension qui l'habitait s'évanouit subitement, et elle se laissa aller contre lui, savourant la chaleur de son corps pressé contre le sien.

Il l'enlaça, et l'attira tout contre lui sans cesser de l'embrasser.

Elle avait totalement oublié la raison de leur dispute. Jamais auparavant elle n'avait été embrassée ainsi, aussi complètement, et elle voulait que ce moment ne s'arrête pas.

Lorsque Chase finit par relever la tête, Kate reprit son souffle. Elle le regarda et dit :

— C'est d'accord.

— C'est d'accord ? Vous restez ? Ou vous nous abandonnerez à la première occasion ?

— Je reste.

Elle ne l'aurait jamais admis devant lui, mais il avait su trouver les mots pour la tirer de l'état de panique qui s'était emparé d'elle. Et ce baiser… Waouh ! Elle se sentait complètement grisée.

— Je reste, à une condition.

— Laquelle ? demanda Chase, qui la tenait toujours étroitement enlacée.

Kate avança le menton, et pinça les lèvres.

— Que vous arrêtiez de m'embrasser.

Les lèvres de Chase se relevèrent lentement en un sourire incroyablement sexy, et une lueur se mit à danser dans ses yeux bleus.

— Je promets de ne plus vous embrasser.

Il leva un doigt.

— A moins que vous ne me le demandiez.

— Aucun risque, répliqua Kate en se dégageant.

— Même pour jouer notre rôle de fiancés ?

— Même. Il suffira de se donner la main… Vous n'aurez qu'à dire que je n'aime pas me donner en spectacle.

Chase éclata de rire, et elle sentit se lever le poids qu'elle avait sur la poitrine depuis la veille. Mais elle ne voulait surtout pas qu'il le sache.

— Et maintenant, vous voulez que nous partions à l'hôpital ? demanda-t-elle.

En riant, il lui prit la main et la posa sur son bras.

— Allons-y !

Il la tint près de lui alors qu'ils retournaient vers la maison. Il la considérait encore d'un air moqueur lorsqu'ils entrèrent dans la cuisine, et elle ne put s'empêcher de froncer les sourcils.

— Souriez. Vous êtes censée être amoureuse.

Amoureuse ? De lui ? C'était vraiment du cinéma ! Mais elle était une professionnelle, et elle devait jouer le rôle de sa fiancée. Alors, autant le faire le mieux possible et arrêter de s'apitoyer sur son sort : cela ne changerait rien.

Jake et Tad étaient assis à la table de la cuisine, devant un bol de céréales et un verre de lait. Kate avala sa salive, et rassembla son courage pour passer devant eux au bras de Chase.

Il s'arrêta et passa la main dans les cheveux de Jake.

— Vous ne quitterez pas la maison, sauf si Angus est avec vous, d'accord ?

Jake et Tad répondirent ensemble :

— Oui.

— Et ne renversez pas l'ours. Il pourrait vous écraser tous les deux.

Les deux garçons se mirent à rire, les yeux brillants.

— L'ours ? répéta Kate.

Chase hocha la tête en souriant :

— Un ours empaillé, dans le salon. Il me vient de mon grand-père, comme le ranch, la mine, et le saloon.

Il la conduisit loin des enfants.

Kate se sentit immédiatement mieux.

— J'ai l'impression que votre grand-père a amassé pas mal d'argent dans sa vie.

Chase poussa un soupir méprisant.

— Pas vraiment. Il a tout hérité de sa grand-mère, Lady Jones, qui était vraiment un personnage. Elle avait le sens des affaires — pas comme mon grand-père. Lui n'a fait que vivre de ses rentes, en élevant des chevaux.

— Et maintenant, tout est à vous. Vous allez faire comme lui ?

— Non. Ça fait deux ans que j'habite ici, pour respecter le testament de mon grand-père et de Lady Jones : tous les héritiers doivent vivre sur le Lucky Lady pendant vingt-quatre mois avant de devenir propriétaires du ranch. Maintenant, je peux le vendre, si je veux.

— Et vous en avez envie ?

Il resta silencieux un instant, en regardant la photo noir et blanc d'un jeune homme.

Kate étudia le cliché. Il aurait pu s'agir de Chase, quatre-vingts ans plus tôt : l'homme avait les mêmes cheveux bruns et les yeux clairs. Il devait s'agir de son grand-père lorsqu'il était jeune.

— D'abord, j'ai compté les jours, en trouvant que le temps passait avec une lenteur désespérante. Et puis, les week-ends où je partais loin d'ici ont commencé à me sembler longs. Les passe-temps que j'aimais — le jeu, les soirées, le sport automobile — m'intéressaient de moins en moins, et il me tardait de revenir sur le ranch…

— Et maintenant ?

Il haussa les épaules.

— Je suis bien mieux ici. Je suis devenu une sorte d'ermite. Jamais je n'aurais pu imaginer que j'aimerais un jour nettoyer les box des chevaux !

Kate sentait son cœur se réchauffer à ces mots. Elle avait grandi dans un ranch et s'occupait des bêtes depuis qu'elle avait quatre ans. Elle connaissait la valeur du travail manuel, et la satisfaction de la tâche accomplie, si humble soit-elle.

— Le travail forge le caractère.

— Je n'en suis pas certain, mais ça vous donne des cals sur les mains !

Il s'arrêta devant la chambre de Kate.

— Je serai prêt dans dix minutes. Vous avez besoin de combien de temps ?

— Pareil, dit-elle.

— C'est tout ? Il faut au moins une demi-heure à la plupart des femmes pour se doucher, se coiffer, et se maquiller !

Elle croisa les bras.

— Je ne suis pas la plupart des femmes.

En temps normal, elle mettait dix minutes pour se préparer, et cela incluait le temps de boire une tasse de café tout en se peignant et en enfilant ses vêtements. Elle avait déjà pris son café au petit déjeuner.

— Dix minutes, annonça-t-elle.

Kate entra dans la chambre, laissant la porte se refermer derrière elle. Avec des gestes rapides, elle ouvrit son sac de voyage, y prit des sous-vêtements propres, un jean, et un chemisier en coton.

Lorsqu'elle sortit de sa chambre, Chase avait disparu. Elle alla dans la salle de bains et ferma la porte à clé derrière elle. Elle passa cinq minutes sous la douche, deux pour se brosser les cheveux, une pour s'habiller, et elle retourna dans sa chambre, pour y enfiler des chaussettes propres et ses bottes.

Elle laissa la porte ouverte.

Un bruit de pas l'avertit de l'arrivée de Chase. Elle se leva au moment où il apparaissait dans l'embrasure de la porte.

Il la regarda de haut en bas, et elle sentit des picotements dans tout son corps.

— Je suis impressionné. J'avoue que je n'y croyais pas trop.

Elle préféra ne pas accorder d'attention à la chaleur qu'elle sentait monter en elle, et lui lança :

— Ne me sous-estimez pas, monsieur Marsden.

— Chase.

Il s'appuya contre le montant de la porte, un sourire aux lèvres, et une lueur dans ses yeux bleus.

— Souviens-toi : nous sommes fiancés. Tu n'es pas obligée de m'embrasser, mais il faudrait au moins que tu m'appelles par mon prénom et que tu me tutoies.

Elle attrapa un petit sac à main et un blazer en velours, et passa devant lui sans un regard.

— Allons voir Sadie.

Fort heureusement, le trajet se passa en silence. Kate en avait dit plus à cet étranger qu'à la plupart des gens qu'elle connaissait, ses parents inclus.

Chase conduisait plus vite que Kate ne l'aurait souhaité en tant que passagère. Heureusement, il semblait connaître la route et négociait avec maestria les virages serrés des petites routes des Rocheuses.

Lorsqu'ils arrivèrent à l'hôpital de Fool's Fortune, Kate s'était enfin relaxée, et repassait mentalement les images de l'attaque de la nuit dernière, tout en songeant à ce que Chase lui avait appris sur l'incendie de la maison de Sadie. Si les deux événements avaient un lien, c'était Sadie elle-même. Pas Chase, ni Jake.

Chase se dirigea droit vers l'ascenseur, et Kate s'engouffra dans la cabine avec lui. Lorsqu'ils arrivèrent à l'étage, la porte s'ouvrit sur ce qui semblait être une situation de confusion.

Une infirmière poussant un brancard passa précipitamment devant eux, et se dirigea vers une chambre située plus loin dans le couloir. Le bureau des infirmières était vide, à l'exception d'une personne qui était au téléphone. Elle fronçait les sourcils d'un air préoccupé, tout en suivant du regard le chariot que quelqu'un poussait dans le couloir.

— La patiente de la chambre 326 est en arrêt cardiaque. Nous avons besoin d'un médecin tout de suite, annonça-t-elle.

— Bon sang ! C'est la chambre de Sadie !

Chase se précipita à la suite de l'infirmière qui poussait le chariot.

— Monsieur ! s'écria la femme qui était dans le bureau, vous n'avez pas le droit d'entrer ici !

Chase l'ignora. Kate le suivit, le cœur battant.

La porte était grande ouverte, et six infirmières étaient debout auprès du lit. L'une d'elle avait ouvert le devant de la chemise de nuit de Sadie, pendant qu'une de ses collègues préparait le défibrillateur. Les autres vérifiaient les tubes et les machines reliés à Sadie.

— Que s'est-il passé ? demanda Chase d'un ton pressant.

Une infirmière recula et l'empêcha d'avancer.

— Monsieur, restez dehors, et laissez-nous faire notre travail.

L'infirmière qui était au téléphone vint l'attraper par le bras.

— Je vous en prie, allez dans la salle d'attente ! Si vous êtes un proche de Mme Lovely, le médecin va venir vous parler lorsqu'il aura fait son diagnostic.

— Mais elle était dans un état stationnaire hier soir quand j'ai appelé !

— Je suis désolée, monsieur. Elle s'est arrêtée de respirer il y a quelques minutes. Nous faisons tout ce que nous pouvons. Vous nous aiderez en restant à l'écart.

Kate toucha l'épaule de Chase. Elle souffrait pour lui et pour la femme étendue devant eux.

— Viens. Nous devons les laisser travailler.

— Bon sang !

Chase abattit la paume de sa main sur le mur.

— Sadie pensait que je saurais prendre soin d'elle. Et Jake compte sur moi pour que je la ramène à la maison… En vie !

— Il y a des choses qu'on ne peut pas contrôler. Je t'en prie, Chase… Nous les gênons.

Kate prit la main de Chase et le conduisit dans la salle d'attente.

Lorsqu'ils furent à l'intérieur, Chase lui lâcha la main et commença à aller et venir dans la pièce.

Kate était près de la porte. L'odeur d'antiseptiques, de café froid et de désespoir lui donnait envie de fuir. La dernière fois qu'elle l'avait sentie, elle était dans un lit d'hôpital et venait de se faire opérer. Ses parents n'étaient pas venus à Houston : sa jeune sœur était à l'hôpital à Lubbock pour donner naissance à son second enfant. Ils étaient tellement excités que Kate leur avait dit qu'elle n'avait que quelques égratignures, et qu'elle se débrouillerait très bien toute seule.

Chase passa devant elle. Il avait l'air d'un lion en cage.

Kate repoussa ses pensées moroses, et tendit la main vers lui.

— Parle-moi de Sadie.

— Que veux-tu que je te dise ?

Il se passa la main dans ses cheveux noirs, et même en cet instant, elle ne put s'empêcher de le trouver irrésistiblement sexy.

— Elle m'a sauvé la vie.

— Comment ?

Kate força Chase à s'arrêter de marcher et à se tourner vers elle.

L'intensité de son regard bleu lui serra la poitrine.

— J'allais droit en enfer. Je faisais n'importe quoi à l'époque ! Elle m'a remis dans le droit chemin.

— Droit en enfer ?

— Je buvais trop, je jouais trop à des jeux d'argent, je conduisais trop vite, et je sortais avec trop de femmes…

Il la regarda comme s'il la remarquait pour la première fois.

— J'étais pris dans une spirale destructrice. Un jour, j'ai été mêlé à une bagarre devant le club où Sadie travaillait, à Leadville. Avant même d'avoir compris ce qui se passait, je me suis retrouvé à terre, dans le caniveau, inconscient. Si Sadie n'était pas arrivée à ce moment, je serais probablement mort de froid. Franchement, je le méritais.

Kate secoua la tête.

— Personne ne mérite de mourir ainsi !

— C'est ce que Sadie a dit quand elle m'a hissé dans sa voiture et m'a emmené à l'hôpital. Ensuite, elle m'a mis au lit et m'a soigné chez elle pendant une semaine, à coup de bols de soupe et de sages conseils.

Il sourit.

— Elle m'a sauvé.

— C'est vraiment une femme étonnante.

— Exceptionnelle, tu veux dire !

— Et ta famille ? Pourquoi ne t'a-t-elle pas aidé ?

— Je n'ai plus de proches parents. Sinon, je suis certain que mon grand-père ne m'aurait rien donné !

— Et tes parents ?

— Ils sont morts dans un accident de voiture pendant que j'étais en train de conquérir le monde en brandissant ma bouteille de whisky.

Kate s'assit en face de lui.

— Et Jake ?

— Quoi, Jake ?

— Le petit-fils de Sadie… Il a d'autres parents ?

— Melissa vivait à Denver quand elle est tombée enceinte de Jake. Elle a quitté son travail d'assistante parlementaire, et elle est retournée à Leadville pour travailler comme comptable dans le club où Sadie chantait.

— C'est difficile pour une femme d'élever seule son enfant !

Dans son travail de Texas Ranger, elle avait vu les pires situations : des femmes abandonnées, devant s'occuper de leur bébé sans aucune aide financière ou matérielle.

— Elle a eu de la chance que sa mère soit là pour elle, remarqua-t-elle.

— Sadie aimait sa fille et était très fière lorsque Melissa est allée à l'université, puis a été embauchée au Parlement.

— Et Jake ?

— Il est la prunelle de ses yeux ! Depuis que Melissa est morte dans un accident de voiture, Sadie n'a plus que lui.

Kate sentit sa gorge se serrer. Elle savait ce qu'était la solitude. Tous ses espoirs avaient été anéantis le jour où elle avait été blessée, et sa douleur était si grande qu'elle ne supportait plus d'aller chez ses parents. Ses sœurs vivaient toutes à proximité du ranch familial, et elles s'y retrouvaient une fois par mois, pour un repas dominical, au cours duquel elles partageaient les anecdotes de leur vie quotidienne, leurs joies, et leurs fiertés de mères.

Kate, elle, n'avait rien à raconter. Rien. Elle ne voulait pas ternir la joie de sa famille, et ne voulait pas qu'ils puissent croire que leur bonheur la rendait amère. Alors, elle avait préféré rester seule pendant sa convalescence, sa rééducation, et sa recherche de travail.

— Qui va s'occuper de Jake si Sadie ne peut plus le faire ? demanda Kate.

Chase leva les yeux, et serra les lèvres.

— Moi. J'ai promis à Sadie que Jake aurait toujours un foyer.

En voyant la détermination de Chase à protéger un enfant qui n'était pas le sien, Kate se demanda comment il se comporterait avec la femme qu'il aimerait. Elle se souvint combien elle s'était sentie en sécurité lorsqu'il l'avait tenue dans ses bras. Cet homme tenait parole.

— Et le père de Jake ? Il n'a pas son mot à dire ?

— A ce que j'en sais, Melissa n'a jamais révélé son nom. Sadie dit qu'elle ne sait pas qui il est, mais que Melissa proclamait toujours qu'il ne ferait jamais partie de la vie de Jake.

Kate secoua la tête. Par la porte ouverte, elle aperçut un homme en uniforme qui passait.

— Pourquoi la police est-elle ici ?

— Bon sang ! s'écria Chase en se levant d'un bond.

Kate et lui sortirent précipitamment de la salle d'attente et virent le policier parler à un homme en blouse blanche et plusieurs infirmières.

— Mais que se passe-t-il ? demanda Chase.

Une des infirmières prit la parole.

— Ce sont les personnes qui sont venues voir Mme Lovely.

Le médecin s'adressa à eux.

— Vous êtes des proches de Mme Lovely ?

Kate et Chase répondirent à l'unisson :

— Oui.

— Nous avons pu la ranimer, et son état semble s'améliorer. Heureusement, nous sommes arrivés à temps, et il semble qu'il n'y ait pas de changement dans son activité cérébrale. Mais elle est toujours dans le coma, et nous allons continuer à la surveiller de près.

L'officier de police se tourna vers Chase et secoua la tête.

— Monsieur Marsden…

— Bonjour Burt, dit Chase en lui tendant la main. Je suis content de vous voir.

— J'aurais aimé que ce soit en d'autres circonstances.

— Moi aussi.

— A ce que j'ai entendu dire, Mme Lovely est une de vos amies, et vous avez été renversés tous les deux la nuit dernière. Le policier qui a répondu à l'appel d'urgence dit qu'il peut s'agir d'un accident, mais je n'en suis pas certain.

Burt avait un calepin à la main, et s'apprêtait à prendre des notes.

— Vous savez si quelqu'un lui voulait du mal ? Un ex-mari, un amoureux éconduit, une femme jalouse ?

Chase fronça les sourcils.

— Non. Sadie est quelqu'un de bien. Elle ne ferait jamais de mal à personne. Vous êtes ici à cause de l'accident d'hier soir ?

— Je suis venu pour une autre raison.

Burt inclina la tête vers une des infirmières qui avait un mouchoir en papier pressé sur la bouche. Son mascara coulait sur ses joues.

— J'ai eu un appel de Mlle Shaw, une des infirmières qui était en service au moment où Mme Lovely a fait son arrêt cardiaque. C'est elle qui est entrée la première dans sa chambre lorsque les alarmes se sont mises à sonner.

Il s'arrêta, fronçant les sourcils.

— Mme Lovely avait un oreiller sur le visage, et le tuyau amenant l'oxygène était arraché du mur.

— Bon sang !

Chase sentit son cœur se serrer.

— La nuit dernière, avant de se faire renverser, Sadie m'a dit qu'elle avait l'impression d'être suivie, mais qu'à chaque fois qu'elle se retournait elle ne voyait personne.

Il expliqua comment Sadie avait trouvé refuge à Fool's Fortune lorsque sa maison avait brûlé, et ajouta qu'il avait préféré ne rien laisser au hasard et appeler Hank avant même d'avoir la confirmation qu'il s'agissait d'un incendie criminel.

— Je vais en référer à mon supérieur et appeler la police fédérale. Je vais voir si on peut affecter un homme pour monter la garde devant sa chambre, jusqu'à ce que nous sachions vraiment ce qui se passe. J'ai l'impression que cette affaire va au-delà d'un simple accident de voiture.

— Je ferai tout ce que je peux pour vous aider. J'ai demandé qu'une entreprise de sécurité m'envoie un agent pour veiller sur Sadie. Il devrait arriver dans la journée.

— Bien. Nous n'avons pas beaucoup de main-d'œuvre, mais je peux trouver quelqu'un en attendant.

— Merci.

Chase alla dans le couloir, et observa attentivement le plafond. Il se retourna vers l'infirmière en chef.

— Ce sont des caméras de sécurité ?

Elle hocha la tête.

— Où conservez-vous les enregistrements ? demanda Burt. Nous allons devoir les examiner.

— Vous les trouverez certainement dans le centre de sécurité, au sous-sol. Nous allons prendre soin de Mme Lovely, ajouta-t-elle. Vous avez ma parole.

— Nous pouvons venir avec vous ? demanda Chase en se tournant vers le policier. Sadie fait presque partie de ma famille.

Burt le regarda en fronçant le front.

— D'accord, mais vous restez en dehors de l'enquête.

Il se dirigea vers l'ascenseur, accompagné de Chase et de Kate.

Tous trois descendirent au sous-sol, et suivirent les panneaux menant au centre de sécurité.

La porte de la pièce était grande ouverte. Un homme vêtu d'un uniforme bleu était affalé sur le clavier d'un ordinateur. A côté de lui, une cannette de soda renversée laissait s'écouler un liquide qui gouttait et formait une flaque à ses pieds.

Lorsque Chase toucha le dos de l'homme, sa chaise pivota, et il tomba en avant. Burt et Chase se précipitèrent sur lui et le retinrent avant qu'il ne tombe à terre.

Ils l'allongèrent sur le sol.

Kate s'accroupit auprès de lui et lui prit le pouls. Il émit un grognement et cligna des yeux. Ils étaient vitreux, leurs pupilles dilatées.

Kate se releva, prit un mouchoir en papier dans une boîte sur le bureau, et le posa sur le combiné du téléphone.

Elle le porta à l'oreille, tout en composant le 0 pour avoir le standard.

— Il y a une urgence au sous-sol, dans le centre de sécurité. Envoyez des urgentistes et un brancard de suite !

Chase regarda les écrans sur le bureau. Il y avait un impact de balle sur chacun d'entre eux. Il suivit du regard les câbles de l'ordinateur, jusqu'à l'unité centrale. Elle était complètement disloquée, apparemment sous l'effet de balles tirées de près.

Chase s'agenouilla près du garde. Après un regard en direction de son badge, il s'adressa à lui :

— Monsieur Martinez, que s'est-il passé ici ?

L'homme gémit à nouveau.

— Il n'est pas en état de répondre, intervint Kate.

— Celui qui a fait ça ne voulait pas que nous voyions les enregistrements, remarqua Burt.

— Et je pense qu'il a réussi. On ne peut rien récupérer sur cet ordinateur, dit Chase.

Une équipe d'urgentistes arriva dans la pièce et installa Martinez sur un brancard.

Burt emmena Chase et Kate à l'écart.

— Je vais faire venir une équipe de la police scientifique pour passer cette pièce au peigne fin. Il vaut mieux ne rien toucher.

Chase serra les poings. Bon sang ! Celui qui avait attenté à la vie de Sadie était malin, et faisait tout pour couvrir ses traces. Mais ils le retrouveraient. Il avait bien dû laisser un indice, et Chase le mettrait hors d'état de nuire.

Ils n'avaient plus grand-chose à faire dans cette pièce, puisque l'ordinateur était inutilisable. Chase prit la main de Kate et l'entraîna vers le rez-de-chaussée. Sans la lâcher, il la conduisit jusqu'à sa voiture, sur le parking. Avant qu'ils n'arrivent, il ouvrit les portières avec sa télécommande.

Kate grimpa sur le siège du passager, et se tourna vers lui alors qu'il s'installait au volant.

— Où allons-nous ? demanda-t-elle.

— A Denver, voir le contenu du coffre de Sadie.

5

Kate sortit son portable de sa poche dès que Chase se mit en route.

— J'appelle Hank.

— Bien. C'est justement ce que je voulais faire. Il faut que quelqu'un veille sur Sadie jusqu'à ce que nous comprenions qui lui en veut, et que nous le mettions hors d'état de nuire.

Comme d'habitude, Hank répondit dès la première sonnerie.

— Kate, que se passe-t-il ?

— Nous sortons tout juste de l'hôpital. Quelqu'un a essayé d'étouffer Sadie.

Hank poussa un juron.

— Angus est venu au Lucky Lady ce matin ?

— Oui, et il surveille Jake pendant que Chase et moi réglons deux ou trois choses.

Hank s'adressa à une autre personne :

— Appelez Bolton. Nous avons besoin de quelqu'un dans le Colorado aujourd'hui.

Avant même que Kate n'entende une réponse, Hank était de nouveau en ligne.

— Je vais demander à mon pilote de vous amener un homme à Fool's Fortune aujourd'hui. Si tu penses que vous avez besoin de plus, dis-le-moi avant que l'avion ne décolle. Ils partiront d'ici une heure.

— Je crois qu'à nous trois, cela devrait suffire.

— Je suis désolé pour Mme Lovely. Brandon a épluché ses comptes, ses factures de téléphone et tout ce qu'il a pu pirater. Cette femme était une figure il y a vingt ans : elle était la call-girl la plus en vue de Denver.

— C'est intéressant.

Kate jeta un coup d'œil à Chase, en se demandant s'il était au courant.

Hank poursuivit :

— Brandon vient tout juste de commencer à enquêter sur sa fille. J'en saurai bientôt plus.

— Merci, Hank. Tout peut nous aider. Pour le moment, nous n'avons pas la moindre piste. Chase et moi sommes sur le chemin de Denver pour examiner le contenu du coffre de Sadie.

— Appelez-moi pour me dire ce que vous y trouverez, demanda Hank. Cela pourra aider Brandon dans ses recherches.

— Pas de problème.

Kate raccrocha, et regarda Chase.

— Qu'a dit Hank ?

— Il envoie quelqu'un dans son jet pour veiller sur Sadie.

— Bien. Je fais confiance à la police, mais je sais qu'à Fool's Fortune, ils n'ont pas le personnel nécessaire pour assurer une protection individuelle.

Kate continua à regarder Chase. Elle inspira et demanda :

— Que sais-tu du passé de Sadie ?

Chase eut un sourire plein de chaleur qui serra le cœur de Kate.

— Assez pour être certain que c'est quelqu'un de bien.

Refusant de s'attarder sur l'effet que son sourire avait sur elle, elle poursuivit :

— Mais encore ?

— Elle m'a dit qu'elle était loin d'être irréprochable, dit Chase, le visage de nouveau grave. Mais avec moi, elle a toujours été parfaite. Les gens changent… Son passé n'a pas d'importance.

Kate poussa un soupir.

— Il en a peut-être maintenant.

Chase lui lança un regard rapide, puis se concentra à nouveau sur la toute.

— Que veux-tu dire ?

— Apparemment, Sadie était une call-girl très connue à Denver.

Kate laissa à Chase le temps de digérer la nouvelle.

Il hocha la tête.

— C'était ce à quoi elle faisait allusion quand elle disait qu'elle craignait que son passé ne la rattrape…

— Elle a dit ça ?

— Oui, juste avant d'être renversée. C'est à ce moment-là qu'elle m'a confié la clé de son coffre.

— Tu penses qu'elle garde la liste de tous ses… clients ?

— Si c'est le cas, je parie que nous la trouverons dans ce coffre.

— Quel lourd héritage !

— Sadie m'a dit qu'elle vivait à Leadville depuis quinze ans. Melissa devait avoir treize ans quand elle a déménagé. Elle était assez âgée pour avoir deviné que la profession de sa mère n'était pas habituelle.

Kate imaginait fort bien les conséquences désastreuses que cela avait pu avoir sur Melissa, si elle ou un de ses amis avait découvert d'où Sadie tirait ses revenus. L'effet sur une adolescente pouvait être dévastateur.

— Sadie a dû arrêter lorsqu'elle s'est installée à Leadville, pour que sa fille puisse avoir une vie normale, remarqua-t-elle.

— A moins qu'elle n'ait continué avec les clients qui venaient la voir au club…

Chase secoua la tête, et sourit à nouveau avant de conclure :

— Sadie sait garder ses secrets.

— C'est bien dommage qu'elle ne t'en ait pas dit plus sur ses clients. En admettant que l'un d'eux ait beaucoup à perdre si sa relation avec une call-girl devenait publique, il pourrait avoir envie de se débarrasser des preuves, c'est-à-dire de Sadie. Y a-t-il en ce moment des choses importantes qui se trament ? Des rachats d'entreprises, des campagnes électorales… ?

— Les élections sénatoriales viennent tout juste de commencer dans le Colorado.

— Et qui sont les candidats ?

Chase plissa les paupières.

— John Michaels est le sénateur sortant, et il est opposé à un jeune candidat, le fils de Thomas Garner.

Le nom disait quelque chose à Kate.

— Thomas Garner ? Il est mort il y a deux ou trois ans, c'est ça ?

Chase acquiesça.

— Il a été agressé à Washington, alors qu'il sortait d'un restaurant. Quelqu'un l'a poignardé, a pris son portefeuille, et s'est enfui.

Kate se mordillait la lèvre, en se demandant si la mort du sénateur pouvait avoir un lien avec l'attaque dont Sadie avait été victime.

— Tu penses qu'il y a un rapport avec ce qui s'est passé hier ?

— Difficile à dire. Thomas Garner a été assassiné à Washington. Il y a beaucoup de criminalité là-bas. Et c'était il y a plus de deux ans…

— Je serais curieuse de savoir si son nom figure sur la liste de Sadie… si elle existe !

— Son fils s'appelle Benson Garner. On le voit assez souvent aux informations nationales en ce moment : ils diffusent des images de sa campagne électorale. Il doit faire un discours à Fool's Fortune à la fin de la semaine, lors de la cérémonie de l'illumination de l'arbre de Noël.

Chase secoua la tête.

— Mais il est trop jeune pour pouvoir avoir été un des clients de Sadie, et il n'est pas marié.

Chase tapota le volant de son index.

— Quant à John Michaels…, poursuivit-il.

— Oui ?

— Il a eu des hauts et des bas en tant que gouverneur du Colorado. Il y a apparemment pas mal de cadavres dans son placard, et il doit tout faire pour qu'ils ne viennent pas le hanter pendant sa campagne.

Kate réfléchit à ce que Chase venait de dire.

— Ça ne va pas être gênant pour toi de fouiller dans le passé de Sadie ?

La mâchoire de Chase se crispa.

— Je ne peux pas attendre qu'elle soit morte pour voir ce que contient ce coffre. Il y a peut-être dedans des éléments qui vont nous permettre d'identifier celui qui lui en veut. D'ailleurs, elle va vivre. Il le faut. Jake a besoin d'elle. Il a déjà été assez durement touché.

— Tu redouterais de devoir l'élever ?

— Pas du tout. C'est un bon garçon et j'aurais beaucoup de chance de l'avoir comme fils. Quant à savoir si je ferais un bon père…

Il poussa un soupir.

— Je ferais de mon mieux.

Kate sentit son cœur se gonfler.

— Je n'ai jamais envisagé d'élever les enfants de quelqu'un d'autre. Je suppose que je me suis toujours dit que j'aurais mes propres enfants, dit-elle à voix basse.

Elle n'attendait pas de réponse et dès qu'elle eut prononcé ces mots, elle les regretta. Elle se dévoilait trop.

— Nous avons tous des projets, mais lorsque les données changent, il faut savoir s'adapter et modifier nos plans.

Chase resta les yeux fixés sur l'autoroute. C'était comme s'il se parlait à lui-même, et lui exposait son opinion.

Le fait que cette remarque ne lui semble pas destinée laissait à Kate la liberté de l'accepter ou de la rejeter.

Et il avait raison.

Elle ne pouvait pas s'enfermer dans son chagrin, dans la douleur de ne pas avoir d'enfants. Comme l'infirmière qui la soignait avait essayé de le lui dire, il y avait plein d'orphelins qui avaient besoin d'une mère. Pourquoi pleurer sur son incapacité à mettre un bébé au monde, lorsqu'il y en avait tant qui désiraient un foyer ? Des enfants comme Jake.

Ils entrèrent dans Denver vers midi. La circulation était très dense, et ils avancèrent au pas jusqu'au centre-ville, où se trouvait la banque de Sadie.

Ils trouvèrent une place dans un parking, et se dirigèrent vers le building. Les rues étaient bondées malgré le vent froid venant du nord. Des gens emmitouflés dans des manteaux d'hiver, des écharpes et des chapeaux marchaient d'un pas pressé sur les trottoirs.

Alors que Kate et Chase approchaient de la banque, un homme grand et costaud, vêtu d'un long manteau noir au col relevé pour se protéger du froid bouscula Kate.

— Pardon, marmonna-t-il en poursuivant son chemin.

— C'est là, dit Chase. Entrons.

Ils se retrouvèrent dans le hall élégant de l'une des plus grandes banques du Colorado. La chaleur les enveloppa, et Kate se détendit.

Chase se dirigea vers un bureau d'information, et demanda à être escorté jusqu'à la salle des coffres. Le réceptionniste décrocha son téléphone et proposa à Chase et Kate de s'asseoir en attendant.

Chase préféra faire les cent pas. Alors qu'il passait devant Kate, elle lui attrapa la main.

— Assieds-toi.

— La patience n'est pas mon fort, répondit-il.

Il lui obéit cependant, et se laissa tomber sur la chaise à côté d'elle.

Kate eut un petit rire.

— J'avais remarqué !

— Monsieur Marsden ?

Un homme mince, âgé d'une quarantaine d'années, vêtu d'un costume et portant un badge sur le revers, s'arrêta devant lui.

— Oui…

— Bonjour. Je suis Taylor Smythe.

Il se tourna vers Kate.

— Et vous êtes… ? lui demanda-t-il en lui tendant la main.

Elle la prit. Elle était si froide et si molle qu'elle eut l'impression de saisir un poisson mort.

— Kate Rivers.

Le petit homme sourit.

— Enchanté.

— Mlle Rivers est ma fiancée. Nous aurions voulu avoir accès au coffre de Sadie Lovely.

Chase lui donna le numéro.

Smythe lâcha lentement la main de Kate.

— Il faut d'abord que je vérifie votre identité. Vous avez la clé avec vous ?

Chase s'interposa entre Smythe et Kate.

Kate retint un sourire. Elle aurait parié que Chase n'avait pas apprécié que l'homme lui tienne la main aussi longtemps. Cette pensée lui fit chaud au cœur.

Chase sortit la clé de sa poche et la montra au banquier. Puis il posa la main de Kate sur son bras.

— Tu es prête, ma chérie ?

Kate sentit une onde de chaleur la parcourir. Même s'il ne s'agissait que de donner le change à Smythe, cela lui donnait l'impression d'être étrangement féminine. C'était plutôt déconcertant... Depuis qu'elle avait dix ans, elle s'était toujours considérée comme un garçon manqué.

— Oui, je suis prête.

— Suivez-moi.

Smythe les guida vers l'arrière du bâtiment par un dédale de couloirs. Ils furent arrêtés par un employé de sécurité armé qui contrôla leur identité. Puis, après être passés sous un portique, ils furent finalement conduits dans une salle fermée par une porte blindée. Une table en métal se trouvait au centre de la pièce.

Smythe se dirigea vers le coffre numéroté, et inséra la clé dans une des deux serrures.

— Maintenant, c'est à vous.

Chase fit de même, et ouvrit le coffre.

Smythe reprit sa clé, puis se dirigea vers la porte.

— Si vous avez besoin de quoi que ce soit, je serai à côté.

Il les laissa seuls.

Tout en attendant que Chase prenne la boîte que contenait le coffre, Kate remarqua la caméra dans un des coins de la salle.

Elle hésita.

— C'est à toi que Sadie a donné la clé de son coffre. Pas à moi. Tu ne penses pas qu'elle pourrait être contrariée que je sois ici avec toi ?

— Je suis sûr que non. Tu es là pour la protéger. Hank t'a envoyée en te recommandant chaudement. Je suis certain que ses secrets sont en sécurité avec toi.

Kate se frotta les bras. La fraîcheur de la salle commençait à s'insinuer en elle.

— Tu peux me faire confiance.

— Je le sais. Et en plus, j'ai besoin de ton aide.

Kate regarda le contenu de la boîte. Il lui était difficile de se concentrer lorsque Chase était si près d'elle. Son épaule la frôla, et elle fut paralysée par une décharge électrique. Pourquoi cet homme lui faisait-il cet effet ? Il n'était pas le premier mâle au physique avantageux avec lequel elle travaillait. Certains de ses collègues étaient même particulièrement beaux… mais ils n'étaient pas comme lui.

Chase avait un charisme tout particulier : il semblait parfaitement à l'aise dans sa peau, et ne se laissait démonter par rien ni personne.

Et il sentait merveilleusement bon. Un mélange capiteux entre son eau de toilette et le grand air des Rocheuses, qui évoquait la neige, le ciel bleu, et la pureté des sommets.

Il la regarda, et ses yeux bleus s'assombrirent.

— Tu vas bien ?

Elle se secoua pour sortir de la rêverie dans laquelle il l'avait plongée malgré lui, et se concentra sur les objets qui se trouvaient dans la boîte.

— Oui.

Elle regarda le carnet noir entouré de petits écrins en velours qui devaient contenir des bijoux.

— Je croyais que ces carnets étaient un mythe…

Kate prit le calepin à la couverture en cuir, et le considéra un instant.

Puis, avec tout le respect dû aux secrets d'une autre personne, Kate l'ouvrit et regarda fixement les pages couvertes d'une écriture régulière.

Il y avait des dates, des noms et des heures soigneusement consignés.

— Il va falloir du temps pour exploiter tout cela, murmura Kate.

— Nous pouvons prendre le carnet.

A regret, Kate le referma et reporta son attention sur la

boîte. Un paquet de lettres étaient attachées ensemble avec un ruban rose. Elles étaient adressées à Melissa Smith.

— Je me demande qui écrivait à la fille de Sadie... dit-elle.

— Je ne sais pas. Prends-les. Cela nous donnera des éléments sur Melissa et sur son admirateur.

Dans la boîte se trouvaient également des documents concernant les comptes et le portefeuille d'actions de Sadie. Chase prit la liste de ses comptes et referma le coffret, laissant le reste à l'intérieur.

— Partons. Je préfère regarder ça tranquillement au ranch, dit-il.

— Je te comprends.

Kate prit le petit carnet noir et le tint contre elle, caché sous sa veste. Si c'était à cause de ce document que quelqu'un avait essayé de tuer Sadie, tous ceux qui le portaient devenaient à leur tour une cible.

Chase remit la boîte dans le coffre, et le referma à clé. Puis, prenant Kate par le bras, il la conduisit vers la porte et sonna.

Elle s'ouvrit immédiatement devant Smythe.

— Vous avez trouvé ce que vous vouliez ?

— Oui, merci.

Chase passa devant lui, traversa le portique et fit un signe de tête au gardien alors qu'il se dirigeait avec Kate vers le hall de la banque.

Dehors, le vent s'était levé. Alors qu'ils marchaient d'un pas rapide vers le parking, la neige se mit à tomber.

Les cheveux de Kate voletaient sur son visage, et l'aveuglèrent momentanément. Elle s'arrêta pour les coincer derrière ses oreilles. Les gens se pressaient vers des bâtiments ou leur véhicule pour échapper aux rafales de vent et à la neige.

Une ombre se détacha de l'escalier et fondit sur eux.

Avant que Kate ne puisse réagir, un homme habillé de noir et portant un masque de ski sur le visage se jeta sur

Chase, et le fit tomber à terre. Comme Chase tenait toujours Kate par le bras, il la déséquilibra. Elle trébucha et tendit les mains devant elle pour atténuer sa chute.

Elle avait lâché le carnet, qui tomba à terre, près du pneu arrière d'une voiture.

L'homme sauta par-dessus Chase, et se rua sur le calepin.

Kate tendit la jambe sur le côté, faisant un croche-pied à son agresseur. Il tomba la tête la première sur la voiture. Puis elle se jeta sur le carnet, l'attrapa, et roula sur le côté pour le mettre hors de portée de l'homme.

Elle ne fut pas assez rapide. Il lui saisit la cheville et la tira vers lui. De son autre bras, il s'apprêta à la frapper avec son arme.

Kate avait dû laisser la sienne dans la boîte à gants pour pouvoir pénétrer dans la banque. Il n'y avait plus qu'une chose à faire : se protéger le visage, et se préparer à recevoir le coup.

6

Chase se releva immédiatement. Instinctivement, il décocha un coup de pied dans le visage de l'homme qui allait frapper Kate.

Il vit sa tête partir en arrière, et l'homme se cogna sur un pilier de béton, lâchant la cheville de Kate.

Elle recula à quatre pattes, le carnet à la main.

Chase attrapa l'homme par le col de sa veste, et lui envoya un coup de poing dans l'estomac. C'est alors que leur assaillant se plia en deux et surprit Chase en fonçant sur lui comme un taureau furieux.

Chase tomba en arrière, et heurta le sol si violemment qu'il en eut le souffle coupé. L'homme se jeta sur lui, et Chase encaissa le choc. Il réussit pourtant à se dégager en roulant sur le côté.

Leur agresseur resta immobile un instant, puis se releva. Il s'approcha de Chase, toujours étendu sur le sol.

— Non ! hurla Kate en l'attrapant par-derrière, et en lui emprisonnant le cou dans le creux de son bras.

Encore étourdi, Chase secoua la tête. Que faisait Kate ? L'homme pesait au moins cinquante kilos de plus qu'elle. Le souffle toujours court, Chase réussit à se remettre debout, priant pour qu'il réussisse à aider Kate avant qu'elle ne soit blessée.

— Laisse-le partir, Kate !

— Pas question ! répondit Kate d'une voix tendue. Il doit d'abord répondre à quelques questions.

L'homme lui attrapa le bras, se baissa, et la fit basculer par-dessus son dos.

Elle retomba lourdement sur le sol et se releva, mais trop tard.

L'homme courut vers la sortie. Se précipitant hors du parking, il s'élança sur la neige.

Kate le poursuivit. Lorsqu'elle arriva dans la rue, elle s'arrêta. Les flocons de neige s'écrasaient sur son visage.

— Bon sang !

Chase courut vers elle.

— Tu vas bien ?

— Oui. Mais il a réussi à s'enfuir.

— Je m'en moque complètement ! Au moins, il ne t'a pas fait de mal.

Chase lui agrippa les épaules et la tourna vers lui. En lui prenant le visage dans les mains, il murmura :

— J'ai cru qu'il allait te tuer !

— Je vais bien.

Elle sourit.

— Et j'ai sauvé le carnet noir.

Chase la regarda. Les flocons s'accrochaient à ses cheveux et à ses cils. Lorsque l'homme avait fait tomber Kate à terre, il n'avait pas pu la protéger. Il n'avait pas été assez rapide.

Et maintenant, elle levait les yeux vers lui, et elle lui souriait, heureuse d'avoir réussi à garder le carnet, sans même songer qu'elle aurait pu être sérieusement blessée. Ses lèvres se relevaient et ses yeux verts brillaient. Un nuage de buée se formait à chaque souffle.

— La seule chose qui m'importe, c'est que tu ailles bien.

Il se pencha pour déposer un léger baiser sur ses lèvres. Elles étaient douces, chaudes et accueillantes. Lorsqu'elle les ouvrit en se laissant aller contre lui, il la serra et l'embrassa passionnément.

Pendant un long moment, ils furent seuls, au milieu de la tempête de neige. Un homme, une femme, et rien d'autre.

Un mouvement à sa droite fit sursauter Chase. Une femme s'enveloppant dans son manteau se dirigeait vers sa voiture.

Chase recula, le cœur battant.

— Pardon. Ce n'est pas le moment.

Kate se toucha la lèvre inférieure.

— Tu as raison. Il peut revenir d'un instant à l'autre.

Chase passa le bras autour de la taille de Kate et la conduisit vers son véhicule. Il l'installa sur le siège du passager avant d'aller se mettre au volant. Sans hésiter, il démarra et fit marche arrière.

— Au moins, nous pouvons être certains d'une chose, remarqua Kate.

— Oui : quelqu'un veut le carnet noir.

Chase sortit du parking, regardant autour de lui pour voir si on les suivait. La neige tombait si dru qu'il ne voyait pas au-delà du prochain croisement.

— Il faut que nous retournions au ranch.

— La neige tombe de plus en plus fort. Tu vas pouvoir conduire dans cette tempête ?

Elle se tourna vers la fenêtre, et un nuage de buée se forma dessus.

— Je n'y vois pas à trois mètres.

— Je vais tout de même essayer, répondit Chase. Je m'inquiète pour Jake.

Il se pencha en avant pour mieux voir, mais cela était parfaitement inutile dans ces conditions.

Kate agrippa les accoudoirs lorsqu'une voiture grilla un feu rouge en dérapant à leur droite.

— La bonne nouvelle, c'est que si c'est impossible pour

nous d'aller au ranch, ça l'est pour tout le monde, remarqua Kate.

— A moins que ceux qui en veulent à Sadie n'y soient déjà, répliqua Chase en écrasant la pédale de frein.

Il réussit à s'arrêter juste avant l'impact.

— Ça va être difficile…

— Je le crois aussi, acquiesça Chase. Il vaudrait mieux s'arrêter quelque part, et attendre que la neige arrête de tomber.

— Je vais voir si Angus peut rester un peu plus longtemps au ranch.

Kate composa le numéro du Lucky Lady, et mit le haut-parleur pour que Chase puisse entendre la conversation.

Frances Quaid répondit à la troisième sonnerie.

— Ranch Lucky Lady.

— Frances, c'est Kate.

— Je suis heureuse de vous avoir au bout du fil, dit la gouvernante.

Chase se rapprocha du téléphone, tout en continuant à regarder fixement la route devant lui.

— Tout se passe bien ?

— Oui, oui. Mais je m'inquiétais pour vous deux. Aux informations, ils ont recommandé de ne pas prendre la route, et de rester chez soi. La tempête est arrivée plus vite que prévu, et on annonce de très grosses chutes de neige pendant la nuit. Si vous êtes encore à Denver, restez-y jusqu'à ce que la tempête soit passée et que les chasse-neige aient eu le temps de dégager les routes.

— C'est ce que nous allions faire… Si vous, Jake et William allez bien.

— Angus a appelé Reggie pour lui dire qu'il resterait au Lucky Lady jusqu'à votre retour.

— Bien.

Chase se sentit instantanément mieux.

— Demandez à William de mettre le générateur en route et de le faire tourner pendant quelques minutes. Vous risquez d'en avoir besoin s'il y a une coupure d'électricité.

— C'est déjà fait. Et il a mis assez de bois à côté de la cheminée pour tout l'hiver. Nous sommes bien au chaud. Restez à Denver jusqu'à demain et attendez que les routes soient dégagées.

Kate raccrocha et regarda la route devant elle.

— Il faut s'arrêter quelque part. Je n'ai pas envie de rester coincée dans un carambolage toute la nuit.

— Tu as raison. Tu vois quelque chose ?

Il regarda par la fenêtre. Mais il distinguait à peine les phares arrière des voitures qui le précédaient, et encore moins les enseignes des bâtiments devant lesquels ils passaient. Ils étaient toujours dans le centre de Denver, et les conditions étaient déjà si mauvaises qu'ils risquaient fort de ne pas pouvoir aller plus loin.

Kate fit une recherche sur son portable et annonça :

— Il y a un hôtel à cent mètres à droite.

Chase se mit sur la voie de droite et avança doucement. Il faillit manquer les panneaux indiquant le parking de l'hôtel.

Lorsqu'ils entrèrent dans le parking, il se détendit et poussa un soupir de soulagement.

— Eh bien, souffla Kate, je ne pensais pas que nous allions arriver jusque-là !

Chase répliqua d'un air désabusé.

— Oui, mais nous risquons de rester coincés ici un moment.

Il y avait une file de voiture devant eux, qui toutes cherchaient à se garer. Pendant dix minutes, Chase parcourut les allées du parking au pas, pour y trouver un emplacement assez large pour son 4x4.

— Il est plein, constata Kate en tendant le cou pour regarder les allées.

Chase finit par abandonner et gara sa voiture sur un emplacement zébré marqué d'épaisses diagonales jaunes.

— Ça fera l'affaire.

— Ce n'est pas bon signe : si le parking est complet, je doute qu'ils aient des chambres libres, dit Kate en le regardant.

Chase fit la moue.

— Il n'y a qu'une manière de le savoir.

Il ouvrit sa portière et descendit. Kate fit de même.

Ils prirent l'ascenseur et arrivèrent dans le hall. Les gens faisaient la queue devant la réception, ou arpentaient le hall à pas lents, le téléphone collé à l'oreille. Chase se mit dans la file, et attendit, Kate à son côté.

Plusieurs fois, il entendit que l'employé de la réception avait du mal à satisfaire ses clients :

— Je suis désolé, monsieur. Nous n'avons plus que des chambres avec des lits king size… Non, nous n'avons plus de lit d'appoint…

Lorsque arriva le tour de Chase, le réceptionniste secouait la tête et pianotait sur le clavier de son ordinateur d'un air désabusé.

— Je voudrais une suite, annonça Chase. Le prix n'est pas un problème.

Le jeune homme se mit à rire.

— J'aimerais bien vous proposer une suite, mais je ne peux pas. Je viens tout juste de donner la dernière chambre à l'homme qui vous précédait.

— Vous avez des chambres réservées ?

— J'en ai une, mais je dois la garder jusqu'à 18 heures.

— Celui qui l'a réservée ne pourra jamais venir avec cette tempête.

— Je suis désolé, mais je ne peux pas rien faire avant 18 heures. Si par miracle le client arrivait, je dois avoir une chambre pour lui. Vous voulez que je vous mette sur liste d'attente ?

Kate prit la parole.

— Oui, je vous en prie.

Elle toucha le bras de Chase.

— Nous pouvons attendre au restaurant. Nous n'avons pas déjeuné, et il est presque l'heure de dîner.

Chase s'adressa au réceptionniste.

— C'est d'accord. Si vous préférez que je paie de suite, ce n'est pas un problème. Nous sommes là pour la nuit, même si nous devons dormir dans le hall.

Le réceptionniste répliqua avec fatalisme :

— Vous ne serez pas les seuls.

Il fit un signe de tête en direction de la porte : d'autres personnes arrivaient, secouant la neige accrochée à leurs cheveux et à leurs vêtements.

— Moi non plus, je ne pourrai pas rentrer chez moi ce soir.

Chase suivit Kate au restaurant, où ils commandèrent à manger.

— Tu veux que nous regardions le carnet et les lettres maintenant ? demanda Kate pendant qu'ils attendaient leurs plats.

— Tout à l'heure, quand nous serons dans notre chambre. Je ne voudrais pas risquer qu'on nous les prenne.

Toutes les tables étaient occupées, et le service était très long. Mais la nourriture était bonne, et il était 18 heures passées lorsqu'ils eurent terminé leur repas.

Ils retournèrent à la réception, et l'employé tendit deux clés à Chase avec un sourire.

— Merci pour votre compréhension. L'homme qui avait réservé la chambre a appelé il y a quelques minutes de l'aéroport de Chicago pour nous dire que son vol avait été annulé. La chambre est à vous pour la nuit.

Il tendit à Chase un rasoir en plastique, deux brosses à dents dans un sachet en plastique, et des petits tubes de dentifrice.

— Je me suis dit que, comme vous n'aviez pas de bagages, vous étiez bloqués ici à cause de la tempête. Profitez bien de votre séjour, monsieur et madame Marsden.

Kate secoua la tête.

— Nous ne sommes pas…

— … difficiles quant au type de chambre ou à la marque du dentifrice, dit Chase en l'interrompant. N'est-ce pas, ma chérie ?

Il glissa son bras autour de la taille de Kate et l'embrassa sur la tempe avant de lancer à l'employé :

— Merci d'avoir réussi à nous trouver une chambre.

Puis il entraîna Kate vers l'ascenseur.

Lorsqu'ils furent à l'intérieur, Kate se mit à rire.

— Tu as raison : ce qu'il pense n'a pas d'importance. Nous avons une chambre et nous n'avons pas à passer la nuit à grelotter dans la voiture, ou entassés dans le hall avec une centaine d'autres personnes.

— Exactement.

L'ascenseur s'arrêta au neuvième étage, et ils sortirent.

Chase glissa la carte dans la serrure, et une petite lumière verte s'alluma. Il ouvrit la porte, et la tint pour Kate.

La chambre était petite, avec un lit king size au milieu, et une salle de bains attenante.

Lorsque la porte se referma derrière lui, il se raidit. Il allait passer la nuit ici avec Kate.

Elle lui tournait le dos, et considérait le lit où étaient disposés plusieurs oreillers. Elle se retourna pour lui faire face.

— Je peux dormir dans le fauteuil.

— Ça ne sera pas nécessaire. Le lit est assez grand pour que nous y dormions tous les deux sans jamais nous toucher !

Kate fronça les sourcils, et son regard glissa de nouveau vers le lit.

— Je ne sais pas.

— Si ça t'inquiète, nous pouvons mettre des oreillers entre nous pour que chacun reste bien de son côté.

— Ça m'est vraiment égal de dormir dans le fauteuil. C'est toujours mieux que ta voiture, quand la température extérieure est glaciale.

— Ecoute : tu n'as qu'à prendre ta douche la première, et nous en parlerons ensuite, tout en nous chamaillant pour savoir ce que nous allons regarder à la télé.

Elle acquiesça.

— D'accord. Mais le fauteuil est pour moi.

Kate courut vers la douche et ferma la porte derrière elle.

Lorsque la porte fut fermée, Kate s'adossa contre elle, le cœur battant. Elle sentait la chaleur monter en elle, l'envahissant tout entière. Elle était seule, dans une chambre, avec Chase. Comment avait-elle pu penser que c'était une bonne idée ?

Après le baiser qu'ils avaient échangé dans le parking, Kate ne pensait pas qu'elle pouvait passer une nuit seule avec lui.

Ce simple baiser l'avait tellement bouleversée que la seule vue de ce lit faisait naître plein d'idées folles dans son esprit.

Reprends-toi, ma fille.

Les paroles de son père lui revinrent soudain à la mémoire. Elle était assise dans l'auditorium, à côté de lui, et elle attendait que vienne son tour pour aller à la tribune faire un discours sur le patriotisme. Elle avait l'estomac noué et la nausée, et il lui semblait que la panique allait avoir raison d'elle.

Juste au moment où elle avait eu l'impression qu'elle allait craquer, son père avait posé sa main sur la sienne et avait murmuré calmement, de sa voix rauque :

« Reprends-toi, ma fille ».

Elle l'avait regardé, et il avait hoché la tête. Pas un sourire, pas un mot de plus. Mais il lui avait montré qu'il lui faisait confiance et que, si elle dominait sa peur, tout se passerait bien.

Kate se redressa, et posa une serviette sur la tringle du rideau de douche. Puis elle se déshabilla. Le miroir au-dessus du lavabo attira son attention, et elle regarda son corps. Une longue cicatrice rosacée lui barrait le ventre.

Elle aurait dû s'estimer heureuse d'être encore en vie, même si elle ne pouvait pas avoir d'enfants, et qu'elle ne pouvait plus se mettre en bikini sur la plage. D'ailleurs, elle n'en avait jamais porté, préférant les maillots une pièce pour nager à son aise.

Son corps lui rappelait tout ce qu'elle avait perdu ce jour-là. Quel homme pourrait avoir envie de la voir nue ? Son regard glissa vers la porte, et elle sentit sa peau picoter. Elle voulait quelque chose qui ne pourrait pas arriver. Pas ici. Pas ce soir. Pas avec Chase. Pour toutes les raisons qu'elle venait de se répéter.

Oh ! Et aussi parce qu'il était son client. Hank avait certainement une règle interdisant les relations avec un employeur.

Mais elle n'arrivait pas à penser à autre chose qu'à l'homme qui était de l'autre côté de cette porte, et qui la faisait trembler de désir.

— Bon sang, marmonna-t-elle en tirant le rideau de la douche.

— Tu as dit quelque chose ? demanda Chase.

Il était dans l'autre pièce, mais elle l'entendait distinctement.

— Non, répondit Kate d'une voix étouffée avant d'entrer sous la douche.

Au lieu de la détendre, l'eau chaude ne fit qu'enflammer son corps un peu plus. Elle prit le shampoing et se lava les cheveux. Puis elle déchira le sachet d'une petite savonnette et la fit mousser sur son corps. Elle se rinça, ferma les yeux, et laissa libre cours à son imagination. Elle pensa à Chase… C'étaient ses mains qui glissaient sur son corps, s'aventuraient vers ses cuisses…

Un gémissement lui échappa. C'était insensé : comment pouvait-elle être si attirée par un homme qu'elle venait tout juste de rencontrer ?

Elle mit la tête sous l'eau, espérant que le bruit des gouttes couvrirait celui de ses gémissements. Pourquoi Chase était-il si sexy ? Pourquoi n'arrivait-elle pas à penser à autre chose qu'à lui ?

Le rideau de douche s'ouvrit, tirant brusquement Kate de sa rêverie. Elle cligna des yeux et cria :

— Chase ! Que fais-tu là ?

— J'ai entendu gémir. Je t'ai appelée deux fois, et tu n'as pas répondu. J'ai pensé que cet homme t'avait fait plus mal que tu ne voulais le reconnaître.

Il la regarda.

Kate se couvrit de ses mains. Elle sentait l'eau couler sur ses épaules et son dos. Elle n'arrivait pas à faire un geste, pétrifiée par le désir qu'elle lisait dans les yeux de Chase.

— Ne la cache pas, dit-il en retirant la main qu'elle avait posée sur son ventre.

— Elle est horrible.

— Non. Elle fait partie de toi. C'est un témoignage de ton courage.

Elle baissa la main.

— Tu ne devrais pas être là.

— J'étais inquiet.

Il avait ôté sa veste et sa chemise. Il n'avait sur lui que le jean qu'il avait enfilé après sa douche du matin.

— Je craignais qu'il ne t'ait blessée.

Il lui effleura l'épaule du bout des doigts.

— Tu as vu ça ?

Kate sentit une décharge électrique lui traverser le corps, et elle retint son souffle. Elle remarqua un bleu qui était apparu sous sa peau. Mais elle ne le sentait pas. Elle était seulement consciente du regard de Chase sur elle.

— Ça ne me fait pas mal.

Ça pourrait. Si elle baissait la garde et le laissait entrer dans son cœur.

Elle resta debout un long moment, regardant le large torse musclé de Chase. Les pensées se bousculaient dans son esprit, mais elle était incapable de parler. Puis elle regarda son jean.

— Si tu veux venir sous la douche, tu ferais mieux de l'enlever.

Son cœur se mit à battre follement. Pendant un moment terrible, elle retint son souffle, craignant d'avoir vu dans ce baiser, dans le regard dévorant qu'il portait sur elle, des choses qui n'y étaient pas.

S'il ne venait pas la rejoindre, elle en mourrait de honte.

Chase laissa retomber le rideau sur son humiliation.

Kate avança son visage sous le jet, et ses larmes se mêlèrent à l'eau. Elle rêvait ! Comment un homme comme Chase pourrait-il être attiré par un garçon manqué qui savait mettre bien des hommes au tapis, mais était totalement incompétente en matière de séduction !

Elle essaya d'entendre le bruit de la porte qui se refermait derrière lui, mais le sang qui battait à ses oreilles l'en empêcha. Elle ferma les yeux et pria pour qu'il sorte avant qu'elle ne s'effondre.

C'est alors que deux mains chaudes la prirent par la taille et l'attirèrent contre un corps solide.

Elle retint son souffle, ouvrit les yeux. Elle sentait son cœur battre la chamade alors que les mains de Chase remontaient vers sa poitrine, lui emprisonnaient les seins.

Elle gémit et se laissa aller en arrière, contre sa peau, et elle sentit son sexe en érection.

— Il ne faut pas.

Mais mon Dieu, comme c'était bon !

— C'est peut-être un peu tard pour te le demander, mais tu es mariée ?

— Non, répondit-elle dans un souffle, alors qu'il commençait à caresser le bout de ses seins.

Il l'embrassa dans le cou, et lui mordilla l'oreille.

— Tu as un amoureux au Texas ?

Elle pencha la tête sur le côté, pour qu'il puisse l'embrasser tout le long de son cou.

— Non.

— Alors pourquoi dis-tu qu'il ne faut pas, alors que j'ai eu envie de te prendre dans mes bras depuis que je t'ai vue te battre pour sauver la vie de Sadie ? Pourquoi dis-tu qu'il ne faut pas, alors qu'à chaque fois que je te touche, je sens mes doigts trembler ?

— Tu es un client.

— C'est ça qui t'inquiète ?

Il l'embrassa sur l'épaule.

— Tu es renvoyée.

Elle se mit à rire.

— D'abord, tu ne peux pas me renvoyer : il faut que nous aidions Sadie. Et quand ma mission sera finie, que se passera-t-il ?

— Une chose à la fois : nous ne nous connaissons que depuis hier. Je ne te demande pas de promesses.

— Ce ne sont pas les femmes qui disent ça d'habitude ?

Elle secoua la tête et poursuivit :

— Je ne suis pas très douée pour tout ça.

Elle posa la main sur son torse, et savoura la douceur de sa peau, et la solidité de son torse.

— Comment un ex-play-boy peut-il se forger de tels muscles ?

— En soulevant des bottes de pailles et en nettoyant les box.

— Hum, voilà que tu veux m'impressionner !

Elle posa les lèvres sur son torse, et savoura le goût de sa peau.

— Promets-moi que ça ne compliquera pas ma mission, demanda-t-elle.

— Je te le promets.

Elle descendit les lèvres et embrassa un téton brun.

— Menteur.

— D'accord. Je te promets de faire de mon mieux pour que tout se passe bien.

Il descendit les mains et enveloppa la courbe de ses fesses.

— Si tu veux tout arrêter, tu n'as qu'un mot à dire.

Elle le regarda. Si elle avait eu deux sous de bon sens, elle serait sortie de la douche, se serait séchée, et serait allée dormir dans le fauteuil inconfortable, avec la certitude d'avoir pris la bonne décision.

Mais elle ne le pouvait pas. Pas lorsque Chase était nu sous la douche avec elle, qu'il était en érection et qu'elle sentait son corps en feu… Pas lorsqu'elle avait envie de se prouver qu'elle était encore une femme capable de provoquer le désir chez un homme. Même si ce n'était que pour une nuit.

Elle sentit les mains de Chase glisser vers le haut de ses cuisses pour la soulever. Elle croisa les jambes autour de sa taille alors qu'il l'adossait contre le carrelage froid.

Puis il s'immobilisa. Il avait les doigts enfoncés dans sa peau et était prêt à la pénétrer.

Kate n'y tenait plus. Elle essaya de le prendre en elle, mais il la retint.

— Qu'y a-t-il ? demanda-t-elle en pressant sa poitrine contre lui.

La panique s'emparait d'elle.

Il avait changé d'avis.

— Il faut se protéger.

— Je n'ai aucune maladie et, si c'est ce qui t'inquiète, je ne peux pas avoir d'enfants.

— Moi non plus, je n'ai rien. Tu es sûre que tu ne peux pas tomber enceinte ?

Il se pencha en arrière pour la regarder dans les yeux.

— Oui.

Cette fois, il la laissa faire et s'enfonça en elle, tendant sa peau humide, l'emplissant complètement.

Kate ferma les yeux et prit une inspiration tremblante.

— C'est si bon…

— Ma chérie, nous venons à peine de commencer !

Il se mit à aller et venir, lentement d'abord, puis de plus en plus vite.

— Plus fort, gémit-elle.

Elle avait la tête renversée contre la paroi de la douche, les doigts enfoncés dans ses épaules. Lorsqu'elle fut prête à jouir il la souleva et la mit debout.

Elle se retint contre lui jusqu'à ce que ses jambes cessent de trembler.

— Pourquoi as-tu arrêté ?

— Je voudrais jouir dans un lit pour la première fois.

Il la mit sous le jet de la douche.

— Mais j'y étais presque ! gémit-elle, toute frissonnante.

Son désir était si fort que son corps tout entier était agité de tremblements.

— Alors, tu ferais mieux de vite te doucher.

Il prit une savonnette, la fit mousser et la lui tendit. Puis, avec soin, il la lava, sans omettre la moindre partie de son corps.

Kate fit la même chose, lui savonnant le torse, le dos, son sexe dur à la peau si douce. Elle le prit dans sa main, le serra, Elle aimait le sentir dans sa paume, penser qu'il était gonflé pour elle.

Chase lui attrapa les poignets et la mit sous le jet. Il la rinça, et se rinça ensuite.

Puis il tourna les robinets, écarta le rideau de douche et enveloppa Kate d'une serviette, la séchant des pieds à la tête. Lorsqu'elle eut fait la même chose pour lui, elle était encore plus brûlante de désir, prête à l'accueillir.

Chase lança les serviettes sur le côté, la prit dans ses bras et la porta dans la chambre.

— Nous ne devions pas regarder le carnet de Sadie ?

— Je pense qu'elle approuverait ce petit contretemps, dit Chase en la déposant sur les draps, et en s'installant à côté d'elle. Tu veux toujours dormir dans le fauteuil ?

Kate s'étira. Elle aimait la sensation des draps sur sa peau, et le désir qu'elle lisait dans les yeux de Chase.

— Pas question !

7

Le soleil filtrait à travers les rideaux tirés devant les fenêtres.

Kate cligna des yeux. Elle tendit la main vers l'homme allongé à côté d'elle, mais sa place était vide. Elle tourna la tête et songea un instant qu'elle avait rêvé ce qui s'était passé la nuit précédente.

Elle baissa les yeux vers son propre corps dénudé, s'arrêtant aux tendres aréoles de ses seins, et vit qu'elles étaient rougies… et la sensation étrange au creux de son ventre était très présente.

— Chase ? appela-t-elle.

Elle n'obtint pas de réponse. Elle entendit des portes s'ouvrir et se refermer dans le couloir, mais Chase n'était pas dans la chambre.

Kate releva les draps sur elle, alors qu'un frisson qui n'avait rien à voir avec la température de la chambre la parcourait. Une feuille de papier posée contre le réveil glissa, et retomba sur la table de nuit. Kate l'attrapa et la lut dans un rayon de lumière. En grosses lettres était écrit :

« JE SUIS ALLÉ CHERCHER LE PETIT DÉJEUNER. »

Une vague de chaleur l'envahit. Elle pressa le papier contre elle et se blottit sous les couvertures, attendant Chase. Il aurait peut-être envie de reprendre là où ils s'étaient arrêtés hier soir.

Elle tendit l'oreille en entendant un bruit venant de la porte.

Son cœur se mit à battre. Elle avait une conscience aiguë du drap sur sa peau nue. Une sensation de chaleur monta à sa poitrine et à son visage. En attendait-elle trop ? Peut-être ferait-elle mieux d'enfiler ses vêtements.

Trop tard : la poignée tourna, et la porte s'ouvrit. Elle vit une silhouette se dessiner.

— Tu as trouvé du café ? demanda-t-elle en tirant le drap sur elle, un sourire aguicheur aux lèvres.

Sans répondre, l'homme regarda par-dessus son épaule, et elle vit son visage couvert d'un masque de ski.

Pendant une seconde, Kate fut pétrifiée. Elle se raidit et son cœur se serra, avant de se mettre à battre à un rythme infernal.

L'homme entra dans la pièce, et referma la porte derrière lui. Il poussa la targette, et le bruit métallique fit frissonner Kate. Si Chase revenait, il ne pourrait pas rentrer, même avec la clé. Et l'arme de Kate était dans la poche de sa veste, dans le placard.

Elle roula de l'autre côté du lit.

— Sortez d'ici ou je hurle ! l'avertit-elle en regardant autour d'elle, cherchant désespérément ce qui pourrait lui servir d'arme.

Pas de lampe, seulement des appliques… Le téléphone était de l'autre côté du lit. A part des oreillers et un réveil, elle n'avait rien pour se défendre.

L'homme s'approcha.

Kate se mit à crier aussi fort qu'elle le put. Elle attrapa le carnet noir et le lança sous le lit. Puis elle saisit le réveil et le tira violemment, arrachant le cordon du mur.

Accroupie, nue, de l'autre côté du lit, elle attendit l'homme, bien décidée à se battre.

Chase s'était réveillé avant Kate et était resté étendu un long moment à la regarder, dans la lumière pâle qui pénétrait dans la pièce. Ses épais cheveux noirs se répandaient sur l'oreiller, et formaient un contraste frappant avec les draps blancs. Ses lèvres étaient relevées en un léger sourire.

Son cœur se gonfla de tendresse, et le désir monta en lui, mais il ne voulait pas la réveiller quand elle dormait aussi bien. Ils avaient passé la moitié de la nuit à explorer le corps de l'autre.

Il respectait sa réticence à mélanger travail et plaisir, mais il était heureux qu'elle ait cédé à son désir. Elle avait été une partenaire audacieuse et enivrante. Chase craignait qu'avec la lumière du jour, elle ne regrette cette nuit de passion.

Il s'était levé et avait vérifié la météo sur son smartphone. La tempête s'était éloignée pendant la nuit, et seuls quelques flocons épars étaient annoncés. Il jeta un coup d'œil dans la rue, et vit que les chasse-neige étaient passés pendant la nuit. La rue devant l'hôtel était dégagée, et la circulation semblait parfaitement normale dans le centre de Denver.

Pour ne pas réveiller Kate, il s'habilla dans la salle de bains et partit à la recherche de quelque chose à manger pour le petit déjeuner. Il ouvrit la porte doucement et la referma silencieusement derrière lui.

Il ne lui fallut pas longtemps pour trouver du café et des roulés à la cannelle. Il revint un quart d'heure plus tard, portant un sac de gâteaux et deux tasses de café. Lorsque la porte de l'ascenseur s'ouvrit à l'étage où se trouvait leur chambre, il entendit un cri étouffé. Laissant tomber les cafés et le sac, il se précipita. Son cœur battait, et il eut du mal à sortir la carte de son portefeuille pour ouvrir la porte.

Il la glissa dans la fente, appuya sur la poignée, et poussa la porte. Elle lui revint brutalement au visage : le loquet était fermé, et lui barrait l'entrée.

— Kate !

Il entendit un craquement, des pas lourds sur le sol, et des jurons. Le bruit de pas s'approcha de lui, puis il entendit qu'on enlevait la targette, et la porte s'ouvrit devant Kate, entièrement nue.

— Attention ! cria-t-elle.

Un homme vêtu de noir la poussa en avant, et l'envoya valser dans les bras de Chase. Tous deux tombèrent à terre et l'assaillant courut vers la cage d'escalier après les avoir enjambés.

Kate se dégagea et voulut se lancer à sa poursuite, mais Chase l'attrapa par le bras, lui mit sa carte dans la main et dit :

— Va t'habiller, je m'en occupe.

— Mais c'est moi le garde du corps ! protesta-t-elle.

— Et tu es toute nue ! cria-t-il en s'élançant dans le couloir. Rentre dans la chambre et ferme la porte à clé.

Cette ordure les avait attaqués deux fois en deux jours. Cette fois, Chase ne le laisserait pas s'échapper.

Il s'engouffra dans la cage d'escalier et descendit les marches quatre à quatre. L'homme était quelques étages plus bas. Lorsqu'il atteignit le rez-de-chaussée, il sortit par la porte menant dans le hall.

Chase le suivit. Il passa devant un employé qui poussait un chariot plein de bagages.

— Vous avez vu un homme en noir qui courait ?

L'employé désigna l'entrée de l'hôtel.

— Il est parti vers la gauche. J'appelle la sécurité ?

Chase ne perdit pas de temps à lui répondre, et se précipita hors de l'hôtel. Il vit une silhouette noire tourner au coin du bâtiment. Il la poursuivit. Même si le trottoir avait été dégagé, il était glissant. Chase prit le tournant un peu trop rapidement, dérapa, et se rattrapa.

L'homme qui avait attaqué Kate était à une cinquantaine de mètres devant lui.

Chase se félicita que ses joggings et le travail physique

sur le ranch lui aient permis de rester en forme, et il se lança à fond, raccourcissant la distance entre eux.

Alors qu'il était à deux ou trois mètres de l'homme, celui-ci lança un coup d'œil par-dessus son épaule, juste au moment où il s'engageait dans une rue animée.

On entendit des pneus crisser lorsque le chauffeur d'un camion de livraison écrasa le frein. Avec la fine couche de neige et de verglas qui recouvraient la chaussée, le véhicule ne put s'arrêter à temps, et heurta l'homme de plein fouet.

Il fut projeté à terre, sa tête frappant violemment le trottoir, et resta immobile.

Chase s'arrêta alors que le conducteur sortait du camion.

— Je l'ai vu trop tard !

Une passante se pencha sur l'homme.

— Je suis infirmière.

Elle enleva ses gants et posa les doigts à la base de son cou.

— Je ne sens pas son pouls.

Elle le retourna sur le dos et ouvrit sa veste.

Chase s'agenouilla près de l'homme et lui enleva son masque de ski. Son visage ne lui disait rien. Il sortit son portable de sa poche et appela les urgences.

Avec son téléphone, il prit une photo de l'homme. Si Hank était aussi efficace qu'Angus et Kate le disaient, il devait avoir un logiciel de reconnaissance faciale. Peut-être arriverait-il à l'identifier.

Chase attendit les urgences en frissonnant. Jusque-là, il ne s'était pas rendu compte qu'il n'avait pas de veste.

— Prenez ça, lui dit une femme en lui tendant une couverture.

Bien que tout en lui se refuse à aider celui qui s'en était pris à Kate à deux reprises, il la posa tout de même sur l'homme étendu par terre.

Puis il regarda dans ses poches pour voir s'il avait des papiers.

— Vous avez trouvé quelque chose ? demanda l'infirmière. Quelqu'un sait qui est cet homme ?

La femme qui avait apporté une couverture revint et lui posa une autre couverture sur les épaules.

— Mon mari veut toujours que j'en mette dans le coffre de ma voiture, au cas où, dit-elle avec un sourire. Pour une fois, je suis heureuse de les avoir.

Chase la remercia et resta à côté de l'homme pendant que l'infirmière essayait de le sauver. Quelques minutes plus tard, une voiture de police arriva, suivie d'une ambulance. Les urgentistes prirent la suite, et ils emportèrent l'homme.

Chase expliqua aux policiers que ce dernier était entré par effraction dans sa chambre d'hôtel, qu'il s'était enfui et qu'il venait de se faire renverser.

Le policier prit des notes et le numéro de téléphone de Chase, lui promettant de passer à l'hôtel rapidement.

Chase rendit la couverture à la femme qui la lui avait aimablement prêtée, et retourna à l'hôtel. Son absence avait duré bien plus longtemps qu'il ne le voulait. Et si cet homme n'était pas le seul à vouloir s'emparer du carnet noir ? Kate était peut-être encore en danger.

Lorsqu'il entra dans le hall, Kate était à la réception, en train de répondre aux questions d'un policier.

Chase poussa un soupir de soulagement et alla la rejoindre.

Dès qu'elle le vit, elle vint à sa rencontre et se jeta dans ses bras. Son corps était chaud, et chassa le froid qui s'était insinué en lui alors qu'il attendait dehors.

— Dieu merci, tu vas bien, dit-elle, en le regardant. Comme tu ne revenais pas, je me suis dit…

— Je vais bien, mais ce n'est pas le cas de l'homme qui t'a attaquée.

— Que s'est-il passé ?

Il le lui expliqua rapidement, et conclut, l'air sombre :

— Il ne viendra plus t'embêter.

Kate posa son visage contre son torse. Elle frissonnait. Lorsque ses tremblements se calmèrent, elle le repoussa.

— J'avais apporté quelque chose pour toi.

Elle retourna vers le comptoir de la réception pour prendre sa veste, et la lui tint pendant qu'il l'enfilait.

Pressé de retourner au ranch, Chase répondit à quelques questions des policiers, leur laissa son numéro de téléphone et leur dit d'appeler s'ils avaient besoin d'autres informations.

Puis il prit Kate par la taille et l'attira vers lui.

— Rentrons à la maison.

Kate était assise sur le siège passager. Elle avait le carnet ouvert sur ses genoux et, page après page, elle prenait des photos.

— Hank peut demander à Brandon de faire une recherche à partir de ces noms.

— Il faut bien lui préciser que toutes ces informations sont confidentielles, l'avertit Chase.

— D'après ce que je sais de Hank, tu peux lui faire entière confiance. Il a déjà risqué sa vie pour sauver des étrangers ou des membres de son équipe.

— C'est bon à savoir. Et ce Brandon ?

— C'est quelqu'un d'honnête. Il est plus sûr que Fort Knox quand il s'agit de garder des secrets.

Kate termina de photographier le carnet, et envoya les photos au numéro personnel de Hank.

Elle remit son téléphone dans sa poche, et reporta son attention vers le carnet. Elle était heureuse que Chase ne lui ait pas rappelé qu'il l'avait trouvée nue dans le couloir de l'hôtel lorsqu'elle avait été attaquée. Il n'avait pas non plus mentionné ce qui s'était passé la nuit dernière.

Elle était déterminée à sembler détachée, alors qu'elle brûlait de lui demander si ce qui était arrivé hier soir était important pour lui. Elle se concentra sur les noms et les dates inscrits dans le carnet. Elle avait peur de sa réponse.

— Je ne connais aucun de ces noms. Peut-être qu'ils en diront plus à quelqu'un du Colorado.

— Je me suis toujours tenu au courant de ce qui se passait ici, même lorsque j'étais à l'étranger. Lis-les-moi. Je t'arrêterai si j'en reconnais un.

Elle suivit la liste de l'index.

— Brent Kitchens, Frank Young, Stephen Kuntz, Morris Longtree…

— Longtree, l'interrompit Chase en plissant le front. Longtree… Ça doit être le propriétaire de la mine Mother Lode, à Idaho Spring.

Kate hocha la tête et poursuivit.

— Raymond Hollingsworth…

— Hollingsworth était le procureur général du Colorado il y a une dizaine d'années.

— Fenton Yates…

— Fenton Yates, du cabinet Yates, Taylor et Michaels.

Chase jeta un coup d'œil à Kate pour la première fois depuis une demi-heure.

Kate soutint son regard un instant, puis se remit à lire le carnet. Elle se sentait rougir.

— John Michaels est le nom suivant sur la liste, dit-elle.

— Il travaille dans le même cabinet.

— Il n'a pas été gouverneur du Colorado ?

— Si. Il est toujours actionnaire du cabinet, même s'il a arrêté son activité quand il est entré en politique.

Lorsque Kate se tourna vers lui, elle vit qu'il lui lançait des coups d'œil furtifs, sans détourner son attention de la route.

— Tu es vraiment décidée à ne pas parler de ce qui s'est passé hier ? demanda-t-il.

Kate se mordit la lèvre et regarda devant elle en haussant les épaules.

— C'est préférable, répliqua-t-elle, à défaut d'une réponse plus percutante.

Il se mit à rire.

— Que veux-tu dire ?

Kate se détourna, et regarda par sa fenêtre. Elle craignait que l'expression de son visage n'en dise plus qu'elle ne le voulait.

— Je ne t'aurais pas laissée seule si j'avais su que cet homme entrerait dans la chambre.

— Ne t'en fais pas.

Elle passa l'index le long de la tranche du carnet.

— Tu dormais si bien que je ne voulais pas te réveiller.

— Je vais bien. Tu n'es pas censé veiller sur moi.

— J'aurais dû être là avec toi.

— Ce qui s'est passé entre nous ne veut pas dire que tu as des obligations envers moi. Je n'attendais rien. Il n'y a rien à dire.

— Bon sang, Kate !

Chase frappa le volant, et la voiture fit une embardée.

— Ce qui s'est passé hier, c'était plus qu'une histoire d'une nuit !

— Pourquoi ? demanda-t-elle en se retournant vers lui, en essayant de demeurer impassible.

Elle ne voulait surtout pas que son visage trahisse ses sentiments.

— Pourquoi veux-tu que ce qui s'est passé hier soit si important ? Le désir ne dure pas.

Chase fronça le front.

— Dans mon cas, si.

Il poussa un long soupir.

— Tu essaies de me dire que c'est fini ? Que tu ne veux pas que ça se produise à nouveau ?

Les mains de Kate tremblaient, et elle serrait le carnet de Sadie pour qu'il ne puisse pas s'en apercevoir. Elle détourna les yeux. Le regard de Chase était trop intense.

— Je n'en éprouve pas le besoin.

— Tu n'en éprouves pas le besoin ?

Chase resta les yeux fixés sur la route pendant le kilomètre suivant. Elle voyait un muscle tressauter sur sa mâchoire.

Kate aurait voulu retirer les mots qu'elle venait de prononcer. Elle mentait à Chase et elle se mentait à elle-même. Ce qui s'était passé la nuit dernière avait été magique. Voulait-elle que ça se reproduise ?

Oui, oh oui !

Mais elle savait qu'alors elle aurait le cœur brisé à la fin de sa mission. Chase était beau, attirant, et c'était un amant merveilleux. Il aimait les enfants, et faisait tout pour une femme qui n'avait pas le moindre lien familial avec lui.

C'était le genre d'homme dont il était si facile de tomber amoureuse… Mais, si l'on en croyait les nombreux articles sur lui, il était un play-boy notoire qui quittait toutes les femmes avec lesquelles il sortait. Ce n'était pas parce qu'il était venu habiter au Lucky Lady deux ans auparavant qu'il avait complètement rompu avec ses anciennes habitudes.

D'ailleurs, lorsque cette mission serait terminée, elle partirait, et retournerait au Texas. Elle n'aurait pas la moindre raison de rester dans le Colorado, ni de rendre visite à Chase au Lucky Lady — en admettant qu'il en ait envie. Et elle n'imaginait pas que Chase puisse changer ses habitudes pour venir la voir… Pas quand il pouvait avoir n'importe quelle femme d'un claquement de doigt.

— Nous reparlerons de cela plus tard. Mais ce n'est pas terminé…

Il lui lança un regard plein de colère.

— Cette conversation n'est pas terminée, et ce qui se passe entre nous non plus.

8

La première chose que fit Chase en arrivant à Fool's Fortune fut de passer à l'hôpital voir comment allait Sadie. Elle était toujours dans le coma, en soins intensifs. Lorsqu'ils arrivèrent devant la porte de sa chambre, il remarqua qu'il n'y avait personne pour la surveiller.

Son cœur se mit à battre plus vite, et il entra dans la chambre. Une télévision était allumée dans un coin de la pièce, sans le son. Un homme imposant était assis sur une chaise à côté du lit de Sadie. Lorsqu'il vit Chase, il se leva d'un bond, en tendant les mains devant lui.

— Si vous n'êtes pas Chase Marsden, vous pouvez partir. Aucun visiteur n'est admis dans cette chambre.

Kate s'avança en souriant.

— Chuck !

Elle serra l'homme dans ses bras.

Chase serra les poings. Il aurait bien aimé mettre un terme à cette embrassade, mais n'avait rien à objecter. Kate et lui ne se connaissaient que depuis deux jours. Ils avaient fait l'amour la nuit précédente, mais cela ne voulait pas dire qu'ils étaient engagés l'un envers l'autre. Elle pouvait embrasser qui elle voulait.

Mais il n'en était pas moins irrité pour autant.

Kate finit par se retourner vers lui en souriant.

— Chase, je te présente Chuck Bolton, un autre membre

de l'équipe. C'est un des premiers agents que j'ai rencontrés quand j'ai débuté chez Hank.

Elle sourit encore à Chuck, et Chase grinça des dents.

— Il a une petite fille adorable, et sa femme, PJ, est enceinte de leur second enfant.

Chuck sourit.

— Charlie est à l'âge où elle court partout. C'est difficile pour PJ !

— Elle doit être épuisée ! Mais le bébé va bientôt arriver.

Chuck se mit à rire.

— PJ me dit qu'il lui tarde de pouvoir à nouveau voir ses pieds quand elle baisse la tête !

Il y avait manifestement beaucoup d'amour dans sa voix.

Chase souffla, et tendit la main.

— Ravi de vous rencontrer, dit-il avec sincérité.

Il s'approcha du lit.

— Vous pouvez rester combien de temps ?

Chuck le rejoignit auprès de Sadie.

— Aussi longtemps que vous aurez besoin de moi. Du moins, si PJ n'accouche pas avant le terme. Le bébé doit arriver dans un mois, donc normalement, il n'y a pas de problème.

— Nous allons voir si la police peut vous relayer de temps en temps pour que vous vous reposiez.

— Les infirmières ont été charmantes avec moi : elles m'ont apporté plein de bonnes choses à manger. Ça ira pour cette nuit. Mais demain matin, j'aimerais bien avoir un moment pour aller me doucher et me changer.

— Nous ferons en sorte de vous libérer.

Chase se pencha vers Sadie et l'embrassa sur le front.

— Courage, ma belle. Reviens vite. Jake a besoin de sa grand-mère.

Sadie semblait si faible et si vulnérable.

Le cœur de Chase se serrait. Il se redressa et fit un signe de tête à Chuck.

— Prenez soin d'elle.

Kate embrassa Chuck à nouveau et sortit. Chase la suivit.

— Et maintenant, allons au ranch.

Dans la voiture, Kate resta silencieuse, le regard fixé sur la route.

Chase lui lançait des coups d'œil furtifs, en se demandant à quoi elle pensait. A Sadie ? Au carnet noir ? A l'homme qui l'avait attaquée et qui maintenant se trouvait dans une morgue de Denver ? Ou à leur nuit d'amour ?

Il se raidit, alors qu'en esprit il la revoyait allongée sous lui, ses hanches se soulevant, ses jambes croisées autour de sa taille.

Il connaissait si bien le chemin jusqu'au ranch qu'il aurait pu le faire les yeux fermés. Heureusement, car tout son esprit était occupé à penser à Kate, à ce qu'ils allaient peut-être faire cette nuit.

La voiture fit une embardée dans un froissement métallique, et se rapprocha dangereusement de la corniche.

— Bon sang ! cria Chase en s'agrippant au volant.

Ils glissèrent vers le rail de protection, et Chase se prépara à l'impact. Si la barrière ne les retenait pas, ils plongeraient sur une pente abrupte, hérissée d'arbres et de rochers.

Chase tourna doucement le volant en appuyant légèrement sur l'accélérateur. A la dernière seconde, au lieu de s'écraser contre le rail métallique, il réussit à redresser le véhicule.

Kate avait une main serrée sur l'accoudoir, et l'autre sur la poignée de la portière.

— C'était quoi ?

Il regarda dans le rétroviseur. Un monospace de couleur sombre avançait rapidement vers eux.

— Quelqu'un nous a heurtés par l'arrière. Tiens-toi bien, il va recomm…

— Attention ! cria Kate lorsque le véhicule doubla Chase, en percutant l'aile du véhicule.

Déséquilibré, Chase dut se retenir au volant. Sa ceinture le plaqua contre le siège. Malgré tous ses efforts pour maintenir la direction, sa voiture continuait à glisser vers le côté de la route, sous la poussée de l'autre véhicule.

Kate mit la main dans la poche de sa veste, et en sortit son arme.

— Il faut qu'il s'arrête ! s'écria-t-elle. Plaque-toi sur ton siège.

Chase lui obéit, et Kate tira. La balle traversa la vitre et s'enfonça dans le pare-brise du monospace, un peu à gauche du conducteur. Le véhicule les laissa prendre de l'avance, donnant à Chase l'occasion d'appuyer sur l'accélérateur et de remettre la voiture sur la bonne voie, juste avant le virage suivant. Un autre véhicule arrivait en sens inverse.

Si Chase ne s'était pas remis sur sa file, ils l'auraient percuté de plein front.

Il continua à conduire aussi vite qu'il le pouvait sur la route sinueuse, pour mettre le plus de distance possible entre lui et le monospace noir.

Kate tenait toujours son pistolet à la main, à moitié tournée sur son siège.

— Soit il a fait demi-tour, soit il a tellement ralenti que je ne peux plus le voir.

— Tu m'as l'air plutôt douée, remarqua Chase en se frottant la joue.

— Plutôt, confirma-t-elle, un sourire aux lèvres. Tu as eu peur que je te touche ?

— Pas autant que d'être poussé dans le vide, répondit-il en riant. Je suis heureux que tu sois aussi bien entraînée.

— Je te l'ai dit, dit Kate en croisant les bras : je suis une bonne professionnelle.

— Même lorsque tu n'es pas en position de force.

— Tu veux dire comme lorsque je suis toute nue dans le couloir d'un hôtel ?

Elle se sentit rougir.

— Nous ne pourrions pas oublier ça ? ajouta-t-elle.

— Je n'y arriverais pas, même si je le voulais, dit Chase en riant.

L'image du corps mince et souple de Kate était imprimée dans sa mémoire.

— Tu ressemblais à un ange vengeur surgissant de notre chambre. Je ne sais pas ce qui m'a le plus frappé : le choc que j'ai ressenti quand il t'a projetée sur moi, ou le fait de te voir toute nue !

— Je t'en prie, arrête..., murmura-t-elle. Mais ce que je n'arrive pas à comprendre, c'est comment il nous a trouvés. On n'y voyait pas à un mètre quand nous nous sommes arrêtés à l'hôtel. Il n'a pas pu nous suivre !

— Et comment le conducteur du monospace a-t-il fait pour savoir exactement où nous trouver sur le chemin du ranch ?

Kate fronça les sourcils, et vida le contenu de son sac sur ses genoux, passant en revue le moindre objet.

Chase lui jeta un coup d'œil.

— Tu cherches quoi ?

— Un émetteur.

Elle regarda soigneusement l'intérieur de son sac avant d'y replacer chaque chose une à une. Puis elle tapota les poches de son jean. Finalement, elle inspecta sa veste, et mit les mains dans les poches. Elle fronça les sourcils et en sortit un petit objet brillant.

— Bon sang, regarde ce que je viens de trouver !

— C'était dans une de tes poches ?

— Oui… Mais je ne sais absolument pas quand ça a été mis là. Ça ne peut pas être pendant l'attaque dans le parking. Par contre il devait déjà être là quand nous sommes allés à l'hôtel, sinon l'homme ne nous aurait pas trouvés si vite.

Lorsqu'ils arrivèrent au croisement suivant, Chase s'arrêta à une petite station-service.

— Que fais-tu ? demanda Kate en se retournant pour scruter la route derrière eux.

— J'essaie de le mettre sur une fausse piste.

Il sortit de son véhicule et se dirigea vers un véhicule utilitaire destiné au transport de courrier.

Il plaça l'émetteur dans la remorque, et retourna vers son 4x4. Il en fit le tour et constata qu'il avait pas mal souffert dans la collision. Pourtant les choses auraient pu être bien pires et, par chance, la lourde carrosserie les avait protégés de l'impact.

Il s'installa derrière le volant et sourit à Kate.

— J'espère que ça va les mettre un moment sur la mauvaise piste… Au moins, le temps que nous rentrions au ranch.

— S'ils savent qui nous sommes, ils ne tarderont pas à nous trouver.

Elle se mordilla la lèvre, et Chase eut envie de se pencher et de l'embrasser.

Il lui prit la main, et y déposa un baiser.

— Nous serons prêts à les accueillir.

Kate regarda leurs deux mains.

— Nous serons prêts. Mais les autres ?

Chase ne voulait pas penser à cela.

Tout en continuant à regarder dans son rétroviseur, Chase entra dans le ranch. La neige tombée pendant la nuit recouvrait les collines qui entouraient la maison, adoucissant le paysage rocheux.

Lorsqu'il était enfant, ses parents l'avaient souvent laissé avec son grand-père lorsqu'ils voulaient voyager à Noël sans s'embarrasser d'un enfant. Il aimait la neige. Dans une remise, il avait trouvé une vieille luge, et il passait des heures à descendre la pente à l'arrière de l'écurie. La nuit, il s'endormait avant même que sa tête ne touche l'oreiller.

Chase gara la voiture dans un grand bâtiment à côté de la maison, et vint aider Kate à sortir. Mais lorsqu'il eut fait le tour du véhicule, elle était déjà dehors, en train de rassembler le petit carnet et les lettres.

— Nous n'avons même pas eu le temps de les regarder !

— Ce soir. Dès que les autres seront endormis, nous nous retrouverons dans mon bureau, proposa Chase. Je voudrais vérifier quelques noms de ce carnet sur Internet.

— Le technicien de Hank est très compétent !

— Je sais, mais je n'aime pas rester là à ne rien faire, en attendant que quelqu'un d'autre essaie de voir qui s'en prend à Sadie, à toi, et à moi.

— Moi non plus. A tout à l'heure, alors.

Lorsqu'ils entrèrent dans la maison, Frances accourut vers eux.

— Dieu soit loué, vous voilà !

Chase se raidit.

— Que se passe-t-il ?

— C'est Jake.

Kate avança.

— Il lui est arrivé quelque chose ?

— Je ne sais pas. Il a disparu.

Frances se tordait les mains, et avait les yeux pleins de larmes.

— Il fait froid dehors, et la nuit tombe !

Chase la prit par les épaules.

— Où est Angus ?

— Près de l'écurie. Il cherche Jake. Il voulait vous appeler pour vous le dire, mais maintenant que vous êtes là…

Chase ne laissa pas à Frances le temps de finir sa phrase. Il était déjà sorti.

Kate avait le cœur serré. Le petit garçon s'était peut-être égaré dans la forêt…

— Ne vous inquiétez pas, madame Quaid. Nous allons le retrouver, promit-elle en sortant à la suite de Chase.

Elle courut pour le rattraper. Lorsqu'ils arrivèrent sur la grande étendue blanche entre l'écurie et la maison, elle aperçut Angus et William à l'arrière de l'écurie, en train d'appeler Jake.

Kate se dirigea vers eux tout en scrutant les environs.

Angus fut le premier à remarquer leur présence, et vint les rejoindre.

— Quand l'avez-vous vu pour la dernière fois ? demanda Kate.

— Il y a une demi-heure.

Angus avait l'air soucieux.

— Nous étions en train de faire de la luge. Je suis retourné à l'écurie prendre une corde pour pouvoir remonter la pente en la tirant, et quand je suis revenu, Jake n'était plus là. Je ne suis resté absent que deux minutes ! s'exclama-t-il. Où a-t-il pu aller en si peu de temps ?

William Quaid les rejoignit.

— J'étais dans l'écurie en train de mettre le générateur en marche. Je n'ai rien vu, rien entendu : la machine faisait trop de bruit.

Le contremaître secoua la tête.

— Nous n'arrêtons pas de l'appeler, mais il ne répond pas. Pauvre petit ! La nuit tombe, et il va être de plus en plus difficile de le trouver.

Barkley bondit sur eux et mit son museau dans la main de Chase, qui s'agenouilla et lui gratta la tête.

— Où est Jake, Barkley ?

Barkley se pressa contre Chase.

Chase se redressa.

— Je vois qu'il faudra te dresser si nous devons avoir des enfants ici.

Il tapota la tête du chien d'un air absent, tout en regardant autour de lui.

— Nous allons former plusieurs groupes.

Il désigna la colline et l'orée du bois d'un coup de menton.

— Angus et moi, nous allons fouiller la zone qui va de l'arrière de l'écurie à la forêt. Si Jake est allé par-là, nous trouverons bien sa trace.

— Il devrait bien nous entendre quand on l'appelle ! remarqua Angus.

— A moins qu'il ne soit tombé et ne se soit fait mal, répliqua Kate en avançant, prête à suivre les deux hommes.

— William, allez chercher aux alentours de la maison, poursuivit Chase en désignant la grande bâtisse et le garage. Quant à Frances, dites-lui de vérifier toutes les pièces au cas où Jake serait rentré sans rien dire à personne.

— J'y vais ! cria William en courant vers la maison.

— Kate, reprit Chase en la regardant, occupe-toi de l'intérieur de la grange.

— Nous l'avons déjà fouillée en appelant Jake, mais ça n'a rien donné, dit Angus.

— Kate, vérifie encore une fois, au cas où. Comme tu l'as dit, Jake a pu tomber et se faire mal, déclara Chase.

Plutôt que de discuter, Kate entra dans la grange.

— Jake ! appela-t-elle.

On n'entendait que le ronflement du moteur du générateur.

— Jake !

Gênée par le bruit, elle alla éteindre la machine. Le silence se fit dans la grange.

Kate tendit l'oreille, essayant de capter le moindre son.

Elle entendit un léger miaulement à ses pieds et vit un chat qui se pressait contre sa botte.

Elle éloigna le chat et alla fouiller la sellerie. Mais il n'y avait là que des selles, des brides, des harnais et des brosses, soigneusement rangés sur des portants et des étagères. Elle regarda même derrière un banc en bois… Enfin, il lui fallut bien se rendre à l'évidence : Jake n'était pas là.

Elle fouilla ensuite chacun des box, espérant — et craignant tout à la fois —, d'y trouver le petit garçon. S'il était rentré dans une stalle où se trouvait un cheval, il pouvait avoir été assommé d'une ruade et être inconscient.

Le cœur serré, elle entra dans la dernière : toujours personne. Au moins, Jake n'avait pas été piétiné par un cheval dix fois plus lourd que lui.

Le chat la suivait pas à pas, se frottant sur ses mollets.

— Jake ! cria-elle, alors que l'espoir de trouver le petit garçon dans l'écurie disparaissait.

Kate se dirigea vers une rangée de barils qui contenaient des granulés de nourriture. Elle souleva les couvercles un à un et regarda à l'intérieur, au cas où Jake ait eu envie de jouer à cache-cache et se soit retrouvé coincé. C'était peu probable, pourtant elle inspecta soigneusement chacun des containers.

Elle leva les yeux. L'écurie était ancienne et avait un étage utilisé pour stocker le foin. Elle avait repéré un escalier étroit et raide au fond du bâtiment. Elle décida d'aller voir, et secoua la tête, amusée, quand le chat la précéda et se faufila vers l'étage.

Elle le suivit et grimpa à son tour l'escalier.

L'animal s'arrêta en haut des marches et regarda Kate approcher. Puis, la queue dressée, il trotta vers les imposants tas de bottes de foin, et disparut derrière l'une d'elles.

— Jake ! cria Kate.

Le petit garçon avait-il essayé de grimper dessus ? Peut-être était-il tombé… A moins que les bottes ne se soient renversées et qu'il se soit retrouvé coincé ? Kate sentit son cœur battre plus vite. Si elle montait sur les bottes et que Jake soit pris dessous, elle risquait de rendre la situation plus dangereuse encore.

Alors qu'elle considérait le mur de paille devant elle, le chat sortit d'un espace entre les bottes et miaula. Puis, la queue haute, il disparut à nouveau.

Kate fronça les sourcils et le suivit. Alors qu'elle se rapprochait de l'endroit où l'animal avait disparu, elle entendit de légers miaulements.

Le trou entre les bottes était assez grand pour le chat, mais l'était-il assez pour qu'un petit garçon puisse s'y faufiler ?

Kate s'accroupit et jeta un coup d'œil dans la fente. Les miaulements s'amplifièrent. Probablement le chat — ou plutôt la chatte — venait-il de rejoindre ses petits.

Kate n'arrivait pas à voir loin : cette partie de l'écurie était sombre. Elle avait besoin d'une lampe-torche.

Elle sortit son smartphone de sa poche, et l'alluma.

Dans le rayon de lumière, elle vit des yeux briller, et distingua de petites formes qui gigotaient en tétant leur mère.

Elle sentit son cœur battre plus vite en distinguant une forme plus sombre dans le rayon de lumière.

— Jake ! cria-t-elle.

Elle poussa un soupir de soulagement en entendant un gémissement. La forme bougea, et un petit visage apparut entre les bottes de foin.

— Angus ? cria Jake.

— Jake ! s'écria Kate. Nous te cherchons partout !

— Kate ! cria-t-il en reniflant. Je suis coincé !

— Ne t'en fais pas, nous allons te sortir de là.

Elle composa le numéro de Chase. Rien. Elle vérifia l'écran de son téléphone. Pas de réseau.

Kate commença à s'éloigner, pressée de rejoindre Chase et les autres pour leur annoncer qu'elle avait trouvé Jake.

— Non ! hurla Jake. Ne pars pas ! J'ai peur.

Le cœur de Kate se serra.

— Il faut que j'aille chercher Chase. Il va m'aider à te sortir de là. Je reviens tout de suite.

Elle déposa son téléphone entre les bottes de foin.

— Je laisse la lumière pour toi. J'en ai pour à peine une minute, je te le promets.

— Reviens vite ! dit le petit garçon d'une toute petite voix qui déchira le cœur de Kate.

Elle se précipita au bas de l'escalier et traversa l'écurie en hurlant :

— Je l'ai trouvé ! J'ai trouvé Jake !

Chase et Angus sortirent de la forêt en courant. William arriva de la maison.

— Il est dans les bottes de foin de l'écurie.

Kate n'attendit pas qu'ils la rejoignent. Elle avait promis à Jake qu'elle reviendrait vite. Il avait tellement peur qu'elle ne pouvait pas le laisser longtemps seul.

Elle remonta l'escalier et se laissa guider par la lumière de son smartphone.

— Jake, je suis là !

— Je veux sortir !

— Ne t'inquiète pas. Chase, Angus et William arrivent.

On entendit la porte de l'écurie grincer en bas, et Kate poussa un nouveau soupir de soulagement.

— Nous sommes à l'étage ! cria-t-elle.

— Je veux ma grand-mère, gémit Jake.

— Elle est encore malade, mais Chase et moi sommes là pour toi, Jake. Tout va bien se passer. Ne t'inquiète pas.

On entendit des bruits de pas dans l'escalier.

Kate se retourna.

— Il est coincé entre les bottes de foin, dit-elle en restant près de Jake.

Chase grimpa sur les bottes et les passa une à une à Angus et William. Les deux hommes les empilèrent un peu plus loin en un autre tas.

Cela sembla durer une éternité. Enfin, il n'y eut plus que quatre bottes empêchant Jake de sortir.

— On y est presque, mon grand, dit Chase.

Il souleva une botte et dit en riant :

— Ça y est !

Kate se redressa. Elle avait les jambes ankylosées d'être restée accroupie si longtemps. Mais la sensation de gêne s'envola immédiatement lorsqu'elle vit Chase soulever Jake et le serrer contre lui.

Jake s'accrochait à Chase.

— J'ai eu peur !

— Nous aussi, nous avons eu peur.

Chase s'assit et tint le petit garçon dans ses bras, étroitement serré contre lui. Quand il le lâcha enfin, il regarda en bas.

— Qu'y a-t-il ici ?

— Des chatons, répondit Jake.

Il chercha Angus du regard.

— Pardon de ne pas être revenu faire de la luge, s'excusa-t-il, j'ai vu Fancy qui portait un petit chat et je l'ai suivie jusqu'ici. Les bottes ont un peu bougé, et je n'arrivais plus à sortir.

Chase lui ébouriffa les cheveux.

— J'aurais certainement fait pareil. Dur de résister à des chatons ! Elle en a combien ?

— Cinq, répondit Jake.

Sa voix s'affermissait à présent qu'il se sentait en sécurité.

— Elle m'a laissé les prendre sans me griffer.

Kate sortit à nouveau son téléphone, monta sur le foin et éclaira la chatte et ses chatons. Comme Jake l'avait dit, cinq petits chats dont les yeux commençaient tout juste à s'ouvrir étaient étendus contre leur maman, et lui donnaient de petits coups de patte sur le ventre.

Kate éclata de rire. Ainsi, la chatte l'avait suivie dans toute l'écurie comme pour essayer de lui dire qu'elle savait où était Jake.

Le petit garçon se détacha de Chase.

Avant même que Kate s'en aperçoive, il se jeta sur elle et lui passa les bras autour du cou.

— Merci de m'avoir retrouvé.

Il enfouit son visage contre son épaule et ne la lâcha pas, même quand elle se faufila pour rejoindre l'escalier.

Chase tendit les mains pour l'aider. Puis il les prit tous les deux dans ses bras.

— Nous sommes heureux que tu ailles bien, Jake.

— Tu sais, dit Angus en tapotant la tête du petit garçon, tu as bien failli me faire avoir une attaque cardiaque.

— Pardon, dit Jake. Tu es en colère contre moi ?

Angus se mit à rire.

— Non, j'aurais suivi la chatte moi aussi, si je l'avais vue porter un chaton. Mais pourquoi tu n'as pas répondu quand nous t'avons appelé ?

— Je ne vous entendais pas.

Il leva la tête.

— J'ai dû m'endormir.

Il se frotta les yeux de ses poings.

Les traces des larmes se voyaient sur son visage.

Kate le serra dans ses bras envahie par un étrange besoin de le sentir en sécurité.

— Tu veux que je le porte ? demanda Chase en tendant la main.

Jake serra Kate un peu plus fort, refusant de la lâcher.

Kate secoua la tête.

— C'est bon.

Angus et William descendirent les premiers.

Chase les suivit, descendant à reculons. Il allait lentement pour aider Kate à négocier la descente raide, posant les mains sur ses bras pour la soutenir et l'aider.

Lorsqu'elle fut arrivée en bas, Kate poussa un soupir. La tragédie avait été évitée, tout pouvait maintenant revenir à la normale.

Mais, après la nuit d'amour qu'elle avait passée avec Chase, elle doutait fort que les choses puissent redevenir comme avant… D'autant plus qu'elle savait désormais que rien n'était plus émouvant que de tenir dans ses bras un enfant entièrement dépendant de vous pour sa sécurité et son bonheur.

Elle avait conscience qu'elle ne sortirait pas de cette mission indemne.

9

Chase serra la main d'Angus.

— Merci d'être resté avec Jake pendant ces deux jours. Le fait de savoir que tu étais là nous a permis de nous consacrer à l'enquête avec l'esprit plus tranquille.

— Je suis désolé pour ce qui s'est passé à Denver et sur le chemin du retour. Je vais essayer d'en savoir un peu plus. Tu penses avoir encore besoin de moi ?

— Nous te le dirons.

Angus fit tourner son chapeau de cow-boy entre ses mains.

— Ecoute, je suis vraiment désolé pour ce qui s'est passé avec Jake.

Chase sourit.

— J'aurais été bien plus inquiet s'il s'était perdu dans la forêt. Après tout, il n'a fait que ce que je lui avais demandé : rester auprès de toi… Si l'on excepte l'épisode des chats.

— C'est un bon garçon.

— Oui, il ressemble à sa grand-mère, répondit Chase avec un soupir.

— En tout cas, tu sais où me trouver en cas de besoin.

— Retourne voir ta famille. C'est bientôt Noël, et j'imagine que tu as plein de projets pour les jours qui viennent.

Angus sourit.

— Si je n'en ai pas, Reggie en aura pour moi. Elle est

infatigable. Je ne sais pas où elle puise l'énergie nécessaire pour gérer un ranch et élever Tad comme elle le fait.

— J'espère que ça n'a pas été trop difficile de s'occuper de Jake.

— Tu veux rire ? Je me suis remis au football avec les garçons hier après-midi. Ensuite ils ont passé des heures dans une tente qu'ils ont faite avec des draps. Tad a protesté quand Reggie est venue le chercher : il ne voulait plus rentrer à la maison. Et l'ours doit avoir perdu pas mal de poils tellement ils l'ont caressé !

Chase se mit à rire.

— Je me dis toujours que je vais m'en débarrasser ! Je ne comprends pas pourquoi mon grand-père pensait que c'était une bonne idée de garder son trophée dans le salon. Je ferais mieux de le donner à un musée local.

Angus secoua la tête.

— Garde-le… Au moins pour les enfants.

Les deux hommes se serrèrent la main, et Angus s'en alla, promettant de revenir dès qu'ils auraient besoin de lui. Chase partit alors à la recherche de Kate : elle devait avoir hâte de confier Jake à quelqu'un d'autre, elle pour qui rester avec des enfants était si douloureux.

Même si Kate avait honte de sa cicatrice, Chase trouvait cette marque très émouvante. C'était un témoignage de ce qu'elle était : une femme courageuse, prête à se sacrifier pour faire ce qu'elle jugeait bon — comme tenir dans ses bras un petit garçon terrorisé, même si cela lui tordait le cœur.

Chase trouva Kate et Jake dans la cuisine, installés côte à côte, en train de manger le poulet frit et la purée que Mme Quaid avait préparés pour le dîner.

Lorsque Chase entra, William et Frances étaient assis de l'autre côté de la table et souriaient à ce que Jake venait de dire.

Frances commença à se lever :

— Je vais mettre la table dans la salle à manger. J'en ai pour une seconde.

Chase leva la main.

— Je préfère dîner à la cuisine.

Il fit un clin d'œil à Jake.

— Il y fait plus chaud, et ça sent meilleur. Je vous en prie, restez assise, dit-il à Frances. Je peux me servir seul.

Frances se rassit.

— Jake était en train de nous expliquer que Fancy avait eu ses petits dans l'écurie.

Jake bondit sur sa chaise.

— Je peux avoir un petit chat ! S'il te plaît, Chase !

— Peut-être mais il faut attendre qu'ils soient un peu plus vieux. Ils viennent à peine d'ouvrir les yeux.

— Quand ils seront assez grands, je pourrai en avoir un ? insista le petit garçon.

— Pour ça, il faudra que ta grand-mère soit d'accord. Vous devez emménager dans votre nouvelle maison le mois prochain.

— Mais je ne veux plus déménager, répliqua Jake en fronçant les sourcils. Je suis bien ici.

Chase y avait songé, lui aussi. Il avait une maison immense, avec une dizaine de chambres sur trois étages. Sadie et Jake pourraient s'installer ici sans que ce soit un problème.

— Nous verrons. Nous en parlerons quand ta grand-mère ira bien.

Jake se tourna vers Kate.

— Je veux celui qui a une tache noire sur l'œil. Je vais l'appeler Pirate.

Il bâilla et cligna des yeux.

Kate sourit et désigna son assiette.

— D'abord, il faut finir ton repas et aller prendre un bain.

— Tu vas me lire une histoire ?

Kate hésita une seconde avant de répondre doucement.

— Bien sûr.

Jake descendit de sa chaise.

— Je n'ai plus faim.

Il bâilla à nouveau.

— Moi aussi, j'ai fini, dit Frances. Viens, je vais t'aider à prendre ton bain.

Elle alla poser son assiette et celle du petit garçon dans l'évier, et tous deux sortirent de la pièce.

William termina son repas et annonça :

— Je vais voir les bêtes avant d'aller me coucher.

Il débarrassa son couvert et sortit, laissant Kate et Chase seuls.

Kate se concentra sur le contenu de son assiette.

— A propos de la nuit dernière, commença Chase.

Elle posa sa fourchette sur son assiette.

— Je préfère ne pas en parler. Ce qui s'est passé… s'est passé. Il vaut mieux en rester là.

Chase eut soudain l'impression de manquer d'air.

S'il avait pensé qu'elle n'avait rien ressenti la nuit dernière, il l'aurait laissée partir sans insister. Mais elle avait été aussi passionnée que lui. Ils ne pouvaient pas en rester là.

Pour le moment, elle avait peur. Il faudrait qu'il la rassure, qu'il lui laisse du temps, jusqu'à ce qu'il comprenne vraiment pourquoi elle réagissait ainsi.

— Si c'est ce que tu veux…

Elle le regarda en plissant les yeux.

— C'est ce qu'il faut faire.

— Si c'est notre relation de travail qui t'ennuie, sache que je m'en moque complètement.

Elle repoussa sa chaise et se leva.

— Ce qui m'ennuie n'a pas d'importance. Restons-en là.

Elle commença à débarrasser la table.

Chase picora dans son assiette. Il cherchait quelque chose à dire pour que Kate change d'avis. Il ne s'était pas rendu compte à quel point il voulait l'avoir à nouveau dans son lit, sentir son corps sous le sien, la douceur de sa peau.

Il se raidit et se mordit la langue pour ne pas lui dire qu'il avait envie d'elle.

Clairement, elle n'était pas prête à commencer une relation avec lui. Mais il l'attendrait.

Il mangea encore quelques bouchées du bon repas préparé par Mme Quaid. Puis il rassembla son assiette, ses couverts et son verre, et les apporta vers l'évier.

Kate l'avait rempli d'eau chaude et lavait la vaisselle.

— C'est Frances qui s'en charge d'habitude, lui rappela-t-il.

— D'habitude, Frances n'a pas un petit garçon chez elle, non ?

— Non.

Il mit son assiette dans l'eau et attrapa un torchon.

Pendant que Kate lavait la vaisselle, il l'essuyait. Il l'effleurait à chaque fois qu'il passait devant elle pour ranger une assiette. Et à chaque fois, il la sentait frissonner.

Même s'il venait de décider de lui laisser du temps, il continua à la frôler dès qu'il en avait l'occasion. Finalement, elle lâcha l'éponge et pivota juste au moment où il mettait une tasse dans le placard au-dessus de sa tête.

Lorsqu'elle se retourna, leurs visages étaient tout proches.

— Il faut vraiment que tu me touches à chaque fois que tu ranges quelque chose ? demanda-t-elle d'une voix étranglée.

Elle semblait avoir du mal à respirer.

— Je ne vois pas ce que tu veux dire, répliqua Chase en s'appliquant à ne pas sourire.

Il posa la tasse qu'il tenait sur l'étagère du haut, ce qui l'obligea à se pencher vers elle, et à presser son torse contre le sien.

— J'essaie de t'aider, c'est tout.

Lorsqu'il eut posé la tasse, il ne recula pas, mais plaça

les mains de chaque côté de ses hanches, la coinçant contre l'évier. Puis il la regarda dans les yeux, la défiant de bouger.

— Ça ne me gêne absolument pas, murmura-t-elle, ses yeux verts lançant des éclairs.

Il faillit craquer lorsqu'elle se mordit la lèvre. La chaleur monta en lui. Mais au lieu de se pencher pour l'embrasser, il déclara d'un ton suave.

— Eh bien, tu m'en vois ravi.

Puis il ferma le placard derrière elle et s'éloigna.

— Je crois que Jake voulait que tu ailles lui lire une histoire. Je peux terminer la vaisselle tout seul si tu veux.

Chase se retourna et posa le torchon sur la poignée d'un tiroir. Il n'était absolument pas préparé à sentir une éponge mouillée atterrir sur son dos.

Il pivota et vit Kate qui écarquillait les yeux et se pressait la main sur la bouche.

— Oups. Désolée ! Elle a dû m'échapper.

Elle se pencha pour la ramasser et se redressa devant lui, pressant sa poitrine contre la sienne.

— Vous ne me gênez pas du tout, Chase Marsden.

Puis elle lança l'éponge dans l'évier, tourna les talons et sortit de la cuisine.

Chase éclata de rire et tira sur sa chemise pour la décoller de son dos. Ah bon, il ne la gênait pas ! Eh bien, apparemment elle était aussi excitée que lui.

Kate se força à sortir lentement de la cuisine pour ne pas se mettre à courir. Elle ne voulait surtout pas donner cette satisfaction à Chase. Elle ne voulait surtout pas le laisser penser que son petit manège avait eu le moindre effet sur elle.

Si elle avait été honnête envers elle-même, elle aurait admis qu'il avait plus que réussi : chaque contact, chaque frôlement avait mis son corps en feu. Cet homme lui faisait un tel effet qu'elle n'arrivait plus à réfléchir calmement. Une douche froide lui ferait le plus grand bien, et lui rappellerait pourquoi elle était là.

Elle était là pour trouver qui agressait Sadie. Et ensuite, elle retournerait chez elle, dans le Texas.

Elle monta à l'étage supérieur, prit ses affaires de toilette, un T-shirt propre et un bas de pyjama, et se rendit dans la salle de bains.

Des bruits de voix lui parvinrent alors de la chambre de Jake où Mme Quaid le préparait à aller au lit.

Lorsque Jake avait demandé à Kate de lui lire une histoire, sa première réaction avait été d'espérer qu'il s'endormirait avant qu'elle ne soit forcée à s'asseoir auprès de lui. Mais maintenant, il lui tardait de tenir sa promesse : si elle s'intéressait au petit garçon, peut-être son désir pour Chase la tourmenterait-il moins.

Elle se doucha rapidement, et lorsqu'elle sortit de la salle de bains, ses cheveux mouillés soigneusement peignés, elle s'arrêta et tendit l'oreille pour entendre la voix de Jake.

Le couloir était silencieux. Elle sentit une pointe de déception la traverser. Rapidement, elle alla poser ses affaires dans sa chambre et se dirigea vers celle de Jake.

Elle ouvrit la porte et regarda à l'intérieur.

La lampe de chevet éclairait la pièce d'une lumière chaude. Jake était couché sous un épais édredon.

— Jake, murmura Kate. Tu es réveillé ?

— Oui.

Il ouvrit les yeux et se mit à bâiller.

— Je suis resté réveillé pour toi.

Le cœur de kate se gonfla, et elle entra dans la chambre.

— Tu veux que je te lise quelle histoire ?

Jake montra un livre sur la table de chevet. Sur la couverture, on voyait un Père Noël dans son traîneau volant qui volait au-dessus des cheminées. Elle lut le titre écrit en grandes lettres rouges :

C'ÉTAIT LA VEILLE DE NOËL.

Elle prit le livre entre ses mains tremblantes. Quand elle était petite, son père lui lisait cette histoire chaque soir de décembre. Ce souvenir la rendit nostalgique : cela faisait longtemps qu'elle n'était pas allée chez elle.

— Tu veux celle-là parce que c'est bientôt Noël ?

— Non.

Jake se poussa pour que Kate puisse s'asseoir à côté de lui sur le lit.

— Je l'aime parce qu'il y a un papa et une maman dedans.

Les paroles du petit garçon lui serrèrent tellement la gorge, qu'elle craignit de ne pas pouvoir lire.

Plusieurs fois, elle dut avaler sa salive pour enlever la boule qu'elle avait dans la gorge. Jake voulait un papa et une maman, comme les autres enfants. Une maison, une vie normale… Il ne savait pas qu'il avait de la chance d'avoir une grand-mère qui l'aimait et un parrain qui ferait n'importe quoi pour qu'il soit heureux.

Kate s'assit sur le côté du lit et s'adossa contre le mur. Jake attendit qu'elle soit installée, puis posa la tête sur ses genoux. De nouveau, Kate dut combattre la vague d'émotion qui menaçait de lui couper le souffle.

— Tu ne veux pas lire ? demanda-t-il d'une voix ensommeillée.

— Si, balbutia Kate, bien sûr.

Elle s'éclaircit la voix.

— C'était la veille de Noël…

Peu à peu, elle se laissa emporter par ses souvenirs et le rythme du texte. Elle lut toute l'histoire, puis ferma le livre, le cœur gonflé de tendresse.

Jake était couché sur elle, la main posée sur ses cuisses, profondément endormi.

Kate le regarda en se disant qu'elle aurait tout donné pour avoir un enfant comme lui. Jake était poli, intelligent et assez curieux pour vouloir explorer son environnement… jusqu'à se retrouver coincé avec cinq chatons et leur mère.

Elle était comme lui lorsqu'elle était enfant : elle suivait son père partout et était déjà tombée dans la porcherie en voulant voir un porcelet qui venait de naître. Sa mère avait dû la nettoyer au jet lorsqu'elle était revenue, couverte de boue des pieds à la tête. Ses sœurs s'étaient moquées d'elle mais cela lui était égal. Elle aimait vivre au grand air.

Lorsque l'histoire fut terminée, Kate resta quelques minutes à rêver. Elle caressait les cheveux de l'enfant, noirs et soyeux comme les siens.

Un bruit venu de la porte lui fit lever les yeux, et elle croisa le regard de Chase. Il avait les cheveux mouillés et il était pieds nus, seulement vêtu d'un bas de jogging. Il ne s'était pas rasé et il était si sexy que Kate en eut le souffle coupé. Il lui lança un sourire ravageur, une petite lueur ironique dans ses yeux bleus, et elle se sentit littéralement fondre.

— Ça fait combien de temps que tu es là ?

Son sourire s'élargit.

— Joyeux Noël à tous et bonne nuit !

Elle sentit ses joues s'enflammer et se leva.

— Tu aurais dû dire quelque chose !

— Quoi ? Que Jake et toi étiez adorables ? Je ne voulais pas interrompre une si merveilleuse histoire.

— Jake était déjà endormi. Il n'aurait rien loupé, murmura Kate, en se penchant sur le petit garçon.

Elle lui remit la tête sur l'oreiller et tira les couvertures sur lui, le bordant pour qu'il ne se découvre pas.

— Tu fais tout cela très bien, commenta Chase.

— C'est normal : j'ai une petite sœur.

— Ah bon ? Je ne le savais pas. Je pensais que tu étais fille unique.

Elle haussa les épaules.

— Alors, tu en sais un peu plus sur moi, maintenant.

— Tes parents vivent encore ?

— Oui.

— Tu les vois souvent ?

— Pas assez.

De nouveau, elle haussa les épaules.

— Ils vivent au centre du Texas. Mes sœurs sont mariées et habitent tout près de chez eux.

Kate sentit sa poitrine se serrer à la pensée de sa famille. Elle n'était plus retournée chez elle depuis son opération. Sa mère avait voulu venir lorsqu'elle était à l'hôpital, mais Kate avait minimisé la situation et insisté pour que sa mère reste aider sa jeune sœur qui allait accoucher.

Sa sœur avait eu un petit garçon. Son second bébé en deux ans.

— C'est cette mission qui t'empêche d'aller chez toi pour Noël ? demanda Chase.

Kate secoua la tête et traversa la chambre, bien déterminée à mettre fin à cet interrogatoire douloureux.

— Non.

— Tu ne veux pas aller chez toi et être avec ta famille ? demanda Chase en se carrant dans l'embrasure de la porte, pour lui bloquer le passage.

Elle sentit les battements de son cœur s'accélérer.

— Tu as fini avec tes questions ?

Elle aurait voulu le pousser pour pouvoir sortir, mais elle ne répondait de rien si elle posait les mains sur lui.

Au lieu de cela, elle posa les poings sur les hanches.

— Nous ferions mieux d'aller regarder le carnet de Sadie et les lettres. Plus vite nous découvrirons ce qui se passe, plus vite je pourrai vous laisser à vos préparatifs de Noël.

— Bon, bon, d'accord, concéda Chase en reculant pour la laisser passer.

— Et mets une chemise, s'il te plaît.

Il rit et la suivit dans le couloir.

Kate s'en voulait d'avoir mentionné l'absence de chemise. Cela voulait simplement dire que le torse nu de Chase ne la laissait pas insensible.

Mon Dieu, pourvu qu'il n'ait pas remarqué le désir qu'elle ressentait pour lui dans son regard ou dans sa voix…

Elle retourna dans sa chambre pour y prendre le carnet et les lettres. Lorsqu'elle en sortit, elle vit Chase qui arrivait en enfilant un T-shirt noir. Il moulait tellement ses muscles que cela ne l'aidait pas beaucoup.

Elle alla jusqu'au bureau lambrissé qu'elle avait aperçu auparavant. La pièce sentait l'huile de lin et le cuir. Une immense bibliothèque s'étendait sur trois pans de murs. Un bureau en acajou occupait le centre de la pièce. Deux chaises et un fauteuil en cuir en complétaient l'ameublement.

Kate posa le carnet sur le bureau et défit le lien qui retenait les lettres ensemble. Chase était debout derrière elle. Elle avait une conscience aiguë de sa présence. Elle ferma les yeux, faisant des efforts pour se concentrer.

— Tu préfères faire la recherche sur Internet, ou lire les lettres ? demanda-t-elle.

Elle ouvrit les yeux et le regarda d'un air qu'elle espérait indifférent, refusant de se laisser dominer par son désir.

— Je vais faire la recherche Internet.

Chase s'assit dans le fauteuil pendant que Kate s'installait sur une des chaises. Un silence confortable s'établit entre eux, seulement rompu par le bruit du clavier de l'ordinateur et le froissement du papier.

Une heure s'écoula, durant laquelle Kate lut vingt lettres.

Chase se leva et s'étira.

— Tu as trouvé quelque chose ? demanda Kate.

— Rien. J'ai fait des recherches sur vingt-huit noms, et je n'ai rien vu d'intéressant pour le moment.

Il désigna la pile de lettres.

— Elles parlent de quoi ?

Kate sourit.

— Ce sont des lettres d'amour.

— Des lettres d'amour ?

Chase contourna le bureau pour venir près d'elle.

— Fais-moi voir.

Elle lui en tendit une. Il la parcourut, la retourna et fronça les sourcils.

— Elle n'est pas signée.

— Je sais.

Kate souleva la pile de lettres.

— J'ai lu chacune d'entre elle et je ne sais toujours pas qui les écrivait à Melissa, dit-elle en soupirant.

Chase se dirigea vers les rideaux de velours qui recouvraient le quatrième mur. Il les ouvrit, et scruta la nuit.

Kate se leva et s'étira, elle aussi. Elle avait encore des courbatures après l'attaque dont elle avait été victime à Denver.

— La police de Denver t'a recontacté ? Ils ont découvert l'identité de cet homme ?

— J'ai appelé pendant que tu prenais ta douche, tout à l'heure. Pour le moment, il n'y a rien de neuf. Ils vont essayer de l'identifier avec ses empreintes digitales. Je leur ai demandé d'en envoyer une copie à Hank. J'espère que nous en saurons plus demain… Si cet homme a un casier.

— A part un carnet, des lettres, et un cadavre, nous n'avons pas beaucoup d'indices.

Elle alla devant la fenêtre, à côté de Chase, et admira la ligne des sommets enneigés scintillant dans le ciel bleu nuit. C'était si beau qu'elle en eut le souffle coupé.

— La vue est magnifique !

— Oui, répondit Chase, d'un ton pénétré. C'est l'une des raisons pour lesquelles je suis resté ici aussi longtemps.

Kate pencha la tête vers Chase.

— Tu veux t'en aller ?

Il rit sans joie.

— D'après le testament, je devais vivre deux ans sur le ranch avant d'en être le propriétaire, et de pouvoir le vendre. J'ai compté chacun des 730 jours.

— Et ?

— Ils viennent de se terminer.

— Et tu es toujours là.

Il désigna les montagnes enneigées sous les rayons de la lune.

— Je crois que, au bout de six semaines, j'avais déjà compris que j'étais tombé amoureux de cet endroit. Lorsque est venu le moment où je pouvais partir, je n'en avais plus envie.

En l'entendant parler ainsi, Kate sentit son cœur se réchauffer. Elle n'avait jamais aimé vivre en ville. Les quelques années qu'elle avait passées à travailler à Houston et Dallas lui avaient semblé usantes, faites de stress et d'agitation.

Kate préférait les grands espaces et l'air vivifiant de la campagne. Des endroits comme le ranch où elle avait grandi, ou le Lucky Lady.

Oui, elle avait vraiment envie de revoir sa famille, de goûter l'animation d'un repas dominical chez ses parents avec ses sœurs, leurs époux… et leurs enfants.

Un bras se glissa autour de sa taille et une grande main épousa la courbe de sa hanche.

Kate savait qu'elle aurait dû résister. Mais ce soudain accès de nostalgie, la joie qu'elle avait ressentie à lire une histoire à un petit garçon et le souvenir de tous les endroits de son corps que cette main avait caressés affaiblissaient ses défenses.

Au lieu de s'écarter, elle se laissa aller contre Chase, posant la tête contre son torse, et cédant au besoin d'être réconfortée… et peut-être plus.

— Tu es prête à aller au lit ? demanda-t-il.

Elle acquiesça.

Chase rassembla le carnet et les lettres, et se dirigea vers un tableau accroché au mur.

— Kate, je te présente mon arrière-arrière-grand-mère, Lady Jones.

Kate étudia la peinture.

— Elle était très belle.

Chase saisit alors le cadre et le fit pivoter comme un battant de porte. Derrière se trouvait un coffre. Il en tourna les boutons, et la porte s'ouvrit avec un cliquetis.

— Bonne idée, approuva Kate.

— Ce coffre est aussi vieux que la maison. Lady Jones était une femme intelligente.

Il déposa le carnet, les lettres et la liste des comptes bancaires dans le coffre, le referma, et rabattit le tableau dessus.

Puis il prit Kate par la main et la conduisit au second étage. Lorsqu'ils arrivèrent devant sa chambre, elle ouvrit la porte et entra, tenant toujours la main de Chase.

Il s'arrêta sur le seuil.

Kate se retourna, et fronça les sourcils, prête à lui demander pourquoi il ne la suivait pas.

Il sourit, lui lâcha la main, et lui prit le menton.

— Même si je rêve de faire l'amour avec toi, nous avons tous les deux besoin de sommeil. Et si je reste avec toi, je t'assure que nous ne dormirons pas.

A ces mots, elle sentit son cœur se serrer.

— Le sommeil est hautement surestimé, répliqua-t-elle, priant pour qu'il change d'avis et vienne remplir le vide qu'elle sentait douloureusement en elle.

Dans ses bras, elle avait réussi à oublier que son corps était abîmé, qu'elle n'aurait jamais d'enfants.

— Peut-être, mais il y a beaucoup de choses auxquelles je dois penser. Je dois aller en ville demain, pour voir s'il y a du nouveau à Fool's Fortune. Je veux savoir qui est l'homme qui est mort, et en quoi il est lié au carnet noir de Sadie.

— Tu ne peux rien faire de tout cela avant demain.

« Mais tu peux être avec moi », faillit-elle ajouter.

Elle préféra se taire, espérant qu'il comprendrait.

Il sourit.

— Tu as raison… Mais quand ta mission sera finie, tu partiras. Alors, pourquoi commencer une histoire sans lendemain ?

Il se pencha pour déposer un très léger baiser sur ses lèvres.

La colère se mêla au désir de Kate. Elle prit Chase par le cou, se mit sur la pointe des pieds et approfondit leur baiser, le goûtant et le taquinant de sa langue jusqu'à ce qu'elle soit obligée de s'interrompre pour reprendre son souffle.

Lorsqu'elle recula, elle se força à sourire et referma la porte au nez de Chase.

— Et maintenant, allons dormir, marmonna-t-elle.

Un rire retentit de l'autre côté de la porte.

— Je n'ai pas dit que le sommeil viendrait vite !

Elle s'adossa à la porte, croisa les bras, et s'affaissa lentement, alors que les larmes lui venaient aux yeux. Pourquoi fallait-il que la vie soit si difficile ?

10

Chase passa la nuit à se tourner et se retourner dans son lit, et ne dormit pratiquement pas. A plusieurs reprises, il se leva et alla jusqu'à la porte de sa chambre, prêt à rejoindre Kate pour lui dire qu'il avait eu tort.

Et chaque fois, alors qu'il avait la main sur la poignée de la porte et s'apprêtait à sortir, la même question l'avait arrêté : qu'attendait-il de Kate ?

Il venait de la rencontrer et lui avait fait l'amour. Il avait eu plus de femmes dans sa vie que la plupart des hommes n'en rêvaient, et n'avait jamais eu le moindre mal à les quitter après une ou deux nuits.

Le problème était que Kate était différente. Elle était forte, courageuse et belle. Mais sous cette carapace, il y avait un cœur vulnérable. Un cœur qu'il se refusait à briser.

Qu'attendait-il de Kate ?

Il voulait la tenir dans ses bras, la toucher, lui faire l'amour la nuit entière. Et après ça ?

Recommencer.

Chase allait et venait dans sa chambre. Il s'allongea sur le lit et ferma les yeux. Aussitôt, l'image de Kate, nue sur les draps, ses longs cheveux bruns épars sur l'oreiller, sa cicatrice lui barrant le ventre, lui rappela jusqu'où elle était allée pour aider les autres.

Elle méritait un homme mieux que lui. Un homme digne

de son amour. Il avait vécu une vie de débauche, passant son temps à se détruire sans penser aux autres.

Quand son grand-père était mort, sa vie dissolue avait pris fin. Même si Chase et lui ne s'étaient pas toujours entendus, son grand-père était la seule personne de sa famille qui se soit occupée de lui, et Chase n'avait même pas pris le temps de lui rendre visite.

Il n'avait pas choisi de venir vivre dans cet endroit que son grand-père avait tant aimé : cela lui rappelait qu'il avait perdu une chance de passer du temps avec le vieil homme, et de lui dire au revoir.

Les deux années au Lucky Lady avaient commencé comme une pénitence, un sacrifice qu'il devait faire pour se plier aux stipulations du testament. Sans l'insistance de Sadie, il n'aurait d'ailleurs même pas essayé de revenir au Lucky Lady.

Elle avait été la seule à le comprendre.

Et maintenant elle était à l'hôpital dans le coma. Chase ne savait pas qui lui avait fait ça, et il était en train de tomber amoureux du garde du corps qu'il avait engagé.

Jusqu'à ce qu'il découvre qui s'en prenait à Sadie et ce que cette personne voulait, Chase ne pouvait rien apporter de bon à Kate. Elle avait assez de problèmes à gérer avec la mort de son coéquipier et la fin d'un rêve que la plupart des femmes tiennent pour essentiel : avoir ses propres enfants. Elle n'avait pas besoin de quelqu'un comme Chase pour lui rendre la vie encore plus difficile.

Lorsque le réveil sur sa table de nuit indiqua 5 heures, Chase décida qu'il était inutile d'essayer plus longtemps de dormir. Il se leva, s'habilla et descendit dans son bureau. Il sortit le carnet du coffre, et passa l'heure suivante à faire des recherches sur Internet, à partir des noms qui y figuraient. Il devait avoir raté quelque chose d'important. Il tapa le nom « Melissa Smith » assorti de plusieurs mots-clés différents.

Il trouva son avis de décès, paru six mois plus tôt. Son fils Jake et sa mère Sadie étaient mentionnés dessus.

Elle n'avait pas beaucoup de famille, mais c'était au moins cela. Si Chase mourait maintenant, personne ne le regretterait.

Il repoussa cette pensée morose, et essaya plusieurs autres combinaisons avec le nom de Melissa, dont « Parlement du Colorado ».

Cette fois, un article de presse apparut sur l'écran, avec la photo d'une jeune femme et d'un jeune homme à une réunion publique. La légende disait :

« L'adjoint du procureur Benson Garner et son assistante Melissa Smith œuvrent pour la communauté avec la création d'une Maison des Héros. »

Chase se pencha en avant. Benson Garner était actuellement candidat aux élections sénatoriales.

La fille de Sadie portait un jean, un sweat-shirt des Broncos de Denver, et un casque de chantier. Elle avait l'air d'une étudiante. Elle tenait un marteau à la main et souriait à Benson Garner, qui lui souriait aussi.

Ces sourires étaient-ils plus qu'une comédie destinée à la presse ?

Chase fit une autre recherche avec les mots-clés « Benson Garner » et « Melissa Smith ». Deux autres articles apparurent. L'un d'eux était assorti d'une photo montrant Benson tenant Melissa par la taille. Elle portait une élégante robe de cocktail noir, et ils assistaient à l'inauguration d'un spa de luxe dans le centre de Denver. L'autre article relatait une visite de Benson et Melissa à l'hôpital des enfants. Chase vérifia les dates des trois articles : ils étaient tous parus il y avait six ans.

Six ans…

Jake avait cinq ans.

— Bonjour !

La voix de Kate le fit sursauter.

Elle se tenait dans l'embrasure de la porte, vêtue d'un jean et d'un pull rouge qui mettaient en valeur ses cheveux bruns et ses yeux verts.

— Ça fait longtemps que tu es levé ?

Chase regarda l'heure, et fut surpris de constater qu'il était déjà 7 heures.

— Deux heures.

Elle eut un petit sourire.

— Tu as eu du mal à dormir ?

Il secoua la tête, préférant ne pas répondre à la question.

— Regarde ça, dit-il en reportant son attention sur l'écran.

Kate traversa la pièce et vint se placer derrière lui, les mains sur le dossier du fauteuil. Il sentit la chaleur de son corps, et cela eut un effet immédiat sur sa libido hyperactive.

Kate se pencha, et son visage fut tout près du sien.

— Qui est-ce ?

— Melissa Smith, la fille de Sadie, et Benson Garner.

Il se tourna vers Kate.

— Il est candidat aux sénatoriales.

— Intéressant… Tu crois que nous sommes sur une mauvaise piste depuis le début ?

— Peut-être.

Kate sursauta soudain.

— Les lettres d'amour…

Elle se tourna pour aller les prendre.

— Elles sont ici.

Il les poussa vers elle sur le bureau.

— Ces articles datent tous d'il y a six ans. Et les lettres ?

Kate prit une enveloppe et regarda le cachet.

— Six ans aussi.

Puis elle leva les yeux et croisa le regard de Chase.

— Jake.

— Rien de certain. Seul un test ADN pourrait nous donner une réponse sûre.

— Et toi, tu crois que Jake est le fils de Benson Garner ?

— J'émets juste une hypothèse en regardant de vieilles photos et des articles de presse. Mais c'est possible.

— Garner va venir à Fool's Fortune pour un meeting, non ?

Chase acquiesça.

— Nous pourrions essayer de nous procurer un échantillon d'ADN.

— Pas si vite, dit Chase en levant la main. Ce ne sont que des suppositions. Elles sont peut-être complètement fausses.

— Melissa est morte dans un accident de voiture. Elle a peut-être été poussée hors de la route…

Kate posa la main sur le combiné du téléphone et poursuivit :

— Je peux demander à Hank de se procurer le rapport de police sur l'accident et de vérifier s'il y avait d'autres marques sur la voiture.

— Elle a entièrement brûlé dans l'accident. S'il y avait des marques, le feu les a détruites.

Kate tenait toujours le combiné et regardait Chase.

— C'est une piste. Je pourrais au moins en parler à Hank.

Alors qu'elle s'apprêtait à décrocher, le téléphone se mit à sonner, et elle retira brusquement la main.

Chase rit et décrocha.

— Marsden.

— Chase, c'est Hank.

— Hank !

Chase fit un clin d'œil à Kate, et appuya sur un bouton.

— J'ai mis le haut-parleur. Je suis avec Kate. Nous allions justement vous appeler.

— Ah bon ? Vous avez du nouveau ?

— En fait, j'ai trouvé plusieurs articles parlant de Melissa

Smith et Benson Garner sur Internet. Ils datent tous d'il y a six ans.

Il expliqua quels étaient les liens entre ces éléments, et la conclusion à laquelle ils étaient arrivés.

— Nous nous trompons peut-être, mais ça vaut la peine de vérifier.

— Je vais demander à Brandon de voir ce qu'il peut trouver sur Melissa dans les fichiers administratifs et les archives des journaux. Nous regarderons aussi l'acte de naissance de Jake. S'il y a quelque chose, Brandon le verra tout de suite.

— Garner doit faire un discours à Fool's Fortune après-demain. Des suggestions ?

— Je doute fort qu'il nous propose un échantillon d'ADN, et le test peut prendre très longtemps.

— Et il faut aller très vite, étant donné la tournure que prennent les événements.

— Exactement.

— L'homme qui nous a attaqués dans le parking voulait le carnet noir, dit Kate. Pas les lettres.

— Brandon est toujours en train de chercher, répondit Hank. Nous avons fait quelques découvertes, mais rien d'intéressant pour le moment. Il se peut aussi que plusieurs soient des noms d'emprunt. Certains hommes pourraient être très embêtés si leur liaison avec une call-girl devenait publique.

— Je suis certaine que Sadie connaissait les véritables noms de ses clients, Il faut vraiment qu'elle sorte du coma, soupira Kate.

— En attendant, nous allons poursuivre avec ce que nous avons, dit Hank. Ah, d'ailleurs, j'ai le nom de l'homme qui vous a attaqués à Denver.

Chase et Kate se penchèrent vers le haut-parleur.

— Kyle Bradley, un ancien militaire. Il est allé à trois

reprises en Irak, a mis un terme à son engagement dans l'armée, et a travaillé ensuite pour TG International, une agence de mercenaires qui assure la sécurité des expatriés participant à la reconstruction des infrastructures en Irak.

— Et maintenant, il travaille pour qui ?

— Officiellement, pour personne. Brandon va continuer à chercher. J'espère pouvoir bientôt vous en dire plus.

— Vérifie aussi les noms d'autres personnes avec lesquelles il pourrait travailler. Comme nous avons été à nouveau attaqués après la mort de Bradley, il est logique de penser qu'il y a plus d'un mercenaire qui s'intéresse à Sadie et son carnet.

— C'est bon, dit Hank. Je vous dirai ce que nous trouverons.

Il raccrocha.

— Quelqu'un a fait appel à un mercenaire… murmura Kate.

Chase frissonna.

— Plus d'un.

Il savait se servir d'une arme à feu, mais il n'avait pas un entraînement de professionnel. Comment pourrait-il protéger Jake, les Quaid, et Sadie ? Il se leva et regarda fixement l'écran de l'ordinateur, encore sous le choc de ce qu'il venait d'apprendre.

— Hé, dit Kate en lui touchant le bras. Hank n'embauche que les meilleurs. Je suis formée pour des situations comme celle-là. Angus et Chuck aussi.

— Tu as entendu Hank : ces hommes ne sont pas de petits voyous. Ce sont des professionnels. Nous ne savons ni où ni quand ils vont frapper.

Kate se plaça devant lui.

— Nous serons prêts.

— Nous ne l'étions pas à Denver.

— Mais nous avons survécu. Pas Bradley.

Chase agrippa les bras de Kate et l'attira vers lui.

— Peut-être que nous devrions leur donner ce qu'ils désirent : Sadie ne voudrait pas que nous soyons tués pour son carnet.

— Chase, et s'ils essayaient de s'en prendre à Jake ?

Chase lui serra les bras un peu plus fort.

— Nous ne pouvons pas les laisser faire. Ce n'est qu'un enfant !

— Si nous leur donnons le carnet — en admettant que nous sachions qui ils sont — et qu'ils se retournent ensuite contre Jake… Alors, nous n'aurons plus aucun moyen de pression sur eux.

Chase posa son front sur celui de Kate.

— Dans quel guêpier Sadie s'est-elle donc fourrée ?

— Nous allons le découvrir.

— Et qui sera le prochain à l'hôpital ou pire, à la morgue ?

Il la prit dans ses bras et la serra contre lui.

— Bon sang, Kate, j'ai cru que je pouvais rester loin de toi, mais la seule pensée que tu sois blessée…

Kate le prit par la taille.

— Tout ira bien.

Elle se mit sur la pointe des pieds et déposa un baiser sur ses lèvres.

— Tu verras. Quand tout sera terminé, tu repenseras à tout cela comme à un mauvais rêve.

— Seulement s'il ne vous arrive rien, à toi et à Jake. Et si Sadie s'en sort.

Kate l'embrassa à nouveau.

— Quand Sadie s'en sortira.

Il lui mit la main derrière la nuque.

— J'admire ton optimisme.

— Moi aussi je suis admirative : regarde tout ce que tu as fait pour Sadie et Jake.

Il déposa un léger baiser sur sa bouche. Il aimait sentir ses lèvres si douces sur les siennes, son corps se modeler contre le sien comme s'ils ne faisaient plus qu'un.

— Je n'ai rien fait.

Elle le regarda.

— Tu leur as donné un foyer, et une bonne dose d'espoir.

Son regard, si tendre, si sérieux, fit fondre sa résolution de la veille.

— Tu mérites beaucoup mieux que moi, Kate. Tu es généreuse et forte.

— C'est amusant, parce que j'aurais dit les mêmes choses de toi.

— Je ne vis que dans l'instant, sans me soucier des autres.

— Ce n'est pas le Chase que je connais. C'était peut-être toi auparavant. Mais tu as changé.

Chase lui écrasa les lèvres en un baiser passionné, passant les doigts dans ses cheveux soyeux, la tenant tout contre lui.

Kate se laissa aller, et répondit à son baiser avec passion. Comment avait-il pu penser qu'il pourrait renoncer à elle, alors qu'il avait tellement envie d'être avec elle !

Lorsqu'il releva enfin la tête pour reprendre son souffle, il la garda tout contre lui.

— Kate, ma chérie ! Je suis si heureux que tu sois entrée dans ma vie.

— Nous allons trouver qui essaie de faire du mal aux gens que tu aimes, et les mettre hors d'état de nuire.

— Chase ?

La voix de Jake retentit dans le couloir.

— Chase ?

— Nous sommes ici.

Chase laissa retomber ses bras et s'éloigna de Kate.

— Tu peux entrer, Jake.

L'enfant s'arrêta devant la porte, en pyjama, ses cheveux bruns tout ébouriffés.

— Mme Quaid dit que nous irons peut-être en ville aujourd'hui.

— Ah bon ? dit Chase en s'accroupissant. Et pourquoi donc ?

Frances apparut derrière Jake.

— Vous ne savez pas ? John Michaels a proposé un débat à Benson Garner, et il va avoir lieu à Fool's Fortune puisque Garner a dû annuler son discours pour la cérémonie de l'illumination du sapin de Noël.

— On sait pourquoi il a annulé sa participation à la cérémonie ?

— Il a dit aux médias que c'était trop proche de Noël et qu'il voulait passer du temps chez lui avec sa famille... C'est-à-dire avec sa mère, puisque son père est mort et qu'il est célibataire. Je voudrais aller écouter les candidats. Si Kate et vous avez des choses à faire, William et moi pouvons emmener Jake avec nous.

Chase secoua la tête.

— Merci, mais nous irons en ville, nous aussi, et nous nous occuperons de Jake.

Il se sentirait mieux s'il pouvait surveiller le petit garçon lui-même... Surtout s'il devait devenir à son tour la cible des attaques.

— D'accord. Je suis certaine que Jake préfère être avec vous deux qu'avec des vieux comme nous !

— William et vous n'êtes pas des vieux ! protesta Chase.

— Ce n'est pas ce que me disent mes os.

Mme Quaid sortit.

— Et maintenant, veuillez m'excuser mais il faut que je prépare le petit déjeuner ! s'exclama-t-elle. Sinon, M. Quaid sera vieux et grincheux.

— Nous allons en ville ! Super !

Jake s'accrocha au cou de Chase qui se redressa et le souleva de terre.

— Nous pourrons aller à l'hôpital voir grand-mère Sadie ?

Chase échangea un regard avec Kate.

— Je ne sais pas, Jake. Ta grand-mère est malade, et je crois qu'ils ne laissent pas entrer les enfants.

Le petit garçon fit la grimace, visiblement déçu.

— Grand-mère va mourir ?

Chase regarda Jake dans les yeux.

— Jake, ta grand-mère va mal, mais nous espérons tous qu'elle se rétablira vite. Nous voudrions qu'elle soit là pour Noël.

Jake prit le menton de Chase dans une de ses petites mains.

— Tu crois que si je demande au Père Noël, il va la ramener à la maison ?

— Peut-être.

Kate écarta les cheveux du front de l'enfant.

— Tu pourrais lui écrire une lettre, et nous la posterons quand nous serons en ville ?

Jake se pencha vers Kate et la força à le prendre dans ses bras.

— Tu vas m'aider à écrire une lettre au Père Noël, Kate ? S'il te plaît !

Kate le tint contre elle.

— Bien sûr ! Va d'abord t'habiller et déjeuner. Nous écrirons la lettre quand nous aurons mangé.

— D'accord !

Jake planta un bisou sur sa joue et se tortilla pour se dégager. Il atterrit par terre et se mit à courir. Deux secondes plus tard, il était déjà en haut de l'escalier.

— J'aimerais bien avoir son énergie ! remarqua Kate.

— Moi aussi.

Chase la regarda. Il avait envie de la reprendre dans ses bras, mais le charme avait été rompu.

— Lorsque nous serons à Fool's Fortune, nous pourrons interroger quelques commerçants et leur demander s'ils ont vu des étrangers dans le coin, proposa Kate. Il y a un endroit où les commérages vont particulièrement bon train ?

Chase sourit.

— Si tu veux des commérages, alors il faut aller à la cafétéria ou au magasin de nourriture pour animaux.

— D'après ce que j'ai vu de Fool's Fortune, c'est petit. Des étrangers ne doivent pas passer inaperçus.

— Sauf pendant la saison touristique, c'est-à-dire l'été et, malheureusement, Noël. Nous avons beaucoup de touristes qui viennent passer un réveillon à la montagne. Les gens arrivent ici les week-ends avant Noël et restent jusqu'au nouvel an. Et avec le meeting politique, il va y avoir foule.

Kate fit la grimace.

— Bon, ça ne fera pas de mal d'essayer de voir les candidats pendant qu'ils sont à Fool's Fortune. Si nous arrivons à leur parler en privé, ce sera encore mieux. Nous aurons la possibilité de leur poser des questions sur Sadie et Melissa...

— C'est d'accord. Nous irons déjeuner à la cafétéria pour les commérages et nous irons ensuite acheter à manger pour les chevaux.

Chase sortit des clés de sa poche. Il se dirigea vers une des étagères, et la tira vers lui. Derrière se trouvait un coffre que son grand-père avait fait installer. Il contenait des armes.

— Je te signale que j'ai un permis de port d'armes, dit-il en voyant le regard étonné de Kate devant son arsenal.

Kate se mit à rire.

— Tu te prépares pour une guerre ?

Chase haussa les épaules.

— Mon grand-père collectionnait les armes. Il aimait chasser et s'entraîner au tir. Il m'a aussi appris à m'en servir.

Kate fronça les sourcils.

— Et tu es bon tireur ? Parce que, si ce n'est pas le cas, tu es plus en danger avec une arme que sans.

— J'aime beaucoup le Beretta 9 millimètres.

Il prit une arme sur le râtelier.

— Mon pistolet Smith et Wesson me suit partout… mais j'espère que nous n'en aurons pas besoin, ajouta Kate. Il fait jour, et il y aura plein de monde dans les rues.

— Ça n'arrêtera certainement pas ceux qui nous en veulent. Rappelle-toi ce qui nous est arrivé au retour de Denver !

— C'est vrai. Mais cette fois, ils n'auront pas un émetteur pour les guider. Et nous serons plus vigilants.

Chase acquiesça, l'air tendu.

— Il le faudra. Jake sera avec nous.

11

Kate insista pour prendre son véhicule pour se rendre à Fool's Fortune. La voiture de Chase était trop endommagée pour passer inaperçue, et ils voulaient pouvoir se mêler discrètement à la foule pour mener à bien leur enquête.

Ils prirent leur petit déjeuner et aidèrent Mme Quaid à ranger la table. Après, Kate et Jake s'assirent à la table de la cuisine pour écrire une lettre au Père Noël et lui demander de ramener grand-mère Sadie à la maison pour les fêtes. Jake dictait, et Kate écrivait. Puis il signa son nom en grosses lettres.

L'enthousiasme de Jake était contagieux et, malgré la gravité de la situation, Kate était impatiente de s'arrêter à la poste pour qu'il puisse mettre sa lettre dans la boîte.

Chase et William passèrent environ deux heures à l'écurie à s'occuper des animaux et à briser la glace des abreuvoirs extérieurs. Lorsqu'ils eurent fini, qu'ils se furent douchés et changés, la matinée était déjà bien avancée.

Sur la petite route menant à Fool's Fortune, Kate regardait constamment autour d'elle et dans les rétroviseurs. Si quelque chose devait arriver, elle serait prête. Toutes ses patrouilles sur les autoroutes lorsqu'elle était Texas Ranger en avaient fait une excellente conductrice et lui avaient appris à réagir à la moindre alerte.

Le trajet jusqu'à Fool's Fortune se passa sans encombres.

Jake était assis sur un rehausseur à l'arrière, et Chase à côté d'elle. Il n'arrêtait pas de la regarder.

Kate sentit son cœur se gonfler : c'était presque comme si elle avait une famille à elle. Jake n'était pas son enfant, mais elle aimait ce petit bonhomme.

Puis soudain, elle se souvint que Chase et elle n'étaient pas mariés, et que, même si cette nuit d'amour avait été merveilleuse, elle devrait partir dans quelques jours.

Alors qu'ils approchaient de la ville, Kate ralentit, comme si elle pouvait ainsi retarder son départ imminent de Fool's Fortune, loin du Lucky Lady et surtout, loin de Chase Marsden.

— Commençons par aller au saloon. J'y passe habituellement une ou deux fois par semaine, pour vérifier que tout va bien, dit Chase.

Il fit la moue.

— Mon manager est parfaitement capable de gérer cet endroit sans moi, mais j'aime qu'il sache que je m'y intéresse. Nous pourrons regarder les registres pour voir s'il y a des noms qui attirent notre attention.

— Ou s'il y en a que nous retrouvons dans le carnet de Sadie…

Kate s'engagea dans la rue principale. Cela ne faisait que quelques jours qu'elle était arrivée par cette même artère et qu'elle avait rencontré Chase, mais cela lui semblait une éternité. Tant de choses s'étaient passées depuis…

A la lumière du jour, le Lucky Lady Saloon paraissait tout droit sorti d'un western. Le ciel était bleu, et le soleil brillait sur la rue enneigée.

Kate se gara devant, et descendit de voiture.

Chase alla détacher Jake et le prit dans ses bras.

— Grand-mère Sadie va chanter ?

— Pas aujourd'hui, Jake. Elle est toujours à l'hôpital.

Le petit garçon mit ses bras autour du cou de Chase.

— Elle me manque. Elle va revenir quand ?

— Dès qu'elle ira mieux, répondit Chase d'un ton rassurant.

Kate avait le cœur serré en songeant que Jake semblait maintenant seul au monde.

— Allez-y, dit-elle. Je reste dehors pour passer un appel.

Elle articula silencieusement le mot hôpital de manière à ce que Jake ne remarque rien.

Elle remonta le col de sa veste et composa le numéro de Chuck.

— Hé, Kate. J'ai entendu dire que Marsden et toi aviez eu des ennuis à Denver et sur le chemin du retour.

— C'est vrai, mais nous allons bien. Donne-moi des nouvelles de Sadie.

— Je reste tout le temps auprès d'elle. Personne n'a essayé de pénétrer dans la chambre jusqu'à maintenant.

— Bien…

— Je ne suis pas médecin, mais j'ai l'impression qu'elle va mieux. Tout à l'heure, je lui ai demandé si elle voulait rentrer chez elle pour Noël. Je lui tenais la main et je jurerais qu'elle m'a serré les doigts. Quand je l'ai dit au médecin, il m'a annoncé qu'il allait essayer de la faire sortir du coma demain.

— Ah ! C'est une bonne nouvelle !

Kate regarda la porte par laquelle Chase et Jake étaient entrés. Peut-être le souhait de Jake — passer Noël avec sa grand-mère — allait-il pouvoir se réaliser… Si rien n'arrivait entre-temps.

— Hank va nous envoyer Harding. Il devrait arriver dans l'après-midi, si le beau temps se maintient. Nous avons besoin de renfort au cas où je doive partir. PJ a eu beaucoup de contractions, et le bébé pourrait arriver très prochainement.

Kate sourit. La première fois que PJ avait accouché, Chuck n'était pas auprès d'elle. Cette fois, elle voulait qu'il soit là.

— Elle essaie de tenir jusqu'à ce que j'arrive. Elle est vraiment merveilleuse !

Kate fut émue par la tendresse qu'il y avait dans la voix de Chuck. Quel effet cela faisait-il d'être aimée autant ? Elle sentit sa gorge se serrer.

— Les bébés choisissent quand ils veulent venir au monde.

Les mots lui vinrent naturellement, et elle fut surprise qu'ils ne lui fassent pas plus mal.

— Je suis contente que Hank envoie Harding, poursuivit-elle. Tu devrais vraiment être auprès de PJ !

— J'aimerais emmener PJ, Charlie et le bébé ici cet été pour entendre Sadie chanter. On m'a dit qu'elle avait une très belle voix. La région est magnifique, du moins pour ce que j'en vois de l'hôpital.

— Le Colorado est très beau, c'est vrai.

Kate se voyait très bien vivre ici. Avec un homme comme Chase, qui se consacrait aux gens qu'il aimait et à son ranch. Pour ne rien gâcher, il était un amant magnifique, qui veillait au plaisir de sa partenaire autant qu'au sien.

Malgré la fraîcheur de l'air, elle sentait la chaleur l'envahir, se répandre dans tout son corps.

Alors que Kate raccrochait, une limousine s'arrêta de l'autre côté de la rue, devant la mairie où les deux candidats devaient faire leur discours un peu plus tard dans la journée. Des hommes étaient déjà en train de monter une estrade et d'installer la sonorisation.

La limousine était suivie de plusieurs autres véhicules transportant les membres de l'équipe. Dès qu'elle s'arrêta, le chauffeur en sortit et alla ouvrir la portière arrière. Un homme et une femme apparurent.

Kate sentit son cœur battre plus fort. Elle ne reconnut pas la femme, mais l'homme était manifestement John Michaels, candidat aux élections sénatoriales, et dont le nom apparaissait dans le petit carnet de Sadie.

Kate envoya un texto à Chase :

Je suis dehors. Michaels vient d'arriver.

Les journalistes se pressèrent autour de Michaels, en lui mettant leur micro sous le nez.

— Y aura-t-il un débat à Fool's Fortune aujourd'hui ?

John Michaels leva la main et répondit :

— Aujourd'hui, nous venons seulement présenter nos programmes, pas débattre.

— Monsieur Michaels, dites-nous pourquoi il faut voter pour vous pour ces élections.

L'ancien gouverneur sourit aux caméras.

— J'ai de l'expérience. J'ai eu plusieurs responsabilités politiques, et je sais comment surmonter les lourdeurs bureaucratiques pour arriver à un résultat concret. Ce poste demande honnêteté, intégrité, et un engagement entier pour la communauté.

— Monsieur Michaels, avez-vous déjà été déloyal envers vos concitoyens ?

Kate tourna brusquement la tête pour voir d'où venait cette question. Chase était sorti du Lucky Lady et traversait la rue. Il se plaça en face de Michaels, le regard droit, tenant Jake dans ses bras.

John Michaels se balança d'un pied sur l'autre.

— Je m'efforce d'être aussi ouvert et honnête envers les gens que je représente qu'envers ma famille.

— Monsieur Michaels, avez-vous déjà menti à votre famille ? insista Chase.

— Non, monsieur. La famille est plus importante que tout. C'est elle qu'il faut privilégier sur tout le reste.

Michaels se pencha vers un homme debout derrière lui et lui murmura quelque chose. Puis il sourit de nouveau à la presse.

— D'autres questions avant que j'emmène mon épouse déjeuner ?

Kate traversa la foule pour aller rejoindre Chase. Dès que Jake la vit, il se pencha vers elle.

Kate le prit dans ses bras. Elle aimait la sensation de ce petit corps contre le sien. Elle le serra tout contre elle, et se tourna vers Chase.

— Pourquoi as-tu attaqué Michaels comme ça, bille en tête ? Ça n'aurait pas été mieux d'avoir une conversation privée ?

— Probablement, répondit-il avec un clin d'œil. Mais tu sais que je ne suis pas patient de nature.

Les reporters posèrent quelques questions supplémentaires avant que Michaels ne mette fin à cette brève conférence de presse et n'aide sa femme à s'installer dans la limousine.

Chase se tourna vers Kate.

— Que faisons-nous maintenant ?

— C'est bientôt l'heure de déjeuner. J'aimerais bien aller à la cafétéria avant qu'elle ne soit bondée. Ensuite, nous irons acheter des granulés pour les chevaux. Le meeting politique commence à 14 heures. Nous pourrions retourner à la mairie vers 13 h 30. Qu'en dis-tu ?

— Parfait.

Chase se retourna pour aller vers leur voiture, mais il se retrouva nez à nez avec un homme en costume.

— M. Michaels souhaiterait vous inviter à déjeuner avec lui à la taverne Gold Rush.

Chase croisa le regard de Kate.

— Ma fiancée est invitée, elle aussi ?

Il passa son bras autour de la taille de Kate.

— M. Michaels aimerait avoir une conversation privée avec vous.

L'homme en costume continuait à regarder Chase, sans s'intéresser le moins du monde à Kate.

Chase se tourna vers Kate qui lui sourit.

— Vas-y. Jake et moi allons déjeuner à la cafétéria. Si tu termines vite, viens nous rejoindre. J'ai mon portable.

Chase toucha la joue du petit garçon.

— A tout à l'heure, mon vieux. J'arriverai peut-être à temps pour prendre le dessert avec vous.

Jake sourit.

— Je pourrai avoir du gâteau au chocolat ?

— Tu pourras avoir ce qui te fait plaisir, répondit Chase.

Il déposa un baiser sur les lèvres de Kate.

— A tout à l'heure…

Puis il se pencha un peu plus près et lui murmura à l'oreille :

— Fais attention à toi.

La chaleur de son souffle sur sa joue fit frémir Kate.

— C'est promis. Toi aussi, fais attention.

— Ne t'inquiète pas pour moi, dit-il avec un clin d'œil. Veille sur Jake.

Chase suivit l'homme jusqu'à un 4x4, et monta à l'arrière du véhicule.

Kate n'aimait pas être éloignée de Chase. Ils étaient restés ensemble depuis qu'elle était arrivée à Fool's Fortune. Même si, lorsqu'elle était Texas Ranger, elle avait mené de nombreuses missions en solo, elle s'était habituée à avoir Chase auprès d'elle, ces derniers jours, et se sentait étrangement seule sans lui.

Elle se reprit et sourit à Jake.

— Viens. Je parie que nous allons bien manger à la cafétéria !

— Je peux avoir un hot-dog et des frites ? demanda le petit garçon.

— S'ils en ont, pas de problème !

Elle alla jusqu'à sa voiture et installa Jake sur son rehausseur.

Quelques minutes plus tard, ils se garaient en face de

la cafétéria. Il était encore tôt, et il n'y avait que quelques véhicules garés sur le parking.

Kate aida Jake à descendre de voiture, puis tous deux se dirigèrent vers le bâtiment.

En entrant dans la salle, elle regarda autour d'elle. Quelques clients étaient assis dans des box répartis autour de la pièce.

Une jeune femme portant un tablier coloré les salua avec un sourire.

— Vous pouvez vous installer où vous voulez. Je vais aller vous chercher des menus. Vous n'êtes que deux ?

— Oui.

Kate choisit une table dans un endroit lui permettant de bien voir toutes les personnes qui entraient et sortaient.

Elle installa Jake en face d'elle et s'assit.

La jeune femme revint avec un verre d'eau et une tasse avec un couvercle pour Jake.

— Tu es Jake, le petit-fils de Sadie Lovely, c'est ça ?

Elle lui passa la main dans les cheveux.

— J'ai entendu dire que ta grand-mère était souffrante. Je suis désolée.

Elle regarda Kate et lui tendit la main.

— Je m'appelle Kitty Toland. Je suis la propriétaire de la cafétéria. Je connais la plupart des habitués, mais je ne vous ai encore jamais vue. Bienvenue à Fool's Fortune !

Kate prit la main de Kitty, séduite par la chaleur et la spontanéité de la jeune femme.

— Kate Rivers.

Elle hésita avant d'ajouter :

— Je suis la fiancée de Chase Marsden.

Kitty eut un large sourire.

— J'ai entendu dire qu'il s'était fiancé. Félicitations !

Elle serra la main de Kate.

— Tous mes vœux de bonheur ! Je vous laisse regarder le menu et je reviens.

A ce moment, la porte de la cafétéria s'ouvrit et un couple entra en frappant des pieds pour enlever la neige collée à leurs chaussures.

— Bonjour Kitty !

— Deb et Jasper ! Bonjour ! Asseyez-vous. J'arrive.

Kate appréciait l'atmosphère chaude et accueillante de cet endroit, et sa propriétaire, Kitty. Avec son sourire éclatant, elle arrivait à faire en sorte que chaque client se sente à l'aise et reconnu.

Chase avait raison, cette cafétéria était vraiment l'endroit idéal pour connaître les nouvelles du coin.

Kate regarda le menu. Lorsque Kitty revint, elle avait choisi pour Jake et elle. Kitty prit leur commande et partit en cuisine. Puis Kate demanda à Jake quelles étaient ses couleurs préférées, et leur conversation revint sur le ranch.

— Chase m'a promis qu'il m'apprendrait à faire du cheval quand il ferait plus chaud. J'aimerais avoir Sundance.

— Le grand cheval noir ?

Jake hocha la tête.

— C'est le plus grand. Je voudrais monter dessus pour toucher le ciel !

Kate rit.

— Je suis sûre que Chase sera un bon professeur.

— Il va t'apprendre à toi aussi ? demanda Jake.

— Je sais déjà monter à cheval.

— Et tu vas prendre lequel ?

Kate sentit son cœur se serrer. Cette mission serait terminée depuis bien longtemps lorsque les beaux jours reviendraient.

— Je prendrai certainement Pénitence.

— Elle est belle. Après Sundance, c'est celle que je préfère.

Le petit garçon n'avait peur de rien. Kate espérait qu'il ne changerait pas. La vie pouvait parfois rendre timoré, si on n'y prenait garde.

Et elle, avait-elle perdu cette confiance ? Elle avait craint après son accident que sa vie ne soit plus jamais normale, et pourtant, elle était là, en train de déjeuner avec un petit garçon, en parlant de chevaux. Quoi de plus normal ?

Quand elle quitterait le Colorado, elle regretterait de ne pas avoir pu passer plus de temps dans ces paysages magnifiques. Mais elle repartirait avec l'espoir au cœur, et la certitude qu'elle avait encore bien des choses à vivre, même si elle ne devait jamais avoir d'enfant.

Kitty leur apporta leur repas, et la conversation s'interrompit pendant qu'elle mangeait un hamburger et Jake son hot-dog. Ils partagèrent une portion de frites et commandèrent ensuite des milk-shakes au chocolat.

Alors qu'ils étaient en train de terminer leur repas, deux hommes entrèrent dans la salle, accompagnés d'une femme plus âgée. Ils portaient des costumes et des pardessus de bonne qualité. La femme était vêtue d'un tailleur-pantalon et d'un long manteau noir en fausse fourrure. Kate se pencha en avant, en regardant attentivement un des deux hommes. Si elle ne se trompait pas, il s'agissait de Benson Garner, l'autre candidat qui allait parler aujourd'hui à la mairie. D'après les photos que Kate avait vues sur Internet, la femme devait être sa mère, Patricia Garner.

Le trio s'assit à une table toute proche. Patricia tournant le dos à Kate, et Benson lui faisant face.

Le cœur battant, Kate se demanda comment elle allait faire pour parler à Benson en tête à tête. Il ne savait sans doute même pas que Melissa avait eu un enfant. Mais si Jake était son fils, et qu'il était au courant, était-ce une raison suffisante pour qu'il s'en prenne physiquement à Sadie ?

Kate n'en était pas convaincue, cependant elle prit son temps pour finir son milk-shake : si l'occasion de questionner Benson se présentait, elle la saisirait.

12

L'homme en costume qui avait proposé à Chase de déjeuner avec John Michaels se présenta comme étant Peter Barons, son directeur de campagne. Après ces quelques mots, il resta silencieux pendant le court trajet jusqu'à la taverne Gold Rush.

Ils se garèrent, entrèrent dans l'établissement, et Peter le conduisit jusqu'à un espace privé, où John Michaels était assis avec sa femme Deborah.

Peter sortit de la pièce et referma la porte.

Michaels se leva en tendant la main.

— Vous êtes Chase Marsden, n'est-ce pas ?

Chase hocha la tête.

— C'est exact.

Michaels se tourna vers la femme à côté de lui.

— Je vous présente mon épouse, Deborah. Nous sommes enchantés de faire de votre connaissance. Asseyez-vous, je vous en prie.

Chase serra la main de Michaels et celle de sa femme avant de s'installer en face d'eux.

Un serveur entra dans la pièce, portant un plateau avec trois assiettes recouvertes d'une cloche. Il les posa devant Chase, John et Deborah.

— Si vous avez besoin de quoi que ce soit d'autre, vous

n'aurez qu'à sonner, dit-il avant de quitter la pièce, les laissant seuls.

Michaels désigna d'un signe de tête l'assiette en face de Chase.

— J'espère que cela vous conviendra : j'ai commandé un steak à point pour vous.

— Merci.

Chase prit ses couverts, et s'immobilisa.

— J'avoue que je suis intrigué : pourquoi vouliez-vous me rencontrer ?

John acquiesça.

— Pour deux raisons. Tout d'abord, je ne rate jamais une occasion de demander des soutiens financiers. Ensuite, je me demandais pourquoi vous m'aviez posé ces questions, tout à l'heure.

Chase prit un morceau de viande, et le mâcha en réfléchissant à sa réponse, laissant le silence s'installer.

— J'écoute toujours les propositions des candidats avant de leur apporter la moindre contribution. Pour la deuxième question…

Chase croisa le regard de Michaels et le soutint.

— Vous êtes sûr que je peux tout dire en présence de votre femme ?

John et Deborah se regardèrent.

Deborah prit la parole.

— Je connais tous les secrets de John. Vous pouvez parler devant moi.

Elle prit la main de son mari.

Chase détestait avoir à exposer les écarts de son époux devant elle, mais s'il voulait aider Sadie, il fallait qu'il arrive à en savoir plus sur les personnes mentionnées dans le carnet noir.

— Alors, je suppose que vous savez qui est Sadie Lovely ?

La main de Deborah se crispa sur celle de John.

— Oui, répondit-elle.

— Monsieur Michaels, déclara Chase, vous êtes allé la voir dans le passé.

Il leva la main et ajouta :

— Ce n'est pas une question.

— Laissez-moi clarifier les choses…, commença Michaels.

— John, intervint Deborah en secouant la tête, tu n'es pas obligé de répondre à ces questions.

Son mari lui tapota la main.

— Je crois que si. Tout cela sortira un jour de toute façon.

Michaels regarda Chase en face.

— Je ne suis pas fier d'avoir été un des clients de Sadie, mais je n'en ai pas honte. Cette femme est quelqu'un de bien.

Deborah sourit, et referma les doigts sur la main de son mari.

John poursuivit.

— J'ai été la voir à un moment où notre couple traversait une période difficile. Je pensais que j'avais besoin d'un peu de réconfort. J'ai entendu parler de Sadie par certains hommes qui avaient eu… recours à ses services. Ils m'ont dit qu'elle était discrète.

Il baissa les yeux vers sa main et celle de sa femme, étroitement enlacées.

— Vous pouvez me croire ou non, mais il n'y a pas eu de relation physique entre nous. Sadie m'a laissé parler et m'a écouté. Lorsque j'ai eu terminé, elle m'a dit de retourner voir ma femme, de lui répéter tout ce que je venais de lui raconter, de l'embrasser, et de ne jamais la laisser partir.

John porta la main de sa femme à ses lèvres et y déposa un baiser.

— C'est ce que j'ai fait. C'est la meilleure décision que j'aie jamais prise.

Les yeux de Deborah se remplirent de larmes.

— John m'a raconté ce qui s'était passé. J'ai d'abord été

très en colère, puis je l'ai écouté. Je ne pouvais pas lui en vouloir. Il avait traversé une période très difficile, et nos querelles constantes n'avaient rien arrangé. John avait besoin de parler à quelqu'un, et je ne l'écoutais plus.

Elle sourit à son époux.

— Maintenant, je sais que c'est essentiel.

Chase était assis de l'autre côté de la table, et se demandait s'il devait les croire. Il n'avait jamais vu un couple parler aussi ouvertement de ses problèmes, surtout à un parfait inconnu.

— Que feriez-vous si on disait dans la presse que vous avez eu des relations avec Sadie Lovely ?

John Michaels haussa les épaules.

— Je serais honnête et je répondrais aux médias qu'il y a une certaine vérité là-dedans. Je leur dirais que je n'ai pas eu de relation sexuelle avec elle, mais que je ne m'attends pas à ce qu'ils me croient. Je leur dirais aussi que cette rencontre avec Sadie a sauvé mon mariage.

— Moi aussi. Je n'ai que des pensées positives à l'égard de Sadie. C'est une femme intelligente, qui a du cœur, ajouta Deborah.

— Savez-vous qu'on a essayé de la tuer il y a quelques jours ?

La surprise qu'il lut sur leurs visages ne pouvait être feinte.

— Mon Dieu ! s'écria Deborah en pressant la main sur la bouche.

— Comment va-t-elle ? demanda John en se penchant en avant. Nous pouvons faire quelque chose pour l'aider ?

— J'essaie de trouver qui a fait ça. Cette personne veut non seulement tuer Sadie, mais également mettre la main sur un objet qui lui appartient… Un objet qui permettrait de faire le lien entre elle et Sadie.

John eut un petit sourire :

— Et c'est pour cela que nous sommes en train d'avoir cette conversation, n'est-ce pas ?

— Oui, confirma Chase.

— Vous pensez que, puisque je me présente aux élections sénatoriales, je pourrais peut-être avoir envie d'étouffer certaines affaires gênantes ?

Deborah secoua la tête.

— Je suis au courant pour Sadie. Cette révélation ne m'atteindrait pas.

— Non, mais cela pourrait nuire à ma campagne, reconnut John. Je vois bien pourquoi je pourrais être suspecté… Si cela peut arranger les choses, je vais annoncer lors du meeting de cet après-midi que j'ai eu une relation avec Sadie dans le passé. Ainsi, les choses seront claires. Si les électeurs ne peuvent pas pardonner cela, je ne vois pas comment je pourrais les représenter.

Chase secoua la tête.

— Ça n'est pas nécessaire.

Il avait du mal à croire qu'un homme politique puisse s'exposer au point de compromettre sa candidature. Mais si John Michaels faisait ce qu'il proposait, Chase devait bien reconnaître qu'il serait très impressionné par un tel souci d'honnêteté. Il lui apporterait même probablement son soutien financier.

— Je ne veux pas avoir de secrets pour les électeurs, répondit John. Ils attendent de moi que je leur dise la vérité. Sinon, comment peuvent-ils me faire confiance en tant que sénateur ?

Chase poussa un long soupir. Si John Michaels n'avait rien à voir avec ce qui était arrivé à Sadie, il ne leur restait plus que cent cinquante noms à vérifier…

— Monsieur Michaels, vous avez expliqué que vous aviez entendu parler de Sadie par une tierce personne. Est-ce que vous connaissez quelqu'un qui pourrait avoir envie de détruire toutes les preuves d'une relation avec Sadie, au point de s'en prendre physiquement à elle ou à ceux qui possèdent la liste de ses clients ?

John secoua la tête.

— L'histoire que je vous ai racontée remonte à plus de quinze ans. L'homme qui m'avait parlé d'elle est mort l'année dernière. J'aimerais pouvoir vous aider.

Il regarda sa femme avant de demander :

— Sadie est ici, à l'hôpital de Fool's Fortune ?

— Oui.

— On lui a accordé une protection ? Je connais une agence de sécurité très efficace, qui a des gardes du corps particulièrement bien entraînés.

Chase sourit en pensant à Chuck qui était en ce moment au chevet de Sadie. Il lui faisait entièrement confiance.

— Il y a déjà quelqu'un qui est chargé de veiller sur elle, mais je vous remercie.

— Si vous avez besoin d'aide, vous pouvez appeler TG Sécurité, je crois que c'est le nom de l'agence. Ils n'embauchent que d'anciens militaires. L'agence a été créée pour assurer la sécurité des entrepreneurs qui travaillaient en Irak après le retrait des troupes américaines.

Chase fronça les sourcils : il se rappela soudain ce que Hank avait dit à propos de l'homme qui les avait poursuivis à Denver.

— Elle ne s'appellerait pas plutôt TG International ?

John acquiesça.

— Oui, c'est ça. J'ai embauché un de leurs gardes du corps quand j'étais gouverneur, à un moment où j'étais victime de harcèlement. Ça a été une période pénible.

— Cet homme est-il encore à votre service ?

— Non. Celui qui s'en prenait à moi a arrêté de me suivre quand il a vu que j'étais protégé.

John prit sa fourchette et attaqua le steak.

— Je vous les recommande chaudement, dit-il. Ils ont leur siège près de Denver.

— Merci, répondit Chase en repoussant sa chaise. Maintenant, si vous voulez bien m'excuser, je voudrais rejoindre ma fiancée qui déjeune seule.

John se leva et lui serra la main.

— Merci d'être venu. J'espère que vous trouverez celui qui a envoyé Sadie à l'hôpital. Mon chauffeur va vous conduire où vous voulez.

Chase quitta la taverne et monta dans le 4x4 qui l'avait conduit jusqu'ici, réfléchissant à ce que John Michaels venait de lui apprendre.

En son for intérieur, il était convaincu que Michaels n'était pas responsable de ces attaques, mais il ne pouvait pas encore le rayer définitivement de la liste des suspects.

Il envoya un message à Kate et lui dit qu'il allait s'arrêter au magasin d'aliments pour animaux, pour voir s'il pouvait y glaner quelques informations. Quand Kate aurait fini son repas, elle pourrait le rejoindre là-bas avec sa voiture, pour qu'ils puissent charger les courses qu'il aurait faites.

Kate commençait à être à court d'idées pour occuper Jake lorsque l'homme qui était avec Benson se leva et aida la femme qui les accompagnait à sortir de table.

Benson fut le dernier à se redresser.

— Si ça ne vous dérange pas, j'aimerais rester tranquille quelques minutes pour relire mon discours.

— Aucun problème. Robert et moi allons voir si tout est en place et nous reviendrons te chercher. Une demi-heure te suffira ? demanda celle qui paraissait être sa mère. Cela nous permettrait d'arriver à la mairie un quart d'heure avant le meeting.

— Parfait.

Benson l'embrassa et attendit qu'elle et Robert se soient éloignés. Puis il se rassit et sortit quelques fiches bristol de sa poche.

Lorsque la voiture de Mme Benson fut partie, Kate s'adressa à Jake.

— Viens, Jake, il y a quelqu'un que j'aimerais te présenter.

Jake plia la feuille sur laquelle il était en train de dessiner et la mit dans sa poche. Puis il se leva d'un bond et tendit la main à Kate pour qu'elle la prenne.

Avec un sourire, Kate se dirigea vers la table où Benson étudiait ses notes.

Elle s'éclaircit la voix, en espérant que Benson lèverait les yeux. Lorsqu'elle vit que cela ne marchait pas, elle dit d'une voix douce, mais claire :

— Veuillez m'excuser…

Benson sursauta.

— Je suis désolé. C'est à moi que vous parlez ?

Elle acquiesça, tout en s'appliquant à lui faire son sourire le plus chaleureux.

— Vous êtes Benson Garner, c'est bien ça ?

Il hocha la tête.

— Oui.

Il se leva et lui tendit la main.

— Et vous êtes… ?

— Kate Rivers.

Elle baissa les yeux et ajouta :

— Et voici Jake.

Benson se baissa devant Jake.

— Enchanté, Jake.

Jake mit sa main dans celle de Benson et la serra fermement.

— Bonjour, monsieur, dit-il poliment.

Kate se sentit fière de lui.

— Nous pouvons vous déranger une minute ? demanda-t-elle.

— Bien sûr. J'étais en train de relire mon discours pour le meeting.

— Ça ne sera pas long.

Maintenant qu'elle était là, elle ne savait plus trop comment commencer, surtout en présence d'un petit garçon à l'esprit vif, qui était assis à côté de celui qui était peut-être son père. Elle ne pouvait pas mentir devant Jake, et décida d'entamer la conversation de manière neutre.

— Je suis une amie de la famille de Sadie Lovely.

Elle regarda Benson attentivement, à l'affût du moindre geste pouvant indiquer de la culpabilité ou de la peur.

Il secoua la tête.

— Je suis désolé : ce nom ne me dit rien.

C'était intéressant... La fille de Sadie ne lui avait pas révélé qui était sa mère. Pourtant, Sadie avait cessé son activité de call-girl bien avant que Melissa et Benson ne se rencontrent. Kate sortit une pièce de son sac et la tendit à Jake.

— J'ai vu une machine qui distribue des cadeaux sur le comptoir. Tu peux aller en prendre un.

— Merci, Kate !

Jake se précipita vers le comptoir, tenant la pièce bien serrée dans sa main.

Tout en suivant le petit garçon des yeux, Kate poursuivit :

— Mais vous devez connaître la fille de Sadie, Melissa Smith.

Elle jeta un coup d'œil à Benson pour voir sa réaction.

Il fronça immédiatement les sourcils.

— Vous connaissiez Melissa ?

— Non, je n'ai pas eu ce plaisir. J'en ai entendu parler par sa mère, Sadie.

Benson prit une fiche et donna de petits coups sur la table.

— Oui, je connaissais Melissa.

Il leva vers elle un regard triste.

— Elle est morte dans un accident de voiture, il y a six mois.

— Vous avez été très proches à une époque ? demanda Kate.

Benson regarda vers la fenêtre.

— Nous avons travaillé ensemble au Parlement il y a six ans.

Il haussa les épaules.

— Nous sommes sortis quelques fois ensemble.

Il regarda de nouveau ses fiches.

— Pourquoi me posez-vous toutes ces questions ? C'était il y a six ans. Je ne l'ai plus revue depuis.

— Vous aviez entendu parler de sa mère ?

— Melissa allait nous présenter l'un à l'autre, mais elle a mis fin à notre relation et a démissionné avant.

Kate fronça les sourcils.

— Vous savez pourquoi ?

Benson secoua la tête.

— Je n'en ai pas la moindre idée. Nous étions devenus très proches, et du jour au lendemain, elle a quitté Denver et a laissé un message sur mon répondeur, me disant qu'elle ne voulait plus jamais me revoir. Je suis allé à son appartement, mais elle avait déjà déménagé, et n'avait laissé aucune adresse.

Il poussa un soupir et conclut :

— Je dois reconnaître que ça a été difficile pour moi.

— Assez difficile pour vouloir lui faire du mal, ou en faire à sa mère ?

— Certainement pas ! s'exclama Benson.

Il se passa la main dans les cheveux.

— J'aimais Melissa. J'allais lui demander de m'épouser. J'avais même acheté une bague pour elle. Ma mère m'avait aidé à la choisir…

Les derniers mots furent prononcés dans un sanglot.

— Pourquoi me posez-vous toutes ces questions ? demanda-t-il d'une voix tremblante.

— Sa mère a été attaquée récemment, et j'essaie de savoir qui est derrière tout ça.

— Et vous pensez que je pourrais faire du mal à quelqu'un que Melissa aimait ?

Il se leva.

— Vous étiez proches. Peut-être la rupture a-t-elle été causée par un malentendu ?

— J'ai repassé en esprit toutes les conversations que nous avions eues les jours précédents, et rien n'a pu être mal compris. Je lui ai dit que je l'aimais. Elle m'a répondu qu'elle m'aimait aussi… A moins qu'elle n'ait menti. Sinon, pourquoi serait-elle partie sans même me dire au revoir ?

— Je ne le sais pas… Vous connaissez des personnes qui étaient en relation avec la mère de Melissa, Sadie Lovely ? Quelqu'un qui aurait pu lui en vouloir ?

— C'est la première fois que j'entends ce nom. Désolé, je ne peux pas vous aider. Maintenant, si vous voulez bien m'excuser, il faut que je relise mes notes.

— Kate, regarde !

Jake courut vers elle, tenant un petit porte-clés au bout duquel se balançait un cœur rouge.

— Tu crois que je peux le donner à grand-mère Sadie ? Ça va peut-être l'aider à guérir.

Benson regarda fixement le petit garçon.

— C'est le petit-fils de Sadie ?

Kate se raidit, ne sachant si elle devait dire la vérité à Benson ou s'en aller.

Jake répondit à sa place.

— Oui, Sadie est ma grand-mère. Elle est à l'hôpital, et les enfants n'ont pas le droit de faire des visites. Mais j'aimerais aller la voir et lui donner ça.

Il tendit le porte-clés avec le cœur rouge.

— Vous croyez que ça va lui plaire ?

Benson pâlit.

— Quel âge as-tu, Jake ? demanda-t-il d'une voix tendue.

— Cinq ans.

Jake tendit la main, écartant tous les doigts. Il se tourna vers Kate.

— Nous pouvons aller au magasin maintenant ? Je voudrais voir les bottes pour faire du cheval.

Kate regarda Benson.

Il était debout, comme pétrifié, le visage livide, et il regardait fixement Jake. Enfin, il leva les yeux vers Kate.

— Jake est...

Sa voix s'étrangla, et il ne parvint pas à terminer sa question.

Kate leva les sourcils.

— Jake est le petit-fils de Sadie.

Jake retourna à leur table pour prendre son crayon qu'il avait oublié.

— C'est le fils de Melissa.

Benson secoua la tête.

— Je ne savais pas...

Kate plissa les yeux.

— Et vous ne le savez toujours pas ! Pour le moment, mon seul souci est que quelqu'un est en train d'essayer de tuer sa grand-mère, et je dois la protéger. Jake n'a plus qu'elle.

— Qui peut vouloir lui faire du mal ?

— Je l'ignore, mais je vais trouver. Et si c'est vous ou une de vos relations, vous aurez affaire à moi, l'avertit-elle d'une voix basse, menaçante.

— Je ne ferais jamais le moindre mal à aucun d'eux. J'aimais Melissa.

Il se passa la main dans les cheveux.

— S'il y avait une chance pour que Jake soit mon enfant...

— Vous parlerez de tout cela avec Sadie quand elle sera sortie du coma.

Jake revint vers Kate. Elle lui prit la main et sortit avec lui.

Dehors, elle inspira l'air vif, en se demandant quelles conséquences aurait son entrevue avec Benson.

Si l'attaque contre Sadie avait un lien avec lui, le fait qu'il sache que Jake était peut-être son fils mettait-il le petit garçon en danger ?

Une limousine de couleur sombre s'arrêta devant la cafétéria, et l'homme qui accompagnait Benson et sa mère en sortit.

— C'est bon ? cria-t-il.

Tout d'abord Kate pensa qu'il s'adressait à elle, puis elle regarda par-dessus son épaule. Benson était sur le pas de la porte, et suivait Jake du regard.

Kate hâta le pas en passant devant la porte ouverte de la limousine.

La mère de Benson était assise à l'intérieur, l'air préoccupé.

Rapidement, Kate installa Jake sur son rehausseur, alla s'asseoir au volant et ferma les portières. Il fallait qu'elle parle à Chase, et qu'elle appelle Hank. Elle n'avait plus qu'une idée en tête : protéger Jake.

13

Chase s'apprêtait à entrer dans le magasin lorsqu'il vit la voiture de Kate s'engager sur le parking.

Elle se gara, descendit de son véhicule, l'air soucieux, et vérifia qu'elle n'avait pas été suivie.

Chase se précipita vers elle.

— Que se passe-t-il ?

— J'ai peut-être déclenché quelque chose de grave…, répondit-elle avec une grimace.

— Chase, s'écria Jake, j'ai un cadeau pour grand-mère Sadie !

Chase sourit et fit un signe au garçon.

— Tu vas m'expliquer tout ça quand nous serons à l'intérieur, dit-il à Kate. Je vais descendre Jake de voiture.

Kate resta à côté d'eux pendant que Chase détachait le petit garçon.

Dès qu'ils entrèrent dans le magasin, Jake se mit à courir dans l'allée.

Kate se rua vers lui, mais Chase la retint.

— Tout va bien ! Il veut seulement aller voir les selles. Nous pouvons le surveiller d'ici.

Sans la lâcher, il la regarda dans les yeux et lui demanda :

— Que s'est-il passé ?

— Benson était à la cafétéria. Quand j'ai commencé à lui poser des questions sur Melissa, il a compris qui était Jake.

Chase fronça les sourcils.

— Je ne vois pas très bien ce que tu veux dire…

Kate poussa un long soupir.

— Il sait que Jake est peut-être son fils.

Chase jeta un coup d'œil au petit garçon qui était assis sur une selle de cheval et criait comme un cow-boy rassemblant le troupeau.

— Et Benson ? Tu penses que c'est lui qui en veut à Sadie ? demanda-t-il.

Kate secoua la tête.

— Il ne la connaît même pas. Il m'a dit qu'il n'avait jamais rencontré la mère de Melissa.

— Tu penses qu'il ment ?

— Non. Et toi, qu'as-tu appris de Michaels ?

Chase fit la moue.

— Rien qui puisse nous éclairer sur ce qui est arrivé à Sadie.

— Mais encore ?

— Il a reconnu qu'il avait été un des clients de Sadie, mais il prétend qu'il n'a pas eu de relation physique avec elle. Elle l'aurait renvoyé auprès de sa femme, et c'est cette discussion avec Sadie qui aurait sauvé son mariage.

— Et sa femme ? Qu'en dit-elle ?

Chase sourit.

— La même chose. Elle a assisté à toute la conversation.

— Tu ne crois pas que cela ruinerait ses chances d'être élu si ça se savait ? Personne ne croirait qu'il s'est contenté de parler avec Sadie !

— Nous verrons. Il va révéler cette affaire lors du meeting de cet après-midi.

— Ce n'est pas vrai ! s'exclama Kate en levant les yeux au ciel. Alors, nous sommes de retour à la case départ. Quelle est la personne dont le nom figure dans le carnet, et qui pourrait tout perdre si elle était associée à Sadie ?

— Je n'en ai pas la moindre idée. Mais ce qui est étonnant, c'est que lorsque j'ai annoncé à Michaels que Sadie avait été agressée, il m'a donné le nom d'une agence de sécurité qui assure la protection d'entrepreneurs en Irak. Il a ajouté que cette entreprise n'embauchait que d'anciens militaires et que son siège social était situé à Denver.

Kate leva les sourcils.

— TG International ?

— C'est ça.

Elle sortit son téléphone de sa poche.

— Je vais appeler Hank. Il va peut-être pouvoir nous en dire plus sur cette agence.

— Je l'ai déjà fait, annonça Chase. Hank m'a dit qu'elle faisait partie d'un groupe, lui-même contrôlé par un autre groupe. Il va demander à Brandon de voir qui est derrière tout ça.

— Et je parierais que ce nom figure dans le carnet de Sadie !

Chase regarda Kate.

— On t'a déjà dit que tu étais belle quand tu es si passionnée ?

Il se pencha pour l'embrasser.

— Non, répondit Kate en roulant les yeux. Et ce n'est pas vraiment le moment !

— C'est toujours le moment de dire à une femme qu'elle est belle.

Il lui fit un clin d'œil et l'embrassa à nouveau.

— Viens, nous allons demander au patron s'il a remarqué quelque chose d'inhabituel le jour où Sadie a été attaquée.

Tout en continuant à surveiller Jake, Chase et Kate engagèrent une discussion avec le propriétaire du magasin et quelques clients.

Tous félicitèrent Chase pour ses fiançailles avant même

qu'il ne présente Kate, prouvant ainsi que les nouvelles allaient très vite à Fool's Fortune.

Chase et Kate n'apprirent rien de concluant, mais toutes les personnes auxquelles ils s'adressèrent dans le magasin promirent de rester vigilantes, et les assurèrent de leur coopération : les gens de Fool's Fortune se mobilisaient toujours pour aider les leurs.

Chase sortit du magasin avec le sentiment nouveau de faire partie d'une communauté. Et dire que lorsqu'il était arrivé ici, il comptait les jours qui le séparaient de son départ ! Maintenant, il ne s'imaginait pas vivre autre part qu'ici. Il aimait Fool's Fortune et le Lucky Lady. Et il voulait trouver une femme qui apprécie cet endroit tout autant que lui.

Il installa Jake sur le rehausseur, et jeta un coup d'œil à Kate qui se glissait derrière le volant.

Ils ne se connaissaient que depuis quelques jours, mais Chase savait déjà que Kate n'était pas quelqu'un d'ordinaire. Elle était peut-être celle qu'il lui fallait.

Si seulement ils pouvaient passer assez de temps ensemble pour qu'il puisse l'en convaincre !

Ils étaient restés dans le magasin plus longtemps que prévu, et ils étaient en retard pour le meeting. Kate se gara à une centaine de mètres de la mairie. Les rues étaient bondées. Il faisait très froid dehors, mais le soleil brillait, et les gens n'avaient pas hésité à sortir.

Chase prit une main de Jake et Kate l'autre. Le petit garçon sautillait entre eux alors qu'ils se dirigeaient vers la foule.

Chase ne voulut pas déranger les personnes qui étaient arrivées avant eux, et ils s'arrêtèrent à l'arrière du rassemblement pour écouter les candidats en train de présenter les grandes lignes de leur programme.

Ainsi qu'il l'avait annoncé, John Michaels surprit la foule par sa confession. Sa femme s'avança, et son soutien manifeste impressionna très favorablement l'assistance. Les flashs crépitèrent.

— Il l'a fait…, murmura Chase.

Kate se pencha par-dessus Jake et murmura à l'oreille de Chase :

— Benson est toujours très pâle.

Son souffle chaud fit battre plus vite le cœur de Chase.

Ce soir, il l'embrasserait. Si elle lui rendait son baiser avec autant de fougue qu'hier soir, il ne reculerait pas cette fois-ci. Il voulait qu'ils apprennent à se connaître un peu plus, à connaître le corps l'un de l'autre.

— Kate ?

— Oui ?

— Promets-moi que tu resteras pour Noël, quoi qu'il arrive.

Elle le regarda en fronçant les sourcils.

— Pourquoi me dis-tu ça ?

Il soutint son regard.

— Promets-le-moi, c'est tout.

Kate plissa un peu les paupières.

— C'est seulement dans trois jours…

— Alors tu resteras, même si ta mission se termine avant ?

— Et si Hank m'envoie immédiatement ailleurs ?

Ce n'était pas la réponse que Chase attendait. Il tenta une approche différente.

— Si tu ne le fais pas pour moi, fais-le pour…

Il fit un signe de tête en direction de Jake.

Elle eut un petit sourire.

— Tu utiliserais un enfant innocent comme moyen de pression ?

Chase resta impassible.

— Tous les moyens sont bons.

Kate rougit.

— C'est d'accord.

Puis elle se tourna vers la tribune, un sourire aux lèvres.

Chase laissa lui aussi venir le sourire qu'il retenait. Il ne s'était pas senti aussi heureux depuis bien longtemps. Kate avait promis de rester à Noël… Cela lui laissait trois jours supplémentaires pour arriver à la convaincre de rester plus longtemps encore. Après tout, Angus habitait dans la région et travaillait pour Hank Derringer. Pourquoi Kate ne pourrait-elle pas vivre dans le Colorado, elle aussi ?

C'est trop tôt, se répétait-il en essayant de se raisonner.

Mais il n'arrivait pas à réagir de manière sensée.

Lorsqu'il était ainsi debout à côté de Kate, avec Jake qui bondissait entre eux, il aurait voulu que le temps s'arrête.

Quelque chose le frappa brutalement à l'épaule. Il lâcha la main de Jake et tomba en avant, renversant une autre personne dans sa chute, avant de s'écrouler à terre.

Il entendit un hurlement, puis un autre. Les cris devinrent assourdissants.

Puis il vit Kate penchée au-dessus de lui, et sa voix lui parvint de très loin.

— Chase, reste avec moi !

Il voulait lui dire qu'il était là, mais il ne pouvait plus parler. Sa vue se brouilla, et le ciel bleu disparut soudain, comme si quelqu'un avait éteint la lumière.

Tout alla si vite que Kate ne comprit tout d'abord pas ce qui se passait. Chase piqua du nez sur une femme debout devant lui. Puis il sembla glisser sur son dos, laissant une trace de sang sur son manteau.

— A terre ! Tout le monde à terre ! hurla Kate en se baissant et en protégeant Jake de son corps.

Certaines personnes s'allongèrent, d'autres se mirent à courir en criant. La panique gagna toute l'assistance.

Kate protégea Chase de la foule, écartant tous ceux

qui osaient s'approcher. Plusieurs hommes formèrent une barrière, guidant les gens à gauche ou à droite du groupe formé par Kate, Jake et Chase.

— Chase !

Kate lâcha la main de Jake et s'agenouilla à côté de Chase.

— Chase, reste avec moi !

Elle regarda la foule.

— Appelez les secours ! Vite ! cria-t-elle.

Chase avait été touché par une balle dans le dos.

Kate faisait son possible pour rester concentrée et ne pas craquer. Elle avait l'impression de revivre le drame au cours duquel son coéquipier avait trouvé la mort. L'histoire se répétait.

— Chase, tiens bon !

— Pourquoi Chase est par terre ? cria Jake.

— Il est blessé, Jake.

Kate appela, essayant de se concentrer sur l'homme étendu devant elle, alors que les souvenirs revenaient avec la force d'un tsunami.

Elle était là quand son coéquipier avait été touché. Elle n'avait pas réussi à le sauver.

La balle qui avait mis Chase à terre l'avait frappé à l'épaule droite. Si la trajectoire de la balle était droite, il avait une chance.

Kate savait que la blessure serait plus importante à l'endroit où la balle était sortie, et elle retourna Chase. Il avait du sang sur sa veste, mais son cœur n'avait pas été touché.

Des larmes de soulagement lui vinrent aux yeux. Mais Chase n'était pas hors de danger pour autant. Elle devait stopper l'hémorragie avant qu'il ne perde trop de sang.

Elle ôta sa veste et son sweater. Puis, les mains tremblantes, elle déchira son chemisier, fit une compresse, et l'appliqua sur la blessure.

— Je ne te laisserai pas mourir, murmura-t-elle.

Elle comprima la blessure avec une main et lui prit le pouls d'une autre. Malgré l'hémorragie, les battements du cœur étaient nets.

— Je t'aime.

Chase cligna des yeux.

— Tu m'aimes ?

Son visage était livide, mais il souriait.

Kate retint à grand-peine les sanglots qu'elle sentait monter en elle.

Chase remarqua alors les visages penchés sur lui.

— Que s'est-il passé ?

— Quelqu'un t'a tiré dessus, expliqua-t-elle, la gorge nouée.

Il tourna la tête.

— Où est Jake ?

— A côté…

Kate continua à comprimer la blessure et se retourna.

— Jake ? appela-t-elle.

N'entendant pas de réponse, elle sentit son cœur se mettre à battre follement.

— Jake !

Chase lui prit le poignet.

— Je vais bien. Trouve Jake.

Kate fit signe à un homme qui était debout à côté d'eux.

— Prenez ça. Appuyez sur la blessure et n'arrêtez pas, ordonna-t-elle.

— C'est bon. Ne vous inquiétez pas.

L'homme se baissa et prit la relève.

Kate se releva, le cœur tambourinant dans sa poitrine. Où était Jake ?

— Est-ce que quelqu'un a vu un petit garçon ? demanda-t-elle à la ronde.

Elle n'eut que des réponses négatives.

Une sirène retentit et une ambulance apparut. Les policiers qui étaient présents pour assurer la sécurité du meeting aidèrent le véhicule à se frayer un chemin jusqu'à Chase.

Et toujours pas de Jake.

— Mon Dieu ! dit Kate à haute voix. Je vous en prie !

Le téléphone se mit à vibrer dans sa poche. Elle décrocha en tremblant. C'était Hank.

— Kate, nous savons qui possède TG International.

Kate regardait autour d'elle, cherchant désespérément le petit garçon. Elle écoutait à peine Hank.

— C'est Thomas Garner. Ou plutôt, c'était Thomas Garner. Il a fondé cette agence de sécurité plusieurs années avant sa mort, mais comme il était sénateur, il ne voulait pas que son nom lui soit associé. Apparemment, plusieurs des hommes qu'ils avaient embauchés avaient des antécédents douteux. Certains avaient tué des enfants et violé des femmes dans un petit village de la banlieue de Bagdad, et avaient quitté le pays avant d'être pris. Il y a eu un gros scandale, et le gouvernement a dû donner de l'argent aux autorités locales pour étouffer l'affaire.

Kate se plia en deux, les yeux pleins de larmes.

— Hank, nous avons un problème.

Un sanglot lui échappa.

— Que se passe-t-il, Kate ?

— On a tiré sur Chase lors du meeting, et dans la confusion, Jake a disparu.

Il y eut un silence à l'autre bout de la ligne. Puis Hank déclara :

— Reste calme. Peut-être qu'il a eu peur et qu'il s'est caché. La scène a dû être plutôt traumatisante.

— Il fait très froid, et la nuit va bientôt tomber. Et en plus…

Elle prit une inspiration.

— Benson Garner a rencontré Jake avant le meeting. Il sait que Jake est le fils de Melissa, et il pense qu'il en est peut-être le père. Tu crois qu'il est possible que Benson ait eu vent de la liaison entre son père et Sadie, et qu'il ait cherché à la faire disparaître ? poursuivit Kate.

— On peut l'envisager… Mais je ne vois pas en quoi le fait que Thomas Garner ait eu une relation avec une call-girl pourrait gêner Benson.

— Il est candidat aux élections.

— C'est vrai, mais il n'est pas responsable de ce qu'a fait son père.

— Certains pourraient dire que les chiens ne font pas des chats, répondit Kate. Benson pourrait vouloir cacher le passé douteux de son père. Tu ne penses tout de même pas qu'il a enlevé…

Elle ne parvint pas à terminer sa phrase.

— Jake, conclut Hank.

— Nous devons le retrouver !

Tout en continuant à parler, Kate se dirigea vers Chase auprès duquel un groupe d'urgentistes était en train de s'affairer.

— Je vais avertir la police de la disparition de Jake et leur demander de lancer des recherches.

— Ben Harding est dans l'avion. Il devrait arriver dans une heure, et j'envoie d'autres hommes sur-le-champ. Les premières vingt-quatre heures sont cruciales, déclara Hank. Je vais appeler Angus et lui dire de venir tout de suite à Fool's Fortune.

— Merci, Hank.

Elle raccrocha et se dirigea vers l'équipe de secours qui s'apprêtait à installer Chase dans l'ambulance.

— Tu as retrouvé Jake ? demanda ce dernier en essayant de s'asseoir.

Il se recoucha, arrêté dans son élan par les courroies qui le retenaient sur le brancard.

— Pas encore. Il a certainement pris peur.

— Il faut le retrouver !

— Angus arrive, et Hank nous a envoyé Ben Harding. Il devrait atterrir à Fool's Fortune dans moins d'une heure.

Kate posa la main sur son épaule valide.

— Il faut qu'on te soigne. J'espère venir vite te rejoindre à l'hôpital avec Jake.

Chase ferma les yeux.

— Kate…

— Oui ?

— Je sais que nous nous connaissons depuis très peu de temps, mais au cas où quelque chose m'arriverait…

— Oui ?

— Je crois que je t'aime.

Kate se mordit la lèvre pour l'empêcher de trembler, et ses yeux se remplirent de larmes.

— C'est l'effet de la morphine ? dit-elle, se forçant à plaisanter.

Un urgentiste secoua la tête.

— On ne lui en a pas encore donné.

Chase regarda Kate dans les yeux.

— Je sais ce que je dis. Alors, fais attention à toi.

— Oui. Et je vais trouver Jake.

Elle s'obligea à avoir l'air beaucoup plus confiant qu'elle ne l'était. Mais en réalité l'angoisse lui enserrait le cœur.

Mais elle n'abandonnerait pas jusqu'à ce qu'elle ait retrouvé le petit garçon.

14

Chase refusa d'être anesthésié : il tenait à garder l'esprit clair.

Le chirurgien l'avertit avant son intervention.

— Si jamais vous bougez quand j'ai mon scalpel en main, le résultat pourrait être encore pire que maintenant !

— J'ai compris. Mais il faut que je quitte l'hôpital le plus rapidement possible.

— Vous devrez quand même rester cette nuit en observation, objecta l'infirmière.

— Il suffit de stopper l'hémorragie. Il faut que je retrouve un petit garçon qui est peut-être en danger. Cette blessure est le cadet de mes soucis.

— Et en ce qui me concerne, c'est mon principal souci en ce moment, répliqua le médecin. Alors, je vais demander à l'infirmière de vous attacher, sinon, je serai obligé de faire une anesthésie générale.

Chase ne répondit pas, et laissa l'infirmière lui fixer le poignet sur la table.

Le chirurgien utilisa un anesthésique local, ce qui atténua considérablement la douleur et permit à Chase de supporter l'opération.

Lorsque le médecin eut terminé et eut reposé ses instruments sur le plateau, il annonça :

— Vous avez eu de la chance. La balle n'a touché aucun

organe vital : votre cœur et vos poumons sont intacts. Vous aurez une cicatrice, mais c'est tout.

— Bien. Vous pouvez me détacher, alors.

— A une condition : promettez-moi de rester tranquille au moins une heure.

— Vous ne pouvez pas me garder ici contre ma volonté !

Chase tenta de défaire ses liens et fit la grimace lorsqu'il sentit les points tirer sur son torse.

Le médecin leva les yeux au ciel.

— Si vous ne faites pas attention, les points vont lâcher, et l'hémorragie va reprendre. Si vous perdez encore du sang vous ne serez plus bon à rien !

— Alors, détachez-moi vous-même, grommela Chase.

Le médecin fit un signe à l'infirmière.

— Faites ce qu'il demande, dit-il en soupirant. Nous ne pouvons pas l'obliger à être raisonnable.

Chase se força à rester calme. Se comporter de manière irresponsable ne le ferait pas sortir plus vite de l'hôpital.

Le chirurgien quitta la salle d'opération et laissa l'infirmière s'occuper de Chase.

Celle-ci se planta devant lui, les poings sur les hanches.

— Je vais ôter les liens, mais vous me promettez de rester assis et de ne pas partir d'ici. Nous allons vous mettre sur un brancard et vous conduire dans une chambre.

— C'est inutile.

— Nous allons vous emmener dans une chambre pour que vous puissiez remettre les vêtements que vous aviez quand vous avez été admis ici.

Chase se calma aussitôt.

— Je reconnais qu'il est difficile de sortir en blouse d'hôpital par un froid pareil.

— C'est impossible. A moins d'avoir des tendances suicidaires.

Chase consentit à être installé sur un brancard et transporté dans une chambre. Mais il était déterminé à ne pas y rester.

Kate et Jake avaient besoin de lui.

Dès qu'ils entrèrent dans la chambre, Chase essaya de se redresser mais il eut la respiration coupée par la douleur qui irradiait dans sa poitrine.

— Si vous attendiez assez longtemps pour que nous bloquions les roues du brancard, nous pourrions vous aider, déclara une infirmière d'un air ironique. Vous n'êtes pas en état de faire quoi que ce soit. Mon mari est policier, et il participe aux recherches. Tout le monde est mobilisé, et Fool's Fortune est passé au peigne fin. Ce n'est pas un homme blessé qui va leur être d'un grand secours.

— Je dois les rejoindre. J'ai promis à Sadie que je m'occuperais de Jake.

L'infirmière céda et l'aida à descendre du brancard.

Lorsque Chase fut debout, il eut un étourdissement, et sa vision se brouilla.

Les infirmières qui étaient près de lui le retinrent. Au bout de quelques secondes, il réussit à se ressaisir, et se dégagea.

— Je peux m'habiller.

— Peut-être, mais faites-nous plaisir. Nous n'avons pas souvent l'occasion de nous occuper d'un bel homme comme vous, dit l'infirmière la plus âgée avec un clin d'œil.

Elle déplia le jean que Chase portait lorsqu'il avait été admis à l'hôpital. Il était couvert de sang, mais Chase s'en moquait, du moment qu'il avait quelque chose à se mettre pour se protéger du froid.

Il se sentait un peu gêné d'avoir besoin de l'aide des deux femmes pour s'habiller, mais il leur fut pourtant reconnaissant de l'aider à enfiler son jean.

— Je peux fermer la braguette, merci.

On frappa légèrement à la porte. Il espéra voir apparaître

Kate et Jake. Mais ce fut Reggie Davis, la femme d'Angus, qui passa la tête dans l'embrasure de la porte.

— Chase Marsden ? demanda-t-elle.

Elle sourit lorsqu'elle l'aperçut.

— Vous êtes là.

Elle lui tendit une chemise propre en flanelle.

— J'ai pensé que vous auriez besoin de ça. D'après ce que j'ai entendu, vos vêtements sont couverts de sang.

Son sourire s'évanouit, et elle le regarda fixement.

— Vous allez bien ?

— Oui, mais il faut que je m'habille et que je parte d'ici.

Reggie entra dans la pièce et tendit la chemise à une infirmière, l'air grave.

— Kate est toujours à la recherche de Jake.

— Je m'en doutais.

Chase laissa les infirmières lui enfiler la chemise. Moins il faisait de mouvements, mieux c'était.

— Vous pouvez m'emmener auprès d'elle ? demanda-t-il à Reggie.

— Angus m'a envoyée voir comment vous alliez. Je peux vous conduire où vous voulez…

Elle regarda les infirmières qui l'aidaient à s'habiller.

— Mais ce n'est pas un peu tôt pour sortir ?

— Si votre fils avait disparu, vous laisseriez une petite blessure vous arrêter ?

— Non, vous avez raison.

Une des infirmières tendit son manteau à Chase.

— Nous avons essayé de le nettoyer un peu, mais il est bon à jeter.

— Ça fera l'affaire.

De nouveau, il les laissa l'aider à le mettre. Il bougea un peu le bras en arrière, et une douleur fulgurante lui traversa la poitrine, le faisant chanceler et obscurcissant sa vision. Il posa la main sur l'épaule de l'infirmière.

Elle l'aida à se stabiliser.

— Vous devriez être au lit.

Il reprit ses esprits et la lâcha.

— Je dois retrouver un enfant.

— Gardez le bras droit le plus près possible du corps. Cela permettra à la blessure de mieux se refermer.

L'infirmière recula en secouant la tête d'un air désabusé.

— Essayez de vous ménager…

— Entendu.

Il fit un petit sourire aux infirmières.

— Merci pour votre aide.

— Revenez quand le petit sera retrouvé.

Chase ne répondit pas. Il était déjà sorti, et se dirigeait vers l'ascenseur.

Reggie dut accélérer le pas pour rester à sa hauteur.

Dans l'ascenseur, Chase s'appuya contre la paroi, combattant un autre accès de douleur. L'effet du produit anesthésiant commençait à s'atténuer.

— Vous devriez laisser Angus, Kate et Ben chercher Jake.

— Mais s'ils ne le trouvent pas ? demanda Chase.

— Que pouvez-vous faire de plus ?

Il l'ignorait, mais il savait qu'il ne pouvait pas rester dans un lit d'hôpital quand Jake était en danger.

Kate travailla avec la police et les volontaires pour organiser les recherches. Pourtant, malgré tous leurs efforts, le petit garçon demeurait introuvable.

Le soleil allait bientôt se coucher, et Kate commençait à perdre espoir. Si Jake était dehors, il serait mort d'hypothermie avant demain.

Alors que la pénombre s'étendait sur la petite ville, la neige se mit à tomber, gênant la visibilité. La police ordonna de suspendre les recherches, et renvoya les volontaires chez eux avant qu'ils ne soient pris dans la tempête de neige.

Kate retourna à sa voiture et appela l'hôpital pour avoir des nouvelles de Chase. Elle l'avait déjà fait plus tôt, pendant que le chirurgien recousait la plaie. Les infirmières lui avaient dit que tout se passait bien, même si Chase avait refusé l'anesthésie générale.

La standardiste demanda à Kate de patienter pendant qu'elle vérifiait le fichier des patients.

— Je suis désolée, mais je ne trouve pas… Attendez…

Il y eut un silence à l'autre bout puis :

— Chase Marsden est sorti de l'hôpital, il y a dix minutes.

Kate raccrocha et regarda autour d'elle avec désespoir. Où Chase était-il allé, et était-il seulement en état de sortir ?

Ben Harding était arrivé une heure plus tôt et il était parti à la recherche de Jake avec Angus. Il fallait qu'elle leur dise de revenir, et qu'ils réfléchissent ensemble à une autre ligne d'action. Puisqu'ils n'avaient pas retrouvé Jake, elle pouvait seulement espérer qu'il avait été kidnappé.

Elle eut un rire désabusé, qui s'étrangla dans sa gorge. L'ironie de la situation ne lui échappait pas : espérer que le petit garçon ait été enlevé semblait ridicule. Mais c'était toujours préférable à ce qui l'attendait s'il s'était perdu dans cette tempête de neige. Un enlèvement supposait une demande de rançon…

Si les ravisseurs n'avaient pas tué Jake avant.

Lorsqu'elle songeait au petit garçon, Kate sentait son cœur se tordre : Jake devait être terrifié. Il avait vu Chase terrassé par une balle, et avait peut-être été enlevé par un étranger.

Le seul point positif était que le carnet de Sadie était en sécurité dans le coffre de Chase au Lucky Lady.

Heureusement, ce dernier lui en avait donné la combinaison. Comme il n'était pas disponible, il reviendrait à Kate de négocier pour la libération de Jake.

Maintenant, la question était : comment les ravisseurs allaient-ils les joindre pour leur faire part de leurs exigences ? Ils téléphoneraient vraisemblablement au numéro du Lucky Lady. Les Quaid participaient aux recherches. Il n'y avait donc personne au ranch pour recevoir l'appel.

Kate sortit son portable. Il fallait qu'elle parle à Angus.

— Je vais au Lucky Lady. Si c'est un enlèvement, il faut que je sois là où ils vont vraisemblablement appeler pour nous dire ce qu'ils veulent.

— D'accord. Nous continuons à chercher tant que la nuit n'est pas complètement tombée. Puis nous irons au Lucky Lady.

— Merci. J'espère que vous le trouverez.

— Moi aussi. Je ne sais pas dans quel état je serais si Tad avait disparu.

Kate sentit les larmes lui venir aux yeux, et elle dut lutter pour les empêcher de couler.

— Je comprends ce que vous voulez dire.

— Allez au ranch. Tenez-nous au courant s'il y a du nouveau. Ne faites rien seule. Nous sommes là pour vous aider.

— C'est d'accord.

Kate raccrocha, et composa le numéro de Chase. La sonnerie retentit, puis elle fut transférée sur la boîte vocale.

— Je vais au Lucky Lady au cas où des ravisseurs chercheraient à te contacter là-bas.

Elle avait envie de dire « je t'aime », mais les mots furent étouffés par le sanglot qui était en train de monter en elle.

Bon sang ! Pourquoi les choses se passaient-elle ainsi ? Elle aurait dû être prête à protéger Chase, surtout sachant que les hommes qui travaillaient pour TG International étaient entraînés à tuer.

Kate monta dans sa voiture et se dirigea vers le ranch. Le trajet fut long : la neige tombait à gros flocons. Si les Quaid n'étaient pas déjà sur le chemin du retour, ils risquaient fort d'être coincés en ville pour la nuit.

Après avoir avancé au pas sur la route pendant ce qui lui sembla une éternité, elle arriva devant le portail du Lucky Lady, et ralentit pour taper le code. La neige tombait si dru qu'elle ne vit pas, tout d'abord, que le portail était grand ouvert.

Peut-être les Quaid l'avaient-ils laissé ainsi quand ils étaient partis à Fool's Fortune… Ils étaient les derniers à avoir quitté le ranch aujourd'hui. Kate avait du mal à croire que, ce matin, Jake, Chase et elle étaient partis ensemble en promenade, comme une petite famille insouciante.

Elle serra les doigts autour du volant.

D'eux trois, elle était la seule à revenir au ranch ce soir. Tant de choses s'étaient passées au cours de ces dernières heures !

Bien déterminée à être à la maison au cas où les ravisseurs appelleraient, elle parcourut rapidement l'allée jusqu'à la bâtisse que Lady Jones avait fait construire, bien des années auparavant. Jake était si heureux de vivre ici, et se réjouissait déjà en pensant qu'au printemps il pourrait monter un cheval qui était beaucoup trop fougueux pour un cavalier débutant.

Elle espérait que le courage du petit garçon lui permettrait de faire face à son ravisseur, et que celui-ci ne lui ferait pas de mal.

La maison était plongée dans le noir, et la lueur de ses phares arrivait à peine à transpercer l'épais rideau de neige.

Kate laissa ses feux allumés et monta sous le porche. Ce ne fut que lorsqu'elle arriva devant la porte qu'elle se souvint qu'elle n'avait pas de clé. Elle essaya tout de même d'appuyer sur la poignée et, à sa grande stupéfaction, la porte s'ouvrit. Elle songea qu'elle allait devoir rappeler aux Quaid de la fermer à clé, même si les rôdeurs ne venaient jamais jusqu'ici.

Elle tendit la main vers l'interrupteur, mais s'immobilisa avant d'allumer la lumière. Le silence qui régnait dans la maison avait quelque chose d'étrange.

Kate ne se souvenait pas qu'elle ait jamais été aussi calme. C'est alors qu'elle se rendit compte que Barkley n'était pas venu à sa rencontre lorsqu'elle avait ouvert la porte. Le grand saint-bernard venait toujours accueillir tous les visiteurs. Les Quaid l'avaient-ils enfermé quelque part dans la maison ?

Elle eut un frisson et mit la main dans sa poche, sur son arme.

Un aboiement faible retentit alors sur sa gauche, et son cœur s'emballa. Il venait du salon où l'ours se dressait, à côté de la cheminée.

Kate sortit son arme, ôta la sécurité, et entra lentement dans la pièce. Une masse sombre était étendue devant le canapé en cuir. Alors qu'elle s'approchait, l'ombre bougea, et un gémissement faible s'éleva.

Kate s'agenouilla près de Barkley et le caressa.

— Je vais revenir prendre soin de toi, murmura-t-elle.

Le chien gémit, frappant le sol de la queue, mais il ne se leva pas pour la suivre. Elle pria pour qu'il ne meure pas avant qu'elle puisse revenir l'aider.

Le cœur battant, elle retourna dans l'entrée et tendit l'oreille. Elle perçut un bruit sourd, suivi de jurons. Cela venait du bureau, près de l'escalier.

Tenant toujours son arme devant elle, Kate s'en approcha doucement. La porte était fermée, et elle entendait des mouvements à l'intérieur.

Elle posa la main sur la poignée et attendit, se souvenant de la promesse faite à Angus. Il ne fallait pas qu'elle entre seule. Elle était une professionnelle, et savait qu'il ne fallait jamais se mettre dans une situation dangereuse sans assurer ses arrières. Elle s'éloigna de la porte et prit son téléphone.

Avant qu'elle ne puisse composer un numéro, un bras

musclé l'entoura, et elle sentit le métal froid d'un revolver pressé contre sa tempe.

— Si tu fais un geste, je tire, dit une voix grave, masculine.

Kate s'immobilisa.

— D'accord. Je ne bougerai pas.

— Jette ton arme, ordonna l'homme.

Elle lâcha son pistolet, mais garda son téléphone en main. Puis elle appuya sur un bouton qu'elle espérait être le rappel automatique.

L'homme qui la tenait donna un coup de pied contre la porte du bureau.

— Ouvre. J'ai la fille avec moi.

La porte s'ouvrit.

Kate retint sa respiration. Un autre homme était debout derrière le bureau en acajou, un tiroir à la main. Il portait un masque de ski et était vêtu de noir. Il renversa le contenu du tiroir sur la table, et le jeta sur le côté.

— Il n'est pas là.

— Tu as regardé derrière les tableaux accrochés au mur ? demanda l'homme qui retenait Kate. Ces gens-là ont toujours un coffre caché derrière un portrait de famille.

Son complice se dirigea vers un mur.

Kate parcourut la pièce du regard. Elle ne vit pas Jake. Son estomac se serra, mais elle refusait d'envisager qu'ils aient pu tuer le petit garçon.

L'homme qui cherchait le coffre décrochait les tableaux un à un, et les jetait à terre. Il parvint au portrait de Lady Jones et essaya de l'arracher du mur, mais celui-ci ne bougea pas.

Kate se raidit.

— Le coffre est derrière, c'est ça ?

L'homme qui la retenait la frappa à la tempe avec son pistolet.

— Comment voulez-vous que je le sache ? Ce n'est pas ma maison, répondit Kate.

— Tu es sa fiancée. Il a dû te donner la combinaison.

— J'espère que tu la connais… Si ce n'est pas dans ton intérêt, ça sera dans celui du gamin, gronda l'autre homme.

Kate se tordit, mais l'inconnu la serrait si fort qu'elle n'avait aucune chance de lui échapper.

— Où est Jake ?

— Ah, tu aimerais bien le savoir !

Son tortionnaire serra si fort qu'elle eut soudain le plus grand mal à respirer.

— Je vous en prie, où est Jake ? demanda-t-elle.

— Je le garde en otage, au cas où nous ne trouvions pas ce que nous voulons.

— Et que voulez-vous ? demanda-t-elle, même si elle savait exactement ce dont il s'agissait.

— La même chose que Bradley, répliqua l'homme qui la tenait en la frappant à nouveau à la tempe avec son arme.

L'autre homme la regarda avec colère.

— Nous voulons le carnet de Sadie.

— Et nous savons que Marsden et toi l'avez en votre possession.

Kate secoua la tête.

— Il n'est pas là.

— J'espère que si, sinon le gamin ne vivra pas longtemps.

Kate lutta pour se dégager.

— Laissez Jake en dehors de tout ça ! Ce n'est qu'un enfant !

— Ça pourrait être la reine d'Angleterre que ça serait la même chose. Soit tu nous donnes ce carnet, soit j'emmène le gamin faire une promenade.

La voix de l'homme baissa de volume, et il s'approcha jusqu'à ce que ses lèvres frôlent son oreille.

— Et je te promets une chose : il n'en reviendra pas.

Kate frissonna. Elle n'avait pas le moindre doute : c'étaient bien les mercenaires dont Hank lui avait parlé, ceux qui n'avaient pas hésité à tuer des innocents.

Elle passa mentalement en revue les scénarios possibles. Si elle tentait de s'enfuir maintenant, elle ne trouverait sans doute jamais où ils retenaient Jake. Si elle rentrait dans leur jeu jusqu'à ce qu'ils le lui apprennent, elle pourrait ensuite se libérer et sauver l'enfant.

Elle poussa un soupir.

— Il y a une poignée sur le côté gauche du tableau, déclara-t-elle. Levez-la. Le tableau est monté sur des gonds. On peut l'ouvrir comme une porte.

L'homme près du tableau fit ce qu'elle lui avait indiqué.

— On progresse…

Celui qui la retenait la repoussa si brutalement loin de lui qu'elle trébucha avant de se redresser.

Lorsqu'elle se retourna pour lui faire face, il avait son arme pointée sur elle.

— Ouvre, ou je tire.

— Je ne connais pas la combinaison, répéta Kate.

— Alors, trouve-la vite. Ma patience atteint ses limites.

Elle se dirigea vers le coffre et tourna les boutons.

— Il a peut-être utilisé sa date de naissance…

Kate tourna les boutons au hasard, se rendant compte qu'elle ignorait la date de naissance de Chase, et tous ces petits détails qu'une fiancée est censée savoir.

— Où est Jake ?

— En lieu sûr.

Elle continua à tourner les boutons et demanda :

— Pourquoi voulez-vous ce carnet ?

Elle regarda l'homme qui la menaçait de son arme. Il portait lui aussi un masque de ski, et on ne distinguait pas son visage.

— Ça ne te regarde pas.

Il fit un signe avec son arme.

— Allez !

— Ce n'est pas sa date d'anniversaire…

— Tu veux vraiment que je te tue, c'est ça ?

L'homme hocha la tête en direction de son complice.

— Va chercher le gamin.

Kate sentit son cœur s'arrêter, puis se remettre à battre furieusement. Jake était là ! Elle remercia silencieusement le ciel. Maintenant, elle n'avait plus qu'à maîtriser deux hommes entraînés et à mettre Jake en sécurité.

L'homme acquiesça et sortit par la porte vitrée. L'air froid entra dans la pièce, chargé de flocons de neige.

Quelques instants plus tard, il revint en portant une forme qui se tortillait en tous sens et donnait des coups de pied. Il mit Jake debout.

— Laissez-moi partir ! Vous êtes des méchants !

Jake se débattait comme un beau diable.

L'homme qui l'avait amené le fit pivoter et l'immobilisa en le serrant si fort que Jake écarquilla les yeux.

— Je ne peux pas respirer…, souffla-t-il.

— Laissez-le ! hurla Kate.

— Ouvre le coffre, ou mon copain va lui broyer les côtes.

— Ça ne sera pas bien dur, dit l'homme qui tenait Jake.

Jake regarda Kate et s'écria :

— Aide-moi !

Kate savait que, même si les deux hommes obtenaient ce qu'ils voulaient, ils risquaient de les tuer, Jake et elle. Le carnet était son seul moyen de pression.

— Laissez partir Jake, et je vous donnerai le carnet.

— J'ai une autre proposition : tu me donnes le carnet, et je laisse le gamin partir.

— Attention, ils sont très méchants, dit Jake.

Sa voix n'était qu'un murmure, et son visage était livide.

Il fallait qu'elle fasse quelque chose.

Jake n'arrêtait pas de se démener.

L'homme qui le tenait encaissa un coup à l'entrejambe. Il poussa un juron et mit la main sur la bouche de Jake.

Le garçon y planta les dents et la mordit assez fort pour que l'homme sursaute et relâche momentanément son emprise.

Jake se débattit et tomba à terre.

— Cours, Jake ! hurla Kate.

Alors que l'homme qui retenait Jake se précipitait à sa suite, Kate attrapa la première chose qu'elle trouva à portée de main — un livre — et le lança de toutes ses forces sur l'homme qui la menaçait de son arme.

Son attention étant momentanément attirée par Jake, il ne vit le projectile que trop tard. Le livre le frappa au visage, et l'homme appuya sur la détente.

15

Entre l'hôpital et la mairie, où le centre de coordination des recherches était installé, Reggie dépassa largement la vitesse autorisée.

Chase serrait les dents, et tenait le bras contre son flanc pour protéger sa blessure. Il s'agrippait à l'accoudoir avec sa main gauche et essayait d'amortir les chocs qui lui provoquaient des douleurs fulgurantes dans les côtes.

Des voitures de police étaient garées des deux côtés de la rue, parfois même au milieu.

Reggie avança en veillant à éviter les piétons qui allaient et venaient en tous sens sur la chaussée couverte de neige. Une dizaine de centimètres étaient déjà tombés en moins d'une heure, et la tempête ne semblait pas vouloir s'arrêter.

— Voilà Angus et le collègue que Hank a fait venir du Texas, dit Reggie en lui désignant deux hommes, coiffés de Stetson, qui parlaient à des policiers.

— Où est Kate ? demanda Chase en la cherchant du regard.

Reggie fronça les sourcils.

— Elle devrait être là. Je vais vous aider à sortir de la voiture.

Chase n'attendit pas. Il fallait qu'il trouve Kate. De sa main gauche, il ouvrit la portière. Il lui fut plus difficile de sortir : il se laissa glisser au dehors et se cogna contre une aile de la voiture. La douleur fut intense.

Pendant un instant, il ferma les yeux et serra les dents pour ne pas crier.

— Vous allez bien ? demanda Reggie. Si vous voulez, vous pouvez vous appuyer sur moi.

— Merci, mais ça ne sera pas nécessaire.

Il avança dans la neige, et se dirigea vers Angus. A chaque pas, il sentait la douleur se réveiller.

— Où est Kate ? demanda-t-il lorsqu'ils arrivèrent près des hommes.

Angus se retourna, les sourcils froncés.

— Chase, tu ne devrais pas être à l'hôpital ?

Répondre aurait été une perte de temps. Chase répéta :

— Où est Kate ?

— Elle est retournée au ranch au cas où Jake aurait été enlevé et que les ravisseurs appellent pour demander une rançon. Elle s'est dit qu'ils téléphoneraient sans doute là-bas.

William et Frances Quaid arrivèrent en courant.

— Chase, je suis si soulagée que vous alliez bien ! s'écria Frances en ouvrant les bras.

Chase leva la main et recula.

— Merci, mais il vaut mieux garder les embrassades pour une autre fois.

Il se tourna vers Angus.

— Nous devons aller au ranch. Si Kate est là-bas et que ces hommes cherchent le carnet de Sadie, elle a peut-être besoin d'aide.

— Et Jake ? demanda Angus.

— Si vous ne l'avez pas retrouvé, c'est qu'il a été enlevé. Je parie qu'ils vont l'utiliser comme monnaie d'échange pour obtenir le carnet.

D'un signe de tête Angus désigna l'homme qui l'accompagnait.

— Chase, je te présente Ben Harding. Hank l'a envoyé. Je vais dire un mot aux policiers, et nous pourrons y aller.

Au bout de deux minutes qui semblèrent une éternité à Chase, Angus, Ben et lui partirent dans le véhicule d'Angus. Ils roulèrent aussi vite que possible sur la route enneigée, mais beaucoup trop lentement au goût de Chase.

D'après Angus, Kate était partie un quart d'heure avant qu'il n'arrive. Cela lui donnait une vingtaine de minutes d'avance. Si les hommes qui cherchaient le carnet étaient déjà au ranch…

La neige était tombée si rapidement que le trajet fut très éprouvant. Le chasse-neige n'était pas encore passé, et on distinguait à peine le tracé de la chaussée.

Lorsqu'ils s'engagèrent dans l'allée du ranch, le sang de Chase ne fit qu'un tour : le portail, qui d'ordinaire était fermé, était grand ouvert, comme s'il avait été forcé.

Kate en connaissait le code et n'aurait pas foncé dedans… Ce qui signifiait que quelqu'un d'autre était dans le ranch.

— Vite !

Chase regrettait de ne pas pouvoir conduire. Il connaissait le moindre virage de cette route, et aurait pu la faire les yeux fermés.

Lorsqu'ils approchèrent du dernier virage avant la maison, Chase déclara :

— Arrête-toi là.

Angus freina un peu trop brusquement. Le véhicule glissa pendant quelques mètres avant de s'immobiliser.

— Eteins les phares. Nous allons marcher. Il vaut mieux ne pas signaler notre arrivée.

Angus le regarda.

Chase serra les dents.

— Je vous suis. Et ne vous inquiétez pas pour moi, allez aider Kate. Je vais passer par la porte de devant. Entrez par l'arrière.

— D'accord.

Angus et Ben descendirent de voiture et refermèrent la portière silencieusement. Ils sortirent leurs armes, en ôtèrent la sécurité, et avancèrent, restant le plus possible sous le couvert des arbres.

Chase sortit du véhicule un peu plus lentement et avança derrière les deux hommes, tenant son arme de la main gauche. Si cela devenait nécessaire, il la prendrait dans sa main droite.

Angus et Ben disparurent chacun d'un côté du bâtiment pendant que Chase montait les marches menant au porche. Il n'y avait de lumière ni dans le hall ni dans le salon. Si Kate était à l'intérieur, elle ne se trouvait pas dans les pièces donnant sur la façade.

Chase mit son arme dans sa main droite, ouvrit la porte, entra, et tendit l'oreille.

Il entendit un cri, étouffé par les murs et les portes, qui provenait de l'arrière de la maison.

Kate.

Il se précipita dans cette direction. Alors qu'il s'approchait du couloir menant à son bureau, un coup de feu retentit, et il sentit un frisson le parcourir.

Il courut vers son bureau, ouvrit la porte, et entra dans la pièce en tenant son arme devant lui. La douleur transperça sa poitrine, mais il n'y prêta aucune attention.

Kate était étendue par terre à côté d'un rayonnage, et tendait le bras pour saisir un livre.

Un homme pointait une arme dans sa direction.

— Espèce de garce ! Tu as eu ta chance et tu ne l'as pas saisie !

— Et elle va en avoir une autre, dit Chase à voix basse.

L'homme se retourna, et le visa.

Chase fit un pas de côté au moment où un livre volait à travers la pièce et atteignait l'homme au visage.

Un coup partit, et la détonation résonna dans la pièce. Chase appuya alors sur la détente. Les yeux de l'homme s'écarquillèrent lorsqu'il vit le trou au milieu de sa poitrine. Son arme glissa de sa main, tomba à terre, et il s'affaissa.

Kate se mit debout.

— Chase !

Elle courut vers lui pour le prendre dans ses bras, mais elle s'arrêta net et s'exclama :

— Tu devrais être à l'hôpital.

Puis elle prit son visage dans ses mains, l'embrassa sur les lèvres, et lui dit :

— Ils avaient Jake, mais il s'est enfui. Il faut que je le trouve avant l'autre type !

A ce moment, Angus et Ben entrèrent dans le bureau par la porte-fenêtre.

— Nous avons entendu des détonations, déclara Angus.

— Un homme est à terre, l'autre court toujours, expliqua Chase. Il est à la poursuite de Jake.

— Je parie que Jake est allé dans l'écurie ! s'exclama Kate.

Elle se saisit de l'arme que l'homme avait laissée tomber et sortit en courant.

Angus et Ben la suivirent, laissant Chase fermer la marche.

Les traces de pas dans la neige étaient nettes : Jake était allé droit vers l'écurie, l'homme l'y avait suivi.

Chase espérait qu'il y serait arrivé avant son poursuivant. A l'intérieur, il y avait plein d'endroits où le petit garçon pouvait se cacher.

Kate arriva la première et pénétra dans le bâtiment.

On entendit des détonations. Deux.

Chase se mit à courir, priant pour que Kate et Jake n'aient pas été touchés.

Angus et Ben entrèrent avant lui, plongeant dans l'obscurité. Chase les suivit, et se glissa tout de suite contre le mur pour que sa silhouette ne soit pas trop visible dans l'embrasure de la porte.

Une autre détonation retentit alors, frappant le mur tout près de Chase, et faisant voler des éclats de bois.

Il poussa intérieurement un juron et s'éloigna un peu plus de la porte, tenant son arme devant lui de sa main droite, tout en tendant l'autre main vers l'interrupteur.

Pendant un moment, tout fut silencieux. Puis il appuya sur l'interrupteur, et la lumière inonda l'écurie.

— Un geste et je tire, dit d'un ton glacial l'homme qui se tenait près de l'entrée de la sellerie.

Il avait le visage caché par un masque de ski et pointait une arme contre la tempe de Kate. Il la tenait par les cheveux, et lui tordait la tête sur le côté. Un peu de sang coulait sur son visage.

Chase sentit la rage l'envahir.

— Nous sommes trois contre vous. Vous ne vous en sortirez pas. Posez votre arme !

Chase se forçait à être calme, raisonnable, alors qu'il n'avait qu'une seule envie : tirer sur l'homme qui osait menacer ainsi la femme qu'il aimait.

— Chase, je vais bien, hoqueta Kate. Il ne me fera pas de mal.

L'homme souffla avec mépris.

— Tu ne te rends pas bien compte de ce que tu risques : je n'ai qu'à appuyer sur la déten…

Un chat bondit soudain derrière lui et atterrit sur son dos, avant de sauter à terre et de disparaître à l'étage supérieur.

Profitant de cette diversion, Kate enfonça son talon dans l'entrejambe de l'homme, son coude dans son estomac, et se libéra de son emprise.

Chase leva son arme et fit feu sur l'homme qui tomba contre le mur derrière lui et s'affaissa, une main appuyée sur le flanc. De l'autre, il visa Chase.

C'était compter sans Kate. D'un violent coup de pied, elle envoya le pistolet voler sur le mur opposé. Puis, sautant sur son agresseur, elle le projeta à terre et l'immobilisa sous elle.

— N'essaie même pas de tirer sur mon fiancé ! siffla-t-elle entre ses dents.

Chase sentait la douleur lui lacérer le torse. Il regarda autour de lui en criant :

— Jake ?

Kate retourna l'homme sur le dos.

— Je l'ai aperçu quand je suis entrée. Cette ordure l'avait presque rattrapé, c'est pour ça que j'ai éteint la lumière.

Chase sourit malgré sa douleur.

— Bon réflexe !

Ben prit leur prisonnier en charge, permettant à Kate de se relever. Il sortit de la poche des liens en plastique, et les serra fermement autour des poignets de l'homme.

Kate se redressa, l'air soucieux.

— Jake ? C'est bon. Tu peux sortir de ta cachette maintenant.

— Je n'ai pas eu peur, dit une petite voix qui venait de la sellerie.

Ils virent alors deux petites jambes dépasser d'une étagère près de la porte.

Angus se précipita.

— Viens, je vais t'aider à descendre.

Il prit le petit garçon dans ses bras et le posa à terre.

Dès que Jake vit Kate, il tendit les bras. Elle le souleva et le serra si fort que Chase eut l'impression que l'enfant allait étouffer.

Lui-même avait mal partout et se sentait faible, mais il n'aurait pas pu être plus heureux. Kate et Jake étaient sains et saufs !

Jake se pencha en arrière et regarda Kate droit dans les yeux.

— Tu crois que la maman chat va me laisser caresser ses petits, même si je l'ai jetée sur le méchant ?

Kate écarquilla les yeux.

— C'est toi qui l'as lancée ?

— Oui. Elle ne voulait pas y aller toute seule. Et le méchant allait te faire du mal.

Kate éclata de rire.

— Tu es mon héros, Jake. Tu m'as sauvé la vie ! Avec Chase…

Elle se dirigea vers Chase.

Il l'enlaça de son bras gauche, l'attira contre lui et déposa un baiser sur ses cheveux.

— Toi aussi, ma chérie, tu m'as sauvé la vie. Si je ne t'avais pas rencontrée, je n'aurais toujours pas trouvé ma raison de vivre.

— Tu me voles les mots, murmura-t-elle en se blottissant contre lui.

Ben ôta le masque de ski du visage de l'homme.

— Je l'ai vu sur une des photos que Hank m'a envoyées pendant le trajet vers le ranch.

Il sortit son téléphone de sa poche et leur montra un cliché avec un nom en légende.

— Trent Geisen. Il travaillait pour TG International.

— Il reste une question, déclara Kate. Qui l'a embauché pour cette mission ?

— Je pense que nous devrions rendre visite aux Garner. Je crois que la neige les a obligés à rester à la taverne Gold Rush pour la nuit.

Kate fronça les sourcils.

— Et après, nous irons à l'hôpital.

Chase sourit et se pencha pour l'embrasser.

— Je n'y resterai pas.

— Je peux venir avec vous pour voir grand-mère Sadie ? demanda Jake, en écarquillant les yeux.

— Elle n'est peut-être pas réveillée et elle aura beaucoup de tubes et de fils sur elle, dit Chase en ébouriffant les cheveux de Jake. Tu es sûr que tu veux la voir ?

Jake hocha la tête.

— Je n'ai pas peur. Je veux seulement la voir.

— C'est d'accord, répondit Chase avec un sourire, même s'il sentait ses forces diminuer. Nous irons après nous être arrêtés à la taverne.

William fit alors irruption dans l'écurie, l'air hagard.

— Oh ! mon Dieu ! Vous avez retrouvé Jake ! Ma femme va être si soulagée !

— Il faudrait l'avertir qu'il y a un homme blessé dans le bureau.

— Oh ! Elle l'a déjà vu. Il est mort. Elle est au téléphone avec le docteur Richards pour voir s'il peut nous recevoir à la clinique vétérinaire.

William fit signe à Angus.

— Nous allons avoir besoin d'aide pour transporter Barkley dans le coffre de mon 4x4. Il est blessé.

Chase se raidit.

— C'est grave ?

William secoua la tête.

— Nous ne le saurons que lorsque le vétérinaire l'aura examiné.

Jake désigna l'homme à terre.

— Ce méchant a frappé Barkley avec une batte de base-ball. Fort. Très fort.

Jake avait les lèvres qui tremblaient.

— Barkley va guérir ? demanda-t-il d'une petite voix.

Par la porte de l'écurie, ils virent la lumière de gyrophares apparaître dans la nuit.

— Le shérif est là, déclara Angus. Je vais l'aider à charger Barkley.

— Allons-y. Plus tôt tout cela sera fini, mieux ce sera, conclut Kate.

Elle tenait encore Jake dans les bras, et laissa Chase s'appuyer contre elle.

— Si je n'avais pas si mal, je te serrerais dans mes bras, murmura Chase. Je te volerais peut-être un baiser.

— Hé, tu es vivant. C'est tout ce qui compte.

Elle lui serra la main.

— Et tu n'aurais pas à le voler puisque je te le donnerais.

— Ce n'est pas faux.

Chase sentit son cœur se gonfler de joie. Kate l'aimait peut-être. Mais cela allait-il suffire à la faire rester un peu plus longtemps au ranch ?

Kate installa Jake dans sa voiture et vint aider Chase à monter sur le siège du passager.

— Tu vas passer la nuit à l'hôpital.

— J'ai seulement besoin de sommeil.

— Hum, hum…

Elle le regarda en plissant les yeux et l'embrassa sur les lèvres, en veillant bien à ne pas le toucher.

— Tu as vraiment une sale tête, mais je te prends comme tu es.

— Bien. J'aime être avec toi, murmura-t-il.

— Voyons si tu diras la même chose après notre conversation avec les Garner.

— Tu crois que tu vas réussir à me faire peur ?

— A toi non, mais à eux, je l'espère bien !

Chase se laissa aller sur son siège et sourit. S'il somnolait sur le chemin de Fool's Fortune, il ne le dirait pas à Kate, sinon elle insisterait pour qu'il passe la nuit à l'hôpital. Pas question. Pas quand il avait prévu de dormir dans le même lit que celle qui lui avait sauvé la vie.

16

Kate fit le trajet jusqu'à Fool's Fortune sur la route enneigée, conduisant prudemment pour éviter de se retrouver dans le fossé.

Même s'il prétendait le contraire, Chase avait perdu beaucoup de sang, et cela l'inquiétait. Elle voulait qu'il passe la nuit à l'hôpital au cas où il aurait besoin d'une transfusion. Mais il refusait obstinément d'en entendre parler.

Elle se gara devant la taverne Gold Rush et aida Chase à descendre de voiture avant d'aller détacher Jake.

Reggie sortit de la taverne et s'approcha d'eux.

— Angus m'a appelée et m'a demandé de surveiller les Garner. Maintenant que vous êtes là, je vais m'occuper de Jake. Benson et sa mère sont dans la salle de restaurant, en train de terminer leur repas.

Chase posa la main sur le bras de Reggie.

— Merci d'être venue si vite.

— Heureusement, lorsque les recherches ont été suspendues, je suis allée à la cafétéria pour dîner avec Kitty. Je voulais rester en ville au cas où on retrouverait Jake.

Elle serra le petit garçon dans ses bras.

— Je suis si heureuse que tu ailles bien ! Tad me demandait de tes nouvelles. Il va falloir que tu viennes un jour chez nous.

— Tad peut venir pour Noël ? demanda Jake.

— Il faudra que nous en parlions avec ta grand-mère, dit Reggie en jetant un coup d'œil à Kate et Chase. Je parie qu'il n'a pas mangé !

Kate fronça les sourcils.

— C'est vrai.

— Alors, je l'emmène à la cafétéria. Prenez votre temps.

Reggie installa Jake dans son véhicule et démarra au moment où deux véhicules de police se garaient près du 4x4 de Kate.

Des agents en sortirent et se dirigèrent vers la taverne.

Kate fronça les sourcils.

— Tu as prévenu la police de cette rencontre ?

Chase secoua la tête.

— Non, mais c'est l'heure du dîner. D'ailleurs, il ne sera peut-être pas inutile de les avoir dans les parages pendant notre conversation avec les Garner.

Kate sourit.

— Alors, allons-y.

Elle prit la main de Chase. Même s'il se sentait très faible, il voulait absolument assister à cette confrontation.

Kate espérait seulement que les Garner n'étaient pas armés. Elle avait eu assez de coups de feu pour la journée.

Ils se dirigèrent vers l'entrée du restaurant et parcoururent la salle du regard.

— Au fond à droite, dit Chase avec un signe de tête.

Benson Garner était assis en face de sa mère, les sourcils froncés. Il parlait avec animation. Sa mère le regardait, le visage rouge de colère. Soudain, elle abattit la paume de la main sur la table, et il y eut un bruit de vaisselle.

Benson se leva brusquement.

Chase et Kate traversèrent la salle et s'arrêtèrent près de leur table. Il était évident que Benson et sa mère étaient en train de se quereller.

— Vous nous dérangez ! déclara Mme Benson d'un air excédé en regardant Chase et Kate.

— Quelle importance ? répondit Benson. C'en est fini de tes plans pour moi.

Visiblement folle de rage, elle se pencha vers lui.

— Ça, c'est moi qui le décide !

— Tu étais au courant que Melissa avait eu un fils de moi ? demanda alors Benson.

Sa mère posa sa serviette à côté de son assiette.

— Non. Et si j'avais su que cette bonne à rien était enceinte…

— Quoi ? lança Benson d'un ton agressif, tu aurais envoyé tes mercenaires pour la liquider ? Comme tu l'as fait pour sa mère ?

— Qui t'a dit que j'avais envoyé quelqu'un ?

Benson secoua la tête.

— Tu déraisonnes complètement.

— Il est tout à fait normal qu'une mère veuille aider son fils à avoir ce qu'il y a de mieux dans la vie. Ou qu'une femme soutienne son mari quand sa carrière politique décolle.

Elle se leva, le visage rouge de colère.

— J'ai travaillé trop dur pour les hommes de ma vie pour que ça tourne au gâchis.

— Melissa Smith n'était pas un gâchis, comme tu dis ! Je l'aimais et je voulais l'épouser.

— Cette fille a au moins eu le bon sens de comprendre qu'elle n'était pas assez bien pour toi.

— Pourquoi ? Parce que tu le lui as dit ?

Benson regardait fixement sa mère.

— C'est ça ? Tu lui as dit qu'elle n'était pas assez bien pour moi ? C'est pour ça qu'elle est partie sans dire au revoir ?

— Tu ne comprends donc rien, mon pauvre ami ?

Sa mère le regarda comme s'il ne voyait pas l'évidence.

— Elle aurait ruiné toute chance pour toi d'avoir une carrière à Washington.

— Elle portait mon enfant ! répliqua Benson. Ton petit-fils !

— Ce n'est pas mon petit-fils ! Et si tu avais un brin de jugeote, tu oublierais tout de suite ce gamin !

— Je n'arrive pas à croire que moi je suis ton fils !

Benson prit son portefeuille, jeta quelques billets sur la table et fit de nouveau face à sa mère.

— Tu ne fais que du mal autour de toi ! Et si je découvre que tu as quelque chose à voir avec la mort de Melissa ou l'accident de sa mère, je serai le premier à appeler la police !

— Tu es comme ton père, toujours prêt à courir les jupons. Toi, une secrétaire, et lui, sa prostituée de mère ! Et tout ce temps, j'ai fait bonne figure. J'ai fait semblant de ne rien savoir.

Elle eut un sourire glacial.

— Mais je savais.

Chase s'avança et demanda :

— C'est pour cela que vous avez tué votre époux ?

— Il le méritait ! hurla Patricia Garner. Cet imbécile sortait avec une call-girl. J'étais au courant, et je devais faire comme si de rien n'était. Mais quand il me l'a jetée au visage, j'en ai eu assez.

— Et Melissa Smith ? Pourquoi l'avez-vous tuée ? demanda Kate.

— Elle allait parler à Benson de son enfant. Je ne voulais pas qu'il soit victime de son chantage.

Des larmes de rage lui venaient aux yeux.

— Cette femme a détruit ma famille ! Elle, sa fille, et ce carnet avec tous les mensonges qu'il contient ont détruit ma vie !

Patricia Garner leva les mains au ciel et tomba à terre, le corps agité de sanglots.

— Elle a détruit ma vie ! Il fallait que je détruise la sienne. Elle méritait de mourir !

Les clients du restaurant observaient la scène, bouche bée.

Les policiers s'approchèrent alors de Benson. Ils aidèrent sa mère à se remettre debout, et l'un d'eux déclara :

— Madame Garner, je vous arrête pour les meurtres de Thomas Garner et de Melissa Smith, et tentative de meurtre sur Sadie Lovely. Vous avez le droit de refuser de parler.

Benson se laissa tomber sur une chaise, enfouissant son visage dans les mains.

— Mon Dieu, je n'arrive pas à croire que je n'ai rien vu ! J'aurais pu l'arrêter si j'avais imaginé qu'elle était folle à ce point !

Kate lui posa la main sur l'épaule.

— Vous ne pouviez pas savoir.

Il leva les yeux, l'air hagard.

— J'ai un fils qui ne me connaît pas, une mère qui a tué mon père, et celle que j'aimais. Comment vais-je vivre après ça ? Comment ?

Kate secoua la tête.

— Un jour après l'autre…

Lorsque les policiers eurent emmené Mme Garner et que Benson fut parti, Kate passa le bras autour de la taille de Chase et le conduisit vers la sortie.

— Je suis heureuse que nous n'ayons pas eu à nous battre pour obtenir une confession. Je suis fatiguée, et tu n'es pas assez en forme pour ça. Allons à l'hôpital, puis nous rentrerons à la maison.

— A la maison. Tu te rends compte que tu as appelé le Lucky Lady la maison ?

Elle se sentit rougir.

— Je voulais dire ta maison.

Il déposa un baiser sur ses cheveux.

— Ça pourrait être ta maison, aussi.

— Tu veux ajouter une conquête à ta collection ? demanda-t-elle alors en rougissant.

Il sourit.

— Non. Je veux que tu restes.

Kate n'hésita qu'un instant.

— Je resterai.

Chase eut l'air si heureux qu'elle se sentit obligée d'ajouter :

— Jusqu'à Noël. Après ça…

Elle marqua un temps d'arrêt.

— Nous verrons bien. Nous nous connaissons à peine.

— C'est bon. Je prends tout ce que tu me donnes.

Quelques jours de plus lui laisseraient le temps de lui montrer qu'il était sérieux quand il lui disait qu'il voulait vivre avec elle.

Elle l'aida à monter sur le siège du passager.

— Allons chercher Jake.

Kate était debout près du sapin de Noël. Pour la première fois depuis que Chase l'avait rencontrée, elle portait une robe qui mettait en valeur ses longues jambes et lui donnait envie d'elle à chaque fois qu'il la regardait.

Cela faisait trois jours que Patricia Garner avait craqué et confessé ses crimes dans une salle de restaurant comble… et deux jours que Sadie était sortie du coma.

Son état de santé s'était rapidement amélioré. Les médecins l'avaient autorisée à sortir la veille de Noël, et elle était retournée au Lucky Lady, réalisant ainsi le vœu le plus cher de Jake.

— Merci d'avoir pris soin de Jake pendant tout ce temps. Je n'arrive pas à croire que j'aie loupé tout ça, déclara-elle en souriant. Mais d'une certaine manière, je ne le regrette pas !

— Nous sommes heureux que tu sois là et en forme, répondit Chase.

William et Frances, Angus et Reggie, Kate et Chase étaient assis dans le salon, et regardaient Jake et Tad déballer les cadeaux que le Père Noël avait laissés au pied du sapin.

Jake ouvrit plusieurs paquets, et trouva un chapeau de cow-boy, des bottes, et une selle juste à sa taille.

Sadie était allongée sur le sofa, enveloppée d'une couverture, un sourire sur le visage.

— Benson Garner m'a appelée ce matin, poursuivit-elle en regardant Jake d'un air pensif.

Tous les adultes se tournèrent vers elle.

Elle soupira.

— Il voudrait rencontrer son fils.

Kate fronça les sourcils.

— Vous n'avez pas peur qu'il veuille le garder avec lui ? demanda-t-elle assez bas pour que Jake ne puisse pas l'entendre.

— Il a décidé de retirer sa candidature aux élections sénatoriales, continua Sadie.

— Ça ne me surprend pas, répliqua Chase.

Il regarda Jake qui jouait avec Tad près du sapin.

— Ça pourrait être une bonne chose pour Jake de le connaître.

— Je me disais la même chose, acquiesça Sadie. Je ne suis pas éternelle, et avoir une famille qui vous aime est toujours une bonne chose.

— Nous t'aimons, Sadie, dit Chase. Et pour moi, tu fais partie de la famille.

Elle eut un large sourire.

Jake se leva précipitamment et courut vers Kate, en portant une petite boîte.

— C'est pour toi. C'est de la part de Chase.

— Pour moi ?

Kate prit la boîte et s'assit sur le canapé à côté de Chase.

— Tu n'étais pas censé m'offrir quoi que ce soit. Je suis juste ton employée.

Chase secoua la tête.

— Plus maintenant. Ta mission est officiellement terminée. Tu es mon invitée.

— Alors, je peux t'embrasser, répliqua Kate en se penchant vers lui et en lui déposant un baiser sur les lèvres.

— Oh ! que oui !

Il passa son bras gauche autour de sa taille et l'attira vers lui.

— Ouvre la boîte.

Kate déchira le papier et souleva le couvercle, découvrant une bague avec un saphir entouré de diamants.

— Elle est magnifique !

— C'était la bague de mon arrière-arrière-grand-mère. Elle est faite avec l'or de la mine de Lucky Lady.

Kate secoua la tête.

— Je ne peux pas l'accepter. Nous nous connaissons à peine !

Elle lui tendit la bague.

Chase lui prit les mains.

— Nous ne sommes peut-être pas sortis ensemble pendant des mois, nous ne savons pas quel est le plat, l'équipe de base-ball ou la couleur préférée de chacun, mais je connais suffisamment de choses sur toi pour être sûr que c'est avec toi que je veux vivre.

Kate voulut protester, mais Chase tenait à finir ce qu'il avait à lui dire. Il voulait être sûr qu'elle le comprenait.

— Si tu ne ressens pas la même chose pour moi, j'espère que ça va venir, et que tu vas rester ici assez longtemps pour me donner une chance de te montrer que je peux être celui qu'il te faut. Parce que je t'aime, Kate Rivers, et je veux rester avec toi pour toujours.

Kate sentit les larmes perler à ses yeux, et couler le long de ses joues.

— Je ne pourrai pas te donner d'enfants.

— Il y a tellement d'enfants dans le monde qui ont besoin de parents. Pourquoi les priver de la chance d'avoir une mère comme toi ?

— Ou un père comme toi.

La voix de Kate s'étrangla, et elle dut s'arrêter un instant avant de poursuivre.

— Tu es un homme formidable qui donnerait tout pour ceux qu'il aime. Je ne peux pas trouver un meilleur compagnon.

William maugréa de l'autre côté de la pièce :

— C'est comme ça qu'on fait une demande en mariage aujourd'hui ? Ce n'est pas étonnant qu'il y ait autant de divorces après. Il faut faire cela selon les règles !

Chase rit et posa un genou en terre devant Kate.

— William a raison. Je n'ai pas fait ma demande en bonne et due forme. Kate Rivers, voulez-vous prendre un ancien play-boy pour époux et en faire un honnête homme ?

Kate prit son visage dans ses mains et l'embrassa sur les lèvres.

— Si tu promets de m'emmener faire du cheval au moins une fois par mois, et de m'aimer chaque jour pour le restant de ma vie.

— Je le promets.

Elle inspira profondément.

— Je n'arrive pas à croire que je dis ça, alors que je te connais depuis si peu de temps, mais la réponse est oui !

Chase se leva et prit Kate dans ses bras, en faisant une grimace de douleur.

— Hé, tu n'es pas encore en état de faire ça, dit Kate en se penchant en arrière, pour ne pas toucher sa blessure.

— Je vais prendre le risque. Pour une telle occasion, un baiser sur les lèvres n'est pas suffisant !

Kate posa la joue contre lui, en veillant à ne pas lui faire mal.

— Chase ?

— Oui, ma chérie ?

— Nous pourrions aller passer le réveillon du nouvel an chez mes parents, avec Jake et Sadie ?

— Nous ferons tout ce que tu voudras.

Kate tenait celui qu'elle aimait plus que tout dans ses bras. Mais il était temps qu'elle retourne voir ses parents, ses sœurs, leurs maris et leurs enfants. Car la famille était ce qu'il y avait de plus beau au monde. Et elle ne se limitait pas aux liens du sang : elle comprenait tous ceux que l'on portait dans son cœur.

DANICA WINTERS

Péril dans l'ombre

Traduction française de
CATHY RIQUEUR

BLACK ROSE

HARLEQUIN

Titre original :
DUST UP WITH THE DETECTIVE

Ce roman a déjà été publié en 2017.

1

Absolument tout dans le Montana s'évaluait en unités de temps. Non pas en kilomètres parcourus ni par la qualité d'une relation ni même par l'ampleur du sacrifice consenti. Le trajet de Missoula à Butte, par exemple, était estimé à deux heures à peine. Quant à son petit ami, songea Blake West avec dérision, il avait « duré » presque trois mois.

Leur relation, alors qu'elle n'était âgée que de seize ans, avait été trop brève pour que l'on puisse la taxer de sérieuse et néanmoins assez longue pour qu'elle se retrouve mère célibataire. Ainsi, en l'espace de dix secondes, la relation avait brutalement pris fin, lui laissant, pour solde de tout compte, une fille magnifique et les rêves auxquels elle avait dû renoncer.

Tout cela s'était déroulé treize ans plus tôt. Treize années qui s'étaient avérées terrifiantes autant que gratifiantes. Des années dont Blake avait reçu une formidable leçon d'humilité. Des nuits entières passées à tenter d'apaiser sa fille quand celle-ci souffrait de ces maudites otites, et des journées consacrées à la lutte permanente qu'elle avait menée pour devenir qui elle était à ce jour : une shérif adjointe dotée d'un travail stable et de revenus réguliers. Grâce à cette volonté inflexible dont elle avait fait preuve, elle était désormais le point d'ancrage de sa mère et de sa fille, la seule personne subvenant à leurs besoins. Elles dépendaient d'elle.

Les rêves étaient destinés à ceux qui pouvaient s'en offrir le luxe..., se dit-elle, non sans quelque amertume. Elle ne figurerait jamais au nombre de ces privilégiés.

La radio vétuste de sa voiture de patrouille revint à la vie en grésillant, et la voix de la régulatrice du 911 emplit l'habitacle :

— Blake, votre mère a appelé. Elle a dit qu'il y avait un problème chez vous.

Blake s'empara du micro.

— Ne vous gênez pas pour rappeler à ma mère que le 911 est supposé servir en cas d'urgence uniquement.

— Je vous laisse le lui dire vous-même, lui répondit la femme en riant.

Blake secoua la tête. Comme si elle pouvait imaginer un seul instant faire admettre à son Irlandaise de mère restée obstinément figée dans un passé révolu qu'il puisse exister une chose qu'elle ne soit pas censée faire. Autant convaincre le pape de renier la religion catholique !

— Cela semble important, poursuivit la régulatrice. Elle a dit que votre téléphone portable ne fonctionnait pas. Elle semblait vraiment contrariée.

Blake sortit son téléphone portable. Tout comme dans la moitié du comté de Silver Bow, il n'y avait présentement pas de signal à un endroit où la veille elle pouvait le capter... Une autre des caractéristiques liées au fait de vivre dans un État où la technologie était loin de briller par sa fiabilité.

— Est-ce que Megan va bien ?

— Elle n'en a rien dit. Elle a seulement précisé qu'il fallait que vous rentriez au plus vite.

— Si elle rappelle, dites-lui que je suis en chemin.

Son gyrophare en action, Blake fit demi-tour et s'élança à vive allure sur la route cahoteuse menant à la maison située en périphérie de la ville minière de Butte.

À l'époque de la ruée vers l'or, la ville historique avait

été superbe avec ses bâtiments en brique et son charme typique de l'Ouest ancestral. Butte avait réussi à maintenir son activité minière jusqu'aux alentours des années 1980, mais offrait aujourd'hui un triste panorama : un agrégat de rangées de maisons de mineurs en ruines associées à la fosse de Berkeley, un ancien puits de mine de cuivre rempli d'une eau tellement toxique qu'elle parvenait même à empoisonner les oiseaux qui avaient la témérité de se poser à sa surface.

La plupart des habitants demeurés en ville étaient des mineurs à temps partiel, ceux qui espéraient que des opérations minières d'envergure reprendraient un jour ou ceux qui avaient travaillé à la mine jusqu'à leur retraite. C'était une cité composée d'êtres forts, aptes à survivre… À l'image de sa mère, songea Blake.

Gemma West était capable d'affronter n'importe quoi. Si elle était aussi bouleversée que semblait le dire la régulatrice, un problème majeur devait être survenu.

Était-il arrivé quelque chose à Megan ? Sa fille était assez grande pour connaître les règles, toutefois cela n'excluait pas qu'elle ait pu commettre une bêtise qui l'aurait mise en danger.

Blake inspira profondément à plusieurs reprises dans le but de s'efforcer à garder son calme.

Megan allait probablement très bien.

Elle arrêta la voiture devant la maison beige de style ranch face à laquelle se dressait un pin vénérable quoique pétrifié par la pollution chimique. Non loin de sa base, le tronc était barré par la cicatrice qu'y avait laissée la voiture de son père le jour où il avait définitivement quitté la maison, de nombreuses années plus tôt. Son père était mineur, lui aussi. Qu'aurait-il pu faire d'autre, ici ? !

Cet arbre, donc, Blake l'avait toujours à la fois aimé et détesté. Il était le constant rappel d'événements qu'elle souhaitait oublier. Mais il était aussi le symbole de ces vies passées à s'échiner, pour arracher les métaux rares aux mines qui avaient été le creuset de cette ville. Une ville aujourd'hui corrompue, aux mains de quelques nantis qui se préoccupaient bien peu du sort de ceux qu'ils avaient exploités pour asseoir leur fortune.

— Maman ? Megan ? cria-t-elle, espérant les voir franchir le seuil pour l'accueillir.

Un silence angoissant lui répondit. Elle monta les marches et ouvrit la porte moustiquaire en aluminium qui émit un bruit de ferraille.

— Maman, tu es à la maison ? Megan ?

Sa voix frénétique affleurait les fréquences élevées que seul un chien aurait pu entendre.

Une odeur de cuisine ménagère, du genre de celle perpétrée par les générations qui se moquaient de leur tour de taille ou de leur taux de cholestérol, s'échappa de la cuisine.

— Maman ?

Quelque chose de terrible s'était manifestement produit. Car Gemma, capable d'entendre arriver une voiture à des kilomètres, surgissait immanquablement sur le pas de la porte pour accueillir son visiteur.

Blake s'apprêtait à appeler de nouveau sa fille lorsque le grincement des gonds de la porte arrière l'en dissuada.

Elle n'était pas seule.

D'instinct, elle porta la main à son Glock, déverrouillant la sécurité qui le maintenait en place dans l'étui. Une fois l'arme en main, elle la brandit, prête à en découdre avec la menace, quelle qu'en soit la nature, qu'elle rencontrerait dans la cuisine.

Tandis qu'elle tentait d'avancer subrepticement le long du couloir, le vieux parquet se mit à craquer. Appuyant le dos au mur, elle se prépara à intervenir.

Quelqu'un était-il entré par effraction ? Quelqu'un tentait-il d'enlever sa fille ?

Sa fille.

Elle abaissa son arme. Et si c'était Megan qui s'amusait à lui faire peur ? La fillette adorait la surprendre… Lui arracher un cri en surgissant de derrière un mur. Si tel était le cas, elle ne pouvait prendre le risque de blesser un être cher.

— Megan, c'est toi ? demanda-t-elle en faisant de son mieux pour paraître enjouée et non terrifiée. Ma puce, il faut me répondre.

Elle baissa encore son arme et la dissimula derrière sa hanche tandis qu'elle contournait l'angle du mur pour se glisser dans la cuisine.

Posé sur le plan de travail, sous la fenêtre, un plat de poulet frit refroidissait, le gras imprégnant le papier absorbant sur lequel il reposait. Une boîte de haricots avait été abandonnée près du plat, l'ouvre-boîtes resté sur le bord du couvercle comme si sa mère s'affairait à l'ouvrir quand elle avait soudain été appelée ailleurs.

Un mouvement attira son regard à l'extérieur. Quelque chose — ou quelqu'un ? — qui avait traversé le jardin à l'arrière de la maison avant de disparaître derrière l'abri de jardin.

Blake sentit les poils se dresser sur ses bras. Que se passait-il ?

Elle fit un pas en direction de la porte de derrière.

Le cri de Megan transperça l'air. Le son provenait de l'abri de jardin.

Blake se précipita au-dehors. Arme au poing. Prête à en découdre. Si quelqu'un s'en était pris à sa fille, il allait le regretter. À travers le mince battant de la porte en aggloméré, elle entendit des bruits étouffés. Elle s'arrêta, s'efforçant de calmer les battements de son cœur tandis qu'elle tendait l'oreille. Elle distingua la voix de sa mère.

— Allongez-vous ! Allongez-vous au sol ! hurla-t-elle

en ouvrant la porte d'un coup de pied, ce qui eut pour effet de la faire claquer contre le mur.

Megan était assise face à l'établi, dos à la porte. Un homme, debout dans l'ombre, avait le bras levé. Il tenait… un objet.

— Posez cette arme ! lui ordonna Blake.

L'individu bougea légèrement. Un rayon de lumière se fraya un chemin à travers la minuscule fenêtre aux vitres encrassées, arrachant un reflet à la lame d'une scie à métaux.

— J'ai dit « posez votre arme » !

L'homme tourna alors la tête vers elle. Dans la pénombre, Blake distingua seulement le blanc de ses yeux, puis elle perçut le léger mouvement de ses lèvres alors qu'il se mettait à parler.

— Maman, non !

Megan avait pivoté sur elle-même. Son visage rond était couvert de sueur et ses yeux agrandis par la peur. Elle leva les mains et Blake, abasourdie, vit que ses poignets étaient menottés.

L'individu posa lentement son arme au sol.

— Que diable êtes-vous en train de faire à ma fille ? s'écria Blake, le doigt tremblant sur la détente de la sienne.

2

— Toute situation ne nécessite pas de dégainer une arme, bougonna Gemma en montant les marches menant à la porte arrière. Tu as causé une belle frayeur à cette pauvre Megan. N'est-ce pas, chérie ?

Blake vit sa mère mettre le bras autour des épaules de sa fille et y exercer une pression rassurante.

— Je vais très bien, grand-mère, je t'assure, fit Megan en tentant de se libérer de son étreinte.

— Jeremy, je suis désolée pour ce quiproquo, poursuivit Gemma. Te retrouver sous la menace d'une arme est un piètre remerciement pour avoir tenté de débarrasser Megan de ces menottes.

Blake posa enfin les yeux sur Jeremy Lawrence.

Elle l'avait toujours évoqué en pensée comme ce voisin dégingandé dont elle avait autrefois été éprise. Cependant, à la vue du lieutenant, il lui apparut évident qu'il n'avait plus rien de commun avec l'adolescent de son souvenir. Le policier athlétique qui se tenait devant elle, avec ses larges épaules, sa mâchoire ciselée et ses yeux verts pénétrants, lui était un parfait étranger. Tout dans son attitude, de sa démarche ferme et déterminée à sa façon d'observer chacun de leurs mouvements, désignait un mâle alpha.

— Tu as du cran, Megan, déclara Jeremy tout en leur tenant la porte. Tu me fais penser à ma fille. Je suis sûr qu'elle te plairait. Une fois, elle a mis la main sur ma radio et elle s'est mise à jouer à « Jacques a dit ». C'était amusant, excepté que la radio était allumée. J'ai cru que les régulateurs allaient devenir fous.

Blake le vit enfin se tourner vers elle. Il lui sourit à la manière d'un homme qui comprenait ce qu'elle traversait en tant que mère célibataire.

Elle lui adressa un signe de tête reconnaissant quoiqu'elle se fît la réflexion qu'il était sans doute loin d'imaginer le parcours du combattant que cela représentait. Combien la culpabilité d'être parent isolé l'accablait au quotidien… Le constant reproche qu'elle s'adressait, quels que soient les choix qu'elle faisait, de ne pas en faire assez pour sa fille. En fait, elle s'efforçait de son mieux d'être présente pour elle. Cependant, la nature de son travail ainsi que son emploi du temps non conventionnel la tenaient trop souvent éloignée de Megan. Cette dernière restait alors sous la garde de sa grand-mère… qui ne ratait alors jamais une occasion de rappeler à sa fille toutes les choses qu'elle pourrait mieux gérer.

Oui, Jeremy devait être à cent lieues d'imaginer toutes les casquettes qu'elle devait successivement porter au long d'une journée.

— Vous avez été fâché quand votre fille a fait cette bêtise, monsieur Lawrence ? lui demanda Megan en entrant dans la maison.

Jeremy secoua la tête.

— C'était ma faute. Il ne m'est jamais venu à l'esprit qu'elle s'amuserait avec ma radio.

— Tu vois, maman. M. Lawrence n'a pas été fâché contre sa fille.

Megan avait reporté les yeux sur elle comme pour évaluer à quel point elle était encore en colère.

— Je ne suis pas fâchée, lui expliqua Blake tandis

qu'elle les suivait, sa mère et elle à l'intérieur. Je ne parviens simplement pas à comprendre quelle lubie s'est emparée de toi pour que tu ailles prendre mes menottes dans mon tiroir et que tu te les mettes. Tu n'avais pas à…

Tandis qu'il s'avançait derrière elle et refermait la porte, Jeremy posa la main au bas de son dos. Ce contact intime et sensuel l'interrompit au beau milieu de sa phrase.

— Je suis certain qu'elle n'avait pas l'intention de te contrarier, Blake. N'est-ce pas, Megan ? ajouta-t-il avec un nouveau sourire alors qu'il retirait doucement sa main dont l'onde de chaleur persista un moment.

Était-il conscient de l'effet qu'il produisait sur elle ? Le dernier homme qui l'ait touchée, du moins de cette manière, avait été le père de Megan. Bien sûr, Jeremy et elle se connaissaient depuis le lycée, mais cela autorisait-il pour autant un geste d'une telle familiarité ?

— Je suis désolée, maman, murmura Megan.

— Jeremy a raison. C'est la faute de ta mère, décréta Gemma en traversant la cuisine. Si elle n'avait pas laissé ces menottes à un endroit où tu pouvais les trouver, rien de tout cela ne serait arrivé.

Puis elle se tourna pour faire face à sa fille.

— Et cela nous aurait aidées si tu avais répondu tout de suite au téléphone.

Blake adorait sa mère, cependant cette pique fit éclater la petite bulle de culpabilité qu'elle s'efforçait d'enfouir dans le tréfonds de sa conscience. Sa mère avait raison. Elle n'avait pas été à la hauteur. Elle n'aurait pas dû ranger ses menottes à un endroit accessible à Megan. Toutefois…

— Maman, je ne décide pas des zones où mon téléphone peut fonctionner ou pas… Tu sais cela.

— Eh bien, je ne vois pas l'intérêt que tu battes la campagne sans être équipée d'un téléphone en état de marche. Faut-il que j'appelle le shérif afin de m'assurer que tu obtiennes un téléphone satellitaire ?

Blake regarda Jeremy. Cette conversation n'aurait pas dû se tenir devant lui. La dernière chose dont elle ait besoin était qu'un autre policier l'estime incompétente ou pire… Incapable de mener ses propres batailles sans l'aide de sa mère.

Le visage de Jeremy Lawrence se fendit d'un sourire jusqu'aux oreilles, le même sourire espiègle dont il avait toujours fait usage, dans leur jeunesse, pour se sortir d'un mauvais pas.

— Madame West, est-ce là votre fameux poulet frit ?

Il s'avança vers le plat posé sur le plan de travail.

Sa mère mordit à l'hameçon, se déridant à la perspective de nourrir un homme.

— Oh ! as-tu faim ? Que dirais-tu de manger un morceau ?

Fidèle à elle-même, elle prononça cette dernière phrase sur le ton d'un ordre plutôt que d'une question.

— J'ajoute les haricots et ce sera prêt en un rien de temps.

— C'est alléchant mais je dois me dépêcher de rentrer à la maison.

— Vraiment ? Est-ce que tout va bien ?

À voir l'expression du visage de Gemma, on aurait pu croire sa question motivée par la sollicitude. Blake devina toutefois, au ton de la voix de sa mère, que cette demande procédait davantage de la curiosité que de l'empathie. Comme si Gemma paraissait avide de recueillir un sujet de commérage à partager lors de sa prochaine soirée loto.

— Je suis sûre que tout va bien, n'est-ce pas, Jeremy ? intervint Blake en espérant qu'il saisirait sa chance de s'esquiver avant que sa famille et lui ne deviennent le principal sujet de discussion de Gemma et de ses amies durant les soirées loto des six prochains mois.

Il posa sur elle un regard où brillait ce qu'elle aurait pu

jurer être du désir. Elle chassa cette pensée. Il était impossible qu'il s'intéresse à elle. Il était marié.

Elle jeta un regard furtif à son annulaire… Il ne portait plus d'alliance. Elle se rappela alors qu'il avait obtenu le divorce. Lorsque sa mère le lui avait appris, quelques mois plus tôt, elle avait écarté la nouvelle de son esprit ; cela ne la concernait pas. Cependant, à présent qu'il se tenait devant elle… elle reconsidéra la question. Le ventre noué, elle se força à détourner les yeux de sa main dépourvue d'alliance.

Même s'il n'était plus marié, il ne voudrait pas d'elle. Aucun homme ne souhaiterait s'encombrer d'une mère célibataire qui vivait avec sa propre mère et qui luttait pour faire sa place au sein du bureau du shérif d'une petite ville… à moins d'être masochiste.

— Les choses sont un peu difficiles, répondit-il. Tu sais… des histoires de famille.

Sa mère dressa l'oreille.

— Que se passe-t-il ?

— C'est seulement mon frère. Il traverse une période difficile.

— Oh ! c'est vrai ? intervint Gemma. Y a-t-il quelque chose que je puisse faire ?

— Merci, madame West, mais les choses vont s'arranger.

Jeremy lui adressa un sourire à la fois reconnaissant et circonspect.

— Malheureusement, je vais devoir faire l'impasse sur le poulet… Même s'il sent délicieusement bon, ajouta-t-il en la voyant se rembrunir.

— Oh ! Tant pis, dit-elle de cette voix teintée de déception que Blake connaissait si bien.

Le corps de Jeremy se raidit, ses biceps se dessinant sous son T-shirt en coton. Apparemment elle n'était pas la seule que sa mère parvenait à faire culpabiliser, se dit

Blake. Pourquoi Gemma éprouvait-elle le besoin d'envoûter tout le monde ?

Megan se laisser tomber sur l'une des chaises de la cuisine.

— Maman, j'ai faim.

— Merci pour ton aide, Jeremy, dit aussitôt Blake.

Il lui lança un regard et il sourit. Sa façon de la regarder fit s'embraser ses sens. Cela faisait longtemps que personne ne lui avait donné la sensation d'être davantage qu'une mère ou une shérif adjointe.

Elle se détourna en se morigénant. Il ne faisait que la regarder. Cela ne signifiait rien. Elle se sentait seule. Elle devait mettre un frein à ses émotions. Tomber amoureuse était un luxe réservé à celles qui avaient une chance de voir leurs sentiments payés de retour… Ce n'était pas son cas…

Il fallait qu'il parte. Sa seule présence la troublait beaucoup trop.

— Je dois retourner travailler, ajouta-t-elle. Après toi.

Elle s'avança vers la porte, l'ouvrit et l'invita d'un geste à la précéder.

Il se tourna, s'apprêtant à sortir.

— J'espère que tout ira bien pour ton frère. Au fait, de quel frère s'agit-il ? lança Gemma à Jeremy.

Sa mère avait le chic pour contrecarrer ses projets, se dit Blake en rongeant son frein. Jeremy lui lança un regard par-dessus son épaule.

— Robert.

— Où est Casper en ce moment ? poursuivit sa mère.

— Il travaille plus au nord avec la patrouille aux frontières.

— C'est magnifique, s'exclama Gemma.

Ce disant, elle lança à sa fille un regard appuyé, comme si elle tentait de lui montrer comment convaincre Jeremy de rester.

— N'est-ce pas, Blake ?

— Oui, c'est génial, maman.

Jeremy émit un petit rire.

— Si vous avez à nouveau besoin de moi, madame West, n'hésitez pas à m'appeler. Je vais rester en ville quelques jours.

Blake s'écarta pour le laisser sortir, mais il la frôla en passant la porte. Ce nouveau contact amplifia le désir qu'elle faisait de son mieux pour ignorer.

— Si tu as besoin de faire une pause, nous pourrions nous retrouver à un moment donné, murmura-t-il de façon qu'elle soit la seule à l'entendre.

En un éclair, Blake se trouva propulsée à l'époque du lycée, quand ils projetaient de sortir en catimini pour se rencontrer. Le frisson d'excitation à l'idée de se faire surprendre et le défi stimulant d'enfreindre les règles l'assaillirent par surprise. Elle les réprima tout aussi rapidement. Elle n'avait plus seize ans. Elle était mère. Et sa fille comptait plus que tout… Quelque ardente que soit son envie d'accepter la proposition de Jeremy.

— Merci, mais peut-être la prochaine fois que tu seras en ville.

Il hocha la tête. Toutefois elle devina qu'elle l'avait profondément meurtri. Elle ne put s'empêcher de lui jeter un dernier regard pendant qu'il s'éloignait. Il portait un jean aux poches arrière surpiquées, le genre de poches qui attiraient le regard sur elles et, par conséquent dans le cas présent, sur ses fesses parfaites.

Il était évident qu'il faisait de la musculation.

Blake se força à détourner les yeux. Qu'est-ce qui ne tournait pas rond chez elle, aujourd'hui ?

Elle sentit le regard pesant de sa mère dans son dos. Il fallait qu'elle quitte cette maison, qu'elle retourne travailler.

— Voilà qui démontre par *a* plus *b* pourquoi tu n'as pas d'homme dans ta vie, commenta sa mère avec dédain, comme elle revenait sur ses pas pour dire au revoir à Megan.

— Peut-être n'ai-je pas d'homme dans ma vie parce que je n'en veux pas, lui rétorqua Blake.

Elle se le reprocha instantanément, consciente que cela ne ferait qu'inciter sa mère à poursuivre sur sa lancée.

— Ce Jeremy, il a la tête sur les épaules. Il te faut un homme comme lui. Tu en trouverais un si tu n'étais pas aussi difficile à satisfaire.

C'était l'hôpital qui se moquait de la charité.

— Voilà, mon cœur.

Gemma avait déposé une assiette de poulet frit et de salade de pommes de terre devant Megan et s'employait à présent à ouvrir la boîte de haricots.

— Merci, grand-mère.

Blake jeta un coup d'œil à sa montre.

— Il faut que j'y aille.

Elle embrassa sur le sommet de la tête sa fille qui engloutissait son repas.

— Et, s'il te plaît, cesse de fureter dans mes affaires.

— Attends, l'apostropha sa mère. Pourquoi ne manges-tu pas avant de repartir ?

Blake sentit son estomac gargouiller. Mais pas question qu'elle s'attarde davantage. Le monde du travail était tellement plus serein !

— Je n'ai pas faim, maman.

Le dépit de sa mère fut palpable.

— En ce cas… Apporte au moins le reste de nourriture à Jeremy et à sa famille en remerciement. Tu sais, rien ne l'obligeait à venir nous aider. Nous avons même eu de la chance qu'il se trouve dans les parages. Cela aurait pu nous prendre la journée s'il avait fallu t'attendre.

Blake serra les poings. Et voilà, c'était reparti ! Ce n'était pas qu'elle ne veuille pas être plus proche de sa famille, mais elle devait travailler. Il fallait bien qu'elle subvienne aux besoins des personnes qui lui étaient les plus chères même si celles-ci oubliaient parfois combien elle était sous pression.

Gemma couvrit le plat de poulet d'un film plastique avant de le lui fourrer dans les mains.

— À présent, tu peux y aller. Et dis à sa mère que je voudrais récupérer mon plat, ajouta-t-elle en la poussant au-dehors.

Blake eut l'impression d'avoir à nouveau huit ans et de servir une fois de plus les desseins de sa mère. Elle ne saurait jamais exactement ce que Gemma souhaitait qu'elle soit et sans doute resterait-elle un perpétuel sujet de déception pour elle, quoique quêtant continuellement son approbation et s'efforçant de la rendre fière d'elle. En dépit de sa plus fervente aspiration, certaines choses ne changeraient jamais.

3

Le lieutenant Jeremy Lawrence avait beau envisager la situation sous tous les angles, ses réflexions le ramenaient immanquablement à une seule et même évidence : il était divorcé.

Du pouce, il toucha, sur son annulaire, la place désormais vacante de son alliance. Genevieve s'était montrée intraitable dans le choix de cette alliance. Elle n'avait pas voulu qu'il porte de l'or jaune, affirmant que cela jurerait avec sa bague de fiançailles — bague qu'elle avait également elle-même choisie. Et pas question non plus qu'il se tourne vers l'argent car ce métal se ternirait. Il s'était senti idiot alors qu'il l'écoutait disserter dans cette bijouterie en s'entendant dire que le tungstène était vraiment pour lui la meilleure option. Cependant, à vingt-deux ans, il était encore trop jeune et peu sûr de lui pour s'affirmer et, surtout, il était prêt à toutes les concessions pour épouser cette fille. Il s'en estimait trop chanceux. Elle était la pom-pom girl, celle qui illuminait une pièce d'un simple sourire et, mieux encore, qui le faisait se consumer de désir rien qu'en lui effleurant la peau du bout de ses doigts.

Tout en elle, jusqu'à son nom, se devait d'être élégant.

Leur union avait été condamnée dès l'instant où elle avait découvert qu'il était un homme ordinaire, et non la version idéalisée de lui qu'elle devait avoir en tête.

Il plongea la main dans sa poche, en sortit l'alliance et la laissa tomber sur la commode, commode qui était la sienne depuis l'enfance. Il était amusant de constater qu'un meuble auquel on n'était pas particulièrement attaché puisse perdurer plus longtemps qu'un mariage. À défaut d'autre chose, cela prouvait qu'un chêne mort était plus résistant qu'une vie bâtie sur des sentiments que l'on croyait solides.

Il haussa les épaules. Rien de tout cela n'avait d'importance, finalement. L'important, c'est qu'il avait hérité une fille de ce mariage raté. Même si Penny ne vivait pas avec lui, elle était la prunelle de ses yeux. Elle était sa raison de vivre.

Il entendit les pas de son père résonner dans le couloir tandis qu'il approchait de sa chambre ; peu après il frappait à la porte.

— Jeremy, tu es là ?

— Oui, papa. De quoi as-tu besoin ?

— Ta mère se demande quand tu vas partir à la recherche de Robert. Ce serait bien si tu pouvais sortir avant qu'il fasse nuit, poursuivit son père comme s'il ne les avait pas entendus se quereller à propos de Robert au cours des dix dernières minutes.

C'était drôle. Il n'était de retour à la maison que depuis quelques heures mais, sitôt franchi le seuil, il avait eu l'impression de remonter le temps, retrouvant pêle-mêle les disputes de ses parents, les disparitions de son frère et sa propre quête pour tenter d'échapper à tout cela. Alors, tout comme à l'époque de son enfance, il avait trouvé refuge chez les voisins. Cependant, au lieu d'être celui qui avait besoin d'être sauvé, c'est lui qui avait été leur sauveur cette fois. Il eut un sourire amusé au souvenir de la situation délicate dans laquelle s'était fourrée Megan.

Et, tout comme par le passé, Blake s'était empressée de le raccompagner jusqu'à la porte tout en mettant un point d'honneur à lui faire comprendre qu'elle était inaccessible.

Il jeta un dernier regard à l'alliance à présent remisée à la place qui lui revenait, parmi les choses du passé.

— Je m'apprêtais justement à y aller, dit-il à son père.

— Bien, lui répondit ce dernier en tournant les talons. Oh ! Blake est ici. Elle a apporté le souper en remerciement.

Jeremy se fit la réflexion que Gemma West avait dû la forcer à venir chez eux. Rien n'avait changé, constata-t-il, les choses étaient telles qu'il les avait laissées, des années plus tôt. Il adorait sa famille, toutefois il lui fallait absolument prendre ses distances par rapport à Butte et aux fantômes qui hantaient ce lieu… Quelque séduisante que puisse être l'une de ces apparitions surgies de son passé.

Blake se tenait au salon, la main posée sur la poignée de la porte. Elle parlait à sa mère, qui était assise dans son fauteuil relax. La veste de l'uniforme de Blake était très ajustée au-dessus du gilet pare-balles. Les boutons qui bâillaient légèrement laissaient entrevoir le T-shirt qu'elle portait dessous. Lorsqu'elle bougea, il aperçut brièvement la bretelle noire de son soutien-gorge et la réaction de son corps fut immédiate. Il y avait quelque chose de si excitant chez une femme portant l'uniforme et, en dessous, de la lingerie sexy.

Il eut envie d'arracher sa veste et son T-shirt, de déposer une succession de baisers le long de ce soutien-gorge en dentelle, de faire glisser le long de ses jambes le slip noir assorti, fruit de son imagination.

Jeremy se contraignit à détourner les yeux, concentrant au lieu de cela son regard sur un tableau représentant une prairie, depuis si longtemps accroché au mur qu'une fine ligne brune en dessinait le pourtour.

— Blake me disait qu'elle a vu Robert récemment, lui annonça sa mère en tambourinant des doigts sur les accoudoirs du fauteuil. N'est-ce pas, Blake ?

Cette dernière acquiesça.

— J'ai été amenée à me rendre chez lui il y a quelques semaines, précisa-t-elle. Rien de bien important, juste un petit différend. C'était dans le *Montana Standard*. Je pensais que vous en aviez entendu parler.

Jeremy n'avait pas lu le journal local depuis des années, cependant Blake avait raison. Il était étonnant que sa mère n'ait pas été avertie par la rumeur locale. Ses amies ne vivaient que pour le plaisir de lire le contenu de la rubrique nécrologique et de la main courante hebdomadaire.

— Que s'est-il passé ? s'enquit-il.

Blake se mordilla la lèvre inférieure et elle lança un regard furtif à sa mère comme s'il y avait quelque chose qu'elle ne souhaitait pas dire devant elle.

— Le genre de problème habituel.

— Était-ce en rapport avec sa femme ? intervint sa mère.

Puis, se tournant vers lui :

— Tiffany menace de le quitter depuis des mois. Je t'ai dit que Robert avait besoin de ton aide. Je regrette que tu ne sois pas venu plus tôt, Jeremy.

— Tu sais ce que c'est, maman. J'ai eu beaucoup de travail, lui répondit-il.

Sa mère marmonna entre ses dents quelque chose qu'il ne fut que trop heureux de ne pas entendre.

Blake, qui semblait mal à l'aise, se dirigea vers la porte. Jeremy la rejoignit.

— Tu as à faire cet après-midi ?

Elle consulta sa montre.

— Pourquoi ?

Il attendit qu'elle soit sortie pour refermer la porte derrière lui.

— Je te serais reconnaissant de me mettre au courant de ce qui se passe avec mon frère.

Elle fit un signe d'au revoir à sa mère à travers la porte vitrée avant de lui répondre.

— Écoute, j'apprécie ce que tu as fait pour Megan, mais je ne veux pas entamer avec toi une relation ou quoi que ce soit que tu aies en tête.

— Ça alors ! Qu'est-ce qui te prend ? !

Il soupira, se demandant ce qui l'avait amenée à être aussi abrupte.

— Tout ce que je te demande, c'est de me dire…

Elle leva la main.

— Non, arrête. Je n'aurais pas dû perdre mon sang-froid. Je ne suis pas furieuse contre toi. C'est plutôt à cause de ma mère.

À ces mots, elle reprit le chemin de sa maison.

Blake avait parfaitement le droit d'être furieuse après la scène dont elle avait été témoin en rentrant chez elle, se dit-il. En ce qui le concerne, il aurait fallu davantage que du poulet frit pour le calmer s'il avait vu quelqu'un brandir une scie à métaux au-dessus de la tête de sa fille. À la différence de Blake, il n'était pas certain qu'il aurait pu s'empêcher de tirer.

Son regard dériva vers le ceinturon qu'elle portait à la taille.

— Beaucoup d'appels aujourd'hui ? lui demanda-t-il tandis qu'ils traversaient la pelouse.

Elle sortit son téléphone portable et baissa les yeux sur l'écran.

— Pour être honnête, non. Mais je devrais être en patrouille.

— À quelle heure arrêtes-tu ton service ?

— Pas avant plusieurs heures.

— Eh bien, si tu n'es pas trop occupée, j'apprécierais que tu m'accompagnes chez Robert.

Elle leva les yeux vers lui, leur bleu limpide reflétant celui du ciel.

— Ça m'ennuierait de tomber en pleine dispute, se justifia-t-il.

Il espéra qu'elle accepterait et pas seulement parce qu'il voulait qu'elle lui parle de Robert. C'était plutôt motivé par le désir qui semblait croître en lui à chaque fois qu'il posait les yeux sur elle.

— Tu y vas maintenant ?

Il hocha la tête.

Elle se mordilla à nouveau la lèvre, l'amenant à se demander s'il lui procurait le même émoi qu'elle lui causait.

— J'avais l'intention de revenir parler à Robert, de m'assurer que tout s'était arrangé. Je pourrais t'emmener en voiture, mais tu sais…

— Je vais te suivre, lui répondit-il en se dirigeant vers son pick-up. Je ne voudrais pas t'attirer d'ennuis. Nous devons respecter le protocole.

L'ébauche d'un sourire se dessina sur le visage de Blake.

— Tu peux dire cela mais nous savons tous deux que tu as toujours été le genre d'homme à vouloir établir ses propres règles.

Masquée par les arbres et les broussailles, la maison de Robert était située en retrait d'une route de terre. Sur la propriété voisine, de vieilles voitures et caravanes rongées, à différents stades, par la rouille y étaient stationnées de façon totalement désordonnée. Entre les épaves décaties étaient empilés des arbres abattus et des détritus divers. Certains de ces amoncellements étaient recouverts de bâches dont la fonction d'origine avait cessé d'être depuis des années.

Jeremy avait toujours détesté ce lieu, l'univers que son frère taxait de foyer. La route montait régulièrement en direction de la maison de Robert, et Blake la parcourait quasiment au pas dans sa voiture de patrouille, évitant les ornières boueuses. Ce n'était pas le genre d'endroit où l'on aimerait se retrouver isolé. Tout, dans ces bois inquiétants, respirait le danger, de la route elle-même jusqu'aux visages torturés qui les épiaient derrière les fenêtres des maisons délabrées devant lesquelles ils passèrent.

Émergeant des broussailles se dressa une habitation encore recouverte de plastique Tyvek comme si, d'un jour à l'autre, la société de construction reviendrait terminer le revêtement extérieur de la maison… À ceci près qu'elle avait été construite des années plus tôt. Le toit s'affaissait par le milieu en raison des trop nombreuses et imposantes averses de neige et du manque d'entretien.

Son frère s'était toujours davantage préoccupé de ce qui se trouvait dans le ventre de la terre qu'à sa surface, et son épouse, Tiffany, n'avait pas fait exception à la règle. La pauvre femme avait eu son lot de déceptions en rapport avec Robert. Jeremy était cependant mal placé pour juger de la relation de qui que ce soit d'autre. Durant des années, tout le monde avait vanté son mariage. Cependant, une fois les portes closes, les choses étaient différentes… Les querelles de fin de soirée à propos de ses horaires, le stress inhérent à son métier de policier et le problème de l'argent. À la fin, il n'y avait jamais assez d'argent, de temps, ni même d'amour…

Blake s'arrêta devant la maison et descendit de son véhicule. Il se gara près d'elle.

— Alors, dis-moi, fit-il en la rejoignant. Quel genre de problème mon frère s'est-il attiré, cette fois ?

Robert était un alcoolique invétéré qui ne cessait de replonger, ce qui le conduisait invariablement au poste de police en attendant que Jeremy vienne à son secours. La dernière fois qu'il avait parlé à Robert, ils en étaient venus aux mains après quelques verres de bière. Robert s'était retrouvé KO, et Jeremy avait juré qu'il ne lèverait plus jamais le petit doigt pour sortir son lamentable frère du pétrin. Pourtant, il répondait présent, une fois encore.

— J'ai été appelée ici il y a quelques semaines, mais ce n'était pas pour Tiffany comme l'a supposé ta mère.

Blake s'appuya contre sa voiture de patrouille, offrant à son regard la courbe voluptueuse de ses hanches.

— Cette fois-là, Robert avait eu une sévère altercation avec son voisin, Todd O'Brien.

Elle pointa le doigt en direction de la propriété remplie d'épaves rouillées.

— Ça s'était déjà produit ?

Elle hocha la tête et haussa légèrement les épaules.

— Tu sais ce que c'est... la plupart des gens ici ont une mentalité de milicien. C'est le règne des armes, de la liberté de parole et d'action. Lorsque survient un problème, chacun applique sa propre loi... !

C'était amusant. Enfin, façon de parler... Dans quelque partie du Montana que l'on se trouve — que ce soit dans la ville de Missoula ou à flanc de coteau en périphérie du comté de Silver Bow — on avait affaire aux mêmes problèmes. Qui trouvaient généralement leur origine dans deux choses : les armes et l'alcool. Parfois, il avait vraiment l'impression de vivre au Far West.

Jeremy leva les yeux vers la maison de son frère. Aucune lumière n'en émanait et les portes étaient fermées. Des feuilles jonchaient le perron.

— Tu penses que Robert a fait à O'Brien une remarque qui a provoqué sa colère ?

— Nous n'avons pas appris grand-chose. Aucun d'eux n'a voulu porter plainte. Nous les avons quittés en les exhortant à apaiser leur conflit et à le garder désormais sous contrôle.

Elle soupira.

— Sans une plainte déposée par l'un ou l'autre, il n'y avait pas grand-chose que nous puissions faire. Ton frère était passablement contrarié qu'O'Brien ait fait usage de son arme. Il voulait que nous lui mettions au moins une amende pour tapage, toutefois il n'a pas donné suite.

Jeremy hocha la tête.

— Mon frère a le don d'exaspérer les gens et de s'attirer des ennuis. Vous venez souvent ici ?

Sa question, telle qu'il l'avait formulée, sonna à ses oreilles comme un mauvais plan drague.

Elle acquiesça avec un léger sourire suggérant qu'elle s'était fait la même réflexion et avait choisi de la garder pour elle.

— Ton frère a quelques problèmes… Mais j'ai toujours dit qu'on ne pouvait pas juger une personne en se basant sur sa famille.

Il haussa un sourcil.

— Tu le penses vraiment ?

— Je ne ressemble en rien à ma mère… Du moins, je l'espère.

Elle se mit à rire.

— Et, d'après ce que m'a dit la tienne, je présume que tu ne ressembles en rien à ton frère.

Quelque chose dans sa voix exprimait clairement qu'elle n'appréciait pas nécessairement Robert. Toutefois, cela signifiait-il qu'elle l'appréciait, lui ? Il chassa cette pensée de son esprit. Il ne pouvait rien déduire de tout cela.

Elle gravit les marches du perron et frappa à la porte.

Il n'y eut aucune réponse.

— Tu penses qu'il travaille encore à la mine ? s'enquit Blake.

— Probablement. Nous pouvons aller y faire un tour, ce n'est pas très loin, répondit-il en lui faisant signe de le suivre tandis qu'il ouvrait la voie sur le chemin en mauvais état menant à la mine du Contremaître.

Quoiqu'il s'efforçât de s'en abstenir, il ne cessa de regarder derrière lui afin de s'assurer qu'elle avançait sans difficulté. À chaque fois qu'il posait les yeux sur elle, elle détournait le regard comme si elle évitait délibérément de croiser le sien. Tandis qu'ils progressaient, seul le craquement des aiguilles de pin sous leurs pieds se fit entendre.

— Il extrait du cuivre ? reprit-elle comme si le silence qui s'appesantissait entre eux l'oppressait autant que lui.

— Oui mais il trouve aussi de l'or ainsi que d'autres métaux rares. Il gagne décemment sa vie, mais jamais on ne me convaincrait de faire son travail.

— L'exploitation minière est un dur labeur.

— Ce n'est pas le problème, objecta-t-il. Je ne pourrais pas supporter d'être sous terre à longueur de journée.

En disant cela, il fit cependant le parallèle avec son propre travail. En général, il restait assis derrière son bureau, explorant les méandres obscurs d'un crime donné, cherchant l'indice qui le mènerait au filon décisif.

— Tu as peur du noir ? le taquina-t-elle avec un petit sourire narquois. C'est rassurant de savoir que même un dur-à-cuire tel que toi a ses faiblesses.

Ce n'était pas l'obscurité qu'il craignait. Non… C'était plutôt de voir le monde s'effondrer autour de lui. La fin de son mariage lui suffisait…

Il jeta une fois encore un coup d'œil par-dessus son épaule et il capta son regard.

— Nous avons tous nos faiblesses, dit-il.

À cet instant, Jeremy la vit déraper et tenter d'attraper la branche d'un jeune pin. Alors il lui agrippa les doigts, le temps qu'elle retrouve son équilibre.

Ses joues s'empourprèrent, et elle s'écarta aussitôt pour épousseter son uniforme.

— Eh bien, reprit-elle, j'imagine que marcher sans tomber fait partie des miennes.

Jeremy se mit à rire, un son singulièrement déplacé dans la forêt silencieuse et pétrifiée. L'espace d'un moment, il envisagea de lui tenir la main durant le reste du trajet jusqu'à l'entrée de la mine. Cependant, elle ne semblait pas du genre à vouloir qu'on l'aide et il ne pouvait s'imposer dans sa vie ; elle n'était pas sa femme. Elle n'était rien de plus qu'une ancienne tocade. À la vérité, il ne la connaissait plus. Tout ce qu'il savait de façon certaine était qu'elle vivait avec sa fille, sa mère, et qu'elle exerçait un métier qui, lorsqu'elle en parlait, la rendait encore plus attirante.

Il l'invita d'un geste à prendre la tête, autant — il dut le reconnaître — pour lorgner ses fesses que dans le but ostensible, plus avouable, de s'assurer qu'elle ne tomberait pas tandis qu'elle descendait d'un pas mesuré le versant de la colline. Il ne fut pas déçu du spectacle. Elle se déplaçait avec une grâce naturelle, avançant d'une démarche fluide et sûre alors qu'elle se frayait prudemment, entre les rochers de granit, un chemin les menant jusque dans les entrailles de la terre.

Blake sortit sa lampe-torche, qu'elle alluma.

— C'est ici ? s'enquit-elle en s'avançant vers ce qui ressemblait à l'entrée sombre d'une grotte.

À vrai dire, il y avait des années qu'il n'était pas venu à la mine. Lors de sa dernière visite, l'entrée avait été aisément identifiable. Pourtant, alors que Blake braquait le faisceau de sa lampe vers le bas, il put seulement distinguer des mottes de terre rougeâtre riche en pegmatite.

— C'est ici, je pense.

Il fronça les sourcils. S'emparant de son téléphone, il l'alluma et s'aventura dans la cavité boueuse.

— Il devrait y avoir un passage ici même.

Il testa la résistance du sol, mais le trouva aussi solide et compact que du ciment.

— Es-tu sûr que ce soit le bon endroit ? lui demanda Blake.

— Si mes souvenirs sont bons, oui, c'est bien là.

Il y avait un problème. La terre, sur le dessus, était humide, or il n'avait pas plu depuis un mois. Elle devait avoir été récemment exposée.

Il fit un pas en avant. Son orteil heurta une pierre, le faisant trébucher. Il éclaira le sol de sa torche. Sous les morceaux de charbon qui jonchaient le sol se trouvait une lanterne brisée… La lanterne que Robert accrochait à l'entrée de la mine à chaque fois qu'il était sous terre.

— Tu ne crois pas que…, hasarda Blake.

D'un geste de la main, Jeremy l'interrompit. Il se refusait à entendre ce qu'il savait déjà…, à savoir que la mine s'était effondrée.

Il pria pour que Robert ne soit pas à l'intérieur. Cependant la présence de la lampe était un indice sans équivoque. Si Robert s'était retrouvé piégé, il n'existait qu'une chance infime qu'il soit toujours en vie.

4

Blake regarda les pompiers s'affairer à l'extérieur de la mine alors que Jeremy et elle marquaient une pause dans leur tentative acharnée pour traverser l'obstacle dur comme du béton qui en obstruait l'entrée. L'intérieur des mains de Jeremy était couvert d'ampoules, ses ongles de terre et les jointures de ses doigts s'étaient mis à saigner lors des efforts qu'il avait produits pour creuser le sol.

Les pompiers, qui s'activaient depuis quelque temps déjà, avaient fini par obtenir l'usage d'une pelleteuse sur site et avaient reçu le feu vert pour entreprendre une excavation totale.

Consciente de son inutilité, Blake remonta la colline en direction de la maison de Robert et elle fit signe à Jeremy de la suivre.

Jeremy avançait lentement à côté d'elle, tel un automate. Si elle en jugeait par l'expression de son visage, il avait perdu tout espoir de retrouver son frère vivant. Il fallait qu'elle fasse quelque chose, n'importe quoi, pour l'aider. Pour la seconde fois de la journée, elle déplora son impuissance à contrôler les événements qui les emportaient dans leur tourbillon.

— As-tu demandé à tes parents s'ils avaient eu des nouvelles de Robert ? Peut-être a-t-il tenté d'appeler ?

Aussitôt que ces paroles eurent franchi ses lèvres, elle comprit leur inanité. Bien sûr que Robert n'avait pas pu appeler, mais elle devait dire quelque chose pour faire disparaître cette expression poignante sur le visage de Jeremy.

— Il n'y a aucun signal dans la mine, je peux te le garantir.

Son regard s'assombrit, ses traits se crispèrent, et les ridules sexy autour de ses yeux se creusèrent.

— Par ailleurs, reprit-il, mieux vaut ne pas les consulter. Si nous les appelons, ils poseront trop de questions.

Il avait raison. Il était inutile d'alerter ses parents sans une raison valable. Elle n'imaginait que trop clairement l'effet qu'un tel appel produirait sur sa mère. En quelques minutes, Gemma West aurait rejoint la scène de l'accident et se serait efforcée d'expliquer aux secours comment faire leur travail. Aucun parent dans cette situation n'était capable de patienter.

Une fois sur le perron, elle colla son visage à la vitre de la porte. Un canapé convertible ouvert ainsi qu'une cheminée à bois s'offrirent tout d'abord à son champ de vision. Les murs étaient couverts de photographies d'ours et de wapitis. Une truite naturalisée était accrochée au-dessus de la fenêtre de cuisine. Un râtelier d'armes se trouvait au-dessus du lit, contenant un fusil de petit calibre. C'était comme si l'endroit avait été délibérément dépouillé de toute touche féminine.

— Crois-tu possible que Tiffany l'ait quitté ? demanda-t-elle.

Jeremy haussa les épaules, le regard perdu dans le vide.

— La maison était-elle ainsi lors de ta dernière visite ? reprit Blake.

— Que veux-tu dire ?

Jeremy s'avança à sa hauteur pour regarder à l'intérieur.

— Je… Euh… Je veux simplement dire que je ne vois rien qui appartienne à Tiffany. Ne penses-tu pas que si elle vivait toujours ici, on verrait traîner une pince à cheveux, par exemple ? On dirait presque qu'il n'y a pas eu de femme ici depuis longtemps.

— Robert et Tiffany…

Jeremy poussa un soupir las.

— Il s'en passe plus dans leur couple que dans le *National Geographic*. Ils se disputent sans cesse comme des chiffonniers. Si elle est partie, tant mieux pour elle. C'est ce qui pouvait leur arriver de mieux à tous les deux.

Donc, la vie privée de Robert était en lambeaux. Cela pouvait-il signifier qu'il ait voulu en finir ? Étant exploitant minier, il disposait de tout le nécessaire pour faire s'effondrer l'entrée de la mine.

Sur la table, devant la fenêtre, se trouvait un registre. Elle plissa les yeux pour tenter de déchiffrer les notes écrites au crayon. Elle lut la plus récente, griffonnée sur la feuille de suivi d'activité.

23 septembre. Heure de début : 6 h 30. Heure de fin :

L'heure de fin n'apparaissait pas, laissant cours à toutes les interprétations possibles… Dont celle qu'elle redoutait le plus.

— Ton frère avait-il d'autres problèmes ? Était-il émotionnellement instable ?

Jeremy s'avança jusqu'à la fenêtre en saillie pour regarder à l'intérieur de la maison.

— Ma mère m'a dit récemment qu'il était agité. Elle pensait que c'était en rapport avec Tiffany.

— Des signes de dépression ?

Elle posa instinctivement les yeux sur le convertible dont les draps gisaient en désordre au bout du matelas.

— Je l'ignore. C'est difficile à dire. Robert a toujours été très réservé.

La voix de Jeremy trahissait une sorte de culpabilité latente.

— Penses-tu qu'il aurait pu tenter de se suicider ?

Jeremy tressaillit.

Elle n'aurait pas dû être aussi abrupte. Il semblait en proie à un sentiment qu'elle ne parvint pas à déterminer ; quelque chose entre la culpabilité et la vulnérabilité. Quoi qu'il en soit, elle aurait dû se montrer plus diplomate. Non, rectifia la policière qu'elle était. Elle devait poser les questions susceptibles de faire avancer l'enquête. Elle ne pouvait se censurer dans le but de l'épargner.

— J'espère sincèrement que non, finit-il par répondre. J'espère vraiment qu'il ne ferait rien d'aussi stupide.

— Stupide ?

Le suicide lui évoquait un certain nombre de qualificatifs. Elle considérait comme une erreur le fait de mettre fin à ses jours, toutefois l'adjectif « stupide » n'était pas le premier qui lui serait venu à l'esprit.

— Ce n'est pas ce que je voulais dire, rectifia Jeremy. J'espère seulement qu'il demanderait de l'aide avant de faire le choix d'en finir.

— Tu disais qu'il ne se confiait pas.

— C'est vrai… Mais…

Jeremy pinça les lèvres et il se rembrunit.

— Écoute, il va probablement bien. Ne nous égarons pas dans cette direction, d'accord ?

Il l'avait rabrouée. Non qu'elle puisse le lui reprocher. Peut-être avait-il raison. Peut-être un accident avait-il causé l'effondrement et Robert attendait-il dans la mine, espérant que quelqu'un le retrouverait.

— Je suis désolée, Jeremy.

Il afficha un sourire forcé.

— Non, tu as raison. Si j'étais toi, je poserais les mêmes questions.

Elle acquiesça en silence, ne sachant que dire pour détendre l'atmosphère. Des bruits de pas la tirèrent de son dilemme. Tournant la tête, elle vit un pompier gravir la colline pour les rejoindre. Il s'arrêta à quelques mètres du perron. Il avait les joues couvertes de sueur et maculées de terre.

— Nous avons dégagé l'entrée du puits de mine, annonça-t-il. Il semble qu'il soit intact.

— Génial. C'est génial ! s'exclama Jeremy. Y a-t-il le moindre indice expliquant l'effondrement de l'entrée de la mine ? Des traces d'explosifs ?

L'homme haussa les épaules, son T-shirt trempé de sueur collant à son torse.

— La pelleteuse a dégagé l'ouverture mais elle a tout dévasté par la même occasion. Il est difficile de prédire ce que vous allez découvrir.

Les pompiers pouvaient être des Ralph la Casse qui démolissaient tout sur leur passage, songea Blake. Toutefois, en cette circonstance, elle était heureuse qu'ils leur aient apporté leur aide.

Ils redescendirent jusqu'à la mine tandis que le soir tombait. Un éclairage puissant, installé par les pompiers, trouait l'obscurité. Toute la zone était illuminée, à l'exception de l'entrée oblongue de la mine où la lumière disparaissait, comme happée par un trou noir.

— Nous n'avons envoyé personne à l'intérieur. Nous vous attendions, déclara le capitaine des pompiers en s'arrêtant à l'entrée de l'excavation.

— Robert ! appela Jeremy, sa voix faisant écho dans la mine avant de descendre en cascade dans l'obscurité.

Il n'obtint aucune réponse. Tout ce qu'ils entendirent fut le bruit des chenilles de la pelleteuse tandis que l'un des hommes lui faisait gravir le talus en direction du semi-remorque qui l'avait acheminée jusqu'ici.

Jeremy s'avança, mais Blake l'arrêta en lui agrippant le biceps.

— Attends.

— Mon frère est à l'intérieur.

— Je comprends mais nous devons être prudents.

Blake se tourna vers le pompier qui avait dirigé le déblaiement.

— À quelle profondeur s'étendait l'effondrement ?

— C'était variable mais il mesurait en général de quatre à six mètres.

Elle consigna ces informations sur un calepin et, après avoir sorti un appareil de sa poche, elle prit une photographie de la scène.

— Mais vous n'avez trouvé aucune trace d'explosion ?

Le pompier secoua la tête.

— Non, mais regardez.

Il fit glisser sa main le long d'une poutre de soutènement qu'ils avaient dû mettre en place afin d'empêcher la mine de s'effondrer sur elle-même.

— Nous avons trouvé les mêmes poutres de soutènement tous les mètres. Il faudrait que vous vérifiiez sur le code minier mais, avec ce genre de poutres, la mine semble plus que suffisamment étayée pour le poids qu'elle supporte. Il n'y a pas eu de tremblements de terre, du moins à ma connaissance, ni de pluie torrentielle ou autre condition climatique susceptible de provoquer un glissement de terrain. Je mettrais ma main à couper que cet effondrement a été provoqué délibérément. Un explosif léger a pu suffire. Rien d'assez fort pour provoquer des dégâts majeurs, juste la puissance nécessaire pour que la personne qui en est à l'origine arrive à ses fins.

Blake prit note de ses conclusions. Ce ne serait pas utilisable devant un tribunal mais, du moins, avait-elle une idée de ce qui avait pu se produire et pourrait-elle en faire mention dans son rapport.

— Est-ce stable, plus en profondeur ? s'enquit-elle.

Le pompier haussa les épaules.

— Il est difficile de dire ce que vous allez trouver. Il arrive fréquemment que les explosions aient des effets différés. Si vous entrez, assurez-vous de progresser avec mesure et précaution. Voulez-vous que l'un de mes hommes ou moi-même vous accompagnions ?

— Je m'en charge, lui répondit Jeremy. C'est à moi d'y aller. Il n'y a aucune raison que vous vous mettiez en danger.

Et d'ajouter en se tournant vers elle :

— Je refuse que qui que ce soit d'autre prenne des risques.

Blake sentit ses joues s'empourprer légèrement, cependant elle s'efforça de garder son calme.

— Jeremy, tu as beau être enquêteur de police, tu te trouves dans ma juridiction. Tu ne peux pas y aller. C'est mon travail.

— Peut-être, mais c'est ma famille.

Si elle avait été à sa place, elle non plus ne se serait pas satisfaite de cette réponse. Elle devait respecter le règlement, toutefois elle trouvait injuste de devoir tenir Jeremy à l'écart.

— Puisque tu es la seule personne à être déjà entrée dans la mine, tu peux m'accompagner en tant que bénévole. À l'exclusion de toute autre fonction. Ne touche à rien. C'est compris ?

Il acquiesça d'un signe de tête.

— Tenez.

Le pompier leur tendit des casques munis de lampes frontales.

— Vous aurez besoin de ceci.

Jeremy mit le sien. Dans la pénombre il ressemblait à l'un de ces mineurs que l'on voyait sur les photographies d'antan, les joues maculées de terre et les cils couverts de poussière.

— Allons-y.

Blake s'engagea dans le tunnel.

Il émanait de l'endroit des effluves de terre humide et froide ainsi que de minéraux riches en fer, l'odeur des entrailles de la terre… puissante et entêtante. Le tunnel était assez large pour leur permettre de marcher côte à côte, leurs épaules à fleur des parois. Elle sentit la claustrophobie menacer de la gagner, mais, redressant les épaules, résolut d'ignorer l'étau qui lui comprimait la poitrine.

Pas question. Je suis forte. Je peux gérer cela.

Elle se répéta inlassablement ce mantra tandis qu'elle s'enfonçait dans la mine, mais il ne parvint guère à étouffer son anxiété.

Elle continua d'avancer, Jeremy à ses côtés, jusqu'à un embranchement. Soudain, elle fut saisie du regret qu'ils n'aient pas emporté un plan ou quoi que soit leur évitant de s'égarer dans ce labyrinthe.

Jeremy prit une profonde inspiration, comme s'il s'apprêtait à crier mais Blake l'en dissuada.

— Ne crie pas. S'il y a encore un risque d'éboulement…

Nous pourrions être tués, avait-elle failli dire à voix haute. À la place, elle murmura :

— Abstiens-toi, s'il te plaît.

Comme s'il lisait dans ses pensées, Jeremy regarda autour d'eux et il hocha la tête.

Une petite motte de terre se détacha de la paroi et chuta en cascadant jusqu'au sol.

— Droite ou gauche ? demanda Blake en désignant la jonction des deux galeries.

— Gauche. Robert n'a jamais été un homme droit de toute sa vie.

Il émit un rire teinté d'ironie.

Elle prit à gauche. Les parois semblaient se rapprocher et l'obscurité se faisait plus menaçante à mesure qu'ils s'enfonçaient dans le ventre de la montagne. Tous les trente mètres environ, le tunnel se rétrécissait, au point qu'elle finit par devoir avancer de profil. La sensation de claustrophobie s'intensifiant, elle sentit son cœur battre à tout rompre.

Elle détestait les espaces confinés. Et si jamais elle se trouvait bloquée ? Si jamais la terre s'effondrait autour d'eux et qu'ils étaient pris au piège ? Qu'adviendrait-il de Megan ? De sa mère ?

Le tunnel se rétrécit encore. Sa poitrine frottait contre la paroi. Et, lorsqu'elle expirait, son souffle chaud était renvoyé par la paroi rocheuse contre sa joue.

C'était trop exigu.

Les parois étaient trop resserrées.

Jeremy était trop proche d'elle.

C'était au-dessus de ses forces.

Quelque chose courut sur sa chaussure. Blake sursauta en poussant un cri strident et son casque heurta le plafond de la galerie.

— Jeremy, je ne peux pas !

Sa respiration, qu'elle ne parvenait plus à contrôler, était devenue haletante sous l'effet de la panique.

Jeremy lui prit la main et la lui caressa de son pouce.

— Tout va bien, la rassura-t-il.

À travers l'étreinte de ses doigts, elle sentit battre son pouls. La situation lui pesait-elle autant qu'à elle ?

Gardant sa main dans la sienne, Jeremy lui fit rebrousser chemin jusqu'à ce qu'ils atteignent une zone assez large pour leur permettre de se tenir tous deux côte à côte.

— Laisse-moi passer devant, reprit-il.

Elle hocha la tête bien que la voix de Jeremy résonnât étrangement à ses oreilles. Le monde se mit à tourner légèrement autour d'elle, la forçant à s'appuyer contre la paroi et à fermer les yeux.

— Un petit instant, chuchota-t-elle.

— Est-ce que ça va ?

— Je vais bien, prétendit-elle tandis que le sang se mettait à lui battre aux tempes et qu'un vertige s'emparait d'elle.

Craignant que la claustrophobie ou la bosse qu'elle s'était faite à la tête ne soient pas seules à l'origine de cet étourdissement, elle se libéra de Jeremy pour s'appuyer des deuxmains contre la paroi de la galerie.

Le contact en était froid et humide, la terre ayant cédé la place à la roche. Les aspérités lui égratignèrent la peau, cependant cette morsure lui permit de se ressaisir.

Jeremy prit son visage entre ses mains.

— Ça va aller. Tout se passera bien. Tu es en sécurité avec moi.

Réfugiée avec lui dans ce cocon de lumière jaune, elle en eut la conviction. Elle plongea le regard dans ses yeux verts insondables, occultant tout ce qui les entourait.

Au bout d'un moment, elle sentit sa respiration revenir à la normale tandis qu'il lui caressait le visage, repoussant une mèche de cheveux.

— Nous n'aurons plus à rester ici très longtemps, lui murmura-t-il. Il est sans doute à proximité.

De ses doigts chauds, il lui effleura la bouche, et ce contact rendit beaucoup plus froid encore celui de la roche. Puis, se penchant vers elle, il lui vola un baiser d'une tendresse infinie.

Tout disparut alors autour d'elle. Il n'y eut plus que Jeremy. Sa bouche posée sur la sienne. La texture exquise de sa langue dessinant la courbe de sa lèvre, caressant légèrement la sienne. Il intensifia le baiser et elle sentit ses cuisses se crisper et le désir l'embraser alors que son esprit s'égarait en direction d'autres endroits que sa bouche pourrait explorer.

Les mains de Jeremy glissèrent le long de son cou, puis plus bas, jusqu'au renflement de ses hanches. Il l'attira contre lui, la pressant contre son corps réceptif à la passion qui s'était emparée d'eux. Elle ignorait d'où lui venait cette ardeur soudaine : du contact fiévreux de ses mains sur sa peau ? De sa longue abstinence ? Quelle que soit la raison, elle répondit à son baiser avec une avidité vorace. Elle eut l'impression…

Quelque part derrière eux, près de l'entrée de la galerie,

s'éleva le grésillement d'une radio. Le son aigu des parasites la ramena à la réalité.

Jeremy sursauta, lui aussi.

— Je… Je n'aurais pas dû faire cela, marmonna-t-il en fourrageant ses cheveux. Je voulais seulement que tu te sentes mieux. Je suis désolé.

— Tu as raison. Tu n'aurais pas dû.

Elle s'écarta de lui et du halo lumineux dans l'espoir de dissimuler la déception qui avait dû se peindre sur son visage. Il n'était pas le seul à avoir fait une erreur. Elle n'aurait pas dû le laisser l'embrasser. À présent, tout prêterait à confusion.

— Revenons sur nos pas, dit-il. Je pense que cette voie est bloquée… Elle devient trop étroite.

« Beaucoup » trop étroite en ce qui la concernait. Il lui était impossible de continuer à rester aussi près de Jeremy.

Il sembla sur le point d'ajouter quelque chose avant de se raviser.

— Entendu, fit-elle.

Tandis qu'ils approchaient de l'embranchement, une brise chaude arriva de l'entrée, lui faisant prendre conscience du froid qui régnait sous terre. Entre leurs déplacements et ce baiser, elle n'avait pas remarqué le froid glacial. Si Robert se trouvait, blessé, quelque part dans cette mine, il souffrait sûrement d'hypothermie. Elle n'avait pas dû mettre longtemps à le gagner s'il était immobilisé dans le froid humide du ventre de la montagne.

Blake avança d'un pas un peu plus rapide le long de la branche droite du tunnel, précédant Jeremy de façon à être juste hors de portée du faisceau de sa lampe-torche. Son pied heurta quelque chose et elle tomba. Son épaule entra en collision avec le sol. Une projection de boue éclaboussa son visage et sa lampe dont le rayonnement diminua. Son casque alla rouler au sol.

— Bon sang !

Massant son poignet douloureux, elle s'assit et entreprit de se nettoyer le visage, cependant la boue gluante s'étala encore plus sur sa peau.

Elle aurait dû être plus prudente, faire davantage attention. Toutefois, elle ne parvenait pas à détourner ses pensées de Jeremy… De ses lèvres… De la façon dont son corps avait réagi au contact du sien.

Ramassant son casque, elle essuya la lampe. La lumière, en s'avivant, arracha un reflet métallique à un objet posé au sol, l'envoyant s'afficher sur la paroi opposée. Blake se retourna pour l'identifier. Et découvrit, à ses pieds, les jambes d'un homme.

Le corps était affalé en avant et légèrement de côté ; il reposait contre un rocher. Ses vêtements étaient intacts. C'était presque comme s'il était simplement tombé endormi. Ses chevilles étaient croisées, ce qui indiquait qu'au moment de sa mort il s'était tenu debout. Blake avait entendu dire que, étant donné que le cerveau gauche cessait de fonctionner en premier, les jambes des défunts se croisaient lorsqu'ils tombaient. Cependant elle n'aurait su dire si tel était le cas ou si le phénomène d'inertie en était simplement la raison. Quoi qu'il en soit, seuls ceux qui se tenaient debout au moment de la mort tombaient dans la même posture que celle de Robert.

— Jeremy, arrête-toi, lança-t-elle dans le tunnel.

Trop tard ! Jeremy était entré dans le halo lumineux.

— Oh ! mon Dieu, murmura-t-il en baissant les yeux sur le corps.

Il éclaira le visage de l'homme.

Sa peau était pâle, marbrée jusqu'à en être grise… La couleur de la mort. Il avait les yeux ouverts mais le regard vitreux.

— Robert…

Jeremy tourna le faisceau de sa lampe vers le côté de la

tête de son frère. Une trace de sang figé descendait le long de son visage et de son cou. Sa veste était tachée de rouge et de brun et une flaque de sang avait séché sur ses genoux.

Une arme se trouvait au sol près de sa main gauche. Près de l'arme, une unique douille.

Jeremy se laissa tomber à genoux, le regard fixé sur le corps de son frère.

— Jeremy, tu devrais partir, lui dit-elle. Je me charge de tout.

— Mon frère…, murmura Jeremy, sonné. C'est mon frère.

— Je sais. Mais, dans l'immédiat, cet endroit est une scène de crime.

5

Bien qu'il eût la nausée à chaque fois qu'il levait les yeux et qu'il voyait le visage de son frère, Jeremy n'était pas disposé à laisser Blake le faire sortir de la mine. Au lieu de cela, il les regarda, son équipe et elle, inspecter la scène de crime, prenant des mesures, des photographies du corps et des gros plans du visage de Robert et de la blessure à sa tempe.

Robert avait eu son lot de problèmes, toutefois Jeremy ne se serait jamais attendu à ce que ces problèmes les conduisent tous deux jusque-là… Son frère décédé et lui regardant la police s'affairer autour de son corps.

Alors que l'un des enquêteurs photographiait en gros plan la blessure par balle, Blake lui adressa un regard.

— Ça va ? Tu es sûr de vouloir rester ici ? La journée a été longue.

— Je vais bien.

Elle fronça les sourcils, comme si elle ne le croyait pas, mais elle s'abstint de tout commentaire. Elle se tourna vers l'autre policier et lui donna son appareil photo.

— A-t-on fait une vidéo ? s'enquit-elle.

L'agent lui répondit par l'affirmative.

— Très bien. Assure-toi de faire des photographies supplémentaires. En particulier des projections.

Le policier hocha la tête. À la lumière du flash Jeremy

tressaillit, comme si chaque cliché reproduisait le bruit d'une balle venue trop près.

Il devait trouver une cohérence à ce désastre. Durant la prochaine heure, il faudrait qu'il cesse de voir ce cadavre comme le corps de son frère s'il voulait réussir à traverser cette épreuve.

Il vit Blake se pencher sur les mains de Robert. Elle tenta de bouger son bras mais la rigidité du corps l'en empêcha. Après avoir humé ses mains, elle les enveloppa de sacs en papier.

— Tu sens quelque chose ? lui demanda-t-il en baissant les yeux sur l'endroit où reposait l'arme.

— Difficile à dire, fit-elle en haussant légèrement les épaules. Ses mains ont une forte odeur de terre. Il se peut qu'elle masque celle de la poudre.

Il hocha la tête.

— Tu veux sentir ? lui demanda-t-elle en lui désignant les sacs en papier.

Si cette scène de crime avait été la sienne, il l'aurait fait, bien sûr. Toutefois, il ne pouvait faire abstraction du fait qu'il s'agisse de Robert. Il ne pouvait se résoudre à humer la chair froide et sans vie de son frère.

— Ça ira, marmonna-t-il, mais assure-toi de ne rien laisser passer.

Il désigna les aisselles de Robert.

— Avez-vous pris une photographie de sa veste ? Là où elle est retroussée comme si quelqu'un aurait pu y mettre les mains pour le traîner.

Blake sembla se renfrogner comme si elle n'était pas d'accord, cependant elle fit signe à son collègue de s'exécuter.

L'homme hocha la tête, le flash s'alluma.

— Lorsque le coroner en aura terminé, je veux que tu envoies cette arme au labo pour un relevé d'empreintes et un examen balistique, dit Blake au policier.

— Pas de problème, lui répondit ce dernier entre deux clichés.

Puis Jeremy la vit se tourner vers lui.

— Tu sais, je suis désolée pour ton frère et tout ce que tu vis en ce moment, mais cela ne t'autorise pas à venir me dire comment examiner une scène de crime.

Ce n'avait pas été son intention mais, apparemment, il avait touché un point sensible.

— Entendu.

Elle ôta ses gants bleus d'un geste sec.

— Tu as terminé ? demanda-t-elle à son collègue.

Le policier lui remit l'appareil photo.

— Je pense que nous avons tout ce dont tu auras besoin, dit-il.

Il repartit dans le tunnel, les laissant seuls avec le corps de Robert.

Blake se redressa et s'épousseta les genoux.

— Ne t'inquiète pas, Jeremy. Même si c'est juste la petite adjointe que je suis qui est responsable de l'enquête, nous découvrirons ce qui est arrivé.

Une fois ressortie du tunnel, Blake posa l'appareil photo sur la table du poste de commandement improvisé et elle s'efforça de reprendre le contrôle de sa respiration. La victime avait beau être un membre de la famille de Jeremy, cela n'autorisait pas ce dernier à interférer dans son enquête en lui disant comment faire son travail. Elle n'aurait jamais dû le laisser l'accompagner. Elle aurait dû écouter son instinct et garder ses distances.

L'éclairage surpuissant permettait d'y voir comme en plein jour. Jeremy s'était assis à l'écart de l'entrée de la mine tandis que quelques autres policiers passaient au peigne fin la zone herbeuse et les fourrés, en quête d'indices.

Un homme descendait le chemin venant de la maison de Robert : le coroner, sans nul doute. Blake le salua d'un signe de la main avant d'examiner sur son appareil photo les clichés du corps de Robert, de l'arme ainsi que de la scène de crime et de ses alentours. La dernière photographie montrait les projections de sang sur la paroi derrière le corps. Les éclaboussures s'étaient propagées assez loin dans le gouffre, toutefois les plus importantes se trouvaient à droite de l'endroit où Robert s'était effondré.

Elle ajoutait une note à son rapport d'enquête lorsque le coroner s'arrêta à sa hauteur.

— Encore un cadavre ? Par chance pour vous, l'hôtel de l'État reçoit à toute heure, lui dit-il en essayant d'être drôle.

Blake lui retourna un sourire grave avant de faire un signe de tête en direction de Jeremy.

— Cet homme est le frère de la victime. Surveillez vos propos.

Le visage jovial et flasque de l'homme âgé retrouva une expression placide. La plupart des coroners étaient d'anciens policiers au tempérament plus calme, mais celui-ci venait du Wyoming et il semblait ne vivre que pour son métier.

— Compris. Alors, qu'en pensez-vous ? Un suicide ?

Et regardant par-dessus son épaule la photo toujours affichée à l'écran :

— Jolie gerbe d'éclaboussures.

Elle éteignit l'appareil et le rangea hors de la vue de ce coroner avide de clients.

— Pour l'instant, rien n'est certain. Ça se présente comme un suicide, aucune trace n'indique que le corps aurait été déplacé.

— Hum…

Le coroner nota l'information.

— Autre chose ?

— La victime a une blessure par balle au côté gauche de la tête.

— Était-elle gauchère ?

Mince, elle n'avait pas pensé à poser la question à Jeremy.

— Je l'ignore.

Le coroner hocha la tête.

— Je vais voir ce que je pourrai tirer de cela.

— Parfait, merci. Mon enquêteur va vous conduire au corps.

Une fois seule, Blake ouvrit son ordinateur et afficha son rapport d'enquête. D'après la rigidité cadavérique, les lividités et la température du corps, l'homme était décédé depuis approximativement douze heures. Elle consulta sa montre. Cela situait l'heure de la mort à un peu avant midi. Toutefois la famille de Robert n'avait pas réussi à le contacter depuis plusieurs jours. Était-il possible qu'il se soit trouvé piégé dans la mine et que, plutôt que d'attendre de mourir asphyxié, il ait choisi de s'ôter la vie ?

Ou alors d'autres personnes étaient-elles impliquées ? Quelqu'un avait-il fait s'effondrer l'entrée de la mine dans l'espoir de couvrir un meurtre ?

Robert vivait en reclus. Si quelqu'un avait voulu l'assassiner, dissimuler son corps dans la mine était un excellent moyen de s'en débarrasser. Si les choses s'étaient déroulées autrement et que sa famille n'avait pas signalé sa disparition, on aurait pu ne jamais le retrouver.

Blake posa les yeux sur Jeremy, assis un peu plus loin. Il avait les épaules affaissées et il se tenait la tête entre les mains ; il paraissait brisé. Blake se sentit submergée par un sentiment de culpabilité. Elle aurait dû se montrer plus compréhensive quand elle lui avait reproché de s'immiscer dans son enquête… Il avait seulement tenté de l'aider. Elle s'approcha de lui et posa la main sur son épaule.

— Je suis désolée.

Il hocha la tête sans toutefois la regarder.

— Nous découvrirons le fin mot de l'histoire. Ne t'inquiète pas.

— Je ne parviens simplement pas à comprendre. Robert avait des problèmes, mais… Je n'aurais jamais cru…

Elle s'assit tout près de lui. Quoique leurs corps soient à peine en contact, elle espéra que cette proximité lui apporterait un tant soit peu de réconfort.

— Toi et moi savons tous deux que personne ne s'attend jamais à cela. La seule chose que nous puissions faire à présent pour Robert, c'est de découvrir comment c'est arrivé.

Jeremy tressaillit légèrement comme s'il était meurtri par ces propos… Des propos que lui-même avait sans doute maintes fois tenus aux parents de victimes.

— Sais-tu… si Robert était gaucher ?

Jeremy hocha la tête.

— Euh… Je crois bien, oui. Mais tu connais Robert… Tu *connaissais*, Robert, rectifia-t-il. Il n'était pas homme à faire ce genre de chose. Il était trop en colère. Trop cynique. Il vivait pour prouver combien le monde était absurde.

Ils restèrent assis en silence tandis qu'elle regardait les pompiers remballer leur matériel et quitter les lieux. À plusieurs reprises, Jeremy fit mine de se lever, avant de se raviser aussitôt.

Enfin, le coroner apparut à l'entrée de la mine.

— Qu'avez-vous découvert ? lui demanda Blake alors que Jeremy et elle se levaient pour l'accueillir.

Le coroner jeta, par-dessus son épaule, un regard aux deux hommes qui transportaient la housse mortuaire renfermant le corps de Robert en direction de son fourgon.

— Vous aviez raison à propos de la veste, je ne pense pas qu'il ait été déplacé. La lividité ne corrobore pas cette hypothèse.

— Vous pensez qu'il s'agit d'un suicide ? lui demanda Jeremy.

Le coroner secoua la tête.

— Les bords de l'orifice d'entrée de la balle sont un peu différents de ceux que je vois généralement dans les cas de suicide, cependant cela n'invalide pas pour autant cette hypothèse.

Blake s'apprêta à prendre la parole mais Jeremy l'interrompit.

— Et pour ce qui est des projections ?

— Elles concordent avec la posture du corps. Cependant, là encore, je trouve que l'arme était un peu trop en arrière au moment où le coup de feu a été tiré.

— Il est donc possible qu'il ait été assassiné ? s'enquit Jeremy d'une voix empreinte de colère.

— Pour l'instant, nous pouvons affirmer que la blessure par balle est la cause de la mort mais, dans l'attente du résultat de l'examen médical, je considère la manière dont celle-ci a été infligée comme indéterminée.

Il n'y a rien de pire qu'annoncer un décès aux proches… À fortiori lorsqu'il s'agit de votre propre famille. Jeremy avait repoussé ce moment aussi longtemps que possible, attendant jusqu'au lendemain après-midi. Toutefois, ses parents devaient être informés de la terrible nouvelle avant qu'une autre personne, dans cette petite ville, ne la leur apprenne.

Il prit une profonde inspiration en entrant dans la pizzeria. L'établissement était rempli de familles et le vacarme des jeux d'arcade de la salle annexe du fond était incessant.

Ses parents fréquentaient ce lieu depuis qu'il était enfant. Tout, des nappes à carreaux rouges et blancs aux lustres en vitrail, était resté identique. Même l'odeur était toujours la même… Une odeur de levure et de pâte trop cuite avec une pointe d'ail. Cet endroit le replongea dans le passé sans qu'il en éprouve la moindre nostalgie.

Ses parents étaient assis dans leur box habituel. Il s'avança dans leur direction.

— Coucou, Jeremy, lui lança sa mère avec un entrain exagéré.

Il les salua d'un signe de tête et s'assit près d'elle.

— As-tu vu Robert ? lui demanda aussitôt son père.

Peut-être avait-ce été une erreur de venir leur apprendre la mort de Robert dans un lieu public mais, au moins, ici, il pouvait toujours espérer qu'ils ne se mettraient pas à se disputer.

Il ramassa la serviette posée devant lui et entreprit d'en faire de petites boulettes de papier.

— Je l'ai vu, oui.

— Lui as-tu dit qu'il fallait qu'il appelle sa mère ? ajouta celle-ci en buvant une petite gorgée de son soda.

— En fait, je n'ai rien pu lui dire.

Il reposa la serviette sur la table.

— Maman, papa, j'ai une mauvaise nouvelle.

— Robert a-t-il de nouveau des ennuis ? hasarda son père. À ce rythme, je vais devoir vendre notre maison pour régler sa caution. Je vais finir par ne plus pouvoir lui venir en aide.

— Il n'est pas en prison.

Jeremy se passa les mains sur le visage avant de regarder son père en face.

— Robert est mort.

Son père resta bouche bée et sa mère se pétrifia à côté de lui. Il regretta aussitôt d'avoir décliné l'offre de Blake de se charger de prévenir sa famille. Peut-être aurait-elle su atténuer le choc. Peut-être la nouvelle aurait-elle été moins dure, venant d'une femme. Cependant, depuis leur baiser, il lui semblait qu'elle ne voulait qu'une chose, rester éloignée de lui. Non, il était le seul à pouvoir annoncer à ses parents la mort de son frère.

— Nous avons trouvé le corps de Robert. Il est en route pour le laboratoire d'analyses criminelles de Missoula pour l'autopsie. Pour l'instant, la cause de la mort est indéterminée mais nous devrions bientôt en savoir plus.

— Tu ignores comment il est mort ? lui demanda sa mère dans un murmure stupéfait.

Il mit son bras autour d'elle et la serra contre lui.

— Il est mort sur le coup, d'une blessure par balle. En dehors de cela, je ne peux pas vous dire grand-chose.

Il eut la vision du corps avachi de Robert. De la blessure à sa tempe. Du sang qui avait coulé le long de son cou, tachant sa chemise. Il s'efforça de chasser ces images de ses pensées. En vain.

C'est alors qu'il entendit sa mère interpeller son père.

— Je t'avais dit que tu aurais dû aller plus tôt jusqu'à là-bas, Glen, cracha-t-elle. Si seulement tu m'avais écoutée.

— Veronica, ce n'est pas la première fois que Robert ne rappelle pas. Si j'étais allé chez lui à chaque fois que tu me l'as demandé, nous aurions pratiquement vécu avec lui.

— Si nous l'avions fait, peut-être ne serait-il pas mort.

Sa mère se mit à pleurer. S'arrachant à son étreinte, elle sortit en courant du restaurant.

Le jingle d'un jeu vidéo dans la salle du fond interféra dans ses pensées. Il avait espéré que les choses se passeraient autrement, mais ses parents ne changeraient jamais… Ils vivraient perpétuellement dans la tourmente.

Son père regardait fixement ses mains.

— Crois-tu qu'il se soit suicidé ? finit-il par lui demander.

Jeremy haussa les épaules. Son intime conviction était que toute la scène paraissait illogique. La plupart des gens qui recouraient au suicide laissaient un mot d'explication et, en principe, il y avait toujours un signe précurseur.

Bien sûr, Robert avait toujours eu un comportement singulier. Cependant, s'il avait projeté de se suicider, il se serait débarrassé de ses effets personnels et il aurait fait ses adieux… Or, rien de tout cela ne s'était produit.

Mais il avait pu aussi agir sur un coup de tête. Sa relation avec Tiffany se détériorait de plus en plus ; avait-il pensé le lui faire payer en s'ôtant la vie ? Certes, c'était un peu tordu, mais son frère n'avait jamais été simple, songea Jeremy.

Cela n'expliquait pas toutefois l'effondrement de l'entrée de la mine. Soit c'était un accident qui avait causé l'éboulement, soit c'était un geste criminel.

Son instinct lui soufflait que quelqu'un avait assassiné son frère. Il songea à Blake. Elle devait s'être tenu le même raisonnement.

— Je l'ignore, papa.

— Robert et moi avons eu plus que notre lot de discordes mais, tout comme toi, il est mon fils… J'ai besoin de savoir ce qui s'est passé.

— Papa, je remuerai ciel et terre pour découvrir le fin mot de l'histoire. Et si quelqu'un est impliqué dans sa mort, je le lui ferai payer, tu peux en être sûr.

6

Le lendemain après-midi, Blake fut convoquée dans le bureau du lieutenant Engelman. Alors que ce dernier discutait au téléphone, elle observa les quelques poils égarés dans la barbe naissante et grisonnante de son menton. Les minutes s'égrenèrent. D'après l'expression revêche qu'affichait son visage lorsqu'il posait les yeux sur elle, cette entrevue ne laissait augurer rien de bon.

Enfin, il raccrocha et se tourna vers elle.

— Merci d'avoir patienté, lui dit-il en étendant les mains devant lui sur le bureau. J'ai parcouru le rapport que vous avez rédigé suite à l'intervention d'hier soir.

Elle s'avança sur sa chaise, se préparant à toute éventualité.

— Je pense avoir fait un rapport des plus complets. Y a-t-il un problème ?

Il jeta un regard à l'écran vierge de son ordinateur comme s'il s'attendait à y voir apparaître le rapport.

— Pourquoi ne pas m'avoir appelé ? Vous êtes shérif adjointe, n'est-ce pas ?

Elle acquiesça d'un signe de tête.

— Et que voyez-vous, inscrit là ? lui demanda-t-il en désignant la plaque de laiton ornant sa porte.

— « Enquêteur Clark Engelman », récita-t-elle.

— Exactement. S'il existe une possibilité qu'une affaire

soit criminelle, c'est votre travail de m'appeler. Je suis enquêteur. Pas vous… Ni cet homme venant de Missoula.

Il se renfonça dans son siège et joignit les mains derrière sa nuque.

— C'est votre travail de m'informer des affaires telles que celle-ci.

— Désolée, monsieur, mais elle n'a pas été répertoriée comme étant criminelle.

La fureur déforma le visage du lieutenant, cependant il se reprit rapidement et afficha une expression condescendante.

— Écoutez, je comprends. Vous arrivez sur une scène de crime. Vous trouvez un corps. L'adrénaline se met à pulser. Toutefois cela ne vous autorise pas à déroger au règlement et à la procédure.

Il se passait là quelque chose qu'elle ne parvenait pas vraiment à comprendre. Détenait-il, concernant cette affaire, une information dont elle n'aurait pas connaissance ?

— Vous et moi savons que, dès l'instant où cette affaire a impliqué d'enquêter sur un décès, vous auriez dû m'appeler.

Il avait raison. Cependant, dans le cas des suicides, prendre contact avec un policier municipal n'était pas une obligation. Avec tout ce qui s'était produit, et le fait que Jeremy se trouve à ses côtés, l'idée d'informer le lieutenant Engelman lui était sortie de l'esprit. Apparemment, elle allait le payer cher.

On frappa à la porte derrière elle.

— Clark ?

Le capitaine Prather, l'enquêteur en chef, ouvrit la porte sans attendre d'y être invité. Blake le vit la saluer d'un signe de tête comme s'il s'était attendu à la trouver sur la sellette.

— Qu'y a-t-il, Prather ? grommela Engelman.

— Je suis heureux de vous trouver tous les deux.

Le capitaine s'assit sur le bord du bureau du lieutenant et le toisa.

— J'ai cru comprendre que vous aviez un différend avec West, ici présente, à propos de la victime d'hier soir.

Engelman parut légèrement décontenancé et il serra les poings.

— Je…

Le capitaine l'interrompit d'un geste de la main.

— Je viens de parcourir le rapport d'enquête, poursuivit-il en se tournant vers elle. Aucune trace suggérant que le corps ait été déplacé, n'est-ce pas ?

Elle secoua la tête. De quel jeu était-elle devenue le pion ? Les relations entre le capitaine et le lieutenant Engelman étaient toujours tendues. Il était notoire qu'Engelman avait obtenu ce poste parce que son frère était le maire de la ville. Cependant d'ordinaire les deux hommes s'appliquaient devant elle à dissimuler leur antipathie réciproque.

— Écoutez, se rebiffa Engelman. Je ne me laisserai pas écarter de cette affaire par une minable petite shérif adjointe.

Blake frappa du poing sur le bureau tout en défiant Engelman du regard.

— Comment osez-vous ? Vous devriez plutôt me remercier d'avoir…

— Ne dites rien que vous pourriez regretter, West, l'avertit le capitaine, l'interrompant avant qu'elle ne s'abandonne à sa fureur.

Il lui lança un regard éloquent. Elle fit glisser ses mains sur le bois du bureau, ramenant ses bras le long du corps.

— Capitaine, je demande à être responsable de l'enquête sur l'affaire Lawrence, reprit-elle tel un automate tout en expurgeant la colère de sa voix.

Prather se tourna vers Engelman tout en hochant la tête.

— Vous ne manquez pas d'affaires à résoudre, n'est-ce pas, lieutenant ?

— Vous n'avez pas le droit de… C'est mon… Vous ne

pouvez pas imposer votre loi… Le maire et sa femme en entendront parler, marmonna le lieutenant.

— J'ai hâte de bavarder avec votre frère, lui répondit le capitaine. N'hésitez pas à me l'envoyer quand vous en aurez l'occasion.

Prather se leva.

— En attendant, je veux que vous résolviez l'une de vos nombreuses affaires en souffrance.

Blake eut du mal à se retenir de rire. L'incompétence d'Engelman était notoire.

— West, vous m'accompagnez, ordonna le capitaine en sortant du bureau.

Elle le suivit dans le couloir, refermant la porte derrière elle.

— West, vous feriez bien de vous donner à fond sur cette affaire, reprit le capitaine. Vous n'aurez pas manqué de remarquer combien je me suis impliqué à vos côtés. Aussi, évitez d'échouer ou nous en ferons tous deux les frais.

— Monsieur, comment avez-vous su qu'Engelman s'en prendrait à moi ?

— Disons pour faire court que, connaissant l'énergumène, j'en ai eu le pressentiment.

Blake, esquissant un sourire, déclara :

— J'ai obtenu le mandat de perquisition pour fouiller le domicile de la victime, ce matin.

— Bien. Je vous conseille de résoudre cette affaire avant que le maire n'ait l'occasion de riposter en apprenant que l'un de ses sbires ne sera pas aux commandes.

Assise dans sa voiture de patrouille, Blake contempla le mandat de perquisition que lui avait délivré le juge. Elle n'avait pas eu l'intention de piétiner les plates-bandes d'Engelman, et encore moins de déclencher une guerre au sein des services de police. Cependant, voilà qu'elle se retrouvait piégée au beau milieu d'un conflit politique sans trop savoir en qui elle pouvait avoir confiance.

Ses pensées s'égarèrent en direction de Jeremy. Il n'avait pas vraiment de lien avec son service. Il ne pourrait pas être influencé par les machinations politiques sous-jacentes. En revanche, il avait un intérêt personnel dans cette affaire. Ce qui risquait de provoquer davantage de problèmes que d'en résoudre, se dit Blake en soupirant.

Quoi qu'il en soit, la présence de Jeremy avait le don de l'apaiser. Il lui faisait l'effet d'une bouffée d'air pur qui compensait l'atmosphère oppressante des manigances politiques de la petite ville. À défaut d'autre chose, ne pourrait-il pas être consultant dans cette affaire ? Le capitaine Prather lui avait recommandé de mettre le paquet, et Jeremy, s'il était présent à ses côtés, lui serait à n'en pas douter d'une aide précieuse. Avec lui, elle se sentirait de taille à relever le défi.

Tapotant des pouces le bord du volant, elle songea au lieutenant sexy et à son éternelle barbe naissante.

En tout cas, si elle demandait à Jeremy Lawrence de s'investir dans cette affaire, pas question qu'il remette en cause ses méthodes de travail. Cette affaire était la sienne. C'était l'occasion pour elle de faire ses preuves… Et de démontrer à Engelman qu'elle était aussi performante, voire plus, que lui dans son travail. Si Jeremy était l'homme qu'elle croyait, il comprendrait l'importance que revêtait pour elle ce dossier.

Avant qu'elle ne s'en rende compte, elle s'était stationnée devant la maison des parents de Jeremy. La maison ancienne en brique témoignait des générations passées de mineurs, des existences consacrées à rechercher une vie meilleure. Elle formait un contraste saisissant avec l'arbre pétrifié qui constituait une sorte de frontière entre leur propriété et celle de sa mère.

Elle était appuyée contre cet arbre la première fois qu'on

l'avait embrassée, se rappela-t-elle. Avec sa logique d'adolescente, elle avait espéré que Jeremy le verrait, que cela le rendrait jaloux et qu'il se déclarerait. Cependant, les choses ne s'étaient pas déroulées ainsi. Au lieu de cela, ce premier baiser l'avait menée à un autre garçon, puis à un autre encore, jusqu'à ce qu'elle tombe brusquement amoureuse de Chuck Garnet et qu'elle se retrouve enceinte et abandonnée à la merci de sa mère.

Si seulement Jeremy avait suivi le scénario qu'elle avait imaginé… !

Elle ferma les yeux et se remémora ce moment de panique dans la mine du Contremaître alors qu'elle était plaquée contre la paroi rocheuse, le souffle chaud de Jeremy sur sa joue, ses lèvres caressant les siennes.

La vie aurait pu ressembler à cet instant… Avec Jeremy présent à ses côtés pour l'aider à traverser les accès de panique. À reprendre ses esprits alors que le monde semblait s'écrouler autour d'elle. Ils auraient pu tout représenter l'un pour l'autre.

Serait-ce encore possible ?

Non. Ce baiser avait été un plaisir fortuit. La tentative désespérée d'un homme pour empêcher une femme de s'effondrer. Il l'avait aidée de la seule manière qui lui était venue à l'esprit. Cela ne signifiait sans doute rien pour lui. Il était beaucoup trop raisonnable, cartésien, pour vouloir s'impliquer dans sa vie. Il avait d'ailleurs la sienne, à Missoula.

On frappa à la vitre de sa portière et elle rouvrit les yeux. Jeremy se tenait de l'autre côté et l'observait.

— Que se passe-t-il ? lui demanda-t-il. As-tu découvert quelque chose ?

Elle secoua la tête et baissa la vitre.

— Monte. Je dois me rendre au domicile de ton frère. Je me suis dit que tu aurais peut-être envie de m'accompagner.

— Que dirais-tu de travailler comme consultant sur

l'affaire de ton frère ? ajouta-t-elle dès qu'il fut installé à ses côtés.

— La question ne se pose même pas.

Jeremy posa sur elle un regard où brillait une vive lueur.

Ne sachant si celle-ci était en rapport avec le plaisir d'être associé à l'enquête ou avec autre chose, Blake détourna les yeux. S'il s'agissait d'autre chose, cela ne ferait que compliquer la situation. Pour autant qu'elle ait envie de l'embrasser à nouveau, cela ne devait pas se reproduire.

Elle lui lança un regard furtif. Son visage avait repris des couleurs et il semblait être moins en état de choc que la veille au soir.

— Tu vas bien ? demanda-t-elle néanmoins.

Il hocha évasivement la tête, se tournant aussitôt vers sa vitre pour faire mine de contempler le paysage.

— Depuis combien de temps es-tu shérif adjoint ? lui demanda-t-il peu après.

Bon, le message était clair, il ne souhaitait pas s'étendre sur le sujet.

— Depuis quelques années. Et toi, quand as-tu été promu lieutenant ? répondit-elle en tentant d'ignorer son séduisant sourire en coin.

— Je suis surpris que, entre ta mère et la mienne, tu ne saches déjà pas tout de moi. À chaque fois que j'appelle, j'ai droit à un rapport complet sur toi.

Il avait raison. Leurs mères discutaient souvent, et Gemma lui avait répercuté les moindres détails de la vie de Jeremy… Jusqu'aux performances scolaires de sa fille. Cependant, au bout d'un moment, cela ne lui avait pas semblé très sain d'être la spectatrice passive de la vie de son premier béguin, et elle avait demandé à sa mère de cesser de la tenir au courant.

— Tu ne crois pas que nos mères seraient assez folles pour tenter de nous réunir, dis-moi ? lui demanda-t-il en riant.

Ce rire chassa la petite bouffée d'excitation qu'elle avait

ressentie. Il n'était pas intéressé. Et, s'il ne l'était pas, elle non plus… Du moins ne le lui laisserait-elle pas voir.

— Ma mère sait pertinemment que je ne suis pas disposée à fréquenter un autre policier. Et je ne suis pas adepte des relations à distance. J'ai déjà essayé.

— Et tu as été échaudée, c'est ça ? lui demanda-t-il d'une voix tendue comme s'il avait envie d'en savoir plus.

— Je n'ai jamais été douée pour les relations amoureuses. À distance ou non.

Ni même avec le voisin.

— Je comprends ce que tu veux dire.

Il détourna le regard comme si cela lui évoquait un souvenir.

— As-tu jamais songé à te marier ?

La cuisinait-il vraiment sur son sentiment quant aux relations amoureuses parce que cela l'intéressait ou ne cherchait-il maladroitement qu'à tuer le temps durant le trajet ?

Elle appuya sur l'accélérateur, forçant la voiture de patrouille à sortir de sa zone de confort sur la petite route de terre menant à la mine du Contremaître.

— Oh… Je…, balbutia-t-elle, ne sachant comment répondre à cette question.

— Je vois. Tu préfères probablement ta vie de célibataire.

— C'est ton cas ?

Il haussa les épaules.

— Certains jours. À d'autres moments, cela me manque de ne pas être marié.

Son léger sentiment de jalousie s'accrut. Elle n'était pas sûre de vouloir savoir à quel point son épouse lui manquait. Il avait déjà tellement obtenu. Même s'il était divorcé, il avait eu une véritable chance de mener à bien une relation. Il ne s'était pas retrouvé piégé dans une ville perdue, sans conjoint, contraint à vivre avec sa mère.

Elle alluma la radio pour dissiper la tension nerveuse qui

régnait dans la voiture — du moins la percevait-elle de son côté — et une musique country emplit l'habitacle.

— En parlant de mariage, depuis combien de temps Robert et Tiffany étaient-ils ensemble ? s'enquit-elle, soulagée de voir qu'ils approchaient de la maison de Robert en empruntant l'allée de la demeure.

— Ils entretenaient une relation épisodique depuis plusieurs années. Je suis incapable de te dire depuis combien de temps exactement ; ils se sont enfuis pour se marier à Vegas. Ils ne l'ont jamais dit à ma mère. Elle a été dévastée lorsqu'elle l'a appris.

— D'où Tiffany est-elle originaire ?

— Je l'ignore… De quelque part dans le sud de la Californie, je pense. Pour autant que je sache, elle n'est jamais restée longtemps au même endroit. Elle déménageait souvent.

Blake se mordilla l'intérieur de la joue. Si cette femme était telle que la décrivait Jeremy, il se pourrait qu'ils ne la retrouvent jamais.

— Un tempérament de nomade, c'est ça ?

— Je dirais plutôt qu'elle est instable.

Donc, lui appréciait la stabilité. Eh bien, elle en avait à revendre. Elle n'avait même jamais déménagé. Jamais, elle n'était partie à la découverte du monde. Elle continuait de vivre la vie qu'elle avait toujours vécue ; elle avait simplement pris de l'âge. Mais ce genre de stabilité correspondait-il à ce que Jeremy attendait de l'âme sœur ?

— Tu as déjà lancé une recherche pour retrouver Tiffany ? s'enquit-il.

Elle hocha la tête.

— J'ai essayé de la joindre toute la matinée. Je suis à chaque fois tombée directement sur sa boîte vocale. Et je n'ai pas trouvé non plus les coordonnées de ses parents.

Jeremy ne parut pas surpris.

— Ils ne valent pas mieux qu'elle. D'après ce que j'ai entendu dire, ils sont du genre à aimer vivre dans leur voiture.

Il leur faudrait trouver l'épouse de Robert pour l'informer de son décès mais, pour l'heure, Blake ne voyait pas ce qu'elle pouvait faire de plus.

La perquisition de la maison leur fournirait peut-être des informations utiles, espéra-t-elle en se garant devant le perron.

Un froid glacial régnait à l'intérieur. Ainsi qu'une odeur de cuisine refroidie et de draps sales.

— Des nouvelles du médecin légiste ? lui demanda Jeremy tandis qu'elle se dirigeait vers la cuisine et s'arrêtait devant l'évier.

Elle secoua la tête.

— Ne crois-tu pas que tu aurais dû l'appeler ? Cela nous aurait donné une idée plus précise de ce que nous devons chercher.

— Écoute, Jeremy.

Elle prononça son prénom d'un ton péremptoire.

— Je pensais t'avoir fait clairement comprendre quand nous étions dans la mine que je sais ce que j'ai à faire. Je n'ai pas besoin que toi, ou qui que ce soit d'autre, me dise comment faire mon travail.

Il recula comme si elle l'avait giflé.

— Holà, ce n'était pas mon intention, lui répondit-il en levant les mains comme il le ferait pour inciter à se calmer un cheval récalcitrant.

Mais elle n'était pas un cheval. Elle ne se laisserait pas commander.

— En ce cas, quelle était-elle ? riposta-t-elle, agacée. Ce n'est pas parce que je ne suis shérif adjointe que depuis quelques années que j'ignore comment gérer une scène de crime. Cela ne signifie pas que je ne sois pas capable de mener cette enquête. Lorsque le légiste en aura terminé, il m'appellera. Il n'a nul besoin que je lui dise comment faire son travail.

Jeremy s'avança vers elle comme pour lui prendre la main, cependant il s'arrêta et se contenta de la regarder fixement comme s'il craignait qu'elle ne morde.

— Écoute, je sais ce que c'est… Ce que l'on ressent quand on doit faire ses preuves, mais tu n'as rien à me prouver.

Elle se détendit légèrement. Avec un peu de chance, il pensait ce qu'il disait. Elle ne pouvait pas se battre aussi contre lui. Elle avait assez de combats à mener.

— Désolée, dit-elle avec un soupir. La matinée a mal commencé.

— Que s'est-il passé ?

Elle lui relata son entrevue dans le bureau du lieutenant Engelman. À mesure qu'elle parlait, elle vit le visage de Jeremy se crisper.

— J'en ai assez de ces manigances, commenta-t-il en appuyant la main sur le plan de travail comme s'il écrasait un insecte. Je viens de vivre le même genre de situation à Missoula.

Elle avait suivi l'affaire des incendies volontaires en série qui avaient conduit à la mort du chef de brigade des pompiers de Missoula. Et elle avait entendu parler des rumeurs de corruption. Jeremy avait été appelé à la barre pour témoigner.

— Je ne pense pas qu'il s'agisse de la même chose, fit-elle valoir. Ce sont simplement les rouages habituels de la politique… Avec une touche de népotisme.

— Oh ! De népotisme…, reprit-il en se gargarisant de ce mot. Ce qui, bien sûr, ne complique jamais la situation.

Elle émit un rire narquois.

— En tout cas, je suis heureuse de ta présence. Tu apportes une perspective nouvelle à tout ceci.

Elle sentit ses joues s'enflammer à la pensée de toutes les autres raisons qui la faisaient se réjouir de sa présence.

Il afficha de nouveau ce sourire sexy, comme s'il lisait dans ses pensées. Elle se força à se concentrer sur l'affaire.

— Quant à ce que nous cherchons, j'ai rédigé le mandat de perquisition de façon que nous ayons libre accès aux documents financiers et à ceux relatifs à l'exploitation minière de ton frère. Je me suis dit que ce serait un excellent point de départ.

Mal à l'aise, elle chercha quelque chose, n'importe quoi, qui puisse la détourner de ce sourire sexy.

— Sais-tu où nous pourrions les trouver ?

Il s'avança vers le convertible déplié et en souleva l'extrémité. Alignées sous le cadre métallique se trouvaient des boîtes débordant de paperasse.

— La dernière fois que je suis venu, il en avait aussi rangé dans les placards de la salle de bains, lui dit-il en désignant la seule autre pièce de cet espace restreint.

Blake agrippa l'une de ces boîtes pour la faire glisser jusqu'au centre de la pièce. Posée au sommet de la pile de documents se trouvait une lettre émanant du comté.

— Oh ! regarde ça ! Il semblerait que ton frère soit sous le coup d'une procédure de présaisie, dit-elle après avoir rapidement pris connaissance du courrier.

Puis, le lui tendant :

— Je pense que nous avons une idée de la raison pour laquelle il a pu vouloir se suicider.

7

Le mot « suicide » lui avait laissé un goût de cendre dans la bouche tandis qu'il tentait d'assimiler ce que Blake affirmait. Non, Robert ne se serait pas suicidé à cause d'une procédure de présaisie. Il n'était pas le genre d'homme à se laisser abattre aussi facilement. Il se serait défendu bec et ongles pour protéger ce qu'il avait coutume d'appeler son « petit coin de paradis ».

Jeremy regarda la lettre qu'il avait en main. D'après ce document, la propriété serait vendue aux enchères en cas de non-paiement de l'arriéré d'impôts. La date d'émission du courrier remontait à trois semaines. Assurément, son frère aurait réagi, il aurait tout mis en œuvre pour qu'on ne mette pas la main sur ses biens.

Il lui parut étrange que ses parents n'aient pas fait mention des problèmes financiers de Robert. Son frère n'avait pas dû les en informer. Soit il avait l'argent et comptait effectuer le paiement, soit il avait essayé de réunir la somme… sans se tourner vers eux. Peut-être les considérait-il comme son ultime recours.

Jeremy secoua la tête. Il eut l'impression qu'il y avait quelque chose d'illogique dans tout cela.

— Continuons à chercher. Peut-être trouverons-nous un indice qui nous aidera à y voir plus clair.

Blake s'accroupit. Ses cheveux blonds commençaient à

s'échapper de sa queue-de-cheval serrée et quelques mèches bouclées lui tombèrent sur le visage, la faisant paraître plus douce, vulnérable. L'espace d'un moment, il envisagea de les repousser. Cependant s'il s'aventurait de nouveau à faire un geste aussi intime, Dieu seul savait quelle serait sa réaction. Après ce qui s'était passé entre eux dans la mine, il était probable qu'elle en serait contrariée… Et il ne pouvait prendre le risque d'être écarté de l'enquête sur la mort de son frère.

La famille passait d'abord quelle que soit l'intensité de son désir pour Blake, même si celui-ci remontait à l'époque du lycée.

— Ton frère aurait pu choisir un meilleur système de classement, déclara-t-elle en sortant une liasse de documents de la boîte pour la poser sur le sol.

Agacée, elle écarta les cheveux de son visage. Les mèches rebelles s'échappèrent de nouveau et, cette fois, il détourna les yeux. Il ne devait pas la considérer autrement que comme une amie d'enfance ou, mieux encore, comme une collègue.

Il s'assit par terre près d'elle et entreprit de parcourir les factures, reçus et brochures diverses.

Ils s'affairèrent ainsi pendant au moins une heure. Bien que déterminé à se concentrer sur sa tâche, Jeremy se laissa prendre par tous ces instants où le bras de Blake effleurait le sien.

Il dissimula un soupir. Pourquoi avait-il fallu que son frère vive dans cet endroit ressemblant à un garage amélioré ? N'aurait-il pas pu vivre comme tout le monde dans une maison spacieuse ?

— As-tu trouvé quelque chose ? murmura-t-il.

Elle feuilleta la pile de papiers posée sur ses genoux.

— Pas grand-chose. Toutefois, j'ai l'impression que ton frère tenait un inventaire méthodique de ses ventes de cuivre.

Elle leva un feuillet au bas duquel apparaissait un nombre à quatre chiffres entouré.

— À ton avis, s'agit-il de recettes mensuelles ou annuelles ?

Jeremy haussa les épaules.

— Difficile à dire. Réunissons les documents de même nature, pour voir si nous pouvons déterminer ses revenus.

Il reprit sa propre liasse de documents pour les trier, mettant à part tout ce qui avait trait aux sources de revenus de Robert au cours de l'année précédente. À mesure qu'il y travaillait, la proximité de Blake lui parut moins inconfortable. Et il se mit bientôt à additionner mentalement les chiffres qu'il avait sous les yeux.

— D'après ces sources, Robert a dû gagner plus de cent mille dollars l'année dernière. Même s'il a été confronté à quelques dépenses d'importance, cela semble plus que suffisant pour payer les impôts afférents à sa propriété.

Blake se tourna vers lui.

— Je n'ai rien trouvé dans cette paperasse indiquant qu'il ait d'importantes dettes… Mais peut-être ses dépenses sont-elles classées dans une autre boîte.

Jeremy attrapa la boîte suivante sous le lit. Il ôta le couvercle et le jeta à terre.

— Oh… ! s'exclama-t-il en contemplant l'amoncellement de slips et de soutiens-gorge.

Sur le dessus reposait un string en dentelle pourpre. Il reprit vivement le couvercle pour dissimuler le contenu de la boîte. Mais trop tard…

— Qu'est-ce que c'est ? s'enquit Blake en jetant un coup d'œil. Oh… !

Elle émit un charmant petit rire mi-amusé, mi-embarrassé.

Le rose de ses joues vira au cramoisi. En cet instant, elle parut plus jeune et pleine de vie que jamais, alors que le rougissement s'étendait à tout son visage puis jusqu'à ses oreilles. Elle ramassa le slip, qui se déplia dans ses doigts fuselés.

— Quelque chose me dit que ce n'est pas la taille de Robert, s'esclaffa-t-elle en le laissant retomber dans la boîte. Tiffany et lui devaient prendre du bon temps… Du moins dans ce domaine.

Durant un moment, tandis qu'il la regardait, il l'imagina vêtue de ce string et du soutien-gorge assorti. Dans ce rêve éveillé, elle s'avançait nonchalamment vers lui, le léger mouvement de ses seins l'émoustillant.

— C'est drôle, je pense avoir le même en bleu, plaisanta-t-elle en lui adressant un clin d'œil. En fait, il se pourrait que je le porte en cet instant même.

Elle déboucla son ceinturon. Puis, retroussant la ceinture de son pantalon, elle exhiba le haut de son slip.

— Non, il est en coton. Mais il est magenta, ajouta-t-elle en riant. Il s'en est fallu de peu qu'il soit sexy.

— Hé, je trouve le coton très sexy, lui répondit-il, regrettant de ne pas en avoir vu davantage et se sentant soudain plus à l'aise qu'auparavant.

Elle gloussa de nouveau.

— En ce cas, mon soutien-gorge te plairait. Je pense même qu'il est beige. Qui ne m'a pas vue en soutien-gorge de coton couleur chair et slip dépareillé n'a jamais rien vu de sexy.

— Oooohhh, ma chère.

Il s'éventa en riant, séduit par cette version détendue, espiègle et désinhibée de Blake, cette facette de sa personnalité qu'il ne connaissait pas. Il s'apprêta à le lui dire. Cependant, il s'en abstint de crainte qu'elle ne se referme sur elle-même et que la magie de l'instant ne s'évanouisse.

— Tu as vu le mien, le taquina-t-elle en lui désignant son slip. À toi, à présent, de me montrer le tien.

Il s'efforça de réprimer le désir qui s'emparait de lui. Bon sang, Blake était si sexy !

Il se leva et alla allumer la radio. Un CD de Bob Seger se mit en marche et la chanson *Night Moves* emplit l'air.

— Que fais-tu ? lui demanda Blake avec une moue enjouée. Tu es sujet à un soudain accès de nostalgie ?

— Figure-toi que j'aime Bob Seger. Ou, du moins, je l'aimais dans ma jeunesse, rectifia-t-il avec un rire penaud.

— Je parie que tu es aussi un fan de Billy Ray Cyrus, pas vrai ?

Il se mit à chanter *Achy Breaky Heart.*

— Oh ! mon Dieu, je t'en prie, arrête. Une fois que cette chanson vous entre dans la tête, elle n'en sort plus, protesta-t-elle en agitant les mains comme pour se protéger de la mélodie.

— Enfin, je ne suis pas un aussi mauvais chanteur, tout de même ?

Elle le contempla avec une lueur mutine dans le regard.

— Si j'étais toi, je me contenterais d'être lieutenant de police.

Il se jeta sur elle avec l'insouciance d'un adolescent, l'enveloppant de ses bras tout en grognant.

— Comment oses-tu, la taquina-t-il.

Elle l'enlaça. Tandis qu'elle pressait sa poitrine contre son torse, il sentit son cœur qui battait à se rompre. Brusquement, il réalisa combien ils étaient proches… Combien Blake était à sa place dans ses bras… Plus encore, dans sa vie. Tout cela lui parut tellement bon. Tellement naturel. Tellement réel.

Il se pencha vers elle, l'embrassa sur les lèvres. Sa bouche, douce et ferme, s'abandonna à la sienne, faisant écho à ses désirs et à ses peurs. Elle répondit à son baiser, la sarabande de leurs langues excitant toutes les terminaisons nerveuses de son corps.

Blake s'aventura plus loin, le forçant à s'allonger sur le

parquet tandis qu'elle se plaçait au-dessus de lui. Puis elle se redressa, prenant appui contre lui, se balançant légèrement, titillant son corps réceptif. Il s'empara de ses hanches, glissant les pouces sous l'ourlet du haut de son uniforme. Au contact de ses doigts froids contre sa chair brûlante, elle se figea et le regarda fixement.

Il aurait voulu connaître ses pensées. Quoiqu'elles ne soient probablement pas difficiles à deviner. Sans doute se demandait-elle si c'était la bonne décision. Si c'était le bon moment. Si poursuivre sur cette voie avec lui était une mauvaise idée.

Ce qu'ils faisaient là était mal à bien des égards. Ils se trouvaient dans la maison de son frère afin de chercher des indices concernant sa mort. Cependant, si la mort de Robert lui avait enseigné une chose, c'était qu'il ne pouvait laisser des instants tels que celui-là lui filer entre les doigts. La vie était trop courte pour s'en tenir aux règles. Ce moment — alors qu'il tenait Blake contre lui et qu'il sentait la chaleur de son souffle contre sa peau — c'était tout sauf mal.

Et Blake était le genre de femme à prendre ce qu'elle voulait. Alors il était tout disposé à le lui donner.

Blake posa les yeux sur Jeremy, sur son torse musclé dont le T-shirt accentuait le contour des pectoraux. Comment avaient-ils pu en arriver là en un tel moment ?

Elle coupa court à cette réflexion. Ils étaient censés travailler mais peu importait. Tout ce qui comptait, c'était le fantasme qu'elle nourrissait depuis toujours et qui… était en train de se réaliser.

De son pouce, il caressa sa peau, contact rassurant mais qui, dans le même temps, fit se consumer sa chair et s'embraser ses sens. Elle avait envie de lui, et la réciproque était vraie :

ses yeux verts la couvraient d'un regard pénétrant animé d'une lueur révélant un désir charnel.

Avait-il été privé de sexe depuis aussi longtemps qu'elle ?

Elle releva le bord de son T-shirt et fit glisser ses doigts le long de la ceinture de son jean. Une mince ligne de poils foncés disparaissait plus bas, sous ses vêtements. Elle se surprit à souhaiter suivre cette ligne tout du long jusqu'à…

Il se redressa, interrompant ses pensées vagabondes. Alors qu'elle pensait le voir s'écarter d'elle et mettre un terme à cet assaut sensuel, il se pencha vers elle et l'embrassa de nouveau. Cette fois, le baiser fut plus intense, plus enivrant. Elle goûta la saveur de sa bouche, salée, sucrée avec une pointe de menthe. Une saveur délicieuse qu'elle recueillit sur ses lèvres.

Il poussa un gémissement, rauque, guttural, avide.

Elle le repoussa, doucement mais fermement, et commença à déboutonner son jean.

— Monsieur est plutôt caleçon ? le taquina-t-elle en tirant sur l'élastique de son sous-vêtement en flanelle.

— Je suis un adepte du coton. Tout comme toi.

— Exactement mon type d'homme, conclut-elle en riant. J'ignore ce que j'aurais fait si tu avais porté un string ficelle.

Il se mit à rire en se pressant contre elle Bientôt Blake ne sut plus à propos de quoi ils riaient. Toute son attention était accaparée par la sensation de son corps sous le sien et par toutes les réactions qu'elle pouvait provoquer chez lui.

Avec une lenteur consommée, elle fit descendre son pantalon, embrassant sa peau à mesure qu'elle le faisait glisser le long de ses cuisses. Son odeur empreinte de phéromones lui mit l'eau à la bouche tandis qu'elle déposait un baiser sur l'étoffe à la jonction de ses jambes et de son entrecuisse. Elle le sentit se tendre à ce contact et revenir à la vie sous ses lèvres.

Quoiqu'elle n'en ait aucune envie, elle s'interrompit.

Elle voulait l'amener à la supplier de lui faire l'amour. Elle prendrait tout son temps pour le séduire.

Le jean tomba au sol avec un bruit sourd. Ce ne fut pas ce son qui l'interrompit mais celui de son téléphone. Il se mit à vibrer bruyamment, avant de sonner.

— Je ferais mieux de répondre, dit-elle, un peu essoufflée.

Il hocha la tête mais elle vit à son expression qu'il était déçu.

Elle s'écarta de lui et saisit le téléphone.

— West.

— J'appelle à propos de l'affaire Robert Lawrence.

C'était le médecin légiste, Les Taver.

L'homme avait toujours été avare de civilités ; peut-être était-ce ce qui arrivait quand on travaillait toute la journée au contact des morts.

— Je suis heureuse de vous entendre à ce sujet, Les, dit-elle d'une voix ferme en se redressant.

— Après avoir procédé à une autopsie complète, je suis parvenu à une conclusion concernant la mort de la victime. Il s'agit d'un homicide.

8

Tomber dans les bras de Jeremy avait été une erreur, songea Blake. Le genre d'erreur qu'elle ne pourrait se permettre de reproduire. De si nombreuses raisons le lui rendaient inaccessible, le meurtre de son frère n'étant pas la moindre. À présent qu'elle avait un homicide sur les bras, tout ce qui se passerait entre eux pourrait être considéré comme un conflit d'intérêts. Pas question qu'elle prenne le risque d'être déchargée de l'enquête en raison des sentiments qu'elle éprouvait pour lui. Elle avait promis au capitaine Prather de faire le maximum pour résoudre cette affaire, et une liaison avec Jeremy ne ferait que tout mettre en péril.

Elle remit son ceinturon et le boucla.

— C'était le médecin légiste, dit-elle d'un ton grave. Il a déterminé que la mort de ton frère était due à un homicide.

Jeremy se releva aussitôt, sautillant sur place tandis qu'il enfilait son jean.

— Je le savais.

Elle s'empêcha de céder à l'envie de le regarder remonter la fermeture Éclair de son pantalon.

— Qu'a découvert le légiste ? reprit-il en la jaugeant du regard.

— Il affirme qu'il n'y avait pas de poudre sur les mains de Robert. Ton frère n'a pas pu tirer le coup de feu.

Elle baissa les yeux sur son téléphone.

— Il a ajouté qu'il m'enverrait son rapport. Ah, j'allais oublier, il a trouvé aussi une sorte de note.

— Une note ?

— Ton frère l'avait glissée à l'intérieur de sa ceinture de pantalon. Peut-être y a-t-il vu un moyen de nous transmettre un indice ? Taver a promis de me l'envoyer aussitôt.

À cet instant, son téléphone bipa.

— Tiens, la voilà, dit-elle en cliquant sur le mail du médecin légiste.

Jeremy se pencha par-dessus son épaule. Bien qu'un peu floue, la note manuscrite restait lisible.

À quiconque lira cette lettre.

Au moment où la foudre frappe, l'électricité emplit l'air. Le métal vibre et résonne. Les cheveux se dressent sur votre tête. La seule chose que puisse faire un mineur, c'est s'allonger et prier. Prier avec une immense ferveur. Ensuite on attend le moment où le million de volts va s'abattre… Et on espère échapper à la mort.

Jusqu'à présent, j'ai toujours cru que la foudre était ma pire appréhension, que je serais terrassé un pic dans mon sac et une pelle à la main. Je me rends compte aujourd'hui de mon inconscience. Ce n'était pas la foudre que j'aurais dû craindre. Le danger ne venait pas du ciel mais de la terre. J'aurais dû craindre mes semblables. Si j'avais fait plus attention, j'aurais compris que la chose que j'aime par-dessus tout provoquerait ma mort.

Robert Lawrence.

Que signifiait cette lettre ?

Jeremy regardait fixement l'écran de son téléphone.

— « La chose que j'aime par-dessus tout », relut-il à voix

haute. Qu'aimait-il par-dessus tout ? s'interrogea-t-il en se tapotant la lèvre inférieure.

Par terre, près de la boîte, était posé le document relatif à la procédure de présaisie.

— Crois-tu qu'il faisait allusion au terrain ? demanda-t-elle. À sa mine, peut-être ?

Jeremy hocha la tête.

— Sans aucun doute, mais pourquoi aurait-on voulu le tuer à cause de cela ?

Rangeant son téléphone dans sa poche, Blake se baissa pour ramasser la pile de documents qui attestaient les revenus que Robert tirait de la vente du cuivre.

— Regarde ça. Il gagnait de l'argent à foison. Peut-être quelqu'un s'en est-il rendu compte. Quelqu'un attiré par l'appât du gain. L'argent et l'amour sont les mobiles de meurtre les plus courants.

Jeremy fourragea dans ses cheveux.

— Qui lance les procédures de présaisie en général ? demanda-t-il.

— Dans le cas présent, c'est le comté qui en est à l'origine. Je pense que le trésorier du comté garde la propriété en caution jusqu'à ce que la somme soit payée ; dans le cas contraire elle est vendue aux enchères.

Elle blêmit comme le nom du trésorier lui revenait soudain en mémoire. Jeremy, craignant sans doute qu'elle ne défaille, la prit par les bras.

— Quel est le problème ? murmura-t-il.

— Je… Je le connais.

— Qui ? Le trésorier ?

Elle hocha la tête, le corps crispé, tétanisée sous le coup de cette révélation.

— Il s'appelle Roger Davy.

Jeremy fronça les sourcils.

— Et alors ?

— Roger Davy est le beau-frère du maire. Ce dernier est par ailleurs le frère du lieutenant de police Engelman, celui avec lequel j'ai eu maille à partir ce matin…

Elle se força à reprendre sa respiration avant d'ajouter :

— Et si jamais le maire avait quelque chose à voir avec tout cela ?

Elle devait se tromper de bout en bout. Le seul fait que plusieurs éléments mènent en direction de la famille Engelman ne signifiait pas que la corruption du système soit à l'origine de ce meurtre. Ne pas tirer de conclusions hasardeuses tant qu'elle n'avait inventorié toutes les pistes, s'enjoignit-elle.

Toutefois, si elle avait raison, elle était dans les ennuis jusqu'au cou.

Était-ce ce à quoi le capitaine Prather avait fait allusion ? Et la raison pour laquelle il avait voulu qu'elle mène l'enquête… Parce qu'il savait qu'elle n'avait pas de lien avec cette famille ? Entendait-il faire d'elle un bouc émissaire dans cette histoire ? Lui revint alors en mémoire la phrase que l'enquêteur en chef avait prononcée avant de prendre congé d'elle. « Je vous conseille de résoudre cette affaire avant que le maire n'ait l'occasion de riposter en apprenant que l'un de ses sbires ne sera pas aux commandes. »

Il fallait qu'elle s'assoie.

— C'est possible… Mais pourquoi ? reprit Jeremy. Que voulait obtenir le maire de mon frère ?

Elle vit son regard s'assombrir, elle aurait juré y avoir décelé un soupçon de haine.

— Je l'ignore, répondit-elle en haussant les épaules. Mais peut-être ont-ils lancé la procédure et se sont-ils ensuite trouvés contraints d'empêcher Robert de payer. Il devait avoir assez d'argent, ou du moins pouvoir le débloquer. S'il ne payait pas, n'importe qui aurait alors pu acheter sa propriété, se l'offrir pour quelques centaines de dollars.

— Cela aurait-il de surcroît octroyé à l'acquéreur les droits d'extraction ?

— Probablement, répondit Blake, dans la mesure où ils figurent sur le même acte.

— Le simple fait que ces hommes soient parents ne signifie pas qu'ils complotent. Je veux dire, pourquoi le maire se mettrait-il dans une situation compromettante ?

— La plupart de ces propriétés sont achetées par des holdings ou des sociétés d'investissement.

— Et alors ? la coupa-t-il, ne voyant toujours pas où elle voulait en venir.

— La plus grosse société d'investissement du comté s'appelle Investissements environnementaux Tartarus. Et devine qui en est le P-DG ?

Jeremy secoua la tête.

— Eh oui, le maire John Engelman en personne !

— En effet, ce n'est pas anodin. Toutefois, nous n'avons rien qui relie directement le maire à la mort de Robert, argua Jeremy.

— Pas encore, mais j'ai le sentiment que si nous creusons suffisamment nous trouverons ce que nous cherchons.

— Attends.

Jeremy s'appuya contre le dossier du canapé.

— Nous devons avancer avec précaution. Ne formulons pas de conclusions hâtives.

Oui, il avait raison. Elle ne pouvait pas accuser sans preuves. Car si elle se trompait sur ce point, les répercussions seraient de taille. Et elle serait la première à en pâtir…

— Nous devons apporter ces indices au poste de police, dit-elle en regardant les papiers éparpillés au sol.

— D'abord, nous devons nous assurer d'avoir des photographies de tout. Si ce que tu prétends est vrai, il y a de fortes chances que des indices disparaissent.

Blake se maudit intérieurement de ne pas y avoir pensé

la première. Elle photographia méthodiquement chacun des feuillets qui lui parurent utiles à leur enquête. Puis ils déposèrent les boîtes de documents au poste de police pour les faire mettre sous scellés.

Alors qu'ils quittaient le bureau, elle appela Prather.

— West, comment avance l'enquête ? lui demanda aussitôt ce dernier.

Elle lui fit part des conclusions du médecin légiste ainsi que du lien entre le maire et Davy. Le capitaine demeura un moment silencieux.

— Nom de Dieu, murmura-t-il. Avez-vous des preuves formelles ?

— Non, monsieur.

— En ce cas, pas un mot à qui que ce soit. Si vous vous trompez, cela pourrait nous coûter notre place à tous les deux.

— J'en ai bien conscience, monsieur.

Elle marqua une pause avant de demander :

— Auriez-vous le numéro du directeur de cabinet du maire ? Je souhaiterais savoir où se trouvait Engelman à l'heure de la mort de la victime.

Il lui débita un numéro. Qu'elle enregistra dans ses contacts.

— West, poursuivit le capitaine, mieux vaudrait sans doute que vous ayez tort. Ce genre de chose risquerait d'avoir d'énormes retombées, et pas seulement dans tout le comté.

— Que voulez-vous dire exactement, monsieur ?

Elle n'en fut pas certaine mais, au ton de sa voix, elle se demanda s'il ne regrettait pas soudain de lui avoir confié cette enquête.

— Rien, West. Allez-y doucement.

La ligne devint muette.

Elle regarda Jeremy qui était assis sur le siège passager, se tenant la tête entre les mains. Il avait dû tout entendre.

— Drôle de façon de passer tes jours de congé loin de ton service, n'est-ce pas ?

— Oui. Et il semblerait que j'aie besoin de quelques journées supplémentaires, lui répondit-il avec un sourire forcé.

Elle eut envie de lui prendre la main, toutefois elle s'en abstint. Il lui paraissait malavisé de le toucher, à présent. Les choses étaient déjà allées trop loin dans ce domaine. Ils ne pouvaient pas recommencer… Sauf à tout compromettre : leur amitié, son enquête, et même son travail. Et si, comme elle le présumait, le maire était impliqué, qui sait jusqu'où s'étendaient ses relations politiques ? Le Montana était un vaste État au plan géographique ; cependant, en matière de collusion d'intérêts, il pouvait parfois paraître beaucoup trop restreint. Ce qui signifiait que Jeremy pouvait, tout comme elle, être en danger.

Pour commencer, il lui fallait appeler le directeur de cabinet du maire. Afin d'éliminer Engelman de sa liste de suspects.

Elle composa le numéro que lui avait donné le capitaine et obtint aussitôt son correspondant.

— Ici la shérif adjointe Blake West. Je souhaiterais parler au maire. Est-il à Butte aujourd'hui ? commença-t-elle par demander.

— Non, il est à Helena. Il devrait rentrer demain matin. Puis-je lui faire part de votre appel ?

— Non, répondit-elle d'un ton peut-être un peu trop catégorique, avant de reprendre un peu plus nonchalamment : Ce ne sera pas nécessaire. À tout hasard, sauriez-vous depuis quand il se trouve à Helena ?

Le collaborateur d'Engelman resta un moment silencieux.

— Eh bien, il avait la finale du championnat des sports de tir du Montana ici, à Butte, cette semaine. Il a donc dû attendre ce matin pour partir. Son épouse le rejoindra à Helena dans la soirée.

Un championnat de tir ? Si Engelman y avait participé,

cela lui fournirait un solide alibi pour l'heure de la mort de Robert.

— Oh ! j'ai entendu parler du championnat, prétendit Blake dans l'espoir d'inciter le directeur de cabinet à lui en dire plus. Quel a été le résultat du maire ?

L'homme se mit à rire.

— Oh ! il ne concourait pas. Il a dû y faire quelques apparitions, histoire de se montrer.

— Je vois, murmura-t-elle.

— Y a-t-il une chose dont vous souhaitiez lui parler en particulier ?

Blake sentit son ventre se nouer comme elle percevait l'insistance du directeur de cabinet. Personne ne devait avoir vent de son enquête ni de la direction que celle-ci prenait...

— Non, rien de spécial. Je tâcherai de le contacter ultérieurement.

Puis, histoire de brouiller les pistes, elle s'empressa d'ajouter :

— Notre service se demandait simplement s'il serait disponible, plus tard dans le mois. Nous organisons un événement public, prétendit-elle.

— Oh ! d'accord.

La voix de son interlocuteur avait instantanément retrouvé de sa chaleur.

— Je suis sûr qu'il sera intéressé.

— Parfait, absolument parfait, conclut Blake en sentant la panique l'assaillir de nouveau. À très bientôt alors.

Elle raccrocha.

Sa ruse avait fonctionné, mais pour combien de temps ? Appeler le collaborateur du maire n'avait peut-être pas été une bonne idée, après tout. À présent, le magistrat l'aurait dans le collimateur. Et s'il avait, d'une manière ou d'une autre, quelque chose à voir avec la mort de Robert Lawrence, le coup de fil qu'elle venait de passer lui mettrait la puce à l'oreille. Elle poussa un soupir consterné.

— Que se passe-t-il ? lui demanda Jeremy avec un regard inquiet.

Elle tenta de chasser les pensées qui la tracassaient.

— Rien. Pas de souci.

— Je te connais. Je sais quand tu me mens.

Était-ce vrai ? La « connaissait-il » vraiment ? Elle se débrouillait seule depuis si longtemps qu'elle renâclait à l'idée qu'un homme — non, pas seulement un homme mais Jeremy — puisse tenir suffisamment à elle pour penser qu'il la « connaissait ». Elle le regarda pendant un moment, remarquant les pattes d'oie à peine visibles qui ornaient ses yeux parfaits en forme d'amande. Des yeux qui semblaient la transpercer. Des yeux qui semblaient la voir telle qu'elle était et pas comme la personne dure qu'elle tentait de paraître.

Elle détourna le regard. Elle ne devait pas succomber au charme de ces yeux, de cet homme. Elle ne pouvait se permettre de perdre sa concentration ni sa raison.

— J'ai une piste à vérifier, lui confia-t-elle, éludant la question. Il me faut savoir quand le maire s'est montré au championnat des sports de tir.

— Quel rapport avec la mort de Robert ?

— Aucun, mais cela nous fournira peut-être un solide point de départ pour enquêter sur notre suspect numéro un.

9

Sur le champ de tir, hommes et femmes s'entraînaient au ball-trap dans un concert de détonations, et l'odeur de la poudre emplissait l'air. Bizarrement, Blake se sentit incommodée par cette odeur de poudre. Elle avait pourtant passé nombre de journées au stand de tir avec son Glock 22 calibre 40 de service. Une arme dont était muni chaque policier du bureau du shérif — lequel couvrait à la fois la ville de Butte et le comté de Silver. Au fil du temps, la sienne lui était devenue spéciale, comme si elle faisait désormais partie d'elle, songea Blake. Elle porta la main au pistolet, rassurée par son contact familier.

Jeremy et elle s'avancèrent en direction du club-house. Un homme d'une petite vingtaine d'années était assis au comptoir, plongé dans la lecture d'un magazine consacré aux armes. Il leva les yeux à leur approche.

— Shérif adjointe, en quoi puis-je vous aider ? s'enquit-il en fermant aussitôt son magazine.

Blake sourit.

— Je m'interrogeais à propos de la compétition qui s'est déroulée hier. Le maire était-il présent ?

— En effet, lui répondit le gérant du club-house en hochant brièvement la tête. Engelman a fait un excellent discours sur la nécessité de faire respecter nos droits garantis par le deuxième amendement.

— Combien de temps a duré la compétition ?

— Les épreuves éliminatoires ont commencé la semaine dernière. La finale s'est tenue hier.

Il se mit à disserter sur les vainqueurs et leurs performances. Blake hochait la tête de temps à autre pour lui montrer qu'elle lui accordait toute son attention.

— Le maire a-t-il été présent en permanence ? s'enquit Jeremy alors que l'homme marquait une pause entre deux statistiques.

Le gérant hocha la tête.

— Il a été présent sporadiquement durant la semaine et hier il est resté presque toute la journée. Il était très intéressé. Vous auriez dû le voir… Il s'est même présenté sur le champ de tir. Il a raté quasiment toutes les cibles, mais vous savez ce que c'est quand ce n'est pas votre arme…

— Il n'est pas bon tireur ? releva Jeremy, et Blake le vit lui lancer un regard interrogateur.

L'homme esquissa un sourire.

— Je n'ai pas dit cela. Le fusil n'est simplement pas son arme de prédilection.

Que le maire ne soit pas doué avec un fusil n'impliquait pas qu'il en soit de même avec une arme de poing… En particulier celle qui avait été utilisée pour le meurtre de Robert. À une distance aussi rapprochée, n'importe qui pouvait être un bon tireur. Cependant le maire aurait-il choisi de se salir les mains ? L'homme qui excellait à serrer des mains, à faire des discours et à embrasser des bébés serait-il réellement capable d'appuyer sur la détente pour parvenir à ses fins ?

Jeremy émit un rire compréhensif.

— Nous ne pouvons pas tous être doués dans tous les domaines. N'est-ce pas ? reprit-il pour se concilier les grâces du gérant du club.

— En tout cas, répliqua ce dernier, j'ai entendu dire qu'Engelman se défendait très bien avec une arme de poing.

— Vraiment ?

Blake dressa l'oreille.

— C'est la rumeur qui court au club-house, poursuivit le gérant. Un homme présent hier soir a dit qu'il s'était exercé au tir avec le maire la semaine dernière. Il a affirmé qu'Engelman était une fine gâchette.

— Et qui est cet homme ? demanda Jeremy en s'appuyant contre le comptoir afin, présuma Blake, de paraître nonchalant et amical… de mettre toutes les chances de son côté pour inciter le gérant à lui en dire davantage.

Le spectacle du lieutenant Lawrence en action, sa façon de regarder cet homme comme s'il était un ami plutôt que l'éventuelle source des informations dont ils avaient tant besoin, la fascinèrent.

— Je pense qu'il s'appelle Todd. Todd O'Banyon ou quelque chose comme ça.

— O'Banyon ? reprit Blake. Vous voulez dire O'Brien ? Todd O'Brien ?

Le voisin de Robert.

— Ce doit être cela. Le maire et Todd étaient au bar, ajouta le gérant en désignant la porte, de l'autre côté du club-house, qui devait mener à la taverne. Todd a bu quelques bières après le départ du maire et il n'a cessé de proclamer quels bons amis ils étaient. Il se pensait quelqu'un d'important. À l'en croire, le maire lui a acheté une arme dernièrement.

— Savez-vous quel genre d'arme ? demanda Blake.

L'homme haussa les épaules.

— Un Glock. Je ne me rappelle plus lequel. Comme je vous l'ai dit, le client avait déjà éclusé plusieurs bières. Il est possible qu'il ait tout inventé.

— Qu'entendez-vous par là ?

Jeremy s'était raidi, mais le gérant ne parut pas s'en apercevoir.

— Je ne saurais dire. Il racontait un peu n'importe quoi… Par exemple, que s'il savait mener sa barque, il deviendrait millionnaire. Vous voyez, ce genre de fadaises.

S'étaient-ils complètement fourvoyés ? O'Brien était-il l'homme qu'ils recherchaient ? Ou alors était-il impliqué dans la machination ourdie par le maire ? Mais pourquoi le maire achèterait-il une arme à un particulier… Et plus précisément au voisin de Robert ?

— Et a-t-il fait mention de ce qu'il comptait faire pour gagner ces millions ? poursuivit Jeremy d'un ton où perçait une certaine froideur.

L'homme changea de position sur sa chaise.

— Je l'ignore, répondit-il en haussant les épaules. Pour moi, c'était de l'hébreu. Il s'agissait sans doute d'investissement ou de quelque chose comme ça.

Blake songea à la propriété d'O'Brien, couverte d'épaves de voitures et remplie de détritus. Comment un homme qui n'arrivait pas à entretenir sa propriété pourrait-il investir dans quoi que ce soit ? D'aussi loin qu'elle se souvienne, Todd O'Brien n'avait jamais travaillé.

— Y a-t-il quelque chose que je devrais savoir ? leur demanda le gérant du club-house soudain inquiet.

Jeremy secoua la tête.

— Non, rien d'important. Nous nous renseignons sur différentes choses. Néanmoins, si nécessaire, cela vous ennuierait-il que nous revenions vous poser quelques questions supplémentaires ?

Le gérant lui sourit.

— Pas du tout. J'apprécie tout ce que vous faites. Vous exercez le plus difficile des métiers en assurant la sécurité de vos concitoyens. Le moins que je puisse faire est de répondre à quelques questions.

Parfois, Blake adorait vivre dans le Montana, où les représentants de la loi étaient — la plupart du temps — traités avec respect. Ce n'était pas la même chose partout ailleurs. Elle ne cessait de le lire dans les gros titres de la presse nationale. Des policiers étaient pris pour cible ou leur maison vandalisée simplement en raison du métier qu'ils effectuaient. Quand ils ne devaient pas se défendre d'être des policiers corrompus…

Elle songea au maire. Peut-être était-il au cœur du problème. Le service public abritait toujours quelques brebis galeuses. C'était indissociable du monde de la politique. Malheureusement, partout dans le pays, c'étaient des policiers comme elle qui servaient de boucs émissaires.

Jeremy parcourut les photographies enregistrées sur l'appareil photo de Blake. Il fit défiler celles du corps de Robert et s'arrêta sur l'image du pistolet gisant près de la main de son frère. C'était l'arme de service de la police, un Glock.

Il eut l'intime conviction que ce pistolet était le même que celui dont venait de leur parler le gérant du club-house. Un sentiment de haine pulsa dans tout son être. Le maire était vraisemblablement à l'origine du meurtre de son frère. À présent, il ne leur restait plus, à Blake et lui, qu'à le prouver.

Il la regarda qui faisait signer sa déposition au gérant. L'homme avait accueilli l'interrogatoire avec les meilleures dispositions. À Missoula, le contact avec le public était un peu plus tendu… En particulier suite à la série d'incendies criminels et à son implication dans l'enquête. Son service et lui-même s'évertuaient encore à regagner la confiance de leurs concitoyens.

Il était difficile de savoir à qui l'on pouvait faire confiance et le public était confronté au même dilemme. Dans un monde empli de mensonges et de corruption, rares étaient ceux qui gardaient la tête haute et appliquaient un code d'honneur.

Il reporta les yeux sur les photographies et continua de les faire défiler. Il arriva à celles qu'ils avaient prises plus tôt chez Robert. Parmi les documents ainsi sauvegardés, il en était certains, sélectionnés par Blake, qu'il n'avait pas vus. Il prit le temps de les consulter. Il tomba sur une photographie que Robert avait prise d'une voiture garée dans l'allée de la maison de Todd, son voisin. La date indiquait qu'elle remontait à la semaine précédente.

Pourquoi Robert avait-il photographié cette voiture ? Et pourquoi conserver le cliché dans ses dossiers ? Il avait dû vouloir le garder pour témoigner d'un fait. Mais lequel ?

Il zooma sur la plaque d'immatriculation. Il s'agissait de ces plaques bleues personnalisées vantant le parc national de Glacier. Il prit note du numéro et appela les services de l'immatriculation des véhicules. Une femme lui répondit, à laquelle il fit part de sa demande.

Il y eut une longue pause à l'autre bout de la ligne durant laquelle il entendit le cliquetis d'un clavier.

— Ce numéro d'immatriculation correspond à un Land Rover gris métallisé de 2015 enregistré au nom de John Engelman, annonça enfin l'employée. Y a-t-il autre chose pour votre service, monsieur ?

Il eut soudain l'impression que l'oxygène se raréfiait dans ses poumons.

— Non, merci, lui répondit-il, prononçant ces mots au prix d'un réel effort.

Robert lui avait laissé un indice. La preuve qu'il lui fallait pour mettre ce salaud d'Engelman à genoux.

10

Le trajet de retour jusqu'à leurs domiciles respectifs fut tendu. Blake était furieuse contre elle-même. Comment avait-elle pu ne pas prêter attention à la photographie de la voiture du maire ? Jeremy, muré dans son silence, lui en tenait-il rigueur ou était-il simplement préoccupé par les détails de cette affaire ? Elle n'aurait su le dire.

Elle espéra qu'il ne l'estimait pas incompétente. Elle tentait d'avancer le plus vite possible sur ce dossier et si des éléments lui avaient échappé, cela ne signifiait pas pour autant qu'elle n'en avait que faire. Au contraire, elle se sentait plus impliquée qu'elle ne l'aurait dû. La plupart du temps, même lorsqu'elle connaissait les victimes, elle était capable de prendre du recul… Mais pas cette fois, pas alors que le défunt était le frère de Jeremy.

Peut-être étaient-ils trop proches. Elle repensa aussitôt au moment où elle s'était retrouvée enlacée avec lui sur le sol de la maison de Robert. Elle avait éprouvé une incroyable sensation d'excitation, d'euphorie, à l'idée qu'il la désire. Toutefois, c'était une erreur, elle n'aurait pas dû baisser sa garde.

À présent, tout ce qu'ils faisaient ensemble, échange de paroles les plus banales, le moindre regard, était chargé de tension. Du moins le ressentait-elle comme tel.

Jeremy descendit de voiture et claqua la portière aussitôt qu'elle se fut garée.

— Attends ! lui lança-t-elle en se dépêchant de le rattraper. C'est quoi, ton problème ?

Il se retourna, l'air surpris.

Son manque de confiance en elle ne l'avait-elle pas amenée à tirer des conclusions un peu hâtives ? Après tout, peut-être n'était-il pas furieux contre elle…

Elle regretta aussitôt d'avoir employé ce ton.

— Que se passe-t-il, Jeremy ? lui demanda-t-elle, changeant de tactique pour vérifier si elle s'était fourvoyée.

Il fronça les sourcils.

— Rien.

Il était en mode policier. Tout en lui, de la façon dont ses yeux s'étaient assombris à celle dont, en cet instant même, son corps se détournait d'elle comme s'il souhaitait désespérément lui échapper, proclamait le contraire.

— Ne me mens pas, Jeremy.

Il se tourna pour lui faire face.

— Il n'y a pas de problème, lui rétorqua-t-il d'une voix brusque et dure.

Blake s'avança vers lui jusqu'à ce qu'ils soient nez à nez.

— Tu n'as pas à être en colère contre moi. Toi aussi, tu as laissé passer cette photographie dans un premier temps. L'essentiel, c'est que…

— Ce n'est pas cela, l'interrompit-il, regardant en direction de chez elle.

Elle suivit son regard. À l'intérieur, les lumières étaient éteintes, cependant cela n'excluait pas que sa mère puisse les observer.

— Alors, qu'est-ce que c'est, Jeremy ? reprit-elle en tournant le dos aux fenêtres. Es-tu furieux à propos de ce qui s'est passé entre nous chez ton frère ? Si tel est le cas, ne t'inquiète pas, cela ne se reproduira pas. C'était une erreur.

Il lui prit les bras et la regarda dans les yeux.

— Arrête. Je ne suis pas fâché contre toi.

— En ce cas, pourquoi sembles-tu tellement en colère ? Pourquoi as-tu à peine prononcé une parole depuis que nous avons quitté le stand de tir ?

— Je ne suis pas en colère. Je suis seulement… Je ne sais pas… Écoute, voilà le problème. Dans quelques minutes, je vais devoir entrer ici, poursuivit-il en s'avançant vers la maison de ses parents. Et je vais devoir dire à mes parents que nous n'avons pas de suspect pour le meurtre de Robert. Ils voudront savoir tout ce qu'a dit le médecin légiste ainsi que ce que nous avons fait jusque-là. Et ce sera violent.

— Tu n'es pas obligé de tout leur révéler, argua-t-elle, se radoucissant à son contact.

— Plus facile à dire qu'à faire. Si tu penses que ta mère est ingérable, imagine comment elle deviendrait s'il t'arrivait quelque chose.

Elle frémit à cette pensée. Sa mère serait éperdue de douleur. Même si elles s'exaspéraient réciproquement, elles représentaient tout l'une pour l'autre.

— Ma mère est anéantie, c'est la première fois que je la vois dans cet état.

Il caressa du pouce le tissu de son uniforme.

— Le pire dans tout cela, c'est que j'ignore comment me comporter. Je n'ai jamais été doué pour ce genre de choses. Je ne sais pas trouver les mots qu'il faut pour les réconforter.

— Écoute simplement ton cœur et sois sincère.

Au moment où ces mots franchirent ses lèvres, Blake ne put s'empêcher de se sentir hypocrite. Elle était là à lui dire de se montrer sincère, d'écouter son cœur, cependant elle, elle s'apprêtait à faire exactement le contraire. Elle ne pouvait lui avouer ce qu'elle ressentait… Le désir qu'elle avait toujours éprouvé pour lui. Cela représentait pour elle un trop grand risque d'accorder sa confiance à quelqu'un d'autre.

— Je…

Il s'interrompit.

— Qu'allais-tu dire ? l'encouragea Blake.

Le recoin de son cœur qui recelait ses désirs s'éveilla à la vie en caressant l'espoir que Jeremy dirait ce qu'elle avait envie d'entendre… Qu'il l'aimait, la désirait et qu'ils pourraient unir leurs destins.

Il lui lâcha les bras et s'écarta d'elle. Blake soupira intérieurement. La manière dont il avait fait ce mouvement lui suggérait qu'il ne mettait pas seulement entre eux une certaine distance physique mais également émotionnelle.

— J'apprécie ce que tu fais, Blake, lui assura-t-il, la dureté de sa voix en contradiction directe avec la douceur du message porté par les mots. Je veux dire, l'enquête et tout le reste. Tu fais tout ce que tu peux.

Elle attendit le « mais », retenant son souffle dans l'intervalle.

— Mais, poursuivit-il, ce que nous avons fait chez Robert… Tu as raison, ç'a été une erreur. Je ne suis divorcé que depuis un peu plus d'un an, c'est trop tôt pour moi de m'engager dans une autre relation. Et je dois penser à ma fille. Je…

Elle hocha la tête, sans trop savoir si elle aurait la force d'entendre la suite.

— Je suis sûr que tu ressens la même chose, conclut-il.

Il était à des lieues d'imaginer ce qu'elle ressentait à cet instant… Elle n'avait qu'une envie : s'enfuir à toutes jambes pour aller se cacher sous sa couette. Toutefois, une autre part d'elle souhaitait faire front et lui dire qu'il avait tort… Qu'ils pouvaient tout concilier et être ensemble. Qu'ils pouvaient trouver une solution s'ils s'aimaient assez.

« Aimer ».

Ce mot lui parut déplacé. Envahissant. Et elle sentit le poids de son sens se propager en cascade dans tout son corps, jusqu'à ses orteils. Voilà où était le problème. Aucun d'eux, que ce soit Jeremy ou elle, n'était ouvert à l'amour.

Il ne restait plus de place dans leurs cœurs respectifs.

Blake s'assit sur le bord du lit de Megan et caressa les cheveux blonds de sa fille. Elle sentait le shampoing à la lavande et elle respirait l'innocence.

— Dors, ma puce.

Elle se pencha pour l'embrasser sur le front, puis elle se tourna pour ranger un livre sur l'étagère, à côté de la poupée rousse qu'adorait sa fille.

— Maman, attends, lui demanda sa fille au moment où elle s'apprêtait à quitter sa chambre.

— Qu'y a-t-il, chérie ?

— Maman, reprit Megan d'une voix douce et ensommeillée. Vas-tu un jour te marier ?

Prise au dépourvu, elle se laissa retomber sur le lit.

— Que veux-tu dire ? Pourquoi cette question ?

— Tout à l'heure, grand-mère était au téléphone et elle parlait de Jeremy. Elle a dit qu'elle espérait te voir épouser un homme comme lui.

Megan lui prit la main. Sa peau était douce et chaude.

— Est-ce que tu l'aimes ?

Blake maudit intérieurement sa mère. Pourquoi Gemma mettait-elle ce genre d'idées dans la tête de Megan ? Il n'y avait pas de bonne réponse. Quoi qu'elle dise, Megan la harcèlerait de questions… Des questions qu'une fillette de treize ans n'avait pas à poser. À son âge, elle devait seulement profiter de sa jeunesse et ne certainement pas s'inquiéter des relations amoureuses de sa mère ou de son absence de relations amoureuses.

Elle songea à Jeremy et au stade où ils en avaient laissé les choses. Peut-être avait-il eu raison de la repousser en invoquant l'excuse qu'ils devaient d'abord penser à leurs enfants. Si la situation devait être aussi confuse et aléatoire, pas question en effet qu'elle y implique Megan. Sa fille avait par-dessus tout besoin d'être protégée.

— Je t'aime, ma puce.

Elle écarta une mèche de cheveux du cou légèrement moite de Megan.

— Je sais, maman, mais ce serait sympa.

— Que veux-tu dire ?

— Eh bien, je suppose que… Ce serait plutôt bien si j'avais un père. Je veux dire un père que je puisse voir. Réfléchis. Je pourrais même avoir une sœur si tu épousais Jeremy. Ce serait tellement génial.

Blake préféra éviter de faire voler en éclats les illusions de Megan en lui disant que, dans la vraie vie, les relations n'étaient pas aussi simples.

— Nous n'avons pas besoin d'un homme dans notre vie pour être heureuses, ma puce. Nous, femmes, sommes très fortes. Nous pouvons tout faire, affirma-t-elle en fléchissant les bras tandis qu'elle tentait de percer à jour le sens caché des paroles innocentes et néanmoins blessantes de sa fille.

— Oh ! je sais que tu es forte, maman, lui répondit Megan en agitant la main comme pour écarter une objection. Mais il te fait sourire. J'aime quand tu souris. Tu es si belle.

— Pas aussi belle que toi.

Elle aurait aimé prendre sa fille dans ses bras et lui dire qu'elle aussi voulait un homme dans sa vie. Au lieu de cela, elle se contenta de l'embrasser en lui souhaitant bonne nuit et de se glisser hors de la chambre. Elle s'adossa au mur du couloir et elle inspira profondément.

Bien sûr, elle voulait une famille complète pour Megan cependant, elle ne pouvait lui dire la vérité… À savoir que Jeremy ne voulait pas s'engager.

Car cette vérité-là était tout simplement trop douloureuse.

11

Le lendemain matin, Jeremy l'attendait près de sa voiture quand elle sortit. Il semblait tellement séduisant dans son jean moulant et la chemise à carreaux qui lui donnait l'allure d'un bûcheron sexy.

Lorsqu'elle s'approcha, il lui tendit un gobelet de café Starbucks.

— J'espère que tu accepteras mon calumet de la paix.

Elle fronça les sourcils, faisant néanmoins de son mieux pour se montrer agréable — afin de lui montrer ce qu'il manquait en ne la choisissant pas ? s'enquit une petite voix au fond d'elle.

— Quelle variété est-ce ?

— Pumpkin spice latte.

La plupart des collègues avec qui elle travaillait aimaient leur café noir et nature… Un peu comme si c'était une sorte de preuve symbolique qu'ils étaient plus endurcis que le commun des mortels qui ajoutait un arôme, de la crème et du sucre à son café. Contrairement à eux, elle adorait le pumpkin spice. Jeremy le savait-il ou était-ce un coup de chance ?

— Lait entier ou écrémé ?

— Entier, lui répondit-il avec ce sourire particulier qu'il semblait lui réserver. Rien que le meilleur pour toi.

— Merci.

Elle prit le café en se gardant bien de toucher ses mains hâlées.

— Pourquoi ce soudain revirement d'humeur ?

Au moment où elle posa la question, elle le regretta. S'il était une conversation qu'elle ne souhaitait pas avoir, c'était celle-là.

— Peu importe. Inutile de répondre à cela, reprit-elle, tentant de se rattraper.

— Sache simplement que je m'en veux de t'avoir dit ce que je t'ai dit.

Elle attendit qu'il ajoute « Je suis désolé », mais ce ne fut pas le cas. Et que voulait-il dire au bout du compte ? Quelle importance que Jeremy lui avoue regretter les propos qu'il lui avait tenus la veille s'il persistait dans son choix de la maintenir à distance ?

Hésitante sur la conduite à tenir, elle but une grande gorgée de café brûlant.

— J'espérais pouvoir aller voir le maire avec toi aujourd'hui, reprit Jeremy.

Ah ! c'était donc cela. Il s'inquiétait seulement de ne plus avoir accès à l'enquête. Elle envisagea de lui conseiller d'aller au diable mais la vérité était qu'elle ne pouvait l'écarter alors que tout était centré autour de son frère. Il avait un intérêt personnel dans cette affaire.

— Très bien. Monte.

Cette fois, le charmant sourire qu'il lui adressa n'eut pas sur elle l'effet dévastateur habituel. S'installant au volant, elle démarra brusquement, faisant crisser les pneus en quittant l'allée.

Le trajet fut silencieux, cependant elle remarqua que Jeremy ne cessait de lui lancer des regards furtifs. La troisième fois où elle le surprit à la regarder, elle dut se mordre la langue pour s'empêcher de dire quelque chose qu'elle risquerait de regretter.

— J'ai parlé à Penny ce matin, avant qu'elle ne parte à l'entraînement, finit-il par dire, un peu comme s'il s'était évertué à trouver un sujet de conversation neutre, non compromettant. Elle joue au football. Megan pratique-t-elle un sport ?

S'imaginait-il vraiment que parler de leurs enfants lui faciliterait la tâche ?

— Non.

— Joue-t-elle d'un instrument ?

— Non, répéta-t-elle en se limitant volontairement à des réponses monosyllabiques.

— Quel dommage, commenta-t-il.

Cependant, la manière dont il la regardait lui confirma que sa remarque ne s'appliquait pas aux éventuelles activités périscolaires de Megan.

— Penny adore le football. Elle y joue depuis le cours préparatoire. Et elle est plutôt douée.

— Oh ! vraiment ?

Blake s'engagea sur la route principale menant à la mairie. Un Land Rover gris métallisé était garé devant le bâtiment. Apparemment, Engelman se trouvait sur place.

— Tu as vu ? lui demanda Jeremy.

Comme si elle avait pu ne pas remarquer ce véhicule !

— Oui, fit-elle.

Il se redressa sur son siège ; visiblement, il en avait assez de ses réponses laconiques car il déclara d'un ton sentencieux :

— Nous devons afficher un front uni, sinon le maire tirera avantage de notre faiblesse.

Jeremy se trompait lourdement s'il la croyait faible.

— Dans ce cas, peut-être devrais-tu rester dans la voiture, lui assena-t-elle.

— Arrête, Blake, s'emporta-t-il, l'air peiné. Je t'ai dit que j'étais désolé.

— Non. En fait, tu n'as rien dit de tel. Au lieu de cela,

tu m'as clairement fait comprendre que l'enquête était tout ce qui compte pour toi… Ce qui est très bien, d'ailleurs. Ta famille compte énormément pour toi, et…

Moi pas. Elle s'interrompit avant de laisser échapper ces misérables mots. Elle ne voulait pas lui donner l'impression de s'apitoyer sur elle-même.

— Toi aussi, tu comptes pour moi, lui dit-il en lui prenant la main.

Elle la retira aussitôt.

Comment avait-il pu savoir ce qu'elle pensait ?

— D'où mes propos d'hier, ajouta-t-il.

Il laissa sa main ouverte entre les deux sièges, comme s'il attendait qu'elle y repose la sienne.

— Je veux éviter que l'un ou l'autre d'entre nous ne souffre. Nous ne vivons pas au même endroit. Et nous avons des vies qui, une fois tout ceci terminé, nous entraîneront dans des directions différentes. Il serait naïf de croire que nous pourrions tout avoir.

Elle comprit la logique de son raisonnement, toutefois son cœur la poussait à se montrer déraisonnable… Ne serait-ce que pour assouvir le désir qui la taraudait.

— Tu as raison, murmura-t-elle en baissant les yeux sur sa main.

De peur d'être tentée d'y apposer la sienne, elle ouvrit sa portière et descendit de voiture, la refermant brutalement de façon qu'il ne puisse l'entendre répéter en soupirant :

— Nous ne pouvons pas tout avoir.

Le maire se tenait renversé dans son fauteuil, les pieds posés sur le bureau comme s'il faisait un somme. Il se redressa à leur arrivée, nullement gêné d'avoir été surpris dans cette position.

— Shérif adjointe West, on m'a prévenu que vous vouliez

me voir, dit-il en se levant pour les inviter d'un geste à s'asseoir dans les sièges qui faisaient face à son bureau.

Son énorme ventre retombait par-dessus la ceinture de son pantalon, et sa chemise était distendue. Il tenta fébrilement d'ajuster sa veste de costume pour dissimuler les boutonnières mises à rude épreuve.

Blake adressa un regard circulaire à la pièce. Elle était décorée d'une collection de livres de droit anciens, de bronzes à l'effigie de pompiers et de policiers. Engelman espérait-il que les qualités incarnées par ces hommes de devoir allaient déteindre sur lui ? Blake se reprocha aussitôt cette pensée mesquine.

— Merci de nous recevoir, monsieur le maire, dit-elle en prenant place sur un siège, imitée en cela par Jeremy.

— Je vous présente mon collègue, Jeremy Lawrence. Il apporte son aide à notre service dans une enquête.

— Puis-je savoir dans quelle enquête ? s'enquit le maire en se laissant retomber lourdement sur son siège.

Jeremy se pencha en avant, appuyant les coudes sur les accoudoirs du fauteuil en cuir.

— En fait, il s'agit de l'homicide perpétré à l'encontre de mon frère, Robert Lawrence.

Le maire fronça les sourcils, mimique déplacée sur le visage habituellement impassible de l'homme politique.

— Robert Lawrence, reprit-il en se tapotant la lèvre inférieure comme s'il réfléchissait. Je crains de ne pas le connaître.

— C'est étrange, déclara Jeremy en s'engouffrant dans la brèche. Vous étiez garé devant la maison de son voisin, et ce pas plus tard que la semaine dernière. Nous avons trouvé une photographie de votre véhicule dans les affaires de mon frère.

— Si la victime est votre frère, monsieur Lawrence, ne pensez-vous pas que cette affaire constitue pour vous un conflit d'intérêts ? insinua Engelman, éludant prudemment l'accusation de Jeremy.

— Mon professionnalisme n'est pas sujet à débat, monsieur le maire.

Le maire se mit à rire.

— Nous ne sommes pas dans un épisode des *Experts*. Le simple fait que l'on ait photographié ma voiture stationnée à proximité de cette mine ne signifie pas qu'il existe un lien quelconque entre votre frère et moi. Comment avez-vous dit qu'il se nommait, déjà ?

En voyant le visage de Jeremy s'assombrir, Blake s'empressa d'intervenir. Il fallait éviter à tout prix que la situation ne dégénère.

— Le nom de la victime est Robert Lawrence, dit-elle calmement. Nous avons, sur mandat du juge, perquisitionné son domicile le lendemain de la découverte de son corps. J'espérais seulement que votre témoignage nous permettrait d'apporter un éclairage nouveau sur cette affaire.

Le maire consulta sa montre : une manière de leur faire comprendre qu'ils lui faisaient perdre son temps et qu'il avait mieux à faire.

— Shérif adjointe West, croyez bien que je m'efforce toujours d'aider la police dans son travail. Cependant, il n'est rien que je puisse vous apprendre en relation avec cette affaire d'homicide. Si tout ce que vous avez me concernant est une photographie de mon véhicule garé dans l'allée du voisin de la victime, je ne suis pas sûr de comprendre ce que vous faites encore dans mon bureau, ajouta-t-il d'un air condescendant.

La fureur déforma les traits de Jeremy.

— Nous sommes là parce que vous êtes un…

— Élément essentiel de notre enquête, compléta Blake avant que Jeremy ne profère des propos qui ne pourraient que les desservir l'un et l'autre.

Elle sortit la photographie de l'arme qu'ils avaient trouvée dans la mine près du corps de Robert.

— Avez-vous déjà vu cette arme ?

Le maire prit la photographie pour l'étudier. Blake en profita pour se tourner vers Jeremy et l'exhorter en silence à se modérer. Il fit un geste de la tête en direction d'Engelman et marmonna quelque chose qu'elle ne comprit pas vraiment. Cependant, le mépris qu'elle lut dans ses yeux était, à lui seul, suffisamment éloquent. Elle le fusilla du regard et il se renfonça dans son siège avec un soupir résigné.

Le maire releva la tête.

— Où avez-vous trouvé cette arme ?

— L'avez-vous déjà vue ?

Blake avait réitéré sa question en évitant soigneusement de lui communiquer la moindre information. Il fallait qu'elle le piège, qu'elle le fasse sortir de ses retranchements.

Le maire haussa les épaules. Pas étonnant qu'il soit devenu un homme politique, se dit-elle face à la placidité qu'il affichait. Une réaction aux antipodes de celle de la plupart des gens lorsqu'ils se savaient soupçonnés dans une enquête pour homicide. L'espace d'un instant, elle se demanda s'il était pareil au lit, réservé et dédaigneux.

Elle posa les yeux sur Jeremy. Son visage était cramoisi et la veine de son cou commençait à saillir légèrement. D'après leurs préliminaires dans la maison de Robert, elle était prête à parier qu'il était le genre d'homme à se délecter du corps d'une femme.

Comme elle aurait aimé avoir l'occasion d'expérimenter tous ses talents. À cette idée, le désir se mit à pulser dans tout son être. Elle changea de position sur son siège, s'obligeant à reporter toute son attention sur le visage joufflu d'Engelman.

— Oui ou non, monsieur le maire ? Avez-vous déjà vu cette arme ?

— C'est un Glock, n'est-ce pas ?

— Dois-je considérer cela comme un « Oui, j'ai déjà vu cette arme » ?

— C'est possible. J'ai vendu un pistolet tel que celui-ci, il y a quelques semaines.

— Vendu ou acheté ?

Le maire la regarda fixement.

— J'ai bien dit « vendu ». Ce que je ne peux vous affirmer, en revanche, c'est s'il s'agit du même pistolet.

— Il nous a été rapporté que vous aviez *acheté* une arme similaire récemment. Est-ce exact ?

Engelman secoua la tête. Son front s'était plissé.

— J'ai acheté mon Glock il y a cinq ans à une vente aux enchères de la police. Je pense que c'était lors d'une collecte de fonds organisée par votre service, d'ailleurs, si je me souviens bien.

Quoi, il possédait cette arme depuis cinq ans ? Les informations ne concordaient pas. Le gérant du stand de tir leur avait affirmé que Todd O'Brien s'était vanté d'avoir vendu un pistolet à Engelman dernièrement.

— Et à qui avez-vous vendu cette arme ? l'interrogea Blake.

Le sang se retira du visage d'Engelman, il devint couleur de cendre.

— Il y a un problème, monsieur le maire ? s'enquit Jeremy d'un ton un peu trop enjoué.

— N… on, marmonna Engelman. Aucun problème. En fin de compte, je crois que je sais qui est votre frère.

— Vraiment ?

Jeremy semblait se retenir de rire.

— J'ai vendu mon arme à son voisin, Todd O'Brien. Un Glock 22 Gen 4, semblable à celui-ci. Toutefois, je doute sincèrement qu'il s'agisse de la même arme.

Blake sentit l'exaltation l'envahir tandis que le maire

s'enlisait. Enfin, les pièces du puzzle commençaient à s'assembler.

— Pour quelle raison lui avez-vous vendu votre arme ? lui demanda-t-elle.

— Nous faisons tous deux partie du même club de tir et nous en sommes venus à discuter des armes de service de la police. Il m'en a offert une belle somme.

— Avez-vous un certificat de vente ?

Engelman pâlit encore davantage.

— Je… Je ne l'ai pas demandé. Je l'ai vendue sur un coup de tête.

— Venant de vous, monsieur le maire, c'est un comble. Ne pensez-vous pas que vous auriez dû l'exiger ? dit Blake en faisant mine de l'admonester.

Le visage crispé du maire regagna des couleurs.

— Qu'insinuez-vous, shérif adjointe West ? marmonna-t-il en joignant les mains sur son bureau.

Et sa voix se fit menaçante quand il reprit :

— Que j'ai quelque chose à voir avec le meurtre de Robert Lawrence ?

— Nous n'écartons aucune piste, monsieur le maire.

Le bouton du col de son chemisier lui sembla soudain beaucoup trop serré, et elle le défit.

— Si je suis l'une de vos pistes, vous vous égarez, West.

Le shérif plaqua les mains sur le bureau en chêne.

— Je suis un élu. On attend de moi que je sois irréprochable et je m'y emploie. Le fait que vous remettiez en question ma crédibilité et mon jugement révèle chez vous une piètre moralité.

— Elle ne fait que son travail, contre-attaqua Jeremy. Et son travail l'a conduite ici. Jusqu'à votre bureau. Et si c'était vous qui manquiez de moralité ?

Jeremy avait le regard dur et les joues empourprées. Il paraissait lutter pour contenir ses émotions.

Il était étrange de voir le lieutenant Lawrence d'ordinaire si stoïque en proie à un tel combat intérieur. D'une certaine manière, cela le rendait encore plus séduisant. Quoique, peut-être, cette impression découlait-elle du fait qu'il volait à son secours. Bien qu'elle n'entretienne pas le fantasme du chevalier en armure, Blake dut reconnaître qu'il l'incarnait plutôt bien.

— La seule erreur que j'ai commise a été de vous laisser entrer dans ce bureau, reprit le maire d'un ton menaçant en se levant. Vous n'avez aucune raison valable de m'interroger.

— Vous êtes apparenté au trésorier du comté, Roger Davy, non ? riposta Jeremy.

— Et alors ?

Le maire se rassit, croisant les bras sur sa poitrine dans un geste défensif.

— Je crois savoir qu'il est votre beau-frère.

— J'ai une famille, comme tout le monde. Où cela nous mène-t-il, lieutenant Lawrence ? Ce n'est pas parce que, de toute évidence, vous êtes impuissant à élucider le meurtre de votre frère qu'il faut dire n'importe quoi.

Sous l'effet de cette attaque, Jeremy alla droit au but.

— Pourquoi voulez-vous la propriété de mon frère, Engelman ?

— C'est « monsieur le maire », pour vous, lieutenant, répliqua le magistrat avec un sourire suffisant. Et j'ignore de quoi vous parlez. C'est à peine si je savais qui était votre frère et j'en sais encore moins concernant sa propriété.

— Il est étrange que vous ayez été photographié près de la propriété de mon frère et que vous ayez vendu une arme à son voisin… Voisin dont vous connaissiez sans nul doute l'animosité qu'il entretenait à l'égard de mon frère. Et il est encore plus étrange que mon frère se soit retrouvé sous le coup d'une procédure de présaisie, procédure qui à nouveau nous renvoie vers vous. Vous connaissez l'expression : il n'y a pas de fumée sans feu.

— Qu'est-ce que vous me chantez à présent ? Je n'ai rien à voir avec les procédures de présaisie !

— Étonnant, là encore, puisque vous êtes le P-DG de l'une des principales sociétés d'investissement spécialisées dans l'acquisition des biens faisant l'objet de ce type de procédure. Je ne me trompe pas, n'est-ce pas, *monsieur le maire* ?

Jeremy ne dissimulait plus son mépris.

— Sortez de mon bureau. Maintenant.

Rouge de colère, le maire se leva pour leur désigner la porte.

Blake prit Jeremy par le bras pour l'obliger à la suivre. Ils venaient de donner un sacré coup de pied dans la fourmilière ; il était inutile d'en rajouter.

— Shérif adjointe West, je vous conseille fortement de réorienter votre enquête, l'avertit Engelman avant qu'ils ne passent le seuil de la porte. Et, pendant que vous y êtes, vous devriez commencer à rechercher un autre emploi. Vos supérieurs et moi-même pourrions reconsidérer vos objectifs de carrière à plus ou moins long terme.

12

Une fois de plus, il avait tout gâché. Jeremy s'appuya contre la voiture de patrouille de Blake, les yeux fixés sur le trottoir, tandis qu'il attendait qu'elle ait terminé sa conversation téléphonique. Sans doute appelait-elle l'enquêteur en chef pour lui rapporter la bévue qu'il avait commise dans le bureau du maire. Pourquoi avait-il laissé cet homme le mettre en rage ? Comment avait-il pu perdre à ce point son sang-froid ? L'émotion n'avait pas sa place dans cette enquête — pas plus dans celle-ci que dans toute autre, d'ailleurs, il le savait pourtant bien !

Son jugement obscurci avait sans doute non seulement nui à l'affaire, mais risquait aussi de faire perdre son emploi à Blake. Or, cette dernière ne pouvait pas se permettre de perdre son travail. Elle subvenait aux besoins de sa fille et de sa mère.

Furieux contre lui-même, il donna un coup de pied dans la bordure du trottoir, ce qui n'eut pour effet que de lui faire mal au pied.

— Ce n'est pas un ballon de foot, lui fit observer Blake en s'avançant vers lui.

Il s'écarta de la voiture et se mit à boiter alors qu'il prenait appui sur son pied.

— Ça fait mal ? lui demanda-t-elle en se dirigeant vers la portière du côté conducteur.

— Je survivrai.

— Eh bien, si ça fait mal, ça te servira de leçon après ce qui s'est passé dans le bureau du maire.

— Je suis désolé.

Elle monta dans la voiture et claqua la portière. Sans un mot.

Bon, apparemment, elle n'avait que faire de ses excuses. Quelle ironie ! Un peu plus tôt, elle avait bataillé pour les obtenir mais, à présent qu'il les lui offrait sur un plateau, elle les dédaignait…

Il prit place sur le siège passager avant que Blake n'ait le temps de mettre le moteur en marche et de le laisser en plan sur le trottoir.

Le visage de la jeune femme était dans l'ombre, mais il devina qu'elle était préoccupée.

— Qu'a dit Prather ?

Il n'était pas sûr de vouloir le savoir, toutefois…

— Tu veux dire en dehors du fait qu'il pense que tu devrais retourner à Missoula avant de provoquer de nouveaux conflits politiques ?

— Oui, en dehors de ça, murmura-t-il, contrit.

— Il a dit que je disposais de vingt-quatre heures. Il pense qu'ensuite le couperet tombera. Soit je découvre qui est le meurtrier avant, soit lui et moi, nous sommes finis.

Elle se tourna pour lui faire face.

— Pourquoi aussi a-t-il fallu que tu fasses cet éclat ? J'avais la situation sous contrôle. Mais tu n'as pas pu t'empêcher de l'affronter. Est-ce ainsi que tu mènes tes enquêtes, en agressant les suspects ?

— Je suis un bon policier, Blake.

Un bien piètre argument, il en était bien conscient. Cependant ce fut tout ce qu'il put trouver pour sa défense.

— J'ai tout gâché et nous le savons tous deux. Mais il

n'y a aucun moyen de revenir en arrière. Dorénavant, je vais faire tout mon possible pour me racheter, je te le promets.

— Je ne vois pas ce que nous pourrions faire, mis à part trouver le meurtrier. Et, même dans ce cas, je ne suis pas sûre d'avoir encore un emploi à la fin de la semaine.

— Engelman ne peut tout de même pas te faire licencier pour la seule raison que nous sommes venus le titiller.

Blake se mit à rire.

— Sur quelle planète vis-tu ? Bien sûr, il ne peut faire état du véritable grief mais il peut inventer une raison. Il fera de ma vie un enfer jusqu'à ce qu'il parvienne à ses fins. Et il y parviendra. Il y parvient toujours. Pourquoi crois-tu qu'il soit toujours maire de cette ville ?

Jeremy aurait voulu la prendre dans ses bras et lui dire que tout irait bien. Qu'il arrangerait tout. Cependant il ne le pouvait pas. Pas après la mise au point qu'il avait cru bon de faire la veille : aucun d'eux n'avait le temps ni la place dans sa vie pour une liaison. S'il prenait Blake dans ses bras, il n'était pas certain qu'il pourrait résister aux sentiments qui semblaient le submerger dès qu'elle était près de lui. Il ne pouvait prendre le risque de tomber amoureux, en particulier d'une femme qui, en cet instant, le détestait probablement, et à juste titre.

De toute façon, puisqu'ils ne disposaient que de vingt-quatre heures pour résoudre l'affaire, ils avaient tout intérêt à faire barrage aux sentiments.

Et à tout miser sur l'action !

— Commençons par aller chez O'Brien, déclara-t-il. S'il y avait une once de vérité dans ce que le maire nous a dit, il est l'homme que nous devons interroger.

— Il était le prochain sur ma liste, riposta Blake sèchement.

Sans doute était-elle agacée qu'il lui ait dit ce qu'ils avaient à faire. Tentant de faire abstraction de la mauvaise humeur de sa collègue, Jeremy reprit d'un ton neutre :

— As-tu reçu les résultats de la balistique ?

Elle hocha la tête.

— Ils ont fait les tests hier. La balle qui a tué Robert provenait effectivement de l'arme trouvée à son côté. Cependant, ils n'ont pas relevé beaucoup d'empreintes.

— Que veux-tu dire ?

— Ils n'ont trouvé qu'une empreinte d'index mais elle ne figure pas dans le fichier. La seule chose que le technicien a pu en dire, c'est que la personne qui tenait l'arme doit être gauchère et présenter une petite cicatrice sur l'index.

C'était déjà ça !

— Ont-ils relevé un numéro de série sur l'arme ?

— L'expert de la balistique a tenté une cristallographie aux rayons X, mais celui qui a effacé le numéro a entamé le métal, faisant disparaître toute trace.

Tiens tiens… ! Il n'y avait pas grand monde qui sache quels étaient les outils susceptibles d'effacer le numéro avec une telle précision, ni comment les utiliser.

Jeremy songea à l'arme. Une arme de service de la police. Il eut le sentiment qu'on l'avait délibérément choisie pour perpétrer ce meurtre.

Celui qui avait fait ça se moquait d'eux.

— Nous devons être prudents.

— Comment cela ? interrogea Blake.

— D'après ce que tu viens de dire, j'ai bien l'impression que la personne que nous recherchons n'a aucun respect pour les forces de l'ordre. Qu'elle s'estime au-dessus des lois. Elle a déjà tué et n'hésitera pas à recommencer. Si nous approchons du but, nos vies pourraient être en danger.

Blake secoua la tête.

— Ce n'est pas parce que les choses ont mal tourné dans le bureau du maire que tu dois dramatiser. Tout se passera bien.

En entendant ces mots, Jeremy eut la chair de poule. À

chaque fois, dans son travail, qu'il s'était senti trop sûr de lui, qu'il avait baissé sa garde, il s'était attiré des problèmes.

— Réfléchis, Blake.

Le seul fait de prononcer son prénom lui procura une sensation de plaisir. Il marqua une pause et il se contenta de la regarder durant un moment.

— À quoi ? demanda-t-elle, plongeant son regard dans le sien.

— Quel suspect tout désigné déteste, à ta connaissance, la police ?

— Todd O'Brien.

— Exactement. Alors fais gaffe lorsque nous serons chez lui. Dieu sait ce dont il est capable.

Elle haussa les épaules.

— J'ai eu affaire à lui à de nombreuses reprises. Il aboie mais il ne mord pas.

— Peut-être, mais n'oublie pas que, cette fois, il est suspect dans une affaire de meurtre.

— Il ne le saura pas.

— S'il a quoi que ce soit à voir avec la mort de Robert, il le saura. Ne le sous-estime pas. Il nous a été rapporté que cet homme fréquente assidûment le stand de tir. C'est une fine gâchette et il a déjà eu des démêlés avec la police. O'Brien correspond au profil de notre suspect. Sans compter qu'il avait une dent contre Robert.

À mesure qu'ils approchaient de la propriété de Todd O'Brien, Blake sentait son estomac se nouer. Les mises en garde de Jeremy n'étaient sans doute pas étrangères à son stress. Elle vérifia que son téléphone captait toujours un signal. Les trois barres affichées disparaissaient tous les quelques mètres. Elle espéra qu'ils n'auraient pas à appeler des renforts.

Son gilet pare-balles lui comprimait la poitrine, lui irritant les aisselles tandis que la voiture rebondissait sur la route envahie d'ornières. Todd O'Brien était un pauvre type en colère et il avait vraisemblablement quelque chose à voir avec la mort de Robert, mais elle ne pensait pas qu'il tenterait de s'en prendre à elle. Ils se connaissaient depuis des années. Même s'il était vrai que les relations entre eux étaient devenues plus tendues depuis que les choses s'étaient envenimées entre Robert et lui.

Elle n'aurait jamais cru que cela se terminerait ainsi, qu'elle viendrait l'interroger dans le cadre d'une affaire de meurtre — accompagnée qui plus est de son ancien amour du lycée, qui, il fallait le rappeler, n'était pas disponible, ajouta-t-elle en son for intérieur, comme pour se narguer.

La maison de Todd se dressa au bout de la longue et sinueuse allée, entourée de broussailles. Les herbes folles penchaient vers la gauche comme si même elles ne voulaient pas être associées à cet endroit. Endroit qui ressemblait davantage à l'antre d'un entasseur compulsif qu'au foyer d'une personne se targuant de devenir sous peu millionnaire.

Ils furent accueillis par l'aboiement d'un chien de chasse, suivi d'un bruit métallique. Sans doute le chien avait-il sauté contre le grillage de son chenil à l'arrière de la maison.

En sortant de la voiture, Blake sentit une odeur de végétation en décomposition et de compost la prendre à la gorge. Elle avisa, un peu plus loin, un carré de verdure flanqué d'un épouvantail. La créature empaillée faisait penser à un homme ivre, le bras accroché à un poteau comme pour éviter de sombrer dans la saleté omniprésente. Assis au sommet du poteau se trouvait un imposant corbeau. Le charognard les observa fixement, son œil noir captant les rares rayons du soleil filtrant à travers la forêt.

Blake en eut froid dans le dos. Elle s'efforça de chasser cette impression déplaisante comme Jeremy marchait à côté d'elle, l'air sûr de lui tandis qu'il montait les marches et qu'il frappait à la porte de Todd.

— Ohé ? Il y a quelqu'un ? cria Blake.

La lumière était allumée au salon, et elle distingua en s'approchant de la fenêtre l'arrière du crâne dégarni de Todd. Ce dernier se leva lentement du canapé pour s'avancer vers le seuil. Autour de ses oreilles, les cheveux avaient tellement poussé qu'ils commençaient à se rejoindre à l'arrière de sa tête, ce qui accentuait encore sa calvitie au sommet du crâne.

— Que venez-vous faire ici ? gronda-t-il en entrebâillant sa porte.

Par simple habitude plutôt que poussée par un sentiment sincère, Blake répondit :

— Désolés de vous déranger, monsieur O'Brien.

Todd grommela quelque chose d'inintelligible.

Blake s'approcha de lui. Il sentait l'alcool et il n'avait pas dû prendre de douche depuis une semaine. Cela ne ressemblait pas à Todd, songea-t-elle. À chacune de ses visites au cours des dernières années, il lui avait fait l'effet d'un homme qui ne se laissait pas aller. Pourquoi ce soudain changement de comportement ?

— Comment allez-vous, Todd ? reprit-elle dans l'espoir de lui faire baisser sa garde.

— Qu'est-ce que ça peut vous faire ?

Jeremy s'appuya contre le chambranle et glissa le pied dans l'embrasure de la porte afin d'empêcher Todd de la leur claquer au nez.

— Voyons, monsieur O'Brien, dit-il. Montrons-nous civilisés.

— Que venez-vous faire ici ?

— Vous poser quelques questions à propos de Robert, lui répondit Blake.

Il hocha la tête.

— Je me doutais que vous viendriez. Ce n'était qu'une

question de temps. Mais je vous le dis, je n'ai rien à voir avec sa mort.

— Je suis heureuse que vous me disiez cela, déclara-t-elle sans savoir elle-même si elle le pensait ou non.

Ce serait si simple s'il était leur homme. Tout pourrait être élucidé, le maire serait calmé, et Jeremy retournerait chez lui. Tout reviendrait à la normale. Cependant, elle ne pourrait plus jamais se regarder en face si elle attribuait ce meurtre à un homme innocent.

— Je sais que vous avez eu votre lot de problèmes avec Robert Lawrence.

— Vous avez raison, mais cela ne signifie pas que je sois assez stupide pour l'avoir tué.

Jeremy se crispa.

— Comment savez-vous qu'il a été tué ? L'information n'a pas été diffusée.

Todd se renfrogna, révélant une vilaine cicatrice le long de sa tempe.

— Il ne faut pas être un génie pour savoir ce qui se passe. N'essayez pas de me faire dire ce que je n'ai pas dit. Je vous le répète. Je n'ai rien à voir avec sa mort.

— Dans ce cas, comment avez-vous su qu'il s'agissait d'un meurtre, Todd ? insista Blake.

Todd posa les yeux sur elle.

— Vous le savez aussi bien que moi, West. C'est une petite ville. La rumeur se répand comme une traînée de poudre.

— Alors, voulez-vous nous parler de l'arme ? lui demanda Jeremy, menant l'interrogatoire.

— Quelle arme ?

— L'arme que vous avez achetée au maire. Une arme de même calibre que celle qui a servi à tuer mon frère.

Todd recula, se retrouvant acculé contre la porte de sa maison. Blake lui trouva soudain une ressemblance avec l'épouvantail du jardin, à qui il ne manquait plus qu'un bon coup de vent pour basculer dans la fange.

— J'ai en effet acheté une arme à Engelman, mais on me l'a volée.

— Comme c'est commode ! s'exclama Blake en se positionnant devant Jeremy afin de devancer ses questions. Avez-vous signalé sa disparition.

— Je ne m'en suis rendu compte qu'hier.

Devant le sourire narquois qu'affichait Jeremy, Todd O'Brien reprit :

— Je le jure. Je n'ai rien à voir avec la mort de Robert. Nous ne nous appréciions pas, mais de là à le tuer… !

— Si vous ne nous dites pas tout ce que vous savez, O'Brien, nous nous ferons un plaisir de vous embarquer, déclara Jeremy d'une voix sourde et menaçante. Je suis certain que quarante-huit heures d'interrogatoire vous aideront à vous mettre à table.

— Je vous dis la vérité. Cette arme a été volée il y a une semaine. Je l'avais sortie quand…

Todd s'interrompit subitement, il leur jeta aussitôt un coup d'œil comme s'il espérait qu'ils n'aient pas entendu ce qu'il venait de dire.

— Attendez… Je comprends tout. Quelqu'un veut me faire porter le chapeau.

— Pourquoi aviez-vous sorti votre arme, Todd ? reprit Jeremy.

— Peu importe. Tout ce que je sais, c'est qu'on me l'a volée.

— La partie civile va s'en donner à cœur joie avec vous au tribunal. Avec une telle défense vous écoperez de la réclusion à perpétuité.

Le sang se retira du visage buriné de Todd.

— Je n'ai rien fait. Comment osez-vous venir me menacer jusque dans ma maison ?

— Nous ne vous menaçons pas, Todd.

Blake vit le masque de Todd s'effriter et sa peur se révéler au grand jour.

— C'est n'importe quoi. Vous êtes venus ici dans l'intention de m'intimider. Vous n'avez pas le droit. Vous n'avez rien contre moi. Je n'ai rien à voir avec la mort de Robert et je n'ai pas vu son idiote de femme.

Tiens tiens… Ils n'avaient fait aucune mention de Tiffany. Blake lança un regard circonspect à Jeremy. Ce dernier haussa les sourcils. Lui aussi était surpris par ce que Todd avait laissé échapper.

Ils l'avaient déstabilisé, il risquait de devenir violent. Cependant ils ne pouvaient relâcher la pression. Ils devaient le faire craquer. L'amener à avouer tout ce qu'il savait. Tout ce qu'il essayait de dissimuler.

13

L'après-midi touchait à sa fin et ils attendaient toujours. Avec un peu de chance, le juge leur délivrerait le mandat de perquisition à temps pour qu'ils puissent retourner fouiller la propriété de Todd O'Brien avant la nuit.

— Comment est ton burger ? demanda Jeremy à Blake tandis qu'elle prenait une bouchée de la spécialité du bar local.

— Il est très bon.

Et de désigner l'assiette à laquelle il n'avait pas touché.

— Tu ne manges pas ?

Jeremy haussa les épaules. Par expérience, il savait pourtant qu'il avait intérêt à manger lorsque l'occasion s'en présentait. Son travail pouvait en effet l'amener à sillonner les rues jusque tard dans la nuit.

— Je n'ai pas faim, répondit-il en saisissant distraitement une frite.

Blake afficha une moue réprobatrice.

— Ces burgers sont les meilleurs de la ville. Tu rates quelque chose, dit-elle en s'essuyant la bouche à l'aide d'une serviette.

Il jeta un nouveau coup d'œil au téléphone de sa... collègue, espérant voir arriver le message leur annonçant qu'ils avaient obtenu le mandat de perquisition.

— Tu crois qu'en fixant l'écran tu vas faire venir l'autorisation plus vite ? ironisa-t-elle.

Il se sentit rougir. Mais s'il se montrait aussi impatient, c'est parce qu'il était furieux d'avoir dû repartir les mains vides de la propriété d'O'Brien. Todd détenait des informations relatives à la mort de Robert, c'était certain. Laisser cet individu en liberté alors qu'ils avaient été si près d'obtenir des aveux de sa part avait été un véritable crève-cœur pour lui. Alors, oui, il avait hâte d'obtenir ce fichu mandat, pour pouvoir retourner sur place.

— As-tu eu l'occasion d'éplucher les relevés des cartes de crédit de Robert et Tiffany ? demanda-t-il, s'obligeant à détourner les yeux du téléphone de Blake. Ça pourrait aussi nous fournir une piste sur l'endroit où se trouve Tiffany, non ?

— Je t'ai fait suivre deux mails de la Wells Fargo. Au lieu de t'intéresser à mes messages, tu ferais mieux de consulter les tiens !

Un bon point pour elle ! Se sentant de nouveau rougir de confusion, Jeremy s'empressa de sortir son téléphone de sa poche. En effet, il avait deux messages non lus.

Le premier mail de la banque concernait la liste des achats effectués par son frère ou sa belle-sœur au cours des six derniers mois : matériel d'extraction, Walmart, Home Depot… Rien d'inhabituel. La seule chose notable étant que plus aucune utilisation des cartes de crédit n'avait été enregistrée à compter du jour de la mort de Robert.

— Le deuxième message comporte le dernier relevé de leurs comptes bancaires, précisa Blake en prenant une autre bouchée de son burger.

Ce document, découvrit Jeremy, faisait également apparaître des dépenses habituelles : électricité, remboursement de prêt… Il fronça les sourcils comme il passait en revue la colonne des dépôts et des retraits : un retrait de dix-huit mille deux cent cinquante dollars avait été effectué une semaine avant la disparition de Robert. Le document n'indiquait pas qui avait retiré cette énorme somme argent.

Il remit le téléphone dans sa poche, mais le relevé de compte resta imprimé dans son esprit, et plus particulièrement le gros retrait. C'était comme si cette ligne d'écriture tentait de lui dire quelque chose.

Manifestement, Blake se posait les mêmes questions à son sujet car elle lui lança un regard interrogateur.

— Allons à la banque et demandons à voir les vidéos de surveillance, décida-t-il en repoussant sa chaise. Il nous faut savoir qui, de Robert ou Tiffany, a retiré cet argent.

Blake leva les yeux au ciel.

— Tu ferais mieux de manger. Il n'y a rien que nous pouvons faire avant demain. Les banques sont fermées à cette heure.

Elle avait raison, hélas ! Réprimant un soupir, Jeremy reprit place sur la chaise en bois inconfortable.

— Puis-je avoir une Bud Light ? dit-il en faisant signe au barman.

Absorber de l'alcool alors qu'il travaillait sur une enquête n'était pas forcément une bonne idée, mais il avait besoin de se détendre. De faire baisser sa tension artérielle.

Le barman posa une bouteille devant lui sur une petite serviette.

— Merci.

Il but une grande gorgée. Le goût amer satura ses sens. Il était plutôt amateur de scotch, mais la bière ferait l'affaire. Un homme assis au bar ne cessait de les regarder, Blake et elle, s'avisa-t-il soudain. C'était tout le temps la même chose. À chaque fois que des policiers faisaient leur entrée dans un lieu public et se mettaient à discuter entre eux, tous les yeux se braquaient sur eux, comme si les gens espéraient lire sur leurs lèvres le sujet de leur conversation.

Agacé, Jeremy se tourna vers Blake. Elle ne semblait pas avoir remarqué l'attention dont ils faisaient l'objet.

— À quoi penses-tu ? lui demanda-t-il tout en s'efforçant d'ignorer le curieux.

Blake but une grande gorgée de son Coca, comme si elle préférait éviter d'avoir à lui répondre.

— À Tiffany et à ce qu'a dit Todd…

Elle s'interrompit, elle avait l'air gênée. Peinée même.

— Et ça t'évoque quoi ? insista Jeremy.

Elle demeura silencieuse tandis qu'elle faisait tourner la paille en plastique rouge dans son soda.

— Tu penses qu'elle est morte, c'est ça ?

Blake leva aussitôt les yeux sur lui.

— Je me pose de plus en plus la question, oui. Et toi, qu'en penses-tu ? Tu crois que c'est possible ?

Il était enquêteur depuis trop longtemps pour être naïf. Il y avait, effectivement, de fortes chances que sa belle-sœur soit morte également. Même s'il était curieux que l'on ait retrouvé un corps et pas l'autre.

Peut-être Tiffany était-elle l'instigatrice du meurtre de Robert. Il se pouvait qu'elle ait pris l'argent, que Robert l'ait découvert et qu'elle l'ait tué. Quelle que soit la personne qui avait abattu son frère, en tout cas elle devait être bien connue de lui pour qu'il n'ait pas tenté de l'arrêter quand elle s'était avancée vers lui armée.

Toutefois, un Glock de calibre 40 avait un sacré recul. Tiffany était une femme menue. Si elle avait tenté de tuer Robert, aurait-elle réussi à le faire en un seul coup avec une telle précision ?

Dans les cas d'homicide que Jeremy rencontrait habituellement, il y avait toujours plus d'un coup de feu tiré. Le premier était généralement dirigé vers le bas, près du sol, alors que la personne visée tentait de contrer l'attaque. Les deuxième et troisième tirs atteignaient la victime à la poitrine.

Mais Robert n'avait eu droit qu'à une seule balle. Dans la tête. Comme s'il s'était agi d'une exécution. Il n'y avait pas eu d'impact vers le bas. Aucune trace de blessures défensives. Tout donnait à croire que son frère était resté à attendre de prendre une balle dans la tête.

Ce qui ne ressemblait pas à Robert.

Jeremy laissa ses pensées s'égarer en direction de la note que son frère avait laissée. « Que la chose que j'aime par-dessus tout provoquerait ma mort », disait la dernière phrase de la missive.

Robert avait-il laissé entendre par là que son épouse avait été à l'origine de sa mort ? Non, pas très plausible. Il n'aurait pas désigné sa femme par « la chose ». Quant à l'aimer « par-dessus tout », c'était encore moins crédible ! Nul n'ignorait que Tiffany et Robert ne filaient pas le parfait amour…

Et pourquoi avoir caché cette note dans sa ceinture ? Son frère avait-il craint que quelqu'un ne la découvre — quelqu'un d'autre que la police —, quelqu'un qui le fouillerait, qui palperait son corps, après sa mort ?

Mais qui serait capable de faire une telle chose ? Et pourquoi ?

Quelqu'un qui en voulait à son argent ?

Peut-être était-ce Tiffany, après tout, songea Jeremy en fourrageant dans ses cheveux. Peut-être voulait-elle dépouiller complètement son mari avant de disparaître. Il était possible qu'elle se soit disputée avec lui dans la mine, qu'elle l'ait tué et qu'elle ait fait imploser l'entrée en pensant qu'on ne le retrouverait jamais.

Toutefois, si elle était derrière ce meurtre, pourquoi avoir choisi de disparaître ? Elle aurait eu tout intérêt au contraire à faire profil bas. À dire à tout le monde que Robert l'avait abandonnée, qu'il était parti au Mexique ou n'importe où ailleurs. Bien entendu, lui, Jeremy, à la demande de ses parents, serait venu enquêter sur sa disparition. Mais Tiffany aurait eu le temps de dissimuler son méfait avant qu'il n'arrive. En se débrouillant bien, elle aurait pu s'en tirer en gardant tout. L'argent, la maison, la mine.

Jeremy fourragea de plus belle dans ses cheveux. Quel que soit le bout par lequel il prenait cette affaire, rien ne collait. Et pourquoi Tiffany se serait-elle enfuie si elle n'avait rien à voir avec le meurtre de Robert ?

Tout laissait croire en effet qu'elle était morte.

Et si tel était le cas, Todd O'Brien semblait le suspect le plus plausible. Pourquoi, sinon, aurait-il spontanément évoqué Tiffany ?

En principe, Jeremy adorait les mystères. Mais pas cette fois. Pas alors que le défunt était son frère.

Il était sur le point de partager toutes ses interrogations avec Blake quand il vit l'homme au bar se lever et s'avancer vers eux. Il boitait, comme s'il avait un problème à la hanche. Jeremy décela la forme d'une arme sous sa chemise bleue en flanelle.

Sa main se crispa sur la bouteille de bière embuée. Décidément, tout le monde au Montana possédait une arme ! Ou détenait un permis de port d'arme. Le problème, c'était de savoir si oui ou non les gens en faisaient bon usage.

— Désolé de vous déranger.

L'homme leur adressa un sourire amical.

— J'ai entendu parler de votre enquête sur l'affaire de la mine du Contremaître.

— Tout le monde est-il au courant de ce qui s'est passé là-bas ? demanda Jeremy à Blake.

« Eh oui, il s'agit d'une toute petite ville », semblait dire le sourire qu'elle lui adressa.

— J'habite dans la vallée de l'autre côté de la mine, poursuivit l'homme. Il y a quelques semaines c'est moi qui ai prévenu la police quand le ton a monté entre Robert Lawrence et Todd O'Brien. Ils avaient sorti leurs armes, alors je me suis dit qu'il allait y avoir du vilain.

Jeremy relâcha son étreinte sur la bouteille.

— Vraiment ?

L'homme hocha la tête.

— Moi, je n'ai pas de problème avec Todd. Il possède des terres de l'autre côté de la mine. Il les arpente régulièrement, pour y jeter un œil, contrôler les clôtures et s'assurer que tout va bien.

— Qu'entendez-vous par « Il possède des terres de l'autre côté de la mine » ? s'enquit Blake.

— Il a acheté des terrains tout autour du mien, lequel se trouve juste derrière la mine.

Puis d'ajouter, l'air grave :

— Il y a eu beaucoup de saisies suite à la récession et à l'augmentation des taxes. Les gens ont du mal à joindre les deux bouts, alors certains ont vendu leur terrain à Todd avant même que la banque ne s'en empare.

Jeremy pensa aussitôt à la procédure de présaisie dont avait fait l'objet Robert. La mine du Contremaître faisait-elle partie des terrains que Todd souhaitait racheter ?

Le téléphone de Blake émit un tintement. Elle le ramassa sur la table en Formica marron puis leva aussitôt les yeux vers lui.

— Nous avons notre mandat, murmura-t-elle à voix basse.

Elle était superbe lorsque son visage s'illuminait ainsi sous le coup de l'exaltation. À l'évidence elle aimait tout autant que lui la traque, le fait de mettre à genoux les coupables. Elle avait soif de justice. À cette idée il ne put réprimer la bouffée de désir qu'il nourrissait pour elle.

Blake se tourna vers l'homme venu les trouver à leur table.

— À votre connaissance, monsieur, combien de propriétés Todd possède-t-il ?

— Je m'appelle Court, dit-il. Et j'ignore combien de propriétés Todd a achetées, mais je parierais qu'il possède au moins cent hectares.

— Si je comprends bien, Todd O'Brien accède à ses terres en traversant votre propriété, c'est cela, n'est-ce pas ?

— Oui, il me paie un droit de passage. Il en aurait été dispensé si Robert lui avait vendu son terrain, mais cela m'arrange. C'est de l'argent qui tombe chaque mois sans rien faire.

Court s'assit avec précaution.

— Que faites-vous dans la vie ? lui demanda Jeremy.

— À présent? Je suis retraité mais, avant qu'ils réduisent le personnel des mines, je travaillais pour celle qui est adjacente à la fosse de Berkeley. J'alimentais le concasseur. Malachite, pyrite et gangue à l'entrée et minerai broyé de l'autre côté, se rappela l'homme avec une certaine nostalgie.

Il poussa un soupir avant de poursuivre.

— Ma pension de retraite ne me permet pas de vivre décemment. Alors j'ai dû vendre une bonne partie de mes terres. C'est ainsi que Todd a mis la main sur le terrain situé de l'autre côté de ma parcelle. Et la raison pour laquelle j'ai dû lui concéder un droit de passage.

Tout ramenait à Todd O'Brien. Restait à prouver qu'il avait tué Robert et ils pourraient le faire inculper. Dans un premier temps, il leur fallait connaître son mobile.

— Au moins cela s'est passé sans heurts et il était disposé à me payer, poursuivit Court.

— Que voulez-vous dire ? lui demanda Jeremy en s'efforçant de suivre le raisonnement de l'ancien mineur.

— Votre frère, il ne voulait rien avoir à faire avec Todd. Il le détestait — il détestait d'ailleurs tout le monde. D'après ce que j'ai entendu dire, Todd voulait acheter la propriété de Robert mais celui-ci n'était pas intéressé. Todd était pourtant très insistant, il ne cessait de répéter combien c'était important pour ses investisseurs.

Bingo, ils le tenaient, leur mobile !

14

Ils s'arrêtèrent assez loin de la maison de Todd pour qu'il ne risque pas de les apercevoir de quelque endroit que ce soit sur sa propriété. Deux policiers les suivaient.

Jeremy paraissait particulièrement nerveux, il tambourinait sans relâche sur le bas de la vitre de sa portière. Il était parfois surprenant ; bien qu'enquêteur chevronné, il avait beaucoup de tics révélant ses pensées intimes.

Blake n'aurait su dire si c'était le fait qu'il ait une fille de l'âge de Megan ou autre chose encore qui le rendait différent de ses collègues mais, quoi qu'il en soit, cela ne l'aidait pas à se soustraire à l'effet qu'il produisait sur elle. Il lui aurait été tellement plus facile de renoncer à lui s'il avait été l'individu insensible que semblaient être la plupart des policiers. Et non l'homme séduisant qui contemplait en cet instant le paysage à travers la vitre, le soleil de la fin d'après-midi faisant briller ses cheveux courts et foncés.

Pourquoi fallait-il qu'il ressemble à une star de Hollywood prenant la pose ?

Elle se força à détourner le regard tandis que l'un des agents en renfort s'approchait de sa portière. Personne ne devait penser qu'elle avait des vues sur Jeremy. Ils n'étaient rien d'autre que des amis, des amis de longue date. Quant au baiser qu'ils avaient échangé, il était à mettre sur le compte d'un coup de tête impulsif. Et à ranger dans la case

« souvenir fugace », Quelle que soit son envie de sentir à nouveau les lèvres de Jeremy sur les siennes…

— Adjointe West, souhaitez-vous que nous maîtrisions O'Brien avant que vous effectuiez la perquisition ?

— Non, restez en retrait pour ne pas inquiéter notre homme, et n'intervenez que si la situation dérape.

Le policier hocha la tête et retourna à sa voiture. Ils roulèrent au pas jusqu'à l'allée de la maison de Todd.

Jeremy tourna alors la tête vers elle.

— Fais attention, lui recommanda-t-il. Il doit savoir que nous arrivons. Et, dans ce cas, il se sera préparé. Cet homme se croit au-dessus des lois.

— Te ferais-tu du souci pour moi, Jeremy ? répliqua-t-elle d'un ton espiègle, espérant lui faire avouer ce qu'il éprouvait pour elle.

Il la regarda comme s'il cherchait lui-même la réponse, et elle s'efforça de réprimer ses émotions.

Il ouvrit la bouche, mais Blake, regrettant soudain d'avoir voulu le pousser dans ses retranchements, s'empressa d'ajouter :

— Ne t'inquiète pas, je serai vigilante. Fais de même, toi aussi.

Il referma la bouche et détourna les yeux. Elle en conçut non pas du soulagement mais plutôt du regret. Elle n'aurait jamais dû faire allusion à ses sentiments. Elle était ridicule de s'exposer ainsi à un nouvel échec. Les hommes, elle savait gérer. Les sentiments, non. Ils représentaient le véritable danger.

Ils s'arrêtèrent devant la maison de Todd, près de l'une des voitures recouvertes d'une bâche. Mue par la curiosité, Blake souleva la toile. Une Buick marron d'un modèle de la fin des années 1990 apparut.

— Cette voiture, ça ne te dit pas quelque chose ? fit-elle d'un air pensif.

— À priori, rien, répondit Jeremy en secouant la tête.

Elle laissa retomber la bâche. Ce qu'ils cherchaient se trouvait plus sûrement dans la maison de Todd. La lumière y était allumée, dissipant l'ombre qui avait commencé à envahir l'endroit tandis que le crépuscule tombait sur le paysage alentour.

Elle gravit d'un pas résolu les marches du perron, la main posée sur son Glock.

Son cœur cognait contre sa poitrine, cependant elle tenta de se convaincre que c'était uniquement dû à la mise en garde de Jeremy. Ce n'était jamais qu'une perquisition de plus. Ils découvriraient les preuves qu'il leur fallait pour relier Todd au crime, ils l'arrêteraient et, avant minuit, la vie aurait repris son cours normal. Et si les choses se passaient au mieux, elle pourrait même être de retour chez elle à temps pour souhaiter une bonne nuit à sa fille.

L'évocation de Megan fit battre plus fort le sang à ses tempes.

Il était hors de question qu'elle perd le contrôle.

Elle sortit sa lampe-torche et s'en servit pour cogner contre la porte.

— Bureau du shérif, cria-t-elle. Ouvrez !

Todd se montra derrière la fenêtre, furieux.

— Que voulez-vous ? Je vous ai déjà dit que je n'avais rien à voir avec cette histoire, hurla-t-il à travers la vitre.

Elle y plaqua le mandat de perquisition, à hauteur de son visage.

— Soit vous ouvrez la porte, soit nous l'enfonçons. D'une façon comme d'une autre, nous allons entrer et fouiller votre maison !

Todd battit en retraite, leur tournant le dos. Puis Blake entendit le bruit caractéristique d'une balle que l'on introduit dans la chambre d'une arme. Elle dégaina son pistolet et le leva, le pointant sur le suspect.

— Ne faites rien de stupide, Todd. Ouvrez la porte et sortez les mains en l'air !

— Je n'ai pas tué Robert. Je n'ai rien fait de mal. Pourquoi ne pouvez-vous pas me laisser en paix ? s'emporta Todd.

— Si vous êtes innocent, vous n'avez rien à craindre. Ne créez pas de problèmes supplémentaires en prenant de mauvaises décisions. Posez cette arme et ouvrez la porte !

Les secondes s'égrenèrent. Blake espérait de tout son cœur que Todd ferait le bon choix. Que la situation n'allait pas déraper. La dernière chose dont elle ait envie était que survienne une fusillade et qu'elle doive appeler l'unité d'élite en renfort. Certains ne se priveraient pas alors de faire remarquer que ce n'était pas surprenant, qu'une femme n'avait pas sa place à un poste de shérif adjoint !

Se tenant de l'autre côté de la porte, Jeremy avait mis un genou à terre, prêt à charger.

— Écoutez Blake, O'Brien, dit-il. Sortez, les mains en l'air.

— Je n'étais même pas ici le jour de la mort de votre frère, vociféra Todd après un long silence. J'ai passé la journée à Missoula.

Blake vit Jeremy lui lancer un regard interrogateur. Une telle chose était-elle possible ?

— C'est parfait, Todd. C'est ce que nous avons besoin de savoir. Y a-t-il quelqu'un qui puisse en témoigner ? s'enquit-elle.

Nouveau silence. Todd essayait-il de gagner du temps en les mettant sur une autre piste ?

— Je suis allé en voiture jusqu'à Missoula, j'ai fait des achats chez Costco et je suis rentré.

— À quelle heure êtes-vous parti ? lui demanda Blake.

— Je l'ignore. Je ne tiens pas un journal !

— Comportez-vous comme un adulte, Todd. Inutile de vous attirer davantage d'ennuis en vous montrant insolent ! Tout ce que je souhaite, c'est que l'on mette les choses au clair.

En vérité, dès l'instant où il sortirait de cette maison, le forcené serait plaqué au sol et arrêté pour entrave à la justice.

— Cessez de me harceler, West, reprit Todd d'un ton geignard. Je n'ai jamais rien fait d'autre de ma vie qu'essayer de m'en sortir dans cette ville en déclin. Et je paie mes impôts. Je suis un honnête citoyen.

— Tout à fait, Todd. Mais ce qui est répréhensible, c'est de ne pas nous dire ce que vous savez sur la mort de votre voisin. Alors… Faites le bon choix. C'est votre dernière chance. Si vous venez à nous de votre plein gré, nous en tiendrons compte. Posez cette arme et sortez.

Alors elle vit Todd se retourner brusquement et lui lancer un sourire mauvais. C'était le sourire d'un homme qui n'avait pas toute sa raison, ce que confirmait la lueur dans son regard.

— Je n'ai jamais voulu que les choses se passent ainsi, dit-il en brandissant son arme.

Deux détonations rapprochées déchirèrent l'air, et Blake ressentit une vive douleur aux tympans.

— Baisse-toi, hurla Jeremy en tirant sur son gilet pare-balles.

Elle plongea au sol, incapable de se concentrer sur autre chose que les battements sourds de son cœur et la douleur cuisante qui avait surgi dans sa poitrine.

Jeremy s'était jeté sur elle, pour la protéger contre de nouveaux tirs. Le poids de son corps la rassura et la fit se sentir en sécurité. Jeremy lui avait peut-être dit qu'il ne tenait pas à elle, que ce qu'ils ressentaient n'était pas réel, mais ses actes tenaient le discours inverse.

Quand elle leva les yeux, elle constata qu'il y avait deux trous dans le mur sur le côté de la porte… À l'endroit précis où elle se tenait un instant plus tôt.

La douleur dans sa poitrine s'intensifia, l'empêchant de respirer. Elle toucha la zone située près de son aisselle.

Ses doigts rencontrèrent une texture humide, chaude et poisseuse. Du sang ? !

Une troisième détonation retentit alors. Blake entendit ensuite un choc sourd tandis que quelque chose heurtait le sol.

— Je vais bien, se murmura-t-elle à elle-même en s'essuyant les doigts sur les planches de la terrasse. C'est bon, je vais bien, répéta-t-elle dans un effort pour se calmer.

— Le suspect est à terre ! s'écria un policier derrière eux.

Il y eut un grésillement de radios et des ordres brefs. Blake entendit la régulatrice diffuser l'information de la fusillade.

Tout le monde allait être au courant. Tout le monde allait la juger. Bientôt, tout le monde saurait qu'elle avait échoué à mener à bien une simple perquisition.

Jeremy se redressa, arme au poing. Le policier en renfort le contourna pour enfoncer la porte d'un coup de pied, provoquant une pluie d'échardes et d'éclats de verre. Blake tenta de se lever à son tour, mais la douleur dans sa poitrine la cloua au sol.

— O'Brien est hors d'état de nuire, confirma Jeremy en se retournant vers elle.

Il afficha alors une expression horrifiée.

— Blake ! ajouta-t-il dans un long soupir, visiblement choqué.

Elle tenta à nouveau de se lever, à seule fin de lui montrer qu'elle allait bien mais, alors qu'elle prenait appui sur son bras, celui-ci se déroba.

Les deux premiers tirs de Todd avaient fait mouche.

Jeremy se laissa tomber à genoux à côté d'elle.

— Blake ! s'écria-t-il d'une voix paniquée. L'agent West est blessée !

Elle ferma les yeux tandis que la douleur la dévastait. Elle avait de la difficulté à respirer. Et sa vision commençait à se brouiller.

— Ça va aller.

Jeremy lui caressa les cheveux pour l'apaiser.

— Tout se passera bien. Les secours sont en chemin.

— Ne me laisse pas, le supplia-t-elle.

— Je ne vais nulle part. Aussi longtemps que tu auras besoin de moi, je serai à tes côtés, lui promit-il en exerçant une pression rassurante sur sa main.

Elle le regarda dans les yeux et y décela de la peur. Elle referma ses doigts sur sa main.

— Et moi aux tiens, murmura-t-elle.

Il se pencha et, ô surprise, l'embrassa sur les lèvres. Une partie de la douleur qui l'étreignait fut dissipée, remplacée par la chaleur qu'elle perçut dans son baiser… Un baiser qu'elle garderait dans son cœur, quoi que la vie, ou la mort, lui réserve.

— Le suspect respire encore, lança le policier entré dans la maison. Il semble qu'il ait tenté de mettre fin à ses jours.

Jeremy se redressa lentement.

— Je veillerai sur toi. Il ne pourra plus te faire de mal.

Blake sentit la torpeur l'envahir, se propageant de la blessure à tout son corps.

— Megan…, articula-t-elle avec difficulté. Dis à Megan que je vais m'en sortir. Dis-lui que je vais rentrer à la maison.

Puis elle sombra dans le néant.

15

Patienter dans la salle d'attente d'un hôpital était un véritable enfer. Le calme de cette fin de soirée ne faisait que rendre plus palpable encore l'angoisse qui l'étreignait. Ni les nombreux magazines ni les programmes insipides de la télévision ne parvenaient à le distraire. Pas alors que Blake se trouvait de l'autre côté des portes menant au bloc opératoire. Jeremy serra les poings en fixant du regard l'entrée du couloir. Il ne faisait aucun doute que le personnel de l'hôpital l'intercepterait s'il franchissait ces portes.

Il but une gorgée du café amer et sans saveur qui semblait être omniprésent dans les hôpitaux tout en priant pour que quelqu'un vienne lui dire ce qui se passait. Il avait besoin de savoir que Blake allait bien. Qu'elle était en vie. Qu'elle traverserait cette épreuve.

Sa vie durant, il s'était efforcé de protéger sa mère et son père, leur mariage, ses frères — s'échinant constamment à régler les problèmes qu'ils s'attiraient. Il avait fait tout son possible pour sauver son propre mariage. Cependant, quoi qu'il fasse, il semblait échouer. Ses parents se querellaient plus que jamais, son mariage faisait partie du passé, Robert était mort, sa belle-sœur était portée disparue, et la femme qu'il aimait se battait pour rester en vie. Tous les efforts qu'il avait produits pour garder saines et sauves les personnes qui comptaient pour lui l'avaient mené au désastre.

Pour résoudre un problème il fallait en trouver le dénominateur commun ; dans ce cas, c'était lui et la malédiction qu'il semblait faire s'abattre sur ses proches. La meilleure chose qu'il puisse faire pour ceux qu'il aimait était de rester en dehors de l'équation. Il pourrait toujours les aimer à distance.

Sa fille, Penny, était l'incarnation même de la preuve nécessaire à la validation de sa théorie. Il ne l'avait pas vue depuis trois semaines. Elle était la seule à bien se porter dans son monde. Le fait qu'il soit peu présent pour elle suffisait à la garder en sécurité.

Le claquement d'une porte l'arracha à ses sombres pensées. Gemma West entrait dans la salle d'attente, Megan à ses côtés. Elle balaya la pièce du regard et, l'ayant repéré, s'avança vers lui au pas de charge.

— Pour l'amour du ciel, Jeremy, que s'est-il passé ?

La culpabilité qu'il ressentit se décupla, semblant imprégner chaque cellule de son corps.

— Je suis désolé, madame West.

Incapable de soutenir son regard, il se prit la tête dans les mains, submergé par la honte.

— Je suis terriblement désolé. J'ai tenté de la protéger.

Mme West posa la main sur son épaule, apaisant un peu la haine qu'il éprouvait envers lui-même.

— Je n'en doute pas un instant, Jeremy. Je sais combien tu l'aimes.

Il sursauta, levant les yeux vers elle en s'apprêtant à protester. Cependant, il se ravisa lorsqu'il croisa son regard entendu. Mme West lui adressa un doux sourire.

Avait-elle vu juste ? Aimait-il Blake ? Certes, il ne pouvait contester qu'il éprouvait… quelque chose à son endroit.

Il n'oublierait jamais la première fois qu'il s'était rendu compte qu'il ne pensait pas à elle seulement comme à une amie. Elle devait alors avoir environ quinze ans. Encore maintenant, quand il fermait les yeux, il la revoyait telle qu'elle lui était apparue ce jour-là, debout sous le soleil, adossée à l'arbre qui délimitait leurs deux maisons. La lumière dansait dans ses cheveux blonds qui brillaient comme de l'or, et son corps irradiait une douce chaleur. Elle lui avait semblé tellement heureuse. Ils étaient tous deux si jeunes.

C'était peu de temps avant qu'elle ne tombe enceinte et amoureuse d'un autre homme. Cela avait été le premier rejet que la vie lui avait infligé, et pas le dernier non plus…

La douleur de ces rejets pourrait-elle un jour disparaître ? Serait-il capable d'aimer à nouveau ?

Quels que soient ses sentiments, la vie se mettait une fois de plus en travers de son chemin.

Jeremy tressaillit comme la porte menant au bloc venait de s'ouvrir. Un chirurgien en sortit et parcourut le couloir des yeux. Jeremy retint sa respiration en le voyant entrer dans la salle d'attente.

— Êtes-vous la famille de Blake West ? s'enquit le médecin.

Jeremy regarda Mme West qui lui adressa un léger signe de tête.

— En effet, répondit-il en s'avançant. Comment va-t-elle ? S'en est-elle sortie ?

Le chirurgien avait de grands cernes sous les yeux. La journée avait dû être longue pour lui aussi. Peut-être même n'était-elle pas finie… Jeremy remarqua ses poignets rougis, à l'endroit où les gants en latex avaient comprimé la peau durant l'opération.

— La situation se présente bien. Elle a reçu une balle dans la poitrine et une autre dans le haut du bras. Elle a eu énormément de chance qu'aucune des deux ne touche un vaisseau sanguin majeur. La balle qui l'a atteinte au bras n'est passée qu'à quelques millimètres de l'artère brachiale.

Un décalage de deux millimètres sur la droite aurait probablement suffi pour la faire se vider de son sang sur place.

Le chirurgien, s'avisant alors de la présence de Megan, s'interrompit brusquement.

— Je suis désolé, fit-il en la désignant. Préféreriez-vous que nous en discutions ailleurs ?

Mme West se tourna vers Megan.

— Meg, voudrais-tu, s'il te plaît, aller nous chercher à chacune un Coca ? Il y a un distributeur de boissons juste à côté, dans le couloir.

Elle lui donna de l'argent.

— Mais, grand-mère…, commença la fillette.

Elle était très pâle, et avait les traits tirés.

— Dépêche-toi, chérie. Ne t'inquiète pas. Je te tiendrai au courant dès que j'en saurai plus. C'est promis.

Megan sembla hésiter encore un moment. Manifestement, elle n'appréciait pas qu'on la mette l'écart, qu'on la traite comme une enfant. Elle finit par obéir cependant.

Le médecin attendit que la porte de la salle d'attente se soit refermée derrière elle avant de poursuivre.

— Nous avons extrait la balle qui s'était logée dans sa poitrine.

— Elle portait pourtant un gilet pare-balles, je ne comprends pas comment ça a pu être possible, déclara Jeremy.

Le médecin hocha la tête.

— La balle l'a atteinte sur le côté du gilet, vous pourrez le constater par vous-même. La balle a éraflé le Kevlar, ce qui l'a ralentie et a modifié sa trajectoire. Si Blake West n'avait pas porté ce gilet pare-balles, les choses auraient pu être bien pires pour elle.

Jeremy, profondément soulagé, ne put néanmoins s'empêcher de demander :

— La balle n'a pas touché son poumon, au moins ?

— Non, elle n'a pas pénétré dans la cavité thoracique.

Mais si l'agresseur de Blake West s'était servi d'une arme de plus gros calibre, elle aurait souffert de blessures beaucoup plus invalidantes. Alors on peut dire que dans son malheur elle a eu de la chance.

— Quel est son pronostic, docteur ? demanda Mme West en s'appuyant sur le dossier de l'une des chaises en plastique bleu disséminées dans la salle d'attente.

— Nous allons la garder cette nuit, mais elle devrait pouvoir rentrer chez elle demain matin. Si elle reste au repos complet pendant les prochains jours et qu'elle prend ses antalgiques et ses antibiotiques, elle n'aura pas de séquelles. Pour cela, j'insiste, elle devra prendre soin d'elle.

Jeremy se mordilla la lèvre. Cette convalescence forcée allait être une épreuve pour Blake. En temps normal, elle ne ménageait déjà pas sa peine. Alors, étant donné les circonstances particulières de leur enquête et le peu de temps dont ils disposaient pour la résoudre…

— Madame West, reprit Jeremy en se tournant vers la mère de Blake, cela vous ennuierait-il d'aller rejoindre Megan ? J'ai quelques questions supplémentaires à poser au docteur.

Gemma accueillit sa demande sans bouger.

— Madame West, est-ce que ça va ? lui demanda-t-il en remarquant la pâleur de ses joues.

— Je vais bien, parfaitement bien, lui assura-t-elle avec un sourire forcé.

Puis, se tournant vers le chirurgien :

— Docteur, je ne vous remercierai jamais assez d'avoir sauvé ma fille. Je n'ai qu'elle, vous savez.

Jeremy la suivit du regard tandis qu'elle quittait la pièce et passait devant la fenêtre donnant sur le couloir. Puis il se tourna vers le médecin.

— Est-ce vous également qui vous êtes chargé de Todd O'Brien ?

Le chirurgien lança un regard en direction du bloc opératoire. Il donnait l'impression d'avoir hâte de regagner l'effervescence de la zone de chirurgie plutôt que de se trouver sous le regard inquisiteur d'un lieutenant de police.

— O'Brien a-t-il survécu ? insista Jeremy.

Le praticien s'assit sur la chaise voisine de la sienne. Il se passa les mains sur le visage comme s'il était très las.

— J'ai procédé à l'évaluation de M. O'Brien.

— Et ?

— La balle est entrée dans le crâne et, d'après les résultats du scanner, elle semble s'être logée dans son lobe frontal.

— Mais il est en vie ? Va-t-il s'en sortir ?

— Son cerveau a subi de gros dommages, alors le pronostic est difficile à établir. D'un autre côté, s'il existe une zone du cerveau capable de résister à ce type de blessure, c'est le lobe frontal. C'est une zone incroyable, lieutenant. Certaines personnes chez qui elle est endommagée voient leur vie quotidienne n'en être pratiquement pas affectée, alors que d'autres…

Il laissa sa phrase en suspens.

— Qu'arrive-t-il aux autres ?

— Je préférerais que vous en parliez avec le neurologue qui suit O'Brien.

— Non, il me faut des réponses maintenant, insista Jeremy. Que risque-t-il de lui arriver ?

Le médecin tapota ses doigts les uns contre les autres.

— Dans son cas, c'est la zone frontale droite qui a subi les plus importants dégâts.

Jeremy hocha la tête.

— Oui, il a sans doute braqué son arme contre sa tempe.

— Une atteinte du cerveau à ce niveau entraîne bien souvent des troubles du langage. Lesquels peuvent empêcher toute communication verbale avec le malade.

Jeremy grimaça.

— Et sa mémoire sera-t-elle aussi altérée ?

— Le lobe frontal contrôle la mémoire de travail. Les patients peuvent être affectés de différentes manières. Donc, si toutefois Todd O'Brien reprend conscience et qu'il parvient à parler, il est difficile de prévoir comment il réagira. Certains sont privés d'une partie de leur mémoire à court ou à long terme alors que, chez d'autres, il n'y a aucune séquelle.

Le chirurgien marqua un temps d'arrêt avant d'ajouter d'un air grave :

— Je préfère toutefois vous dire que l'on observe le plus souvent des troubles du raisonnement et du jugement chez les patients atteints dans cette région du cerveau. Et il est fréquent que des événements réels du passé fassent irruption dans le temps présent.

Génial… Il se pourrait donc que Todd O'Brien ne puisse jamais faire de déposition.

Une lésion cérébrale traumatique invalidant ses fonctions cognitives s'avérerait pour Todd une échappatoire inespérée. Bien entendu, dès sa sortie de l'hôpital, il serait traduit en justice pour agression contre les forces de l'ordre et il serait probablement reconnu coupable. Cependant, étant donné le peu d'informations dont ils disposaient, et en l'absence d'aveux de culpabilité, il serait difficile de prouver quel rôle il avait joué dans la mort de Robert. Quoi qu'il en soit, Jeremy devait essayer. Il fallait qu'il trouve une preuve. Quelque chose qui puisse démontrer, sans l'ombre d'un doute, que Todd était coupable.

Ou innocent ?

L'espace d'un instant, Jeremy regarda fixement les dalles blanches du sol, imitation marbre. Était-il possible que Todd soit innocent ? Une petite voix dans sa tête lui soufflait que ce n'était pas exclu. Cependant, s'il était innocent, pourquoi s'être conduit en coupable et avoir tiré sur Blake ? Il était forcément coupable. Quelqu'un qui n'avait rien à se reprocher n'aurait pas agi comme l'avait fait Todd. Il devait forcément avoir quelque chose sur la conscience ; une chose dont il craignait qu'elle ne l'envoie en prison.

Il se leva.

— Merci pour toutes ces informations, docteur.

Le médecin se leva à son tour, visiblement soulagé que l'entretien soit terminé.

— Si vous avez d'autres questions, n'hésitez pas à vous adresser au neurologue en charge du dossier de M. O'Brien, c'est plus sa partie que la mienne.

— Puis-je voir Blake West, à présent ?

Le médecin hocha la tête.

— J'ai demandé qu'on la transfère dans sa chambre. Elle est toujours sous forte sédation, mais elle est réveillée. Vous pouvez lui rendre visite, mais ne restez pas trop longtemps. Elle a besoin de repos.

Jeremy prit congé du praticien sur le seuil de la salle d'attente. Puis il alla rejoindre Gemma West et Megan. Elles se tenaient près du distributeur de boissons, tenant toutes deux une cannette à la main.

— Est-ce que tout va bien ? lui demanda aussitôt Mme West dès qu'elle le vit.

Tout allait-il bien… ? Bien sûr, Blake était tirée d'affaire, et il se sentait éperdu de reconnaissance. Mais sa joie et son soulagement à la savoir saine et sauve venaient d'être quelque peu assombris.

Le principal suspect de leur enquête de meurtre était en effet à présent dans l'incapacité de témoigner. Et si, par miracle, il arrivait à parler, Jeremy n'était même pas certain que ses aveux seraient recevables devant la cour.

Quoiqu'il soit gêné de le reconnaître, il aurait préféré que Todd O'Brien soit mort.

Il se maudit intérieurement. Les sentiments n'avaient pas

leur place dans sa profession, se rappela-t-il. Il était censé être un observateur détaché afin de préserver sa santé mentale. Toutefois, ce n'était pas possible dans cette affaire. Il était trop personnellement impliqué.

Cette enquête allait le détruire.

— Le médecin a dit que nous pouvions aller voir Blake, s'empressa-t-il de déclarer en plaquant un grand sourire sur ses lèvres comme il s'avisait que Gemma West et Megan le fixaient d'un air inquiet.

Il prit les mains de la fillette dans les siennes.

— Meg, ta maman est blessée. Tu as entendu ce qu'a dit le médecin, n'est-ce pas ?

Elle hocha la tête, ses cheveux blonds lui tombant sur le visage.

— Je sais.

Il exerça une pression rassurante sur ses mains.

— Ne t'inquiète pas. Elle va guérir. Elle rentrera à la maison demain.

Megan releva aussitôt la tête et le regarda dans les yeux.

— Vraiment ?

— Oui, mais voilà le marché…

Il lui sourit.

— J'ai besoin que tu l'aides, d'accord ? Plus de bêtises avec ses menottes. Peux-tu faire ça pour moi, s'il te plaît ?

Elle écarta les cheveux de son visage et elle hocha la tête.

— Je serai sage. C'est promis. Je lui ferai même à manger. Elle adore la soupe de pommes de terre.

Jeremy mit son bras autour des épaules de Megan.

— Je pense que c'est une super idée.

Megan se serra contre lui.

— Je voudrais que vous soyez toujours là.

Il sourit à nouveau.

Tandis qu'il se sentait envahi par une joie teintée de

tristesse, il vit Mme West qui le regardait, des larmes dans les yeux.

Penny lui manquait cruellement en cet instant. Les moments qu'il passait avec sa fille lui manquaient. Il posa les yeux sur Megan. Elle ressemblait beaucoup à Penny, elles pourraient presque être sœurs. Penny avait quasiment le même âge qu'elle ; elles avaient les mêmes cheveux blonds et les mêmes taches de rousseur sur le nez.

Refusant de se soumettre à la raison, ses pensées s'orientèrent vers l'avenir. Megan et Blake pourraient faire partie de sa vie s'il écoutait son cœur. Penny approuverait. Elle avait toujours voulu avoir un frère ou une sœur.

C'était un tableau idyllique qu'il envisageait là, cependant le moment n'était guère propice aux rêves éveillés…

Il conduisit la mère et la fille de Blake jusqu'à l'étage où se trouvait sa chambre. Une couverture blanche la couvrait et elle était sous perfusion. Ses yeux étaient fermés et ses cheveux formaient une aura blonde autour de sa tête sur l'oreiller. Sans le bip monotone des machines reliées à son corps, elle aurait pu sembler paisiblement endormie.

— Ça va, Meg ? s'enquit Jeremy.

Elle hocha la tête mais elle se mordait la lèvre inférieure et des larmes brillaient au coin de ses yeux. Il aurait voulu lui épargner le spectacle de sa mère allongée sur ce lit d'hôpital, toutefois il n'y avait rien qu'il puisse faire. À part l'assurer de son soutien.

Megan s'avança au bout du lit. Elle posa la main sur les orteils de sa mère, si délicatement qu'elle donnait l'impression de toucher une fragile poupée de porcelaine susceptible de se briser sous la pression de ses doigts.

Blake ouvrit aussitôt les yeux et lui sourit.

— Ma chérie, tu es là. Vous êtes tous là, ajouta-t-elle en les embrassant du regard.

Et d'ajouter en se tournant vers lui :

— Je suis désolée.

Jeremy en fut abasourdi. Comment, en un tel moment — alors qu'elle venait d'échapper à la mort —, pouvait-elle prononcer ces mots ?

— Non, Blake, objecta-t-il. C'est moi qui le suis. Je n'aurais jamais dû te mettre en danger. Je…

Je t'aime.

Il s'interrompit avant d'exprimer tout haut cette pensée. Et dit au lieu de cela :

— Je suis heureux que tu sois réveillée.

Le sourire de Blake s'effaça, et elle grimaça. Levant son bras valide, elle toucha l'endroit d'où la balle avait été extraite.

Jeremy sentit tous ses espoirs et ses rêves s'évanouir lorsqu'il vit qu'elle avait mal. Elle souffrait par sa faute, à cause de son incompétence. Il aurait dû recevoir ces balles à sa place. Il aurait dû l'obliger à se tenir en arrière. Il aurait pu lui éviter d'être blessée. Cependant, il avait échoué. Il ne pouvait la décevoir une nouvelle fois.

— Si tu as besoin de moi, appelle-moi, dit-il. Je te laisse avec ta famille.

Il se dirigea vers la porte.

Il devait se retirer de l'équation. La seule manière pour lui de protéger Blake était de rester en dehors de sa vie.

16

Durant la nuit entière, les moniteurs du poste des infirmières avaient bipé et sonné, des pas avaient résonné dans le couloir et, de temps à autre, des cris s'étaient élevés des chambres des autres patients. Blake avait à peine dormi. Seuls les antalgiques qu'on lui avait donnés lui avaient procuré un relatif répit en la forçant à succomber en pointillé à un sommeil agité.

Au petit matin, alors que les bruits de la journée commençaient à emplir le service, elle se trouvait déjà habillée et prête à sortir, le bras en écharpe.

Les infirmières avaient eu l'amabilité de l'emmener en fauteuil roulant jusqu'à l'entrée de l'hôpital où l'attendaient sa mère et sa fille. La vieille Cadillac de sa mère était affaissée, ses amortisseurs ayant été mis à rude épreuve par des années de conduite sur le relief du paysage de Butte.

— Maman !

Megan s'élança vers elle et l'étreignit avec douceur.

Blake s'efforça de contrôler ses émotions tandis qu'elle levait les yeux vers le visage souriant de sa fille aux joues parsemées de taches de rousseur et au regard brillant d'excitation. En un instant, elle aurait pu tout perdre… Sa fille, sa famille, sa vie.

Et tout cela pour quel résultat ?

Todd O'Brien ne leur serait sans doute plus d'aucune

utilité. Il avait échoué à s'ôter la vie, mais cela n'en rendait pas les choses plus justes. Il n'y avait pas de justice. Aucun moyen de remédier à la situation. Un homme était décédé, elle-même avait failli mourir… Et elle ne comprenait toujours pas pourquoi exactement.

Qui était à l'origine de cette folie ? Et pourquoi ? Était-ce le maire ? Était-ce Todd ? Ou alors, quelqu'un d'autre, une personne qui tirait les ficelles dans l'ombre pour manipuler ceux qui se montraient assez stupides pour être à ses ordres ?

Était-ce là une sorte de jeu alimenté par la convoitise et le désir de s'approprier des terres, comme Jeremy et elle l'avaient supposé ? Ou y avait-il autre chose encore ?

Sa mère se tint près de la portière de la voiture pendant que les infirmières la chargeaient à l'intérieur comme si elle était impotente. Son corps guérirait. De ce côté, les choses s'arrangeraient. Quant à son âme, c'était une autre affaire…

Elle avait soudain l'impression que tout ce qu'elle faisait dans son travail était inutile. Elle ne faisait qu'éteindre des feux de paille, elle ne remédiait à rien. Elle ne faisait pas bouger les choses comme elle avait présumé que ce serait le cas quand elle avait rejoint les forces de police. Elle n'était jamais que l'un des rouages d'une société imparfaite.

Pendant si longtemps elle s'était évertuée à combattre l'injustice dont elle se sentait l'objet dans l'exercice de ses fonctions en tant que femme au sein d'une profession dominée par les hommes dans la petite ville de Butte. Si elle regardait en arrière, elle ne pouvait affirmer que cela en avait valu la peine. Tout lui semblait tellement absurde. Tout ce qui comptait vraiment, c'était sa famille et ceux qu'elle aimait.

Ses pensées allèrent à Jeremy.

Jeremy… Au-delà du fait de remplir son devoir de policière, elle faisait cela pour lui. Il avait besoin d'obtenir des réponses à ses questions. Elle lui devait la paix de l'esprit qui accompagnait la résolution d'un meurtre.

Cependant, s'il tenait tellement à elle, pourquoi n'était-il pas présent ?

— Où est Jeremy ? demanda-t-elle à sa mère tandis qu'elles quittaient le parking pour s'engager sur la route menant à leur maison.

Sa mère lui jeta un rapide regard. Elle semblait stressée comme si elle ne voulait pas lui dire ce qu'elle savait.

— Où est-il ? répéta Blake.

— Je l'ignore. Il a vraiment accusé le coup, tu sais, lui répondit sa mère d'une voix tendue. Il parlait de retourner à Missoula, de reprendre le travail.

— Quoi ?

Blake serra les poings. Le lâche ! Avait-il renoncé à elle ? Pourquoi, à présent qu'elle avait le plus besoin de lui, repartait-il chez lui ? Une colère sourde l'envahit.

Sa mère venait de dire que sa blessure l'avait ébranlé. Toutefois, s'il pouvait l'abandonner ainsi, cela prouvait bien qu'il ne tenait pas à elle, non ?

Elle devait d'autant plus résoudre cette fichue affaire, ne serait-ce que pour ne plus jamais avoir à croiser son regard ou à tomber sous le charme de son sourire espiègle.

La voiture s'arrêta à un feu. À sa gauche se trouvait un bâtiment historique devant lequel elle était passée des centaines de fois. Il lui apparut cependant sous un jour nouveau aujourd'hui.

Les briques rouges commençaient à s'effriter aux angles et la peinture blanche qui ornait son entrée s'était craquelée au fil du temps. Blake s'était souvent fait la réflexion que ce bâtiment était charmant ; il la projetait dans un passé lointain. Dans un monde bâti sur les besoins de la société par des personnes à la volonté inébranlable. Elle pensa à celui qui l'avait construit. Cela avait dû être incroyablement difficile à l'époque. Butte n'était alors rien d'autre qu'une ville minière en proie au désordre. Toutefois la personne à l'origine de la création de ce bâtiment avait vraisemblablement tout risqué pour voir ses rêves se réaliser.

À quoi avait-il pu servir autrefois ? Sur le mur latéral se trouvait une inscription peinte à demi effacée par le temps.

CONFISERIE

Elle en éprouva un choc. Quelqu'un était venu dans cette ville où la vie des mineurs était assujettie au monde obscur et poussiéreux du ventre de la terre, et il avait décidé que ce dont ces hommes et ces femmes avaient le plus besoin c'était de friandises aux couleurs vives. C'était sublime, dans le genre poétique.

Elle ne douta pas que le propriétaire de la boutique ait dû faire face à l'adversité et au ridicule. Tout comme elle. Néanmoins, il avait trouvé la force de poursuivre son rêve.

Pourrait-elle faire de même ?

La voiture s'élança en avant lorsque le feu changea de couleur. Elle devait dépasser cela. Il fallait qu'elle arrête de s'inquiéter à propos de Jeremy et de ce que les autres pensaient d'elle. Elle devait se concentrer exclusivement sur l'enquête ; c'était la seule chose qu'elle puisse vraiment contrôler.

Elle songea à la maison de Robert et à la mine. Bien qu'elle ait passé des heures dans chacun de ces endroits, elle avait forcément dû négliger quelque chose. Mais quoi ?

— Maman, dit-elle, brisant le silence qui régnait dans la voiture. J'ai besoin que tu m'emmènes au poste de police.

Gemma poussa un soupir excédé.

— Blake, tu ne peux pas retourner au travail. Tu viens de sortir de l'hôpital. Tu dois rentrer à la maison et te reposer. Le médecin l'a bien dit. Peut-être pourras-tu reprendre dans quelques jours.

Les premières quarante-huit heures d'une enquête étaient

les plus critiques et ce stade était déjà dépassé. Si elle ne découvrait pas rapidement tout ce qu'elle avait besoin de savoir, il lui serait de plus en plus ardu de résoudre l'énigme.

— J'ai besoin de déterminer qui est derrière tout ceci. Je ne vais pas me fatiguer en lisant de la paperasse, maman.

— Tu as déjà ton suspect, avec Todd. Que peux-tu faire de plus ?

Megan s'agita sur le siège arrière. Et Blake se sentit écartelée entre deux désirs contradictoires. Consacrer du temps à sa fille ? Ou à cette fichue affaire ?

Elle ne pouvait pas s'arrêter maintenant. Pas alors qu'elle était si près du but, qu'elle avait peut-être encore des chances de découvrir ce qui avait précisément provoqué la mort de Robert et le rôle qu'y avait joué Todd.

— Je ne resterai pas longtemps, promis. Et je t'appellerai pour que tu viennes me chercher quand j'aurai fini.

Sa mère la toisa sans mot dire.

— Et puis, au moins comme ça, tu sauras que je n'irai nulle part ailleurs.

Elle avait adopté le ton de la plaisanterie, cependant sa mère ne sembla pas goûter son humour. Blake fut frappée de constater à quel point, bien qu'elle soit devenue une adulte, sa mère cherchait toujours à la protéger. Même si elles avaient leurs différends et leurs désaccords, Gemma l'aimait profondément. De cet amour qui était celui qu'elle-même éprouvait envers sa fille… Un amour absolu.

— Tout ira bien, maman. Je te le promets, reprit-elle d'une voix plus douce.

Quelques minutes plus tard, sa mère se garait devant le poste de police.

— J'espère que tu m'appelleras si tu as besoin de quoi que ce soit, hein ?

Blake sourit. C'était comme si elle avait à nouveau quinze ans et que sa mère la déposait à une soirée dansante du lycée. Toutefois, au lieu de s'en agacer comme lorsqu'elle était adolescente, elle n'en aima que davantage sa mère pour la sollicitude dont elle faisait preuve à son égard.

— Oui, je t'appellerai quand j'aurai besoin que tu viennes me rechercher.

Elle se pencha pour embrasser Megan sur le front. Ce mouvement lui occasionna un élancement douloureux dans la poitrine, à l'endroit de sa cicatrice, et lui rappela les dommages que son corps avait subis. Elle choisit de les ignorer.

— Sois sage, ma chérie. Et prends soin de grand-mère, d'accord ?

Megan hocha la tête. Lorsqu'elle leva les yeux vers sa mère, Blake y lut une certaine réserve, la même que le jour où elle l'avait accompagnée pour son premier jour à la crèche et qu'elle avait pour la première fois laissé son bébé pour aller travailler. Sa fille ne voulait pas qu'elle aille au bureau. Ce regard lui déchira le cœur.

Elle rebroussa chemin vers la portière côté passager, mais Gemma l'arrêta d'un geste.

— Ne t'inquiète pas, je m'occupe de Megan, lui dit-elle. Puis interceptant le regard de sa petite-fille dans le rétroviseur : Nous allons nous amuser aujourd'hui, n'est-ce pas, chérie ?

— Mais, grand-mère..., geignit Megan.

— Allons-y. J'ai une idée pour un nouveau jeté de lit en patchwork. Tu n'as pas envie de m'aider à choisir le tissu ?

Le visage de Megan afficha cette expression singulière qui mêlait une excitation tout enfantine à l'attitude blasée propre à l'adolescence.

— Merci, maman, murmura Blake.

Gemma sourit, et Blake décela dans son regard une lueur de fierté lui démontrant qu'elle savait exactement combien cette affaire comptait pour sa fille.

Blake entra dans le poste de police sans regarder en arrière. Sa mère contrôlait la situation ; elle était le point d'ancrage de leurs vies.

Le maire s'éloignait dans le couloir lorsqu'elle entra, et elle ralentit le pas afin qu'il ne la voie pas. Elle n'était pas sûre de pouvoir l'affronter en cet instant. Elle traversa ensuite le service à la hâte et se dirigea vers la salle des pièces à conviction.

Elle composa le code sur le clavier et la porte s'ouvrit. Elle entra… Et tomba sur une scène inattendue. Assis devant l'un des bureaux alignés dans la salle se trouvait Jeremy.

Elle le dévisagea, ne sachant que dire.

Il leva aussitôt les yeux vers elle, comme s'il avait deviné sa présence.

— Que fais-tu ici ? s'exclama-t-il, stupéfait. Pourquoi n'es-tu pas à l'hôpital ?

— Ils m'ont relâchée pour bonne conduite, lui répondit-elle d'un air pince-sans-rire.

Et d'ajouter, d'un ton plus grave :

— Ma mère m'a appris que tu repartais à Missoula. Pourquoi es-tu ici ? Et comment es-tu entré ?

Blake sentit alors un souffle chaud sur sa nuque.

— C'est moi qui l'ai laissé entrer, l'informa une voix masculine.

Elle se retourna et se trouva face au capitaine Prather.

— Nous avions besoin de quelqu'un pour travailler sur votre affaire en votre absence. En raison de l'expérience du lieutenant Lawrence et en réponse à sa proposition d'intervenir en tant que consultant, je l'ai affecté à cette enquête. Nous devons élucider ce meurtre.

— Vous avez absolument raison, monsieur.

À ces mots, Blake s'avança vers le siège du bureau voisin de celui de Jeremy.

— West, reprit le capitaine Prather en secouant la tête.

Inutile de vous asseoir. Nous avons à parler, suivez-moi dans mon bureau.

Blake sentit son sang se figer. Que se passait-il ? Pourquoi le capitaine la regardait-il avec commisération et dédain ? Son altercation avec O'Brien y était-elle pour quelque chose ? Bien sûr, la fusillade était à déplorer mais elle n'en était pas vraiment responsable. Elle n'avait pas voulu en arriver là.

Elle lança un regard à Jeremy, mais il détourna les yeux. Il savait quelque chose, une chose qu'il ne pouvait pas lui révéler.

Allait-elle au-devant de problèmes ?

— Monsieur…

Elle laissa sa phrase en suspens, se refusant à supplier. Elle ne pouvait se permettre de perdre sa dignité devant Jeremy. Elle ne devait pas craquer ; les choses allaient s'arranger, se persuada-t-elle.

Le capitaine Prather la conduisit jusque dans son bureau, dont il ferma la porte ainsi que les stores. Apparemment, quoi qu'il ait à lui dire, il tenait à ce que l'entretien se fasse à huis clos…

— Asseyez-vous, shérif adjointe West, dit-il en prenant place lui-même dans son fauteuil.

Elle obtempéra, sentant la sueur lui perler au front. Il avait utilisé son titre officiel. Ce n'était pas bon signe.

— Et maintenant discutons de ce qui a eu lieu, hier soir, sur la propriété de Todd O'Brien.

Ce ne fut pas une surprise. Elle s'y attendait.

— Je suis extrêmement déçu par les événements survenus entre Todd O'Brien et vous.

— Monsieur, je…

D'un geste, il lui intima le silence.

— Je m'en suis remis à vous pour gérer cette affaire. Vous saviez ce qui était en jeu et vous l'avez laissée vous filer entre les doigts. Pire encore, vous avez trouvé le moyen d'être blessée. Tout ceci retombera sur nous tous, West.

— J'en ai conscience, monsieur. Toutefois, nous avons arrêté Todd. Nous avons appréhendé notre suspect.

— Votre suspect ? Vous pensez qu'il est l'auteur du meurtre de Robert Lawrence ? Meurtre qui, selon le médecin légiste, a été perpétré mardi aux environs de midi ?

Elle n'apprécia pas la façon dont il lui parlait. Allait-elle endosser le rôle du bouc émissaire ?

— Si vous aviez vérifié un peu plus consciencieusement l'emploi du temps d'O'Brien, vous auriez compris qu'il ne pouvait en aucun cas se trouver sur le lieu du crime mardi matin, poursuivit Prather d'un ton sec. Nous avons la preuve que sa carte de crédit a été utilisée au Costco de Missoula à 11 h 15, puis au Cenex à 11 h 45.

— Monsieur, quelqu'un d'autre a très bien pu se servir de sa carte de crédit.

C'était tiré par les cheveux et elle le savait. Mais elle n'allait pas le laisser l'enfoncer sans se défendre.

Il hocha la tête, sans se départir toutefois de son air rigide, inflexible.

— Le lieutenant Lawrence est en train de consulter les images de la vidéosurveillance du Costco afin de s'assurer que cela n'a pas été le cas. Il est cependant peu probable que Todd soit la personne responsable de la mort de Robert.

Jeremy le pensait-il également ? Si oui, pourquoi n'avait-il pas pris la peine de le lui dire ?

— J… J'ai fait au mieux de mes capacités, monsieur. Todd ne répondait pas à mes questions. Nous attendions un mandat de perquisition. Nous aurions découvert la vérité.

— Les erreurs, à ce petit jeu, se payent au prix fort, West.

— O'Brien a fait le choix de tirer. Je voulais seulement lui poser quelques questions et fouiller sa propriété à la recherche d'indices le reliant au crime. Je n'ai jamais voulu que quelqu'un soit blessé.

— Je suis plus que conscient, à la lumière du témoignage du lieutenant Lawrence, que vous n'êtes pas en faute concernant les événements qui se sont produits. Il nous faut néanmoins procéder à une enquête interne. Par conséquent, je dois vous suspendre temporairement de vos fonctions en attendant que les choses soient éclaircies.

Blake fut atterrée. On lui retirait l'affaire.

Bien plus, elle venait de perdre le peu de reconnaissance professionnelle qui lui avait été accordée. Elle avait perdu l'occasion de faire ses preuves, et il était probable qu'elle perdrait également son emploi. Tout ce pour quoi elle avait si durement lutté. Tout lui échappait.

17

Blake, effondrée, s'assit sur le banc en bois installé devant le poste de police pour attendre que sa mère vienne la chercher. Elle avait vu juste. C'était exactement comme lorsqu'elle était adolescente, à la fin d'une soirée du lycée. De grands espoirs réduits à néant par la dure réalité qui la laissait seule et tributaire de l'aide de sa mère. Ce cycle n'en finirait jamais. Quelle que soit son aspiration à ce que les choses changent.

Quoique, sans doute était-elle chanceuse d'avoir une famille comme la sienne. Une famille qui répondait toujours présente. Peut-être n'avait-elle que sa mère et sa fille, mais toutes trois se soutenaient mutuellement. Chez les West, il n'y avait pas de favoritisme, ni de mariage tumultueux ou conflictuel, comme chez Jeremy. Peut-être d'ailleurs était-ce ce qui empêchait ce dernier d'accorder sa confiance, de faire des concessions. Sa famille avait dû façonner l'homme qu'il était devenu — en bien comme en mal.

Quels que soient ses efforts pour tenter de comprendre sa façon d'agir, elle ne parvenait pas cependant à lui pardonner de l'avoir maintenue dans l'ignorance s'agissant de l'enquête. D'accord, elle était à l'hôpital mais il aurait pu venir la voir et la mettre au courant de ce qu'il avait appris. C'était *son* enquête. Du moins l'avait-elle été jusque-là…

Était-ce aussi sûr, finalement ? À bien y réfléchir, il lui

semblait que, depuis le début, Jeremy avait voulu prendre la direction de l'affaire. Déjà le soir où ils étaient entrés dans la mine, il avait essayé de lui dire comment mener l'enquête. Et…

— Cette place est prise ?

Se retournant, Blake découvrit Jeremy qui la regardait avec l'expression d'un enfant repentant. Si elle n'avait pas été si furieuse, si meurtrie, elle aurait trouvé terriblement craquante la façon dont il regardait ses pieds, un sourire d'excuse flottant sur ses lèvres.

Des lèvres qu'elle avait embrassées. Des lèvres qu'elle avait espéré à nouveau embrasser, mais qu'elle pouvait en cet instant à peine regarder.

Elle se glissa vers le centre du petit banc, afin d'en occuper les deux places. C'était puéril, certes, mais elle ne pouvait supporter l'idée qu'il se tienne à ses côtés. Elle n'était pas prête à entendre ses excuses, les pitoyables justifications de son attitude.

— Quoi que tu aies à dire, tu peux le garder pour toi, dit-elle d'une voix lasse.

À ces mots, elle se détourna, faisant mine d'accorder toute son attention au store bleu déchiré du restaurant situé de l'autre côté de la route.

Jeremy fit le tour du banc et vint se planter à côté d'elle.

— Je sais ce dont ça a l'air. Mais, crois-moi, je n'avais pas l'intention de t'attirer des ennuis.

— Alors quelle était exactement ton intention ? ne put-elle s'empêcher de demander comme les effluves de bois de santal et de clou de girofle de l'eau de toilette de Jeremy flattaient ses narines.

Elle persista cependant à s'abstenir de le regarder.

— Je voulais seulement creuser pour dénicher des informations supplémentaires pendant que j'en avais l'occasion. Et j'en ai trouvé une dont je pense qu'elle va tout changer.

— Tu veux parler du fait que Todd ne pouvait pas être le meurtrier de Robert ? Le capitaine Prather me l'a déjà dit.

— Je sais mais j'ai mieux.

Blake releva brusquement la tête.

— Quoi ?

— Je suis retourné chez Todd quand j'ai eu l'assurance que tu te rétablirais. J'ai trouvé ses documents d'imposition ainsi qu'un coffre contenant des actes de propriété. Court, l'homme que nous avons rencontré au snack, a dit vrai. Todd est le propriétaire officiel de tous les terrains entourant la mine du Contremaître. Par ailleurs j'ai vérifié le numéro de plaque minéralogique de la voiture cachée sous la bâche. Tu sais, la Buick marron qui te semblait familière ? Eh bien, il s'avère que c'est la voiture de Tiffany Lawrence.

— Hein ? Pourquoi Todd détiendrait-il la voiture de Tiffany ? Tu as jeté un coup d'œil à l'intérieur ? lui demanda-t-elle en se déplaçant afin qu'il puisse s'asseoir à côté d'elle.

Il sourit en prenant place sur le banc.

— Je l'ai fait remorquer pour que l'équipe scientifique puisse l'examiner.

Il lui désigna l'espace clôturé situé derrière le poste de police.

— Et alors ?

— Les techniciens l'examinent en ce moment même. Tu veux…

Il s'interrompit et posa les yeux sur son bras en écharpe, avec une expression empreinte de sollicitude.

— Il faut que tu rentres chez toi, West.

Elle sentit la colère l'envahir en entendant Jeremy l'appeler par son nom de famille comme il le ferait avec n'importe quel autre collègue.

— Je n'ai besoin que d'une chose, terminer mon travail sur cette affaire.

— Je comprends. Tu essaies de prouver au monde que

tu es capable de tout assumer, mais tu n'as pas besoin d'être une Wonderwoman, West.

— Arrête de m'appeler West, comme si je t'étais étrangère. Nous sommes passés à ça…

Elle pinça deux doigts.

— De laisser les choses aller trop loin. J'ai même vu ton caleçon, jeune homme.

Il se mit à rire, ce qui ne la rendit que plus furieuse encore.

— Qu'y a-t-il de tellement drôle ?

— « Jeune homme ». Il n'y a que ma mère pour m'appeler ainsi quand elle a une remontrance à me faire.

— Donc, à présent, tu me compares à ta mère ? riposta Blake.

Sa tension artérielle avait dû monter en flèche.

— Je ne ressemble en rien à ta mère. Quel que soit le fantasme freudien que tu sembles vouloir assouvir.

Il cessa de sourire.

— Ce n'est pas ce que je voulais dire. Je n'avais pas l'intention de te rendre furieuse. J'ai trouvé ça adorable, voilà tout.

Pfff ! Il fallait bien être un homme pour trouver que des propos dits sous le coup de la colère étaient « adorables » !

— Alors pourquoi ne cesses-tu de me contrarier ? D'abord, tu veux tout diriger et, à présent, tu me fais suspendre et passer pour une imbécile aux yeux de mon capitaine.

— Ce n'est pas un secret, que je tiens à toi, Blake.

Il avait pris soin d'utiliser son prénom, cette fois.

— Si tu tiens à moi, tu as vraiment une étrange façon de le montrer.

Elle agrippa l'accoudoir en fer forgé du banc de style ancien.

— J'essaie de te protéger.

— En quoi me protèges-tu quand tu me laisses écarter d'un travail que j'aime ?

— Tu aimes vraiment ton travail ?

Comment osait-il lui poser une telle question ? Bien sûr qu'elle aimait son travail. Elle y consacrait le plus clair de son temps, elle contribuait à faire régner la justice. Certes, ce n'était pas le travail glorieux et empreint de romantisme que dépeignaient les séries télévisées, mais il assurait sa subsistance ainsi que celle de sa famille.

— Et toi, « aimes-tu » le tien ? riposta-t-elle, amère.

Sans attendre de réponse à sa question, elle reprit :

— Pourquoi semblais-tu content de me voir suspendre de mes fonctions ?

— Je n'ai rien à voir avec ta suspension. Tu le sais. C'est seulement la politique de ton service. Je ne l'ai pas demandée. Je ne la soutiens pas. Si je voulais te prendre cette affaire, pourquoi diable te parlerais-je de la voiture de Tiffany ?

Il marquait un point, cependant elle ne fut pas totalement apaisée.

— Pourquoi ne pas m'avoir parlé des reçus de carte de crédit de Todd et du fait qu'ils l'innocentaient ?

— Je ne t'en ai pas parlé parce que je viens de le découvrir. Je n'ai même pas encore eu le temps de visionner les images de la vidéosurveillance. Ce n'est pas parce qu'une carte de crédit a été utilisée qu'elle l'a forcément été par son propriétaire.

— Dans le cas présent, le capitaine semble penser que si.

— Prather brûle les étapes. Je trouve très étrange, quant à moi, qu'un homme qui, d'après ses relevés bancaires, ne fait habituellement ses courses qu'en trois endroits — la petite épicerie la plus proche, la quincaillerie et l'armurerie de Butte — se décide tout à coup à se rendre au Costco situé dans une autre ville le jour du meurtre. Ça ne ressemble pas à Todd.

— Crois-tu qu'il y soit allé juste après, afin d'apparaître sur les images de la vidéosurveillance ?

— C'est un alibi sacrément solide s'il a procédé ainsi. Toutefois, je ne pense pas que ce soit ce qu'il ait fait. Je crois qu'il considère votre service comme incompétent et paresseux.

Blake émit un petit rire. C'était Todd tout craché de s'estimer plus intelligent que toutes les forces de police réunies. Il n'avait jamais pris la peine de dissimuler son mépris envers les représentants de la loi. Et à cet ego surdimensionné s'ajoutait la conviction qu'il serait capable de se sortir de n'importe quelle situation.

— Je parie qu'il n'a jamais pensé que nous utiliserions la vidéosurveillance. Il s'est dit que nous nous contenterions de prendre sa déposition pour argent comptant sans creuser davantage, reprit Jeremy. Peut-être est-ce la raison pour laquelle il est devenu tellement nerveux quand nous avons mené la perquisition. Il s'est senti pris au piège.

Blake s'efforçait d'assimiler tout ce que disait Jeremy. Avait-il raison ? Était-ce là ce qui avait poussé Todd à faire usage de son arme ? À tenter, en désespoir de cause, de s'ôter la vie ? Pour la première fois, les événements commençaient à prendre sens.

— Si ce n'est pas lui qui est allé chez Costco, alors qui aurait pu utiliser sa carte de crédit ?

Jeremy lança un regard au parking clôturé où avait été remorquée la voiture dissimulée sur la propriété de Todd.

— Je n'en suis pas sûr à cent pour cent, mais je pense que nous devrions reprendre la piste Tiffany depuis le début.

Derrière eux, la porte s'ouvrit et le sergent de l'accueil sortit en trombe.

— West ?

— Qu'y a-t-il ? s'enquit Blake en se relevant d'un bond.

— Il y a un rapport d'incident.

Le sergent se tordait les mains de nervosité, et la sueur perlait à son front creusé.

— À quel sujet ? l'interrogea-t-elle d'un ton pressant, espérant aider son collègue à trouver ses mots.

— Il y a eu un incendie… Un incendie chez toi.

Jeremy dut se cramponner à son siège. Les pneus de sa voiture crissèrent tandis que Blake prenait le virage à une vitesse excessive. La prudence et les limitations de vitesse étaient faites pour les gens dont la famille n'était pas en danger, devait-elle se dire. Elle freina brusquement et s'arrêta derrière les camions de pompier qui bloquaient la route.

Puis, sans prendre le temps de claquer la portière, elle gravit en courant la colline menant jusqu'à sa maison.

— Blake, attends ! lui cria Jeremy en s'élançant derrière elle.

Dès l'instant où le sergent de l'accueil l'avait informée de l'incendie, elle avait semblé totalement occulter sa présence. Elle s'était emparée de ses clés posées sur le banc, s'était installée au volant de sa voiture et, malgré son bras en écharpe, elle avait démarré en trombe, ne lui laissant d'autre choix que de se ruer sur le siège du passager. Rien ne comptait plus pour elle. À part Megan et sa mère. Et le fait qu'elles avaient besoin d'elle.

Jeremy la rattrapa.

— Tu ne peux pas foncer comme ça, tête baissée. Il va falloir mener une enquête.

— Je me moque de l'enquête. J'ai besoin de savoir que Megan va bien, répliqua-t-elle entre deux respirations tout en continuant à courir.

En arrivant au sommet de la colline, Blake vit sa fille. Les cheveux et les joues de cette dernière étaient recouverts d'un voile de cendres, et ses yeux rougis par les larmes. Gemma se tenait à côté d'elle, la serrant contre elle.

— C'est fini. Tout va bien, la rassura sa mère quand Blake les eut rejointes.

Blake prit sa fille dans ses bras et, écartant ses cheveux, inspecta son visage. Il ne portait ni brûlures ni marques en dehors des traces de cendres.

— Tu vas bien ? Tu es sûre ?

— Oui, maman, lui répondit Megan en essuyant une larme sur sa joue.

— Que s'est-il passé ? s'enquit Jeremy. Vous allez bien, madame West ?

Gemma hocha la tête.

— Oh ! rien de grave. Juste un début d'incendie dans le jardin. Tout est sous contrôle, apparemment.

Et de faire un geste en direction du jardin de devant où les pompiers arrosaient copieusement le vieux pin. À présent tout calciné.

Que de souvenirs il avait, liés à cet arbre, songea Jeremy. Des souvenirs impliquant Blake… Du temps de leur adolescence…

Blake laissa échapper un rire quasi hystérique. Le mouvement convulsif qu'il provoqua raviva la douleur au nouveau de sa cicatrice.

— Qu'y a-t-il de si drôle ? lui demanda sa mère, l'air perplexe.

— Rien, c'est nerveux, parvint-elle à dire entre deux hoquets.

Cette plaisanterie cruelle du destin était plus qu'elle n'en pouvait supporter.

Jeremy s'approcha d'elle et, prenant garde à sa blessure, il l'enlaça. Sa gentillesse lui fit monter les larmes aux yeux. Elle cligna des paupières. C'était le stress qui lui avait fait perdre pied. Uniquement le stress. Elle devait se ressaisir. Se montrer forte pour Megan.

Elle ravala son rire comme une pilule amère. Elle songea à se dégager de l'étreinte de Jeremy afin de montrer qu'elle pouvait contrôler ses émotions. Cependant, elle y renonça ; elle se sentait si bien dans la chaleur de ses bras. Elle perçut à son odeur qu'il avait dû avoir très peur également.

Elle aurait voulu le détester pour la confusion des sentiments qu'il lui infligeait mais, en cet instant précis, elle en fut incapable, pas alors qu'elle ronronnait de contentement dans ses bras. C'était pour elle une sensation étrangère qu'un homme la protège. Même son propre père n'avait pas su le faire. Ou, du moins, était-ce la conclusion à laquelle elle était arrivée quand il avait abandonné sa famille alors qu'elle était encore enfant.

Jeremy posa les yeux sur elle. Leurs regards se croisèrent. Elle décela dans le sien une lueur qu'elle y avait déjà vue… Le jour où ils se trouvaient dans la maison de Robert. Elle devait se tromper. Il ne voulait pas d'elle. Il était seulement un ami… Un ami à qui elle avait indubitablement fait don de son cœur.

Elle s'arracha à ses bras et réajusta l'écharpe de son bras, plus par nervosité que par nécessité.

— Madame ?

L'un des soldats du feu l'interpella, s'avançant vers elle.

— Êtes-vous la propriétaire de la maison ?

Elle glissa un regard à sa mère.

— Nous le sommes toutes deux.

— Nous pensons avoir maîtrisé l'incendie, reprit le pompier. Cependant, nous avons repéré quelques petites choses qu'il serait bon que vous voyiez.

— Je peux vous laisser ? demanda-t-elle à Megan et à sa mère.

Comme Gemma se rapprochait de sa petite-fille, Blake

nota, stupéfaite, que cette dernière lui arrivait presque aux épaules. Megan lui semblait avoir beaucoup mûri en quelques jours. C'était comme si elle s'était métamorphosée à ses yeux et à sa barbe.

À moins que ce ne soit moi qui me sois transformée, songea Blake. Peut-être, pour la première fois, voyait-elle vraiment le monde autour d'elle tel qu'il était, sans cesse changeant, en évolution permanente.

Elle embrassa sa fille sur le front.

— Maman, tu vas bien ? lui demanda Megan en levant les yeux vers elle.

— Je vais bien. Désolée d'avoir ri.

Puis, regardant Jeremy :

— J'ai toujours pensé que cet arbre était exactement comme moi.

Sa mère fronça les sourcils en scrutant du regard le vieux pin noirci.

— Je ne comprends pas.

Blake tapota l'épaule de sa mère.

— Ce n'est pas grave, maman. L'essentiel est que tu saches que je t'aime.

Et elle s'éloigna, Jeremy sur ses talons.

L'eau avait détrempé la pelouse du jardin de devant et de la boue s'y était formée. Les flammes, descendues le long de l'arbre, avaient brûlé l'herbe lorsque la base du tronc s'était embrasée. Même si leur progression avait été stoppée par l'intervention des pompiers, l'écorce était encore en proie aux motifs sinueux dessinés par les braises orangées qui apparaissaient puis disparaissaient sporadiquement.

— Que voulais-tu dire à propos de cet arbre ? lui demanda Jeremy alors qu'ils s'arrêtaient devant lui.

— Des années durant, il a lutté pour survivre dans cette ville toxique. Il a tenté de grandir mais en a toujours été empêché par la pollution chimique qui a empoisonné ses racines. Tu as vu comme il est tordu ? lui fit-elle remarquer en lui montrant un nœud sur le tronc. Lorsque mon père est parti, il était tellement soûl qu'il l'a percuté en faisant marche arrière. Ma mère a voulu le faire abattre, mais je l'en ai empêchée. Cet arbre, je l'aimais et le détestais à la fois, mais je voulais qu'il survive.

Jeremy lui prit la main.

— Alors tu n'as pas tort quand tu dis que cet arbre est comme toi.

Elle le regarda, ne comprenant pas trop où il voulait en venir.

— Voici ce que nous avons trouvé, déclara le pompier qui leur avait demandé de le suivre.

Il attira leur regard vers un objet sur le sol.

Dans l'herbe épargnée par l'incendie gisait une poupée en plastique noircie. Son visage avait fondu mais on reconnaissait encore la forme des bras et des jambes. Une petite touffe de cheveux roux calcinés restait attachée à l'arrière de la tête.

Blake étouffa un cri. Même défigurée, la poupée était tout à fait identifiable : c'était l'une des préférées de Megan, et elle trônait en bonne place dans la bibliothèque de sa chambre.

Quelqu'un s'était donc introduit dans leur maison, et ce assez longtemps pour trouver un objet personnel et s'en servir contre elles. Cette personne avait eu l'intention d'instiller la peur dans leur esprit. Et cela avait fonctionné. Toutefois Blake n'était pas seulement habitée par la peur. À celle-ci s'ajoutait une fureur dévastatrice à l'idée que quelqu'un ait eu l'aplomb de violer l'intimité de leur foyer. En pénétrant non seulement dans leur maison, mais surtout dans la chambre de sa fille innocente.

Qui avait pu faire une telle chose ? Et pourquoi ?

— Ce n'est pas tout, poursuivit le pompier en les entraînant sur le côté de la maison.

Un message tracé à l'aide d'une bombe de peinture orange s'étalait sur le mur.

ATTENDS-TOI À MOURIR

Blake sentit les poils se dresser sur ses bras.

— Il y a aussi une note, ajouta le soldat du feu en leur désignant une feuille de papier blanc accrochée au mur.

Elle s'approcha, les jambes tremblantes. Voici ce qu'elle lut :

Si tu ne quittes pas Butte, je vous tuerai, ta famille et toi.

Tu partiras si tu sais ce qui est bon pour toi.

Elle s'apprêtait à déchirer ce message ignoble, mais se reprit à temps. Cette lettre était une preuve. Une preuve dont ils pourraient faire usage.

— Nous avons de la chance, commenta Jeremy.

— En quoi une menace de mort est-elle une chance ? lui demanda-t-elle en faisant un signe de tête en direction de l'horrible note.

— Tu connais Casper ? lui demanda Jeremy en souriant.

Elle était totalement perdue. Que venait faire Casper dans l'histoire ?

— Ton frère. Et alors ?

— Avant de rejoindre la patrouille aux frontières, il faisait partie du FBI… en tant que graphologue. Si je l'appelle, je parie qu'il pourra analyser cette écriture en quelques heures. Il peut nous aider à confondre cette ordure. Et lorsque j'aurai mis la main sur l'auteur de ce message, il souhaitera n'être jamais né, tu peux me croire.

18

Jeremy tapota son crayon sur la table de cuisine. Il détestait être contraint à l'inaction. Cependant, pour l'instant, il attendait une piste. Une piste que seul son frère Casper serait en mesure de leur donner, une fois son analyse graphologique terminée.

Dans l'intervalle, sa mère n'avait cessé d'aller et venir du salon à la cuisine, elle devait en être à sa huitième tasse de thé.

— Y a-t-il quelque chose que je puisse faire pour vous aider ? leur demanda-t-elle.

Blake releva la tête, et Jeremy remarqua les cernes qui avaient commencé à se dessiner sous ses yeux alors que le soir tombait. Elle remua sur sa chaise en bois comme si ses blessures la tourmentaient.

— Te faut-il des antalgiques, Blake ? s'enquit-il. De l'ibuprofène ou autre chose ? Tu sembles avoir mal.

Elle secoua la tête.

— Je vais bien. Ce ne sont que des blessures superficielles.

Cependant, à l'intonation de sa voix, il comprit qu'elle souffrait.

— Maman, où sont tes antalgiques ? demanda-t-il en se levant.

Sa mère lui désigna le flacon sur l'étagère près de l'évier.

— Merci.

Il en sortit deux comprimés, remplit un verre d'eau et tendit le tout à Blake.

— Prends ça.

— Je te l'ai dit… Ce n'est rien, protesta-t-elle.

— Tu n'as pas besoin de jouer les dures à cuire devant moi. Je vois bien que tu souffres.

En prononçant ces paroles, il prit soudain conscience que sa souffrance morale était probablement bien supérieure à sa douleur physique. Être victime d'une violation de son domicile était une chose terrible. Par chance, elle avait accepté son offre de venir, avec sa mère et sa fille, occuper leurs anciennes chambres, à son frère et lui. C'était le moins qu'il puisse faire pour s'assurer qu'elles soient en sécurité.

— Megan s'est-elle endormie ? demanda-t-il.

Sa mère hocha la tête.

— Oui. Elle est tombée comme une masse.

Blake tourna le regard vers lui.

— Merci encore de nous laisser dormir ici. Je suis sûre que nous aurions été très bien à la maison, mais c'est agréable d'être…

Elle laissa sa phrase en suspens.

Allait-elle dire qu'il était agréable d'être en sa compagnie ? Ou avait-elle voulu dire autre chose ?

Il ne pouvait nier éprouver envers elle quelque chose de spécial. Ils étaient plus que des amis, mais moins que des amants. Néanmoins, plus ils passaient de temps ensemble, plus il se sentait prêt à renoncer pour elle à certaines choses de sa vie d'avant. Enfin, peut-être. Par exemple, jamais il ne pourrait quitter Missoula. Il adorait son travail. Et il doutait que Blake soit disposée à quitter Butte : elle y était née, c'est là qu'elle avait ses racines. Mais peut-être le passé fournirait-il à Blake une raison de partir, se dit-il en pensant à son père qui l'avait abandonnée quand elle n'était encore qu'une enfant.

Il ne devait pas entretenir l'espoir illusoire qu'elle puisse être prête à chambouler sa vie pour lui. La seule chose qu'elle ait consenti à faire récemment avait été de lui dire ses quatre vérités. Il ne pouvait d'ailleurs le lui reprocher.

Si elle désirait autant que lui qu'ils aient un avenir commun, chacun d'eux devrait faire des concessions. Et les concessions n'avaient jamais été son point fort, il fallait bien qu'il le reconnaisse.

— Gemma est couchée ? demanda-t-il à sa mère.

— Non, elle regarde la télévision en compagnie de ton père. Je vais aller les rejoindre, répondit-elle en faisant tourner son sachet de thé dans sa tasse.

Alors que la porte de la cuisine se refermait derrière elle, Jeremy entendit son téléphone sonner. C'était Casper.

— Qu'as-tu trouvé ? lui demanda Jeremy en s'efforçant de réprimer sa nervosité.

— À moi aussi, cela me fait plaisir de t'entendre, sale morveux, l'admonesta son frère.

— Ça va. Quand j'aurais besoin d'une leçon de savoir-vivre, je te ferai signe.

Son frère se mit à rire, et Jeremy réalisa à quel point il lui manquait. Et, en dépit de l'animosité qu'ils éprouvaient l'un envers l'autre, combien Robert lui manquerait à présent qu'il était décédé.

— Alors, tu travailles sur l'affaire de Robert ? lui demanda Casper.

— Oui. Je donne un coup de main à notre voisine, Blake West. Elle est shérif adjointe.

— Je me souviens de Blake, reprit Casper d'une voix emplie d'excitation. Elle est toujours aussi sexy ?

— Euh…

Jeremy regarda Blake. Elle avait rougi — avait-elle entendu la question de Casper ? Il espéra pour sa part ne pas en faire autant.

— Elle est plus séduisante que jamais.

Blake détourna les yeux, s'empourprant de plus belle.

— Il faudra que j'aille le vérifier par moi-même quand je viendrai aux funérailles de Robert. Tu sais quand l'on pourra disposer du corps ?

— Probablement pas avant que nous ayons élucidé le meurtre. En parlant de cela, as-tu découvert quelque chose lors de l'analyse graphologique ?

Il posa le téléphone et enclencha le haut-parleur.

— J'ignore ce à quoi tu t'attendais, mais j'ai en effet trouvé des choses intéressantes.

Casper marqua une pause, et ils entendirent un bruissement de papier à l'autre bout de la ligne.

— Si on regarde les caractéristiques physiques et la forme générale de la note, on voit que les lettres sont presque tracées à un angle de quarante-cinq degrés et qu'elles sont irrégulières, formées à la hâte. La personne qui a rédigé cette note était pressée et probablement mue par la passion ou la colère.

Si ce message avait été écrit dans la précipitation, sans doute l'avait-il été sur place, estima Jeremy. Ce qui signifiait que son auteur était conscient du risque d'être surpris en train de le faire. Néanmoins, il avait estimé que sa mission valait la peine de s'exposer à ce danger.

— En y regardant de plus près, je peux dire que le scripteur de cette note est une femme.

— Une femme ? répéta Jeremy, choqué par l'affirmation de son frère. Comment sais-tu cela ?

— Si on examine les boucles, on constate qu'elles sont incontestablement féminines. Et, en me basant sur l'orientation des lettres, je peux te dire que cette femme est en outre gauchère.

— Gauchère ?

Jeremy songea à l'empreinte que le technicien avait relevée sur l'arme.

— As-tu trouvé quelque chose à propos de Tiffany ? s'enquit Casper d'une voix pétrie de suspicion.

— Non, mais nous allons mobiliser tous les moyens disponibles. Morte ou vive, nous devons la localiser pour savoir si elle est impliquée ou non dans le meurtre de Robert.

Jeremy posa sur Blake un regard qui en disait long sur son intime conviction. Il ne put s'empêcher de remarquer que son eye-liner avait coulé et que des paillettes de mascara étaient tombées sur ses joues. Même défaite, elle était la femme la plus belle qu'il ait jamais vue.

— Merci, Casper.

— Pas de problème. Et, au fait, ajouta son frère, si tu as besoin de moi, je peux être là en quelques heures.

— Pas de soucis. Blake et moi pouvons gérer ça, lui répondit-il sans la quitter des yeux.

Blake rongeait son frein tandis que les deux frères évoquaient le temps, qui était l'unité de mesure servant à tout évaluer dans le Montana. Le seul temps qui comptait vraiment pour l'instant, c'étaient les heures de plus en plus nombreuses qui s'étaient écoulées depuis le meurtre de Robert. À chaque seconde qui passait, leurs chances de résoudre cette affaire s'amenuisaient.

Dès que Jeremy eut raccroché, elle se leva et s'empara de sa veste, qu'elle avait suspendue au portemanteau près de la porte.

— Tu es prêt ?

— À quoi ? fit-il, intrigué.

— À partir à la recherche de Tiffany.

Il jeta un coup d'œil à sa montre.

— Il est presque 23 heures, Blake. Où crois-tu que nous puissions la trouver à pareille heure ? Premièrement, nous ne savons même pas si elle est à l'origine de cet incendie. Il n'existe aucune preuve formelle qu'elle soit impliquée. Deuxièmement, nous n'avons recueilli aucun indice sur l'endroit où elle est susceptible de se trouver depuis le début de cette enquête.

— Quelle autre femme, en dehors de Tiffany, cela gênerait-il que nous enquêtions sur la mort de ton frère ?

— Blake, la note n'a absolument pas fait mention de l'enquête. C'était une menace de mort, rien de plus. Pour autant que nous sachions, ce peut être l'œuvre d'une détraquée qui a lu le journal et qui s'est mis en tête que tu es le diable. Qui sait ?

Blake agrippait tellement fort sa veste que les doigts de sa main valide s'étaient mis à pulser.

— Tu ne ressentirais pas la même chose si c'étaient ta famille et toi qui étiez menacés. Tu minimises le danger.

— Je peux t'assurer que non. Je suis tout aussi contrarié que toi par ce qui est arrivé, mais tu dois te reposer. Lorsque le jour se lèvera, toi et moi pourrons mettre les bouchées doubles, mais ce soir tu devrais t'accorder une pause. Ça ne sera utile à personne si tu te retrouves à l'hôpital parce que tu auras refusé de prendre soin de toi.

Il avait raison, cependant cela n'apaisait pas le sentiment d'urgence qui l'étreignait. Quiconque pensait pouvoir s'introduire dans sa maison et menacer sa famille devait payer.

— Et si nous sortions faire une promenade, histoire de prendre l'air ? dit Jeremy en se levant, et il lui mit sa veste sur les épaules.

Blake acquiesça d'un signe de tête, ravie. C'était l'une de ces occasions où la seule chose susceptible de la faire décompresser serait de sentir le bitume sous ses pieds.

L'air du soir était frais, il commençait à prendre l'odeur des feuilles mortes et des dernières floraisons de la saison.

Ils suivirent le trottoir et se mirent à descendre le long de la colline. La pleine lune leur éclairait la voie et l'on distinguait au loin, au sommet d'une montagne, une sculpture blanche connue sous le nom de « Notre-Dame des Rocheuses ».

— Savais-tu qu'elle est dédiée aux mères du monde entier ? demanda Blake à Jeremy en désignant la femme en haut de la montagne.

— Es-tu déjà montée là-haut ?

Elle secoua la tête. Il y avait des excursions pédestres et en hélicoptère qui menaient jusqu'à la statue d'une trentaine de mètres, mais elle n'y avait jamais participé.

— De là-haut, on peut voir la fosse de Berkeley ainsi que toute la ville. Il est difficile alors de ne pas penser à ceux qui ont donné leur vie pour ce lieu corrompu.

— Qui détient les mines entourant la fosse ? s'enquit Jeremy.

— Devine ? Eh oui : la fameuse Société des investissements environnementaux Tartarus, dirigée par notre glorieux maire. Elle a fait fermer la plupart des mines en 1990. Elle estimait sans doute que leur exploitation n'était pas assez rentable, qu'elles ne lui faisaient pas gagner suffisamment d'argent. Tu vois, à l'époque, ses décisions n'étaient déjà motivées que par l'appât du gain.

Ils avaient écarté le maire de la liste des suspects, toutefois Blake ne pouvait se départir du sentiment obsédant qu'il était impliqué d'une manière ou d'une autre.

Ils progressèrent en silence ; seuls résonnaient les bruits de leurs pas et des quelques voitures qui passaient sur la route. Jeremy se rapprocha d'elle pour lui prendre la main. La chaleur de sa peau réchauffa ses doigts gelés, et ce geste tendre l'émut.

Elle regarda leurs doigts enlacés et, l'espace d'un instant, ne décela plus la frontière entre leurs deux corps. Comme s'il avait perçu la nature de ses pensées, Jeremy lui caressa le dos de la main de son pouce, ce qui attisa son désir.

— Penses-tu que le maire soit impliqué dans toute cette histoire ? lui demanda-t-elle.

Il hocha la tête.

— Il y a vraiment quelque chose qui me dérange chez lui,

en dehors de l'animosité qu'il m'inspire. Il n'est sans doute pas fortuit que tout à coup Robert ait fait l'objet d'une procédure de présaisie. Puis qu'on le retrouve mort… Pour que, fort opportunément, la société d'Engelman puisse racheter sa propriété. J'aimerais tellement que nous dénichions une preuve irréfutable de son implication.

Ils gravirent lentement la colline menant à l'école d'ingénieurs des mines du Montana. Devant eux, les bâtiments en brique semblaient monter la garde telles des sentinelles. Sur le côté de l'un d'eux se trouvait le portrait d'un homme portant un casque et tenant un pic ; au-dessus était inscrit :

Allez, les Orediggers.

Un silence total régnait sur le petit campus universitaire. Quelques voitures étaient garées sur les parkings, mais on n'y voyait pas un seul étudiant se hâtant de traverser la pelouse ou regagnant le dortoir. Si désolé que l'endroit puisse paraître, c'était rassurant. La dernière chose dont Blake ait envie en cet instant était de partager ce silence avec quelqu'un d'autre que Jeremy.

De rares fenêtres étaient éclairées, le reste des occupants du bâtiment semblait déjà plongé dans le sommeil. Près de la lisière du campus se trouvait un kiosque niché dans les buissons et couverts de roses jaunes. Jeremy lâcha sa main pour aller en cueillir une. Puis il revint vers elle et lui tendit la fleur. Sa fragrance entêtante satura ses sens.

— C'est gentil, merci.

Elle fit tourner le bouton ouvert entre ses doigts.

— J'espère que tu sais combien je suis désolé… Pour tout.

— Tu n'es pas responsable de l'incendie, dit-elle en respirant de nouveau le parfum de la rose.

— Ce n'est pas ce que je veux dire. Je veux dire que je suis désolé pour *tout*, reprit-il en la regardant droit dans les yeux.

Au clair de lune, ses yeux paraissaient remplis d'étoiles. Il lui reprit la rose pour la glisser derrière son oreille.

Elle aurait pu prétendre lui garder rancune, toutefois, après tout ce qui s'était passé au cours des jours précédents, elle n'eut pas l'énergie de renier ses véritables sentiments. Jeremy était de bonne compagnie et elle trouvait agréable que quelqu'un veuille l'aider, quelqu'un en qui elle puisse avoir confiance.

Comme il entrait dans le kiosque, elle gravit les marches à sa suite et prit place sur le banc installé au centre. Jeremy revint vers elle et posa doucement les mains sur ses épaules. Elle posa sa main valide sur la sienne. Le béton s'était rafraîchi sous l'influence de l'air du soir. Un frisson parcourut son corps ; cependant elle n'aurait su dire s'il était dû au froid ou à la proximité de Jeremy.

— Je n'ai jamais voulu que tu sois blessée, lui dit-il, faisant glisser un doigt sur l'écharpe retenant son bras. Je n'ai jamais voulu que tu te sentes menacée.

Levant les yeux vers lui, elle lui effleura le bras de ses lèvres. Elle marqua une pause, se laissant imprégner de la sensation de ses poils doux contre sa peau. Puis, avec une infinie douceur, elle posa le visage contre son bras, savourant ce simple contact.

— J'ai fait mes propres choix, Jeremy. Depuis que j'ai emprunté cette voie, je sais pertinemment qu'il est possible que je sois blessée. Ce qui est arrivé chez Todd n'était pas ta faute. J'ai été tétanisée.

— Tu aurais dû laisser faire les policiers venus en renfort.

Elle ne voulut pas se disputer avec lui, pas alors qu'il la regardait comme s'il cherchait son pardon et peut-être davantage. Il toucha son visage, d'abord de façon hésitante. Prenant ses mains dans les siennes, Blake en embrassa la paume. Puis elle se leva, faisant glisser ses lèvres le long de son doigt avant d'en prendre l'extrémité dans sa bouche. Il retint son souffle, le corps tendu sous l'effet de l'anticipation.

S'avançant vers lui, elle pressa son corps contre le sien et dessina de son doigt humide la courbe de sa lèvre avant de le glisser sur son menton puis son cou.

— Je ne suis pas le genre de femme à rester en arrière pour laisser les autres obtenir pour moi ce que je veux.

Il la regarda tout en triturant l'une de ses mèches rebelles, l'entourant autour de son doigt pour le dérouler ensuite, l'air fasciné.

— Et que veux-tu ?

— En cet instant ? lui demanda-t-elle d'une voix rauque tandis qu'elle admettait ce qu'elle avait depuis si longtemps refoulé. Je te veux, toi.

Il s'empara de ses lèvres. Son baiser fut brutal, avide. Il avait la saveur du sel et la suavité du désir. Jeremy voulait la même chose qu'elle. Avec une égale intensité.

L'enveloppant de ses bras, il la fit reculer, l'acculant contre le pilier de béton le plus éloigné, au fond du kiosque, et il la pressa contre la surface froide. Ce contraste rendit la chaleur du baiser plus ardente encore, et Blake sentit le désir se mettre à pulser dans tout son corps.

Jeremy posa les yeux sur son bras en écharpe.

— Es-tu sûre que ça ira ? Que tu peux faire cela ?

Elle lui répondit par un sourire enjôleur. Il était hors de question qu'elle laisse filer cette occasion. C'était peut-être la dernière fois qu'ils se trouvaient ensemble. Jeremy retournerait à Missoula dès que l'enquête serait terminée et elle serait à nouveau seule. Du moins, de cette façon, conserverait-elle le souvenir de ce moment d'intimité.

Un à un, elle défit les boutons de la chemise de Jeremy, révélant son torse. Elle sentit ses muscles se contracter tandis qu'elle descendait de plus en plus bas, promenant ses doigts sur son corps parfait.

— Je n'ai besoin que d'une main, dit-elle en glissant

celle-ci sous la ceinture de son pantalon jusqu'à ce qu'elle atteigne sa cible.

Elle prit le contrôle de son sexe, le caressant tout du long. Jeremy rejeta la tête en arrière, retenant son souffle.

Au bout d'un moment, de sa main ferme et chaude, il suspendit son geste puis s'écarta. Alors, dans un esprit d'échange de bons procédés, il la débarrassa de son pantalon qu'il fit glisser le long de ses jambes jusqu'au sol. Ce faisant, le clair de lune soulignait la musculature sculpturale de son torse, lui conférant l'aura mystique d'un dieu grec.

Toujours aussi délicatement, il l'allongea sur sa chemise et il fit glisser son slip le long de ses cuisses, embrassant sa peau à mesure qu'il progressait.

Elle se délecta du contact de son souffle chaud et humide ainsi que de la tendresse de ses baisers. Cependant, regardant autour d'eux, elle se rappela où ils se trouvaient.

— Tu ne crois pas que nous devrions nous dépêcher ? Et si quelqu'un nous voyait ? dit-elle d'une voix haletante, ivre de désir.

Il releva la tête d'entre ses cuisses.

— J'ai rêvé de cet instant… Et de toi depuis trop longtemps pour vouloir me précipiter.

Il récupéra la rose qu'il avait glissée dans ses cheveux. Toujours aussi lentement, il promena les pétales veloutés sur ses jambes, embrassant chacun des endroits qu'ils avaient touchés. Puis il les dirigea vers son sexe et, tandis que ses lèvres remontaient le long de sa cuisse, Blake oublia ses appréhensions.

Sa langue la titilla, d'abord avec légèreté puis, à chaque nouveau contact, sa bouche se fit plus impérieuse ; Blake eut alors l'impression que l'intensité du plaisir allait lui faire perdre la raison.

— Non, murmura-t-elle alors que tout son corps la suppliait de dire plutôt « oui ».

Elle enfouit les doigts dans les cheveux de Jeremy tandis qu'il relevait la tête.

— Je veux te sentir en moi.

Il se pencha pour l'embrasser, la faisant frissonner de désir.

— Je t'en prie.

Il la regarda en souriant, ses yeux reflétant son désir tandis qu'il s'introduisait entre ses cuisses.

— Je suis à toi… J'ai eu envie de toi… De ce moment. Depuis toujours.

Il la pénétra avec la juste mesure de force et de douceur mêlées, et elle succomba aux affres de la passion qui l'animait, s'offrant totalement à lui. Elle ondula des hanches, l'attirant plus profondément en elle. Leurs corps tanguèrent à l'unisson jusqu'à ce qu'elle ait la sensation qu'ils n'en formaient plus qu'un. Le monde autour d'eux s'évanouit tandis qu'il plongeait les doigts dans ses cheveux et qu'il s'emparait à nouveau de ses lèvres.

Son corps s'abandonna à Jeremy, avide de tout ce qu'il pouvait lui donner, insatiable.

— Jeremy, murmura-t-elle d'une voix pressante, éloquente.

— Oui, lui souffla-t-il à l'oreille. Oui, sois mienne.

Elle lâcha prise sous ses assauts répétés, de plus en plus rapides.

Sa vision se brouilla et, alors que Jeremy la rejoignait dans l'extase, elle se demanda, l'espace d'un instant, si une chose qui semblait aussi extraordinaire et néanmoins juste pouvait être réelle.

Jeremy reposa délicatement la tête sur sa poitrine, comme s'il voulait écouter les battements de son cœur. Elle le retint contre elle, faisant glisser ses doigts sur les muscles de ses épaules et dans ses cheveux.

Elle avait attendu ce moment depuis si longtemps, si seulement il pouvait ne jamais prendre fin.

19

Jeremy n'était pourtant pas du genre à sourire tout le temps comme un idiot, mais, pour l'heure, il n'arrivait pas à s'en empêcher, au point que ses zygomatiques étaient mis à rude épreuve. Il ne parvenait pas à croire quel homme chanceux il était, du moins ce soir.

Il tenait la main de Blake tandis qu'ils rebroussaient chemin. Comme ils approchaient de la maison de ses parents, il constata que l'éclairage du perron était allumé mais que l'intérieur de la maison était plongé dans l'obscurité. Il en fut soulagé. Il aurait été incapable de dissimuler ce qui venait de se passer ainsi que le vertige qu'il en éprouvait.

Faire l'amour avec Blake avait été à la hauteur de ses espérances et il aurait souhaité plus que tout prolonger ce moment d'exception. Mais c'était impossible, hélas. Blake devait se reposer et une enquête les attendait, à laquelle il leur faudrait de nouveau s'atteler dès le lendemain matin. L'affaire recelait encore de nombreuses interrogations.

Comme si elle avait lu dans ses pensées, Blake formula l'une d'elles :

— Quand tu es retourné chez Todd, as-tu découvert des indices prouvant qu'une femme vivait sur la propriété ?

— Non, pourquoi ?

— Ne crois-tu pas que Tiffany aurait pu vivre chez lui ? Peut-être se cachait-elle sur place ? Peut-être était-ce la raison pour laquelle Todd a fait obstruction à la perquisition de son domicile ?

C'était pertinent. D'autant plus que la voiture de Tiffany se trouvait dissimulée chez O'Brien… Bon sang, pourquoi n'y avait-il pas songé plus tôt ?

— Le pick-up de Todd était-il toujours là-bas ? reprit Blake.

Il fronça les sourcils.

— Je ne le pense pas.

— En ce cas, je pense que nous allons devoir émettre un avis de recherche concernant ce véhicule. Si nous le trouvons, nous trouverons peut-être Tiffany par la même occasion.

Au cours de la nuit, un orage de fin de saison s'était abattu sur la région. Les sinistres nuages gris qui avaient détrempé la terre étaient toujours présents dans le ciel et la pluie continuait de menacer.

Ils avaient passé la matinée à contacter tous les gens susceptibles de connaître Tiffany, et la première piste solide avait émergé lorsqu'ils avaient joint une femme prénommée Judith. Cette dernière avait semblé préoccupée par la disparition de Tiffany Lawrence. Toutefois ce fut la pointe de panique que Blake avait perçue dans sa voix qui l'avait incitée à aller lui parler en personne.

Ce à quoi ils s'employaient présentement. Jeremy avait d'autorité pris le volant, cette fois.

Bien que suspendue de ses fonctions, Blake avait refusé d'être tenue à l'écart de l'enquête. Cela lui faisait un effet bizarre de ne pas porter son insigne. Cependant, avec ou sans insigne, elle devait protéger sa famille et, à sa connaissance, le meilleur moyen d'y parvenir était d'appréhender celui ou celle qui l'avait menacée. Elle avait souffert de voir Megan passer la matinée à errer sans but dans la maison des

Lawrence en regardant par les fenêtres en direction de la leur. Sa fille ne comprenait pas pourquoi elles ne pouvaient pas rentrer chez elles. Alors, au risque de l'inquiéter encore plus, Blake avait été obligée de lui parler de la menace proférée à son encontre. Tant que le misérable qui s'amusait à lui faire peur ne serait pas sous les verrous, pas question qu'elles quittent la sécurité relative que leur offrait la maison des parents de Jeremy.

La mère de Jeremy avait semblé surexcitée à la perspective de les aider — sans doute parce que cela rompait la monotonie de sa vie de couple.

Du plus loin que Blake se souvienne, les Lawrence avaient toujours entretenu une relation orageuse. Et il était à craindre, avec la mort de Robert, que leur mariage n'y survive pas. Le ressentiment qui faisait surface à la mort d'un enfant causait souvent l'implosion d'un couple lorsqu'il était fragile au départ. Pour sa part, Blake trouvait déjà étonnant que les parents de Jeremy soient toujours ensemble. En tout cas, elle comprenait mieux pourquoi Jeremy paraissait fuir tout ce qui ressemblait à une relation…

Exception faite de la veille au soir, bien sûr !

Au souvenir de cette parenthèse enchantée, Blake s'humecta les lèvres. Elle pouvait presque encore sentir le goût des baisers que lui avait donnés Jeremy. Et avait gardé sur son corps l'empreinte de tous les endroits où sa bouche s'était posée à la faveur du clair de lune.

Levant les yeux vers lui tandis qu'il parlait au téléphone, elle regarda le mouvement de ses lèvres. Et cette seule vision embrasa ses sens.

— Des nouvelles suite à l'avis de recherche du pick-up de Todd ? demanda-t-il après avoir raccroché.

Elle secoua la tête. Personne n'avait vu ce pick-up, et encore moins l'épouse de Robert. Pourchassaient-ils un fantôme ? Peut-être bien…

Si Tiffany Lawrence était morte, leur enquête l'était aussi. Car, même s'ils étaient en mesure de démontrer que Todd s'appropriait les terrains, rien ne prouvait de façon formelle qu'il ait tué Robert. Ils ne disposaient que de quelques pistes et d'encore moins de témoignages recevables.

C'était son dernier espoir de sauver sa carrière. S'ils ne résolvaient pas cette affaire, elle ne doutait pas un seul instant que, non seulement elle serait renvoyée du bureau du shérif, mais qu'elle ne retrouverait probablement aucun emploi dans les forces de police. Elle reviendrait à la case départ : une mère célibataire sans revenus fixes en quête d'un travail leur permettant, à sa famille et à elle, de garder la tête hors de l'eau.

— Tu vas bien ?

Jeremy avait posé la main sur son cou et il caressa sa peau de son pouce calleux.

Elle fondit à son contact.

— Absolument.

Sa mère aurait détecté son mensonge en un instant, songea Blake, mais Jeremy se contenta de la regarder. Mais peut-être avait-il tout simplement décidé de ne pas creuser le sujet. Quoi qu'il en soit, il garda le silence durant le reste du trajet jusqu'à la maison de la prénommée Judith.

Dues à l'orage de la nuit, des flaques de boue émaillaient la route. Jeremy s'efforçait autant que faire se peut de les éviter, mais le pare-brise de son pick-up se trouva rapidement maculé.

Après avoir emprunté une allée en ardoise, ils s'arrêtèrent bientôt devant un magnifique chalet. L'impressionnante construction possédait une toiture écologique en métal. Un heurtoir en aulne sculpté, représentant une tête de cheval, ornait la porte d'entrée. Cet endroit respirait l'opulence.

Blake appuya sur la sonnette et un carillon retentit. Une femme portant un uniforme noir de domestique répondit à la porte. C'était bien le dernier endroit où elle se serait attendue à trouver une amie de Tiffany.

La dernière fois que Blake avait vu Tiffany Lawrence, elle était fortement alcoolisée et elle tentait, avec la maladresse d'une ivrogne, de frapper son époux. C'était un euphémisme de dire qu'elle était alcoolique. Cependant était-il possible qu'elle l'ait mal jugée ? L'avait-elle simplement vue alors qu'elle était au plus bas et qu'elle venait de lui mettre une amende pour trouble à l'ordre public ?

— Puis-je vous aider ? leur demanda la domestique en les toisant de la tête aux pieds.

— Nous souhaitons voir la maîtresse de maison, répondit Jeremy. Nous l'avons prévenue de notre visite.

— Je vous demande un instant.

La porte se referma derrière l'employée tandis qu'elle les laissait attendre sur le seuil.

— Es-tu certain que ce soit la bonne adresse ? demanda Blake.

Si Jeremy semblait aussi stupéfait qu'elle du contraste entre le style de vie de Tiffany et celui de son amie, il n'en souffla mot.

— C'est ma mère qui m'a mis sur la piste de cette Judith, fit-il en haussant les épaules. Elle m'a dit qu'elle avait souvent vu Tiffany avec cette femme et qu'elles paraissaient « s'entendre comme larrons en foire ».

— Une compagne de beuverie ?

Jeremy n'eut pas le temps de répondre : la porte s'ouvrit, laissant apparaître une femme blonde et mince. En voyant sa coiffure impeccable, Blake eut l'impression d'avoir devant elle l'un de ces mannequins qui posaient pour *Vogue*.

— Bonjour, madame. Nous venons vous poser quelques questions au sujet de Tiffany Lawrence. Nous permettez-vous d'entrer ? demanda poliment Jeremy.

La maîtresse de maison les invita d'un geste à la suivre

à l'intérieur. Le bruit de ses talons aiguilles sur le sol en marbre résonna dans le vaste vestibule.

— Je suis si heureuse d'avoir reçu votre appel. Je me suis tellement inquiétée pour Tiffany, affirma-t-elle, l'inflexion de sa voix révélant qu'elle était issue d'un milieu cultivé. Est-il vrai qu'elle puisse avoir été assassinée ?

Elle s'arrêta alors qu'ils entraient au salon, se retournant pour leur faire face.

— Nous ne sommes pas autorisés à évoquer le sujet, madame, lui répondit Jeremy.

Sans qu'elle sache pourquoi, Blake ne put réprimer le sentiment de jalousie qui s'insinuait en elle. Le simple fait que cette femme soit apprêtée, mince comme une brindille et superbe ne signifiait pas que Jeremy ait envie d'elle. Quoiqu'elle doive reconnaître qu'elle ne l'avait jamais vu aussi compassé. Sa jalousie s'accrut et son ventre se noua sous l'effet de la colère.

— Êtes-vous amie avec Tiffany Lawrence, madame… ?

Blake attendit un moment tandis que leur hôte l'examinait de la tête aux pieds.

— Mme Judith Davy, répondit-elle enfin en touchant du pouce l'énorme diamant ainsi que l'alliance assortie qu'elle portait à la main gauche.

Évidemment, elle était une Davy. Marcus Davy avait été l'un des fondateurs de l'exploitation minière dans la ville. Il était parfaitement logique que la femme qui se tenait debout devant eux lui soit apparentée.

Blake regarda Jeremy, mais il semblait absorbé par la contemplation du tableau suspendu au-dessus de la cheminée en pierre massive.

— Jolie toile, commenta-t-il.

Blake y jeta un œil. Un wapiti bramant debout dans un ruisseau. Avec, en arrière-plan, des pics montagneux enneigés. *Ouais, pas mal.*

— Merci, elle est de mon mari. C'est un homme d'extérieur, contrairement à moi. Tiffany n'est pas non plus fan de la vie au grand air, c'est ce qui nous a rapprochées.

Elle se percha sur le bord du canapé en cuir. Et les engagea d'un geste à prendre place face à elle.

— Qu'entendez-vous par là ? s'enquit Blake en s'asseyant.

Le pied central de la table basse les séparant était un bronze figurant des poissons nageant dans un courant d'eau.

Mme Davy ajusta les manchettes de son pull.

— Eh bien, mademoiselle…

— Shérif adjointe West, l'interrompit Blake, regrettant plus encore de ne pas porter son uniforme.

— Excusez-moi, *shérif adjointe* West, reprit Judith Davy en posant un regard perplexe sur son simple chemisier de confection.

Blake vit Jeremy froncer les sourcils. Lui reprochait-il d'avoir fait usage de son titre alors qu'elle était suspendue de ses fonctions ?

— Quoi qu'il en soit, comment qualifieriez-vous votre relation avec Tiffany Lawrence ? dit-il en se tournant vers leur hôte.

Mme Davy se détendit légèrement, s'abandonnant au confort de son canapé.

— Tiffany et moi sommes amies depuis longtemps. Nous faisons souvent ensemble la tournée des antiquaires.

Son histoire ne tenait pas la route. Tiffany avait toujours paru être le genre de femme à prendre des amphétamines plutôt qu'à passer ses journées à faire du shopping. Cependant, Blake s'abstint de tout commentaire. Peut-être Tiffany avait-elle été une chimère sociale, capable tout à la fois de travailler à la mine aux côtés de son mari et de consacrer son temps libre à gravir les échelons de la haute société.

— Avez-vous été récemment en contact avec Tiffany ? lui demanda Jeremy.

— J'ai appris ce qui était arrivé à son époux. J'ai tenté de l'appeler une fois, depuis, mais elle n'a pas répondu.

— Et lui aviez-vous parlé au cours des jours précédant la mort de son époux ? insista Blake.

Le visage de Mme Davy se crispa. Elle semblait furieuse contre elle-même de les avoir laissés entrer.

— Absolument pas, répondit-elle sans la regarder.

Elle mentait. Pour avoir utilisé la même expression, tout à l'heure, à l'attention de Jeremy, Blake était bien placée pour le savoir. La voix de Judith Davy était trop haut perchée, son expression trop désinvolte.

— Quand lui avez-vous parlé pour la dernière fois ? poursuivit Jeremy.

— Il y a une dizaine de jours, je crois. Mon époux et moi les avions invités pour le souper, Robert et elle. Malheureusement, à la dernière minute, Robert a eu un empêchement.

— Nous avez-vous dit qui était votre époux, madame Davy ? s'enquit Blake d'un ton neutre.

La femme sourit. Elle avait des dents longues et pointues, comme un tigre.

— Mon époux ? Oh ! son nom est John.

— John Davy ? Comme le golfeur ?

Elle se mit à rire, et Blake eut envie de se boucher les oreilles tant le son qu'elle produisit était strident.

— Presque, excepté que c'est John « Daly ».

Puis, se rengorgeant, elle ajouta :

— Mon époux s'appelle John Engelman. J'ai gardé mon nom de jeune fille quand nous nous sommes mariés.

— Le maire… est votre *époux* ? s'exclama Blake, sans parvenir à dissimuler sa stupéfaction.

Judith sourit, les crocs du tigre réapparurent.

— Êtes-vous de ses amis ?

Blake se mordit la langue tellement fort qu'elle sentit le goût cuivré du sang.

— Nous nous connaissons, éluda Jeremy. Il était à la compétition de tir l'autre jour… N'est-ce pas ?

Mme Davy émit un rire pointu.

— Oh ! oui. Nous l'avions engagé pour faire un discours après la finale.

— Comment ça, « nous » ?

— Je siège au conseil d'administration de l'Association des détenteurs d'arme du Montana.

— Vous êtes une tireuse d'élite, alors ?

Jeremy fit mine d'être impressionné.

— Je me défends, s'esclaffa-t-elle une fois de plus, mais c'est seulement un passe-temps, le moyen de me détendre en dehors du travail.

— Et quel genre d'activité exercez-vous, madame Davy ?

— Je suis la directrice financière de la société de mon époux, la Société des investissements environnementaux Tartarus.

Son téléphone sonna, et elle traversa précipitamment la pièce pour répondre. Elle s'exprima dans une langue que Blake estima être du japonais.

Sans doute avait-elle demandé à son interlocuteur de patienter, car elle abaissa le téléphone et se tourna vers eux.

— Lieutenant, shérif adjointe, je crains de ne pouvoir davantage vous aider dans vos recherches pour retrouver Tiffany. Je dois reprendre le travail. Je suis sûre que vous comprenez.

Avec un sourire forcé, elle brandit le téléphone comme pour se justifier. Cependant, son langage corporel trahit une tension nouvelle ; il semblait pour elle crucial qu'ils quittent les lieux.

— Bien entendu, acquiesça Jeremy en se levant aussitôt.

Comme Jeremy l'aidait à en faire autant, Blake sentit la

pression qu'il exerçait sur ses doigts. Voulait-il lui signifier par là qu'il partageait ses soupçons ? Qu'il pensait, tout comme elle, que Judith Davy était une dissimulatrice ?

Pour sa part, Blake était intimement convaincue que cette femme méritait d'être menottée dans l'instant et jetée en prison. Toutefois, elle n'avait plus le droit à l'erreur. Judith Davy était une femme puissante et dangereuse.

20

Une fois qu'ils furent remontés en voiture, Blake mit le chauffage. Cependant, la chaleur, quelle que soit son intensité, ne parviendrait pas à le réconforter, se dit Jeremy. Il se sentait accablé. Hébété aussi.

Comment avaient-ils pu laisser passer une chose aussi énorme ? Il y avait eu tellement de pistes menant au maire, tellement de raisons pour lui de vouloir s'approprier les terres de Robert ainsi que les droits d'exploitation minière.

Ils s'étaient laissé intimider par l'aplomb et la superbe d'Engelman. Ils n'avaient même jamais songé à se renseigner sur son épouse ! Était-elle l'assassin qu'ils recherchaient depuis le début ?

Judith Davy ne paraissait pas être le genre de femme capable de venir trouver son frère pour lui mettre une balle dans la tête, songea-t-il. Toutefois s'il était une chose qu'il avait apprise au cours de sa carrière de policier, c'était que les assassins ressemblaient à M. ou Mme Tout-le-Monde. L'auteur d'un meurtre était plus souvent le voisin à l'air innocent que le schizophrène de passage. C'étaient toujours les personnes que les victimes ne voyaient pas venir qui s'avéraient les plus dangereuses… Et les plus difficiles à épingler.

— Qu'allons-nous faire ? dit Blake.

Elle semblait tout autant effondrée que lui.

— Il est plus que jamais essentiel que nous retrouvions Tiffany. Il nous faut quelqu'un… n'importe qui… susceptible de nous aider à comprendre ce qui se passe.

Blake hocha la tête, mais la moue dubitative qu'elle afficha exprimait combien il lui semblait peu probable que Tiffany détienne les réponses dont ils avaient besoin.

— Mme Davy était vraiment très pressée de nous voir quitter sa maison. À qui crois-tu qu'elle parlait ? ajouta Blake.

— Aucune idée mais elle complotait quelque chose, j'en mettrais ma main à couper.

Jeremy sursauta comme son téléphone sonnait. Il décrocha aussitôt.

— Lawrence.

— Sergent McDonald de la patrouille autoroutière. J'ai intercepté un pick-up correspondant à votre description à la lisière nord du comté. La conductrice a été placée en garde à vue. Comment souhaitez-vous que je procède ?

Jeremy se gara sur le bas-côté, les pneus du véhicule dérapant dans le gravier boueux.

— Connaissez-vous son identité ?

— La femme n'a pas de pièce d'identité, mais elle déclare s'appeler Sophia Lawrence.

— « Lawrence » ?

Pouvait-il s'agir de Tiffany ?

— À quoi ressemble-t-elle ?

— Cheveux foncés. Soixante-quinze kilos environ. Elle a un paon tatoué à l'intérieur de l'avant-bras droit.

C'était bien Tiffany. Elle s'était fait tatouer ce paon quand son frère et elle s'étaient enfuis pour se marier à Vegas. Mais pourquoi se faisait-elle appeler « Sophia » ?

— C'est la femme que nous recherchons, dit-il aussitôt en essayant de contenir son excitation. Transférez-la en cellule.

— Pas de problème, lui répondit le sergent.

— Et merci de l'avoir appréhendée.

— Ça n'a pas été très difficile. Elle était immobilisée à cause d'un pneu à plat, répliqua le sergent. Est-il vrai que vous la recherchez pour l'interroger sur son rôle dans cet homicide dont j'ai entendu parler ? Celui perpétré à la mine ?

— Les nouvelles circulent vite.

Le sergent se mit à rire.

— Eh oui, l'ami, Il n'y a pas de secrets dans notre profession !

Quand il raccrocha, Jeremy se tourna vers Blake. Elle s'était penchée vers lui, pour mieux écouter la conversation. Il posa la main sur sa cuisse.

Cela faisait si longtemps qu'il avait envie de pouvoir la toucher de cette façon que cela lui parut trop beau pour être vrai. Un peu comme si le destin avait attendu l'occasion de se manifester.

Le destin… Peut-être avait-il choisi Tiffany pour être son instrument. Il était impossible de savoir ce qu'elle leur dirait. Mais, si tout se passait bien, elle pourrait leur procurer les dernières pièces du puzzle.

La résolution de l'affaire marquerait sans doute la fin de ces moments partagés avec Blake. Ces instants volés seraient le seul souvenir qu'il lui resterait d'elle quand il retrouverait sa vie à Missoula. Toutefois il ne pouvait s'empêcher de penser qu'il manquerait quelque chose à sa vie s'il ne conservait d'elle que ces réminiscences.

Lorsqu'ils arrivèrent au poste de police, le sergent McDonald les conduisit à la salle multimédia où apparaissait sur les écrans la salle d'interrogatoire à l'ambiance feutrée. La pièce était agrémentée de tableaux représentant des arbres et des oiseaux. Des magazines étaient posés sur la table basse et il y avait un canapé bien rembourré. L'endroit ressemblait davantage à la salle d'attente d'un médecin qu'à une salle d'interrogatoire standard — où l'on ne trouvait habituellement rien d'autre qu'une table et une chaise en plastique qui devenait particulièrement inconfortable au bout de quelques heures d'attente.

— Depuis combien de temps est-elle là-dedans ? s'enquit Jeremy.

— Depuis environ une heure. Peut-être un peu plus, lui répondit le sergent. À son arrivée, elle était furieuse. Apparemment, ce n'est pas l'endroit où elle voulait passer l'après-midi.

— Avez-vous découvert où elle se rendait ?

Le sergent ôta son gilet pare-balles.

— D'après la carte qui se trouvait sur le siège passager, je dirais qu'elle se dirigeait vers le Canada. À tous les coups, elle cherchait le moyen de sortir en douce du pays. Pas de chance pour elle, ce pneu à plat. Mais une sacrée chance pour vous.

Ils avaient de la chance, en effet. Mais pourquoi Tiffany s'enfuyait-elle ? Seuls les coupables prenaient la fuite ; pas les gens qui n'avaient rien à se reprocher.

— Encore merci, dit Jeremy à l'adresse du sergent.

Ce dernier leur adressa un petit signe de la main avant de quitter la pièce, apparemment ravi que ce problème ne soit plus le sien.

Jeremy émit un léger rire.

— Il y a quelque chose de drôle ? lui demanda Blake en ramenant son bras valide contre sa poitrine tandis qu'elle s'appuyait au mur.

— Non, dit-il en reprenant son sérieux. Tu veux m'accompagner dans la salle d'interrogatoire ?

— Je suis officiellement suspendue. Si j'entre dans cette salle, rien de ce que Tiffany pourra dire ne sera recevable devant un tribunal. Et c'est notre enquête entière qui sera compromise. Alors respectons le protocole.

Il s'approcha d'elle pour l'embrasser, mais il interrompit son geste en se rappelant où ils se trouvaient. Il n'y avait personne dans les parages, toutefois il leur fallait encore garder le secret sur leur relation.

Blake s'était écartée, elle aussi. Pensait-elle la même chose ? Ou bien se faisait-elle d'autres réflexions ? L'idée qu'elle puisse regretter d'avoir couché avec lui lui traversa fugacement l'esprit.

— Tu dois y aller maintenant, lui dit-elle en désignant la salle d'interrogatoire. Si Mme Davy est impliquée, ce n'est qu'une question de temps avant qu'elle prenne la fuite. Elle possède assez d'argent pour se rendre n'importe où, n'importe quand. Si elle s'échappe, nous n'aurons pratiquement aucune chance de la retrouver.

Blake avait raison. Néanmoins, il n'était pas disposé à en rester là avec elle. Il voulait des réponses. Il n'avait pas l'habitude d'ouvrir son cœur.

Il inclina la tête tout en se contraignant à taire les pensées qui l'habitaient. Qu'il le veuille ou non, ses sentiments devraient attendre.

— Bonne chance ! lui lança Blake comme il sortait de la salle multimédia.

Il fit volte-face.

— J'espère que tu obtiendras les réponses dont tu as besoin, ajouta-t-elle.

— Tu veux dire, les réponses dont *nous* avons besoin.

Le cœur un peu plus léger, il remonta le couloir. Arrivé devant la salle d'interrogatoire, il inspira profondément pour se concentrer sur la tâche qui l'attendait. Il ouvrit la porte. Tiffany était assise dans l'angle du canapé, les bras croisés sur sa poitrine comme si elle tentait de se protéger d'une agression.

— Eh bien, Tiffany, dit-il en s'asseyant de l'autre côté

de la pièce, cela fait bien longtemps que nous ne nous sommes vus.

En vérité, il ne s'était trouvé en sa présence qu'en de rares occasions. La dernière fois, c'était il y a un peu plus de trois ans, estima-t-il. Elle avait changé.

Sa chevelure foncée comportait plus de gris et son visage était à présent si émacié que la peau hâlée de ses joues pendait. Elle avait l'air hagard. En un sens, il trouva que c'était plutôt bon signe. Cela prouvait que la mort de Robert ne lui était pas indifférente.

Restait à savoir si son stress était dû à la culpabilité ou à la tristesse.

— Que diable fais-tu ici ? s'exclama Tiffany.

— Je me suis dit que j'allais venir te rendre visite. Rattraper le temps perdu. Beaucoup de choses ont changé au cours de ces derniers jours avec la mort de Robert et tout le reste.

La colère brillait dans les yeux de sa belle-sœur. Elle ouvrit la bouche pour lui répondre puis se ravisa.

Au moins réagissait-elle. Parfait. Les moments où régnait l'émotion étaient propices à la divulgation de la vérité.

— Pensais-tu vraiment t'en tirer ?

La fureur déforma les traits de Tiffany.

— Je n'ai pas tiré sur Robert.

— Dans ce cas, pourquoi ne pas t'être présentée à la police ? Tu aurais su que nous te cherchions. Au lieu de cela, tu as choisi de fuir. Je suis sûr que tu comprendras pourquoi tu te retrouves assise là, menottes aux poignets.

— Je ne voulais pas me retrouver mêlée aux problèmes de Robert. J'en ai vraiment assez de tout ça.

Tiffany se recroquevilla sur elle-même.

— Je ne veux rien de lui, ajouta-t-elle.

— Tu veux dire, en dehors de l'argent que tu as retiré à la banque la semaine dernière ?

— J'ai pris l'argent parce que je le quittais. Cela n'a aucun rapport avec la mort de Robert !

Tiffany avait relevé le menton, l'air indigné.

— Il n'y en a pas, en effet, répliqua Jeremy. Excepté qu'il est étrange que tu aies vidé le compte bancaire puis que tu aies disparu au moment où ton mari a été assassiné. Tu ne trouves pas ?

— Écoute, j'ai pris l'argent, mais je n'ai pas tué ton frère. Nous avions nos problèmes, mais jamais je n'ai souhaité sa mort.

— As-tu souhaité menacer ma partenaire, la shérif adjointe West, ainsi que sa famille ?

— La shérif adjointe West ? Tu veux dire Blake ?

— Tu l'appelles par son prénom ?

Tiffany leva les yeux au ciel, mimique digne d'une adolescente, qui contrastait curieusement avec les rides autour de sa bouche.

— Je l'ai rencontrée à plusieurs reprises.

— Et… ?

Il l'encouragea à poursuivre.

— Elle est venue à la maison pour apaiser nos disputes à Robert et moi. Je n'ai aucun problème avec elle. D'autant qu'elle m'a évité de passer quelques nuits en prison au fil des années. Je ne lui veux aucun mal. Tout au contraire.

Jeremy hocha la tête.

Il ne pouvait être catégorique, cependant, d'après sa façon de parler et son attitude, il estima que Tiffany disait la vérité. Toutefois le simple fait qu'elle n'ait rien à voir avec la menace proférée à l'encontre de Blake ne la disculpait pas de toute implication dans le meurtre de Robert.

— Vous aimiez vous battre, Robert et toi ?

— Tu sais comment cela a toujours été entre lui et moi. Rien n'a changé.

— Donc tu l'as tué ?

— Je te le répète, Jeremy. Je n'ai pas tué ton idiot de frère, lui rétorqua-t-elle en le regardant droit dans les yeux. Il y avait des jours où je le détestais, mais je ne suis pas stupide.

— Qu'entends-tu par là, Tiffany ?

Elle eut un rire dédaigneux.

— Tout le monde dans ce comté est au courant pour ton frère et moi. Nous avons eu quelques bagarres épiques au cours de ces dernières années.

Elle marqua une pause puis détourna les yeux.

— C'était notre marque de fabrique, en somme.

Il était parfaitement conscient que de nombreux couples se querellaient. À commencer par ses parents. D'aussi loin qu'il se souvienne, Jeremy les avait toujours entendus se disputer. Leurs conflits perpétuels alimentaient encore ses cauchemars. Cela avait dû être la même chose pour Robert, à cette différence près que Robert avait choisi de perpétuer le cycle malsain de l'exemple parental.

Si les choses fonctionnaient avec Blake, ils se comporteraient différemment du reste de sa famille, se jura-t-il. Il était hors de question que leur relation prenne le chemin qu'avait pris celle de son frère.

— Sais-tu si Todd a acheté une arme durant les semaines qui ont précédé la mort de Robert ?

Tiffany se rembrunit.

— Il l'a achetée au maire puis il se l'est fait voler. Je n'arrêtais pas de lui dire de se taire à propos de l'arme, mais il ne m'écoutait jamais…

— Pourquoi Todd O'Brien est-il en possession de ta voiture ?

Les joues de Tiffany s'empourprèrent et un voile de transpiration se développa sur son front tandis qu'elle se mordait la lèvre. Elle s'essuya la paume des mains sur son pantalon.

— Dis-moi la vérité, Tiffany. C'est le seul moyen de t'en sortir.

— Todd et moi sommes amis.

La rougeur de ses joues s'accentua.

— Quel genre d'amis ?

Il connaissait la réponse, cependant il voulait l'entendre le reconnaître.

Elle détourna le regard.

— Nous nous fréquentons ponctuellement depuis un moment. Peut-être environ six mois.

— Todd a-t-il quelque chose à voir avec la mort de Robert ? Robert avait-il découvert votre liaison ?

— Robert était au courant. J'ai quitté la maison il y a un mois environ. La dernière fois où Blake est intervenue, j'ai décidé que j'en avais assez et je suis partie. Todd n'est pas parfait, mais il est toujours mieux que ton frère. Tout ce qui comptait pour Robert, c'était cette mine nauséabonde.

— Dirais-tu que tu haïssais Robert ?

Elle évita de le regarder.

— Si tu connaissais ton frère aussi bien que moi, tu le haïrais, toi aussi.

Au cours de leur vie d'adulte, Robert et lui n'avaient pas été proches, toutefois il ne l'avait jamais haï. Cependant, il n'était pas difficile d'imaginer ce qui avait poussé Tiffany à éprouver ce sentiment.

— As-tu voulu te venger de la façon dont il te traitait en le faisant chasser de ses terres par Todd ?

Elle reporta brusquement les yeux sur lui.

— Comment diable es-tu au courant de ça ?

C'était un aveu manifeste. Elle était informée des manœuvres de rachat de Todd.

— Et concernant la procédure de présaisie ? C'était ton idée ou celle de Todd ?

— Je n'ai rien à voir avec cela. C'était l'idée de Todd. S'il n'avait pas été un tel idiot, nous aurions trouvé un autre moyen mais il était à cours de liquidités. Cet imbécile s'est retrouvé mêlé à une affaire dont il aurait mieux fait de se tenir à l'écart.

— Comment cela ?

Tiffany s'essuya à nouveau les mains sur son pantalon.

— Il n'aurait jamais dû s'acoquiner avec le maire et sa femme. Ces deux-là ne sont rien d'autre que des sangsues avides de profit. Je l'avais prévenu. Et regarde où ça l'a mené… Aux soins intensifs.

Todd aurait de la chance s'il quittait un jour l'hôpital. Jeremy s'abstint de lui en faire la remarque.

— Si tu veux savoir qui a assassiné mon mari, intéresse-toi à eux. Ils ne reculent devant rien pour obtenir ce qu'ils veulent, je te le garantis.

— Que veux-tu dire par là ?

— Ils se servent de Todd comme d'un homme de paille pour acquérir les terres autour de la mine du Contremaître depuis des années. Si tu regardes la carte, Todd est propriétaire de la majeure partie des terrains de la vallée où est située la mine du Contremaître.

— Pourquoi lui font-ils acheter toutes ces terres ?

Tiffany le regarda comme s'il était demeuré.

— Ils ont plusieurs fers au feu. À cause de leur société et du fait que John exerce un mandat d'élu, cela aurait des répercussions désastreuses s'ils se faisaient surprendre à acquérir des propriétés saisies. Ils ont donc imaginé ce stratagème. Todd les achète pour leur compte et il perçoit en échange des dessous-de-table.

— Pourquoi convoitent-ils toutes ces terres ?

— La mine de Robert est d'un bon rapport. Mais, ce que ton frère ne savait pas — et moi non plus, jusqu'à récemment —, c'est qu'elle est située au beau milieu d'un énorme gisement de minerai de cuivre. Un gisement qui pourrait leur rapporter des millions, voire plus, selon leur acquéreur.

— Qu'insinues-tu par « selon leur acquéreur » ? Ne comptent-ils pas l'exploiter eux-mêmes ?

Tiffany secoua la tête.

— Les Investissements environnementaux Tartarus traversent une période difficile. La société a dépensé à tour de bras pour obtenir les droits d'exploitation sur d'autres terrains. Mais, aujourd'hui, ils ne pourraient même pas s'offrir un bulldozer.

— Donc ils rassemblent les terres pour les revendre ?

Tiffany acquiesça.

— Et la propriété de Robert est la clé de voûte de l'opération, précisa-t-elle. Les acheteurs japonais ne franchiront le pas que lorsque la parcelle sera entière et les droits d'exploitation acquis. Judith était désespérée. Elle craignait que, s'ils n'agissaient pas rapidement, les acheteurs renoncent. Elle ne pouvait pas attendre que la propriété de Robert soit mise aux enchères. Normalement cela aurait dû être le cas, cependant Robert avait commencé à chercher un avocat. Il voulait les faire plonger. Il les menaçait. Il a même adressé des menaces à Todd.

— Donc Robert savait que tous tes amis complotaient pour lui voler ses terres ?

Tiffany baissa les yeux sur ses mains comme si, tout à coup, elle regrettait le rôle qu'elle avait joué dans la tentative de ces misérables pour dépouiller Robert de son bien. Toutefois cela ne changeait rien au fait qu'elle était impliquée dans la mort de son frère. Tous ceux qui s'étaient ralliés aux côtés du maire et de son épouse étaient complices du meurtre de Robert. Malheureusement, la seule personne qu'il pourrait arrêter était celle qui avait appuyé sur la détente.

— Je ne voulais pas que les choses se terminent de cette manière. Je détestais Robert, mais je ne voulais pas sa mort. Tout cela était l'idée de Judith. Ils devaient sauver leur affaire. Ils ne pouvaient prendre le risque d'un procès et ils craignaient les remous politiques que cela provoquerait si leurs agissements étaient révélés au grand jour. Si Robert les avait poursuivis en justice, les acheteurs se seraient certainement retirés de l'affaire.

Jeremy songea à l'appel téléphonique que Blake et lui avaient surpris au domicile de Judith Davy. Pas étonnant qu'elle ait été pressée de les voir partir. Elle essayait de sauver le fameux contrat, fruit de plusieurs années d'efforts. Contrat qui, s'il tombait à l'eau, les ruinerait, la société de son époux et elle.

Tout cela se tenait, mais il n'avait qu'un moyen de s'assurer que Tiffany lui disait la vérité à propos du maire et de son épouse.

— Puis-je voir tes mains ?

Elle fronça les sourcils.

— Pourquoi ?

Jeremy se garda bien de lui expliquer que le technicien qui avait relevé une empreinte sur l'arme du crime avait déterminé que la personne qui avait tiré le coup de feu avait une cicatrice sur l'index.

— Montre-les-moi simplement.

Tiffany tendit les mains. Ses ongles étaient courts et encrassés. Il les retourna. Ses index étaient intacts. Elle n'était pas leur assassin.

— Une dernière chose. Peux-tu écrire quelques mots ? lui demanda-t-il en lui tendant un stylo qu'il sortit de sa poche.

Sans plus chercher à comprendre ni à protester, elle prit le crayon.

— Ici, ça ira, dit-il en lui désignant un magazine féminin.

Elle écrivit trois mots de sa main droite. Ce n'était donc pas elle qui avait laissé la note à la maison de Blake car, d'après Casper, la femme qui l'avait écrite était gauchère.

Il ne détenait pas la meurtrière, mais Tiffany l'aiderait peut-être à résoudre l'affaire.

— Merci, dit-il en rangeant le stylo dans sa poche. Connais-tu bien Mme Davy ?

Tiffany haussa les épaules.

— Nous étions de bonnes amies. Des amies proches, jusqu'à il y a peu. Nous n'aurions jamais dû mélanger les affaires et l'amitié.

— Sais-tu si Judith a une cicatrice ?

— Une cicatrice ?

— À la main, sur un doigt, par exemple.

Tiffany se renfonça sur le canapé tandis qu'elle réfléchissait.

— C'est une femme avisée. Elle aime s'investir et savoir comment leur argent est dépensé, commença-t-elle d'un air concentré comme si elle se parlait à elle-même. Il y a quelques années, alors qu'elle était descendue dans un puits de mine, il y a eu un accident avec les explosifs. Rien de dramatique, mais elle a dû recevoir des points de suture.

Jeremy sentit un picotement sur sa peau comme à chaque fois qu'il était près d'appréhender son suspect. Si Judith Davy s'y connaissait en explosifs, elle était probablement capable de déterminer combien il en fallait pour faire s'effondrer l'entrée de la mine de Robert.

— Si ce que tu me dis est vrai, alors tu vas devoir être placée sous protection judiciaire. Ta vie est peut-être en danger.

— Pourquoi crois-tu que je me sois enfuie ? lui rétorqua Tiffany. On ne peut pas indisposer des personnes comme le maire et son épouse et espérer ne pas en pâtir.

Jeremy avait tout ce qu'il lui fallait. Il avait son mobile. Il ne lui restait plus qu'à mettre en garde à vue Judith Davy et à relever ses empreintes. Une fois la correspondance établie, ils auraient leur assassin.

21

L'air du soir avait rafraîchi ; la neige ne tarderait pas à tomber. Blake avait toujours adoré cette époque de l'année, la fin de l'ère automnale, l'apparition d'un monde recouvert d'un manteau blanc dans l'attente de la renaissance qu'incarnerait le printemps. Plus que tout, cette période augurait d'un changement vivifiant.

Il y avait de la lumière dans la maison de Judith Davy, au bout de l'allée. Alors qu'ils approchaient, Blake remarqua une Mercedes flambant neuve garée près du Land Rover du maire. Sur une des plaques qui ornaient le véhicule d'Engelman on pouvait lire : « NMBR1 ».

Elle se moqua intérieurement du maire. Son règne en tant que « numéro 1 » était sur le point de s'achever. Dans quelques minutes, il allait se retrouver marié à une femme menottée et assise à l'arrière d'une voiture de police.

Avec un peu de chance même, si le procureur creusait un peu, des poursuites judiciaires pourraient également être engagées contre John Engelman. Blake sentit son pouls s'emballer à cette idée. *Il ne faut pas aller plus vite que la musique*, se morigéna-t-elle. *Espérons déjà de voir ce que va donner cette première arrestation.*

Avant même que la voiture ne soit au point mort, Jeremy descendit, tenant à la main le mandat que lui avait délivré le juge.

— Attends, lui lança Blake. Nous ignorons comment elle va réagir. Tu dois te montrer prudent.

— Je doute qu'elle fasse quoi que ce soit de stupide, répondit Jeremy en s'arrêtant. Elle est entourée de ses acolytes, de toute façon. La seule chose dont nous ayons à nous inquiéter est de respecter scrupuleusement la procédure.

— « Ses acolytes » ? Que veux-tu dire ?

— Regarde.

Il lui désigna la Mercedes.

— À ton avis, qui peut conduire une Mercedes AMG S65 dans cet État ? Neuve, cette voiture coûte une petite fortune.

Elle observa la voiture. Elle était jolie, certes, mais, pour sa part, Blake ne voyait pas l'intérêt d'investir des sommes folles dans un véhicule.

— C'est sûrement leur avocat, reprit Jeremy. Il ne fait aucun doute que le juge qui a signé le mandat d'arrêt a aussi appelé le maire et son épouse pour les prévenir de notre arrivée. Leur avocat est probablement la première personne qu'ils ont appelée en apprenant la nouvelle.

Ils s'avancèrent vers la maison et sa porte sculptée. Ils n'eurent pas à frapper. La porte s'ouvrit brusquement sur le maire, qui les reçut sur le seuil, les bras croisés sur sa poitrine et l'air furieux.

— Dès que tout ceci sera terminé, vous ne retrouverez même pas un emploi au McDo, je peux vous le garantir.

Sa menace fit sourire Jeremy.

— Ce n'est pas grave, monsieur le maire. Je ne suis pas un inconditionnel du hamburger, de toute façon.

Le visage du maire devint rubicond et, de rage, il pinça les lèvres.

— Espèce de fils de…

— Arrête.

Judith Davy s'avança près de son époux et posa une main sur son bras.

— Tout se passera bien. N'est-ce pas, monsieur Deschamps ?

Et de se tourner vers l'homme aux cheveux gris qui la suivait.

Blake vit ce dernier — l'avocat des Engelman, à n'en pas douter — les examiner, Jeremy et elle, de la tête aux pieds, d'un air méprisant.

— Je ne doute pas que nous vous aurons libérée de prison et disculpée en quelques jours, madame Davy.

— Être accusée de meurtre n'a pas grand-chose de commun avec une amende pour excès de vitesse, s'écria Blake, incapable de demeurer silencieuse plus longtemps. La presse et le procureur vont s'en donner à cœur joie. Il n'est rien que nos concitoyens apprécient autant que de voir les coupables — en particulier quand il s'agit de nantis profiteurs et snobs — recevoir ce qu'ils méritent.

— Et que pensez-vous que je mérite exactement, petite peste ? s'enquit Mme Davy avec mépris.

— Non seulement vous avez assassiné le frère de mon ami, mais vous avez menacé ma famille.

À ces mots, Blake s'approcha de Judith Davy pour la regarder droit dans les yeux.

— *Personne* ne pourra jamais s'en prendre impunément à ceux que j'aime. Ni vous ni votre époux.

— Oh ! chéri, tu as entendu ça ? reprit l'intéressée avec un rictus condescendant. Sa petite menace n'est-elle pas amusante ?

— Puis-je voir vos mains, je vous prie, madame Davy ? intervint Jeremy.

Surprise, la femme du maire consulta du regard son avocat, qui lui adressa un signe d'assentiment. D'un air méprisant, elle tendit les mains devant elle. Sur l'index de sa main gauche apparaissait une longue cicatrice irrégulière.

— À présent, madame Davy, voulez-vous poser les

mains contre le mur ? lui demanda Jeremy sur le ton, cette fois, d'un ordre.

Elle obtempéra, tout en vociférant :

— Allez-y, fouillez-moi. Ce sera la première et la dernière fois que vous poserez les mains sur moi, soyez-en sûr.

Jeremy palpa le corps de la femme du maire, cherchant d'éventuelles armes. Mais elle n'en portait pas. Il lui passa les menottes.

Alors qu'ils s'acheminaient vers la voiture, Judith Davy se retourna vers son époux et l'avocat.

— Nous nous reverrons dans quelques jours. L'argent de la caution est dans le coffre.

Engelman hocha la tête. Il détourna les yeux cependant, comme s'il comprenait que, même s'ils menaient le combat, son épouse ne sortirait jamais blanchie de cette affaire.

Cette fois, leur avidité avait dépassé les bornes.

22

Cela ne ferait qu'envenimer leurs relations avec le maire mais, du moins, la personne responsable de la mort de Robert serait-elle derrière les barreaux. Néanmoins, Blake se sentait le cœur lourd. Tout était terminé… Y compris le temps qu'elle avait pu passer en compagnie de Jeremy.

La porte menant au patio de la maison de ses parents s'ouvrit, et Jeremy apparut, tenant deux pintes.

— Tu veux une bière ? demanda-t-il en lui tendant l'une d'elles.

— Oui, merci.

Elle la prit avec un sourire triste.

Sa mère ainsi que Megan se trouvaient au jardin avec les parents de Jeremy. Tous étaient assis autour d'un brasero sur lequel ils faisaient griller des Chamallows. Elle aurait dû se sentir heureuse, ainsi entourée des personnes qu'elle aimait. Cependant, elle ne parvenait pas à se départir d'une certaine mélancolie.

— Tu dois être soulagée, reprit Jeremy. Prather va te faire réintégrer dans tes fonctions aussitôt l'enquête interne terminée.

Elle hocha la tête, caressant du pouce le bord du verre glacé.

— Oui, mais il va encore me falloir composer avec le maire.

— Jusqu'à la prochaine élection.

— Il peut se passer beaucoup de choses d'ici là, commenta-t-elle en buvant une grande gorgée de la bière aromatisée au houblon.

— Il ne peut pas te licencier. Pas sans risquer un procès en tout cas.

Jeremy avait raison, mais cela ne la rasséréna pas pour autant. Le spectre des manigances politiques et des répercussions de cette enquête pèserait sur elle jusqu'à la fin de sa carrière, du moins si elle la poursuivait à Butte.

Jeremy avait de nouveau pris place près d'elle ; elle se tourna vers lui. Le soleil de la fin d'après-midi arrachait à ses cheveux des reflets roux et ambrés, le rendant plus séduisant que jamais. Cependant il affichait une expression préoccupée et tendue qu'elle ne lui avait jamais vue.

— As-tu jamais songé à partir ? demanda-t-il en regardant la bière qu'il tenait dans les mains.

Elle réfléchit un moment à la question.

— Partir ? Il faudrait alors déménager. Tout recommencer. Megan devrait changer d'école. Ma mère ne voudra jamais quitter sa maison. Elle vit ici depuis toujours.

Elle reporta les yeux sur sa mère et sa fille. Et fut frappée de constater à quel point sa fille lui ressemblait. Les mêmes cheveux blonds indisciplinés. Les mêmes yeux bleus. Jusqu'à sa façon d'appréhender la vie, comme si elle se contentait d'attendre de voir ce qu'elle lui réservait.

Megan commettrait-elle les mêmes erreurs qu'elle en grandissant ?

Secouant la tête, Blake chassa cette pensée. Quelque chose devait changer. Elle devait écarter sa fille de ce monde où survenaient la mort et les incendies, tout en lui enseignant à devenir forte et volontaire.

Peut-être pourrait-elle même lui démontrer qu'il existait des hommes bien, qui avaient un cœur d'or et étaient capables de voir au-delà de vos imperfections et de vous aimer pour vous-même.

Elle pourrait lui apprendre à vivre une vie saine, centrée sur la famille, l'amour et la confiance.

— J'ai parlé à mon supérieur tout à l'heure, annonça Jeremy après avoir bu une gorgée de bière.

Elle se crispa.

— Quand dois-tu reprendre le travail ?

— Dans quelques jours. Mais ce n'est pas la raison pour laquelle je l'ai appelé.

Jeremy lui prit la main.

— Il m'a dit qu'un emploi t'attendait à Missoula si tu es intéressée. Ce serait un peu différent, nettement plus prenant que le bureau du shérif, cependant le salaire serait plus élevé.

Il marqua un temps d'arrêt avant d'ajouter :

— Je pourrais vous aider à vous installer, ta mère et toi, et il y a d'excellentes écoles pour Megan. Elle pourrait même s'inscrire dans la même que Penny si elle le souhaite.

Blake sentit un frisson d'excitation parcourir son corps. Était-ce ce qu'elle voulait ? Elle regarda Jeremy, sondant son regard. Il devait vraiment l'aimer s'il lui proposait de l'aider à se bâtir un nouvel avenir.

— Si tu ne veux pas déménager, je peux revenir à Butte. Le notaire de mes parents a lu le testament de Robert. Tiffany n'héritera de rien. Tout ira à mes parents.

— Tiffany n'hérite de rien ?

Jeremy secoua la tête.

— Je pense que c'est en partie la raison pour laquelle elle a voulu qu'il perde tout ce qu'il possédait et qu'elle a poussé Todd à le dépouiller.

Il s'éclaircit la gorge, avant d'ajouter d'une voix hésitante :

— Nous… pourrions devenir des exploitants miniers… Si tu souhaites rester à Butte. Je ferais n'importe quoi pour te rendre heureuse.

C'était une noble intention de la part de Jeremy que de vouloir empêcher la Société des investissements environnementaux Tartarus de mettre la main sur les terres de son frère. Cependant, ne lui avait-il pas dit qu'il détesterait travailler à la mine ? Il n'était pas question qu'il renonce à être lui-même.

— Nous ne pouvons pas rester ici, Jeremy.

— Dois-je comprendre que tu serais d'accord pour déménager à Missoula avec moi ?

Elle était sûre de son amour pour lui ; toutefois l'amour constituait-il une raison suffisante pour dire adieu à ses racines ? Pour se bâtir une nouvelle vie ?

Tomber amoureuse représentait un tel risque…

— Je pense que je vais accepter cet emploi à Missoula, s'empressa-t-elle de répondre, ne voulant rien de plus que suivre son cœur. Et si ça te convient…

Elle retint son souffle.

— Tout ce que j'espère, c'est que maman acceptera de nous suivre, Megan et moi. Parfois, elle me rend folle mais elle est ma meilleure amie. J'ignore ce que je ferais sans elle.

— Je me doutais que tu dirais cela. Nous allons nous mettre en quête d'une grande maison, avec des espaces indépendants.

Jeremy lui sourit en posant son verre.

— Mais d'abord, j'ai quelque chose pour toi.

Il plongea la main dans sa poche.

— Je sais que c'est un peu rapide et je n'ai aucune idée de la réponse que tu me feras, mais je me suis dit…

Il déglutit.

— En fait, je veux faire les choses dans les règles. Je suis amoureux de toi depuis notre jeunesse. Je sais que les choses n'ont pas toujours évolué comme nous l'aurions souhaité, mais je t'aime et je t'aimerai toujours.

Il mit un genou à terre.

— L'autre soir, après l'incendie, je suis retourné prendre l'une des branches de l'arbre. La moins endommagée.

Il ouvrit la main ; sur sa paume était posée une bague sculptée dans le bois du vieux pin.

Blake sentit son cœur se mettre à battre la chamade.

— Tu m'as dit que tu avais toujours considéré cet arbre comme la métaphore de ta vie. J'ignore si tu l'entendais dans le bon ou le mauvais sens, mais j'ai trouvé cela magnifique. Un arbre consacre son existence entière à soutenir la vie qui l'entoure. L'herbe à son pied ainsi que les feuilles sur ses branches. Tu es exactement comme un arbre ; tu aimes et tu soutiens ceux qui t'entourent. J'adore cela chez toi. Et, à chaque fois que tu regarderas cette bague, je veux que tu te rappelles que, même si la vie nous brûle parfois les ailes, chacun a droit à une seconde chance.

Il prit sa main qui tremblait pour glisser l'anneau à son annulaire. Il était parfaitement à sa taille.

— Si tu le veux, cette bague pourra être le symbole de notre espoir de nous créer un nouvel avenir, ensemble.

— Je… Je…, balbutia-t-elle en étudiant le motif torsadé de la bague.

Il prit délicatement son visage entre ses mains.

— Je t'aime.

Blake sentit les larmes lui emplir les yeux ; elle cligna des paupières, tentant de les refouler.

— Je t'aime, moi aussi.

Tombant à genoux, elle enfouit son visage dans le cou de Jeremy. Alors, seulement, elle donna libre cours à ses larmes.

Pour une fois, elle ne ressentit pas la mesure du temps comme un fardeau. Leur amour ne s'évaluerait pas en nombre de secondes, de minutes ou d'heures. Non. Leur amour durerait toute une vie.

TYLER ANNE SNELL

Mission pour un garde du corps

Traduction française de
CATHERINE VALLEROY

BLACK ROSE

HARLEQUIN

Titre original :
FULL FORCE FATHERHOOD

Ce roman a déjà été publié en 2017.

1

— Bizarre, bizarre…

Kelli jeta un regard à son mari et soupira.

— Tu ne gagneras rien avec des moqueries, Victor. Ne taquine pas l'ourse…

— Parce que l'ourse pourrait se venger ?

Pénétrant dans la chambre où Kelli lisait allongée, il s'assit au bord du lit. La trentaine finissante, Victor avait gardé un sourire juvénile. Grand et dégingandé, il avait une chevelure couleur de blé et des yeux du même bleu que le ciel.

Kelli, avec ses cheveux blond foncé, ses yeux gris-vert et son hâle léger, n'avait rien à lui envier. Mais elle se sentait parfois dépassée quand elle le contemplait, lui, son mari depuis un an et demi. Pour l'heure, une question lui trottait dans la tête : de qui tiendrait leur futur enfant ?

— Si tu continues à te moquer de moi parce que je veux te protéger, Victor, je me vengerai à la première occasion.

Il leva les mains en signe de reddition.

— C'est toi qui commandes, mon amour.

Elle posa son livre et lui sourit. Pour calmer sa paranoïa, il avait accepté d'engager un garde du corps. Dans le journalisme d'investigation, on avait parfois affaire à des dingues… Ce qui ne voulait pas dire qu'il ne fallait pas réagir quand on recevait des appels anonymes. L'anxiété de Kelli s'était accrue à mesure que ces appels se multipliaient.

— Comment t'en sors-tu de ton histoire ? demanda-t-elle en posant une main sur son ventre. S'il te plaît, dis-moi que tu as fini.

— Presque, oui. J'aurai terminé demain.

Il se leva et s'étira.

— On va pouvoir reprendre le cours normal de notre vie.

— Tu ne voudrais pas rester quelques jours de plus ? demanda Kelli en jetant un regard vers la fenêtre.

Le bungalow familial de Victor était situé au bord d'un lac à l'eau cristalline. Avec son petit ponton, le site avait tout d'une carte postale et Victor avait dû y passer des vacances formidables dans son enfance. La famille de Kelli n'avait jamais eu des moments de ce genre. Mais si ses parents avaient été en vie, ils auraient certainement fait de même. Avant d'être tués dans un accident de voiture, c'étaient des parents aimants.

— Nous ne sommes pas en vacances, Kelli. Je suis ici pour…

— Pour travailler, acheva-t-elle d'un air entendu.

Il hocha la tête.

— Et quand j'aurai fini cet article, il faudra que j'entame un nouveau reportage.

— J'espère que celui-là ne nous poussera pas de nouveau à engager un garde du corps.

Victor se mit à rire.

— Allez, sois honnête. La seule raison pour laquelle tu l'as embauché, c'est qu'il est beau comme un dieu, murmura-t-il en haussant un sourcil de façon suggestive.

Kelli lui lança un coussin.

— Des cheveux bruns et des muscles à gogo ? Tu crois que ça me plaît ?

Victor s'approcha du lit et déposa un baiser sur ses lèvres.

— Bien sûr que non, répondit-il en dissimulant son rire.

Kelli sourit à son tour. Cela faisait longtemps qu'ils

n'avaient pas passé plus d'une heure ou deux ensemble. Depuis leur mariage, Victor enchaînait les reportages qui l'éloignaient de Dallas.

Mais cela allait changer sous peu. Il le fallait.

— Bon, je retourne au boulot. Tu veux quelque chose ?

Kelli se représenta le pot de glace au congélateur, puis décida de s'abstenir.

— Je pense que je vais faire une sieste. Je ne me sens pas si bien que ça.

Victor déposa un autre baiser sur son front.

— Dors bien, mon amour.

Et il s'en fut.

Mark termina sa ronde habituelle en contemplant le coucher du soleil. Il avait beau avoir voyagé en tous sens, aussi bien à l'étranger qu'aux États-Unis, c'était la première fois qu'il exerçait son métier dans une propriété au bord d'un lac. S'il prenait un jour des vacances, il opterait pour un endroit comme celui-ci…

Dans la lumière ténue, la solitude du paysage avait quelque chose de serein.

Il était presque reconnaissant à sa patronne, Nikki Water, de l'avoir forcé à se charger de ce contrat. Même si elle et Victor lui avaient dit que c'était surtout pour rassurer l'épouse de celui-ci.

La charge de travail de la petite agence avait triplé depuis que son ami Oliver avait accroché un gros client, deux mois auparavant. Elle était en pleine expansion, mais, pour Mark, la prochaine mission ne démarrerait pas avant deux mois. Il s'en irait alors pour trois semaines à Washington.

Voilà pourquoi Nikki l'avait encouragé à accompagner les Crane dans leur maison secondaire, en Caroline du

Nord. Selon elle, c'était « ce qui ressemblerait le plus à des vacances » pour lui.

Il ne s'en plaignait pas.

C'était le troisième jour de la mission, et Victor et sa femme se montraient plus qu'agréables.

— Rien à l'horizon ? lui cria Victor par la fenêtre.

Il était dans la cuisine, bière en main.

Mark le rejoignit à l'intérieur. Son ton était léger, mais pas sans respect. Même s'il ne partageait pas les inquiétudes de sa femme, Victor ne rabaissait pas le travail de Mark, et ce dernier n'en avait que plus de respect pour lui.

— Honnêtement, on entendrait n'importe qui à des kilomètres à la ronde, répondit Mark.

— Cet endroit est un peu à l'écart des sentiers battus. C'est pour ça que Kelli l'aime.

Victor attrapa une autre bière dans le réfrigérateur et l'offrit à Mark, puis se reprit. Au lieu de cela, il lui tendit une bouteille d'eau, ce dont Mark le remercia. Même s'il aurait pu boire un verre sans danger, il préférait ne pas le faire. Un garde du corps se devait de rester sur ses gardes à tout moment.

— Kelli n'est pas si anxieuse en temps normal. Mais il s'est passé des choses dernièrement qui… eh bien, l'ont rendue nerveuse. Je veux juste l'empêcher de se faire du mauvais sang.

— C'est gentil à vous, commenta Mark.

— J'estime que c'est le moins que je puisse faire. Je passe plus de temps au travail que je ne devrais.

— Je peux comprendre ça, fit Mark avec un sourire bref.

Il adorait son métier. Quand on ne lui affectait pas un nouveau client, il en demandait un. Il était dans la sécurité depuis ses vingt et un ans. Son travail faisait autant partie de lui que ses cicatrices ou sa musculature travaillée.

Prétendre que les heures supplémentaires l'ennuyaient aurait été malhonnête.

— Vous savez ce que j'aime chez vous, Mark ?

— En dehors de mon caractère stoïque ?

Victor se mit à rire. Il semblait toujours prêt à s'esclaffer.

— En dehors de ça, je dois dire que je suis surpris que vous ne m'ayez pas demandé sur quoi je travaille. À votre place, je me serais harcelé de questions.

Mark haussa les épaules.

— Une fois que Nikki a validé la requête d'un client, c'est tout ce que j'ai besoin de savoir. Vous êtes un journaliste indépendant, qui travaille sur un article pour une association de presse. Je n'ai pas besoin de savoir quel en est le sujet pour veiller à ce qu'on ne vous tire pas dessus.

Victor fit un signe d'assentiment.

— En outre, vous avez dit vous-même qu'il n'y a pas là matière à froisser qui que ce soit.

— C'est vrai, confirma Victor en haussant les épaules à son tour. C'est un article sur un organisme de charité basé au Texas. Pas de quoi faire peur aux bonnes gens, n'est-ce pas ?

— Oui, on dirait bien…

À cet instant précis, l'arrière du bungalow explosa en une boule de feu et de verre brisé. Le souffle renversa les deux hommes. L'air se remplit de chaleur, puis d'une fumée brûlante.

Mark fut le premier à se relever, en chancelant. Essayant de s'orienter, il jeta un regard dans le couloir, à droite, sans distinguer ce qui avait causé la déflagration. Mais le mur porteur qui traversait le bureau, le couloir et la chambre principale, était endommagé. Des flammes jaillissaient de toutes parts.

Contournant le comptoir, il souleva son client pour le remettre sur pied. Victor murmurait le nom de sa femme.

Mais Mark l'entendait à peine. Un sifflement tenace lui vrillait les oreilles.

L'instinct lui soufflait de mettre le journaliste en sûreté et de le faire sortir, mais Victor aimait sa femme et refuserait certainement de la laisser en arrière. Mark aussi, d'ailleurs.

— Restez derrière moi ! lui hurla-t-il en le redressant.

Sur ce, il se précipita dans le couloir, si vite que Mark eut du mal à le suivre.

L'explosion avait détruit le bureau en face de la chambre. Le mur s'était effondré. La fenêtre du couloir avait éclaté et les flammes dévoraient l'encadrement.

Aspirant une goulée d'air, Mark pénétra dans la chambre.

Kelli gisait inconsciente sur le plancher, près du lit. La fumée s'accumulait déjà au plafond, sortant en tourbillons de la salle de bains. Tandis que Victor s'agenouillait à côté de sa femme, Mark s'empressa d'aller voir d'où venait cette fumée.

Il n'eut pas à chercher bien loin. Les flammes dansaient autour de la maison, s'étendant du côté droit, là où se trouvait la chambre d'amis.

Et un peu plus loin, une silhouette vêtue de noir courait en bordure du terrain, là où il se trouvait quelques minutes auparavant.

— Il y a quelqu'un dehors ! hurla-t-il.

Kelli était dans les bras de Victor, toujours inconsciente. Mark voulait les aider, mais il devait aussi s'occuper de l'incendiaire. Victor était sur le point de dire quelque chose quand un horrible craquement se fit entendre.

Réagissant au quart de tour, Victor jeta Kelli en avant, juste avant que le mur extérieur et une partie du toit ne s'écroulent. En un instant, Victor disparut sous les gravats. Attisé par l'oxygène, le feu redoubla de violence.

Se jetant à terre, Mark recouvrit Kelli de son corps jusqu'à ce que les choses se calment. En vain.

— Sauvez-la ! cria Victor.

Il s'efforçait de se dégager, même si déplacer tant de débris semblait perdu d'avance. Mark tenta néanmoins de soulever le plus gros morceau de mur. Celui-ci ne bougea pas d'un centimètre.

— Sauvez-la ! ordonna de nouveau Victor.

Une onde de chaleur roula dans la pièce. Mark scruta les lieux à la vitesse de l'éclair. La seule issue, le couloir, ne durerait plus très longtemps.

Il croisa les yeux bleus de son client. C'était probablement la dernière fois.

Victor lança une ultime supplication, qui poussa Mark à agir, décidant de leur sort à tous les trois.

— Elle est enceinte !

Après cela, Mark n'hésita plus. Soulevant Kelli dans ses bras, il jeta un dernier regard à Victor.

— Je vais revenir ! cria-t-il.

Mais l'homme ne lui répondit pas.

Serrant Kelli contre lui, Mark se précipita dans le couloir. Ce qui restait du bungalow confirma ses craintes. On avait non seulement fait sauter la façade est de la maison, mais aussi mis le feu à tout le terrain. La porte de la cuisine était probablement leur meilleure chance de s'échapper. L'homme en noir n'avait sûrement pas eu le temps d'attiser l'incendie de ce côté-là.

Kelli remuait dans ses bras, toussant violemment. Il la serra plus fort.

Comme il l'avait espéré, la porte arrière ne brûlait pas encore.

L'ouvrant d'un coup d'épaule, il courut vers le lac en portant Kelli. Le niveau de l'eau était bas pour la saison, et le ponton se dressait bien au-dessus. Il plongea dessous, pour se mettre à l'abri.

Il n'y avait pas eu de coups de feu, mais cela ne signifiait pas que leur agresseur n'allait pas essayer de les tuer.

— Qu'est-ce que…, commença Kelli en reprenant son souffle, les yeux braqués follement sur lui.

— Vous pouvez tenir debout ? demanda-t-il rapidement, en la déposant dans l'eau.

Désorientée, elle hocha la tête.

— Je veux que vous restiez là sans bouger, d'accord ?

Elle fit de nouveau signe que oui, mais ce n'était qu'une question de temps avant qu'elle s'aperçoive que son mari n'était pas avec eux, Mark le savait. Elle semblait ne pas avoir encore repris tout à fait ses esprits.

Pour autant, quand il la lâcha, elle tint bon sur ses jambes. Il tira son couteau de sa poche et le lui tendit, s'apprêtant à tourner les talons.

Un bruit affreux s'éleva alors.

Une boule de feu jaillit de la cuisine et engloutit le reste du bungalow. Du verre explosa, le sol trembla. La maison émit un dernier sifflement et se consuma en quelques secondes.

2

Quittant ses talons, Kelli se hâta de traverser la pièce sur la pointe des pieds. Des pas s'élevèrent dans le couloir, mais elle ne s'arrêta pas. Contournant quelques cartons éparpillés, elle s'approcha d'un placard ouvert.

Il n'était guère profond et, en dehors de quelques manteaux suspendus, il n'offrait pas grand-chose pour se cacher. Elle aurait pu se dissimuler derrière la pile de cartons dans le coin de la pièce, mais il aurait fallu qu'elle se baisse pour rester hors de vue. Les pas se rapprochaient. Il fallait qu'elle se décide.

Le placard ferait l'affaire.

Elle se blottit dans le fond, genoux coincés sous le menton. La lumière pénétrant par la fenêtre ouverte éclairait jusqu'au moindre recoin. On pourrait la voir facilement en passant la tête dans le placard.

Le silence retomba.

Une crainte la prit. L'avait-on vue entrer dans la chambre ? Le bruit de deux pieds le lui confirma : c'était le cas. Les pas s'approchèrent et Kelli retint son souffle. Il ne fallut pas longtemps à son poursuivant pour faire le tour des cartons et s'approcher du placard. Il y eut un moment de silence presque palpable puis un petit visage pointa à l'intérieur et Kelli ne put s'empêcher d'éclater de rire.

— Bouh ! fit sa petite fille.

Souriant jusqu'aux oreilles, elle glapit de ravissement tandis que Kelli sortait de sa cachette.

— Tu m'as trouvée !

Grace laissa échapper une cascade de gloussements avant de s'enfuir.

Kelli la suivit en riant, sachant pertinemment où elle allait.

Telle mère, telle fille, Grace adorait la bibliothèque. Et c'était au tour de Boucles d'Or de se cacher.

Kelli n'eut aucun mal à repérer sa fille. Les petites chaussures bleues dépassaient des lourds rideaux — l'une des seules choses qu'elle n'avait pas encore empaquetée. Trouver en solde ces petits souliers à sequins avait été un miracle.

— Hum…

Kelli se posa un doigt sur le menton et le tapota. Contournant lentement les cartons et les caisses en plastique, elle fit mine d'être en proie à la confusion.

— Je jurerais avoir vu une petite fille courir par ici, la bouche pleine de chocolat !

Grace gloussa derrière les rideaux. Le cœur de Kelli se gonfla d'amour.

— Je me demande qui ça pourrait être !

Elle s'empara d'un des rideaux, prête à chatouiller la coupable, quand la petite fille en sortit d'elle-même d'un bond.

— T'ai eue ! hurla-t-elle.

Quand elle s'excitait comme cela, Kelli ne pouvait nier leur ressemblance. Bien que les cheveux de Grace soient un peu plus foncés, leurs yeux d'un vert toujours changeant étaient presque identiques. Toutefois, c'était à son père que la petite fille avait emprunté ses traits.

— Tu es la championne du cache-cache ! la félicita Kelli en la soulevant dans ses bras.

Elle était sur le point de reprendre ses chatouillements

quand la sonnette retentit à la porte, résonnant à travers la maison vide.

— Moi, moi ! s'exclama Grace, essayant de se dégager pour courir vers l'entrée.

— Pas sans moi, l'arrêta Kelli.

Elle fit passer Grace sur sa hanche, s'émerveillant qu'elle soit si grande et si lourde. Presque trois ans déjà.

Les années avaient filé sans qu'elle s'en aperçoive, et pourtant elle avait toujours du chagrin. En parcourant le couloir menant à l'entrée, elle s'efforça de mémoriser la sensation du plancher sous ses pieds nus. Grace et elle s'apprêtaient à vivre tant de changements !

Un visage familier dansait devant la vitre de la porte d'entrée, arrachant de nouveaux cris à Grace. Kelli la posa par terre en riant et ouvrit la porte à la marraine de sa fille.

— Tu es en retard, la taquina-t-elle.

De petite taille, Lynn portait une salopette usée et un T-shirt en flanelle jaune, qui contrastait avec son teint sombre et ses courts cheveux noirs.

Kelli haussa un sourcil devant cette tenue mais s'abstint de faire un commentaire. Depuis qu'elles étaient enfants, Lynn avait des goûts vestimentaires surprenants.

— Écoute, ce n'est pas ma faute si tu as déjà emballé ta télé ! J'ai dû choisir entre regarder la fin de *You've Got Mail* et arriver à l'heure.

La jeune femme, âgée, comme Kelli, de vingt-neuf ans, adressa une grimace à celle-ci. Puis elle se pencha pour étreindre sa filleule.

— Mince alors, comme tu as grandi ! Regarde-moi ça ! Quel âge as-tu maintenant ? Quatre ans ? Cinq ans ?

Grace mit les mains sur les hanches et adressa un regard sévère à Lynn. Puis elle leva deux doigts.

— Deux ans et demi !

— C'est bien, approuva Lynn.

Elle ébouriffa les cheveux de Grace et toutes trois rentrèrent dans la maison.

— Tu es venue hier, tu sais…, rappela Kelli tandis qu'elles entraient dans le salon.

Lynn se mit à rire.

— Ça n'enlève rien au fait que cette gamine grandit à toute allure ! Elle sera plus grande que moi avant même que tu t'en aperçoives. Elle n'a pas encore trois ans et regarde-la !

Se désintéressant subitement de la conversation, Grace se dirigea vers son coin à jouets, qui ressemblait à un vrai magasin avec tous ses dinosaures en plastique, ses animaux en peluche et ses jeux de construction.

— Je sais qu'elle grandit vite…, soupira Kelli.

Lynn était venue l'aider à vider la dernière pièce, celle à laquelle elle n'arrivait pas à s'attaquer toute seule.

Communiquant avec le salon par des portes vitrées, le bureau de Victor était petit, mais encombré de tous les objets qu'il avait accumulés au cours de ses six années passées dans la maison. Durant les mois qui avaient suivi l'incendie, le simple fait de le voir tirait des larmes à Kelli. Puis, lentement, elle avait pu supporter la vue de cette pièce, où Victor avait passé le plus clair de son temps. C'était sans doute Grace qui l'y avait aidée. Elle devait rester forte pour leur enfant, qui ne connaîtrait jamais son père.

L'expression de Lynn s'adoucit, mais elle ne fit pas de commentaire. Avec Grace, elle avait été le soutien le plus solide de Kelli ces trois dernières années.

— OK. Allons-y alors !

Kelli s'approcha des étagères.

— Commence par vider ça et je vais m'occuper du bureau.

— D'accord, chef !

Lynn traîna une caisse en plastique jusqu'aux petites

étagères. Celles-ci étaient remplies de matériel rassemblé par Victor durant ses neuf années de journalisme. Il avait couvert toutes sortes de sujets, écrivant à domicile des articles qu'il publiait dans des journaux et des magazines. Son objectif était de travailler à l'échelle internationale, mais ils avaient découvert à ce moment-là que Kelli était enceinte, et Victor avait décidé que la famille passait avant le travail.

Le cœur rempli de tristesse, Kelli s'assit dans le fauteuil de bureau.

Ses pensées la ramenèrent à la nuit de l'incendie.

Parfois elle sentait encore la chaleur du feu, l'odeur de la fumée, le froid de l'eau où ils attendaient les secours. Bien sûr, l'incendiaire avait été arrêté, mais cela ne rendait pas plus supportables les souvenirs de cette nuit-là.

Elle inspira profondément. Il ne fallait pas qu'elle cède au chagrin.

Dix minutes plus tard, en essayant de débloquer le tiroir du milieu, elle l'arracha de ses glissières. Sa main heurta alors un petit carnet scotché sur le fond du tiroir supérieur.

— Hé, regarde ça !

— Qu'est-ce que c'est ? demanda Lynn en s'approchant.

— Je ne sais pas. Il était caché.

Elle le parcourut rapidement. Le carnet ne portait aucune indication, mais il était rempli de l'écriture nette de Victor.

— On dirait des notes de terrain.

Elle lut quelques mots au passage.

— Je reconnais certains noms… Mais je pensais que toutes ses notes avaient été…

Elle s'interrompit et reformula sa phrase.

— Il les avait emportées avec lui au bungalow. J'ignorais qu'il en avait d'autres ici.

Lynn s'éloigna discrètement, tandis que Kelli tournait les pages. C'étaient sans doute les dernières notes prises par Victor. Elle secoua la tête. C'était trop douloureux de repenser à tout ça.

— Attends…

Un passage en lettres minuscules venait d'attirer son œil.

— C'est complètement incohérent…

À moins que ce ne fût le contraire, justement.

— Je dois vous parler.

Kelli se tenait avec raideur sur une chaise de bureau. Celle-ci n'avait visiblement pas été choisie pour son confort ; les visiteurs de Dennis Crawford, éditeur à la retraite du magazine en ligne *Scale*, n'avaient sans doute pas envie de s'attarder. Surtout quand il s'agissait de visites à domicile. D'ailleurs, il ne l'avait probablement laissée entrer qu'à cause de Victor. Dennis et lui n'avaient jamais entretenu de liens amicaux, mais ils avaient collaboré en maintes occasions.

Y compris sur le dernier reportage de Victor.

— Étant donné que je ne vous ai pas vue depuis…

Dennis s'éclaircit la gorge, préférant éviter de rappeler que leur dernière rencontre s'était déroulée au cimetière.

Kelli remua sur son siège.

— Comment allez-vous ? reprit-il.

— Bien. Grace me donne du travail, mais ce sera le cas durant les seize prochaines années, j'en suis sûre.

Célibataire et sans enfants, Dennis sourit poliment. Victor n'avait jamais mentionné son âge, mais elle lui donnait la quarantaine. Difficile de dire si sa politesse était sincère, mais de toute évidence il se tenait en haute estime. Malgré ses tempes grisonnantes, son petit bouc méticuleusement entretenu et ses vêtements chics révélaient le soin qu'il prenait de sa personne. Des prix de journalisme, des trophées sportifs et des photos de lui avec des hommes à l'allure officielle occupaient presque tout l'espace disponible sur les murs.

— Que puis-je faire pour vous ? demanda-t-il en glissant un regard au dossier qu'elle tenait sur ses genoux.

Il était inutile de tourner autour du pot.

— En rangeant les affaires de Victor, hier soir, je suis tombée sur ses vieilles notes.

Elle fit glisser le dossier sur le bureau.

— En particulier ceci.

Dennis haussa un sourcil, sans pour autant y toucher. Intérieurement, Kelli se félicita de n'avoir jamais eu à travailler pour lui. Le regard qu'il fixait sur elle disait clairement : *Et alors ?*

— Ce sont les notes de son enquête sur la Fondation Bowman, son dernier reportage.

Ces mots, au moins, poussèrent Dennis à ouvrir le dossier, mais il ne la quitta pas du regard.

— Et ? fit-il.

Kelli gigota de nouveau.

— En fait, je me suis demandé pourquoi l'article que vous avez publié ne correspondait pas à ses notes.

Le sourcil de Dennis ne changea pas de position, mais il laissa tomber son regard sur les photocopies qu'elle avait faites. Le calepin lui-même était rangé en sûreté dans son sac à main. Elle ne voulait pas s'en séparer, pas même une minute. Le découvrir au bout de trois ans lui avait donné le sentiment de retrouver une part de Victor.

— Que voulez-vous dire par « ne correspondait pas » ? questionna Dennis d'un ton défensif. Je me suis servi des notes qu'il m'a envoyées.

— Pas ces notes-*là*, en tout cas, qui sont incontestablement de sa main.

Se penchant en avant, elle désigna le passage qu'elle avait surligné.

— Les noms ne sont pas les mêmes. J'ai fait des recherches et je n'ai rien trouvé sur ceux-là.

Dennis ouvrit un tiroir et en sortit une paire de lunettes. Puis il approcha la tête du papier pour lire. Mais son regard n'exprima aucune surprise.

— En temps normal, je ne m'en serais pas mêlée, reprit Kelli. Mais… Eh bien, c'est son dernier reportage…

Dennis parcourut les pages durant quelques instants encore, puis releva la tête.

— Les noms que nous avons publiés provenaient directement de son mail.

Il posa ses lunettes et noua ses mains sur le dossier, en un geste bizarrement défensif.

— Ce sont sans doute ses premières notes, qu'il a modifiées plus tard par souci de précision. Probablement une façon de réfléchir à la suite de l'histoire avec des noms de substitution.

Kelli n'avait pas besoin de réfléchir à cette idée. Elle secoua la tête.

— Je pense au contraire que c'était sa copie de secours. Il disait toujours qu'il ne faisait pas confiance aux sauvegardes électroniques. J'ai cru qu'il avait emporté ses notes manuscrites avec lui au bungalow, mais ce n'était pas le cas.

Dennis feignit de prendre ce qu'elle disait en considération, mais son expression n'était guère convaincante. Ce qui n'était jusqu'alors qu'un vague doute dans l'esprit de Kelli prit soudain une dimension menaçante.

— Je ne sais pas quoi vous dire, soupira Dennis. J'ai vérifié personnellement ces informations avant la publication de l'article, par mesure de sécurité.

Il referma le dossier, sans le lui rendre pour autant.

— La Fondation Bowman a remercié *Scale* pour cet article, qui lui a valu des donations importantes. Si l'un de ces faits était inexact, on m'en aurait informé, tout retraité que je sois.

Kelli médita ces paroles. Faisait-elle une montagne

d'une souris ? Cherchait-elle un prétexte pour ressusciter le souvenir de Victor ? La découverte de son journal lui avait-elle causé un choc trop grand ?

— Écoutez, Kelli…

L'expression de Dennis s'adoucit. Il la fixa avec un petit sourire.

— J'ai rendez-vous avec un ami pour le déjeuner, mais je vous promets de me pencher là-dessus plus tard.

Il posa un doigt sur le dossier.

— Et je vous appellerai si une anomalie me saute aux yeux.

Malgré elle, elle lui rendit son sourire.

— Merci. Je vous en serais très reconnaissante.

Dennis se leva, mettant fin à la conversation, et contourna le bureau pour la raccompagner.

Devant la porte d'entrée, comme elle se retournait pour le remercier une fois de plus, il déclara :

— Je suis désolé pour Victor. Mais si vous me permettez de vous donner un petit conseil, vous devriez penser à l'avenir et non au passé.

Kelli avait peu de souvenirs de sa mère, mais la politesse faisait partie de l'héritage qu'elle lui avait transmis. Ce fut la seule raison qui la poussa à sourire, alors que son nœud à l'estomac se resserrait.

Sur ce, Dennis referma la porte, la laissant sur le perron, en proie au malaise.

Tu accordes trop d'importance à cette histoire, se dit-elle en tournant les talons. *Calme-toi et oublie tout ça.*

— Euh, Kelli ? l'appela Dennis alors qu'elle avait déjà parcouru la moitié de l'allée.

Elle n'avait pas entendu la porte se rouvrir.

— Avez-vous le journal dont vous avez tiré ces copies ?

Son sac à main lui parut soudain plus lourd. Avant de réfléchir, elle secoua la tête.

— Non, je n'ai trouvé que les copies.

— Ah bon… Eh bien, merci.

Elle agita la main et continua son chemin.

— Parce que si vous l'aviez, j'aimerais beaucoup le voir, reprit Dennis.

Le sentiment de malaise augmenta en elle. Elle se retourna de nouveau.

— Désolée. Je n'ai que les copies que je vous ai laissées.

Dennis haussa les épaules et se retira à l'intérieur.

Ce ne fut pas avant d'être en sécurité dans sa voiture que Kelli se hasarda à jeter un regard vers la maison.

Peut-être était-ce son imagination, mais le store du salon parut bouger.

3

Mark fit craquer ses jointures et but une gorgée de sa bière. Assis au bar, il avait le regard braqué sur l'écran de télévision placé au-dessus de lui. On rediffusait un match de foot, mais il n'y prêtait qu'une attention intermittente.

La journée avait été épouvantable.

Pour commencer, le chef de travaux était arrivé très tôt, d'une humeur massacrante, furieux contre la tempête qui allait les empêcher de travailler les deux prochains jours, voire toute la semaine. Ensuite, l'ouvrier chargé du ciment, qui n'avait sans doute jamais conduit sous la pluie, avait embouti la jeep de Mark en reculant, cassant un de ses feux arrière et enfonçant son pare-chocs.

La cerise sur le gâteau étant que pour se détendre après une journée épuisante et improductive, il avait choisi de s'envoyer un verre dans ce bistrot de quartier, tout droit sorti de son passé.

— Désolée, il fallait que je prenne cet appel, annonça son ancienne patronne, en se rasseyant et en reprenant son verre.

Mark sourit sans joie. Il n'avait rien contre Nikki Water, fondatrice et directrice d'Orion Security Group. En fait, il la considérait autrefois comme une amie. Mais les trois années écoulées avaient laissé leurs traces sur cette amitié. Des traces qui n'avaient pas seulement affecté leur relation mais toute sa vie.

— Pas de souci, dit-il, s'efforçant de garder un ton léger.

Quand il avait rencontré Nikki, elle était secrétaire chez Redstone Solutions, et lui un agent de sécurité de rang subalterne. À l'époque, elle se montrait discrète et silencieuse, et pourtant intelligente et agréable. Elle possédait toujours ces deux dernières qualités, mais *quid* des deux premières ? Il le savait d'expérience : quand elle se montrait silencieuse, c'était qu'elle cherchait les mots justes pour exprimer ce qu'elle avait sur le cœur. Quant à la discrétion, si elle pensait que les gens étaient dans l'erreur, elle le leur annonçait sans fard.

Ils avaient déjà eu cette conversation-*là* plusieurs fois au cours de l'année précédente.

— Alors comment vas-tu, Nik ? Ça fait longtemps.

La jeune femme parut surprise qu'il engage la conversation de lui-même, mais elle se reprit rapidement. Elle resserra sa courte queue-de-cheval auburn avant de répondre :

— Bien. J'ai beaucoup de boulot, mais je vais bien.

Elle désigna le bar autour d'eux.

— Normalement, je devrais être au bureau, mais la tempête a coupé le courant. D'après Jonathan, c'est le signe que nous devons « profiter du vendredi soir ».

À ce nom, Mark tressaillit intérieurement. De même que Nikki et Oliver Quinn, Jonathan Carmichael faisait partie des amis avec lesquels il avait coupé les liens en quittant Orion.

— Je l'ai entendu parler plusieurs fois de cet endroit, alors je me suis dit que j'allais faire un essai.

— Le service n'est pas terrible, mais il n'y a rien à dire sur les prix, commenta Mark.

Nikki rit et leva son verre.

— Alors je bois aux prix. Et toi ? Qu'est-ce que tu deviens ?

— Ça va, mentit-il. Je n'ai pas autant de boulot que toi, mais ça va. Je fais un chantier de construction dans le quartier de l'hôpital avec une équipe assez sympa. Ça me maintient en forme, plaisanta-t-il.

Nikki rit de nouveau, mais il y avait une lueur d'inquiétude dans son regard.

— Écoute, Mark…, commença-t-elle.

Il la coupa :

— Je ne veux pas revenir, Nikki. Je t'ai dit que je ne voulais plus du métier de garde du corps, et je le pense toujours.

— Mais Mark, tu m'as dit je ne sais combien de fois que tu aimais ça ! Tu ne peux pas laisser un incident t'en priver.

— Un incident ? Un homme est mort, Nik.

— Ce n'était pas ta faute. Combien de fois te l'a-t-on répété ?

— Mon boulot était de le protéger, et j'ai laissé un délinquant le brûler vif.

Il avait élevé la voix, et le barman lui décocha un regard d'avertissement. Nikki, elle, ne broncha pas. Cette dispute était déjà une histoire ancienne. Mais Mark ne pouvait s'en empêcher. Chaque fois qu'il pensait à Darwin McGregor — l'incendiaire — et à l'aveu que lui avaient arraché les policiers, à savoir qu'il avait mis le feu au bungalow pour s'amuser, le sang de Mark ne faisait qu'un tour. Ce gamin de dix-neuf ans avait aussi déclaré que l'explosion du réservoir de gaz n'était rien de plus qu'un accident. Il avait cru que personne ne serait blessé, seulement effrayé. Cela ne changeait rien au fait que Victor était mort.

Ni au fait que Mark ne croyait pas à cette version de l'histoire.

L'image de la silhouette en noir lui traversa l'esprit. L'homme qu'il avait vu était plus grand et plus corpulent que Darwin. Mais la police, Nikki et tous les autres attribuaient cette conviction à la culpabilité qui le rongeait.

C'était l'une des raisons qui l'avaient poussé à quitter Orion six mois plus tard.

— Oui, c'est notre boulot de protéger les gens, reprit Nikki en baissant la voix. Mais ça ne veut pas dire qu'on peut être partout à la fois.

Elle tendit la main comme pour le toucher, puis changea d'avis.

— C'était un horrible accident, et même Kelli Crane ne te reproche pas la mort de son mari. Tu as sauvé une femme et son enfant à naître. C'est déjà quelque chose.

Mark prit une gorgée de sa bière.

— Tu ne crois pas qu'on en a déjà assez parlé, Nik ? questionna-t-il sur un ton qu'il espérait agréable.

Elle ouvrit la bouche pour répliquer, mais se ravisa de nouveau et hocha la tête. Puis elle prit dans sa poche une carte de visite d'Orion. Au dos, un numéro de téléphone était écrit à l'encre. Elle la lui fit passer.

— Tu as raison. Je suis désolée. C'est la dernière fois que je mets le sujet sur le tapis.

— Qu'est-ce que c'est que ça ? fit-il en désignant la carte du menton.

Il ne reconnaissait pas ce numéro.

— Laisse-moi t'expliquer. Je ne voulais pas en discuter avec toi, vu tout ce que tu as déjà traversé, mais elle a insisté pour te parler.

— Me parler ? Mais qui ? interrogea Mark.

Il ne comprenait rien.

— Kelli Crane.

De stupéfaction, il ouvrit légèrement la bouche.

— Pourquoi ? demanda-t-il enfin. Et quand a-t-elle appelé ?

— J'ignore pourquoi. Elle ne me l'a pas dit et je n'ai pas demandé, mais elle a appelé il y a quelques heures.

Nikki fit signe au barman.

— Tout ce qu'elle m'a dit, c'est qu'elle avait découvert quelque chose et que tu pourrais l'aider.

— Je n'ai pas la moindre idée de ce dont elle parle, confia Mark, plus pour lui-même que pour son ancienne patronne.

— Alors il faudra que tu l'appelles pour le savoir.

Nikki sourit et tendit sa carte de crédit pour régler leurs consommations.

Mark se sentit soudain dégrisé.

— J'ai du mal à croire que tu aies pris un message précisément le jour où tu tombes sur moi. Tu es venue ici pour me le transmettre.

Le sourire de Nikki s'élargit.

— Disons que j'ai fait d'une pierre deux coups.

Elle lui tapota l'épaule.

— Ça m'a fait plaisir de te voir, Mark. J'espère que tout ira bien pour toi.

— Merci, Nikki. Pareil pour toi.

Après son départ, il considéra le numéro un long moment. Étonnant que dix petits chiffres puissent le troubler à ce point !

Il jeta un coup d'œil autour de lui, comme si les autres clients pouvaient percevoir son débat interne.

Mais personne ne lui prêtait attention et il glissa la carte dans la poche de sa veste.

Moins d'une heure plus tard, il était assis chez lui, fixant son téléphone. Il n'y avait aucune raison d'avoir peur d'appeler Kelli. Mais il ne pouvait s'empêcher de s'interroger sur les raisons de la jeune femme. Pourquoi l'appeler ? Et pourquoi après tout ce temps ?

— Y a qu'une seule manière de le savoir ! lança-t-il dans la pièce vide.

Il composa le numéro avant de se rendre compte de l'heure tardive. Il ne connaissait pas le prénom de l'enfant, mais il vivait forcément avec elle. La dernière chose dont il avait besoin, c'était de donner un autre motif de plainte à Kelli. Mieux valait éviter de réveiller le bébé. Il raccrocha à la troisième sonnerie. Il l'appellerait le lendemain.

De nouveau, il se demanda pourquoi elle voulait lui parler. Puis, comme rien ne lui venait, il décida de prendre une douche. Celle-ci fut rapide et rafraîchissante, en contraste avec son abominable journée. Mais quand il prit son téléphone, sa bonne humeur s'envola de nouveau. On lui avait laissé un message et le numéro correspondait à celui que Nikki lui avait donné.

Il appela sa messagerie. C'était bien la voix de Kelli Crane.

« Mark Tranton ? Ici, Kelli Crane. Bonsoir. J'aimerais beaucoup vous parler de quelque chose. Pourrions-nous nous rencontrer ? Faites-moi savoir si cela vous est possible. »

Il y eut une pause. Mark était sur le point de raccrocher quand elle ajouta :

« Je pense que la mort de Victor n'était pas un accident. »

Comme l'avait pressenti Mark, la journée du lendemain fut un fiasco. Le chantier fut mis en stand-by, en raison des pluies de la nuit précédente. Cela aurait pu permettre à Mark de se détendre — ils avaient travaillé dur avant que la tempête ne survienne — mais il n'était pas prêt à prendre des vacances. Il était le genre d'homme à apprécier le labeur et à en redemander. Quand il était au chômage, il devait affronter un monde de pensées qu'il préférait éviter. Aussi, au lieu de traîner — ou, à Dieu ne plaise, de faire la grasse matinée —, il passa un survêtement et se rendit à la salle de sport.

Celle-ci était située au rez-de-chaussée de son immeuble, ce qui lui donnait un calme appréciable. Ou peut-être était-ce le sentiment de s'améliorer physiquement qui lui plaisait. De toute façon, c'était un rituel auquel il pouvait se livrer n'importe quand. Nul besoin d'autorisation ou de conseil pour cela.

Qu'il soit ou non un garde du corps n'importait pas non plus.

« Je pense que la mort de Victor n'était pas un accident. »

Il éloigna les poings du sac de boxe. L'aveu de Kelli lui avait presque coupé le souffle. Non parce que l'idée lui semblait farfelue mais, au contraire, parce qu'il était étrange d'entendre sa propre théorie sortir de la bouche de la veuve.

Une théorie que tous ceux qui comptaient pour lui avaient écartée. Même Nikki avait essayé de la démolir, pour son propre bien, prétendait-elle. Mais tout ce qu'elle avait réussi à lui démontrer, c'était qu'en fin de compte elle n'avait pas autant confiance en lui qu'il l'aurait cru.

Il frappa de nouveau le sac de boxe. Les souvenirs le taraudaient, et il avait deux options. Soit les déloger, soit les ignorer jusqu'à ce qu'ils s'affaiblissent.

La deuxième option avait bien fonctionné l'année écoulée. Puis il ricana. Non, c'était un mensonge. Elle n'avait pas du tout fonctionné.

Il poursuivit son entraînement, essayant de repousser ses pensées, mais chaque fois qu'il frappait, il y arrivait un peu moins encore. L'image du mystérieux coupable — l'homme en noir, pas le présumé incendiaire — lui traversa l'esprit.

— Wow, qu'est-ce qu'il t'a fait ce sac de boxe ?

À ces mots, Mark pivota sur ses talons. Craig, son voisin, se dirigeait vers les haltères.

— Tout va bien ?

Mark ne s'en était pas rendu compte, mais il respirait lourdement et son cœur battait à toute allure. Son T-shirt imprégné de sueur lui collait à la peau et il avait les mains douloureuses.

— J'évacue juste un peu la tension, répondit-il sur un ton aussi désinvolte que possible.

— Tu es déjà tendu ? Le soleil vient de se lever, s'esclaffa Craig. Ça, c'est une histoire de femme.

— En partie, reconnut Mark avec un haussement d'épaules.

Ils échangèrent de menus propos sur le temps et leurs métiers respectifs, puis chacun se remit à son entraînement.

Enfin, épuisé et les mains endolories, Mark salua Craig et retourna se terrer dans son appartement.

Celui-ci n'était pas grand : un studio avec un balcon minuscule, mais Mark n'avait pas de gros besoins. Les objets qui lui tenaient le plus à cœur étaient les photos accrochées au mur : ses parents et sa petite sœur, Beth ; ses amis d'enfance en Floride ; une photo prise lors de l'ouverture officielle de l'agence Orion. La seule qu'il ne regardait plus vraiment. Le reste de ses biens consistait en un ordinateur de bureau, une imprimante photocopieuse et un ordinateur portable. Il s'en servait rarement depuis qu'il travaillait dans le bâtiment. Son chez-lui n'était guère accueillant, mais c'était suffisant.

Il s'approcha de la baie vitrée. Le temps était couvert et il faisait treize degrés, une température qui allait encore descendre. Un front froid était censé arriver dans la nuit, mais il n'était pas prêt à parier sur les prévisions météo. Depuis dix ans qu'il habitait à Dallas, il le savait : au Texas, si on n'aimait pas le temps, il suffisait d'attendre une heure pour qu'il change.

Plus il s'attardait chez lui, plus le silence de l'appartement lui pesait. Il n'avait pas rappelé Kelli. Le ferait-il d'ailleurs ? Après la mort de Victor — et durant l'année suivante —, il était presque devenu dingue à force d'essayer de retrouver l'homme qu'il avait aperçu. Même après les prétendus aveux de Darwin McGregor.

Sa détermination avait tourné à l'obsession. Et il s'était muré dans le silence à mesure que ses amis essayaient de le dissuader. Enfin, au premier anniversaire de l'incendie, il avait décidé qu'il était temps de laisser tomber.

Mais c'était la première fois que Kelli le contactait.

Il considéra le téléphone, sur la petite table du salon. Ne lui devait-il pas au moins de la rappeler ?

4

La météo ne s'était pas trompée. En descendant du taxi, Mark regretta presque de ne pas avoir pris une veste. Les manches longues de son sweat-shirt ne seraient pas suffisantes si la température baissait encore.

La soirée commençait à peine et il était de retour dans le bar de la veille. Manifestement, il allait y passer pas mal de temps dans les semaines à venir, surtout si ce rendez-vous se passait mal. Il avait finalement rappelé Kelli et, à son grand étonnement, elle lui avait demandé de la rejoindre. Ils n'avaient rien dit de plus, et voilà qu'il arrivait avec une demi-heure d'avance. La nervosité ou l'impatience ? Il n'aurait su dire, mais il se fraya un passage jusqu'à une table située dans une encoignure, d'où il aurait une vue dégagée sur l'entrée.

Par habitude, il observa la clientèle. De professions diverses, hommes et femmes s'étaient mis à l'aise : une femme avait enfilé des baskets — des escarpins pointaient de son sac posé à ses pieds — tandis qu'une autre avait lâché ses cheveux sur ses épaules. La cravate desserrée et une bière à la main, un homme regardait la télé, et un groupe de jeunes cadres fortunés avait tombé la veste pour lancer des fléchettes près de l'entrée.

Un homme pénétra dans le bar et se dirigea immédiatement vers le comptoir, main levée pour commander une bière.

D'autres clients entrèrent et sortirent et, avant qu'il en prenne conscience, une demi-heure s'écoula. Il n'avait pas passé assez de temps avec Kelli Crane pour savoir si elle était ponctuelle.

En fait, il ne la connaissait pas du tout même si, bien sûr, Orion Security avait pris la précaution de faire des recherches sur elle avant le début du contrat. Kelli Crane — McKinnely, de son nom de jeune fille — était diplômée en art-thérapie et travaillait avec des personnes âgées dans un centre social. Elle était la fille unique de parents décédés dans un accident de la circulation quand elle était jeune. Sur le plan social, elle ne faisait pas parler d'elle et fréquentait essentiellement une amie d'enfance nommée Lynn.

De ce point de vue, elle différait grandement de feu son mari. De par son métier, Victor Crane avait été un homme de contacts. Il avait plus de relations que l'analyste d'Orion n'avait pu en compter. Après sa mort, Mark avait fait des recherches sur toutes celles qu'il avait pu retrouver, mais établir un lien quand on ne savait pas ce qu'on cherchait était difficile.

Soudain, Kelli entra et survola le bar des yeux avant de croiser son regard. Sans hésitation, elle se dirigea vers lui.

Elle semblait différente de la dernière fois qu'il l'avait vue. Elle marchait avec une assurance inimitable, et les cheveux qu'elle portait longs autrefois étaient coupés au carré avec une frange. Ils étaient aussi plus clairs tandis que sa peau paraissait plus sombre : elle prenait probablement le soleil. Au lieu de la tenue habillée qu'elle arborait au bungalow, elle était vêtue de façon anodine, un jean et des chaussures plates. Elle ne portait aucun bijou — pas même une alliance — et son sac à main semblait lui aussi plus pratique qu'élégant.

Alors qu'il la détaillait ainsi, une question lui vint à l'esprit : de quoi avait-il l'air lui-même ?

— Bonsoir, fit-elle en se glissant sur le siège en face de lui.

Quels que soient ses soucis, son état d'esprit semblait déterminé.

— Bonsoir, répondit-il.

Il ignorait comment se comporter. Ils n'étaient pas de vieux amis : la seule chose qui les rapprochait, c'était la tragédie. Éprouvait-elle le même sentiment que lui, ce mépris de soi qui le minait ?

— Merci d'avoir accepté de me rencontrer. Je sais que cela doit vous paraître étrange.

— C'est le moins que je pouvais faire.

Il s'éclaircit la gorge.

— Alors, comment allez-vous ?

— Bien. Je travaille beaucoup, mais je vais bien.

Mark sourit. C'étaient les mots mêmes qu'il avait utilisés face à Nikki la veille. Kelli était-elle sincère, elle ?

La serveuse apparut à leur table.

Un large sourire aux lèvres, Kelli commanda une bière. Mark ne put s'empêcher de hausser un sourcil. Elle s'en rendit compte.

— Désolée. Je ne sors pas beaucoup depuis la naissance de Grace.

Son sourire se troubla une seconde tandis que la serveuse s'éloignait.

— Et je n'ai pas commandé une bière depuis une éternité, bien sûr. J'ai presque l'impression d'être en vacances.

Sa voix retomba et elle baissa les yeux. Un court silence suivit.

— Kelli, pourquoi vouliez-vous me voir ?

Elle plissa les lèvres comme pour se concentrer et choisir ses mots avec soin.

— Après l'incendie, la police est venue. Vous leur avez dit que vous aviez vu un homme s'enfuir, commença-t-elle.

Cette fois, elle ne détourna pas le regard.

— Quand ils ont arrêté Darwin McGregor…

Elle s'interrompit, les yeux voilés par l'émotion.

— Vous avez déclaré que ce n'était pas le même homme. À l'époque, je n'ai même pas songé à remettre cela en question. Après tout, il a avoué avoir allumé l'incendie. Mais maintenant…

— Mais maintenant ? la pressa-t-il.

— Eh bien, je pense que j'aurais dû vous écouter.

Mark avait pour habitude de se montrer impassible. Était-ce cela qui avait fait de lui un si bon garde du corps ou l'inverse ? Il l'ignorait. Bien sûr, il éprouvait des sentiments, comme tout un chacun. Mais, au fil des ans, il avait appris à les masquer et à garder ses réactions pour lui. Aussi, il n'exprima pas son étonnement devant les propos de Kelli.

Ce n'était pas tant le sens de ses paroles que leurs implications qui le surprenaient.

— Je ne comprends pas, dit-il avec honnêteté.

Le verre de Kelli arriva, mais elle n'y toucha pas. Les vacances avaient déjà pris fin, apparemment.

— L'histoire sur laquelle travaillait Victor, au bungalow… Vous l'avez lue ?

— Non.

Il n'avait pas envie de mentir, mais il ne voulait pas non plus avouer pourquoi il ne l'avait pas fait. Il s'y était efforcé, mais rien que le titre l'avait rendu malade de culpabilité. Lire l'article aurait été trop douloureux.

Si Kelli en prit ombrage, elle ne le montra pas.

— La Fondation Bowman est un organisme de charité qui opérait anonymement au Texas, mais qui a décidé il y a quelques années de s'ouvrir au public. Victor a réalisé un reportage approfondi sur eux : ce qu'ils ont accompli, ce qu'ils espèrent accomplir, ce genre de choses…

Elle tendit une main au-dessus de son sac avant de suspendre son geste et de la reposer sur la table.

— L'article a été publié une semaine après l'enterrement, dit-elle avec un pauvre sourire. En emballant nos affaires — nous allons déménager —, j'ai trouvé le journal de Victor avec une copie de ses notes pour l'article. Et après avoir lu et relu ce dernier, j'en ai mémorisé tous les détails.

— Euh… Je ne vous suis pas.

— Ils ne correspondent pas.

Clairement, elle était irritée. Mais par quoi ou par qui, il n'aurait su le dire.

— L'article et les notes ne correspondent pas, c'est ça ? répéta-t-il.

Elle hocha la tête.

— Les noms sont différents, même si c'est un détail dans le vaste projet de la fondation.

Mark prit une gorgée de bière.

— Donc, les faits sont erronés. En quoi est-ce important ?

Kelli serra les poings, un mouvement très léger mais qu'il ne put s'empêcher d'enregistrer.

— Je suis allée voir l'éditeur de *Scale*. Il m'a dit que c'était Victor qui avait fait erreur, mais je n'y crois pas. Dans l'esprit de Victor, cet article devait démontrer qu'il était capable d'écrire des articles de fond. Il se disait que cela l'aiderait à trouver plus de travail au niveau local, pour stopper ses voyages quand Grace serait née. Il n'a pas pu faire *autant* d'erreurs.

— Je suis désolé, mais je ne comprends toujours pas.

— Je pense, reprit Kelli d'une voix soudain plus basse, que Victor est tombé sur quelque chose qu'il n'aurait pas dû voir ou entendre… Et que c'est pour ça qu'on l'a tué.

Les prunelles de Mark restèrent immobiles, mais un muscle tressauta sur sa joue, remarqua Kelli. Il feignait de ne pas réagir à son accusation, mais elle lisait en lui comme en plein jour. Elle remercia les trois années écoulées, durant lesquelles les gens avaient essayé de dissimuler leur pitié à l'égard de la mère endeuillée qu'elle était devenue. Elle avait vu cet air-là si souvent qu'elle avait appris à déchiffrer les expressions.

Mark avait donc réagi. Mais dans quel sens ? Cela, elle l'ignorait.

— Vous avez des preuves pour soutenir cette affirmation ? questionna-t-il d'une voix égale. En dehors des incohérences de l'article par rapport aux notes, bien sûr.

Kelli se souvint du regard aigu que Dennis Crawford lui avait jeté, la main posée sur les photocopies qu'elle lui avait données.

— Vous n'avez jamais eu de pressentiment, monsieur Tranton ? Un pressentiment qui démarre petit à petit, mais qui vous envahit ensuite au point que vous ne pouvez plus l'ignorer ?

— Si, admit-il. Mais un pressentiment ne peut pas vous mener très loin. Ce que vous essayez de dire, c'est que quelqu'un a projeté le meurtre de Victor. Il vous faut plus qu'une intuition pour soutenir une thèse pareille.

— Mais vous n'êtes pas déjà convaincu que ce n'est pas Darwin qui a allumé l'incendie ? Et l'homme que vous avez vu fuir cette nuit-là, qu'en faites-vous ?

Mark prit quelques secondes pour répondre.

— Darwin a avoué. Pourquoi aurait-il fait ça si ce n'était pas lui l'incendiaire ?

— On l'y a peut-être obligé. On l'a peut-être menacé. Peut-être que…

— Kelli…, la coupa Mark d'un ton dur.

Il dut prendre conscience de sa réaction, car il se radoucit instantanément.

— C'était un accident.

— Mais vous…

Il posa bruyamment sa bière sur la table.

— J'avais tort.

La femme assise à la table voisine leur jeta un regard. Il s'éclaircit la gorge.

— Je suis désolé, mais je ne peux pas vous aider.

Il n'y avait pas à s'y tromper, il venait de lui signifier la fin de la conversation. Tout comme des inconnus lui avaient appris à déchiffrer des réactions subtiles, sa fille lui avait appris à distinguer une résolution entêtée.

— Alors je suis désolée de vous avoir fait perdre votre temps.

Elle tira quelques billets de son portefeuille pour régler la bière qu'elle n'avait pas touchée.

— Merci encore d'avoir accepté de me rencontrer. Bonsoir.

Il parut vouloir dire quelque chose, mais s'en abstint.

Elle quitta leur table sans un regard en arrière et ne ralentit même pas quand elle heurta l'épaule d'un homme qui sortait du bar.

Son visage était brûlant et l'air frais du dehors n'y fit pas grand-chose. Cette vague de chaleur venait soit de la gêne de n'être pas crue, soit de la colère. Peut-être un mélange des deux. À moins que cette émotion n'ait été suscitée par l'ex-garde du corps.

Elle inspira à fond.

Faire appel au seul homme qui soupçonnait un acte criminel et essuyer un refus !

Puis elle expira.

J'accorde trop d'importance à tout cela.

Elle s'engagea sur le trottoir, passant devant les vitres du bar.

Plus elle avançait, plus elle tentait de s'en persuader : le complot n'existait que dans sa tête.

Quitter la maison qu'elle avait partagée avec Victor, en sus de son travail et de Grace, c'était beaucoup de stress pour une seule personne. Elle avait cru bien se débrouiller, surtout avec l'aide de Lynn, mais peut-être n'était-ce pas le cas.

Le moment est venu de mettre tout ça derrière toi.

— Pas un mot !

À l'instant où résonnait cet ordre rude, quelque chose lui piqua le flanc. Une grande main agrippa son bras et elle sursauta. Son cœur se mit à battre la chamade. Avant qu'elle puisse décider si elle allait ou non obéir, l'homme la poussa dans une ruelle latérale. La voie était déserte et personne ne les interpella.

— Retourne-toi, et je te saigne, menaça la voix. Fais un bruit ou un geste, et je te saigne. Pigé ?

Sans réfléchir, elle acquiesça. Elle faisait face au mur de brique d'un magasin dont elle ne parvenait pas à se souvenir. Des images de Grace envahirent son esprit. La pensée de son enfant lui redonna un peu d'espoir, mais pas assez pour qu'elle se montre téméraire.

— Laisse tomber ton sac ! éructa la voix.

Kelli leva lentement le bras et fit passer la bandoulière de son sac par-dessus sa tête. Dans le même temps, elle s'efforça de jauger la taille du couteau, mais ses nerfs la lâchaient. Le sac resta sur le sol moins d'une seconde avant que l'homme ne s'en empare de sa main gantée de noir.

Kelli n'arrivait même plus à déglutir.

Au lieu de partir, l'individu augmenta la pression de son couteau.

Kelli tressaillit, mais ne fit pas un bruit.

— Voilà. Ce n'était pas si dur, hein ? ricana-t-il.

Son haleine fétide lui effleura l'oreille. Un frisson glacé la parcourut des pieds à la tête.

— Vous avez ce que vous voulez, dit-elle d'une voix tremblante.

Le couteau mordit un peu plus profondément. Cette fois, elle laissa échapper un petit cri.

L'individu grogna :

— Je t'ai dit de pas…

— J'ai un revolver, l'interrompit une voix froide à quelque distance. Si tu lui fais du mal, je…

L'homme lâcha le bras de Kelli et la repoussa contre le mur pour s'en prendre au nouveau venu. Elle atterrit contre les briques, qui lui égratignèrent douloureusement la joue, mais elle ne prit pas le temps de s'en inquiéter. Se retournant, elle se prépara pour la suite.

Son agresseur était un Blanc d'âge moyen, vêtu d'un jean, d'un sweat-shirt noir et d'une casquette rouge. Il n'était pas grand mais massif. D'une main il tenait son sac, et de l'autre tentait de repousser l'homme qui venait d'arriver.

Mark Tranton !

— Donne-moi le sac, ordonna celui-ci.

Il était blessé, mais tenait le couteau. Apparemment, il avait bluffé en parlant d'un revolver.

Le malfrat jeta un œil à ce qui avait été son arme et prit la fuite avec une agilité inattendue, emportant le sac avec lui.

Mark se tourna vers Kelli.

— Ça va ?

— Oui, souffla-t-elle.

Sur ce, il se mit à courir.

5

L'homme était rapide. Tel un lièvre, il franchit la rue en quelques bonds et disparut dans la ruelle opposée. Mark était meilleur au corps à corps qu'à la course, mais il tint la distance, ne ralentissant que pour laisser passer une Mazda, dont le conducteur ne semblait pas se soucier des piétons.

La course se poursuivit dans le dédale de petites ruelles de l'autre côté de l'avenue. Elles étaient bordées de bennes à ordures et jonchées de gravats, mais l'homme ne tenta pas de s'en servir pour ralentir ou stopper Mark. Au lieu de cela, il filait à fond de train. Mark jura. Il ne pourrait le rattraper à moins de se montrer créatif.

Sa mémoire lui présenta un plan du quartier. La ruelle dans laquelle ils venaient de s'engager faisait trois coudes avant de se diviser en deux. L'une des branches menait à un groupe de magasins, à proximité d'un restaurant chic ouvert jusqu'à minuit. L'autre filait entre une échoppe de plats chinois à emporter et une petite boutique. À sa manière de courir, l'homme connaissait sa destination. Il n'avait pas hésité en prenant les deux premiers coudes.

Mark non plus : il ne ralentit pas en tournant le coin et en parcourant la ruelle. Il déboucha sur un trottoir moins animé, le long duquel les magasins avaient déjà fermé. Quelques passants trop soûls pour conduire, ou trop fauchés pour appeler un taxi, arpentaient les trottoirs. Mark contourna un couple qui le fixait avec stupéfaction. Il était essoufflé, mais pouvait continuer la poursuite. Il n'était peut-être plus garde du corps, mais n'avait jamais cessé de s'entraîner.

Le trottoir s'arrêta et il prit à gauche après un café fermé. Poussant plus fort sur ses jambes, il déboucha au bout de la rue.

Elle était vide.

— Merde !

Pivotant sur ses talons, il inspecta toutes les issues possibles. Aucune agitation d'un côté ou de l'autre de la rue. Aucun de ceux qui circulaient aux alentours ne semblait inquiet. Le malfrat n'était pas sorti de la ruelle, conclut Mark. Il s'était trompé.

Ou non ?

Le couteau toujours à la main, il revint sur ses pas, prêt à réagir si l'autre lui sautait dessus. Mais rien ne se produisit.

Il s'immobilisa, tendit l'oreille. En vain. Puis quelque chose au sol attira son œil. Il se pencha.

C'était le sac de Kelli.

En retournant au bar, Mark tenta de repérer des caméras de sécurité ou des témoins qui auraient pu saisir le visage du malfrat. Mais il n'y en avait aucun.

En approchant de la rue, il remit le couteau dans sa poche, le sac serré sous le bras.

— Mark !

Kelli se tenait devant le bar, avec le gérant. L'homme avait son téléphone à l'oreille et il lui fit un signe de tête avant de rentrer dans son établissement. Kelli agita la main. Le soulagement évident peint sur son visage mit Mark mal à l'aise.

— Je crois que ceci vous appartient, lui dit-il en guise de salut.

Kelli prit son sac, sans détacher les yeux de son visage.

— Merci.

Le soulagement avait fait place à la gratitude. Il se sentit de nouveau gêné et hocha la tête.

— Est-ce que ça va ? s'enquit-il en désignant sa joue.

Elle était rouge et écorchée, avec quelques traces de sang.

— Oui, ça va. Je préfère ça à une blessure au couteau.

Puis elle se tut.

— Le gérant a contacté la police ? demanda Mark.

— Oui. Quand vous êtes parti, je suis revenue ici pour appeler à l'aide. J'aurais bien utilisé mon portable, mais il était dans mon sac.

Elle remarqua alors la coupure qu'il avait au bras.

— Vous êtes blessé !

— Ne vous inquiétez pas. Ça brûle un peu, rien de plus.

— Hé ! Vous avez pu voir le type ?

C'était le gérant qui revenait, sans son téléphone. Mais d'après la bosse sous sa chemise, il avait une arme, comprit Mark.

— Je n'ai pas vu son visage, avoua-t-il. Mais je sais qu'il était attablé chez vous.

— Il était au bar ? fit Kelli d'une voix aiguë.

Le gérant ne semblait pas ravi non plus.

— Oui, il était assis au bout de la rangée, poursuivit Mark. Je me souviens d'avoir vu son dos. Il s'est levé dès que vous êtes sortie. Il semblait un peu trop pressé, et j'ai décidé de venir jeter un coup d'œil.

Mark se tourna vers le gérant.

— Il avait une bière à la main, alors…

— Alors nous l'avons sur les vidéos. Et peut-être que sa carte bancaire est enregistrée aussi, finit l'homme. Un agent de police est en route. Il voudra sûrement une déposition, ne bougez pas. Je vous offre un verre pour tous ces ennuis.

— Merci, fit Kelli.

Mais elle ne suivit pas l'homme à l'intérieur. Elle vérifiait son sac.

— Il y a des centaines de vols à l'arraché chaque année, et il a fallu que ce soit vous qui en soyez victime, remarqua Mark.

Ce commentaire arracha un ricanement à Kelli.

— On dirait bien que la malchance me poursuit.

Était-ce une réaction nerveuse ou une remarque acerbe ? se demanda Mark. Il n'en avait aucune idée. Plus petite que lui de plusieurs centimètres, Kelli paraissait soudain bien fragile. Toutefois, se rappela-t-il, elle avait gardé son calme quand cette ordure la menaçait de son couteau.

Que se serait-il passé s'il ne les avait pas suivis ?

Il repoussa cette sombre perspective.

— Il vous a pris quelque chose ?

— Rien, dit-elle en haussant un sourcil.

— Quoi ?

Elle sortit son portefeuille et son téléphone.

— Eh bien, ça, ça s'appelle de la chance !

— Vous croyez ? fit Kelli d'un air sceptique. Pourquoi n'a-t-il rien pris ?

Ouvrant son portefeuille, elle lui montra qu'il était plein de billets.

— J'ai dû l'effrayer.

— Ou bien…

À cet instant, une voiture de patrouille s'arrêta derrière eux. L'agent de police en descendit, et Mark s'avança à sa rencontre. Ce n'était vraiment pas ce qu'il avait envisagé pour la soirée.

Le policier enregistra leurs dépositions puis décida d'aller visionner les bandes-vidéo du gérant.

Mark se retrouva seul avec Kelli sur le trottoir. Il avait envie de la raccompagner, sans en déceler la raison. Elle était en sécurité, désormais, et avait récupéré ses affaires.

Ils marchèrent jusqu'à sa voiture.

— Vous êtes sûre que tout va bien ?

Il se sentait rongé par la culpabilité. C'était la première fois qu'il la revoyait depuis l'incendie, et elle avait été agressée.

— Parfaitement, répondit-elle avec un gentil sourire. Merci pour tout, Mark.

Ils échangèrent les adieux embarrassés que les inconnus se font quand ils ne comptent pas se revoir.

Et Mark suivit du regard la voiture de Kelli qui s'éloignait.

Une étonnante tristesse le gagna. Une tristesse doublée d'un tenace sentiment de culpabilité.

— Je vais parfaitement bien.

C'était la deuxième fois que Kelli le disait en moins d'une heure, mais, cette fois, c'était à une Lynn très angoissée. Assise sur le canapé à côté d'un magazine qu'elle avait dû lire en gardant Grace, elle écarquillait les yeux.

— Mon Dieu, je n'arrive pas à croire qu'on t'ait agressée !

— Hé, du calme, ma fille essaie de dormir, l'avertit Kelli en souriant.

L'inquiétude de son amie commençait à lui faire perdre son propre calme. Elle était surprise d'avoir pu raconter toute l'histoire sans interruption.

— Je sais qu'elle dort, dit Lynn en baissant la voix. C'est moi qui l'ai couchée et qui lui ai lu cette barbante histoire de moutons. On ne pourrait pas se débarrasser de ce bouquin, à propos ? L'égarer, peut-être ? Dire que le lapin de Pâques ou le Père Noël en avaient besoin ? Je crois que je la lui ai déjà lue une bonne centaine de fois.

Kelli fut reconnaissante à Lynn de sa tentative de diversion. Le nœud de son estomac se desserra un peu. Elle se débarrassa de ses chaussures et se renversa contre les coussins du canapé.

— Et risquer une crise de colère interminable ? Pas question. Je préfère lui lire ça tous les soirs que d'endurer une soirée sans.

Lynn parut méditer cette affirmation avant de revenir au sujet principal.

— Je n'arrive toujours pas à croire qu'on t'a sauté dessus.

Son visage s'adoucit et les coins de sa bouche tombèrent.

— Sérieusement, il aurait pu te blesser, Kel.

— Je sais, mais il n'en a pas eu le temps.

Le regard de Lynn s'attarda sur l'écorchure qu'elle avait à la joue. En arrivant devant chez elle, Kelli avait vu dans le rétroviseur que cette petite blessure avait l'air pire que ce qu'elle était. Exactement ce que Mark avait dit de sa propre blessure au bras.

Ses pensées se tournèrent vers lui.

— Je suis tellement reconnaissante à Mark de nous avoir suivis, admit-elle tout haut. Figure-toi qu'il n'avait même pas d'arme sur lui. Il n'avait que le couteau qu'il a pris à ce type.

Lynn poussa un sifflement élogieux.

— Il a toute mon admiration. Alors comment c'était, de le revoir après tout ce temps ? De quoi est-ce qu'il voulait te parler ?

De toutes les personnes qu'elle avait connues dans sa vie, Lynn était la seule à laquelle Kelli s'était toujours confiée sans hésitation. De son béguin de collégienne pour Billy Ryan aux détails de sa vie avec Victor, elle n'avait jamais eu de secret pour elle.

Jusqu'à ce qu'elle découvre le journal de son mari et se mette à enquêter.

L'envie de parler de ses soupçons à Lynn la taraudait, mais quelque chose l'avait arrêtée. Était-ce la peur d'être jugée ou la honte d'en faire toute une histoire ? Elle l'ignorait. En tout cas, elle avait menti à Lynn.

— Ça s'est bien passé. Il ne voulait rien de spécial, juste reprendre contact.

Un autre mensonge, une autre bouffée de culpabilité.

— Mais il n'est plus garde du corps désormais, ajouta-t-elle pour soulager sa conscience avec une petite dose de vérité.

— Qu'est-ce que tu veux dire ?

— Il a démissionné il y a deux ans.

C'était ce que Nikki lui avait dit quand elle l'avait appelée.

— Pourquoi ?

Kelli haussa les épaules, mais il n'était pas difficile de comprendre les raisons de Mark. La pointe de tristesse avec laquelle Nikki l'en avait informée ne lui avait pas échappé.

Fort heureusement, Lynn changea de nouveau de sujet. Elles parlèrent du dernier épisode du *Bachelor*, ce qui les amena au nouveau voisin de Lynn, lequel était un « vrai canon » mais « manquait de personnalité ».

Enfin, les deux amies se mirent à bâiller et elles se souhaitèrent bonne nuit.

— N'oublie pas de dire à ton petit bout qui a été éliminé, lança Lynn sur le pas de la porte.

— Tu l'as laissée regarder ça ? s'exclama Kelli, prête à s'indigner.

Lynn se contenta d'agiter la main en s'éloignant.

— Dis-lui juste que c'était le type à la chemise moche. Elle comprendra.

Kelli s'esclaffa et, tandis que Lynn montait en voiture, referma la porte. Puis elle tourna le verrou et éteignit la lumière de la véranda.

Sous la plante de ses pieds nus, la fraîcheur du plancher lui rappela son déménagement à venir. Elle allait habiter plus près de chez Lynn et dans une maison moins chère.

Mais…

Elle posa une main sur le panneau de la porte. Le grain du bois était parfaitement lisse. En un éclair, elle revit Victor la soulever dans ses bras pour lui faire franchir le seuil, au retour de leur voyage de noces. Il avait insisté, même s'ils vivaient ensemble depuis déjà des mois.

C'étaient des souvenirs comme celui-là qui lui faisaient le cœur lourd quand elle se promenait dans la maison.

Lourd d'amour, lourd de chagrin.

Laissant retomber sa main, elle poussa un gros soupir. Ce n'était pas parce qu'elle quittait cette maison qu'elle se séparait de ses souvenirs.

Pourtant, prise d'un terrible vague à l'âme, elle fit la seule chose qui l'aidait à se remonter le moral.

La chambre de Grace étant déjà dans les cartons, la petite partageait avec elle le grand lit, bien qu'il ne fût jamais assez grand quand Grace se mettait à rêver.

S'arrêtant sur le seuil de la chambre, Kelli contempla sa petite fille qui dormait paisiblement, inconsciente des pensées tumultueuses de sa mère. Son chagrin commença à se dissiper.

Sans se dévêtir, elle se coucha près de Grace et l'entoura de ses bras. Sa fille se blottit contre elle.

Tu vas bien, Kel. Tu as tout ce qu'il te faut ici.

Mais, en dérivant dans le sommeil, laissant peu à peu se dissiper ses inquiétudes, Kelli ne put s'empêcher de repenser à la seule chose qui lui avait paru bizarre durant cette soirée malchanceuse.

Pourquoi le voleur ne lui avait-il rien pris ?

Dans les brumes du sommeil, ses pensées se tournèrent vers le journal de Victor, caché au fond d'une boîte dans la cuisine.

Peut-être son agresseur était-il à la recherche de quelque chose de particulier ?

6

Mark se sentait dévoré de culpabilité. Couché dans son lit, il ne parvenait pas à repousser l'image de la joue écorchée de Kelli. Qu'avaient donc les Crane pour qu'il soit incapable de les protéger ? Cette question l'avait hanté durant son trajet en taxi la veille au soir, et elle était toujours là à son réveil.

— Reprends-toi, Tranton ! se morigéna-t-il à voix haute. Le passé est le passé.

Mais justement non. C'était bien le passé qui l'avait attiré dans son bar favori, lui demandant de venger l'homme qui était mort par sa faute.

Pestant de nouveau, il sortit de son lit et gagna le petit balcon.

Les prévisions météo pour la journée étaient favorables, mais l'orage menaçait au loin et l'odeur de la pluie flottait dans l'air. La sécheresse pendant des mois, puis rien d'autre que de la pluie. La météo de Dallas était toujours aussi incohérente !

Il rentra dans l'appartement, essayant de penser à autre chose qu'à la soirée de la veille. En vain.

« Vous n'avez jamais eu de pressentiment, monsieur Tranton ? »

Si.

Le pressentiment que ce n'était pas Darwin McGregor qui était à l'origine de l'incendie.

Mais il n'était pas d'humeur à faire confiance à son instinct. Plus depuis qu'il lui avait fait défaut ce soir-là, au bungalow.

Il sauta sa séance matinale de gym et passa directement dans la douche, se débrouillant pour repousser toute pensée ayant trait à l'incendie. Tant et si bien que quand il en sortit et se regarda dans le miroir, il prit le temps de se raser. Jonathan Carmichael aurait été fier de lui. Chaque fois qu'ils avaient travaillé ensemble, que ce soit à Redstone Solutions ou chez Orion Security Group, Jonathan avait critiqué l'ombre de sa barbe et son manque de netteté. Les poils n'étaient pas l'obsession de Mark, et cela rendait fou son collègue d'alors.

« Tu ressembles à ceux contre qui on protège nos clients ! »

Ce souvenir le fit ricaner.

— Et maintenant, je ne protège plus personne ! se dit-il en achevant de se raser.

Il devait bien l'admettre : cela lui donnait meilleure mine. Jonathan n'avait pas tort.

Il regagna sa chambre, serviette autour des hanches et torse nu.

Un coup retentit alors à la porte de l'appartement.

L'œil sur l'interphone, il passa mentalement en revue les résidents qui auraient pu vouloir lui rendre visite. Il ne s'était pas fait de vrais amis parmi eux mais, à l'occasion, Craig lui proposait de regarder un match ou de boire une bière. Pour autant, il était incapable de se souvenir du nom de famille de celui-ci.

Après tout, cela n'avait aucune importance, d'autant que c'était Kelli qui attendait derrière la porte.

— Oh ! dit-il en ouvrant celle-ci plus grand.

— Oh ! fit-elle en écho, le contemplant de haut en bas.

Il se représenta le short et le T-shirt qui l'attendaient sur son lit. Il aurait dû les passer avant d'ouvrir.

— Désolée. Je vous dérange ? demanda-t-elle, les joues roses.

— Non. Je viens de sortir de la douche, répondit-il en désignant sa serviette, comme si sa peau et ses cheveux humides n'étaient pas assez crédibles.

— Bien sûr. Euh… Je pourrais vous parler une minute ? Je vous promets de ne pas vous prendre trop de temps.

Mark recula d'un pas et lui fit signe d'entrer, prenant soin de ne pas gesticuler pour ne pas faire tomber sa serviette. Après tout ce qu'ils avaient traversé, s'exhiber devant Kelli Crane n'était pas la meilleure manière d'entamer la conversation.

— Faites comme chez vous. Je vais m'habiller.

Kelli hocha la tête et prit place au bord du canapé. Elle était visiblement mal à l'aise. Pour quelle raison ? s'interrogea Mark.

Il s'habilla en un temps record et revint s'asseoir face à l'intrigante jeune femme, prêt à le découvrir.

— Désolée d'être passée comme ça, reprit-elle. J'ai vu votre adresse, l'autre soir, en cherchant votre numéro de téléphone.

Elle rosit de nouveau, mais avec moins d'intensité.

— J'étais dans le quartier pour voir mon agent immobilier, et je me suis rendu compte que j'étais tout près de chez vous. Alors je me suis dit que ce serait mieux de passer plutôt que de vous laisser un message.

Elle fit entendre un petit rire.

— Mais je crois que c'était une mauvaise idée…

Mark avait du mal à définir ce qu'il éprouvait en revoyant Kelli, surtout chez lui et dans cette tenue — jean cigarette et corsage ajusté —, mais ce n'était pas désagréable pour autant.

— Vous ne me dérangez pas du tout. Simplement, je suis curieux de savoir comment vous avez pu monter sans avoir sonné en bas.

— Un homme m'a demandé qui je venais voir et m'a

laissée entrer, répondit-elle avec un sourire un peu crispé. Il m'a dit qu'il était inquiet parce qu'il ne vous avait pas croisé ce matin à la gym.

Mark se mit à rire. Il devait vraiment mémoriser le nom de famille de Craig.

Un silence s'installa dans la pièce.

Au bout de quelques secondes, Mark se décida à le rompre.

— Alors, que se passe-t-il ? La police a arrêté le voleur ?

Kelli secoua la tête.

— Ils m'ont dit qu'ils m'appelleraient, mais je n'ai eu aucune nouvelle. C'est en partie de cela que je voulais vous parler.

Elle s'installa un peu mieux sur le canapé et parut inspirer avant de croiser son regard.

— Je voulais vous présenter mes excuses pour ce qui s'est passé. Je n'aurais pas dû vous demander un rendez-vous après tout ce temps, juste pour vous exposer une théorie paranoïaque à propos d'un organisme de bienfaisance. Je pensais avoir surmonté, jusqu'à un certain point, la mort de Victor. Mais la découverte de son journal m'a montré que ce n'était pas le cas.

Elle haussa les épaules, comme si elle se sentait soudain très vulnérable.

— Après avoir eu Grace, j'ai dû faire front — pour elle et pour moi. Je crois que j'ai refoulé mes sentiments au lieu de les affronter. Et élaborer ce complot dans ma tête n'était pas la chose à faire.

Ses yeux gris-vert prirent une autre teinte à mesure que la conversation s'éloignait du passé. Sa fragilité disparut et elle retroussa les lèvres dans un sourire.

— Pour m'excuser de vous avoir entraîné dans cette folie, j'aimerais vous inviter à dîner ce soir, chez moi. Et avant que vous ne disiez oui ou non, je dois vous avertir que ma meilleure amie, Lynn, sera là, ainsi que ma fille, bien sûr. La plus grande partie de la maison est vide. Alors, ne vous attendez pas à quelque chose de raffiné, parce que ce ne sera pas le cas.

Mark serra les dents pour ne pas laisser tomber la mâchoire comme un idiot. Une fois encore, il ne s'attendait pas au tour qu'avait pris la conversation. Une invitation à manger chez Kelli, avec ses proches ? Non, il ne l'avait pas vue venir.

Et il ne savait comment y répondre.

— Écoutez, je vous suis reconnaissant de votre invitation, sincèrement, mais vous ne me devez rien, Kelli. Vous n'avez pas à vous excuser auprès de moi.

Jamais, eut-il envie d'ajouter.

Le sourire de la jeune femme s'élargit.

— Non, c'est à vous de m'écouter. Vous m'avez sauvée, hier soir, et… Eh bien, ce n'était pas la première fois.

Elle tira un petit morceau de papier de son sac et le lui tendit avant de se lever.

— Cela me ferait très plaisir si vous veniez. Je me sentirais mieux en sachant que vous y avez gagné au moins un bon repas.

Elle se dirigea vers la porte avant d'ajouter :

— À moins que vous n'ayez déjà quelque chose de prévu ? Je… Je ne vous l'ai même pas demandé, dit-elle en jetant un coup d'œil en direction de la chambre.

Il sourit.

— Je n'ai rien de prévu.

— Bon, super ! Alors vous n'avez aucune excuse pour ne pas venir.

Cela le fit rire. Kelli Crane était tenace.

— Parfait, répondit-il en imitant son ton enjoué. Je viendrai avec tambours et trompettes.

Le visage de Kelli prit un air de crainte.

— Je sais que ce n'est qu'une expression, mais, par pitié,

n'apportez ni tambours ni trompettes chez moi. J'ai une petite fille. Elle voudrait en jouer jusqu'à nous rendre fous.

Mark rit de nouveau et la suivit jusqu'à la porte.

— Marché conclu.

Kelli lui adressa un dernier sourire et s'en fut, le laissant sur le pas de la porte, le bout de papier à la main, avec l'adresse et l'heure : 19 heures. Le numéro de la rue attira son attention, ravivant ses souvenirs. Et la culpabilité le reprit, repoussant l'humour plaisant auquel il s'était laissé aller avec Kelli. Elle vivait toujours dans la maison qu'elle avait partagée avec Victor !

Il était sur le point de manger avec la veuve et la fille de l'homme qu'il avait laissé mourir.

Il se frotta la nuque.

Toute l'année écoulée, il avait essayé de repousser le passé, et voilà qu'il allait dîner avec lui.

Lynn avait collé le nez à la fenêtre, si bien que son haleine commençait à l'embuer. Grace, qui avait imité sa marraine une minute auparavant, était désormais assise à ses pieds, jouant avec son téléphone. Kelli leva les yeux au ciel et essuya sa main avec un torchon. Elle n'était pas mauvaise cuisinière, mais avait du mal à ne pas se tacher. Les torchons seraient la dernière chose qu'elle emballerait.

— Tu sais, quand tu invites des gens à manger, tu n'es pas censée les guetter à la fenêtre, dit-elle à Lynn. C'est à ça que servent les sonnettes : à t'avertir qu'ils sont arrivés.

Lynn tourna la tête et leva elle aussi les yeux au ciel.

— D'abord, ne fais pas comme si tu invitais des gens tout le temps. Ensuite, je suis désolée si je suis curieuse de celui que tu as finalement invité.

Le sourire de Kelli s'attarda sur ses lèvres. Elles savaient toutes deux pourquoi elle n'était pas plus sociable. Son emploi du temps de mère célibataire lui laissait peu de loisirs. Quant au fait que son invité du jour soit un homme, eh bien, cela l'avait surprise elle-même.

Elle n'avait pas invité Mark sur un coup de tête. Au contraire, elle y avait réfléchi longuement. Mais ce n'était pas avant d'avoir vu son agent immobilier qu'elle avait décidé de mettre son idée en œuvre. Malgré la brièveté du délai, Lynn s'était montrée plus qu'enthousiaste à l'idée de l'aider à distraire Grace pendant le dîner. Même si Kelli lui avait expliqué qu'elle devait vraiment s'excuser et remercier Mark pour l'avoir sauvée, Lynn aimait la taquiner. Elle l'avait déjà fait quand Kelli avait refusé d'avouer son penchant pour Martin Ballard en terminale, et de nouveau quand elle s'était intéressée à son frère Tony, un an plus tard.

Non que Kelli aimât Mark comme elle avait aimé les frères Ballard…

Avant de pouvoir s'en empêcher, elle visualisa le garde du corps avec sa serviette autour des hanches et rougit instantanément.

Lynn haussa un sourcil comme si elle pouvait lire dans ses pensées.

— Tu veux m'aider ? demanda Kelli à Grace, coupant court aux questions que son amie n'allait pas manquer de lui poser.

Posant le torchon sur son épaule, elle s'approcha de sa fille et la prit dans ses bras. Grace se mit à glousser.

— Bon, je vais aller me poudrer le nez ou quelque chose du genre, fit Lynn d'un ton résigné.

— Bonne idée, répliqua Kelli. Moins de buée sur les vitres.

Grace se mit à babiller, faisant savoir à sa mère qu'elle préférait rester là où elle était, sur sa hanche. Kelli fit donc de son mieux pour mettre la table en retenant la petite d'une main. Cela ne fut pas aussi facile qu'elle l'espérait. Grace était fascinée par ses boucles d'oreilles.

— Joli, roucoula-t-elle.

— Mais pas aussi joli que toi.

Elle avait fait des couettes à sa fille et l'avait habillée d'une robe verte fleurie et d'un collant rose et violet que la petite avait choisi elle-même. Jointe au sourire innocent de Grace, cette tenue réchauffait toute la pièce. L'amour qu'elle ressentait pour sa fille monopolisa si bien Kelli qu'elle sursauta quand la sonnette retentit.

— Notre invité est là.

Garce se mit à gigoter dans ses bras pour qu'elle la dépose à terre. La petite courut à la porte et s'immobilisa en regardant sa mère. Kelli glissa un œil par l'œilleton et, comme il s'agissait bien de leur invité, fit signe à sa fille. Grace poussa un petit cri de plaisir et elles ouvrirent ensemble la porte.

À la vue de Mark, Kelli crut vaciller. Il était habillé, cette fois, mais il n'en était que plus séduisant. Vêtu d'une chemise blanche et d'un pantalon noir, il avait pris la peine de discipliner sa chevelure brune. Le matin même, elle avait déjà remarqué qu'il s'était rasé, mais vraiment, cela adoucissait son expression d'ordinaire fermée !

Il la dévisagea de ses grands yeux verts avant de remarquer l'enfant à ses côtés. Il sourit alors jusqu'aux oreilles.

— Tu dois être Grace, dit-il en se penchant vers elle.

La petite fille lui rendit son regard d'un air impassible. Elle éprouvait certainement cette rare timidité qui accompagnait les premières rencontres, songea Kelli. D'ailleurs, elle se cramponnait à elle, lui enlaçant une jambe de ses petits bras. Toutefois, elle sourit à leur invité.

— Quelle belle enfant ! ajouta Mark en se redressant.

— Elle ne le sait que trop bien, répondit Kelli avec un clin d'œil.

Reculant d'un pas, elle fit signe à Mark d'entrer. Leurs regards se croisèrent et, de nouveau, elle chancela.

Non, elle n'aurait pas dû éprouver cela.

7

Lynn apparut dans le hall d'entrée, quelques secondes après que Mark eut refermé la porte. Elle l'examina des pieds à la tête. Puis, tout en jetant un coup d'œil à Kelli, elle lui tendit la main.

— Vous devez être Mark.

— Et vous, Lynn, répondit-il en lui serrant la main.

— Oui, c'est moi ! fit-elle avec un grand sourire. L'amie d'enfance et la gardienne de tous les secrets. Vous voyez ce que je veux dire…

Mark gloussa tandis que Kelli la foudroyait du regard. Connaissant Lynn, elle allait se lancer dans une de ces histoires gênantes si personne ne détournait son attention.

— Allons nous mettre à table, suggéra Kelli en entraînant ses invités dans la salle à manger.

Le couvert n'était pas aussi joliment dressé qu'elle l'aurait voulu, mais à en juger par ce qu'elle avait vu de son appartement, Mark n'était pas du genre à s'en formaliser. Comme elle, il semblait avoir des goûts simples.

— Vous ne plaisantiez pas à propos des cartons, remarqua-t-il en s'asseyant sur la première chaise venue.

Dos à la porte, il avait une vue parfaite sur la pyramide de cartons entassés contre le mur du fond.

Kelli se mit à rire.

— Je vous avais prévenu.

— Oui, c'est vrai.

Lynn s'assit face à Mark et Grace grimpa sur ses genoux. En temps normal, Kelli serait intervenue, mais l'enfant était de si bonne humeur qu'elle ne voulait pas la lui gâcher. Non que Mark eût été contrarié de l'entendre piquer une crise, se dit-elle. Il semblait avoir une bonne nature.

— J'espère que vous aimez les spaghettis, reprit-elle en posant une casserole sur la table. Je ne suis pas une cuisinière exceptionnelle, mais ces deux-là ne se sont jamais plaintes.

— C'est que je ne lui ai pas encore dit que je ne refuse jamais un repas gratuit ! persifla Lynn.

Cela fit rire Mark et ils se lancèrent dans les menus propos habituels aux gens qui ne se connaissent pas encore. Lynn évoqua son mépris pour son patron et, tout de suite après, son rêve d'ouvrir sa propre agence de marketing.

— Et je la forcerai à quitter son emploi et à venir travailler avec moi, dit-elle en désignant Kelli du pouce. Elle pourrait mettre ses dons à profit en me dessinant de jolies campagnes de pub.

— Vous travaillez toujours comme art-thérapeute ? questionna Mark avant d'engloutir une bouchée de pâtes.

Kelli fut surprise qu'il s'en souvienne.

— En fait, non. À présent, je forme des gens à l'art-thérapie pour les personnes âgées et handicapées. Auparavant, c'était moi qui tenais ce rôle, mais maintenant je leur enseigne ce que je sais.

Elle haussa les épaules.

— L'avantage, c'est que les horaires sont beaucoup plus souples, ce qui m'aide à m'occuper de cette petite chose ici présente.

L'attention de Grace était retenue par la nourriture dans son assiette, mais elle en mettait la moitié à côté.

— D'un autre côté, le salaire laisse à désirer, continua-t-elle en jetant un regard aux cartons entassés dans le salon.

— Mais c'est un travail important, commenta Mark en suivant son regard.

Pensait-il que ce nouvel emploi et son salaire diminué la contraignaient à déménager ?

— Aider les gens, ce n'est pas facile, ajouta-t-il.

— En parlant d'aide, intervint Lynn, Kelli m'a dit que vous ne travaillez plus comme garde du corps ?

Kelli lança un regard noir à son amie. L'étourderie de Lynn était proverbiale, et elle écarquilla les yeux, comprenant soudain la véritable raison de cette reconversion professionnelle. Il était malheureusement trop tard pour ravaler la question.

Mark ne parut pourtant pas le prendre mal.

— Oui, j'avais besoin de m'éloigner un peu, confia-t-il sans lever les yeux de son verre. Comprenez-moi bien, Orion est la meilleure agence où j'aie travaillé, mais je le faisais depuis si longtemps que j'avais besoin d'un break.

Il fallait espérer que ce soit vrai, et qu'il n'ait pas changé de métier à cause d'elle et de son mari, songea Kelli, mais elle n'allait sûrement pas faire preuve d'indiscrétion en l'interrogeant sur ses motifs.

— Orion. J'adore ce nom, dit Lynn, prouvant à Kelli qu'elle non plus n'allait pas s'appesantir.

Cela lui valut un sourire de Mark.

— Nikki, la fondatrice de la société, lui a donné le nom de la ceinture d'Orion. C'était sa manière à elle de se rappeler pourquoi elle avait fondé l'entreprise.

— Et pourquoi ? Quel est le lien ? ne put s'empêcher de demander Kelli.

Même si Victor et elle avaient engagé l'agence, elle n'avait jamais entendu l'histoire de son origine.

— Je vous préviens, ce n'est pas gai, annonça Mark. Nikki et moi, ainsi que deux autres agents, nous travaillions pour une grande agence appelée Redstone Solutions. Nous faisions presque la même chose qu'Orion, mais pour des tarifs bien plus élevés.

Une ombre de tristesse passa sur son visage. Ils venaient de passer d'un sujet douloureux à un autre, comprit Kelli.

— Un jour, une femme du nom de Morgan Avery est venue nous voir, pour nous demander de la protéger durant un voyage en Angleterre. Elle s'était portée candidate dans un programme d'astronomie très sélectif. Elle nous a dit qu'elle avait reçu des menaces et qu'elle était terrifiée. La direction nous a ordonné de refuser, parce qu'elle n'avait pas assez d'argent, mais Morgan a continué à venir tous les jours.

Mark s'interrompit. Au lieu d'essayer de trouver les mots justes, il avait l'air de vouloir les oublier.

— On a retrouvé son corps dans un fossé, près de l'aéroport.

Kelli et Lynn s'exclamèrent de concert.

— Après cela, Nikki a décidé de lancer sa propre agence, en se servant des contacts accumulés durant son travail. Elle l'a baptisée du nom de la constellation favorite de Morgan. Elle voulait aider ceux qui n'avaient pas les moyens de se payer une protection. L'agence accepte parfois des clients fortunés pour continuer à vivre, mais le fond de l'histoire, c'est que nous protégeons ceux qui n'en ont pas les moyens.

Défronçant les sourcils, il esquissa un demi-sourire.

— Et je suis parti avec elle.

— Waouh…, murmura Lynn.

Kelli approuva d'un signe de tête, envahie de chaleur. Sans l'ombre d'un doute, Mark était un homme bon, qui plaçait la sécurité des personnes avant son propre intérêt.

À partir de là, la conversation devint plus légère. L'orage ayant éclaté dehors, ils restèrent sur le terrain plus sûr de la météo. Une chose menant à une autre, ils parlèrent de sujets assez anodins pour ne pas avoir à évoquer un passé tragique, mais assez intéressants pour que la conversation se prolonge. Mark se révéla beaucoup plus animé que l'homme tranquille que Kelli avait rencontré autrefois. Loin d'être un simple garde du corps musclé — ex ou non —, c'était un homme intéressant, au sourire doux.

Il la complimenta sur sa cuisine et la remercia pour le repas. Il s'adressait à Grace autant qu'à elles deux, et la complimenta aussi. Lynn devait l'apprécier également, car sans rien dire elle débarrassa la table et remplaça leurs assiettes par des verres à vin.

— C'est un vrai déluge dehors, alors tu ne vas pas partir tout de suite ! lança-t-elle à Mark. En attendant que le temps s'améliore, buvons un verre de ce vin que j'ai été assez aimable pour apporter.

Kelli se réjouit de cette idée.

— Tu disais que tu ne refuses jamais un repas gratuit ? fit Mark en contemplant la bouteille. Eh bien moi, je ne refuse jamais un verre de vin.

L'orage ne se dissipa pas.

Plus ils attendaient, plus il s'aggravait. Si Grace n'avait pas sauté sa sieste, elle aurait été terrifiée. En l'occurrence, elle était blottie dans le lit de Kelli, dormant à poings fermés. Mais si le fracas du tonnerre continuait d'augmenter, elle ne tarderait pas à se réveiller.

Il était plus de 22 heures quand Kelli, Lynn et Mark furent finalement à court de bavardages — bavardages assurés en grande partie par une amie exubérante, à laquelle le vin avait délié la langue. Kelli n'aurait su dire si Lynn prenait soin de combler tous les blancs ou si cette nouvelle compagnie l'enthousiasmait. En revanche, elle savait une chose : Mark s'était montré d'une politesse parfaite. Il n'était pas resté silencieux, mais, en même temps, réalisa-t-elle, il n'avait guère parlé de lui. La seule fois où il s'était ouvert, c'était en parlant d'Orion. Après cela ? Ce fut comme de parler à un fantôme.

Comment vivait-il sa vie ? Et la vivait-il vraiment ? Kelli n'en avait pas la moindre idée.

— Si tu crois que je vais te laisser repartir dans ce…, dit-elle en désignant les fenêtres du salon, tu fais sérieusement erreur.

La tête penchée sur son téléphone, Mark rit.

— Ce n'est pas si terrible.

Lynn, installée à l'autre bout du canapé, tourna la tête pour voir ce qu'il regardait.

— L'alerte météo est sérieuse apparemment, commenta-t-elle.

Mark soupira.

— Oui, c'est vrai.

Kelli s'extirpa de son fauteuil et joignit les mains.

— Alors, on est tous coincés ici pour la nuit.

Mark haussant un sourcil, elle se reprit.

— Écoute, tu as pris un taxi pour venir ?

Il hocha la tête.

— Je me suis rendu compte que le réservoir de ma camionnette était vide. Je me suis dit que ce serait plus facile de venir en taxi.

— Eh bien, ils ne laisseront personne conduire par ce temps, et même si c'était le cas, tu leur ferais confiance pour t'amener à bon port ?

Comme pour lui donner raison, le bruit de la pluie s'intensifia.

Mark parut se rendre à ses arguments.

— Si cela ne te dérange pas de dormir sur le canapé, proposa-t-elle, Lynn dormira avec moi et la petite, étant donné que sa chambre est déjà vide. Tu es d'accord ?

Lynn tapota l'épaule de Mark avant de se lever avec son verre vide.

— Ne résiste pas, mon vieux. Tu as remarqué son expression ? C'est son air de Maman ourse. Elle ne nous voit plus comme des gens, mais comme ses oursons.

Mark rit derechef.

— Disons que ce sont les effets secondaires de la maternité, reconnut Kelli, en posant les mains sur les hanches. Je ne peux pas t'obliger à rester, dit-elle à Mark, mais je t'assure que ce n'est pas un problème.

Il jeta un coup d'œil par la fenêtre aux ténèbres ruisselantes et répondit avec une hésitation dans la voix :

— Si vraiment cela ne vous dérange pas, j'accepte, au moins jusqu'à ce que la tempête cesse.

Kelli sourit et Lynn applaudit. Ses claquements de mains furent noyés par un coup de tonnerre retentissant, mais cela ne diminua pas son entrain.

— Ça fait des années que je n'ai pas passé la nuit chez ma copine ! s'exclama-t-elle d'une voix de petite fille, ce qui fit lever les yeux au ciel à Kelli.

La journée avait été pleine de surprises, mais la soirée l'avait largement surpassée. Sous la couverture multicolore, Mark tenta de trouver une position confortable. En lui donnant la courtepointe, Kelli avait déclaré que Victor n'avait jamais aimé ses couleurs vives. La mention de son mari, quelle que fût sa pertinence, avait relancé le sentiment de culpabilité de Mark.

En cet instant, la maison était aussi tranquille qu'on pouvait l'espérer avec un orage de cette violence. Dans la cuisine, la veilleuse grésillait sous les assauts de la tempête. Mais ce n'était pas ce bruit qui empêchait Mark de dormir. C'était la pièce qui se trouvait en face de lui.

Le bureau de Victor Crane.

Kelli lui avait expliqué que c'était la dernière pièce qu'elles avaient vidée et, ce faisant, son expression s'était assombrie. C'était là qu'elle avait découvert le carnet.

Mark poussa un long soupir et s'efforça de trouver une position propice au sommeil.

En vain.

Son cerveau refusait de se mettre en veille.

Au bout de quelques minutes, il tira son téléphone de sa poche et vérifia de nouveau l'état de la météo.

— Impatient de t'en aller ?

Se redressant d'un bond, il se tourna vers le couloir. Kelli souriait dans la pénombre.

— Désolée, je ne voulais pas te faire peur, s'excusa-t-elle. Contrairement aux filles, qui dorment comme des bienheureuses, je n'arrive pas à m'endormir.

— Et moi qui pensais être le seul…

Il avait baissé la voix pour s'adapter à son ton, mais il fit un effort pour ne pas la rendre trop grave.

Kelli portait un caleçon à carreaux et un débardeur à fines bretelles. Elle s'était démaquillée et avait rassemblé ses cheveux en une queue-de-cheval. Il ne put s'empêcher d'admirer sa beauté.

— Eh bien, comme nous n'arrivons pas à dormir, que dirais-tu d'un petit remontant ? fit-elle en souriant. Je sais où la mère de Grace cache les biscuits au chocolat.

Pour la énième fois de la soirée, Kelli le fit rire. C'était un sentiment et un son auxquels il n'était plus accoutumé.

— Du moment que tu le gardes pour toi, je ne dirai rien non plus, assura-t-il avec un clin d'œil.

Le sourire de Kelli s'élargit et elle lui fit signe de la suivre dans la cuisine. Désireux d'éviter un autre face-à-face en petite tenue, il avait gardé son T-shirt.

L'ampoule au-dessus de l'évier donnait assez de lumière pour éclairer la pièce, tandis que Kelli grimpait sur le comptoir voisinant le réfrigérateur. Elle lui rendit son regard étonné et ouvrit un petit placard placé au-dessus.

— Tu fais en sorte que Grace ne puisse pas les attraper, hein ? murmura-t-il.

Elle rit doucement.

— Et Lynn non plus.

Elle attrapa le sachet de biscuits et le lui passa.

— Garder des biscuits dans cette maison, ce n'est pas une…

Un coup de tonnerre s'abattit à cet instant, mais le son qui suivit n'avait rien à voir avec la tempête. Un bris de verre. Tous deux tournèrent la tête en direction du salon, même si le mur leur barrait la vue.

Figés, ils tendirent l'oreille.

Un autre bruit fut partiellement masqué par l'orage.

Mark se tendit, en alerte. Il longea à pas de loup le mur de la cuisine jusqu'au seuil de la porte. S'accroupissant pour ne pas se faire voir, il jeta un œil dans le salon. Derrière le canapé, à travers les portes vitrées du bureau, une ombre se dessinait.

Quelqu'un escaladait la fenêtre du bureau. À en juger par la torche qu'il tenait à la main et le masque sur son visage, il n'était pas animé de bonnes intentions.

Mark revint rapidement auprès de Kelli. Son regard devait être suffisamment expressif : elle ne prononça pas un mot. D'un geste vif, il la prit par la taille et la reposa sur ses pieds. Puis, lui attrapant la main, il l'entraîna vers l'autre porte de la cuisine, qui ouvrait sur le couloir. L'intrus ne pouvant les voir, il la conduisit dans la chambre principale. Mais cela voulait dire qu'eux non plus ne pouvaient plus voir l'intrus.

Une fois dans la chambre, Mark referma doucement la porte derrière eux et la verrouilla avant de se tourner vers Kelli. La lampe de chevet éclairait son visage, révélant une inquiétude si aiguë qu'il en resta songeur un instant.

— Un homme masqué vient de s'introduire dans le bureau. J'ignore s'il est armé ou non, murmura-t-il en prenant son portable dans sa poche.

Il le lui tendit et s'approcha du lit où Lynn et Grace dormaient à poings fermés. Il secoua la première, jusqu'à ce qu'elle s'éveille, les yeux vagues. Comme elle ouvrait la bouche, il mit un doigt sur les lèvres et lui chuchota :

— Emmène Grace dans la salle de bains et enferme-toi.

De manière étonnante, Lynn ne discuta pas. Sans un mot, elle se faufila hors du lit.

Mark revint à Kelli, qui chuchotait au téléphone. Elle regarda avec de grands yeux son amie porter sa fille encore endormie dans le cabinet de toilette. Mark la contemplait quand la lampe de chevet et la lumière de la salle de bains s'éteignirent en même temps. Le ronronnement du ventilateur de plafond ralentit puis s'arrêta lui aussi.

Mark jura dans sa barbe avant qu'une main ne prenne la sienne.

— Soit c'est l'orage, soit l'intrus a coupé le courant, annonça Kelli à son interlocuteur.

Elle pressa la main de Mark, l'attirant à elle. Son haleine lui caressa l'oreille.

— Il y a une torche sous le lavabo de la salle de bains, susurra-t-elle.

Ce fut au tour de Kelli de l'entraîner avec elle. Il ne résista pas, et ils se glissèrent dans la petite pièce.

Kelli se pencha alors vers Lynn.

— Prends le téléphone, lui intima-t-elle à voix basse.

Il y eut un bruit, puis Lynn se mit à chuchoter au bout du fil. La lueur du téléphone l'éclairait un peu : elle était assise sur le rebord de la baignoire, Grace toujours endormie dans ses bras.

Sans lâcher la main de Mark, Kelli chercha la torche sous le lavabo et, l'ayant trouvée, l'alluma. L'inquiétude qu'elle avait manifestée plus tôt avait fait place à autre chose. Il n'eut pas le temps de l'identifier, car elle se tourna vers son amie.

— Reste ici et n'ouvre pas la porte. Et veille sur Grace à tout prix, grogna-t-elle en se retournant pour rentrer dans la chambre avec Mark.

Aucune hésitation dans ses gestes, remarqua-t-il.

— Il y a un revolver dans la table de chevet, chuchota-t-elle, en se dépêchant d'aller le chercher. Mais il n'a pas de balles. Je les ai rangées ailleurs, au cas où Grace l'aurait trouvé, continua-t-elle avec une mine découragée, et je les ai déjà emballées.

Mark survola du regard les cartons alignés contre le mur.

— L'intrus ne le sait pas, dit-il en prenant le 9 mm.

Sa légèreté indiquait bien qu'il était vide. Il l'empoigna d'une main sûre et de l'autre, entoura l'endroit où aurait dû se trouver le chargeur. S'il gardait cette position, l'intrus n'y verrait que du feu.

À moins qu'il n'ait besoin de tirer.

— Qu'est-ce que tu vas faire ? demanda Kelli, la torche à la main.

Le faisceau se reflétait sur le plancher, leur donnant juste assez de lumière pour distinguer leurs visages respectifs.

— Je vais aller saluer notre nouvel invité.

— Mais on ne peut pas juste attendre la police ?

Dehors, l'orage continuait de tonner.

— Je ne leur fais pas confiance pour arriver à temps, expliqua-t-il en poussant de nouveau Kelli vers la salle de bains. Reste là et éteins la lumière.

— Fais attention, souffla-t-elle.

La torche s'éteignit.

Il attendit un instant que sa vue s'adapte à l'obscurité, puis retourna doucement dans le couloir. L'orage ne l'aidait pas à entendre l'intrus, mais il fallait peut-être s'en féliciter, car celui-ci ne pouvait pas non plus l'entendre. De plus, il avait l'avantage d'être pieds nus.

Lentement, il suivit le couloir vers le salon. Sans la veilleuse de la cuisine, la maison baignait dans l'obscurité. De temps en temps, un éclair donnait un peu de lumière.

Il se représenta mentalement le plan de la maison, grâce à la brève visite que Kelli lui avait fait faire après le dîner. La seule manière de parvenir jusqu'à elle était de passer devant lui ou de s'introduire dans la chambre par la fenêtre. L'intrus ne retournerait probablement pas à l'extérieur pour briser une autre vitre. Mais si c'était le cas, songea Mark, Kelli l'en avertirait certainement.

Il ralentit en arrivant devant l'ouverture du salon. Des bruits de papier froissé lui parvinrent, sans qu'il puisse dire dans quelle direction.

Relevant le canon du revolver comme si l'arme était vraiment chargée, il entra.

À en juger par sa taille et sa silhouette, l'intrus était un homme. Des épaules larges, que sa veste noire ne parvenait pas à dissimuler. Cependant, il n'était plus dans le bureau, mais près des cartons placés derrière le canapé. Mark avait espéré le prendre par surprise, mais l'homme se retourna en percevant sa présence.

Il portait des gants, un masque de ski, et tenait à la main un couteau d'une quinzaine de centimètres.

— Jette ton couteau et mets les mains en l'air ! aboya Mark, en veillant à garder les doigts sur l'endroit où aurait dû se trouver le chargeur.

Dans le même temps, il s'efforçait de distinguer des détails à même de lui donner l'avantage sur le mystérieux inconnu si les choses tournaient mal. L'intrus n'était pas aussi grand que lui, mais cela ne voulait pas dire qu'il ne savait pas se battre. La torche qu'il tenait quand Mark l'avait aperçu pour la première fois était posée sur le dos du canapé. Elle éclairait partiellement la pièce, mais pas assez pour déchiffrer l'expression ou les intentions de l'homme.

— J'ai dit : jette-le ! répéta Mark en s'approchant.

Il voulait montrer à l'homme qu'il ne plaisantait pas.

— Et moi qui croyais qu'il n'y avait que des dames ici.

La manière dont parlait l'inconnu rendit Mark encore plus nerveux. Il n'y avait aucune inquiétude, aucun remords dans son ton. Presque comme s'il énonçait un fait banal.

— Jette ton couteau ou je t'abats ! déclara Mark d'une voix qu'il espérait menaçante.

L'intrus ne manifesta aucune peur. Il fit passer son couteau dans l'autre main.

— M'abattre, hein ? Tu n'as pas regardé un peu trop de séries policières ?

— Je ne suis pas le seul, rétorqua Mark. Tu as tout l'air d'une ordure. Je préfère faire le flic que le voleur.

L'homme ricana.

— Ce n'est pas parce que je prends quelque chose que je suis un voleur, répondit-il, en commençant à contourner le canapé.

Au lieu de fuir, il s'approchait.

Mark en fut surpris. Heureusement, l'individu n'avait aucun moyen de savoir que son arme n'était pas chargée.

— Mais je n'ai pas à te donner d'explications.

Un sourire mauvais se dessina sur ses lèvres. Mark n'hésita plus.

Il lança son revolver de toutes ses forces sur l'homme.

Visiblement surpris, celui-ci ne s'écarta pas. L'arme le heurta avec force à l'épaule. Son couteau lui échappa et tomba au sol.

8

Les deux hommes heurtèrent le mur et l'intrus expira bruyamment. Mark voulait l'éloigner de l'arme et le maîtriser : quel meilleur moyen que de le plaquer contre la paroi ?

Mais si l'homme avait perdu son souffle, il restait déterminé. Levant le poing, il décocha à Mark un crochet du droit. La douleur explosa dans l'œil de Mark, tandis que l'autre lui écrasait le cou-de-pied. La concomitance des deux douleurs le fit vaciller et l'intrus l'envoya valser sur le canapé.

— Alors c'est tout, monsieur le garde du corps ?

Comment connaissait-il son ancien métier ?

Serrant les poings, Mark écarta les jambes et se baissa au moment où l'homme se jetait sur lui.

Ils échangèrent de nouveau une série de coups de poing, avant que l'intrus n'en balance un si près du visage de Mark qu'il perdit l'équilibre en essayant de l'éviter. L'autre en profita et lui enfonça l'épaule dans la poitrine. Ils roulèrent ensemble sur le canapé.

La tête de Mark heurta la petite table, ce qui l'aveugla. L'homme le repoussa et se précipita sur son couteau, qui gisait à quelques mètres.

— Pas question ! siffla Mark en se relevant pour l'agripper.

Mais il ne fut pas assez rapide. Couteau en main, l'homme se retourna.

— Je ne suis pas un voleur, mais ça ne me dérange pas de me battre, dit-il en brandissant son arme.

Mark était si proche qu'il pouvait facilement sauter sur lui. L'image des trois femmes, dans la salle de bains, lui traversa l'esprit. Il fallait qu'il désarme l'homme à tout prix.

Alors qu'il se préparait à agripper le poignet de l'agresseur, un petit objet passa au-dessus de son épaule et toucha le nez de l'homme. Celui-ci hurla de douleur. Mark profita de l'ouverture pour s'emparer de son poignet et le tordre. Le couteau tomba de nouveau. Sans perdre de temps, Mark le ramassa.

— Ne bouge pas ! grogna-t-il, l'arme en main.

Les yeux de l'homme — si assombris qu'il était impossible de distinguer leur couleur — se déplacèrent du couteau à l'espace derrière Mark. Sans un mot, il tourna les talons et fila dans le bureau. Sautant par la fenêtre cassée, il disparut dans la nuit orageuse.

Mark voulut le suivre, mais un bruit derrière lui attira son attention.

Kelli se tenait sur le seuil du salon, yeux écarquillés.

— J'ai trouvé les munitions, expliqua-t-elle d'une voix beaucoup plus grave que d'ordinaire.

Mark ne comprit pas avant de suivre son regard fixé sur le sol près du canapé. Malgré la situation, il éclata de rire.

— C'est ça qui l'a touché. Tu lui as jeté le chargeur à la figure !

Kelli haussa les épaules.

— J'ai paniqué. J'ai cru qu'il allait te poignarder. Je ne sais pas comment j'ai réussi à l'atteindre. J'arrive à peine à voir.

— Alors on est deux, renchérit Mark.

Se dirigeant vers le canapé, il ramassa successivement l'arme et le chargeur. Son travail chez Orion l'avait entraîné à se passer des armes à feu — il y avait d'autres moyens de neutraliser un adversaire — mais il n'était pas question de les laisser par terre. Il remit la sécurité et glissa le revolver dans la ceinture de son pantalon.

— Je le lui ai jeté quand j'ai compris qu'il n'allait pas renoncer.

Kelli fit entendre un petit rire, qui ne dura cependant pas. Mark reprit également son sérieux.

— Les flics arrivent ?

— Oui. L'opérateur m'a dit que ça prendrait un peu de temps à cause de la tempête.

Faisant quelques pas en avant, elle lui tendit la main. Incertain de l'attitude à avoir, il la prit. Un éclair fit danser les ombres sur le visage inquiet de Kelli.

Il déglutit.

Ils étaient sains et saufs.

Kelli était saine et sauve.

— Ça va ? s'enquit-elle, sans paraître intimidée par le contact de leurs mains.

Pouvait-elle déchiffrer ses émotions ? se demanda Mark. Ce qu'il ressentait principalement, c'était de la surprise devant sa gentillesse. Le temps qu'il mit à répondre parut accroître le souci qu'elle se faisait pour lui.

— Il t'a blessé ?

— Non, je n'ai rien. Tout ce qu'il m'a infligé, c'est quelques coups de poing.

Il se souvint de sa douleur à la tête et jeta un coup d'œil à la table de salon.

— Je crois que je l'ai cassée.

Sans même y jeter un regard, Kelli lui pressa la main.

— Merci, murmura-t-elle.

Il répondit à sa pression.

— Merci à toi. Il n'y a aucun doute qu'il se serait servi de ce truc, dit-il en levant le couteau.

— Tu crois qu'il y a ses empreintes dessus ?

Mark secoua la tête.

— Il portait des gants.

Kelli ramassa la torche et la braqua vers le bureau. Puis elle promena le faisceau de lumière sur les cartons ouverts.

— C'est mon ordinateur, dit-elle en interrompant son geste. Je ne l'utilise presque jamais. Il est quasiment neuf.

Elle ramena le faisceau dans le salon, sur un carton contenant manifestement une chaîne stéréo.

— Ce n'est pas le dernier cri, mais elle vaut de l'argent.

Le pinceau de lumière revint entre eux et s'immobilisa.

— Mark, je ne sais pas pourquoi, mais je pense qu'il cherchait le journal de Victor.

Il se rappela le vol de son sac. Le malfrat l'avait abandonné dans la rue, sans rien y prendre. Et voilà qu'au milieu de la nuit, en pleine tempête, un homme s'était introduit dans la maison. Qui plus est, il avait assuré ne pas être un voleur.

C'étaient trop de coïncidences.

Des sirènes de police résonnèrent au loin. Mark croisa le regard de Kelli.

— Je crois que je viens de te rejoindre officiellement dans ta paranoïa.

Les policiers firent leur entrée, apportant beaucoup de pluie, de boue et de questions. Prête à les affronter, Kelli fut immensément reconnaissante à Mark de leur relater en détail ce qui s'était passé. Quand il en vint au moment où elle avait lancé le chargeur à la tête de l'intrus, les deux hommes s'interrompirent et lui jetèrent un regard interloqué.

Grace et Lynn apparurent au même instant dans la pièce. Grace se jeta dans les bras de sa mère, tandis que Lynn salua les agents puis s'assit à la table.

Mark leur sourit tour à tour, puis reprit son histoire et emmena les deux hommes dans le bureau pour leur montrer la fenêtre brisée.

— Cette soirée pyjama s'est passée presque aussi mal que la fête d'anniversaire de Marcie Diggle, soupira Lynn.

— Juste parce que tu l'as trouvée en train d'embrasser Tim Duncan, rappela Kelli.

Lynn claqua des doigts.

— Oui, une semaine après qu'il m'a embrassée *moi*.

Elle croisa les bras sur la poitrine. Elle avait retiré le pyjama prêté par Kelli et remis ses vêtements de la veille. Kelli le savait bien : son humour avait pour seul but de les aider à garder leur calme. Elle tapota l'épaule de son amie.

— Tu as été parfaite, Lynn ! dit-elle, cette fois sans la moindre taquinerie. On a de la chance de t'avoir.

L'expression de son amie s'adoucit, et un petit sourire lui tirailla la bouche. Elle caressa la main de Kelli.

— On a aussi de la chance que l'orage ait obligé Mark à rester.

Elle jeta un regard à l'intéressé.

— Il est resté calme. Vraiment calme.

Kelli acquiesça.

— C'était son métier.

— C'est tombé à pic que tu l'aies invité à dîner. Mais la prochaine fois, tu devrais aussi inviter la police, au cas où.

Kelli avait envie de lui avouer le fond de sa pensée : le vol à l'arraché et le cambriolage étaient certainement liés au travail de Victor, mais elle ne pouvait se permettre de le lui annoncer. Lynn était sa confidente depuis leur puberté. En dehors de Grace, c'était la personne qu'elle chérissait le plus au monde. Lui révéler qu'elle était tombée sur un complot qui avait abouti à la mort de son mari serait trop dangereux. Une Lynn blessée, ou pire, était une éventualité qu'elle voulait éviter à tout prix.

— Kelli ? appela Mark alors que l'un des policiers quittait la pièce.

Toujours pieds nus et en T-shirt, l'ex-garde du corps la

rejoignit au milieu du salon avec un air concentré. Grace posa la joue sur l'épaule de sa mère, mais tourna la tête pour le regarder parler. Elle était toujours curieuse.

— Ils m'ont dit qu'ils allaient prendre leurs appareils photo dans leur voiture et faire quelques clichés, puis finir de prendre nos dépositions. Ils ont lancé un avis de recherche mais si le type est aussi malin que je le pense, il aura profité de ce temps pour se cacher.

Mark s'interrompit et adressa un bref sourire à la petite fille avant de reprendre son sérieux.

— Cela étant, je pense qu'il vaut mieux que vous ne restiez pas ici cette nuit.

— Oh ! Ne t'inquiète pas, nous allons dormir chez Lynn, dit-elle en caressant le dos de sa fille, un geste qui l'apaisait sans doute autant que Grace. Mais je te rappelle que, hier soir, quand j'ai été agressée, je n'étais pas chez moi. Si nous ne nous trompons pas, ils vont continuer à me pourchasser jusqu'à ce qu'ils trouvent le journal de Victor. Ça ne changera rien de dormir à l'autre bout de la ville. Nous serons toujours en danger.

C'était une idée sinistre et pourtant réaliste. Veiller sur la sécurité de sa fille était la première de ses priorités, et elle ignorait comment faire.

Mark ne répondit pas immédiatement. Ses yeux sombres semblaient lui adresser des propos qu'elle ne comprenait pas. Des propos qui lui faisaient froncer les sourcils et pincer les lèvres.

— Alors il va falloir que nous découvrions qui s'y intéresse et pourquoi, annonça-t-il.

Ce *nous* la remplit d'une étrange excitation. Et de soulagement aussi. Partager ce fardeau avec quelqu'un — si égoïste que cela puisse être — rendait la situation moins terrifiante.

— Oui, mais entre-temps ? demanda-t-elle en ne cessant

de frotter le dos de Grace. Comment allons-nous nous protéger ?

— Je connais quelqu'un qui pourra peut-être nous aider.

Mark se tourna d'un côté puis de l'autre sur le siège étroit. Après un long soupir, il se força à rester immobile. Depuis la voiture de Kelli, il contemplait la rue déserte. Les voisins de Lynn devaient se dire qu'il était fou s'ils le voyaient, ce dont il doutait.

Il était là depuis l'arrivée des femmes, épuisées. Après le départ de la police, ils avaient fixé une bâche improvisée sur la fenêtre brisée, et Kelli l'avait tiré à part pour lui expliquer qu'elle ne voulait pas impliquer Lynn dans cette affaire, au moins tant qu'ils n'auraient pas de preuves concrètes.

« Je veux qu'elle soit en sécurité, et ignorance est mère de sûreté », avait-elle dit avec un humour feint. « Et puis, elle s'est beaucoup occupée de nous depuis la mort de Victor. Je… préfère avoir une certitude avant de l'entraîner là-dedans. »

Mark comprenait ses raisons de laisser son amie dans le noir. S'il l'avait pu, il aurait aussi écarté Kelli de cette affaire. Mais ceux qui voulaient le journal de Victor n'avaient pas hésité à s'en prendre deux fois à elle. Que l'homme ait su qui se trouvait dans la maison et soit quand même venu, armé, le faisait bouillir.

Les Crane en avaient déjà assez vu comme ça !

Faisant rouler ses épaules, il étouffa un bâillement. Ses yeux tombèrent sur le petit carnet posé sur ses genoux. Kelli le lui avait remis afin de ne pas être seule à savoir ce que Victor avait découvert. D'une certaine façon, c'était étrange de lire ces notes. Que Victor les ait prises dans l'ignorance complète de sa mort prochaine ne faisait qu'accroître la culpabilité de Mark. Si seulement il avait pu stopper l'homme en noir…

Alors qu'il bâillait de nouveau, la porte de la maison de Lynn s'ouvrit. Kelli, vêtue d'un T-shirt du zoo de Dallas et d'un jean, sortit, deux tasses à la main. Sans doute humides de la douche, ses cheveux semblaient plus sombres, et elle s'était visiblement maquillée. Un sac en bandoulière pendait à son côté. Plus elle approchait, plus il se surprenait à la boire des yeux. Remuant sur son siège, comme pour dissiper une soudaine bouffée de nervosité, il déverrouilla la portière passager et se plaqua un sourire sur le visage.

— J'ai supposé que tu étais fatigué, confia Kelli en montant dans la voiture. Et j'ai aussi supposé que tu aimes le café avec beaucoup de sucre.

Elle lui tendit une des tasses tandis qu'il se mettait à rire.

— Je ne suis pas du genre à refuser un café gratuit.

Kelli sourit à son tour, manifestement contente d'elle.

— Rien qui sorte de l'ordinaire ? questionna-t-elle en tournant la tête dans tous les sens.

Il savait de quoi la rue avait l'air. Le paysage changerait quand les gens quitteraient leurs maisons pour aller travailler.

— Dieu merci, c'est tranquille.

— Comment est-ce que tu fais pour ne pas perdre la tête en restant assis des heures sans que rien ne se passe ? Ou même pour rester éveillé ? demanda Kelli en haussant les sourcils.

C'était une question qu'on lui avait posée d'innombrables fois quand il travaillait chez Orion.

— Des années d'entraînement, j'imagine.

Il leva le petit carnet pour lui montrer à quoi il avait passé le temps et le lui tendit. Elle le rangea en silence dans son sac. De toute évidence, elle en attendait davantage.

— Un ami avec lequel je travaillais chez Orion, Oliver, me disait souvent que la clé pour rester vigilant — quels que soient l'endroit ou l'affaire — est de survoler continuellement les alentours, comme si c'était la première fois qu'on les voyait. Parce que, selon lui, ce sont les petits détails qui te maintiennent éveillé.

Il sourit.

— C'est comme ça que je travaille depuis des années. S'assurer que rien n'a changé occupe l'esprit, même si *rien* n'a changé.

Il ne put s'empêcher de repenser à la nuit au bungalow. Il avait fait la même chose, aussi bien à l'intérieur qu'à l'extérieur, et pourtant…

— Les détails… Je ne suis pas très douée pour les remarquer, dit pensivement Kelli en buvant une gorgée de son café. Je crois que la maternité m'a grillé le cerveau.

— Elle est vraiment adorable, observa Mark en désignant la maison. Et drôlement éveillée pour son âge.

— Merci. C'est mon avis aussi.

Un sourire d'une autre nature s'étala sur ses lèvres. La fierté mêlée à l'amour maternel, devina Mark. La culpabilité de n'avoir pas pu protéger le père de cette petite famille fit place à un sentiment douloureux de solitude, qui le prit par surprise.

— Alors, quel est le programme aujourd'hui ? lança-t-il pour changer de sujet.

— Lynn va garder Grace — parce qu'elle est vraiment formidable — pendant que je vais voir Dennis Crawford. Je lui ai dit — à Lynn — que nous essayons de régler les choses.

Mark haussa un sourcil.

— Ce nom m'est familier.

Au-dessus de sa tasse, l'expression de Kelli se durcit.

— C'était l'éditeur de Victor pour l'article sur la Fondation Bowman. C'est aussi le seul, en dehors de toi, à qui j'ai parlé de mes inquiétudes. Et comme je suis tout à fait certaine que ce n'est pas toi qui m'as agressée et qui es entré chez moi…

— Tu penses qu'il sait quelque chose, acheva Mark.

— Ou que c'est notre coupable.

— Alors tu vas aller le voir et, quoi ? Le confronter ?

À son expression, c'était exactement ce qu'elle avait l'intention de faire.

— Kelli ! Si ce type est vraiment à l'origine de tout ça, c'est dangereux d'aller le voir.

Elle le fixa droit dans les yeux.

— Alors c'est une bonne chose que j'aie un garde du corps.

Sa remarque se voulait apparemment taquine, mais elle provoqua une tempête d'émotions en lui : de la fierté, du plaisir, le tout emballé dans une culpabilité omniprésente.

Que répondre ?

Fort opportunément, une voiture se gara devant eux, attirant l'attention de Kelli.

— Quand on parle de gardes du corps…

9

À première vue, Jonathan Carmichael ne ressemblait pas à un garde du corps. Bien qu'il fût musclé et eût une allure disciplinée, il était plus grand et plus maigre que ses collègues. Cependant, Mark avait une totale confiance en lui : l'apparente faiblesse physique de son ami ne diminuait en rien ses capacités. Jonathan était le roc de leur groupe d'autrefois, à la fois posé et solide. Il les surprenait toujours.

Alors qu'il se garait et sortait de sa voiture, Mark ne put retenir un soupir. Leur camaraderie lui avait manqué ! C'était comme s'ils se préparaient pour une mission — et, en un sens, c'était le cas.

— Ça fait une paye, mon vieux ! lança Jonathan en lui tendant la main. Je vois que tu t'améliores, ajouta-t-il en désignant le menton de Mark.

Ce dernier se mit à rire.

— Je me suis rasé hier, figure-toi. Je voulais que tu sois fier de moi.

Il s'était demandé à quoi ressemblerait leur rencontre après tout ce temps. Que Jonathan plaisante au lieu de manifester de la colère le rassurait. Le passé venait de reprendre possession de lui et il ne pouvait se charger d'un autre problème.

— Merci d'être venu si vite, sans demander plus d'explications.

Jonathan haussa les épaules et regarda Kelli, toujours assise dans la voiture.

— On ne traîne plus beaucoup ensemble, mais je sais quand même quand tu as des problèmes.

— Je ne peux pas nier que cette histoire est… troublante.

Il se tourna vers Kelli.

— Et elle, c'est une vraie risque-tout. Elle ne veut pas reculer et je… Eh bien, il faut que je la protège, elle et sa petite famille. Je ne peux pas y arriver tout seul.

Jonathan hocha la tête en souriant, ce qui fit danser son petit bouc.

— Alors ravi de te donner un coup de main. Mais…

Il baissa la voix, comme pour donner plus de poids à ses paroles.

— Je suis là parce que Nikki a réaffecté mon contrat. Elle ne m'a pas posé de questions, mais elle attend une réponse. Et tu sais aussi bien que moi qu'elle mérite d'en avoir une.

Dès qu'il avait appelé Jonathan la veille au soir, Mark avait compris qu'il devrait à nouveau s'expliquer avec Nikki. Il étouffa un juron.

— Je sais…

— Bon. Et maintenant, raconte-moi ce qui se passe.

En route pour le siège d'Orion avec Mark, Kelli s'efforçait de ne pas bouder. Pour l'amour du ciel, elle avait presque trente ans et elle se retrouvait à devoir obéir aux ordres de deux gardes du corps ! Elle n'avait qu'une hâte : que l'on retrouve le coupable et qu'elle puisse reprendre une vie normale avec sa fille.

À côté d'elle, Mark conduisait sans dire un mot.

Quand elle ne put plus supporter ce pesant silence, elle confia :

— Je me souviens d'avoir rencontré Jonathan la première

fois que je suis venue chez Orion. Son CV était impressionnant, et si je me rappelle bien, il faisait partie des premiers agents ? Comme toi, non ?

Mark lui accorda enfin un peu d'attention et lui adressa un demi-sourire. Manifestement, ses retrouvailles avec Jonathan l'avaient ému, et peut-être perturbé, mais il n'en montrait rien. Sans doute un trait du métier…

— Oui, Jonathan et moi nous faisions partie de l'équipe originelle d'Orion. Avec Oliver Quinn.

Kelli acquiesça.

— L'homme qui a aidé une enquêtrice privée à arrêter un meurtrier dans le Maine… C'est comme ça que nous avons entendu parler d'Orion. C'était à la une des journaux.

Cette fois, Mark rit franchement.

— L'ironie de l'histoire, c'est que l'enquêtrice en question est maintenant sa femme.

— Vraiment ?

— Ils se connaissaient depuis l'enfance et ils se sont revus après des années. Maintenant, Oliver dirige le département free-lance d'Orion. Il s'occupe de recruter les spécialistes et les stratèges au coup par coup.

— Et sa femme ? Elle est toujours enquêtrice ?

— Oh oui, elle n'arrêterait pas même si on la suppliait ! Mais Oliver ne l'a pas fait. Et entre nous, je pense qu'ils se donnent des coups de main sur leurs affaires respectives.

— Apparemment, tu as tes entrées chez un tas de gens.

Le sourire de Mark fléchit et il serra les dents.

— *J'avais*. Ce n'est pas seulement d'Orion que je me suis éloigné en démissionnant, dit-il, les yeux fixés sur la route.

Kelli avait envie de l'interroger sur le motif de cette démission, mais elle pensait déjà le connaître. Mark avait tant fait pour elle, durant les deux jours écoulés, qu'elle préférait ne pas rouvrir de vieilles blessures.

Ce n'était pas seulement sa vie à elle que la mort de Victor avait bouleversée.

Le siège d'Orion Security Group avait plus ou moins la même allure que la dernière fois que Mark y était venu. Un modeste bâtiment d'un étage, habillé de briques et de crépi beige. L'enseigne était peinte en grandes lettres blanches au-dessus de la porte, afin de donner l'impression aux visiteurs qu'on les surveillait quand ils entraient. En franchissant le seuil de l'agence, Mark contempla ces lettres avec nostalgie.

Le hall, comme le bâtiment, était de taille et de décoration modestes. Une jeune femme hispanique, prénommée Jillian, était assise derrière le comptoir qui séparait le hall d'entrée des bureaux. Elle faisait office de réceptionniste à temps partiel et était là depuis trois ans. Quand elle les vit, son sourire éclatant s'élargit encore.

— Mark !

En une fraction de seconde, elle contourna le comptoir pour venir l'étreindre. Kelli haussa un sourcil, mais fut aussi gratifiée d'une embrassade.

— Bonjour, madame Crane !

Mark lui lança un regard par-dessus la tête de Jillian, qui signifiait : *Je t'expliquerai plus tard.*

— Nikki m'a dit que vous veniez, précisa-t-elle en reculant, tout sourire. Cela fait longtemps que je ne vous ai pas vus, ni l'un ni l'autre.

Le regard de Jillian vola vers Kelli.

— J'ai envoyé des fleurs, mais je n'ai jamais eu l'occasion de vous dire en personne combien j'étais désolée de la mort de Victor.

— Merci, répondit sobrement Kelli.

Toute tristesse apparemment envolée, Jillian se tourna vers Mark.

— Je suis contente que tu reviennes. Ce n'est plus la même chose depuis que tu es parti.

— C'est gentil, mais ne t'y habitue pas, je ne suis venu que pour parler à la patronne.

Jillian hocha la tête et leva le pouce en se détournant.

— Elle est tout à toi, mais je te préviens qu'elle n'a pas encore bu son café.

Mark poussa un soupir.

Il ne manquait plus que ça : une Nikki sans sa dose de caféine.

Prenant sur lui, il fit signe à Kelli de le suivre dans le couloir.

— Qui était-ce ? murmura-t-elle.

Ils dépassaient l'ancien bureau d'Oliver et l'actuel bureau de Jonathan, lequel était vide. Celui qu'utilisait autrefois Mark était situé en face. Bien qu'Orion se soit développé et n'opère plus seulement avec ses propres équipes, les chefs d'équipe avaient tous leurs propres bureaux. Même s'ils n'étaient pas là assez souvent pour s'en servir.

— Juste avant qu'Orion ne commence à se développer, Jillian est venue nous voir pour un stage, expliqua-t-il. Nous ne prenions pas de stagiaires, mais son profil était intéressant. Depuis, elle travaille comme secrétaire à temps partiel, tout en suivant un cursus universitaire en cybersécurité. C'est une gentille fille, assidue et tenace.

Kelli jeta un regard par-dessus son épaule et sourit.

— Je comprends pourquoi Nikki l'aime, alors.

Ils traversèrent l'espace entre la salle d'entraînement et la salle de repos — que Jonathan avait une fois comparée à un pâturage où les agents ruminaient en regardant des matchs de base-ball à la télé — et ils arrivèrent au dernier bureau du bâtiment. Il était vaste et vitré sur trois côtés. La chevelure rousse de Nikki dansait derrière un écran d'ordinateur, au milieu de la pièce.

— Je t'attends ici ? Ou…, fit Kelli en désignant les canapés derrière eux.

Au lieu d'avoir l'air intimidée par l'impressionnante Nikki Water, elle semblait seulement soucieuse de préserver leur intimité. Mais s'il devait convaincre son ancienne patronne que l'article de Victor avait causé sa mort, mieux valait avoir sa veuve à ses côtés.

— Si ça ne t'ennuie pas, je pense qu'il serait préférable de lui expliquer tous les deux ce qu'il se passe.

Kelli baissa la voix, même si Jillian et Nikki étaient les seules personnes à être présentes dans le bâtiment.

— Tu penses que c'est une bonne idée de lui en parler ? Nous l'avons déjà dit à Jonathan.

Mark y avait réfléchi durant le trajet.

— Laisser Nikki dans l'ignorance serait encore plus compliqué, vu que nous avons déjà fait appel à Jonathan. Elle nous créerait plus de difficultés que nous n'en avons déjà. Et puis, elle peut vraiment nous aider.

— D'accord, conclut Kelli. Je te fais confiance.

Ces quatre petits mots ne firent que décupler le sentiment de culpabilité de Mark. Victor aussi lui avait fait confiance…

Il réajusta son sourire — certainement flétri par les remords — et frappa à la porte.

— Entrez ! cria son ex-patronne.

Mark inspira à fond et franchit le seuil avec Kelli.

Nikki avait les cheveux plus longs que la dernière fois que Kelli l'avait vue, mais ses yeux étaient restés les mêmes, bienveillants tout en semblant prêts à foudroyer si nécessaire. Elle fit le tour du bureau, la main tendue.

— Ravie de vous revoir, Kelli.

Sa poignée de main était douce mais ferme.

Elle leur désigna les fauteuils placés devant son bureau.

— Je suis contente que vous soyez venue, commença-t-elle, sautant les préliminaires. Mais c'est un euphémisme de dire que je suis curieuse de savoir pourquoi.

Mark remua sur son siège. Était-il inquiet ? se demanda Kelli. Craignait-il que Nikki ne croie pas leur histoire ? De simple secrétaire, cette femme était devenue la patronne d'une grande agence de sécurité. Elle était forcément coriace. Mais à quel point ?

Mark se redressa et se lança immédiatement dans son récit. Il revint sur le fait que, selon lui, ce n'était pas Darwin qui avait allumé l'incendie, et expliqua pourquoi ils pensaient que le voleur, le cambrioleur et Dennis Crawford étaient tous en lien.

— C'est pourquoi je voudrais qu'on fasse des recherches sur lui, annonça-t-il. Il sait quelque chose qui pourrait nous aider à comprendre l'affaire.

Nikki noua les mains sur son bureau.

— Tu n'as aucun élément qui relie Dennis à l'incendie. Ce n'est qu'une vague théorie, alimentée par le chagrin et la culpabilité.

Elle les regarda tour à tour avant de s'arrêter sur Kelli.

— Je suis vraiment navrée pour la perte de votre mari, et je n'imagine pas ce que vous avez dû endurer. Je suis également désolée pour ce que vous avez vécu ces derniers jours.

Cela dit, elle se tourna vers Mark.

— Tu as passé plus d'un an à chercher l'homme en noir. Et tu as quitté ton emploi, laissé tomber tes amis, tout ça pour quoi ? Rien du tout, à part une boîte remplie de dossiers qui ne t'ont mené nulle part, sauf à t'isoler de tout le monde. Désolée, mais je ne t'aiderai pas à replonger dans tout ça, ne serait-ce que parce que tu ne travailles plus pour nous et que tu ne peux pas profiter de nos moyens.

D'un mouvement fluide, elle se leva et se dirigea vers la porte de son bureau, qu'elle ouvrit.

— Les coïncidences, ça existe, et je pense que ce n'est rien d'autre que cela.

Kelli déglutit avec peine. La conversation était terminée. Nikki ne les aiderait pas et ne leur accorderait pas de sursis. Point final.

Elle suivit Mark dans le couloir, en gratifiant Nikki d'un simple signe de tête.

Jillian ne les arrêta pas quand ils traversèrent l'accueil et Mark ne lui dit même pas au revoir.

Était-il en colère, déçu ou gêné ? s'interrogea Kelli. Probablement un peu les trois.

En tout cas, il resta silencieux tandis qu'ils s'éloignaient en voiture.

Mais Kelli ne supportait pas bien le silence.

— Alors, il paraît que tu as une boîte remplie de dossiers sur l'incendie ?

Mark poussa un gros soupir.

— Oui. Tout ce que j'ai pu rassembler durant l'année qui a suivi.

Il baissa la voix, comme si on venait de le réprimander.

— Je cherchais quelque chose — n'importe quoi — qui puisse m'aider à… comprendre.

Kelli connaissait désormais l'air coupable qu'il tentait de dissimuler. C'était aussi ce qu'elle éprouvait. Pas parce que Mark n'avait pas réussi à sauver Victor, mais parce que l'ex-garde du corps éveillait en elle des sentiments de plus en plus intenses.

Plutôt que de tenter d'éclaircir ses idées à ce sujet, elle s'efforça de revenir au présent.

— J'aimerais voir cette boîte, si ça ne t'ennuie pas.

— Vraiment ?

— Oui. Essayons de savoir pourquoi Darwin McGregor a menti.

Mark disparut quelques minutes dans sa chambre. Il n'avait pas voulu lui dire où étaient ses dossiers, mais ils étaient certainement bien cachés, supposa Kelli.

Elle en profita pour appeler Lynn et Grace.

Toutes deux regardaient des dessins animés en pyjama. L'une des raisons qui faisaient de Lynn une si bonne baby-sitter tenait au fait qu'elle avait elle-même une âme d'enfant. C'était parfois Grace qui devait lui expliquer qu'elle n'avait plus envie de jouer.

Heureusement, son amie ne posa pas de questions. Kelli lui laissa croire qu'elle s'occupait du cambriolage et d'autres questions domestiques. Ce qui n'était pas loin de la vérité. Découvrir qui voulait le carnet de Victor était lié de près à l'effraction.

— Désolé, dit Mark, brisant le silence. Je ne l'avais pas étiqueté comme il fallait, sans parler du fait que je voulais sans doute l'oublier.

Il posa un carton sur la petite table et s'assit à côté d'elle sur le canapé.

— Je vois ce que tu veux dire, commenta Kelli.

Aucun signe n'indiquait ce qu'il y avait dedans. C'était un carton ordinaire, aux rabats fermés et scotchés.

Mark tira un canif de sa poche et le posa sur la table.

— Tu es sûre que tu veux regarder tout ça ? questionna-t-il, le regard fixé sur la boîte. Je mentirais en disant que ce sont de bons souvenirs.

Kelli considéra ces paroles un long moment. Au départ, l'idée que Mark possède des éléments qui pouvaient les mener à l'assassin de Victor l'avait excitée. Mais devant ce passé empaqueté à quelques centimètres d'elle, elle se mit soudain à douter. Était-elle prête à affronter des preuves tangibles au lieu des souvenirs qui la hantaient au moindre signe de fumée ?

— Non, il faut le faire ! décida-t-elle. Si ce n'est pour Victor, au moins pour Grace.

— Alors allons-y.

10

— Tu pourrais me résumer ce qu'il y a dedans ? fit Kelli en agitant la main au-dessus des papiers et des photos étalés sur la petite table.

Ils venaient de passer la dernière demi-heure à consulter en silence les documents rassemblés par Mark. Les plus remarquables étaient la copie du rapport de police sur Darwin McGregor, le portrait approximatif que Mark avait fait de l'homme en noir et le dossier originel d'Orion sur Victor et Kelli. Elle n'avait jeté qu'un coup d'œil à ce dernier, le mettant de côté pour y revenir plus tard.

Frottant sa barbe de la veille, Mark posa les photos qu'il tenait. C'étaient des clichés du bungalow familial de Victor, le lendemain de l'incendie. Kelli les avait également vus, mais avait décidé de ne pas s'appesantir dessus. À ses heures les plus sombres, elle fermait parfois les yeux et revoyait les flammes dévorant la maison au plus noir de la nuit.

— En surface, c'est simple, commença Mark. Un adolescent débile qui aime allumer des incendies met le feu au bungalow. Sans le vouloir, il fait exploser le réservoir de gaz, entraînant une réaction en chaîne qui détruit toute la structure… et cause la mort d'un homme.

Il ne s'interrompit pas, ce dont Kelli lui fut reconnaissante.

— Il avoue au tribunal qu'il a mis le feu intentionnellement et, en plus, que ce n'est pas la première fois. On le juge donc comme un adulte et on l'envoie en prison. Puis, tout le monde oublie l'affaire. Enfin, tu sais ce que je veux dire…

Il posa la main sur la feuille la plus proche de lui, le dessin de l'homme.

— Mais j'ai vu un homme en noir, plus grand que le garçon, attiser le feu. Un homme dont tout le monde croit qu'il n'existe pas.

Il écarquilla les yeux une seconde.

— Un homme dont je me rends compte maintenant qu'il ressemble beaucoup à celui que j'ai vu chez toi hier soir.

Kelli fit mine de l'interrompre, mais il poursuivit :

— Il a allumé l'incendie dans l'intention de se débarrasser des occupants du bungalow, et il a disparu. Darwin n'a été arrêté que le lendemain matin, à des kilomètres de là. Tu te souviens de son attitude au tribunal ?

Kelli n'eut pas besoin de réfléchir.

— Une vraie brute.

Mark hocha la tête.

— Il n'essayait même pas de faire croire qu'il était désolé. Alors que sa grand-mère était présente tout le temps dans la salle.

Kelli se rappela le manque d'empathie du jeune homme pendant qu'il racontait comment il allumait les incendies et, plus tard, expliquait que ce n'était pas la première fois. Il n'avait pas manifesté une once de regret, alors même qu'il prétendait savoir exactement ce que ses actes avaient coûté à Kelli et son enfant à naître.

Elle s'éclaircit la gorge.

— Je me souviens qu'elle pleurait.

Dans le silence de la salle, les pleurs de la vieille femme rivalisaient avec les propres sanglots de Kelli. Avant la naissance de Grace, elle n'avait pas toujours fait figure de roc. Mais personne ne l'attendait d'elle.

— C'est elle qui a élevé Darwin, reprit Mark. Je pense

que c'est la seule famille qui lui reste. Quelques mois après le procès, je l'ai recherchée par curiosité. Elle se terre dans une maison de retraite au bord d'un lac.

Ce détail attira l'attention de Kelli.

— Une maison de retraite au bord d'un lac ? répéta-t-elle en prenant son téléphone. Tu sais comment elle s'appelle, par hasard ?

— Euh, un nom avec « pomme » dedans ? Je ne me rappelle pas, mais je sais que c'est à la sortie de Wilmington, en Caroline du Nord. Darwin venait de là.

Kelli afficha le navigateur Internet sur son écran.

— Pourquoi ? demanda Mark.

Elle leva le doigt pour lui demander de patienter. Son cœur battait plus vite. Étaient-ils sur le point de découvrir un indice ?

En trouvant ce qu'elle cherchait, elle émit un cri à mi-chemin entre le triomphe et l'étonnement.

— Appleton Retreat ! lut-elle en tendant le téléphone à Mark.

Le site web de la maison de retraite s'affichait sur l'écran, avec un diaporama sur la page d'accueil.

— Bon… Qu'est-ce que ça veut dire, exactement ?

— Darwin n'a pas engagé d'avocat, on lui en a commis un d'office. Tu te souviens pourquoi ?

Elle connaissait la réponse à cette question, mais elle voulait vérifier si son souvenir était exact.

— Ils n'en avaient pas les moyens. La grand-mère avait à payer de grosses factures d'hôpital.

Kelli désigna le téléphone.

— Et maintenant, trois ans après, elle vit dans une maison de retraite de luxe ?

Mark se tut et examina les photos.

— Darwin et elle habitaient ensemble avant l'incendie,

dans un appartement. Je me souviens qu'on l'a interrogé sur ce point durant son témoignage.

Kelli réprima un frisson. C'était affreux de se rappeler tant de détails du procès. Pourtant, voilà qu'elle s'efforçait de rassembler les morceaux du puzzle.

— Si elle avait vraiment des dettes et que Darwin était son seul parent…

— Où a-t-elle pris l'argent pour Appleton Retreat ? finit Mark.

Kelli fit claquer ses doigts.

— C'est peut-être ce qui explique que tu aies vu un autre homme et que Darwin n'ait pas nié.

Mark haussa les sourcils, puis formula sa déduction à voix haute.

— Parce qu'il a été payé pour porter le chapeau.

Kelli hocha la tête avec tant de vigueur que ses cheveux voletèrent autour de sa tête.

— Tu paries combien que ses dettes se sont aussi évanouies ? Comment est-ce qu'on pourrait vérifier ça ?

Dans son cerveau, les idées fusaient plus vite qu'elle ne pouvait les verbaliser. Il était hors de question d'appeler cette femme et de lui poser la question. D'abord, cela sonnerait l'alarme pour celui qui était derrière tout ça. Ensuite, Mark et Kelli étaient les dernières personnes qui devaient lui parler. Même si son petit-fils n'avait pas commis ce crime, il était en prison. Le simple fait de penser à la grand-mère lui rappelait le désespoir qui l'avait saisie au tribunal.

Mark se frotta la mâchoire, plongé dans ses pensées. Quand il reprit la parole, ce fut en choisissant ses mots avec soin.

— Je connais peut-être quelqu'un qui pourrait nous aider. Mais… j'ignore si c'est bien légal.

Prise au dépourvu, Kelli gloussa.

— Laisse-moi deviner, un autre garde du corps ? questionna-t-elle, se représentant un homme imaginaire assis derrière l'un des bureaux qu'elle avait vus chez Orion.

— Presque gagné, mais non.

Il lui rendit son téléphone et prit le sien.

— Alors, ce n'est pas un agent d'Orion ?

— Non, c'est sa femme.

— Acuity Investigations, Darling Quinn.

Mark s'éclaircit la gorge tandis que cette voix, qu'il n'avait pas entendue depuis plus de six mois, résonnait dans le récepteur.

— Salut Darling, c'est Mark. Mark Tranton.

Il y eut une pause à l'autre bout du fil.

— Je ne vais pas feindre de ne pas être étonnée, fit la voix.

Le ton était léger mais, si Mark ne se trompait pas, son interlocutrice avait le sourire aux lèvres. Il se détendit un peu. La femme d'Oliver avait toujours eu la langue bien pendue — avant même son mariage — et elle n'hésitait pas à faire part de son opinion. Si elle avait voulu lui faire sentir sa réprobation, Darling n'aurait pas pris de gants. Au lieu de quoi, sa légèreté fit aussitôt place à l'inquiétude.

— Tout va bien ? Nikki n'a pas de problèmes ?

— Non, non ! Tout le monde va bien, la rassura-t-il. Je voudrais juste te demander une faveur. Je sais que je ne la mérite pas, mais si tu acceptes de m'écouter, ce sera déjà beaucoup.

Cette fois, sa réponse fut sans hésitation. Écartant l'inquiétude ou le plaisir, Darling se mit en mode professionnel. C'était une enquêtrice, et une sacrément bonne enquêtrice, qui plus est.

— Vas-y.

— Nous faisons des recherches sur une vieille affaire, commença-t-il, en croisant le regard impatient de Kelli. Nous pensons que quelqu'un a été payé pour porter le chapeau dans une histoire d'incendie criminel. Mais… eh bien, nous n'en avons pas la preuve. Ce n'est qu'une théorie.

— Et où est l'homme au chapeau ?

— En prison.

Darling ne répondit pas tout de suite, comme si elle réfléchissait à toute vitesse. Il se rappela la première fois qu'il l'avait rencontrée. Il avait pris un vol pour une petite ville du Maine, afin de célébrer l'expansion d'Orion et la promotion d'Oliver à la tête du département free-lance. Darling s'était montrée accueillante, hilarante. Irrésistible en somme. Il était visible qu'Oliver avait trouvé son âme sœur, sa parfaite partenaire dans le crime.

Une sorte de nostalgie saisit Mark en se remémorant cette rencontre. Il posa les yeux sur Kelli. Deux lacs verts le fixèrent en retour avec calme.

Kelli était-elle la parfaite partenaire pour lui ?

Bon sang !

D'où sortait cette idée ?

— Mark ? fit Darling, le ramenant au présent.

— Oui, désolé…, bafouilla-t-il en détournant les yeux. Que disais-tu ?

— Je disais, pourquoi penses-tu qu'il a été payé ?

— Sa grand-mère, qui est celle qui l'a élevé, est passée d'une gêne financière proche de la pauvreté à une de ces maisons de retraite à gros budget. Le genre qui dispose d'équipements de toutes sortes. Et cela, *après* le procès et la condamnation de son petit-fils.

— Curieux, murmura Darling. Alors tu voudrais connaître l'état des finances du petit-fils et de la grand-mère pour savoir s'il a été payé et lui a donné l'argent, ou si elle a été payée directement.

— Et si tu pouvais, le nom de la personne qui a réglé la facture.

— Bon, je ne vais pas te rappeler que fouiller des comptes sans autorisation, et pour une affaire qui n'est pas la mienne, n'est pas la chose la plus *éthique* du monde ?

Mark hocha la tête, bien qu'elle ne pût le voir.

— Je ne te le demanderais pas si ce n'était pas extrêmement important.

Darling lâcha un soupir. Elle sembla déplacer quelques dossiers, puis tapoter sur son clavier d'ordinateur.

— Tu as de la chance qu'Oliver soit en train de bosser avec l'adjoint du shérif, en ce moment. Il m'aurait dit de t'interroger en détail avant d'accepter.

— Tu veux d'autres détails ?

Darling ricana.

— Trop de questions nuisent à l'anonymat dans lequel je préfère travailler. Donne-moi seulement le nom du fils et de la grand-mère, et la date du procès.

Mark s'exécuta et leva le pouce en direction de Kelli.

— Merci mille fois, Darling. Ça représente beaucoup pour moi.

— Ne me remercie pas, du moins pas avant que je te rapporte les infos. Dis merci à Oliver. Même si tu l'as laissé tomber, il passe son temps à parler de votre glorieuse époque.

Mark voulut dire quelque chose — quelque chose qui apaiserait la culpabilité que ces paroles venaient de faire naître — mais il ne put trouver aucune explication au fait qu'il avait repoussé ses meilleurs amis. Il se contenta donc de la remercier encore.

— Je ne peux pas te garantir que j'aurai l'info ce soir, mais je te donnerai ça demain au plus tard, dit-elle en continuant de taper. Comme toi, j'ai une faveur à te demander.

— Pas de problème.

— Tu sais que je ne peux pas cacher ça à Oliver, ajouta-t-elle d'un ton sérieux. Mais il est inutile de l'appeler pendant son travail. À ta place, j'attendrais qu'il rentre ce soir.

— Merci Darling.
— Pas de problème, dit-elle à son tour.
— Alors ? questionna Kelli quand il eut raccroché. Elle va faire des recherches ?
— C'est ce qu'elle a dit.
— Waouh ! Juste comme ça ?
Une pointe de jalousie semblait percer dans sa question. Aussi, Mark la dévisagea. Mais elle penchait la tête d'un air interrogateur.
— À mon avis, c'est juste qu'elle aime les mystères, commenta Mark en haussant les épaules, dans l'espoir que son expression ne trahirait pas ses pensées.
— Comme l'affaire du millionnaire du Maine ?
— Exactement, fit Mark en riant.
— En tout cas, je ne peux pas attendre les bras croisés qu'elle rappelle, déclara Kelli avec un agacement perceptible. Il faut que je fasse quelque chose !
À ce stade, les pensées de Mark menaient directement à la chambre à coucher. C'était si soudain et si surprenant que son visage dut certainement le trahir. Comment se faisait-il que cette femme — vêtue d'un T-shirt de zoo et prête à traverser l'enfer pour protéger sa fille — lui inspire des sentiments si puissants ? Comment pouvait-il envisager de ressentir quelque chose pour elle, alors que c'était sa faute à lui si elle était veuve ?
Qu'elle ait perçu ou non son changement d'attitude, Kelli ne dit rien. Mais, au bout d'un instant, elle tapa dans ses mains et un sourire s'étala sur son visage.
— J'ai une idée !

11

— Note bien que je n'aime pas du tout du tout cette idée...

Mark tendit ses jumelles à Kelli, assise au volant de sa voiture. Elle tressautait presque d'impatience sur son siège.

— Tu l'as déjà dit, fit-elle avec un sourire bref. Mais rappelle-toi que tu aurais pu refuser de venir.

Mark ricana.

— Tu y serais allée quand même !

Il avait raison. Elle l'aurait sans doute fait, oui. Mais serait-elle entrée ? Sans renfort ? Probablement pas. S'il lui arrivait quelque chose, Grace n'aurait plus ni père ni mère. Cette idée seule suffisait à retenir Kelli de pénétrer dans le bâtiment de l'autre côté de la rue.

Le siège de la Fondation Bowman occupait un building moderne à la lisière du Design District de Dallas. Se distinguant par sa forme blanche et élancée, le bâtiment se dressait comme une flamme d'espoir aux yeux des passants, tout en ajoutant au chic urbain que le quartier cultivait avec soin. C'était l'une des raisons pour lesquelles la Fondation Bowman s'était autant développée depuis la publication de l'article. Ce n'était pas seulement un organisme de charité dédié à l'élimination de la pauvreté, mais un lieu accueillant pour tous ceux qui voulaient rendre le monde meilleur.

— Rien que de regarder leur siège, on se sent mieux,

commenta Kelli, en contemplant les lettres d'acier composant le nom de la fondation. Tu ne trouves pas ?

Mark ne se donna pas la peine de mentir.

— Ça donne envie d'aider les gens, en effet, admit-il.

Kelli hocha la tête, les sourcils froncés. Une institution aussi impressionnante pouvait-elle être liée à la mort de Victor ?

Mark posa une main sur les siennes, ce qui la fit sursauter, mais pas assez fort pour qu'il le remarque.

— Je n'ai pas besoin de le regarder pour avoir envie de t'aider, lui dit-il en lui pressant les doigts.

À ce contact, sa peau s'embrasa. Les joues rouges, elle lui adressa un petit sourire.

— On va découvrir ce qui se passe, reprit-il, et on va vous protéger, Grace et toi. Ce building… ce n'est que du béton, du placo et de la peinture. Toi, tu es beaucoup plus impressionnante.

Son ton était si ferme et assuré que la confiance envahit de nouveau Kelli.

La confiance et autre chose…

Mark retira sa main et l'impression, quelle que fût sa nature, se dissipa.

— Et maintenant, allons fouiner, comme tu disais ! lança-t-il.

Puis il secoua la tête.

— Je n'arrive pas à croire que je parle comme ça.

Tout en lignes pures, surfaces éblouissantes et taches de couleur, le hall de la fondation était encore plus tendance que la façade. Cela ressemblait à tout sauf à un organisme de charité, songea Kelli.

Une femme vêtue d'un corsage noir à encolure dégagée leur sourit derrière un bureau situé près d'un escalier à claire-voie et d'un ascenseur. Elle interrompit sa conversation avec un homme en costume pour les accueillir.

— Bienvenue à la Fondation Bowman. Je m'appelle Karen, dit-elle en leur tendant la main à tous deux.

Surprise, Kelli la lui serra.

— Que puis-je faire pour vous ?

L'homme en costume fut assez poli pour sortir son téléphone et prendre l'air occupé.

Kelli s'éclaircit la gorge et se lança dans le plan qu'ils avaient mis au point durant le trajet.

— Bonjour, je m'appelle Kelli Crane et…

Karen écarquilla les yeux.

— Vous voulez dire que vous êtes la femme de Victor Crane ?

L'homme leva les yeux.

— Oui, autrefois, répondit Kelli, saisie d'une ombre de tristesse.

— Je suis navrée pour la perte de votre mari, dit Karen en se reprenant.

Kelli échangea un regard avec Mark.

— Merci, fit-elle. Mais, pardonnez-moi, je suis un peu surprise que vous m'ayez reconnue.

À moins que Karen ne fasse partie du complot, se dit-elle une seconde trop tard.

— Pour être honnête, c'est votre nom. Je passe devant la photo tous les jours, confia la jeune femme en baissant la tête.

— Quelle photo ? questionna Kelli, perplexe.

— Voulez-vous dire que vous n'avez pas vu le couloir de la presse ? fit la jeune femme, visiblement décontenancée.

— C'est la première fois que je viens ici, affirma honnêtement Kelli.

On l'avait invitée à visiter le bâtiment après l'ouverture de la fondation, mais lire le dernier article de Victor était plus facile que de contempler le lieu dont il parlait. Pourtant, c'était désormais son intention.

— En fait, c'est pour cela que nous sommes ici, reprit-elle

en désignant Mark. Voici mon ami, Mark Tranton. Nous nous sommes rendu compte que nous n'avions jamais visité la fondation et nous nous demandions s'il serait possible de le faire aujourd'hui ?

— Mais bien sûr ! Donnez-moi une seconde, je vous prie.

Se précipitant vers l'homme en costume, Karen lui remit un dossier, puis appela quelqu'un sur une ligne intérieure. Dans le souci de ne pas paraître fouineuse, Kelli revint se placer aux côtés de Mark. L'ex-garde du corps semblait tendu.

— Le couloir de la presse ? releva-t-il sans remuer les lèvres.

— Oui, ça m'intrigue aussi.

Ils attendirent tandis que Karen parlait à voix basse au téléphone et que l'homme en costume se dirigeait vers l'ascenseur. Son intérêt pour Kelli semblait être retombé. Il ne leva pas les yeux de son dossier et la porte de la cabine se referma sur lui.

— Voilà, si vous êtes prêts…, chantonna presque Karen en se relevant. Nous allons entamer la visite par le couloir de la presse.

— D'accord.

Kelli accompagna Karen, tandis que Mark les suivait à quelque distance. Sans doute pour la protéger. Ce réflexe lui était-il spécifiquement destiné ou faisait-il la même chose pour tous ceux qui couraient un danger ?

— C'est le rez-de-chaussée de la fondation que le public connaît le mieux, commença Karen, sans attendre d'arriver au fameux couloir de la presse. Le P-DG de la fondation, M. Radford Bowman, pense que s'ouvrir au public et interagir avec lui au quotidien fait beaucoup pour que la ville soit consciente de ses problèmes, sans qu'il soit besoin de bombarder les gens avec des campagnes culpabilisantes.

Le couloir qu'ils suivaient débouchait sur une grande salle. Avec ses parois vitrées, elle avait été visiblement conçue pour donner une impression de clarté et d'espace propice à la détente. Comme si aucun problème ne pouvait résister à un environnement aussi réjouissant. Même les œuvres d'art aux murs, accompagnées de citations évoquant la compassion, l'aide et le bénévolat, ne parvenaient pas à distraire de cette sensation de confort et de sensibilité de bon aloi.

— Wouah ! fit Kelli en s'immobilisant pour admirer l'endroit.

— La Fondation Bowman a choisi d'ouvrir cet espace au public, afin de lui permettre de se détendre, de s'informer et d'échanger avec le personnel. Comme vous pouvez le voir, nous disposons d'une zone de jeux, occupée en ce moment même.

Un peu à l'écart de la pièce trônaient deux tables de ping-pong, des tables d'échecs et un baby-foot. Deux jeunes gens étaient assis devant un échiquier, concentrés sur leur jeu.

— Nous hébergeons également des événements et des manifestations gratuites, au cours desquels les gens peuvent faire des dons ou proposer du bénévolat. Ils ne cessent jamais de nous surprendre. Nous avons récolté davantage lors de ces manifestations qu'avec tout autre événement payant. Je sais que cela peut sembler un peu étrange de donner carte blanche à des personnes morales qui ne font pas partie de la fondation, mais cela nous a permis de développer la confiance avec ceux qui profitent de ce que nous avons à offrir.

— Et qu'avez-vous à offrir ? intervint Mark d'une voix soigneusement dépourvue d'intonation.

Il ne semblait pas approuver la splendeur du lieu, à moins que ce ne fût Karen.

Kelli pouvait le comprendre : la jeune femme parlait de la fondation et de leurs méthodes à la manière d'un chef de secte. Bien sûr, leur but semblait admirable, mais n'y avait-il pas une faille dans cette splendide façade ?

Sans battre un cil à cette critique sous-jacente, Karen sourit jusqu'aux oreilles.

— Ce que nous avons à offrir ? Eh bien, la formidable idée qu'on peut changer le monde sans avoir à sortir de chez soi.

Elle se tourna vers la pièce et, soupirant, se remit en marche.

— N'est-ce pas merveilleux ?

— Pas de doute, c'est quelque chose, chuchota soudain Mark à l'oreille de Kelli.

L'effleurement de son haleine dans son cou la troubla et elle dut ordonner à ses jambes de suivre Karen.

Wouah ! se dit-elle, saisie d'une vague de chaleur. Un simple murmure venait de réveiller les sens qu'elle croyait endormis. Secouant la tête pour se débarrasser de cette sensation inattendue, elle pressa le pas.

Ils traversèrent la grande salle et prirent un autre couloir sur la droite. Toujours aux côtés de Karen, Kelli repensa à l'article de Victor. La Fondation Bowman semblait se situer au fragile croisement entre générosité altruiste et intérêt bien compris. Victor avait écrit qu'il était rare de rencontrer un tel équilibre dans une organisation présidée par une grosse fortune telle que Radford Bowman. Cet homme — qui avait sué sang et eau pour sortir de la pauvreté et de la médiocrité — était le bienfaiteur des moins fortunés. Un homme ordinaire qui aurait pu passer le reste de ses jours à boire des cocktails sur une île privée, mais avait choisi d'améliorer le sort de ses concitoyens. C'était ce qui faisait de lui un homme bon, et de la Fondation Bowman une initiative généreuse.

En se remémorant les mots de Victor, Kelli eut la chair de poule. C'était un écrivain si doué. Et un homme bon, lui aussi.

Désormais, il était mort, et d'une façon ou d'une autre, ces deux événements étaient liés.

— Le couloir de la presse était censé être également ouvert au public, à l'origine, continua Karen en tournant à gauche.

Ils pénétrèrent dans un large couloir courant le long du hall d'entrée. Il était bordé à gauche d'une paroi entièrement vitrée et, à droite, d'un mur couvert de plaques, d'articles et de photos encadrés.

— Mais M. Bowman a pensé que ce serait mieux ainsi. Selon lui, le fait de voir ce que la fondation accomplit ne doit pas constituer un but en soi, mais une étape sur le chemin menant à la rencontre de nos équipes.

Elle désigna une porte à l'autre bout du couloir.

— Le bureau de M. Bowman.

— Il ne se sert pas des autres étages ? questionna Mark, manifestement surpris.

Karen secoua la tête avec une fierté évidente.

— M. Bowman souhaite qu'on puisse le rencontrer à tout moment. Bien sûr, il pourrait disposer d'une suite de bureaux beaucoup plus grande et plus belle à l'étage, mais ce n'est pas son style.

Rayonnante, elle poursuivit son chemin en direction de cette porte, désignant au passage quelques photos sur le mur. Mais Kelli n'avait d'yeux que pour une seule.

— M. Bowman a songé qu'il serait approprié de dédier un espace particulier à ceci, annonça Karen d'une voix tendre.

Ils s'arrêtèrent devant un pan de mur qui serra le cœur de Kelli avant même qu'elle n'en prenne la mesure.

« En mémoire de Victor Crane », était-il écrit au-dessus de son article, imprimé à même le mur. En dessous, ses dates de naissance et de mort, comme sur une pierre tombale. Une note précisait ensuite, sans les nommer, que sa femme et sa fille lui survivaient.

Toutefois, ce fut la photo magnifiquement encadrée et

suspendue au-dessus qui retint l'attention de Kelli. Sans réfléchir, elle s'approcha et toucha le verre.

Victor Crane, figé pour l'éternité, lui rendit son sourire.

Soudain, elle éclata en sanglots.

— Je suis vraiment, vraiment navrée, dit Karen. Je pensais que… Je ne sais pas… Qu'elle serait heureuse de voir que nous lui rendons hommage, vous comprenez ?

Mais cela n'avait pas été le cas. Kelli avait filé aux toilettes en balbutiant une excuse, les joues sillonnées de larmes. Mark et Karen l'attendaient devant la porte. Malgré sa dévotion quasi sectaire pour Bowman, Karen semblait authentiquement chagrinée d'avoir bouleversé Kelli.

— Vous nous excusez une seconde ? demanda Mark en désignant la porte close.

— Oh oui, naturellement. De toute façon, je dois jeter un œil à la réception.

Elle désigna une porte située à mi-chemin du couloir.

— Pour le hall, c'est par là.

— Merci.

Karen jeta un regard inquict à la porte des toilettes avant de s'éloigner, déjà occupée par un appel. Mark attendit quelques secondes avant de frapper à la porte.

— Kelli, c'est moi, fit-il à voix basse, s'émerveillant du fait qu'au bout de quelques jours seulement, il pouvait dire « c'est moi » et être certain d'être compris.

La photo de Victor et la réaction de Kelli lui avaient rappelé qu'en sauvant le journaliste, il aurait épargné à sa veuve ce chagrin.

Il était prêt à battre en retraite pour laisser à Kelli le temps de se reprendre, mais la porte s'entrebâilla.

— Entre, dit-elle sur un ton aussi bas que lui.

Il s'exécuta. Le réduit était petit mais propre. Kelli recula contre le mur et se frotta les yeux.

— Je suis désolée, dit-elle d'une voix inégale.

Mark referma la porte derrière lui et se tint gauchement devant Kelli. Son mascara avait un peu coulé.

— C'est juste… que je n'ai pas pu le supporter. Cette photo…

Elle mit les mains devant ses yeux et baissa la tête.

Poussé par une émotion qu'il avait du mal à définir, Mark s'approcha d'elle et la prit dans ses bras. Habituellement, il était peu enclin aux gestes intimes, mais cette étreinte réconforterait peut-être Kelli.

— Ça va aller, murmura-t-il dans ses cheveux.

Elle parut se tendre un peu. Avait-il outrepassé les limites de leur nouvelle relation ?

Mais Kelli lui passa les bras autour de la taille et blottit son visage contre son torse. De petits sanglots s'élevèrent, mais Mark ne dit rien. Une chose était certaine : il ne pouvait la protéger du chagrin d'avoir perdu son mari.

Un chagrin qu'il se surprenait à éprouver plus que d'ordinaire.

Quelques minutes s'écoulèrent avant que Kelli ne se calme. Lentement, elle s'écarta de lui. Son mascara avait entièrement coulé. Mais elle était insupportablement belle.

— Ça va ? s'enquit-il.

— Cette photo de Victor… Je dois avouer que cela a rouvert ma blessure. Mais je ne suis pas triste, je suis en colère, précisa-t-elle avec une pointe de dureté dans la voix. Je ne sais pas grand-chose, mais je suis sûre d'une chose au moins. Cet endroit, ces gens, ils ont un lien avec la mort de Victor. Et ils ont le culot de lui rendre hommage ?

Son expression devint féroce.

— Il faut découvrir ce qui se passe. Et tout de suite !

À cet instant, Mark comprit la gravité de ce qu'ils

essayaient de faire. Et jusqu'où il était prêt à aller pour que la famille Crane obtienne justice.

Que Grace et Kelli ne soient jamais plus en danger.

— Kelli, je te donne ma parole que je ferai tout ce qui est en mon pouvoir pour t'aider. Quel qu'en soit le prix !

12

En sortant des toilettes avec Mark, Kelli évita soigneusement de croiser la photo de Victor. Elle craignait d'être de nouveau emportée par l'émotion et la colère. Mark, les épaules raides et les poings légèrement crispés, semblait ressentir la même chose qu'elle.

Ils arrivèrent dans le hall d'accueil. Un homme se tenait près de Karen. Mais elle le délaissa pour se ruer sur Kelli.

— Je suis vraiment désolée. Je n'ai pas songé une seconde que voir… Eh bien, que ce serait aussi difficile pour vous.

Kelli leva une main.

— Ce n'est pas votre faute. Je suis désolée. Moi non plus, je ne pensais pas que ce serait aussi dur.

Karen parut soulagée et lui adressa un petit sourire avant de se tourner vers l'homme à ses côtés.

Vêtu d'une somptueuse chemise grise, d'un fin lacet en guise de cravate, d'un pantalon impeccable et de chaussures luxueuses, l'homme respirait l'importance. Dans le début de la quarantaine, il avait le teint mat, des cheveux très courts, des yeux bruns et des lunettes à monture noire. Son sourire révélait une rangée de dents d'un blanc éclatant. Peut-être était-ce un prérequis pour travailler chez Bowman, songea Kelli.

Karen reprit la parole.

— Kelli, Mark, je vous présente Hector Mendez, notre génie de la publicité et des relations publiques.

Le sourire d'Hector s'élargit, et il leur serra la main.

— C'est très exagéré, commenta-t-il d'un ton aussi décontracté que son apparence. Ravi de vous rencontrer — et navré pour la part que nous avons prise dans votre tourment, ajouta-t-il en regardant Kelli.

C'était bizarrement formulé, mais elle l'accepta avec grâce.

— Merci.

— Karen me dit que vous n'avez pas pu terminer la visite ?

— Non, nous n'avons pas dépassé le couloir, plaisanta Kelli.

Elle s'efforçait d'alléger l'atmosphère, car la colère montait en elle, elle le sentait. À cause de la photo, mais pas seulement. En tout cas, elle avait envie de partir.

— Peut-être pourrions-nous la reprogrammer, si cela ne vous dérange pas ? intervint Mark.

Il toucha la main de Kelli. Elle serrait les poings, réalisa-t-elle alors.

Tiens-toi bien, Kel !

Hector ne parut pas remarquer ce petit geste.

— Et si je vous disais…

Le responsable de la publicité s'approcha du bureau de Karen et prit une enveloppe dans un tiroir, qu'il tendit à Kelli.

— Je suis conscient que c'est précipité, mais la Fondation Bowman donne un dîner chaque année pour remercier les donateurs. C'est un événement solennel, mais tout le monde s'amuse beaucoup. Il a lieu demain — l'échéance est brève, désolé une fois encore — mais pourquoi ne viendriez-vous pas ? Nous pourrons alors vous faire la visite complète, si cela vous convient.

Avant qu'ils puissent répondre, il ajouta :

— Notre intrépide président sera là, bien entendu, de même que Dennis Crawford.

Prise de court, Kelli ouvrit la bouche et la referma presque aussitôt. Dennis avait-il interrogé la fondation à propos de l'article, même si, à elle, il avait affirmé qu'il n'y avait rien à questionner ?

— Dennis Crawford ?

Hector parut perplexe durant un instant.

— Oh ! je suis désolé. J'avais l'impression que vous étiez amis. Il parle de vous en termes très élogieux.

Cette fois, Kelli fut prompte à dissimuler sa surprise.

— Il était plus proche de Victor que de moi, dit-elle en souriant, mais je serais ravie de le revoir.

Mark lui jeta un coup d'œil avant d'ajouter :

— Merci pour l'invitation. Nous sommes impatients d'être à demain.

— Parfait, s'exclama Victor en tapant dans ses mains. Ce sera formidable !

Prenant congé, Mark et Kelli retournèrent à la voiture et n'échangèrent pas un mot avant d'être loin du bâtiment.

— Eh bien, c'étaient de vraies montagnes russes, commenta Kelli en rompant le silence.

L'esprit tiraillé dans tous les sens, elle avait du mal à mettre de l'ordre dans ses pensées. Mais elle finit par choisir de se concentrer sur Dennis.

— Quand j'ai parlé à Crawford, l'autre jour, il m'a assuré qu'il n'y avait pas d'erreur, mais il a quand même voulu voir le journal de Victor. Ensuite, j'ai été agressée et la maison a été cambriolée par quelqu'un qui voulait sans doute aussi le carnet. Et maintenant le directeur des relations publiques mentionne en passant que Dennis sera présent au dîner ?

Elle se passa la main dans les cheveux. Une bouffée de senteur fleurie lui rappela que, sur une impulsion, elle s'était servie du shampoing « sexy » de Lynn le matin même. Les raisons de cette impulsion la firent rougir.

— En tant qu'ancien garde du corps, je dois te dire

qu'aller à ce dîner est une mauvaise idée, déclara Mark. Surtout si celui que nous soupçonnons est là.

— Mais c'est pour ça qu'il faut y aller !

S'interrompant, Kelli se corrigea.

— Je te remercie de ton soutien, mais tu n'as pas besoin de me protéger.

À ces mots, Mark crispa les mains sur le volant. Il était agacé, devina Kelli.

D'ailleurs, il conduisait sa voiture à elle sans qu'elle n'ait rien demandé. Elle ne s'en était même pas rendu compte en montant à bord. Il avait certainement compris qu'elle était trop bouleversée pour prendre le volant.

Encore un détail dans l'écheveau inextricable de ses pensées…

— Tu sais, même quand j'étais garde du corps, je n'ai jamais eu *besoin* de protéger quelqu'un. Donc, non, je n'ai pas *besoin* de te protéger, mais je veux le faire.

S'il n'avait pas eu les yeux braqués sur la rue, Kelli n'aurait su quoi faire d'elle-même. L'image de Victor flotta dans son esprit et, soudain, elle se surprit à comparer les deux hommes.

En termes d'apparence, ils étaient quasiment opposés. Victor était un grand gaillard dégingandé, aux cheveux blonds comme les blés, au sourire facile et un peu niais. De son côté, Mark était doté d'une carrure impressionnante — larges épaules et muscles saillants. Sa coupe de cheveux était sommaire et il avait le même genre de bronzage que les ouvriers agricoles. Quant à son sourire, il reflétait quelque chose qu'elle avait du mal à identifier mais qu'elle aimait instinctivement.

Et en ce qui concernait leurs personnalités ?

Elle ne savait qu'une chose, ils partageaient un important trait de caractère : ils avaient tous deux bon cœur.

— Je te dirais bien merci, mais j'ai l'impression de le

faire tout le temps, reprit-elle finalement. Alors je passe tout de suite à la question suivante : qu'est-ce qu'on fait ? Quel est le plan ?

— Le plan ?

— Tu sais, le plan pour arrêter le méchant et rétablir la justice dans le monde, fit-elle en écartant les mains pour figurer un arc-en-ciel.

Mark se mit à rire.

— À t'entendre, c'est tout simple !

Elle haussa les épaules.

— Si Grace arrive à jouer à Candy Crush sur mon téléphone, il n'y a aucune raison pour que nous n'y arrivions pas.

Mark les ramena à son appartement, où Kelli voulait discuter de leur plan d'action. Leur visite à la Fondation Bowman avait été plus mouvementée qu'il ne l'avait imaginé. Comme Kelli, il s'était mis instinctivement en alerte rouge.

Un tas de choses ne collaient pas.

— Ça t'ennuie si j'appelle d'abord Lynn et Grace ? demanda Kelli tandis qu'il s'installait sur le canapé, prêt à se remuer les méninges. J'ai toujours du mal à m'éloigner de ma petite chérie.

Son sourire témoignait clairement de son amour maternel.

— Non, bien sûr. Tu peux le faire dans ma chambre, si tu veux.

Il se rendit compte immédiatement de ce que l'offre avait d'équivoque. Un lapsus freudien, s'il en était. Kelli laissa échapper une sorte de gloussement et se retira dans la pièce indiquée. Était-ce son imagination ou avait-elle rougi ? Peut-être se faisait-il des idées.

Il allongea les jambes et prit soudain conscience de sa fatigue.

Posant la tête contre les coussins, il croisa les bras et

ferma les yeux. Quand Kelli aurait terminé son coup de fil, il lui offrirait un café et s'en préparerait un très fort. Du café, ses pensées dérivèrent vers celle qui faisait soudain partie de sa vie.

Kelli en ferait-elle encore partie quand ils auraient enfin obtenu justice ?

— Bouh !

Mark tourna la tête et cilla lentement.

Une sorte de lutin le fixait à quelques centimètres de son visage.

— Bouh ! répéta-t-elle en essayant de chuchoter sans y parvenir.

Confus et somnolent, il répéta le mot, ce qui fit glousser la petite.

— Grace !

La bambine tourna la tête vers la cuisine et sourit, malgré la sévérité du ton de sa mère.

— Je t'ai dit de ne pas le déranger !

Un peu plus lucide, Mark se redressa et se frotta le visage.

— Je me suis endormi ?

Deux choses auxquelles il ne s'attendait pas lui firent écarquiller les yeux, en dehors de l'apparition du farfadet. D'une part, Kelli était penchée sur la cuisinière, préparant quelque chose qui sentait délicieusement bon et, de l'autre, Nikki Water trônait sur un des tabourets de bar, une bière à la main.

— J'ai dormi longtemps ? questionna-t-il, alarmé.

Kelli se mit à rire.

— Hum, quelques heures, répondit-elle avec un sourire d'excuse. Je voulais m'en aller pour te laisser tranquille, mais Nikki est arrivée et, en bavardant, nous avons perdu la notion du temps.

Elle désigna sa fille.

— Et puis, cette petite commençait à me manquer. Je t'ai déjà dit que j'ai du mal à m'éloigner d'elle ?

Entendant son nom, Grace gloussa.

— Bouh ! répéta-t-elle d'une voix aiguë.

— Tu dormais si bien que je me suis dit que tu serais affamé en te réveillant, ajouta Kelli. Alors j'ai fait une descente dans ton garde-manger.

— Et je t'ai volé une bière ! avoua Nikki avec un clin d'œil.

Contrairement à leur dernière rencontre, elle était tout sourire et semblait détendue.

— Maintenant que je le dis, ça semble vraiment sans-gêne, reprit Kelli du même air affolé que lors de sa première visite.

Cela le fit sourire.

— Tu peux être aussi sans-gêne que tu veux du moment que je peux goûter à ce que tu prépares, plaisanta-t-il.

Son estomac fit entendre un gargouillement sonore en guise d'assentiment.

Kelli se détendit.

— Bon. Ça aurait été dommage de devoir partir avant que Nikki ait fini son histoire.

— Une histoire ? répéta-t-il pendant que les deux femmes échangeaient un regard.

Nikki se contenta de rire.

— Ne t'inquiète pas.

Sans plus s'interroger, il se leva, contourna Grace qui jouait et s'en fut à la salle de bains pour essayer de dissiper les brumes de son sommeil.

Il s'aspergea la figure d'eau froide et inspira à fond.

Des éclats de rire parvenaient de la cuisine. Avant ces derniers jours, personne n'était jamais venu chez lui. Surtout pas pour manger.

Était-il contrarié que Kelli ait décidé de préparer le dîner pour Nikki, sa fille et lui ?

Il se sécha la figure et se regarda dans le miroir.

Non. Pas du tout.

Le cœur soudain léger, il revint dans la pièce principale.

— Est-ce quelque chose que j'ai envie de savoir ? lança-t-il.

Nikki se tourna vers lui avec un sourire.

— Disons juste que Kelli sait maintenant pourquoi j'évitais de vous envoyer ensemble en mission, Oliver, Jonathan et toi.

Rappelé au souvenir d'une longue soirée très arrosée à Las Vegas, Mark se recroquevilla intérieurement.

— Je tiens à ce qu'on sache que nous avions déjà achevé la mission quand nous avons décidé de tenter notre chance au jeu, dit-il en marchant vers le réfrigérateur.

Il y prit une bière et retourna s'installer sur le canapé. L'attention de Grace était absorbée par une multitude de blocs de couleurs, qu'elle tirait d'un sac.

En sirotant sa bière, Mark observa la petite fille. Elle essayait d'en assembler deux. Cela ne fonctionnait pas et sa frustration était évidente. Mark posa sa bière et glissa sur le plancher à côté d'elle. Avec de grands yeux, elle le regarda prendre les blocs et les assembler avec une pièce plus longue. Il lui tendit la nouvelle construction et elle sourit.

Lentement, comme pour lui demander sa permission, il sortit d'autres blocs du sac et commença à les assembler. Au début, elle parut s'interroger sur son intervention. Puis elle lui tendit les siens. Enfin, elle se rapprocha de lui et, ensemble, ils entreprirent la construction de ce que Mark espérait être une petite maison.

— Garde du corps, joueur et maçon ? Un sacré CV, monsieur Tranton.

Kelli apparut, avec un bol de pâtes. Elle le lui tendit d'un air hésitant.

— Désolée, je sais que je t'ai déjà fait des pâtes, mais il

n'y avait rien d'autre dans le placard. Et puis, je ne connais pas les règles de la maison en ce qui concerne la nourriture.

Mark prit le bol, interloqué. Grace, Kelli et Nikki l'observaient toutes trois, pour des raisons différentes bien sûr.

Il sourit. C'était un vrai changement dans sa vie de célibataire.

Quelques minutes plus tard, les trois adultes mangeaient, assis en cercle autour d'une maison minuscule. Munie d'un bol de céréales, Grace suivait avec attention un dessin animé à la télé. Mark ignorait jusque-là qu'il recevait cette chaîne.

— Grace et moi, nous avons pris la mauvaise habitude de manger en regardant la télé, expliqua Kelli d'un air penaud.

Même si le son n'était pas très fort, Grace ne tourna pas la tête en entendant son nom.

— Ça apaise le monstre en elle.

Nikki se mit à rire.

— Ne t'inquiète pas, ma nièce et mon neveu sont pareils. Il faut profiter d'un répit quand on le peut.

— Les joies de la maternité en célibataire…, confia Kelli avec humour.

La légèreté ne dura pas, et tous trois parurent se rappeler pourquoi ils étaient là. Mark s'éclaircit la gorge.

— Ce n'est pas que je n'apprécie pas ta visite, mais qu'est-ce que tu voulais me dire ? demanda-t-il à son ancienne patronne.

À peine ces mots prononcés, Nikki reprit sa posture de chef. Se redressant, toute détente évanouie, elle posa son bol.

— D'abord, je confirme ma décision de ne pas te laisser faire des recherches sur Dennis Crawford et ce, d'autant plus que tu n'appartiens plus à Orion, dit-elle fermement. Mais après vous avoir entendus exposer votre théorie sur l'incendie, j'ai saisi que quelqu'un pouvait s'en être pris à Victor et, par conséquent, à mon agent, et j'ai eu un réflexe de protection maternelle.

Elle leva la main pour stopper tout commentaire.

— Crois-moi, c'est un drôle de sentiment. Mais c'était une bonne chose, puisque cela m'a poussée à étudier personnellement le parcours de Dennis Crawford.

Mark et Kelli étaient suspendus à ses lèvres.

— Comme vous le savez, quand Orion accepte un client, nous faisons des recherches approfondies sur les gens qu'il connaît. Nous essayons de découvrir s'il y a des menaces — encore plus depuis la débâcle du contrat d'Oliver dans le Maine, il y a quelques années. Comme Dennis était l'éditeur de l'article et avait des contacts par mail avec Victor, nous avons veillé à l'inclure dans ces recherches. Mais… quelle que soit la dose d'efforts que nous fournissons ou le nombre de scénarios que nous examinons, certaines personnes ont tendance à devenir imprévisibles.

Mark posa son bol et Kelli se pencha en avant. L'expression de Nikki se durcit.

— Je viens de me rendre compte que Dennis fait partie de ces gens.

13

Le silence se fit, enveloppant les trois adultes. Même les couinements de cochon du dessin animé ne parvinrent pas à rompre leur concentration.

Enfin, Mark prit la parole.

— Tu dis que Dennis Crawford est devenu imprévisible ? Comment ?

En posant la question, il s'efforçait de se souvenir d'un détail sortant de l'ordinaire. Le seul contact que l'éditeur retraité avait eu avec Victor avant l'incendie était un mail de travail, qui n'avait rien d'alarmant.

— Ce n'est pas *comment* qui importe, mais *quand*, répondit Nikki.

Elle regarda Kelli et poursuivit :

— Après l'incendie, je vous ai gardés à l'œil, toi et le contrat, jusqu'à ce qu'il soit établi que c'était Darwin McGregor l'incendiaire. J'ai aussi gardé sous surveillance les gens les plus proches de l'affaire. Il ne s'est rien passé de suspect.

— Les gens ? releva Kelli.

Nikki prit un air d'excuse.

— Ta copine Lynn, les amis de Victor et même sa famille, dont ses deux cousins au Danemark, ainsi que Dennis et la fondation.

Mark en fut surpris.

— Tu as surveillé la Fondation Bowman ?

— Oui, mais en surface, pour m'assurer qu'ils étaient bien ce qu'ils disaient être. Rien de plus. Dennis semblait aussi se comporter normalement, vu les circonstances.

Elle n'eut pas à faire de pause pour ménager un effet dramatique. Mark était déjà ferré.

— Jusqu'au procès. Parce que après, il a pris des décisions plutôt atypiques.

Elle leva trois doigts.

— Premièrement, il a engagé un agent immobilier en Floride.

— Il voulait déménager ? questionna Kelli, les yeux écarquillés.

— Pour autant que je sache, il n'est jamais allé nulle part, coupa Nikki. Au lieu de ça — elle leva un deuxième doigt — il a pris sa retraite avec quelques années d'avance. Et, troisièmement, juste avant de se ranger, il a fait un don considérable à une organisation charitable, autre que la Fondation Bowman.

Mark avait du mal à croire ce qu'il entendait.

— On dirait qu'on a un deuxième Darwin.

Nikki lui lança un regard interrogateur.

— Un deuxième Darwin ?

— Nous pensons qu'il a été payé pour porter le chapeau, expliqua Kelli.

— Et apparemment, quelqu'un d'autre a été payé, renchérit Mark. Prendre sa retraite, envisager de déménager et donner de l'argent à une association, tout ça après le procès ?

— Ou alors c'est le signe d'autre chose, suggéra Nikki.

— Mais ça ne peut pas être une coïncidence, insista Mark. Deux personnes qui changent de vie après l'incendie ? C'est forcément lié.

Nikki leva l'index.

— Lié, peut-être, mais qui peut dire si c'est Dennis qui est derrière tout ça ?

Mark pencha la tête vers Kelli pour savoir ce qu'elle en pensait. Une tempête d'idées se lisait dans ses yeux. Il aurait pu les contempler pendant des heures sans s'en lasser. Ils étaient si beaux.

Il détacha son regard d'elle avec effort. Bon sang, il était attiré par elle, bien plus qu'il n'aurait dû ! Il devait garder son sang-froid pour la protéger.

— Écoute, je ne suis pas en train de suggérer que Crawford n'est pas coupable, ajouta Nikki. Mais j'essaie de me mettre à sa place. C'est un homme qui adore son travail. Il l'adore tellement que c'est devenu toute sa vie. Il n'est pas marié, n'a pas d'enfants et sans doute pas beaucoup d'amis. Pourquoi ? Parce qu'il a toujours gardé le nez sur le guidon. On ne lui a pas offert son poste à *Scale*, il l'a arraché à force de travail. Puis, tout à coup, non seulement il démissionne, mais il essaie de déménager ? Pour moi, ça ressemble à un homme qui prend la fuite.

— Alors où veux-tu en venir ? demanda Mark.

— Au fait que Crawford est une victime et non un coupable.

Un autre silence s'abattit sur le trio.

— Pendant que vous cogitez là-dessus, je dois passer un coup de fil.

Nikki alla mettre son bol dans l'évier et se dirigea vers le hall d'entrée, téléphone déjà à l'oreille. Elle referma la porte derrière elle, les laissant à leurs pensées.

— Elle a raison ! lança Kelli. Dennis est peut-être aussi une victime de ce qui se passe. Mais *qu'est-ce* qui se passe, bon sang ?

Elle jeta vivement un coup d'œil à Grace. Heureusement, celle-ci semblait avoir oublié qu'ils se trouvaient dans la pièce.

— Que Dennis soit ou non une victime, cela ne change rien au fait qu'il sait quelque chose, ajouta-t-elle.

— Alors il faut découvrir ce que c'est, conclut Mark.

Il se leva et lui tendit la main pour l'aider à se relever. Soudain, ils furent tout près l'un de l'autre, main dans la main. À ce contact, tout le corps de Mark s'éveilla. Cette prise de conscience le ramena plus que jamais à la réalité : il ne méritait pas Kelli.

Il laissa retomber sa main et recula d'un pas.

— Alors pourquoi ne pas poser la question à Dennis demain ?

Kelli hocha la tête, les yeux écarquillés.

— Ça me paraît une bonne idée !

La conversation sur Dennis, l'incendie et tout le reste retomba. Kelli et Mark firent la vaisselle et Nikki revint les assister en finissant sa bière. Grace finit par se lasser des dessins animés et commença à pleurnicher en se frottant les yeux.

— Il faut que nous rentrions, déclara Kelli en prenant la petite dans ses bras. On n'a pas fait sa sieste à cause de tata Lynn, qui adore me torturer.

— Elle n'est pas la seule à être fatiguée, observa Nikki avec un bâillement. Tout le monde n'a pas fait un bon somme…

Elle lança un regard appuyé à Mark et tous trois se mirent à rire.

— Ça ne compte donc pas que ç'ait été contre mon gré ?

Nikki secoua la tête.

— Que tu aies dormi n'enlève rien à ma fatigue.

Puis elle se tourna vers Kelli, qui refaisait le sac de Grace.

— En parlant de dormir, Thomas est disponible et prêt à y aller. Si tu es toujours d'accord, il remplacera Jonathan pour la nuit.

Kelli acquiesça en souriant, à la grande confusion de Mark.

— Pendant que tu dormais, nous avons discuté du

fait que ce serait une bonne idée de vous donner un répit à Jonathan et à toi, expliqua Nikki. L'agent Thomas est hautement recommandé par Orion, et il m'a dit qu'il serait heureux de donner un coup de main. Donc, avant que tu ne te proposes pour surveiller la maison, je suggère que tu prennes une bonne nuit de repos. Demain, c'est le grand jour. Nous aurons besoin d'être en forme. Ou aussi en forme que nous pouvons l'être.

Mark avait envie d'argumenter — *il* aurait dû protéger Kelli, non un autre — mais cette impulsion était en partie égoïste, il en avait conscience. Thomas était un agent compétent et un homme de confiance, comme Nikki venait de le dire.

— Et pour l'inciter à se reposer, je vais te suivre jusque chez toi. Juste au cas où…, dit Nikki à Kelli. C'est sur mon chemin.

— Parfait ! acquiesça cette dernière.

Et il n'en fallut pas plus pour que les trois femmes sortent de l'appartement, laissant Mark seul sur le pas de la porte, pendant qu'elles s'engouffraient dans l'ascenseur.

— Tu en avais du monde ! lui lança Craig, son voisin.

Il avait un gros sac-poubelle à la main. C'était sans doute la première fois qu'il voyait tant de gens sortir de chez Mark.

— Juste un coup de main à des amies, mentit Mark, sans savoir pourquoi il évitait de dire la vérité.

Nikki était certainement une amie — une amie un peu lointaine, dernièrement, mais autrefois une grande amie. En revanche, Kelli ? À partir d'une très courte relation passée, ils avaient bâti une confiance partagée en travaillant au même but. Cela comptait-il comme une amitié ou seulement comme la réunion de deux âmes égarées ?

Il rentra dans son appartement, ces questions tournant dans sa tête.

Soudain, il comprit une chose avec certitude : sa solitude ne lui procurait plus aucun plaisir.

Kelli se cramponnait aux deux gobelets de café comme s'il s'agissait d'ancres. Pas physiques, bien sûr. Elle se déplaçait rapidement dans ce couloir qui lui devenait familier. Mais, sur le plan émotionnel, ils semblaient liés aux sentiments qu'elle éprouvait envers l'ex-garde du corps, et l'aidaient à les maintenir hors de vue et de pensée.

Parce que éprouver des sentiments — n'importe quels sentiments — pour un homme qui l'aidait à rendre justice à son mari assassiné, était tout bonnement trop compliqué.

Aussi, quand elle frappa à la porte de Mark, elle essaya de se concentrer sur la chaleur des gobelets contre sa peau, plutôt que sur son excitation à l'idée de le voir.

— Bonjour ! chantonna-t-elle quand la porte s'ouvrit.

C'était peut-être un peu trop enthousiaste, et elle se mit à rougir. Mark, Dieu le bénisse, n'eut même pas l'air surpris. À la différence de sa première visite, il était vêtu de pied en cap. Kelli en fut un peu déçue… Puis se morigéna de l'être.

— Je me demandais quand tu allais passer, fit-il d'un ton où l'amusement perçait clairement.

Souriant, il l'invita à entrer d'un grand geste.

— Même si je me demande comment tu es encore rentrée…

— Tes voisins sont gentils, expliqua-t-elle. Et comment savais-tu que j'allais venir ?

Il se mit à rire et tapota sa tempe.

— Je me suis accoutumé à ta routine. Tu es venue tous les jours, ces derniers temps. Alors ce n'était qu'une question d'heures. Mais je dois dire que je n'avais pas prévu le café.

Ses yeux s'éclairèrent tandis qu'il prenait les gobelets.

— Ce serait un grave euphémisme de dire que tu as eu de la chance de trouver quelque chose dans mon garde-manger hier. Je n'ai pas fait les courses depuis deux semaines, au moins. Ce qui veut dire pas de café, et j'en avais bien besoin.

Kelli lui tendit un des gobelets. Il continua de sourire et elle en fut ravie.

— Tu veux dire que tu n'as pas assez dormi cette nuit ? Même avec ta sieste bien méritée ?

— Je n'ai pas si bien dormi après votre départ. C'était trop silencieux.

Au lieu d'aller vers le canapé, Kelli s'installa sur l'un des tabourets de bar, dans la cuisine, et s'efforça de ne pas se réjouir de ce que Mark venait d'avouer à demi-mot : elle lui avait manqué. Néanmoins, cela renforçait sa théorie selon laquelle il était solitaire.

Ce n'était pas seulement pour Victor et pour elle qu'elle voulait arrêter le meurtrier, mais aussi pour Mark, dans un sens. Plus elle passait du temps avec lui, plus cela devenait évident : lui aussi avait souffert.

— Alors, je suppose que Jonathan est avec Grace et Lynn ?

Kelli acquiesça.

— Il est venu remplacer Thomas, qui a accepté de me suivre jusqu'ici en retournant chez lui.

Elle avait fait au revoir au garde du corps à travers les vitres du hall, avant qu'il ne reparte.

— Vous les gens d'Orion, vous êtes tellement polis.

— Je me porte garant de Jonathan et de Thomas. Nikki leur fait confiance. Donc, moi aussi.

— Et moi, je *te* fais confiance, avoua Kelli.

Cela lui valut un regard reconnaissant — qui s'assombrit immédiatement, lui rappelant son inquiétude à elle.

Prenant une gorgée de café, elle s'efforça de revenir au présent.

— Bon alors, ce soir, l'objectif est de coincer Dennis et de lui poser des questions.

— Quand tu le dis, ça a l'air tout simple.

— C'est sûrement plus simple que l'autre objectif.

— L'autre ? fit Mark en levant un sourcil en réaction.

Ce geste soulignait, une fois de plus, sa beauté masculine.

Kelli s'éclaircit la gorge.

— Nous mettre sur notre trente et un, bien sûr.

Mark pâlit, ce qui la fit rire.

— Tu préfères coincer le bonhomme que t'habiller, pas vrai ?

Il n'eut pas besoin de répondre.

— Et c'est pourquoi je suis ici. Tu as quelque chose d'élégant à te mettre ? J'ai regardé les photos du dîner de l'année dernière, et…

Tirant son téléphone de son sac, elle le lui tendit.

— C'est comme leur building, ils n'hésitent pas à faire dans le haut de gamme.

Mark se renfrogna en contemplant une photo de groupe, sur laquelle les hommes portaient des smokings et les femmes des robes qui valaient sans doute plus que la voiture de Kelli.

— J'ai un smoking, grogna-t-il d'un air malheureux. Mais je ne l'ai pas porté depuis longtemps. Je ne sais même pas s'il me va.

Kelli tapa dans ses mains.

— Fais voir !

Mark lui lança un regard sceptique.

— Tu es venue assister au relooking ?

— Je suis venue parce que Lynn m'a dit qu'elle jouerait à la Jolie Princesse avec Grace, pendant que je ferais mes courses. Et on ne pose pas de questions quand une baby-sitter fait une offre pareille. Mais, oui, je suis venue dans cette idée, reconnut-elle avec un grand sourire. J'imagine que tu fais aussi partie du jeu de la Jolie Princesse.

Mark leva les yeux au ciel, avant d'aller dans sa chambre en traînant les pieds.

Kelli l'avait déjà remarqué : il n'était pas homme à prendre plaisir aux conventions de la haute société. Elle non plus d'ailleurs.

La mère de Victor, Claire, lui revint à l'esprit. Elle avait toujours adoré les mondanités. Le sourire aux lèvres et la gaieté au cœur, elle avait assisté à de nombreux événements, d'abord avec le père de Victor, puis avec Victor lui-même. Celui-ci avait expliqué à Kelli que c'était l'assurance que lui procurait le fait de s'habiller pour l'occasion qui lui plaisait par-dessus tout.

Claire avait tenté de transmettre ce sentiment à Kelli. Avant même qu'elle ne se fiance avec Victor, elle lui avait acheté une magnifique robe du soir. Mais elle était tombée malade et était morte avant de voir Kelli la porter. Rangée dans une boîte, la robe attendait.

Kelli espérait pouvoir rendre justice à Claire comme elle aurait dû le faire des années auparavant.

Son café à la main, elle patienta, laissant ainsi ses pensées dériver.

Quelques minutes s'écoulèrent avant que la porte de la chambre ne s'ouvre à nouveau. Kelli faillit en laisser choir son gobelet. Elle n'aurait pas dû se retourner sans se préparer mentalement à cette image.

Les ancres émotionnelles qui retenaient ses sentiments naissants pour l'ex-garde du corps s'évaporèrent.

Le smoking lui allait, en effet.

Et comment !

14

— Ça me va si mal ? questionna Mark.

Kelli glissa maladroitement de son tabouret et résista à l'envie de se gratter la gorge.

Calme-toi, Kel ! C'est juste un bel homme dans un beau costume !

— Mal ? Oh non ! s'exclama-t-elle avec plus d'enthousiasme qu'elle n'aurait voulu.

Son visage la brûlait. Restait à espérer que le froid et l'humidité du dehors l'aideraient à dissiper le rouge de ses joues.

— Ce n'est pas la robe de la Jolie Princesse, mais c'est tout à fait convenable.

De coupe classique, le smoking semblait avoir été taillé sur mesure pour Mark. Il soulignait la largeur de ses épaules et mettait ses muscles en valeur. Bref, il lui donnait un sex-appeal incontestable.

Kelli n'aurait jamais cru rencontrer un homme qui lui donnerait à nouveau cette sensation.

Pourtant, il était là, tripotant sa cravate, inconscient de l'effet qu'il produisait sur elle.

— Laisse-moi faire, proposa-t-elle en s'approchant pour l'aider.

— Dis-moi que ça ne t'étonne pas que je n'aie pas de

cravate à clip, plaisanta-t-il comme elle s'emparait des extrémités.

Leur proximité physique l'empêcha de répondre. L'odeur de son après-rasage, agréable et en même temps musquée, lui faisait tourner la tête, tandis que la solidité de son torse sous ses mains la troublait au plus haut point.

Comme elle ne disait toujours rien, il lança :

— Et toi, tu as déjà une tenue pour ce pince-fesses ?

Elle déglutit et se concentra autant que possible.

— Oui, mais elle est à la maison. Je ne l'ai plus essayée depuis la naissance de Grace, alors je ne sais pas si elle m'ira.

— Je suis sûr que tu seras ravissante.

Kelli sourit à ce compliment.

— On verra. Il faut que je retourne à la maison pour vérifier que la fenêtre du bureau a été réparée comme il faut. Les nouveaux propriétaires m'en voudraient si je leur laissais une maison en mauvais état.

Une soudaine vague d'excitation la gagna.

— Hé ! Tu voudrais voir ma maison ?

— Mais… je l'ai vue, rappela-t-il en levant un sourcil.

Elle se mit à rire.

— Non, je parle de la nouvelle ! D'accord, elle n'est pas aussi grande et élégante, mais j'aime à penser qu'elle est jolie et confortable.

Une expression bizarre passa sur les traits de Mark tandis qu'elle finissait de nouer sa cravate. Une expression pas totalement négative mais qui lui donna à réfléchir. Avait-elle outrepassé les limites ? Elle se concentra sur le nœud et ajouta vivement :

— Tu n'es pas obligé. Ça n'a rien à voir avec Dennis, l'incendie ou quoi que ce soit. C'est juste que…

Elle observa prudemment ses yeux verts. Leur expression égale lui arracha la vérité.

— Je voulais juste te faire partager mon bonheur. Mais c'est un peu cucul, finit-elle avec un sourire d'excuse.

Mark esquissa un sourire et lui prit les mains, qu'il tint en l'air et pressa légèrement.

— Je suis certain qu'un peu de bonheur ne nous ferait pas de mal, articula-t-il d'une voix si basse qu'elle en était proche du murmure.

Troublée par la chaleur de sa peau sur la sienne, Kelli s'interrogea sur le sens de ces mots. Peut-être était-ce son imagination, mais Mark semblait vouloir se rapprocher d'elle et modifier la nature de leur relation.

Elle inclina la tête, se préparant à recevoir un baiser, mais il n'en fut pas ainsi. Mark laissa retomber ses mains, puis recula comme il l'avait fait la veille.

Kelli fit un effort pour cacher sa déception.

— Laisse-moi remettre de vrais habits et on y va, dit-il d'une voix redevenue normale.

Son sourire, toutefois, s'était évanoui.

Peut-être ne faisait-elle qu'*interpréter* ses paroles.

Sa nouvelle maison était située à Lake Dallas, une charmante banlieue résidentielle, beaucoup plus abordable que d'autres. Elle était à vingt minutes de voiture de la maison de Lynn — une autre raison qui lui avait fait aimer la maison —, mais beaucoup plus loin de l'appartement de Mark.

Ce dernier point, se rendit-elle compte avec une pointe de chagrin, était le seul défaut d'une maison par ailleurs parfaite.

Enduite de crépi gris clair, la construction avait deux chambres, du parquet en bois et un espace ouvert qui permettrait à Kelli de garder Grace à portée de vue depuis la cuisine ou le salon.

Cette maison était petite, mais comme Kelli l'avait dit à Mark, c'était tout ce qu'il lui fallait.

— Elle me plaît, commenta Mark alors qu'ils en achevaient la visite. Elle est charmante.

— Ha ! ha ! c'est une façon polie de dire qu'elle n'est pas bien grande.

— C'est aussi une façon polie de dire qu'elle est charmante, rétorqua-t-il.

Ils quittaient ce qui serait la chambre de Grace pour entrer dans la cuisine.

— Bon, il faudra faire quelques aménagements et, bien sûr, repeindre.

Tous deux contemplèrent le vert olive des murs du salon.

— Mais nous pouvons y emménager dès à présent et y vivre heureuses.

— Quand commences-tu à déménager ?

Kelli soupira.

— Concrètement, je pourrais le faire tout de suite, mais j'ai programmé les déménageurs pour la semaine prochaine. Apparemment, j'ai choisi une période d'affluence.

— Tu sais, je suis sûr de pouvoir réunir assez d'hommes pour le faire à nous tout seuls, dit-il avec un clin d'œil. Je connais des tas de gardes du corps et des tas d'ouvriers du bâtiment. Si tu n'as rien contre les hommes en sueur…

Kelli était sur le point de lui répondre par une boutade quand l'attention de Mark fut attirée par les vibrations de son téléphone, dans sa poche.

— Excuse-moi une seconde, dit-il en levant un doigt.

Prenant l'appareil, il sortit dans le jardin. Apparemment, il préférait être seul pour répondre, ce qui ne choqua pas Kelli. Mais elle était tout de même curieuse : Mark avait admis qu'il était célibataire, mais cela ne voulait pas dire qu'il n'avait pas d'admiratrices. En dehors de Nikki et Jonathan, avait-il une vie sociale ? Elle n'en savait rien.

Tandis qu'il parlait à son interlocuteur, elle parcourut la maison, essayant de repérer là où elle placerait les meubles la semaine suivante. Elle était en train de se représenter sa chambre quand un coup résonna à la porte d'entrée.

Perplexe, et légèrement nerveuse à l'idée de rencontrer un voisin, elle traversa vivement le salon et ouvrit la porte.

— Dennis ?

Son estomac se noua d'un coup.

— Que faites-vous ici ?

Une paire de lunettes de soleil sur le nez, Dennis ne souriait pas et Kelli se tendit un peu plus. En dehors de son agent immobilier, de Lynn et de Mark, personne ne savait où se trouvait sa nouvelle maison. Alors pourquoi était-il là ? Les avait-il suivis ?

— Je veux vous dire quelque chose et je veux que vous m'écoutiez, grogna-t-il.

Sa colère était évidente, au moins dans les quatre derniers mots. Kelli recula, comptant sur le réconfort de sa nouvelle maison pour apaiser sa peur.

— Il faut que vous cessiez de fouiller dans le passé. Laissez tomber cette histoire — elle n'a pas besoin d'être racontée.

— Pourquoi ? fit-elle d'une voix chancelante. Que se passe-t-il ? Qu'est-ce que Victor a découvert ?

Sa résolution grandissait à chaque question. Elle était déterminée à tout savoir, sur-le-champ.

— Victor est mort, Kelli, l'interrompit-il dans un murmure rauque qui la suffoqua. Il n'a rien trouvé et il est quand même mort. Et maintenant vous voulez savoir ce qui l'a tué ? Pourquoi ? Pour qu'il vous arrive la même chose à vous et à votre fille ?

— Je vous *interdis* de parler de ma fille, assena-t-elle avec une fureur contenue.

Elle fit un pas en avant. Elle avait envie d'étrangler Dennis.

Mais il la toisa.

— Savez-vous comme ça a été facile de trouver votre maison, Kelli ? Combien de temps croyez-vous que vos gardes du corps pourront vous protéger, vous et ceux que vous aimez ?

Cela fit retomber un peu plus la colère de Kelli.

— Vous croyez qu'ils peuvent vous garder chaque minute de chaque jour ? Regardez ce qui est arrivé à Victor. Comment savez-vous que ça n'arrivera pas encore ?

— Est-ce… une menace ? bredouilla-t-elle, complètement déstabilisée.

— Juste matière à réflexion pour une jeune maman.

Il pencha la tête pour croiser son regard et déclara d'une voix dangereusement basse :

— N'allez pas au dîner de ce soir. Ne posez plus de questions. Et donnez-moi ce fichu carnet.

Kelli croyait à la détermination et à la confiance en soi, mais elle savait aussi que les émotions avaient le pouvoir de les ébranler. Par amour pour Grace, Victor et Lynn, elle fit donc ce que Dennis lui demandait : elle prit le journal dans son sac et le lui tendit d'un geste brusque.

— Ne revenez jamais ici, ajouta-t-elle.

Dennis prit le carnet sans l'ombre d'un sourire.

— J'espère que je n'aurai pas à le faire.

Elle n'attendit pas de le voir monter en voiture pour traverser la maison en courant et sortir par la porte de service.

Mark se retourna en entendant ses pas et, en un clin d'œil, changea de comportement.

— Laisse-moi te rappeler, dit-il au téléphone avant de raccrocher. Que se passe-t-il ?

— Dennis vient de passer, lâcha-t-elle en pointant le doigt derrière elle. Je… Je lui ai donné le journal de Victor.

Elle plaqua une main sur sa bouche, regrettant déjà son

geste impulsif. Mark l'agrippa par les épaules, l'obligeant à le regarder.

— Ça va ? Il t'a fait mal ?

Elle secoua la tête tandis qu'il tournait déjà les talons pour traverser la maison en courant.

« Qui sait si cela n'arrivera pas encore ? »

Se précipitant à son tour à l'intérieur, Kelli prit son téléphone, appela Lynn et attendit qu'elle décroche pendant ce qui parut une éternité.

— Grace est avec toi ? Tu peux la voir ? hurla-t-elle enfin.

— Bien sûr que oui, répondit Lynn.

Kelli en tremblait au téléphone.

— Où pourrait-elle être sinon ? Qu'est-ce qui ne va pas ? s'enquit Lynn.

Kelli écarta l'appareil et le pressa contre sa poitrine. Elle inspira à fond avant de continuer :

— Lynn, il faut que je te dise quelque chose, mais d'abord, promets-moi que tu resteras à la maison jusqu'à mon retour. D'accord ?

Lynn, Dieu la bénisse, la connaissait assez pour lui faire confiance. Et pour comprendre sa frayeur.

— D'accord, je te le promets.

Mark revint au moment où Kelli raccrochait.

— J'aurais dû le gifler au lieu de donner le carnet, pesta-t-elle.

Mark lui prit la main avec une expression féroce.

— Non, c'est moi qui n'aurais pas dû être dans le jardin. J'aurais dû te protéger.

Il regarda autour de lui comme pour passer ses nerfs sur quelque chose. Heureusement, il n'y avait rien.

— Ce n'est pas ta faute s'il est aussi horrible, lui assura-t-elle. Ce n'est pas ta faute si je n'ai pas pu laisser tomber cette histoire. Oh ! Seigneur, qu'est-ce que j'ai fait ?

Elle paniquait complètement.

— Et si Grace, ou Lynn, ou toi, vous êtes blessés à cause de moi ?

Posant la main sur sa nuque, Mark lui inclina la tête et, avant que sa panique ne se transforme en larmes, pressa sur ses lèvres un baiser d'une telle force qu'elle vacilla.

Manifestement, il voulait l'obliger, par ce moyen aussi simple qu'efficace, à reprendre son calme et à revenir à la réalité. Lui rappeler qu'elle n'était pas seule et n'avait pas à protéger tout le monde.

Il mit fin à ce court baiser avec un regard de feu.

— Ce n'est pas toi qui as tort. Je t'ai promis de découvrir qui est ce type.

— Comment ?

— Je vais reprendre le collier.

15

— Je tiens à ce qu'on note que je considère ça comme une très mauvaise idée !

Assise au bout du canapé, les bras croisés, Lynn les fusillait du regard. Comme elle portait toujours sa robe rose de princesse avec un collier de perles assorti, sa désapprobation avait quelque chose de comique.

— Bon sang, ce n'est même pas une idée, quand on y réfléchit.

Mark devait lui accorder ça. Il jeta un coup d'œil en direction de sa chambre, où Kelli couchait Grace pour une sieste.

— D'après mon amie au commissariat, il faut prouver que Dennis constitue une menace, intervint Nikki depuis son tabouret de bar.

Jonathan était assis à côté d'elle, finissant le reste des pâtes.

— Dennis semble faire partie de ces types qui ont besoin de parler, dit-il une fois avalée sa dernière bouchée. Tout ce que vous avez à faire, c'est sans doute d'aller le voir et de discuter avec lui. L'enregistreur fera le reste.

Tout le monde tourna le regard vers le petit cylindre noir posé sur la table du salon, cadeau d'un des contacts de Nikki. L'un des avantages de retravailler pour Orion, songea Mark, c'était que la directrice avait tout un tas de moyens à sa disposition.

— Quand il se sera trahi, revenez me voir et on ira tout droit chez les flics.

Lynn renifla d'un air contrarié.

— Alors on ignore les inconnues du problème ?

Elle s'adressa à Mark.

— Que se passera-t-il s'il a — je ne sais pas, moi — un revolver ou un couteau, ou qu'il décide de vous faire taire une bonne fois pour toutes ?

Elle fronçait violemment les sourcils, et les traits de son visage s'étaient durcis. De toute évidence, le simple fait d'exprimer une hypothèse dans laquelle sa meilleure amie était en danger la bouleversait. Mark n'aimait pas se la représenter non plus.

— Je ne le laisserai pas faire, lui assura-t-il.

— Et je ne peux pas imaginer Dennis faisant cela, renchérit Jonathan.

— Pourquoi ? voulut savoir Lynn.

— Parce qu'il ne l'a pas fait jusqu'ici, malgré toutes les occasions. Pourquoi le ferait-il maintenant, en public ?

Lynn se rejeta en arrière, contre les coussins.

— Je n'arrive toujours pas à saisir cette histoire. Nous ne savons pas ce que Victor a découvert. Et si c'était un gigantesque malentendu, une série de coïncidences, et que nous sommes trop paranos pour nous en rendre compte ?

— Je me suis dit la même chose, confessa Nikki avec un sourire d'excuse à Mark. Au début, je pensais que c'était le chagrin qui leur obscurcissait le jugement, une sorte de culpabilité mal placée. Tu sais, comme le fait de voir des signes qui n'existent pas.

Elle se tourna vers Lynn.

— Mais nous avons découvert que Darwin McGregor avait reçu assez d'argent pour apurer les dettes de sa grand-mère, l'installer dans une maison de retraite luxueuse et disposer encore de quelques économies.

Elle leva l'index.

— Ça, plus le comportement étrange de Dennis ? Quoi qu'il se passe, cet homme essaie de tirer les ficelles pour qu'on n'en parle pas. Qui dit qu'il va s'arrêter, simplement parce que Kelli a promis qu'elle le ferait ?

Un silence s'abattit sur la pièce.

Mark se rappela la frayeur de Kelli quand elle lui avait raconté la visite de Dennis. Il avait raccroché avec Darling, mais l'avait rappelée après avoir officiellement repris son poste. Il avait parlé à son mari.

« Je vais faire comme si tu n'avais pas téléphoné à ma femme pour lui demander son aide sans même te donner la peine de m'en parler, avait commencé Oliver, sans lui laisser le temps de s'excuser. Mais je vais quand même te dire quelque chose. Je sais que Darling a confirmé tes soupçons sur Darwin. Il a été payé. Mais elle n'a aucune idée de qui a fait ça. Il n'y a pas de trace de la transaction et elle a fait des recherches toute la nuit. Nous avons même demandé à Derrick et à ses contacts dans le renseignement, mais il n'a pas pu nous fournir un nom ou un lieu. Celui qui est derrière tout ça — qu'il s'agisse de Dennis ou non — est très doué. Il est dangereux. Fais attention à toi. »

Et voilà qu'il était en réunion dans son appartement avec le meilleur garde du corps qu'il connaisse, sa patronne, une amie très inquiète, une petite fille et une femme qu'il avait embrassée dans un moment d'abandon. Et tous réfléchissaient à un plan pour mettre un terme à cette histoire.

Les risques étaient grands, Lynn avait raison. Pour autant, ils ne pouvaient rester les bras croisés, en feignant que tout allait revenir à la normale. Pas après que Dennis fut passé chez Kelli, pas après qu'il eut mentionné Grace.

— Bon, c'est pour ça qu'on a inventé la bière, dit finalement Lynn.

Malgré l'humeur sombre qui régnait dans la pièce, cela lui valut des rires. La tension se dissipa un peu.

— Vous savez, je suis curieux de voir ce que Mark va porter, déclara Jonathan. Je crois que la seule et unique fois où je l'ai vu bien habillé, c'était au mariage d'Oliver. Et même là, je me rappelle qu'il s'est changé entre la cérémonie et la réception.

Nikki éclata de rire.

— C'est vrai ! Pendant la cérémonie, il était en smoking et dès qu'elle a pris fin, on l'a vu réapparaître en chemise de flanelle !

— De flanelle ? fit Lynn avec une grimace. Je suis fan de flanelle, mais ce n'est pas vraiment la tenue qui convient pour un mariage.

Mark leva les mains.

— Hé, je n'ai pas porté de flanelle au mariage. Juste à la réception et, pour être honnête, c'était une petite réception et elle se déroulait chez eux.

— Tous les invités portaient leurs meilleures fringues et voilà Mark qui se ramène en bûcheron, intervint Jonathan en souriant à ce souvenir.

— Dites-moi que vous avez pris une photo, supplia Lynn. Je n'arrive pas me représenter Mark le Bûcheron dans toute sa gloire.

— Oh oui ! On a pris une photo avec Darling, pour être sûres de ne pas oublier, confirma Nikki.

Elle se tourna vers Mark avec une expression un peu attristée.

— Tu l'as encore ou…

Ou tu l'as jetée quand tu as décidé que tu n'avais plus besoin d'amis ? finit Mark silencieusement. Ces derniers jours lui avaient démontré à quel point il était facile de revenir à ceux qui étaient autrefois ses meilleurs amis. Il avait eu mal quand ils ne l'avaient pas cru à propos de la mort de Victor, mais il comprenait désormais leur point de vue. Ils essayaient de le protéger de lui-même — de son chagrin et de sa culpabilité — en l'encourageant à tourner la page. À cesser de chasser les fantômes pour vivre sa vie. Au lieu d'essayer de se mettre à leur place, il avait décrété qu'ils ne lui faisaient plus confiance.

En contemplant leurs visages ouverts, avides de l'aider, il regretta de ne pas avoir agi différemment. Quand tout serait fini, il devrait faire amende honorable.

— Bien sûr que je l'ai toujours. J'ai des photos de tout le monde au mariage. Y compris une de Jonathan qui s'essaie au breakdance, mentionna-t-il avec un large sourire.

Pour toute réponse, l'intéressé émit un grognement.

— Je vais aller les chercher.

Il voulait prouver à Nikki et Jonathan qu'il ne les avait pas complètement exclus de sa vie les deux années précédentes. Et puis, il voulait aller voir Kelli. Ça le chiffonnait de la savoir toute seule. L'apparition de Dennis Crawford l'avait rendu nerveux.

La porte de la chambre était entrebâillée. Il la poussa avec lenteur pour ne pas réveiller Grace si elle s'était endormie. La pénombre régnait dans la pièce, mais une lueur en provenance de la fenêtre permettait d'y voir.

En s'avançant, il croisa le regard de Kelli. Grace et elle étaient allongées sur le lit, les bras de la petite fille autour de sa mère.

Mark désigna son placard et s'en approcha sur la pointe des pieds.

Ayant trouvé la boîte à chaussures qu'il avait baptisée Doliver, mélange de Darling et Oliver, il battit en retraite tout aussi silencieusement.

— Comment ça se passe là-bas ? chuchota Kelli.

Surpris par sa voix, il sursauta et se retourna.

— Ne t'inquiète pas. Quand elle dort comme ça, on

pourrait réciter tous les épisodes de Dora l'exploratrice sans la réveiller. Un vrai loir.

Elle sourit.

— Tu veux me tenir compagnie jusqu'à ce que la petite pieuvre décide de me lâcher ?

Mark étouffa un rire et hocha la tête.

— C'est la première fois qu'on me fait ce genre d'avances !

Se débarrassant de ses chaussures, il posa la boîte par terre et s'allongea avec précaution de l'autre côté du lit. Grace remua un peu, mais ne se réveilla pas et ne lâcha pas sa mère.

— On l'a échappé belle, soupira Kelli. Elle a l'air gentille, comme ça, mais si tu la réveilles avant qu'elle ait dormi tout son soûl, c'est la guerre. Et on a assez de pain sur la planche en ce moment. En parlant de guerre, comment vont les troupes ?

Mark posa la tête sur l'oreiller et contempla le plafond.

— Nous avons vu et revu le plan dans tous les sens — non qu'il soit compliqué — et tout le monde est prêt. Mais Lynn pense qu'on ne devrait pas le faire… Et moi aussi, avoua-t-il.

— Tu penses que ça ne marchera pas ?

— Si, probablement. Jonathan est d'avis que Dennis nous parlera s'il nous voit arriver malgré son avertissement. Je suis d'accord avec lui.

— Alors pourquoi ne devrions-nous pas y aller ?

Mark tourna la tête vers elle. Dans la lumière ténue, ses yeux gris-vert étaient clairs.

— Parce que Lynn a quand même raison. Et s'il sort une arme et essaie vraiment de te faire du mal ?

Il en avait du mal à déglutir. Cette perspective le bouleversait. Ses émotions semblaient prêtes à s'extérioriser. Mais était-ce le moment ? Le lieu ? Serait-ce jamais le moment ou le lieu ?

— Alors tu le neutraliseras. Tu me protégeras, répondit simplement Kelli.

La confiance qu'elle plaçait en lui était si pure que Mark ne put s'empêcher de dire :

— Je n'ai pas pu protéger Victor.

Kelli cilla. Elle ne s'était manifestement pas attendue à cela. Il en profita pour ajouter :

— Si je l'avais fait, tu n'aurais pas besoin de protection maintenant. Pas de ma part. Je suis tellement navré, Kelli.

L'angoisse, la culpabilité s'étaient finalement frayées un chemin au-dehors. Être allongé là, avec la femme et la fille de Victor, était plus qu'il n'en pouvait supporter. Il voulait que Kelli sache qu'il était conscient de l'avoir laissée tomber de la pire des manières. Il ne pouvait nier plus longtemps ce qu'il éprouvait pour elle. Comme le baiser, cet aveu avait jailli d'un désir intérieur qu'il n'arrivait plus à réprimer.

S'attendant à ce qu'elle entende raison — à savoir que sa confiance était mal placée —, il fit mine de se lever. Dans le mouvement, le matelas bougea, juste assez pour déranger Grace. Avant que Mark ne puisse s'esquiver, la petite fille se retourna et agrippa son bras. Il se figea et, comme la petite pieuvre qu'elle était, elle noua ses bras autour du sien et blottit son visage contre sa chemise.

Il resta immobile jusqu'à ce qu'elle se rendorme profondément. Il voulait rendre au moins un service à Kelli, même si cela consistait seulement à ne pas réveiller sa fille. Toutefois, il n'était pas accoutumé à l'affection d'un enfant, même endormi. Il lança un regard incertain à sa mère.

Elle sourit, et la pièce autour d'elle parut s'illuminer.

— Mark, je ne vais te le dire qu'une fois, alors s'il te plaît, écoute-moi bien.

Elle posa une main sur la sienne.

— Je ne t'ai *jamais* reproché la mort de Victor et je ne te la reprocherai *jamais*.

Elle lui pressa la main puis caressa celles de Grace.

— Tu veux savoir pourquoi ?

Sidéré par ses paroles, Mark ne put qu'acquiescer.

— Parce que, quoi que tu aies fait d'autre cette nuit-là, à la fin, tu m'as sauvée. Ce qui veut dire que tu as sauvé Grace.

Négligeant de suivre son propre conseil consistant à ne pas toucher l'enfant, elle se pencha par-dessus sa fille et effleura les lèvres de Mark. Le baiser fut si léger qu'il crut un instant l'avoir imaginé.

— Et pour ça, je te serai éternellement reconnaissante. Alors, en tant que veuve de Victor, je dois te demander d'arrêter de te reprocher tout ce qui a pu se passer ou pourrait se passer. Victor te dirait la même chose s'il pouvait te parler. Je te le jure. Il est temps pour toi — et pour moi — d'arrêter de vivre dans le passé.

Elle s'interrompit et regarda sa fille.

— Il est temps que nous commencions à penser à un avenir meilleur.

Tendant la main, elle lui attrapa le menton.

— Fini ce truc d'âme torturée, d'accord ?

Mark trembla de tout son corps, comme si ce simple contact venait dissiper le fardeau qu'il portait depuis trois ans. Depuis qu'il l'avait enlevée dans ses bras pour la mettre en sécurité.

— D'accord, dit-il.

Et un sourire plus agréable qu'il n'en avait eu depuis longtemps lui étira les lèvres.

Kelli l'imita.

— Bien.

Elle recula lentement, roula sur elle-même et se leva prudemment.

— Maintenant, tu restes avec la petite pieuvre, pendant que je t'admire en bûcheron.

Elle s'empara de la boîte qu'il avait posée par terre.

— On parlait si fort que ça ?

Elle se moqua de sa surprise.

— Oh ! Je ne te l'avais pas dit… En plus de l'angoisse de la séparation, j'ai aussi une ouïe surdéveloppée. C'est une formule tout compris.

Elle ouvrit la boîte et en tira un album photos.

— Voyons si Mark Tranton porte aussi bien la flanelle que le smoking !

16

L'après-midi laissa rapidement place au début de soirée, et les reparties humoristiques moururent. Il était temps de mettre le plan en action, Kelli en avait conscience. Mais tous n'étaient pas d'accord sur la qualité de ce plan.

— Si je m'inquiète, c'est parce que je t'aime, affirma Lynn, assise au bord du lit.

Elle avait échangé sa tenue de Jolie Princesse contre un jean et un corsage blanc et jaune qui mettait en valeur son teint sombre. L'un des colliers jumeaux achetés par Kelli quand elles étaient à l'université pendait à son cou. Elles le portaient de temps à autre, quand elles se sentaient inquiètes l'une pour l'autre. La dernière fois que Kelli l'avait mis, c'était quand Lynn avait passé un entretien d'embauche. Quant à Lynn, elle l'avait porté lorsque Kelli était allée à l'hôpital pour qu'on déclenche son accouchement. C'était comme un grigri.

— Si tu t'inquiètes, je m'inquiéterai aussi, reprit Kelli. Mais il faut arrêter Dennis. Je ne lui fais pas confiance, Lynn.

Son amie soupira et acquiesça.

— Oui, oui, c'est juste que…

Elle fit la moue, comme pour choisir ses mots.

— Tu te rappelles quand tu m'as demandé d'être la marraine de Grace ?

Kelli se mit à rire.

— Bien sûr. Tu nous as fait un gâteau pour célébrer ça !

— Exactement ! J'étais tellement excitée, tellement fière, que je n'ai pas vraiment réfléchi à ce que cela signifiait… Jusqu'à aujourd'hui. Après que tu m'as raconté ce qu'il se passait.

Kelli pencha la tête d'un air interrogateur.

— Si quelque chose devait t'arriver, à Dieu ne plaise, j'élèverais cette môme tellement bien que tu serais fière de moi. C'est une promesse que je te fais, mais je n'ai pas envie de la tenir !

Les yeux embués, elle poursuivit :

— Grace et toi, vous êtes ma famille, et si quelque chose vous arrivait…

Kelli enveloppa son amie dans une chaude étreinte. Lynn n'avait pas la larme facile. Elle ne méprisait pas les émotions, mais, en général, elle ne s'épanchait pas. Pour une fois qu'elle était au bord des larmes, Kelli eut du mal à retenir les siennes.

— Il pourrait s'en prendre à Grace, Lynn, lui rappela-t-elle. Je ne vais pas attendre les bras croisés. Il faut que je fasse ça, mais j'ai besoin de toi, de tes bonnes vibrations.

— Alors laisse-moi venir avec vous, dit son amie en reculant pour la regarder dans les yeux. Je pourrais porter cette abominable robe orange que j'ai à la maison !

Puis elle s'interrompit, et ne prononça qu'un seul mot :

— Grace…

— J'ai confiance en Jonathan et Nikki, mais c'est à toi que Grace fait confiance. Elle et moi, nous avons besoin de toi ici.

Lynn baissa la tête et soupira de nouveau.

— Alors il faut que je mette en route mes bonnes vibrations.

Kelli applaudit. Elles étaient enfin sur la même longueur d'onde.

— Voilà l'esprit ! s'exclama-t-elle. Et maintenant, voyons cette robe…

Se plaçant devant le miroir de la porte de son placard, elle écarquilla les yeux face à son reflet.

Lâchés, ses cheveux encadraient de leurs boucles des yeux soulignés d'eye-liner noir et une bouche très, très rouge — grâce à Lynn — ainsi que de longues boucles d'oreilles en argent. Mais qui s'intéresserait à son visage avec une robe pareille ?

Se pomponner et sacrifier aux mondanités n'était pas son fort, mais elle ne pouvait le nier : cette robe lui allait à la perfection. Le fourreau en soie bleu marine lui découvrait le dos en un décolleté vertigineux et se terminait par une traîne élégante. Sur le devant, un décolleté plus modeste dévoilait la naissance de ses seins. De petites manches lui enserraient le haut des bras, tandis que le reste du fourreau moulait son corps, la forçant à repenser ses sous-vêtements. Ses souliers — qui disparaissaient sous l'ourlet de la robe — ne soutenaient pas la comparaison. Noirs, ils avaient plus d'une éraflure teintée au marqueur.

Kelli se tourna vers son amie.

— C'est trop ? Ou pas assez habillé ? lui demanda-t-elle en se rappelant la photo des femmes au dîner de l'année précédente.

— Tu es magnifique ! commenta Lynn. Mark va avoir du mal à se concentrer.

Kelli ne put se retenir de sourire.

— Ne t'imagine pas que je ne t'ai pas vue…, insista Lynn.

Elle agita la main en l'air

— Tu deviens toute chose quand on parle de lui ou qu'il est dans la pièce.

— Toute chose ?

— Oui. Je n'en ai pas parlé parce que je voulais que ce soit toi qui l'évoques la première, mais — vu que tu ne l'as pas fait et que tu t'apprêtes à aller voir un psychopathe en robe de bal — je préfère te dire qu'il serait temps que tu profites d'un peu de bonheur.

Elle ponctua cette phrase d'une expression affectueuse.

— J'approuve à cent pour cent ce Mark. C'est un type bien, tu sais. Mais ça ne veut pas dire que nous n'allons pas parler de ça quand tout sera fini.

Avec quelqu'un d'autre que Lynn, Kelli aurait rougi. Mais c'était sa meilleure amie, et elle se contenta de rire. Bien sûr, Lynn avait remarqué le changement d'atmosphère entre le garde du corps et elle.

— Marché conclu.

— Bon ! Et maintenant le moment est venu d'exhiber cette robe fantastique !

Kelli jeta un dernier regard au miroir. Elle se sentait vraiment belle dans cette robe, mais la beauté n'était pas le but de la soirée. C'était de pousser un homme à avouer ses péchés.

Au lieu de laisser Kelli sortir simplement de la chambre, Lynn décida de l'annoncer.

— Mesdames et messieurs, je vous présente la princesse Kelli !

Mark, qui jouait avec Grace, se leva et la contempla de haut en bas d'un air appréciateur.

— Tu es magnifique ! dit-il avec une expression d'admiration.

Cette fois, Kelli se mit à rougir.

— Tu n'es pas mal non plus, observa-t-elle en désignant sa tenue.

Comme dans la matinée, il incarnait la parfaite image de l'homme sexy en smoking.

— Rien à voir avec ta chemise en flanelle, renchérit Lynn.

— Ha ha ! rétorqua Mark sur le mode de la dérision.

Puis, en un clin d'œil, son humeur vira du tout au tout.

— Jonathan est déjà parti chercher un poste d'observation, annonça-t-il, les sourcils froncés. Nikki est en route. Tout ce que nous avons à faire, c'est nous équiper de ce truc et nous mettre en chemin.

Il s'empara du mini-enregistreur vocal puis regarda de nouveau Kelli de haut en bas. Il parut, lui aussi, rougir un peu.

— Ça m'étonnerait que ce truc tienne dans la robe ! maugréa Lynn.

— Il faut quand même le faire, au cas où Dennis déciderait de te parler quand je ne suis pas avec toi, insista Mark.

— Mais Lynn a raison, répliqua Kelli. J'ai eu du mal à rentrer dans la robe.

Un coup à la porte les interrompit avant que Mark puisse répondre. Il vérifia par l'œilleton de qui il s'agissait puis ouvrit à Nikki. Cette dernière les examina tous deux et siffla entre ses dents.

— Mazette… Qu'ils sont beaux !

— Merci, mais apparemment on a un problème. L'enregistreur ne tient pas dans ma robe. J'imagine que je pourrais le mettre dans ma pochette, mais ça pourrait sembler suspect durant le dîner.

Nikki leva la main.

— Je pense que j'ai une idée pour arranger ça.

Elle se dirigea vers le comptoir de la cuisine et y posa le sac qu'elle portait. Les trois autres se regroupèrent autour d'elle.

— Chez Orion, nous sommes pour l'utilisation de méthodes non létales, parce que nous sommes convaincus que nos agents peuvent affronter n'importe quel genre de situation, énonça-t-elle comme si elle répétait un discours. Ils ont de l'expérience et sont entraînés à faire en sorte que les clients ne soient jamais en contact avec leur agresseur. Mais il y a parfois des exceptions.

Elle sortit ce qui ressemblait à un vieux portable et s'adressa à Kelli.

— C'est un pistolet paralysant. Au cas où tu aurais besoin d'aide. Ça ressemble un peu à un téléphone, donc ça ne se verra pas.

— Un peu ?

Kelli échangea un regard de surprise avec Lynn.

— Si tu ne me l'avais pas dit, j'aurais essayé de passer un appel avec !

Nikki se mit à rire.

— Ne t'inquiète pas, je t'en aurais empêchée.

Mark sourit.

— Moi aussi, si ça peut te consoler.

— Et je t'en suis reconnaissante, mais qu'a donc à voir un pistolet paralysant avec le fait de cacher l'enregistreur ?

Nikki sortit un nouvel article de son sac : un cercle de tissu noir élastique avec une petite fente au milieu.

— C'est une jarretière ?

— En quelque sorte.

Nikki reprit le pistolet et le glissa dans la fente pour le faire tenir. Puis, elle prit l'enregistreur et le mit dans une petite poche que Kelli n'avait pas remarquée.

— Les femmes se servent de ces trucs pour transporter leur téléphone ou leur argent sans avoir à prendre de sac. Nous avons juste adapté l'idée pour les pistolets paralysants et les enregistreurs.

Elle tendit l'assemblage à Kelli.

— Maintenant, essaie-la.

— J'ai l'impression d'être une espionne, plaisanta Kelli.

À ces mots, Mark cessa un instant d'observer la route devant eux et reporta son attention sur sa passagère. Elle tapotait sa cuisse droite, là où une petite bosse déformait légèrement sa robe.

— Quand tu t'assiéras à table, n'oublie pas de mettre une serviette par-dessus, madame Bond, lui rappela-t-il en se concentrant de nouveau sur sa conduite.

Kelli ricana.

— Devrais-je me sentir coupable d'avoir presque envie d'utiliser le pistolet ? Je ne me suis jamais servie d'un truc pareil.

— Du moment que tu ne t'en sers pas contre moi, on s'en sortira.

Kelli cessa de tripoter sa jarretière remplie de gadgets et se frotta les mains. Elle était nerveuse. Cela ne faisait aucun doute, même si elle s'efforçait manifestement de ne pas le montrer. Mark aurait voulu la rassurer, mais cela ne servirait à rien. Kelli voyait leur plan comme une incursion en territoire ennemi, et il ne pouvait lui donner tort.

Ils effectuèrent le reste du trajet en silence. Cela n'avait rien de désagréable, ils étaient juste plongés dans leurs pensées respectives. Quelles étaient celles de Kelli ? Mark aurait aimé le savoir. Pour sa part, il ne pouvait détacher son esprit d'elle.

Quand il lui avait dit qu'elle était magnifique, il avait menti. En fait, elle était la plus belle femme qu'il ait jamais vue. Pas à cause de sa robe ou de sa coiffure, mais de sa modestie et de sa vulnérabilité. Kelli Crane était une femme volontaire et passionnante. Elle continuait de le surprendre avec sa loyauté et son souci des autres. Elle avait été également capable de discerner sa souffrance, puis s'était montrée assez compatissante pour tenter de l'apaiser.

Et elle y avait réussi. Mieux que réussi, même.

Son discours et son baiser avaient suscité en lui un sentiment qu'il espérait pouvoir entretenir. Mais éprouvait-elle la même chose ? Était-ce seulement un élan momentané qui les avait emportés ? Resteraient-ils ensemble quand elle n'aurait plus besoin de protection ? Il ne lui posa aucune de ces questions, car le moment était mal choisi. Ils avaient une tâche à accomplir.

Devant eux, la Fondation Bowman brillait de mille feux. Même de nuit, elle paraissait incarner un espoir prometteur.

Mark gara la jeep et scruta les alentours. Le parking était rempli de voitures. Deux hommes en costume se tenaient à la porte, liste des invités en main et sourire aux lèvres.

— J'espère que nous sommes bien sur la liste, chuchota Mark pour distraire Kelli de ses pensées.

Cela fonctionna : elle rit un peu et se retourna. Mais le malaise se lisait sur son visage, un air qu'il n'aimait pas du tout.

— Kelli, nous n'avons…

— Mark, c'est sans doute le meilleur moyen d'amener Dennis à se trahir, l'interrompit-elle. Donc il faut le faire. Je ne veux plus qu'il revienne chez moi. Je refuse de vivre en me faisant continuellement du souci pour Grace.

Se tapotant la cuisse une dernière fois, elle descendit de voiture.

Mark inspira à fond et l'imita.

En dehors des hommes postés à l'entrée, il n'y avait personne à l'extérieur du bâtiment. Jonathan s'était bien dissimulé.

— *Ma-daaa-me*, articula-t-il exagérément en offrant son bras à Kelli.

— Ça fait longtemps que je n'ai pas porté de talons aussi hauts, alors je te remercie, fit-elle en riant.

Elle passa son bras sous le sien et ils s'avancèrent vers l'antre du lion.

17

Kelli avait la tête qui tournait.

Une douleur lui vrillait le crâne. Tout était confus dans son esprit. Que s'était-il passé ? Où était-elle ? Pourquoi avait-elle si mal ?

L'obscurité l'environnait, l'enveloppait comme une épaisse couverture.

Elle battit des paupières. En vain.

Elle ne voyait rien. Tout était d'un noir opiniâtre et terrifiant.

Où se trouvait Mark ?

Elle tenta désespérément de se souvenir de ce qui s'était passé. De la vie avant ces ténèbres. Mais elle était trop effrayée pour pouvoir se concentrer. Son mal de tête n'aidait pas non plus.

Calme-toi, Kel ! s'ordonna-t-elle.

Ces derniers temps, cette phrase était devenue son leitmotiv.

Mais ce qu'elle comprit soudain lui enleva toute possibilité de se calmer.

Elle ne pouvait pas bouger. Elle était ligotée à une chaise.

— Oh ! mon Dieu ! balbutia-t-elle.

Elle avait les poignets attachés dans le dos.

Elle essaya de les remuer, mais ils étaient solidement fixés au dossier de son siège.

Elle tenta la même chose avec les jambes. Mais ses chevilles étaient elles aussi attachées aux pieds de la chaise.

Où qu'elle fût, ce n'était pas bon signe.

— Il y a quelqu'un ? fit-elle timidement, aussi effrayée à l'idée qu'on lui réponde que le contraire.

— Kelli !

À cette voix, elle eut un nouveau coup au cœur.

— Lynn ? Mon Dieu, c'est toi, Lynn ?

— Oui ! C'est moi !

Kelli faillit se mettre à pleurer de frayeur et en oublia presque de respirer.

— Grace ? demanda-t-elle, mettant dans ce seul mot tout l'espoir dont elle était capable.

— Elle est à l'appartement avec Nikki. Je suis sûre qu'elle va bien, dit précipitamment Lynn. C'est moi qui ai été assez bête pour sortir.

Le soulagement roula comme une vague dans le cœur de Kelli. Elle n'avait pas récupéré tout à fait son calme, mais elle était dans un meilleur état d'esprit pour affronter la situation.

— Et toi, ça va ? s'enquit-elle.

Lynn fit un peu de bruit, elle essayait de bouger manifestement.

— Il m'a donné un sacré coup, ma lèvre est fendue, mais je vais survivre.

Elle s'interrompit un instant, puis ajouta :

— Je crois.

— Qui t'a frappée ?

— Je ne sais pas… J'étais en train de sortir la poubelle, et il m'a poussée dans l'ascenseur et s'est jeté sur moi.

La voix de Lynn fléchit.

— Je n'aurais pas dû sortir, mais j'essayais d'être sympa, étant donné que Mark nous laisse utiliser son appartement ! Je suis désolée, Kel. J'aurais dû rester avec Grace.

La mère en elle approuva, mais celle qui considérait Lynn comme sa seule amie ne pouvait s'empêcher de la défendre.

— Nikki va comprendre qu'il s'est passé quelque chose. Elle ne laissera pas Grace toute seule. Elle va appeler la police, raisonna-t-elle à voix haute.

Elle l'espérait de toute son âme.

— Tu sais où on est ?

— Non, le type m'a assommée dans l'ascenseur et après ça, je ne me souviens plus de rien. Et toi, ça va ? Que s'est-il passé ?

Kelli tenta encore une fois de desserrer ses liens, qui ne bougèrent pas d'un millimètre.

— J'ai mal à la tête, avoua-t-elle, en renonçant. Tout est flou. Je me souviens d'être entrée avec Mark. Nous avons parlé à quelques personnes — tout le monde bavardait avant le dîner…

Elle ferma étroitement les paupières, essayant de se souvenir.

— Nous cherchions Dennis, mais nous sommes tombés sur le type des relations publiques qui nous a dit qu'il n'était pas encore arrivé. Ouille, ma tête !

La nausée la prit. Elle rouvrit les yeux, mais l'obscurité la désorientait tout autant.

— Quoi d'autre ? insista Lynn.

— Je suis allée aux toilettes, et… Elles étaient fermées, continua-t-elle plus vite, à mesure que la mémoire lui revenait. On m'a dit d'aller au second.

Elle avait alors quitté la salle de réception pour monter à l'étage. Ses talons résonnaient sur les marches. Hector Mendez lui avait dit que ce n'était pas loin. Elle avait vu la porte des toilettes en arrivant sur le palier.

— En haut, il y avait un homme qui m'attendait !

— C'était qui ? Qu'est-ce qu'il a fait ?

Kelli secoua la tête et le regretta aussitôt.

— Il portait un masque, un masque de ski.

Une image lui revint tout à coup.

— Il était entièrement vêtu de noir, comme celui qui est entré chez moi… Comme l'homme que Mark a vu le jour de l'incendie.

Un malaise aigu la gagna. Elle eut un haut-le-cœur.

— J'ai essayé de courir. Mais je n'ai pas pu aller très loin. Il m'a donné un coup de poing que je n'ai pas vu venir.

Voilà donc pourquoi elle avait mal à la tête.

— Nous avons toutes les deux été assommées, amenées ici et ligotées, résuma Lynn. Mais pourquoi ? Et où crois-tu que nous soyons ?

Kelli ne répondit pas et tendit l'oreille. Le silence était impénétrable.

— Je n'entends rien, chuchota-t-elle. Et je ne peux pas bouger du tout. Ils ont dû prendre leur temps, alors pourquoi ils ne nous ont pas bâillonnées ?

— Ça veut probablement dire qu'on ne nous entendra pas, même si nous crions, conclut Lynn.

— Exactement.

De nouveau, la panique envahit Kelli. Son cœur battait beaucoup plus vite que la normale.

— Le type qui m'a sauté dessus n'était pas Dennis Crawford, murmura Lynn. Je ne l'ai pas reconnu.

Kelli poussa un long soupir.

— Ça veut dire que notre plan a échoué. Tout ça pour rien ! Nous ne savons pas ce que Victor a découvert, nous ne savons pas pourquoi cela a déclenché tout ça, et nous ne savons pas qui nous a amenées ici. Ce n'est même pas un retour à la case départ.

Les larmes s'accumulaient au coin de ses yeux. Elle était terrorisée.

— Je suis vraiment désolée de t'avoir entraînée là-dedans, Lynn.

— Ne commence pas à t'attendrir sur moi, rétorqua son amie d'une voix dure. On ne va pas jouer au jeu de « à qui la faute », surtout que nous n'y sommes pour rien, ni l'une ni l'autre. D'accord ?

Kelli hocha la tête.

— D'accord.

Un nouveau silence tomba entre elles. Kelli s'efforçait de son mieux de ne pas penser à sa fille et au fait que, si quelque chose leur arrivait à Lynn et à elle, Grace serait orpheline. Ses pensées à propos de Mark n'étaient guère plus positives. L'inquiétude la rongeait. Où se trouvait-il ? Était-il sain et sauf ?

Tu ne peux pas t'effondrer maintenant, s'encouragea-t-elle. *Mark va venir à ton secours. Il vous sauvera toutes les deux. Tu reverras bientôt Grace.*

Mais ses efforts furent anéantis en un instant par une voix qui résonna dans le noir, si près d'elle que l'haleine de l'homme la frôla.

— J'imagine que le moment est venu de briser le silence et de vous expliquer exactement pourquoi vous êtes ici. Et pourquoi vous ne partirez en aucun cas.

La lumière se fit dans la pièce.

Kelli battit des paupières et fixa l'homme qui se tenait devant elle.

— Oh ! Mon Dieu.

La femme qui lui jacassait aux oreilles s'appelait Maria Quelque-chose. Mark s'efforçait de rester poli tout en parcourant des yeux la foule croissante, mais la dame commençait à lui porter sur les nerfs. Kelli avait pris la tangente et s'était enfuie aux toilettes. Il avait essayé de la suivre, mais impossible de se débarrasser de cette pipelette. Quand Kelli sortirait, elle serait certainement surprise de les voir encore en train de parler.

— C'est tellement encourageant de constater que les jeunes

gens s'intéressent aux bonnes œuvres, dit Maria après une autre gorgée de son champagne. J'aimerais que mon fils soit aussi charitable. Vous avez des enfants, monsieur Tranton ?

Si elle n'avait pas prononcé son nom, Mark aurait continué à hocher la tête.

— Non, je n'en ai pas.

— Tant mieux pour vous ! continua-t-elle avec vigueur. Profitez de la vie, votre femme et vous, jusqu'à ce que le moment soit venu. Quant à moi, j'aurais préféré attendre quelques années. Voyager et tout ça…

Maria poursuivit sur ce thème, ne laissant pas l'occasion à Mark de préciser qu'il n'était pas marié. Non qu'il le lui aurait dit, de toute façon. Comme d'autres invités auxquels ils avaient parlé, Maria semblait persuadée que Kelli était sa femme. Et cela ne lui déplaisait pas, en fait.

Il survola une fois de plus la grande salle, enregistrant les visages de la cinquantaine d'invités déjà présents. Les tables rondes étaient recouvertes de nappes blanches et décorées de compositions de plantes grasses et de toile de jute. Ces tables occupaient toute la pièce, laissant juste assez de place contre le mur du fond pour un grand piano, dont on jouait pendant que les invités bavardaient.

Ils s'étaient demandé pourquoi le dîner n'était pas servi dans le grand salon du rez-de-chaussée. Hector, le responsable de la publicité, avait répondu à cette question en leur demandant s'ils aimaient ce décor plus *intime*. La salle était en effet plus petite. Cela forçait les gens à se parler au lieu de faire comme Mark, qui n'avait qu'une envie, rester dans un coin et ne discuter avec personne, en attendant que Dennis se montre enfin.

Maria poursuivait un monologue tournant autour de margaritas sur la plage, quand Mark passa de la nonchalance à une inquiétude bien réelle.

— Maria, la coupa-t-il au milieu d'une phrase, pourriez-vous me rendre un service et aller voir si tout va bien pour Kelli ? Cela fait plusieurs minutes qu'elle est là-dedans.

L'offense qu'elle aurait pu ressentir à être ainsi interrompue disparut quand elle comprit qu'on avait besoin d'elle. Elle lui adressa un grand sourire.

— Comme c'est mignon ! roucoula-t-elle. Naturellement, je vais aller voir.

Faisant bruisser sa longue robe, elle disparut dans l'un des deux sanitaires situés à proximité de l'ouverture de la salle.

Mark continua de dévisager les invités. Le dîner ne commencerait pas avant que le président fasse son entrée. Apparemment, ce n'était pas son style de se mélanger à la foule.

Quant à Dennis, il restait introuvable.

S'il ne venait pas, ils devraient élaborer un autre plan.

— Êtes-vous sûr qu'elle est allée aux toilettes ? lui demanda Maria un instant plus tard.

Mark la fixa, désorienté.

— C'est ce qu'elle m'a dit, répondit-il en se rappelant les paroles de Kelli.

Mais l'avait-il vue le faire ? Il ne pouvait s'en souvenir.

— Eh bien, nous l'aurions remarquée à sa sortie, souligna Maria. Je suppose donc qu'elle n'y est pas entrée.

Jurant dans sa barbe, Mark laissa sur place une Maria stupéfaite. Si Kelli n'était pas aux toilettes, et pas dans la salle non plus, comme il avait pu le voir, où pouvait-elle se trouver ? Dévoré de culpabilité et de honte, il tira son portable de sa poche de smoking. Il n'aurait pas dû la quitter, toilettes ou pas toilettes.

Dans le couloir, il décida d'appeler Jonathan à la rescousse. Mais le garde du corps lui avait déjà téléphoné plusieurs fois, de même que leur chef, lut-il sur l'écran de son portable.

Par inadvertance, il avait coupé le son de l'appareil !

— Fichu…, grogna-t-il.

Une erreur de ce genre pouvait lui coûter cher.

Serrant les poings, il s'engagea un peu plus dans le couloir. Il y avait plusieurs bureaux de ce côté, dans la direction opposée à l'escalier principal.

Il appela Jonathan tout en jetant un coup d'œil dans chacun d'eux.

Son collègue décrocha enfin.

— Jonathan, il faut que tu…

— Mark, on a enlevé Lynn ! l'interrompit Jonathan.

Il stoppa sur sa lancée.

— Quoi ?

— Apparemment, elle avait décidé de descendre la poubelle, et elle n'est pas revenue.

— Est-ce que Grace va bien ? Et Nikki ?

— Oui, Nikki n'a pas voulu prendre le risque de laisser Grace seule, alors elle s'est enfermée et elle m'a appelé. Je suis là-bas maintenant.

De soulagement, Mark se remit en marche.

— Comment sais-tu que Lynn a été kidnappée ?

— Il y avait un sac-poubelle à proximité et du sang dans l'ascenseur.

— Tu as appelé le concierge pour regarder les bandes-vidéo ?

Mark le savait : il y avait des caméras à chaque étage, positionnées au bout de chaque couloir. Les promoteurs se targuaient de la sécurité de la résidence.

— Ouais, mais la pièce où sont les écrans a été vandalisée, expliqua Jonathan d'un ton malheureux. J'ai appelé les flics, Mark. Avec ou sans preuve contre Dennis, une femme a été enlevée.

— Oui, tu as bien fait, assura-t-il son ami.

Aucun signe de Kelli de ce côté du couloir. Il tourna les talons et courut vers l'escalier.

— Je n'arrive pas à trouver Kelli, avoua-t-il, les dents

serrées. Elle est allée aux toilettes mais n'y est jamais arrivée. Je l'ai perdue, Jonathan ! Je n'avais qu'une seule tâche, la surveiller, et je l'ai perdue.

Ce fut au tour de Jonathan de souffler de frustration.

— J'arrive.

— Non, reste où…

Mark s'interrompit. Au-delà de l'escalier à claire-voie reliant les trois étages, au coin du couloir, Dennis Crawford venait d'apparaître.

Il s'arrêta en croisant le regard de Mark.

Le garde du corps se mit à bouillir de rage.

Dennis portait un smoking très semblable à celui de Mark, à une différence près. Il avait le nez ensanglanté, comme si on le lui avait écrasé.

Un instant, il parut hésiter. Puis il pivota sur lui-même et se mit à courir.

Mark se lança à sa poursuite.

18

Pour la deuxième fois en deux jours, Mark dut faire appel à la vitesse plutôt qu'à la force. Dennis s'était engagé dans le long couloir qu'il venait de parcourir, lui donnant le temps de le rattraper.

— Où est-elle ? rugit-il.

Il agrippa l'homme par les revers de sa veste et le poussa, dans l'intention de le jeter au sol. Mais l'autre était plus rapide qu'il n'y paraissait. Il pivota sur lui-même et lui assena un coup à la mâchoire. Sous l'effet de la douleur, Mark lâcha la veste de Dennis et se prépara aux coups suivants.

Qui ne vinrent pas.

Dennis poussa la première porte venue et Mark le suivit en titubant.

C'était un escalier de service, marches bétonnées et rampe en métal. Dennis semblait savoir où il allait. Au lieu de sortir au premier, ce qui eût été naturel, il escalada les marches deux par deux jusqu'au troisième. Mark n'avait pas vraiment le temps de s'interroger sur cette étrange stratégie. Il ne voulait qu'une chose, retrouver Kelli.

Dennis finit par enjamber les trois derniers degrés et poussa la porte du troisième si vite que Mark craignit de le perdre. Il grimpa les marches à toute allure, sans se préoccuper du vacarme de ses pas qui se réverbérait sur les parois de la cage d'escalier.

Mais pas assez pour que le bruit d'une détonation au troisième lui échappe.

Par pur réflexe, il s'arrêta et se baissa, attendant un autre coup de feu.

Mais un silence sinistre suivit.

Comment Dennis avait-il trouvé si vite une arme ? L'avait-il sur lui ?

Quelque chose clochait.

Il s'approcha tout doucement de la porte entrouverte et glissa un œil dans le couloir, prêt à s'esquiver.

Ce qu'il découvrit le laissa perplexe.

Adossé à une porte fermée, quelques mètres plus loin, Dennis pressait sa main sur son flanc, faisant face au couloir vide. Mark attendit un instant, pour voir ce qui allait se passer. De sa main libre, Dennis s'agrippa à la poignée de la porte. Il était blessé, c'était évident.

Confus mais prudent, Mark s'approcha de lui, toujours prêt à réagir en cas de besoin.

— Je viens de comprendre ce que vous m'avez dit, fit Dennis à voix basse. Vous m'avez demandé où elle était. Vous êtes le garde du corps.

Il se détourna légèrement, la main toujours sur la poignée. Mark était sur le point de le maîtriser, mais du sang coulait sous l'autre main de Dennis. L'homme avait reçu une balle dans les côtes.

Mark jeta un coup d'œil par-dessus l'épaule de Dennis, vers le bout du couloir. Qui lui avait tiré dessus ? Il ne semblait y avoir personne.

— À moins que vous n'ayez une arme, je suggère que nous nous cachions, dit Dennis en s'efforçant d'ouvrir la porte.

Mark se préparait à une embuscade de l'autre côté de celle-ci, mais elle s'ouvrit sur un bureau obscur.

— Qu'est-ce qui se passe ?

Il ne comprenait rien.

— Qui vous a tiré dessus ?

— Moi, fit une voix.

Grâce à son entraînement, Mark réagit avant même que l'homme en noir apparaisse au coin du couloir. Prenant le bras de Dennis, il le poussa dans le bureau, au moment où un autre coup de feu se faisait entendre. Il claqua la porte et la verrouilla. Puis il alluma la lumière et se tourna vers Dennis.

— Mais qu'est-ce que c'est que ça, bon sang ? répéta-t-il.

Ils se trouvaient dans une petite pièce meublée d'un bureau en bois, de deux fauteuils inclinables et d'une plante en pot dans un coin. Deux portes s'ouvraient dans le mur à droite. L'une, ouverte, laissait voir un lavabo, et l'autre, fermée, portait une plaque au nom de Connie Cooper, IT.

Mark se dirigea tout de suite vers cette dernière. Mais elle était fermée.

Il revint à Dennis, toujours dans l'attente de sa réponse.

— J'essayais de protéger Kelli et Grace, expliqua enfin l'homme, le visage tordu par la douleur. Et moi aussi.

— De quoi ? voulut savoir Mark.

Si Dennis n'était pas le cerveau de toute cette histoire, alors de qui s'agissait-il ?

L'individu en noir hurla dans le couloir :

— Il serait temps qu'on ait une petite conversation, Mark. Il y a plusieurs choses que j'aimerais te dire !

Mark écarquilla les yeux. La situation était de plus en plus obscure.

— Quoi ? fit Dennis, apparemment alarmé par son changement d'expression.

— Je connais cette voix, murmura Mark.

Son incrédulité fit place à la colère. L'homme en noir n'était autre que Craig.

— C'est mon voisin.

Kelli cilla dans la lumière dure, mais l'homme qui se tenait devant elle était bien réel.

Le génie publicitaire de la Fondation Bowman, Hector Mendez, souriait d'une oreille à l'autre.

— Mon Dieu que vous êtes ravissante ! dit-il d'une voix mielleuse. Et si pénible, en même temps.

— Je ne comprends pas…, maugréa Kelli.

Hector resserra son nœud de cravate et haussa les épaules.

— Et pourtant, vous continuez de creuser. Mais vous ne pourrez pas continuer longtemps avant de devoir combler le trou.

Cette analogie fit frissonner Kelli, mais elle soutint son regard avec fermeté. Hector pencha la tête de côté. Ce geste lui donna un air déséquilibré qui, songea-t-elle, était sans doute le reflet exact de sa personnalité.

— Encore maintenant, vous essayez de comprendre, n'est-ce pas ? questionna-t-il. Qui pourrait vous en blâmer, à ce stade ? Laissez-moi d'abord saluer Mlle Bradley.

Il regarda Lynn.

— Mes excuses pour mon associé, qui semble avoir pris plaisir à vous malmener.

Kelli se tourna, elle aussi, vers son amie. Lynn avait effectivement la lèvre gonflée, une coupure au-dessus du sourcil et du sang séché sur le front. L'instinct maternel de Kelli se réveilla. Il fallait qu'elle protège son amie — et sa fille — et elle ne pourrait le faire si elle était trop effrayée pour réfléchir. La vue des blessures de Lynn lui donna un choc salutaire. Elle revint à Hector.

— Relâchez-la ! exigea-t-elle. Elle ne sait rien de tout ça. C'est moi qui ai tout fait.

Lynn parut sur le point de dire quelque chose, mais Kelli lui lança un regard qui la figea. Il était impossible de prévoir l'issue de cette confrontation sinistre. Pour autant,

Kelli voulait assurer la sécurité de son amie. Il fallait qu'elle s'en sorte. Et Grace aussi.

— Malheureusement, ce n'est pas possible, lâcha Hector avec un manque d'empathie prévisible. Si je la libérais, elle ne pourrait jamais oublier tout ça.

Il désigna d'un geste large la pièce autour d'eux, qui servait manifestement de rangement : des caisses s'alignaient contre les murs.

— Sa meilleure amie torturée et tuée devant elle ? Oui, je doute que vous laissiez tomber. Qu'en pensez-vous, mademoiselle Bradley ?

La colère de Kelli fit place à la terreur.

— Espèce de salopard ! gronda Lynn.

— J'ai déjà entendu des insultes bien pires, croyez-moi.

S'éloignant du mur, Hector noua et dénoua ses doigts d'un air blasé. La situation le laissait imperturbable, comme s'il s'agissait d'une journée normale au bureau.

Et peut-être était-ce le cas.

— Je ne comprends pas, tenta de nouveau Kelli. En quoi constituons-nous une menace pour vous, puisque nous ne savons rien ?

— Une menace ? reprit-il en ricanant. Vous n'êtes pas une menace, juste un désagrément. Même votre mari ne constituait pas une menace. C'était juste un journaliste un peu trop curieux.

Kelli se tendit et Hector ne manqua pas de le remarquer.

— Ça vous plaît d'entendre que vous aviez raison à propos de sa mort ? Ça vous fait moins mal ?

— C'est donc vous qui avez allumé l'incendie ? hasarda Kelli, la colère montant en elle.

— Non, mais c'était sur mon ordre. Une précaution malheureusement nécessaire.

Kelli secoua la tête.

— Pourquoi ? Qu'avait-il découvert ? Était-ce les noms dans l'article ?

Le sourire d'Hector fléchit. Visiblement irrité, il se pinça l'arête du nez et ferma les yeux.

— Il a découvert une erreur. Une erreur de jugement de ma part, pour laquelle je refuse de payer.

Il se massa entre les sourcils avant de rouvrir les yeux.

— J'ai peur de ne pas vous avoir répondu au mieux, n'est-ce pas ? Eh bien tant pis. Il est temps pour vous de répondre à *mes* questions. Et pour commencer, à qui avez-vous parlé de vos théories ? À combien de gens avez-vous montré le carnet de Victor ? Je dois savoir exactement ce qu'il en est pour y remédier.

Kelli serra les dents.

— Si je vous le dis, vous nous laisserez partir ?

Hector lâcha un rire de mépris

— Vous laisser partir ? Oh non, nous n'en sommes plus du tout là. Je n'aime pas les bavardages et vous avez besoin qu'on vous fasse taire.

Une série de frissons remontèrent le long de la colonne de Kelli.

— Alors pourquoi devrais-je répondre à vos questions ?

— C'est très simple.

S'approchant d'elle, il se pencha de façon à croiser son regard.

— Ceci — tout ce qui est sur le point de vous arriver — n'est qu'un échantillon de ce que je ferai à votre fille si vous ne répondez pas convenablement à chacune de mes questions. Est-ce clair ?

Kelli n'eut pas le temps de répliquer — et à peine de s'imprégner de la colère et de la peur absolues que ces paroles éveillaient en elle — car une détonation s'éleva au loin, attirant leur regard à tous trois vers la porte.

— Qu'est-ce que…

Hector tira vivement son téléphone de sa poche et composa un numéro.

Quel que fût son interlocuteur, il prit immédiatement l'appel.

— Qu'est-ce qui se passe ?

C'était un homme au bout du fil, mais Kelli ne put comprendre ce qu'il disait. Elle hasarda un regard vers Lynn. Son amie était blême de frayeur.

— Votre incompétence est remarquable ! hurla Hector. Occupez-vous-en. Je vous enverrai des renforts, mais je dois partir.

Il mit fin à l'appel avec fureur.

— Apparemment, il n'y aura pas de torture ce soir !

Un autre *bang* se fit entendre.

— Ou du moins, ce ne sera pas moi qui m'en occuperai.

Sans rien ajouter, il ouvrit la porte et la referma derrière lui.

— C'étaient des coups de feu, Kel, dit Lynn d'une voix basse et terrifiée.

— Je sais.

Elles attendirent une autre détonation, mais rien ne vint. Après quelques instants, Lynn reprit :

— Tu te souviens du quinzième anniversaire de Marcie Diggle ?

Surprise par la question, Kelli dévisagea son amie et hocha la tête.

— Rien à voir avec la situation d'aujourd'hui. À moins qu'ils ne nous demandent de rejouer à Action ou Vérité avec Gordon Taylor, on va s'en sortir.

Lynn lui adressa un sourire. Faible, mais un sourire néanmoins.

— Je ne peux pas m'empêcher de penser à sa salive dégoulinante. Oui, rien ne peut égaler ce cauchemar.

Kelli ne put s'empêcher de rire. Un rire atténué, lui

aussi. Le monde était devenu terriblement compliqué ces derniers temps.

— C'est sûr qu'on en a vu de toutes les couleurs.

Lynn approuva.

— Quoi qu'il se passe, Grace s'en sortira ! lui affirma-t-elle.

Kelli avait du mal à retenir ses larmes. Elle hocha la tête pour signifier son acquiescement. L'image de sa petite fille occupait toute la place dans son esprit.

— Je t'aime, Lynn, articula-t-elle, la gorge nouée.

— Je t'aime aussi, Kel, fit Lynn d'une voix fêlée.

— Et maintenant, mettons-nous d'accord sur une chose, reprit Kelli en essayant de ne pas pleurer.

— Oui ?

— Quand ils viendront nous chercher, on se battra comme des furies.

D'un coup de pied, Mark fit sortir la porte de ses gonds. Connie Cooper ne serait pas contente en arrivant à son travail le lundi matin…

— On n'a pas d'arme, dit-il à Dennis en s'éloignant de la porte.

Il avait légèrement mal à la jambe, mais la douleur n'avait rien d'alarmant. Il y était arrivé, il était assez fort pour le faire tout seul.

— Et nous n'avons pas d'issue.

Il revint à la porte les séparant du couloir. Aucun bruit de pas, mais il était probable que Craig avançait toujours dans leur direction.

— Tu sais si les filles sont à cet étage ? murmura-t-il.

Dennis était sur le seuil de la petite salle d'eau, une serviette pressée contre sa blessure. Sa pâleur gagnait du terrain.

— Oui, mais je ne sais pas dans quelle pièce.

C'était tout ce qu'il fallait à Mark. Desserrant le poing dans lequel il tenait le téléphone, il le lança à Dennis.

— Préviens les flics. Ensuite, appelle le contact Jonathan Carmichael. Dis-lui tout ce que tu sais ! Pigé ?

Dennis rattrapa le téléphone de sa main libre et hocha la tête.

— Qu'est-ce que tu vas faire ?

— Sauver Kelli.

Il n'avait pas le temps de développer : déjà la poignée de la porte commençait à tourner. Mark prit position.

— Pourquoi nous ne discutons pas de…, commença Craig.

Mark ne lui laissa pas le temps de finir sa phrase. Priant pour qu'il ne tire pas, il prit son élan et donna un coup de pied de toutes ses forces dans la porte. Au lieu de sortir de ses gonds comme la précédente, elle se fendit en deux horizontalement. Mark se servit de la moitié supérieure comme d'un projectile pour atteindre son adversaire à la tête. Craig perdit l'équilibre, ce qui permit à Mark d'écarter la moitié inférieure de la porte. Puis il se jeta en avant pour renverser Craig.

Quand la poussière fut retombée, il roula sur lui-même, prêt à lutter pour sa vie. Mais l'homme ne bougeait plus. Mark survola les débris du regard, cherchant l'arme. Elle gisait à côté de Craig, à quelques centimètres de sa paume ouverte. Sans perdre de temps, il s'en empara.

Braquant l'arme sur l'homme au sol, il écarta d'un coup de pied les morceaux de la porte. Craig avait ôté son masque, révélant à la fois son identité et les dommages qu'il avait subis. Le nez ensanglanté, comme Dennis, il avait aussi un sourcil et la joue écorchés. Mark l'avait heurté avec plus de force qu'il ne l'avait cru.

Soudain, Craig remua la tête d'un côté et de l'autre, avant d'ouvrir les yeux. Ceux-ci avaient une expression enragée.

— Quoi ? Tu vas m'abattre, voisin ? ricana-t-il.

Mark lui posa un pied sur le torse, afin de l'empêcher de se relever.

— Où sont-elles ? gronda-t-il.

Craig laissa échapper un gloussement.

— Même si je te le disais, à quoi ça servirait ? Je ne suis pas venu seul, comme tu l'imagines.

Mark haussa un sourcil, attendant silencieusement qu'il réponde, quand des pas se firent entendre dans le couloir d'où avait débouché Craig.

Aucun répit, songea-t-il.

Deux hommes apparurent au coin du corridor et Craig leur hurla :

— Tuez Kelli !

19

Quand les hommes entrèrent, Kelli était par terre, et Lynn juste à côté d'elle. Toutes deux avaient renversé leurs chaises dans une vaine tentative pour s'échapper.

Mais au visage des deux inconnus en costume, Kelli le comprit tout de suite : la résistance ne servirait à rien.

— Surveille la porte, grommela l'homme le plus proche de Kelli à son comparse.

Celui-ci acquiesça et sortit. Le premier tira une arme de sous sa veste et le pointa sur elle.

Grace est saine et sauve, pensa-t-elle, en fermant les yeux.

Lynn se mit à hurler, des larmes dans la voix.

Bang ! Bang !

Kelli rouvrit les paupières. L'homme dans le couloir tomba en travers du seuil. L'autre braqua son arme sur l'ouverture.

— Qui va là ? cria-t-il.

Comme un sauveur descendu du ciel, Mark passa la tête dans l'encadrement de la porte et tira.

La balle atteignit le bras de l'homme, le forçant à lâcher son arme.

— Un geste et je t'abats, l'avertit Mark.

Mais l'autre n'écoutait pas. Avec un grognement guttural il chargea Mark. Aussitôt celui-ci l'assomma d'un bon coup sur la tête. Le truand s'écroula.

— Kelli ? Lynn ? Vous n'avez rien ? fit-il en se ruant à l'intérieur.

Il s'agenouilla près de Kelli et commença à dénouer ses poignets.

— On va mille fois mieux maintenant que tu es là ! s'exclama Kelli en pleurant de soulagement.

— Mon vieux, tu sais comment faire ton entrée, ajouta Lynn, tout aussi ravie de le voir arriver.

— C'est Hector Mendez, Mark, indiqua Kelli tandis qu'il achevait de lui libérer les mains.

Il la redressa sur sa chaise et passa à Lynn, tandis que Kelli s'occupait de détacher ses jambes.

— Le génie de la publicité ?

— Oui. Il n'a pas voulu nous dire pourquoi il faisait ça, mais c'est lui le cerveau. Aucun doute.

Ayant fini de se libérer, elle se mit debout. La tête lui tournait, mais elle aida Mark à redresser Lynn et à lui détacher les chevilles.

— En revanche, c'est un autre type qui m'a agressée, ajouta-t-elle.

Mark acquiesça, le visage marqué par le dégoût.

— C'est mon voisin. Je suis déjà tombé sur lui.

— Ça veut dire qu'on est dans ton immeuble ? questionna Kelli.

Elle ignorait toujours où elles se trouvaient.

Libérée, Lynn se leva aussi.

— Non, nous sommes toujours à la fondation. Au troisième étage.

— Et Grace ? Est-ce qu'elle va bien ? demanda-t-elle avec espoir.

Elle ne fut pas déçue.

— J'ai parlé à Jonathan. Grace est en sûreté avec Nikki et la police.

— Dieu merci, elle n'a rien, soupira Lynn en étreignant Kelli.

Par-dessus son épaule, Mark prit le menton de Kelli dans sa main.

— Moi aussi, je suis soulagé.

Kelli ne put retenir un léger sourire. Mark le lui rendit avant de laisser retomber la main.

— Et maintenant, il faut filer d'ici.

Enjambant les malfrats, les deux femmes suivirent le garde du corps. Kelli prit soin de ne pas regarder les deux hommes à terre. S'ils étaient morts, le savoir ne ferait qu'ajouter à sa panique.

— On prend l'escalier ? murmura-t-elle.

Il leur serait impossible de quitter le bâtiment discrètement s'ils empruntaient l'escalier principal, qui le divisait en deux. Qui sait combien de gens voulaient les faire taire ? Il leur fallait sortir de la fondation le plus rapidement possible.

— Oui, mais l'escalier de service, précisa Mark. Il va falloir faire un arrêt minute.

Les deux femmes ne lui posèrent pas de question.

Ils parcoururent rapidement un petit couloir, dépassant des bureaux et un salon. Mark s'arrêta avant le coude que formait le corridor, et leur fit signe de rester en arrière. Puis il tira son arme et passa prudemment la tête.

Kelli se tendit.

— Espèce de…

Lynn agrippa la main de Kelli, tandis qu'elle-même serrait les poings. Elle n'était pas prête quand l'homme en noir avait fait son apparition, et il n'y avait désormais plus de doute sur ce que ces gens étaient prêts à faire. Si Mark n'était pas arrivé…

Elle carra les épaules, désormais résolue à se battre.

— Il est parti.

Kelli lança un regard de confusion mêlée de peur à Mark, et Lynn fit de même. Qu'elles comptent à ce point sur lui le remplit d'une détermination si féroce, qu'il douta d'avoir besoin d'une arme pour les faire sortir du bâtiment.

— Qui ? chuchota Kelli.

Elle avait du sang séché sur la tête. On l'avait frappée avec force.

— Craig, répondit-il, en jetant un coup d'œil au couloir. Restez derrière moi.

Ni l'une ni l'autre ne protestèrent.

Lentement, mais pas trop, parce qu'il ignorait combien de personnes travaillaient pour Hector, tous trois avancèrent dans le couloir jusqu'au tas de débris devant la porte en lambeaux. Il y avait des traces de sang sur la moquette, remarqua Mark, mais impossible de dire où Craig était allé.

— Qu'est-ce qui lui est arrivé ? questionna Lynn en désignant les dégâts.

— Je lui ai jeté la porte dessus.

— Tu lui as jeté une *porte* ?

Mark n'avait pas le temps de s'expliquer. Il leva la main pour leur demander de s'arrêter. Puis, passant la tête par l'ouverture dépourvue de porte, il jeta un œil dans le bureau.

Celui-ci était également vide.

— Dennis ? appela-t-il, essayant toujours de parler bas.

— Dennis ? s'exclama Kelli à voix haute.

Mark se retourna.

— Il est de notre côté.

Les sourcils de Kelli s'envolèrent. Si Lynn ne lui avait pas tenu la main, elle les aurait plantées sur ses hanches.

— Et comment est-ce qu'on le sait ?

Mark ne répondit pas. Un mouvement à la limite de son champ visuel lui fit tourner la tête. La porte de la salle d'eau s'ouvrit et Dennis apparut, un piètre sourire aux lèvres.

— On le sait parce que Craig lui a tiré dessus.

Mark les fit entrer dans la salle d'eau et reprit le téléphone au blessé. Il ne s'était pas absenté longtemps, mais l'état de Dennis s'était incontestablement aggravé. Pâle et couvert de sueur, il pressait la serviette sur son flanc.

Pourtant, en avisant Kelli et Lynn, il laissa paraître un certain soulagement.

— Je ne comprends rien du tout, déclara Kelli à la cantonade.

— Il faut partir tout de suite, lâcha Dennis en s'adressant à Mark, sans paraître remarquer ce que Kelli venait de dire.

— Ce qu'il nous faut plutôt, ce sont des réponses, insista Kelli.

Elle s'éloigna de Lynn et contourna Mark. Sa colère et sa frustration débordaient. Les épaules remontées, le regard fixe, elle serrait les dents. Mark voulait des réponses mais elle, elle en avait besoin. Tout de suite.

Dennis poussa un long soupir, puis s'adressa à elle.

— Pour faire bref, Hector Mendez se sert de la fondation comme couverture pour un trafic de drogue. La moitié du personnel en fait partie, ce qui veut dire que la moitié des gens ici veulent nous tuer.

Il se tourna vers Mark.

— Et c'est pour ça qu'il faut filer. Immédiatement.

Un silence stupéfait accueillit ses paroles, y compris de la part de Mark. La Fondation Bowman abritait un trafic de drogue ? Qui était au courant de cela ? Qui travaillait pour Hector Mendez ?

La situation, déjà grave, semblait soudain désespérée.

Mark prit la main de Kelli. Puis il demanda à Dennis :

— Tu as fait ce que je t'ai dit ?

— Oui. J'ai appelé les flics et ce Jonathan. Je lui ai fait un résumé, mais ensuite j'ai dû raccrocher.

Il jeta un coup d'œil aux débris de la porte.

— Je l'ai entendu bouger. Je n'avais pas envie de recevoir une autre balle, dit-il d'un air d'excuse.

Lynn, qui s'était rapprochée de la porte, poussa un glapissement.

— Vous avez entendu ça ? lança-t-elle, les yeux écarquillés.

Mark tendit l'oreille.

Des pas pesants approchaient à un rythme précipité. Au moins deux hommes couraient dans le couloir qui menait à eux. Grâce à Craig, sans doute !

— Ils arrivent, pesta Mark. Il faut sortir de ce fichu bâtiment !

Il se représenta mentalement un océan d'hommes armés, se répandant dans tout l'immeuble comme un virus. Au mieux, il lui restait trois balles. Même s'ils décidaient de se cacher jusqu'à l'arrivée de la police, ils n'avaient aucune certitude d'être à l'abri. Ils étaient sur le territoire d'Hector, pas le leur.

— La seule issue, c'est par l'escalier de service, souligna Dennis.

Mark acquiesça. Il ne voulait pas se retrouver dans une impasse et gâcher des balles dont il aurait peut-être besoin plus tard. En outre, il ne se sentait pas capable de réitérer son exploit à la Hulk.

— Allons-y !

Il courut vers l'escalier et, survolant du regard les marches de béton, tendit de nouveau l'oreille. Puis il fit signe à la troupe de s'engager dans la cage d'escalier. Kelli et Lynn dégringolèrent les marches, suivies de Dennis, qui, étonnamment, se déplaçait avec une certaine agilité.

Mark referma la porte et repassa en tête. Il devait rester en alerte s'il voulait les protéger. Protéger Kelli.

Ils réussirent à descendre jusqu'au deuxième, avant que la porte du troisième étage s'ouvre dans un *bang* sonore.

— Stop ! beugla une voix masculine au-dessus d'eux.

Mark se retourna brièvement : deux visages se dessinaient un étage plus haut. Deux *nouveaux* visages — penchés au-dessus de la rampe. Et une arme pointait entre les barreaux de celle-ci.

— Allez, allez, allez ! hurla Mark.

Des jurons retentirent au-dessus d'eux, tandis qu'ils dévalaient les dernières marches les séparant de la porte du rez-de-chaussée. Mark tendait déjà la main, prêt à l'ouvrir, quand une balle se ficha dans le mur, à un pas de lui. Se recroquevillant sur lui-même, il sauta les marches restantes, hors de vue de leurs poursuivants. La porte était marquée : *Sous-sol, réservé au personnel autorisé.*

Mark l'ouvrit à la volée et poussa Kelli, Lynn et Dennis à l'intérieur.

Tout en béton glacé et lumière chiche, le sous-sol — dont il n'avait pas soupçonné l'existence — faisait un contraste frappant avec les locaux du dessus. Il y avait fort à parier que peu d'employés s'aventuraient dans cet espace hostile. Contrairement au reste du bâtiment, il ne disposait pas de longs couloirs parallèles : tout était compartimenté et il semblait y avoir plus de portes que nécessaire.

Mark prit sur la gauche et leur fit franchir suffisamment de portes pour être certain que leurs poursuivants ne puissent plus les entendre.

— Je ne pense pas que l'ascenseur descende à ce niveau, il doit donc y avoir un deuxième escalier de service, dit-il en ralentissant pour jeter un regard derrière un coin de mur. On le prend, on retrouve le hall et on sort d'ici.

Il observa la petite bande. Tous trois étaient hors d'haleine. Penché en avant, Dennis se tenait au mur.

Kelli intercepta le regard de Mark et murmura, en lui prenant la main :

— Il a besoin de soins…

Sa colère contre Dennis semblait s'être évaporée.

— Il faut continuer à avancer, répondit Mark assez fort pour que les deux autres l'entendent. Ils ne sont pas loin.

Il pressa la main de Kelli à son tour et l'entraîna avec lui. Leurs pas reprirent un rythme précipité, tandis qu'ils se hâtaient tous quatre vers un hypothétique escalier.

Le couloir qu'ils suivaient se divisa en deux, leur donnant le choix entre tourner à droite, tourner à gauche ou revenir sur leurs pas.

Mark ne voulait à aucun prix retourner au troisième étage, qui ne leur offrait aucune cachette digne de ce nom. Le manque d'accès suffisait à le rendre nerveux.

Il choisit donc le couloir de gauche et y jeta un regard. Une porte marquée *Escalier* lui fit l'effet d'une lumière au bout d'un tunnel.

— J'ai trouvé l'escalier, annonça-t-il. Allons-y !

Enfin une bonne nouvelle.

— Mark ! cria Lynn.

Il pivota sur lui-même. Dennis vacillait, les yeux à moitié clos.

Revenant sur ses pas, Mark le prit sous un bras, tandis que Lynn attrapait l'autre. Crawford n'était pas tout à fait inconscient, mais ses jambes se dérobaient. La serviette qu'il tenait tomba par terre, totalement ensanglantée. Kelli s'empressa de la ramasser.

— Presse-la sur sa blessure, intima-t-elle à Lynn.

Son amie était sur le point de lui obéir quand la porte de l'escalier s'ouvrit avec fracas. Craig apparut. Du sang ruisselait sur son visage. La bonne nouvelle n'avait pas duré longtemps.

L'homme sourit d'un air narquois, qui mit Mark à bout.

— Je vois que tu as toujours mon revolver, maugréa-t-il. Tu vas m'abattre de sang-froid devant ces dames ? Ou te servir d'une de ces portes ?

La main de Mark trembla convulsivement. L'arme paraissait soudain bien lourde.

Quelle que soit son envie de mettre l'homme hors d'état de nuire, l'abattre n'était pas une bonne idée, jugea Mark. Non seulement il voulait économiser ses munitions pour le reste du trajet, mais il ne voulait pas non plus le faire devant Kelli et Lynn.

En outre, ils avaient toujours besoin de réponses.

Mais, finalement, la rage l'emporta.

Je vais m'occuper de lui à mains nues.

— Kelli, prends ça, et allez vous cacher, lui murmura-t-il.

Surprise, elle saisit néanmoins l'arme.

Mark lâcha le bras de Dennis, et Kelli le remplaça, s'efforçant de le soutenir avec Lynn.

— S'il faut, tu tires ! lui ordonna Mark.

Elle eut l'air de vouloir dire quelque chose, mais il n'avait pas le temps de l'écouter. Ils étaient toujours dans un bâtiment plein d'hommes qui voulaient les réduire au silence.

Lui, en tout cas, n'avait pas l'intention de rester silencieux.

20

Si Kelli avait imaginé à quel point la soirée serait mouvementée, elle aurait certainement porté une robe plus pratique. En l'état, elle se traînait le long d'un autre corridor, essayant d'équilibrer le poids de Dennis avec l'urgence de trouver une cachette aussi vite que possible. Leurs adversaires les pourchassaient toujours.

— Entrons dans une pièce, dit-elle à Lynn.

Plus petite qu'elle, son amie avait du mal à soutenir Dennis. Il aurait été plus facile de le laisser quelque part, puis de se cacher ailleurs, mais Kelli ne pouvait s'y résoudre. Elle ignorait toujours à quel point Dennis était impliqué dans ce qui s'était passé, mais Mark avait paru lui faire confiance. En outre, son instinct maternel fonctionnait à plein.

Dennis était blessé. Grièvement. Il devait être protégé.

— Là-dedans, fit Lynn en désignant du menton une porte au bout du couloir.

Kelli se chargea de soutenir Dennis tandis que son amie ouvrait lentement la porte et jetait un coup d'œil.

— C'est tout noir.

— Tant mieux.

— Tu crois que je devrais allumer ? murmura Lynn d'un ton apeuré.

Le noir donnait également des palpitations à Kelli. La

dernière fois qu'elle s'était trouvée dans l'obscurité, Hector était là, en train d'attendre.

— Oui, juste pour voir ce qu'on fait.

Lynn tâtonna quelques instants avant de trouver l'interrupteur et de l'actionner.

— Oh mon Dieu ! souffla Kelli.

C'était une longue pièce, probablement le cœur du sous-sol. Et pas seulement du sous-sol : elle recelait une quantité insensée de drogue. Des caisses contenant des sacs de poudre blanche étaient alignées sur une table courant le long d'un mur. Des balances reposaient sur des placards contre le mur opposé, de même que des boîtes fermées, scotchées et marquées : *Fondation Bowman, Donner l'espoir, Donner la vie.*

— Pourquoi ils n'ont pas verrouillé cette pièce ? chuchota Lynn, plus effrayée que jamais.

— Il faut nous cacher ailleurs, répondit instantanément Kelli, en rouvrant déjà la porte.

Mais au lieu d'accompagner son mouvement, Dennis s'avachit d'un coup. Ne pouvant soutenir son poids, Kelli tomba avec lui sur le sol en béton. La douleur explosa dans son coude et Dennis s'effondra sur elle. Du moins avait-elle amorti sa chute.

— Oh merde ! glapit Lynn.

S'agenouillant, elle essaya de redresser Dennis.

— Il est tellement lourd pour un maigrichon !

Kelli ne pouvait la contredire.

— Essayons de l'asseoir, dit-elle en reprenant tant bien que mal son souffle.

Ensemble, elles soulevèrent et appuyèrent l'homme du mieux qu'elles purent contre le mur. Cela fait, Kelli écarta sa veste pour jauger l'étendue de sa blessure.

— Oh mon Dieu, oh mon Dieu, entonna Lynn à ses côtés. C'est affreux !

— Ne t'évanouis pas, s'il te plaît, fit Kelli d'un ton sec.

Prenant la serviette de Dennis, elle la pressa sur la blessure et posa le revolver à côté d'elle.

— J'ai failli m'évanouir *une fois*, en te voyant accoucher, et tu ne cesses de m'en parler, déclara Lynn d'un ton faussement offensé.

Elle s'efforçait manifestement d'alléger l'atmosphère.

— Dire qu'on est dans une pièce remplie de cocaïne, dans le sous-sol de l'enfer, et tu m'en parles encore.

Kelli voulut sourire — ou même rire — mais Dennis était vraiment très mal en point. Quant à Mark…

La dernière fois qu'elle l'avait vu, il marchait vers l'homme qui avait tué son mari. Elle aurait voulu rester avec lui, mais cela l'aurait distrait. En outre, il fallait qu'elle mette Lynn et Dennis en sécurité.

— Mets ta main là, ordonna-t-elle, l'esprit toujours occupé par Mark.

Il lui avait sauvé la vie et luttait désormais pour la sienne.

En dépit de son aversion pour le sang, Lynn s'exécuta.

— Et qu'est-ce qu'on fait maintenant ?

Kelli se releva et survola la pièce du regard. Qu'elles se soient réfugiées dans cet endroit lui déplaisait fortement. En dehors de celle par laquelle elles étaient passées, deux portes s'ouvraient dans le mur. La plus proche d'elles débouchait-elle sur le couloir où se tenaient Mark et Craig ?

Il fallait qu'elle en ait le cœur net. Du pied, elle poussa le revolver.

— Prends ça, et tire sur quiconque essaie de te menacer, dit-elle d'une voix qu'elle espérait sévère.

Lynn ouvrit de grands yeux.

— Qu'est-ce que tu vas faire ?

— Aider Mark. Je ne peux pas le laisser se battre tout seul pour nous.

L'émotion la gagnait plus qu'il n'aurait fallu.

— Je ne peux pas le laisser, répéta-t-elle.

Lynn aurait pu lui remontrer qu'il n'y avait pas grand-chose qu'elle puisse faire, que c'était lui qui leur avait demandé de partir et que Kelli l'aurait distrait. Toutes ces choses que Kelli se disait elle-même… Mais elle s'en abstint.

— Tu ne devrais pas la prendre ? demanda Lynn en lui rendant l'arme.

Un déclic coupa court à leur échange. Toutes deux se retournèrent.

— Non ! murmura Kelli avec angoisse.

Quelqu'un tournait la poignée de la porte à l'autre bout de la pièce. On les avait retrouvées. La poignée tourna encore et les deux femmes se turent.

La porte était verrouillée.

— Qu'est-ce qu'on fait ? murmura Lynn. On ne peut pas le laisser ici, pas vrai ?

Elle considéra l'homme sans défense adossé au mur. Sa respiration était superficielle, mais il respirait encore.

— Non, on ne peut pas. Viens avec moi ! lança Kelli. J'ai une idée, même si elle est sans doute stupide.

Sans la questionner, Lynn posa la main de Dennis sur la serviette et la suivit. La poignée avait cessé de tourner, mais un bruit de clés résonnait de l'autre côté. La porte allait s'ouvrir d'une seconde à l'autre.

Kelli remonta sa robe sur ses hanches et mit la main de Lynn sur le tissu.

— Tire, ordonna-t-elle.

D'abord désorientée par cette demande bizarre, Lynn finit par saisir de quoi il s'agissait. Toutes deux tirèrent et s'acharnèrent sur le tissu, jusqu'à ce qu'il se déchire.

Kelli put ainsi récupérer le pistolet paralysant de Nikki.

Elle repoussa Lynn, afin qu'on ne voie pas son amie quand la porte s'ouvrirait.

— Sers-toi du revolver s'il le faut, murmura-t-elle.

Le tintement des clés cessa. Kelli se débarrassa de ses chaussures et se positionna à gauche de la porte. Puis, après un bref hochement de tête à Lynn, elle éteignit la lumière.

Un raclement métallique résonna dans la grande salle. Kelli referma étroitement les doigts sur le pistolet paralysant et attendit.

Garde ton calme, Kel. Tu peux y arriver.

Déverrouillée, la porte s'ouvrit.

Aussitôt, la lumière du couloir tomba dans la pièce, mais pas assez pour que Kelli et Lynn soient visibles. Le premier homme fit un pas à l'intérieur et tendit le bras pour actionner l'interrupteur.

Ce fut alors que Kelli entra en action.

Poussant son bouton, elle pressa le pistolet paralysant sur sa poitrine. L'appareil se mit en route avec des craquements. Pris au dépourvu, l'homme lâcha son revolver et s'effondra dans une sorte de convulsion.

— Qu'est-ce que c'est que ça ? hurla son comparse, derrière lui.

Kelli se retourna, prête à le zigouiller aussi, mais il fut plus rapide qu'elle et lui tordit le poignet. Hurlant de douleur, elle lâcha le pistolet. Elle voulut lui donner un coup de pied pour l'écarter, mais il anticipa son mouvement et la fit tomber simplement en accentuant la pression sur son poignet.

La douleur explosa de nouveau dans son coude.

Mais ce n'était rien comparé à la peur qui la saisit. Pour la seconde fois de la soirée, un homme la tenait en joue, revolver en main.

— Jamais vu une em…, commença-t-il.

— Ha ! ha !

Poussant un cri de guerre, Lynn se précipita sur lui. Malgré sa taille modeste, son élan parvint à plaquer l'homme contre la porte ouverte. Kelli se releva en titubant et se jeta sur le revolver qu'il tenait encore. Encerclant de toutes ses forces son poignet *à lui*, elle tenta de lui faire lâcher l'arme. Il se débattit, heurtant Lynn et manquant de renverser une nouvelle fois Kelli. S'il continuait à bouger, elle allait perdre son emprise et il les abattrait sûrement toutes les deux.

S'inspirant d'un des livres de Grace, elle avança la tête et le mordit de toutes ses forces à la main.

— Tu es folle ? rugit l'homme.

Kelli mordit plus fort tandis qu'il l'attrapait par les cheveux. Il lui tira la tête en arrière d'un coup sec, ce qui eut pour effet de la faire crier et relâcher sa prise.

— C'est moins drôle, hein ? persifla-t-il.

Kelli en eut la nausée.

— Ça, c'est sûr !

Deux bruits sourds se firent alors entendre et l'agresseur de Kelli s'effondra.

Hors d'haleine, elle enjamba le corps de l'homme qu'elle avait paralysé et chercha l'interrupteur à tâtons. Quand elle l'abaissa, son poignet douloureux la fit tressaillir.

Les hommes — ceux-là mêmes qui les avaient pourchassés dans l'escalier — gisaient à quelque distance l'un de l'autre. Face contre terre, le premier avait les bras bizarrement tordus et un revolver près de sa main. L'autre était avachi contre la porte, du sang sur la tempe.

— Pourquoi tu ne t'es pas servie du revolver ? demanda Kelli.

Elle ramassa l'arme du premier homme et le pistolet paralysant, puis remit celui-ci dans sa jarretière. Il était chaud.

— Je m'en suis servie ! s'exclama Lynn.

— Tu l'as assommé !

Lynn se pencha pour ramasser l'autre arme.

— J'ai paniqué ! Excuse-moi de ne pas être aussi agressive que Miss Pistolet Paralysant, fit-elle en soufflant. Mais on avait une arme, et maintenant on en a trois ! Ça devrait nous aider, non ?

— J'espère bien !

Mark heurta le mur si fort que des étoiles dansèrent devant ses yeux. Craig ne lui laissait pas l'occasion de se défendre, et moins encore de le frapper en retour. Depuis que Kelli, Lynn et Dennis étaient partis se cacher, l'homme en noir ne désarmait pas.

Apparemment, il s'était entraîné bien plus souvent que Mark.

Le garde du corps se baissa pour éviter un coup de poing. Au lieu de le toucher au visage, celui-ci atterrit sur son épaule. La douleur qui en résulta s'ajouta à la liste croissante de ses crampes et courbatures.

Malgré cela, il balança un poing sanglant dans l'estomac de l'autre. Craig vida ses poumons et vacilla en arrière, mais ne fut pas long à reprendre son équilibre.

Il était rapide, Mark devait lui reconnaître ça, mais il était aussi arrogant. Au cours de sa vie, Mark avait livré un grand nombre de combats, et il connaissait le type de Craig. Il se battait avec la conviction que personne ne pouvait le défaire. Qu'il était invincible. Que malgré son œil au beurre noir, son torse douloureux et ses jointures sanglantes, il allait finir par maîtriser son adversaire.

Mais il se trompait.

Mark lui envoya un direct à la mâchoire. Malheureusement, Craig bloqua son poing avant qu'il n'atteigne son but. Le garde du corps contre-attaqua au moment même où Craig lui balançait un uppercut. Le poing de Mark s'écrasa sur son menton tandis que celui de Craig s'abattait sur son front, si violemment que du sang gicla.

Les deux hommes s'écartèrent l'un de l'autre, reprenant

leur souffle. Un liquide chaud ruisselait sur l'œil de Mark, le faisant pleurer. Il s'essuya du dos de la main et se crispa de douleur. Il aurait pu jurer avoir entendu un craquement, mais il espérait se tromper, que Craig n'avait fait que lui écorcher le sourcil.

— Tu sais, j'aurais pu te tuer n'importe quand, ces deux dernières années. J'aurais *dû* le faire.

Craig recula de quelques pas, se frottant la mâchoire.

— Mais non, Hector disait que tu ne savais rien. Que tu étais inoffensif.

Il rit et cracha sur le côté. Il avait les dents teintées de sang.

— Je parie qu'il me chantera un autre air quand il aura trouvé ses hommes là-haut.

— Et alors ? Hector t'a payé pour tuer Victor et pour t'installer dans le même immeuble que moi ? M'est avis que tu t'es fait avoir, rétorqua Mark.

Malgré son envie d'en terminer, il avait besoin de reprendre son souffle. S'il fallait faire parler le type pour cela, aucun problème.

Craig gonfla les narines, bouillant de colère.

— Appelle ça un accord de convenance. J'avais besoin d'un appart et il avait besoin de quelqu'un pour te surveiller. Tu aurais tort de prendre ça pour de l'obéissance aveugle. Je ne suis aux ordres de personne.

— Et moi qui croyais que c'était le grand Hector qui tirait les ficelles, le piqua Mark. Ou bien c'est un hobby pour toi, de t'introduire chez les gens pour les voler ?

— Comme toi, mon pote, j'ai des *clients*, déclara Craig avec un sourire. Mais contrairement à toi, je ne détruis pas leurs vies.

Il sourit largement.

— Ils ne m'en veulent pas et ils n'ont pas pitié de moi.

Mark se rappela le doux contact des lèvres de Kelli sur les siennes. Il n'oublierait jamais la culpabilité dévorante qu'il avait ressentie de n'avoir pu sauver Victor. Cela ne faisait que renforcer sa détermination.

— Tu as raison, dit-il avec un sourire suffisant. Tu aurais dû te débarrasser de moi quand tu pouvais.

Cette fois, ce fut lui le plus rapide des deux. Agrippant la chemise de Craig à deux mains, il lui décocha un coup de tête. Craig laissa échapper un ululement de douleur et s'effondra.

Prêt à achever le combat en le mettant hors d'état de nuire, Mark s'approcha de lui. Craig ne tenta pas de reculer ou de s'esquiver. Au lieu de cela, il mit la main à sa cheville et sortit un petit revolver, qu'il braqua sur Mark.

— Tu as une autre arme ? fit celui-ci, rempli de colère.

— Bienvenue au Texas, mon vieux !

21

L'avantage de se battre dans un espace si étroit, c'était que la seule option pour Craig était de reculer et filer par la porte de l'escalier. Le revers de la médaille, c'était que Mark était dans le même bateau. Pour échapper à la vue ou à l'arme de Craig, il devrait se retourner et courir, en espérant pouvoir atteindre le coin du couloir avant que ce dingue ne tire. L'autre option était de se jeter sur lui, mais le regard de Craig le menaçait d'une balle en pleine tête.

Mark soupesa ses options limitées, tandis que son adversaire se relevait, sans jamais dévier son revolver. Une fois debout, il releva le canon de quelques millimètres pour mieux viser Mark. Celui-ci se crispa.

Il devait agir, désarmer l'homme. Faute de quoi, il ne pourrait protéger ceux qui comptaient sur lui.

— Fini de jouer, grommela Craig. Tu ne vaux pas la peine qu'on s'embarrasse de toi.

Mark prenait son élan, prêt à charger, quand une détonation sonore retentit.

Il se figea. Il n'avait pas été rapide, et il était trop tard. Craig avait tiré et il allait mourir.

Il attendit que la douleur ou l'obscurité précédant la mort le prennent.

Mais rien ne vint.

Au lieu de cela, Craig laissa retomber son bras qui tenait

l'arme, et s'affaissa maladroitement. Même si ses vêtements étaient noirs, une tache de sang bien visible commençait à s'épanouir au-dessus de son estomac. Les yeux écarquillés, il lança un coup d'œil derrière lui.

— Jetez votre arme, ou je tire plus haut cette fois, annonça Kelli d'une voix égale.

Stupéfait, Mark tourna la tête. Pieds nus, jambes écartées, elle tenait un revolver à deux mains dans une posture presque parfaite. Elle avait les cheveux ébouriffés et sa robe laissait voir une jambe presque en totalité. Le sang qui coulait de son coude déplut à Mark, mais il était clair que Kelli faisait front. Et mieux que ça.

Il revint à Craig, qui venait de jeter son arme. Cela le mit en mouvement. En deux enjambées, il alla ramasser le revolver. Le bruit des pieds nus de Kelli sur le béton le surprit de nouveau. Elle le contourna pour donner un coup de pied à Craig dans la poitrine.

Il tomba en arrière avec un grognement.

— Voilà pour avoir menacé ma fille et tabassé Lynn.

Prenant son élan, elle lui donna un coup dans l'aine. Il roula sur lui-même avec un hurlement. Mark se recroquevilla.

— Et voilà pour avoir frappé Mark.

Elle baissa son arme.

— Et celle-là, c'est pour moi, murmura-t-elle d'une voix si froide que Mark frissonna.

Allait-elle tuer Craig ? Devait-il l'arrêter ? Le pouvait-il ?

Elle prit une longue inspiration.

Heureusement, il n'eut pas à le découvrir. Sans se retourner, elle lui tendit l'arme.

— Si je ne vous descends pas sur-le-champ, c'est à Victor que vous le devez. Il aurait eu pitié de vous, une courtoisie que vous ne lui avez pas retournée, ni à lui ni à sa famille.

Elle se tourna vers Mark, une expression de soulagement peinte sur le visage.

— Ça va ? s'enquit-elle d'un ton considérablement plus chaleureux.

— Grâce à toi.

La réponse la fit sourire.

— Tu penses que tu peux le transporter dans cette pièce ? questionna-t-elle en désignant la porte derrière eux.

Il dut tourner la tête pour l'apercevoir. C'était sans doute grâce à cela que Craig n'avait pas remarqué l'arrivée de Kelli.

— Oui, mais je pense qu'il faut filer avant que quelqu'un d'autre ne débarque.

Le sourire de Kelli s'accrut.

— Crois-moi, nous avons assez de puissance de feu pour attendre tranquillement l'arrivée de la police.

Puis elle redevint sérieuse.

— Dennis décline. Je crois qu'il ne faut plus le déplacer.

Mark hocha la tête. La probabilité qu'ils tombent sur un obstacle dans le hall — ou même dans l'escalier — était forte. S'ils s'abritaient dans une pièce, ils pourraient attendre sans stress excessif.

Il entreprit de soulever Craig. Celui-ci agonisait.

— Ne sois pas trop gentil avec lui, maugréa Kelli.

— Ça ne m'a pas traversé l'esprit.

Kelli n'avait pas exagéré en affirmant qu'ils avaient assez de puissance de feu. Elle observa avec une pointe de fierté l'expression surprise de Mark quand il aperçut Lynn debout au-dessus des deux hommes inconscients, un revolver dans chaque main. Après avoir appelé Jonathan pour le mettre au courant de la situation, il écouta Kelli lui résumer tout ce qu'il s'était passé.

— Tu devrais peut-être envisager de travailler pour Orion, commenta-t-il.

Kelli haussa les épaules.

— Quand on accule Maman ourse…

Mark s'esclaffa et le cœur de Kelli en bondit de joie.

Quelques minutes plus tard, un autre bruit lui fit une impression toute différente. Des pas résonnaient sur le béton du couloir qu'ils venaient de quitter.

En un éclair, Mark leva l'arme dont Kelli s'était servie pour tirer sur Craig. Kelli s'empara de celle avec laquelle Craig avait failli abattre Mark, et Lynn pointa ses deux revolvers sur l'ouverture. Plus question de se laisser surprendre.

— Wouah, wouah ! Du calme, les gars !

Jonathan leva les mains devant la scène qui l'attendait.

— Quand tu m'as dit que tu avais maîtrisé la situation, je pensais que tu essayais juste de frimer devant les dames, mais bon sang !

Jonathan était venu avec un flot de policiers et deux équipes d'ambulanciers. L'une fut envoyée à l'étage pour examiner les deux hommes abattus. L'autre s'occupa de Dennis et des autres.

— Emmenez-le d'abord, ordonna Lynn aux ambulanciers en désignant Dennis. Lui, c'est le gentil, pas eux.

Ils firent comme indiqué.

Enfin, escortés de Jonathan et du chef de la police en personne, Kelli, Mark et Lynn sortirent de la fondation. Lynn fit sa déposition sur le parking, avant de demander qu'on la dépose à l'hôpital, afin de veiller sur Dennis, tandis que Kelli et Mark se rendaient directement au commissariat, où ils narrèrent toute l'histoire.

Quand ils eurent fini, Kelli déclara :

— Et si vous ne nous croyez pas…

Remontant sa robe sous la table, elle sortit de son nouvel accessoire favori l'enregistreur de Nikki.

— Je suis presque certaine que nous avons tout enregistré.

Heureusement, les policiers les croyaient déjà. L'enregistrement ne fit que concrétiser les mesures suivantes. Ils émirent un avis de recherche contre Hector Mendez. Le P-DG de la Fondation Bowman fut interrogé, de même que l'ensemble du personnel. Malgré son poste, Radford Bowman semblait n'avoir aucune idée de ce que trafiquait son directeur des relations publiques. Les laquais qui avaient obéi aux ordres d'Hector confirmèrent l'innocence de Bowman, tout en s'accusant mutuellement, dans l'espoir de passer un marché grâce à ce qu'ils savaient de Mendez.

Kelli et Mark ne restèrent pas assez longtemps pour faire le compte de tous ceux qui étaient impliqués dans le complot. On leur dit qu'ils pouvaient partir, à condition de revenir le lendemain.

Le soleil se levait quand ils arrivèrent chez Mark. Nikki les accueillit avec des embrassades et des félicitations pour avoir « botté le cul des salauds ». Jonathan lui avait fait son rapport par téléphone, et elle voulait offrir un emploi à Kelli, annonça-t-elle en plaisantant.

Mark resta au salon pour la mettre au courant, tandis que Kelli, s'excusant, se retirait dans la chambre. Enfin en mesure d'enlever la robe déchirée — qu'elle garderait néanmoins toujours —, elle enfila une des chemises de Mark et se mit au lit sans remords.

Sentant un mouvement, Grace tendit les bras à sa mère dans son sommeil. Kelli l'attira contre elle.

— Cet endroit est un bouge, déclara Jonathan.

Pour le prouver, il agrippa la rampe et la secoua. Ce geste faillit la desceller. Mark leva les yeux au ciel.

— Je ne logerais jamais dans un truc pareil, continua son ami.

C'était très loin du standing auquel Hector Mendez était sans doute habitué. Pourtant, c'était dans ce motel délabré d'une petite ville de Floride qu'ils l'avaient retrouvé.

Cela aurait été un endroit parfait pour se cacher, s'il n'avait été pourchassé par les agents d'Orion et une enquêtrice privée. Oliver et Darling Quinn avaient fait appel à tous leurs contacts pour le suivre jusque-là.

Cela faisait deux jours qu'Hector avait pris la fuite, et Mark bouillait d'impatience. Les trois partis faisaient la course : Hector pour quitter le pays, Mark et Orion pour le retrouver, et les agents du FBI chargés de l'affaire, pour y arriver avant tout le monde.

Suite au signalement d'un témoin et à l'utilisation d'une carte de crédit à son nom, les fédéraux avaient fait une descente dans une petite ville à proximité, mais Darling avait décrété que l'information était fausse. Elle connaissait mieux que personne les bas-fonds et avait retrouvé le fuyard au motel. Elle leur avait demandé s'il fallait communiquer l'information au FBI, mais Mark lui avait répondu qu'il serait toujours temps de les informer quand ils auraient mis la main sur le bonhomme.

« Ne faites rien d'illégal, ou c'est moi qui vous arrête », les avait avertis Cara Whitfield, une policière municipale, sur le trajet.

Elle avait contacté la police de Dallas et on l'avait informée de la possibilité qu'Hector se trouve en ville. Cette éventualité ne lui plaisait pas du tout. Elle avait accepté de les accompagner et de les aider, bien qu'ils ne fassent pas partie de la police.

En cet instant, ils se concertaient avec elle.

— Comment tu veux jouer ce coup-là ? demanda Jonathan.

Leur cible était dans une chambre au bout du couloir.

— On peut faire semblant de venir faire le ménage, proposa Mark. Ça a marché pour Darling, dans certaines de ses affaires.

— À moins que tu ne sois capable de produire une

voix féminine convaincante, je ne pense pas qu'il ouvrira, objecta Jonathan.

— Hé, les hommes aussi font le ménage, le sermonna Mark. C'est sexiste de dire ça.

— C'est vrai, admit Jonathan. Laisse-moi faire, alors.

Cara émit un bruit à mi-chemin entre l'irritation et l'amusement.

— Ou alors on peut se servir de ça, dit-elle en exhibant une clé. Le réceptionniste m'a dit qu'un homme correspondant à sa description devait venir payer la chambre.

Cela calma instantanément les hommes.

— Nous vous suivons, dit Mark à la policière.

— Essayons de ne pas faire de blessés, lança-t-elle en tirant son arme de son holster.

Tous trois s'alignèrent à gauche de la porte. Même si Hector était dangereux, Cara ne leur avait permis de porter que des Taser. Cela allait très bien à Mark : il avait envie de malmener l'homme, pas de lui tirer dessus.

Cara frappa doucement à la porte.

— Service de chambre ! annonça-t-elle.

Personne ne répondit.

— Service de chambre, répéta-t-elle plus fort.

Cette fois, il y eut un choc et des mouvements précipités de l'autre côté de la porte.

— Il s'enfuit ! hurla Cara en mettant la clé dans la serrure.

Au lieu de lui emboîter le pas, Mark tourna les talons et fit le tour du bâtiment en courant. Toutes les chambres donnaient sur l'arrière, avait-il remarqué en arrivant.

Et, bien sûr, Hector était en train d'escalader le rebord de la fenêtre.

— Pas question ! cria Mark.

Hector sauta du rebord, s'écrasa au sol et se redressa en vacillant. En vain. Mark lui décocha un coup qui le renvoya par terre.

— La chance t'a lâché, mon pote !

Hector se tenait la mâchoire, l'air terrifié.

— Laisse-moi partir, et je ferai de toi un homme riche, proposa-t-il vivement. Tu pourras avoir tout ce dont tu rêves.

Mark ne battit pas un cil.

— Désolé, on ne peut pas acheter mes rêves.

— Et le bonheur, alors ? murmura Hector avec colère, tandis que Cara et Jonathan arrivaient en courant. Tu peux avoir tout ce que tu veux.

Mark se représenta Kelli et Grace. Il sourit.

— L'argent ne peut pas acheter ce que je veux vraiment.

22

Kelli n'était pas revenue à l'hôpital depuis la naissance de Grace. Ce n'était pas qu'elle en eût peur, juste que cela ne lui plaisait pas. Pourtant, elle s'engagea résolument dans un couloir à l'odeur de désinfectant.

Il était temps d'avoir une petite conversation avec une certaine personne.

Elle finit par trouver la chambre qu'elle cherchait et, bizarrement nerveuse, frappa à la porte.

Celle-ci s'ouvrit sur des paroles et des rires.

Lynn était plus élégante que d'ordinaire, avec un pull à fleurs orange et des mocassins assortis. Elle s'était un peu crêpé les cheveux et avait mis son plus beau bandeau. Mais c'était son sourire qui constituait la plus belle partie de sa personne. Elle était heureuse, aucun doute là-dessus.

Kelli haussa un sourcil, et Lynn détourna promptement le regard.

— Salut, Kel. C'est déjà l'heure ?

— Oui, les déménageurs ne vont pas tarder. Tout est prêt, sauf les jouets de Grace et quelques trucs par-ci par-là.

— Où est la petite ?

Le sourire de Kelli s'élargit.

— À la maison. Quand je suis partie, elle essayait de persuader Mark de jouer à la Jolie Princesse.

Lynn se mit à rire.

— Je vais aller le secourir, dit-elle en prenant son sac, posé contre le mur.

En se redressant, elle jeta un coup d'œil en direction du lit, que Kelli ne pouvait voir depuis le seuil.

— Tu veux que je reste ou…

— Tu peux partir, lui assura Kelli. Tout ira bien.

— Oh ! Ce n'est pas pour toi que je m'inquiète, rétorqua Lynn avec un clin d'œil. J'ai vu de mes propres yeux de quoi tu es capable.

Lynn adressa quelques mots au patient qui occupait la chambre, puis sortit et dit au revoir à Kelli. Inspirant profondément, celle-ci s'avança dans la pièce.

Dennis Crawford était assis dans son lit, toujours branché à des machines, mais l'air mille fois mieux que quand on l'avait enfourné dans l'ambulance. L'opération et le repos avaient fait merveille.

— Je me demandais quand vous alliez venir, lança-t-il.

— Apparemment, le monde ne s'est pas arrêté de tourner pendant que nous démantelions un trafic de drogue, répliqua Kelli en haussant les épaules.

Cela le fit rire, mais pas très longtemps. Il semblait toujours souffrir de sa blessure.

Il lui désigna le fauteuil près de son lit, qui sentait le parfum de Lynn. Kelli prit mentalement note d'interroger son amie sur ce début de relation. Mais Lynn en avait tant vu, ces derniers temps, qu'elle ne ferait que la taquiner.

— Comment vous sentez-vous ? demanda-t-elle, sans savoir très bien comment s'adresser à un homme dont elle pensait, à peine deux semaines auparavant, qu'il était le diable incarné.

— J'ai mal, mais je suis vivant. On m'a dit que vous aviez refusé de quitter le sous-sol sans moi.

Il lui adressa un demi-sourire.

— Je vous en remercie.

Elle remua sur son siège et décida de cesser de tourner autour du pot.

— Racontez-moi tout. Lynn m'a proposé de le faire, mais je voulais l'entendre de votre bouche.

Dennis ne parut pas étonné de sa demande. Il s'adossa à l'oreiller, sans quitter son visage du regard.

— Au début, j'ai été contacté directement par le président de la fondation, Radford, pour faire un publireportage. Cela paraissait une affaire facile, et j'ai vraiment pensé qu'elle l'était. Jusqu'à l'incendie du bungalow.

Il détourna les yeux une seconde, l'air peiné. C'était une émotion qu'il avait soigneusement dissimulée la première fois qu'elle l'avait confronté.

— Radford est venu me voir le lendemain, pour m'offrir ses condoléances. Je lui ai dit que je voulais rendre hommage à Victor en publiant son dernier reportage. Il a trouvé que c'était une idée formidable. Il est parti, et quelques heures plus tard, Hector a fait son apparition. Il m'a dit que Victor avait fait des erreurs de noms dans son article. Je ne l'ai pas cru. Victor était l'un de mes meilleurs journalistes. Très consciencieux, surtout quand on était aussi près du bouclage. Hector a commencé à insister de manière très étrange, mais je lui ai dit que Victor ne pouvait pas avoir fait d'erreur.

— Qu'a-t-il répondu à cela ? questionna Kelli, penchée en avant.

— Il s'est mis en colère. Il s'est levé pour fermer la porte et il m'a tout déballé.

— Il vous a tout dit sur le trafic ? Juste comme ça ?

Dennis sourit sans humour.

— Il était fier de ce qu'il faisait. Je pense qu'il voulait qu'on sache qu'il avait réussi, qu'on s'émerveille de ses prouesses.

Au fond d'elle, Kelli n'en était pas surprise. L'arrogance d'Hector collait parfaitement.

— Et, en toute honnêteté, j'étais assez impressionné. Convertir la moitié d'une organisation charitable en un trafic de drogue, en compétition directe avec les cartels ? Ça demande un sacré cran et une planification soigneuse.

— Et une bonne dose de stupidité, ajouta-t-elle. Si les cartels s'étaient aperçus qu'ils perdaient de l'argent à cause d'Hector, lui et tous ceux qui travaillaient pour lui auraient connu une fin rapide.

— Oui, aussi. Quand il a compris que Victor avait déniché le nom des deux ex-barons de la drogue qui l'avaient aidé à monter le complot, il a paniqué. Surtout que les appels anonymes n'inquiétaient pas Victor. Dire qu'Hector a donné très vite dans l'escalade serait un euphémisme.

Sur ce, Dennis fronça les sourcils.

— Est-ce qu'il a avoué avoir engagé Craig pour mettre le feu ? demanda Kelli.

Dennis acquiesça.

— Ce n'étaient pas ses mots exacts, mais il y a fait une allusion claire. Il m'a dit qu'il avait beaucoup de relations et qu'il n'hésiterait pas à me griller… Comme Victor avait grillé…

Kelli serra les dents et les poings.

Dennis s'interrompit, puis reprit à voix plus basse.

— Pourtant, je sais aujourd'hui qu'il n'avait pas autant de relations qu'il le disait. Il y a très peu de gens qui sont prêts à affronter les cartels. Et s'il en avait eu autant que ça, je suis sûr que nous y serions tous passés depuis un bon moment. Au lieu de ça, il m'a rendu personnellement visite pour me convaincre de laisser tomber l'article. Je pense que son entreprise était une sorte de start-up, et que c'était trop nouveau pour qu'il ait des alliés, en dehors de ses laquais. De toute façon, il ne m'a pas cru quand je lui ai dit que je me tairais et que je modifierais l'article — ce qui était exact, parce que je ne l'aurais pas fait — et il m'a donné un autre motif pour le faire.

— Grace, murmura Kelli.

Après l'incendie, la nouvelle de sa grossesse était devenue publique.

— Et vous.

Son expression s'adoucit.

— Dans mon métier, j'ai fini par devenir dur, brusque et sans empathie — mais il me restait un peu de conscience. Qu'arriverait-il si je publiais l'histoire réelle et que je n'avais pas de preuves suffisantes pour stopper Hector et son business ? Et si le FBI faisait une descente et ne trouvait rien d'assez concret pour le mettre derrière les barreaux ? Je n'avais pas les notes originales de Victor et je ne savais même pas qu'elles existaient à l'époque. Par quelque bout que je le prenne, je savais que, pour une fois, je ne pouvais pas prendre le risque de tout démolir. Je ne pouvais pas mettre vos vies en jeu. Alors j'ai modifié les noms comme Hector le voulait, en espérant que vous n'y regarderiez pas de trop près.

Il afficha un sourire ironique.

— Mais vous êtes venue me voir avec le journal de Victor et votre loyauté infaillible.

À ces mots, Kelli se détendit un peu et lui adressa un sourire d'excuse.

— Désolée, dit-elle sans sincérité.

Dennis agita la main pour écarter ce qu'il savait être un réflexe poli.

— Mais comment ont-ils su que j'avais le journal ?

Cette question eut le don de mettre Dennis en colère.

— Quand je suis passé vous voir dans la nouvelle maison, pour essayer de vous convaincre de cesser vos recherches, j'avais déjà eu la visite d'Hector. Il m'avait dit que si je ne réussissais pas à vous stopper et à récupérer le carnet, il vous le ferait payer. Il m'a aussi laissé entendre que ma maison était sur écoute, afin d'être sûr que je filais doux. Je m'en doutais, mais je n'avais pas encore pu le prouver. Hector était arrogant, mais il était aussi intelligent.

— Alors au dîner de la fondation…, commença-t-elle.

— Je lui ai donné le journal et j'ai exigé qu'il vous laisse tranquille.

Il désigna l'hématome encore visible de son nez.

— Il n'était pas content.

— Je suis désolée, répéta Kelli, cette fois avec conviction.

— Pour finir, cela a tourné mieux que je n'aurais pu l'espérer. J'ai entendu dire que Mark avait réussi à épingler Hector en Floride ?

Kelli hocha la tête avec grand plaisir.

— Mark et Jonathan l'ont retrouvé et le FBI l'a arrêté. On m'a donné l'assurance qu'il ne pourrait éviter une condamnation à vie, quels que soient ses moyens financiers. J'ai aussi appris, grâce à une certaine publication qui a répandu l'histoire sur Internet, que le FBI a annoncé officiellement la dissolution de l'organisation d'Hector et l'arrestation de tous ceux qui en faisaient partie. Je n'ai pas pu m'empêcher de remarquer que mon nom et celui de Grace n'apparaissaient nulle part. Je crois que cette publication s'appelle *Scale*.

Elle pencha la tête et sourit.

— Vous ne la connaîtriez pas, par hasard ?

Ce fut au tour de Dennis de mentir. Il secoua la tête.

— Je suis cloué dans ce lit depuis qu'on m'a amené ici. Je n'aurais pas pu faire ça.

Kelli se mit à rire et se sentit soudain libérée d'un grand poids. Elle connaissait enfin toute l'histoire qui avait mené à la mort de son mari. Justice avait été rendue, non seulement à l'égard de l'homme qui avait imaginé cette organisation criminelle, mais aussi à l'égard de tous ceux qui l'avaient aidé à la bâtir.

— Merci Dennis, fit-elle avec une expression de franchise absolue. Si Victor était là, il vous remercierait aussi.

Elle lui prit la main et la serra entre les siennes.

Il répondit à ce contact par une pression égale.

— C'était un type bien.

— Oui, c'est vrai.

Kelli s'arrêta devant chez elle et descendit de voiture, le cœur beaucoup plus léger. Le temps avait été assez aimable pour revenir au beau, mettant fin aux orages épouvantables des deux dernières semaines. Si Mark n'avait pas quitté le bâtiment pour redevenir agent d'Orion à plein temps, il n'aurait sans doute pas pu travailler pendant un bon moment. Kelli ne put s'empêcher de sourire en pensant à lui.

Après leur retour du commissariat, il avait dit à Nikki qu'elle pouvait rentrer chez elle. Puis, avec l'autorisation de Kelli, il s'était allongé à côté d'elle et de Grace et s'était endormi. Quand elle s'était éveillée, beaucoup plus tard, elle les avait trouvés dans le salon, jouant à empiler des blocs de construction. Depuis, tous trois avaient pris le pli d'être ensemble.

Un pli qui semblait parfaitement juste. Un pli que, sans le formuler tout haut, ils avaient décidé d'explorer jusqu'au bout. Un pli auquel Kelli ne s'était pas attendue, mais qu'elle aimait sans restriction.

— Hou ! hou ! appela-t-elle dans la maison

— Par ici et apporte ton appareil-photo ! cria Lynn.

Prenant son téléphone dans son sac, Kelli se précipita vers la chambre de Grace. Arrivée sur le seuil, elle se plia presque en deux de rire.

Assis sur le plancher et portant une couronne en plastique rose, un boa rose vif autour des épaules et du blush, Mark tenait une tasse de thé en plastique, tandis que Grace —

également équipée d'une couronne et de rouge à joues — trônait sur les genoux de Lynn.

— Je vois qu'on a goûté à la Jolie Princesse, fit Kelli entre deux éclats de rire.

Prenant une photo, elle lança à Lynn :

— Je croyais que tu étais censée le sauver ?

— J'ai essayé ! s'écria celle-ci, les mains sur les hanches.

Mark ricana.

— Elle veut dire qu'elle a « essayé » de me mettre de ton rouge à lèvres.

L'hilarité de Kelli redoubla.

— Hé mon vieux, j'essayais juste d'accorder ton blush et ton boa, rétorqua Lynn.

Grace gloussait entre eux.

— Et c'est à ça que va ressembler ma vie, désormais ? plaisanta Kelli.

— Il faut l'espérer, répondit Mark avec un grand sourire.

Kelli frissonna sous l'effet de l'émotion.

Se levant, Lynn prit Grace dans ses bras.

— Vous me faites rire, les jeunes, déclara-t-elle. Vous essayez de faire de la Jolie Princesse un truc *romantique*. Je crois qu'il est temps qu'on sorte chercher des petites bêtes, pas vrai, Grace ?

La petite fille hocha la tête si fort que sa couronne bascula. Kelli la rajusta et embrassa Grace sur le front avant de les laisser partir.

— Tu veux garder tout ça ou l'enlever avant que les déménageurs arrivent ? demanda-t-elle à Mark d'un ton taquin.

Il haussa les épaules.

— Je ne sais pas. Je trouve que cette couleur me va bien.

— Bon, alors je te propose un marché…

S'approchant de lui, elle lui enleva le boa et lui caressa la joue.

— Aide-moi à mettre en cartons, le reste des objets

et des jouets de Grace, et je te laisserai te déguiser aussi souvent que tu veux.

— Marché conclu, répliqua Mark avec un grand rire.

Ensemble, ils finirent d'emballer tout ce qui traînait encore dans la maison. Kelli en profita pour raconter à Mark ce que Dennis lui avait dit.

— Lynn passe beaucoup de temps avec lui à l'hôpital, fit-il remarquer à la fin.

Kelli se plaqua les mains sur les joues.

— Oh oui, ne me fais pas dire combien je trouve ça bizarre. Mais après notre conversation, j'arriverai peut-être à accepter l'idée qu'ils se fréquentent. Après tout, quand ai-je pu dissuader Lynn de fréquenter un homme qui lui plaisait ?

Elle s'interrompit, puis répondit à sa propre question, Mark ne connaissant sans doute pas la réponse.

— Jamais.

Ils firent le tour de la maison pour s'assurer que tout était prêt.

Quand Kelli donna enfin son aval, ils étaient à côté de la porte, dans une maison entièrement silencieuse. Mark lui prit la main pour l'attirer à lui.

Se penchant, il déposa sur ses lèvres un baiser qui lui coupa le souffle. La passion enflamma son corps et embrasa son cœur. Mark recula bien trop vite à son goût.

— Et si je nous faisais à dîner ce soir ? demanda-t-il, passant sans transition de la passion à la routine. Je sais faire des hamburgers, et je suis sûr que Grace les préférera aux tiens.

Rejetant la tête en arrière, Kelli laissa monter un rire heureux.

— Ça, j'y croirai quand je les goûterai !

— Alors c'est dit ! fit-il, tout sourire.

— C'est dit.

Mark l'embrassa sur le front et lui lâcha la main.

— Je te laisse tranquille une minute, annonça-t-il sans lui demander si elle en avait besoin.

Il avait dû deviner que c'était le cas.

Kelli le suivit du regard tandis qu'il sortait de la maison et refermait la porte derrière lui.

Elle laissa passer quelques secondes, puis elle se déchaussa. Le plancher était frais sous ses pieds, pour cet ultime tour de sa maison.

Le couloir où Grace avait appris à marcher et où Victor l'avait portée dans ses bras après leur mariage.

La chambre où Grace dormait quand elle avait peur de rester toute seule, et où Victor tenait Kelli dans ses bras jusqu'à ce qu'ils s'endorment ensemble.

La salle de bains que Grace appelait la « maison des canards » avec ses horribles murs verts, que Victor avait promis de repeindre « un de ces jours ».

La chambre qui avait attendu leur futur enfant et qui était devenue le havre de Grace.

La cuisine que Grace traversait en courant, inconsciente de l'inquiétude de sa mère. Où Victor avait jadis essayé de convaincre Kelli que ses lasagnes brûlées étaient mangeables.

Le salon où tous trois avaient ri et s'étaient aimés, ensemble ou séparément.

Le bureau qui avait été le domaine réservé de Victor.

Elle l'imagina y travaillant, penché sur son ordinateur, un air de concentration sur son beau visage.

Elle ne put s'empêcher de sourire.

— Je t'aime, murmura-t-elle dans le silence.

Le besoin de dire adieu à sa maison — et à Victor — se dissipa quand elle s'approcha de la fenêtre du salon. Dans le jardin, Lynn riait aux éclats en regardant Grace pourchasser Mark. Celui-ci ralentit pour se laisser rattraper par la petite fille, et se retourna pour la chatouiller. Kelli ne put entendre le rire de sa fille, mais il résonna dans son cœur.

Elle ne cesserait jamais d'aimer Victor et la vie qu'ils avaient eue dans cette maison, mais il était temps pour elle de s'installer ailleurs.

Comme s'il l'avait sentie, Mark se tourna vers la fenêtre et lui adressa un doux sourire. Comme le rire de Grace, il vibra jusqu'à son cœur.

Une dernière fois, elle s'efforça de mémoriser la sensation du plancher sous ses pieds, puis elle remit ses chaussures.

Caressant le panneau de la porte d'entrée, elle l'ouvrit en grand.

Ils n'oublieraient jamais le passé, mais il était temps de se mettre en route vers l'avenir.

C'était exactement ce que Victor aurait voulu, comprit-elle en refermant la porte derrière elle et en se dirigeant vers les rires de sa petite famille.

Retrouvez prochainement,
dans votre collection

BLACK ROSE

Le canyon des disparues, de Colleen Thompson - N°732

DES PROTECTEURS À L'ÉPREUVE – 2/2

Dans un canyon perdu du Texas, un homme a été tué d'une balle au volant de sa voiture… Sa femme et ses deux filles ont disparu, pourchassées sans doute par le ou les assassins. Lancé à leur recherche, le shérif Hayden Hale-Walker sait que sa mission sera difficile. D'autant que celle qui l'accompagne n'est autre que Kate McClafferty, son ex, dont il est – il l'a compris dès le premier regard –, encore amoureux…

Coupable attirance, de Beverly Long

Qui est réellement Erin McGarry, la mystérieuse touriste qui vient d'arriver à Knoware, petite ville balnéaire menacée depuis peu par un risque d'attentat ? Pour Marcus Price, le chef de la police locale, la troublante jeune femme a tout d'une suspecte. Mais, pour la démasquer, il va devoir lutter contre l'attirance incontrôlable qu'elle lui inspire malgré lui…

La vérité sur Maya Lamb, d'Amanda Stevens - N°733

Et si Maya Lamb, c'était elle ? En arrivant à Black Creek, Avery Bolt est décidée à lever le voile sur les secrets de son enfance. Pour approfondir ses recherches, elle se confie à Max Winter, le séduisant procureur de la ville… Sans se rendre compte que c'est leur vie à tous les deux qu'elle met en danger. Car les criminels qui ont enlevé Maya, il y a vingt-huit ans, courent toujours et sont prêts à tout pour empêcher la vérité d'éclater…

Secrets et mensonges, de Nicole Helm

Blue Valley, Montana… En découvrant le lieu de sa prochaine mission, l'agent Elsie Rogers sent la panique la gagner. Bien sûr, c'est pour protéger un homme qu'elle doit retourner incognito dans sa ville natale. Et elle est la seule capable de se fondre dans le paysage sans se faire démasquer par ceux qui le traquent. Mais saura-t-elle mentir à ses proches qui vivent là-bas et ignorent tout de ses activités secrètes ?

Retrouvez prochainement,
dans votre collection

BLACK ROSE

À la recherche de son bébé, de Delores Fossen - N°736

« Je t'en supplie, retrouve notre bébé… » La voix d'April s'étrangle, et Chase comprend que c'est sa vie à lui qui vient de basculer. Bien sûr, il savait qu'April était enceinte après la nuit d'amour qu'ils avaient partagée lorsqu'elle était sous sa protection. Mais jamais il n'avait imaginé qu'il devrait un jour partir à la recherche de son bébé, âgé de deux mois et qu'il ne connaît pas encore.

Un précieux allié, de Marie Ferrarella

Destiny le sait : sa sœur ne s'est pas suicidée, elle a été assassinée. Voilà pourquoi elle doit convaincre le lieutenant Logan Cavanaugh d'approfondir ses recherches. Et, même si elle n'a pas une haute opinion de Logan qui collectionne les conquêtes sans lendemain, elle est prête à tout pour qu'il l'écoute… Même à jouer de son charme auprès de lui…